KB036101

THE DUNE
CHRONICLES

5

듄의 이단자들

HERETICS OF DUNE

프랭크 허버트

5

HERETICS 의 DUNE

FRANK
HERBERT

THE DUNE
CHRONICLES

김승욱 옮김

듄의 이단자들

황금가지

『듄』을 쓰고 있을 때

내 머릿속에는 이 책이 성공할지 실패할지 생각할 여유가 없었다. 나는 오로지 글을 쓰는 것에만 관심을 쏟았다. 내가 자리에 앉아 이야기를 짜맞추기 전에 먼저 6년간의 조사 기간이 있었다. 그리고 여러 층들로 구성된 플롯을 섞어 내가 계획했던 대로 이야기를 짜나가는 데에는 내가 한 번도 경험해 보지 못한 강한 집중력이 필요했다.

이 책은 메시아의 신화를 탐구하는 이야기가 되어야 했다.

이 책은 인간이 점령한 행성을 에너지 생산 기계로 보는 것에 대한 새로운 시각을 만들어내야 했다.

이 책은 서로 맞물려 돌아가는 정치와 경제의 작용을 꿰뚫어 보아야 했다.

이 책은 절대적인 예언과 그런 예언의 함정을 조사하는 것이 되어야 했다.

이 책은 의식 확장제를 등장시켜 그런 물질에 의존하면 무슨 일이 생길 수 있는지 얘기해 주어야 했다.

식수는 석유와, 날이 갈수록 양이 점점 줄어들고 있는 물 그 자체에 대한 비유가 되어야 했다.

그렇다면 이 책은 인간적 가치들에 대한 사람들의 관심사와 사람들 자신에 대한 이야기는 물론, 여러 가지 함축적 의미를 지닌 생태 소설이 되어야 했다. 그리고 나는 이 책을 쓰면서 항상 이 각각의 층들을 주의 깊게 감시해야 했다.

내 머릿속에 그 밖의 것들을 생각할 여유는 별로 없었다.

이 책이 처음 출판된 후 출판사 측은 내게 소식들을 늦게 전해 주었다. 그리고 나중에 알고 보니, 그나마 내게 전해 준 소식도 부정확한 것이었다. 비평가들은 혹평을 퍼부었다. 이 책이 출판될 때까지 이 원고는 열두 군데 출판사에서 거절을 당했다. 광고도 없었다. 그런데도 세상에서는 뭔가 일이 벌어지고 있었다.

2년 동안, 책을 구할 수 없다는, 서점들과 독자들의 불평이 내게 정신 없이 밀려들어 왔다. '온전한 지구 카탈로그'는 이 책에 찬사를 보냈다. 나더러 혹시 무슨 광적인 종교 같은 걸 창시할 생각이냐고 묻는 전화가 계속 걸려왔다.

내 대답은 이랬다. "절대 아닙니다!"

다시 말해서, 내가 성공을 느리게 깨달았다는 얘기다. 『듄』이 3부까지 출간되었을 무렵, 이 책이 인기 있는 책이라는 점에는 거의 의심의 여지가 없게 되었다. 나는 이 책이 전세계에서 약 1000만 부가 팔려서 역사상 가장 인기 있는 책 중 하나가 되었다는 말을 들었다. 이제 사람들이 내게 가장 흔하게 던지는 질문은 이런 것이다. "이런 성공이 당신에게는 어떤 의미를 지니고 있습니까?"

나는 이런 성공을 거둔 것에 깜짝 놀라고 있다. 그렇다고 내가 실패할 거라고 생각했던 것도 아니었다. 이 책을 쓰는 건 일이었고, 나는 그냥 그 일을 했다. 『듄의 메시아』와 『듄의 아이들』 원고 중 일부는 『듄』이 완성되기 전에 집필되었다. 글을 쓰는 과정에서 그 원고들에 더 많은 살이 붙었지만, 기본적인 줄거리는 고스란히 남았다. 나는 작가였고, 글을 쓰고 있었다. 성공은 내가 글 쓰는 데에 더 많은 시간을 쓸 수 있음을 의미했다.

지금 그때 일을 되돌아보면서 나는 본능적으로 옳은 일을 했음을 깨닫는다. 성공을 위해 글을 쓰면 안 된다. 성공을 생각하면 글쓰기에 정신을 집중할 수 없다. 정말로 글을 쓰는 사람이 하는 일은 글쓰기 하나뿐이다.

작가와 독자 사이에는 암묵적인 계약이 존재한다. 누군가가 서점에 들어와서 작가의 책을 사기 위해 힘들게 번 돈(에너지)을 내놓을 때, 작가는 그 사람에게 어느 정도의 즐거움과 그 밖에 자기가 줄 수 있는 한 가장 많은 것들을 주어야 할 의무가 있다.

나는 줄곧 그렇게 하고자 했다.

Frank Herbert

대부분의 기율은 숨겨진 기율이며, 해방이 아니라 제한을 위한 것이다. '왜?'를 묻지 말라. '어떻게?'를 조심해야 한다. '왜?'는 예외 없이 역설로 이어진다. '어떻게?'는 우리를 인과 관계의 우주 속에 가둔다. 이 두 가지 모두 무한을 부정한다.

—아라키스 외전

"우리가 이런 던컨 아이다호 골라 열하나를 소비했다고 타라자가 말해 주었겠지요, 그렇지 않습니까? 저것은 열두 번째입니다."

늙은 슈왕규 대모는 사방이 담으로 둘러싸인 잔디밭에서 혼자 놀고 있는 아이를 3층 난간에서 내려다보며 일부러 신랄하게 말했다. 가무 행성의 밝은 한낮. 햇빛이 뜰의 하얀 벽에 반사되어 아래쪽 공간을 눈부시게 가득 채우고 있었다. 마치 저 어린 골라가 각광을 받고 있는 것 같았다.

'소비했다니!' 루실라 대모는 생각했다. 그녀는 슈왕규의 태도와 단어 선택이 너무나 차갑고 비인간적이라고 생각하며 짤막하게 고개를 끄덕했다. '보급품을 다 써버렸으니 더 보내달라는 건가!'

잔디밭 위의 아이는 표준력으로 열두 살쯤 되어 보였지만, 아직 원래 기억을 각성하지 못한 골라의 경우에는 외모를 믿을 수가 없었다. 그 순간 아이가 머리 위에서 자신을 지켜보는 사람들을 올려다보았다. 그는 튼튼한 몸을 갖고 있었으며, 상대를 똑바로 바라보는 그의 시선은 카라쿨 양의 털 같은 검은 머리 밑에서 강렬하게 초점이 맞춰져 있었다. 초봄의 노란색 햇빛이 그의 발치에 자그마한 그림자를 던졌다. 그의 피부는 가무잡잡하게 그을려 있었지만 그가 몸을 조금 움직이자 위아래가 붙은 파란색 옷이 함께 움직이면서 왼쪽 어깨의 창백한 피부가 드러났다.

"이 골라들은 비쌀 뿐만 아니라 우리에게 다시없이 위험하기도 합니다." 슈왕규가 말했다. 그녀의 목소리에는 억양과 감정이 없었기 때문에 훨씬 더 힘 있게 들렸다. 그것은 복사를 내려다보며 얘기하는 대모 교관의 목소리였으며, 슈왕규가 골라 프로젝트에 공개적으로 반대하는 사람 중 하나라는 점을 루실라에게 더욱 강조해 주었다.

타라자는 이렇게 경고했었다. "그녀는 당신을 자기편으로 끌어들이려 할 겁니다."

"열한 번의 실패면 충분합니다." 슈왕규가 말했다.

루실라는 슈왕규의 주름진 얼굴을 살짝 바라보았다. 갑자기 이런 생각이 들었다. '언젠가 나도 늙고 쭈글쭈글해지겠지. 어쩌면 베네 게세리트 안에서 권력자가 될지도 몰라.'

슈왕규는 교단의 일을 하면서 많은 노화의 흔적들을 얻은 자그마한 여인이었다. 루실라는 슈왕규의 전통적인 검은 로브 속에 앙상한 몸매가 숨겨져 있으며, 그녀에게 옷을 입혀주는 복사와 그녀의 짝짓기 상대였던 남자들 외에는 그 몸을 본 사람이 거의 없다는 사실을, 임무를 위한 사전 조사를 통해 알고 있었다. 슈왕규의 입은 널찍했으며, 아랫입술은 튀어나온 턱까지 부채꼴로 퍼져 있는 주름살 때문에 쪼그라들어 있었다. 그녀는 무뚝뚝하고 퉁명스러운 태도를 보일 때가 많았는데, 아무 경험이 없는 초심자들은 그런 태도를 자주 분노로 해석했다. 가무 성(城)의 지휘자인 그녀는 대부분의 대모들보다도 훨씬 더 속내를 드러내지 않는 사람이었다.

골라 프로젝트의 전체적인 규모를 알고 있다면 좋았을 거라는 생각이 또 들었다. 그러나 타라자는 상대를 구분하는 선을 분명하게 그었다. "골라의 안전과 관련해서 슈왕규를 믿어서는 안 됩니다."라고.

"우리는 틀레이랙스 인이 전의 열한 명 중 대부분을 직접 죽였다고 생각합니다. 그건 그 자체로서 우리에게 의미가 있는 사실입니다." 슈왕규가 말했다.

루실라는 슈왕규의 태도에 맞춰 거의 아무런 감정도 드러내지 않고 상대의 반응을 기다리는 조용한 태도를 취했다. 그녀의 태도는 '내가 당신보다 훨씬 어릴지는 몰라도 나 역시 완전한 대모입니다, 슈왕규'라고 말하고 있었다. 그녀는 슈왕규의 시선을 느낄 수 있었다.

슈왕규는 이 루실라라는 인물의 홀로그램 자료를 본 적이 있었지만, 이 여자의 실물을 만나보니 더 혼란스러웠다. 그녀가 최고의 훈련을 받은 각인사라는 데에는 의심의 여지가 없었다. 렌즈 같은 것으로 교정하지 않은, 푸른자위에 푸른 눈동자가 있는 눈이 루실라에게 상대를 꿰뚫는 듯한 표정을 주었고, 그 표정은 그녀의 긴 달걀형 얼굴과 잘 어울렸다. 검은 아바 로브의 두건을 지금처럼 뒤로 젖히고 있으면 갈색 머리카락이 밖으로 드러났다. 머리핀으로 단단하게 묶여 있는 그 머리카락은 그녀의 등을 따라 폭포수처럼 떨어져 내렸다. 아무리 빳빳한 로브도 루실라의 풍만한 가슴을 완전히 감춰 주지는 못했다. 그녀는 모성으로 유명한 유전적 혈통 출신이었고, 이미 교단을 위해 세 명의 아이를 낳은 사람이었다. 그중 두 아이는 아비가 같았다. 그래, 그녀는 풍만한 가슴과 모성적 기질을 지닌 갈색 머리의 매력적인 여자였다.

"말을 거의 하지 않는군요. 타라자가 나에 대해 경고를 했다는 걸 알겠습니다." 슈왕규가 말했다.

"암살자들이 이 열두 번째 골라를 죽이려 할 거라고 믿을 만한 근거를 갖고 계십니까?" 루실라가 물었다.

"이미 그런 시도가 있었습니다."

슈왕규를 생각할 때 '이단'이라는 단어가 떠오르는 것은 이상한 일이라고 루실라는 생각했다. 대모들 가운데에 이단이 있을 수 있는가? 이 단어에 함축된 종교적 의미는 베네 게세리트의 분위기와 어울리지 않는 것처럼 보였다. 종교와 관련된 모든 것을 대단히 교묘하게 조작하려는 태도를 지닌 사람들 사이에서 어떻게 이단적인 움직임이 존재할 수 있단 말인가?

루실라는 골라에게 시선을 돌렸다. 골라는 마침 재주넘기를 선보이고 있었다. 그는 한 바퀴를 완전히 돈 다음 다시 똑바로 서서 난간에서 자신을 지켜보는 두 사람을 올려다보았다.

"정말 귀여운 재주가 아닙니까!" 슈왕규가 비웃듯이 말했다. 그녀의 늙은 목소리는 그 밑에 깔린 폭력성을 완전히 감추지 못했다.

루실라는 슈왕규를 흘깃 바라보았다. '이단이라.' 반체제라는 말은 적절하지 않았다. 반대 세력이라는 말은 이 연상의 여자에게서 느껴지는 것들을 다 포함하지 못했다. 이것은 베네 게세리트를 산산이 부숴 버릴 수도 있는 것이었다. 타라자에 대한, 그 최고 대모에 대한 반란? 상상도 할 수 없는 일이었다! 최고 대모들은 군주라는 틀 속에서 주조된 사람들이었다. 타라자가 권고와 조언을 받아들인 다음 스스로 결정을 내리면, 자매들은 반드시 복종해야 했다.

"지금은 새로운 문제들을 만들어낼 때가 아닙니다!" 슈왕규가 말했다.

그녀가 하고자 하는 말은 분명했다. 대이동을 떠났던 사람들이 돌아오고 있었으며, 그 '잃어버린 자들' 중 일부의 의도가 교단을 위협하고 있었다. '명예의 어머니라니!' 그 말이 '대모'와 얼마나 비슷하게 들리는지.

루실라는 상대의 의중을 떠보기 위해 말을 던져보았다. "그럼 당신은 우리가 대이동에서 돌아온 그 명예의 어머니들 문제에 전력을 쏟아야 한다고 생각하십니까?"

"전력을 쏟는다고요? 하! 그들은 우리와 같은 권능을 갖고 있지 않습니다. 그들은 양식(良識)을 보여주지도 않아요. 그들은 멜란지를 마음대로 다루지도 못합니다! 그들이 우리에게 원하는 것이 바로 그겁니다. 스파이스에 대한 우리의 지식."

"그런지도 모르죠." 루실라는 그녀의 말을 수긍했다. 그녀는 빈약한 증거들을 근거로 이 점을 기꺼이 인정하고 싶지는 않았다.

"타라자 최고 대모가 지금 이 골라라는 물건을 만지작거리는 건 분별력을 잃어버린 처사입니다." 슈왕규가 말했다.

루실라는 침묵을 지켰다. 골라 프로젝트가 자매들 사이에서 과거의 민감한 부분을 건드린 건 분명한 사실이었다. 자기들이 또다시 퀴사츠 해더락을 깨우게 될지도 모른다는 가능성은, 설사 아무리 희박하다 해도, 모든 자매들에게 분노와 두려움이 섞인 전율을 안겼다. 벌레에게 속박된 '폭군'의 잔해를 만지작거리다니! 그건 지극히 위험한 일이었다.

"저 골라를 라키스로 데려가서는 절대 안 됩니다. 잠자는 벌레를 그냥 내버려두세요." 슈왕규가 투덜거리듯 말했다.

루실라는 다시 한번 어린 골라에게 시선을 돌렸다. 그는 두 대모가 서 있는 높은 난간에 등을 돌리고 있었지만, 그의 자세를 보건대 두 사람이 자신에 관한 얘기를 하고 있음을 알고 두 사람의 반응을 기다리는 것 같았다.

"그가 아직 너무 어린데도 당신이 불려왔음을 당신도 틀림없이 깨달았겠지요." 슈왕규가 말했다.

"저렇게 어린 사람에게 깊은 각인을 했다는 얘기는 한 번도 들어보지 못했습니다." 루실라가 동의했다. 그녀는 자신의 어조에 스스로를 조롱하는 기색을 조금 허락했다. 슈왕규는 그 어조를 듣고 틀림없이 잘못된 해석을 할 것이다. 번식과 거기에 수반하는 모든 필요한 것들의 관리, 그것은 베네 게세리트의 궁극적인 전문 분야였다. 사랑을 이용하되 사랑을 피하라. 슈왕규는 지금 이런 생각을 하고 있을 터였다. 교단의 분석가들은 사랑의 뿌리를 알고 있었다. 그들은 뿌리가 발달하는 초창기부터 그것을 조사했지만, 그 뿌리가 영향을 미친 사람들을 교배시켜 감히 그것을 만들어내려 한 적은 한 번도 없었다. 사랑을 용인하되 사랑을 경계하라. 그것이 규칙이었다. 그것이 인간의 유전적 구성 속에 깊숙이 자리 잡고 있음을 알아야 했다. 그것은 종(種)의 지속을 보장하기 위한 안전망이었다. 필요한 경우에는 교단의 목적을 위해 선택된 사람들을 각인시킴으로써 (때로는 서로가 서로를 각인시킴으로써) 그것을 이용했다. 그런 사람들은 일반적인 의식으로는 손쉽게 이용할 수 없는 강력한 유대의 끈을 통해 서로 연결되었다. 다른 사람들이 그러한 연결 상태를 보고 그 결과를 꾸며낼 수도 있겠지만, 서로 연결된 사람들은 무의식의 음악에 맞춰 춤을 출 터였다.

"내 말은 그를 각인시키는 게 잘못이라는 뜻이 아니었습니다." 슈왕규가 말했다. 루실라의 침묵을 오해한 모양이었다.

"우리는 명령받은 대로 할 뿐입니다." 루실라가 그녀를 나무랐다. 슈왕규가 이 말을 듣고 그녀의 행동을 짐작할 테면 해보라지.

"그럼 당신은 저 골라를 라키스로 데려가는 것에 반대하지 않는군요. 당신이 모든 내용을 알게 되어도 과연 그렇게 무조건적인 복종을 계속할 수 있을까요?" 슈왕규가 말했다.

루실라는 깊이 숨을 들이쉬었다. 던컨 아이다호 골라들에 대한 계획의 전모를 지금 그녀에게 알려줘야 하는 건가?

"라키스에 시이나 브루라는 이름의 여자아이가 있습니다. 그 아이는 거대한 벌레들을 통제할 수 있습니다." 슈왕규가 말했다.

루실라는 놀라움을 감췄다. '거대한 벌레라니. 샤이 훌루드도 아니고 샤이탄도 아냐. 거대한 벌레.' 폭군이 예언했던 샌드라이더가 마침내 나타난 것이다!

"나는 한가하게 수다를 떠는 사람이 아닙니다." 루실라가 계속 침묵을 지키자 슈왕규가 말했다.

'그래, 그렇지. 그리고 당신은 어떤 물체를 설명하는 이름으로만 부르지. 신비주의적 의미가 들어 있는 이름이 아니라. 거대한 벌레라니. 당신은 정말로 폭군 레토 2세를 생각하고 있어. 그의 끝나지 않는 꿈은 그 각각의 벌레들 속에 의식의 진주알로 들어 있다. 어쨌든 전해지는 얘기에 따르면 그래.'

슈왕규는 아래쪽의 잔디밭에 있는 아이를 고갯짓으로 가리켰다. "그들의 골라가 벌레를 통제하는 그 여자아이에게 영향을 미칠 수 있다고 생각합니까?"

'우리가 이제야 마침내 껍데기를 벗어 버리고 있군.' 루실라는 생각했다. "나는 그런 질문의 대답이 필요하지 않습니다." 그녀가 말했다.

"당신은 정말로 조심스러운 사람이군요." 슈왕규가 말했다.

루실라는 등을 둥글게 구부렸다가 쭉 폈다. '조심스럽다고? 그래, 그렇지!' 타라자는 그녀에게 이렇게 경고했었다. "슈왕규에 대해서 당신은 반드시 지극히 조심스럽게, 그러나 재빨리 행동해야 합니다. 우리가 성공할 수 있는 시간의 폭이 아주 좁습니다."

무엇에서 성공을 거둔단 말인가? 루실라는 속으로 질문을 던져보았다. 그녀는 곁눈질로 슈왕규를 살짝 바라보았다. "틀레이랙스 인들이 어떻게 저런 골라 열하나를 죽일 수 있었는지 모르겠습니다. 그들이 우리의 방어 체제를 어떻게 뚫을 수 있었죠?"

슈왕규가 말했다. "우리에게는 이제 바샤르가 있습니다. 어쩌면 그가 재앙을 막을 수 있을지도 모르죠." 그러나 이 말을 믿지 않는 듯한 어조였다.

타라자 최고 대모는 이렇게 말했었다. "당신은 각인사입니다, 루실라. 당신은 가무에 도착하면 패턴의 일부를 파악하게 될 겁니다. 그러나 당신의 임무를 위해 전체적인 계획을 다 알 필요는 없습니다."

"비용을 생각해 보세요!" 슈왕규가 골라를 노려보며 말했다. 골라는 이제 쭈그리고 앉아서 풀잎을 잡아당기고 있었다.

비용은 아무 상관없다는 것을 루실라는 알고 있었다. 실패를 공개적으로 인정하는 일이 훨씬 더 중요했다. 교단은 스스로 오류를 범할 수 있다는 사실을 드러낼 수 없었다. 그러나 각인사가 일찍 소환되었다는 사실, 그것이 몹시 중요했다. 타라자는 이 각인사가 이것을 눈치채고 패턴의 일부를 파악하게 되리라는 것을 이미 알고 있었다.

슈왕규는 뼈가 앙상한 손으로 아이를 가리켰다. 아이는 다시 혼자 하는 놀이로 돌아가서 풀밭 위를 달리며 구르고 있었다.

"정치입니다." 슈왕규가 말했다.

슈왕규가 품은 '이단'의 핵심에 교단의 정치적 관계가 놓여 있음에는 의심의 여지가 없다고 루실라는 생각했다. 슈왕규가 이곳 가무에서 성을 책임지는 자리에 놓여 있다는 사실에서 내적인 논쟁의 미묘함을 추론해 낼 수 있었다. 타라자에게 반대하는 사람들은 방관자로 남는 것을 거부했다.

슈왕규가 시선을 돌려 루실라를 정면으로 바라보았다. 지금까지 말한 것만으로도 충분했다. 베네 게세리트의 의식 속에서 훈련받은 정신은 이미 충분한 얘기를 듣고 심사를 마친 다음이었다. 이 루실라는 참사회가 대단히 신중을 기해 선택한 인물이었다.

루실라는 자기보다 나이 많은 여인이 자신을 조심스럽게 살펴보는 것을 느꼈지만 모든 대모들이 압박을 느낄 때 의존할 수 있는 내면 깊숙한 곳의 목적의식에는 그녀의 시선이 닿지 않게 했다. '그래, 저 사람이 나를 완전히 관찰할 테면 하라지.' 루실라는 시선을 돌리며 입가에 부드러운 미소를 짓고, 맞은편의 지붕들을 시선으로 훑었다.

제복을 입고 튼튼한 레이저총으로 무장한 남자 하나가 그곳에 나타나서 두 대모를 한 번 바라보고는 두 사람 아래에 있는 아이에게 시선을 집중했다.

"저 사람은 누굽니까?" 루실라가 물었다.

"파트린. 바샤르가 가장 신뢰하는 보좌관입니다. 그는 자기가 바샤르의 당번병에 지나지 않는다고 하지만, 그 말을 믿으려면 장님이나 바보가 되어야 할 겁니다."

루실라는 건너편의 그 남자를 조심스럽게 살펴보았다. 그래, 저 사람이 파트린이로군. 타라자는 그가 가무 태생이라고 했었다. 그는 이번 임무를 위해 바샤르가 직접 고른 사람이었다. 마른 몸매에 금발인 그는 지금 군인 노릇을 하기에는 너무 나이가 많았지만, 은퇴했다가 다시 불려온 바샤르는 파트린이 자신과 임무를 함께 해야만 한다고 고집을 부렸다.

슈왕규는 루실라가 정말로 걱정스러운 표정으로 파트린에게서 골라에게로 시선을 옮기는 것을 눈치챘다. 그래, 만약 바샤르가 이 성을 지키기 위해 다시 불려 온 것이라면, 저 골라는 극단적인 위험에 처해 있는 셈이었다.

루실라가 갑자기 깜짝 놀라면서 움찔했다. "왜…… 그가……."

"마일즈 테그의 명령입니다." 슈왕규가 바샤르의 이름을 대면서 말했다. "골라의 놀이는 모두 훈련을 위한 놀이입니다. 그가 원래의 자아를 회복하는 날을 위해 근육을 준비시켜야 하니까요."

"하지만 저 아이가 지금 저 아래에서 하고 있는 건 결코 간단한 훈련이 아닙니다." 루실라가 말했다. 그녀는 자신의 근육들이 훈련의 기억에 공감하듯 반응을 보이는 것을 느꼈다.

"우리가 저 골라에게 공개하지 않는 것은 교단의 가장 깊은 비밀뿐입니다. 그 외에는 우리의 지식 저장소에 있는 거의 모든 것이 그의 것이 될 수 있습니다." 슈왕규가 말했다. 이 점에 지극히 불만을 품고 있음이 역력히 드러난 어조였다.

"이 골라가 새로운 퀴사츠 해더락이 될 수 있을 거라고 믿는 사람은 확실히 아무도 없습니다." 루실라가 반발했다.

슈왕규는 그저 어깨를 으쓱할 뿐이었다.

루실라는 가만히 서서 생각에 잠겼다. 저 골라를 남성 대모로 변화시키는 것이 가능한 일인가? 이 던컨 아이다호가 그 어떤 대모도 감히 보지 못하는 내면을 보는 법을 배울 수 있을까?

슈왕규가 입을 열어 말을 하기 시작했다. 거의 으르렁거리며 투덜거리는 듯한 목소리였다. "이 프로젝트의 구도는…… 그들의 계획은 위험합니다. 그들이 똑같은 실수를 저지를 수도 있어요……." 그녀는 말끝을 흐렸다.

'그들. 그들의 골라.' 루실라는 생각했다.

"이번 일에서 익스와 물고기 웅변대의 역할을 확실히 알 수만 있다면 저는 무엇이든 내놓을 수 있습니다." 루실라가 말했다.

"물고기 웅변대!" 슈왕규는 한때 폭군만을 섬겼던 저 여성 군대의 잔해를 생각하며 고개를 설레설레 저었다. "그들은 진실과 정의를 믿습니다."

루실라는 갑자기 목이 답답해지는 것을 억눌렀다. 슈왕규는 노골적인 반대 의사를 거의 선언하다시피 한 것이다. 그러나 그녀는 이곳의 지휘자였다. 정치적 규칙은 단순했다. 이 프로젝트에 반대하는 사람은 문제가 일어나는 조짐이 보이자마자 중단시킬 수 있도록 프로젝트를 감시해야 한다는 것. 그러나 저 아래 잔디밭에 있는 것은 진짜 던컨 아이다호 골라였다. 세포 비교 결과와 진실을 말하는 자들이 그것을 이미 확인해 주었다.

타라자는 이렇게 말했었다. "당신은 그 아이에게 모든 형태의 사랑을 가르쳐야 합니다."

"저 애는 너무 어립니다." 루실라가 골라에게 시선을 고정시킨 채 말했다.

"어리다, 맞습니다. 그러니까 당신은 당분간 모성적 애정에 대한 저 아이의 아이다운 반응을 각성시켜야겠지요. 나중에는……." 슈왕규는 어깨를 으쓱했다.

루실라는 아무런 감정도 드러내지 않았다. 베네 게세리트는 복종해야 했다. '나는 각인사야. 그러니까…….' 타라자의 명령과 각인사로서 받은 전문적인 훈련 덕분에 그녀는 일을 어떻게 진행해야 할지 구체적으로 파악할 수 있었다.

슈왕규에게 루실라가 말했다. "나와 같은 생김새를 갖고, 내 목소리로 말하는 사람이 있습니다. 나는 그녀를 대신해서 각인합니다. 그 사람이 누군지 물어봐도 되겠습니까?"

"안 됩니다."

루실라는 침묵을 지켰다. 사실을 알아낼 수 있을 거라고 기대한 건 아니었지만, 그녀가 선임 경비모(母) 다르위 오드레이드와 놀라울 정도로 닮았다는 말을 들은 것이 한두 번이 아니었다. '젊은 오드레이드' 같다는 말을 여러 번 들었다. 루실라와 오드레이드는 물론 아트레이데스 혈통이었으며, 시오나의 후손들을 통한 교배가 두 사람의 태생을 강력하게 뒷받침하고 있었다. 물고기 웅변대가 그 유전자를 독점하고 있는 것은 아니었다! 그러나 대모의 '다른 기억들'은 단선적 한계와 여성적인 측면에만 국한되어 있는데도 불구하고 골라 프로젝트의 포괄적인 형태에 대해 중요한 단서들을 제공해 주었다. 교단의 유전자 조작 역사 속에서 약 5000년 전의 세월 속에 묻혀 있는 제시카의 인격을 직접 경험하고, 거기에 의존하게 된 루실라는 이제 그 인격으로부터 깊은 공포를 느끼고 있었다. 여기에는 친숙한 패턴이 있었다. 그 패턴이 파멸의 느낌을 너무나 강렬하게 발산하고 있어서 루실라는 교단의 의식을 처음 배우면서 받았던 가르침에 따라 자동적으로 '공포에 맞서는 기도문' 속으로 빠져들었다.

'두려워해서는 안 된다. 두려움은 정신을 죽인다. 두려움은 완전한 소멸을 초래하는 작은 죽음이다. 나는 두려움에 맞설 것이며 두려움이 나를 통과해서 지나가도록 허락할 것이다. 두려움이 지나가면 나는 마음의 눈으로 그것이 지나간 길을 살펴보리라. 두려움이 사라진 곳에는 아

무것도 없을 것이다. 오직 나만이 남아 있으리라.'

차분함이 루실라에게 되돌아왔다.

슈왕규는 이것을 어느 정도 감지하고 경계 태세를 약간 누그러뜨렸다. 루실라는 바보가 아니었다. 교단을 곤혹스럽게 만들지 않을 정도로 간신히 기능을 발휘할 수 있을 만큼의 경험과 공허한 직함을 가진 '특별한' 대모가 아니었다. 루실라는 진짜였으므로, 어떤 경우에는 그녀에게 반응을 감추는 것이 불가능했다. 그것이 똑같은 대모의 반응일지라도. 그렇다면, 이 어리석고 '위험한' 프로젝트에 대한 반대 의견을 그녀에게 완전히 알려주기로 하자!

"그들의 골라가 살아남아서 라키스를 보게 될 거라고는 생각하지 않습니다." 슈왕규가 말했다.

루실라는 이 말을 그냥 흘려보냈다. "저 아이의 친구들에 대해 말씀해 주십시오." 그녀가 말했다.

"저 아이에게는 친구가 없습니다. 교사들뿐이지요."

"제가 그들을 언제 만날 수 있겠습니까?" 루실라는 파트린이 무거운 레이저총을 언제라도 쏠 수 있는 자세로 들고 나지막한 기둥에 한가하게 기대서 있는 맞은편 난간을 계속 응시했다. 그리고 그가 자신을 지켜보고 있다는 사실을 갑작스러운 충격과 함께 깨달았다. 파트린은 바샤르가 보낸 메시지였다! 슈왕규도 그것을 보고 이해했음이 분명했다. '우리가 그를 지킨다!'는 메시지를.

"당신이 그토록 만나고 싶어 하는 사람은 바로 마일즈 테그인 것 같네요." 슈왕규가 말했다.

"다른 사람들도 있습니다."

"먼저 골라와 접촉할 생각은 없습니까?"

"저는 이미 저 아이와 접촉했습니다." 루실라는 사방이 막힌 뜰을 고 갯짓으로 가리켰다. 그곳에서는 아이가 또다시 거의 꼼짝도 하지 않고 서서 그녀를 올려다보고 있었다. "생각이 깊은 아이입니다."

"제가 갖고 있는 건 다른 골라들에 대한 보고서뿐입니다. 하지만 그 골라 시리즈 중에서 이 아이가 가장 생각이 깊은 것 같다고 짐작하고 있습니다." 슈왕규가 말했다.

루실라는 슈왕규의 말과 태도에서 그녀가 언제라도 즉시 격렬한 반대 운동에 나설 수 있음을 깨닫고 자기도 모르게 몸이 부르르 떨리는 것을 억눌렀다. 저 아래에 있는 아이가 보편적인 인간다움을 가지고 있음을 알려주는 조짐은 하나도 없었다.

루실라가 이 생각을 하는 동안 구름이 태양을 가렸다. 이 시간이면 이 곳에서 흔히 볼 수 있는 모습이었다. 성의 담장 위로 차가운 바람이 불어 와 뜰 안을 소용돌이처럼 돌아다녔다. 아이는 몸을 돌리고 운동의 속도 를 높여 거기서 온기를 얻었다.

"저 아이가 혼자 있고 싶을 때 가는 곳이 어딥니까?" 루실라가 물었다.

"대개는 자기 방으로 갑니다. 몇 번 위험한 장난을 친 적도 있지만, 우 리가 그런 짓을 하지 말라고 일렀습니다."

"우리를 아주 미워하겠군요."

"틀림없이 그럴 겁니다."

"제가 그 문제를 단도직입적으로 다뤄야 할 것 같습니다."

"각인사라면 증오를 극복하는 자신의 능력에 대해 분명히 확신이 있 겠지요."

"저는 기자를 생각하고 있었습니다." 루실라는 다 알고 있다는 시선을 슈왕규에게 보내며 말을 이었다. "기자의 그런 실수를 당신이 내버려두었다는 게 놀랍습니다."

"저는 골라의 정상적인 교육 과정에 간섭하지 않습니다. 그의 교사들 중에 그에게 진정한 애정을 갖는 사람이 생기더라도 그건 제 문제가 아닙니다."

"매력적인 아이입니다." 루실라가 말했다.

두 사람은 그곳에 조금 더 오래 서서 던컨 아이다호 골라가 훈련을 겸한 놀이를 하는 모습을 지켜보았다. 두 대모는 골라 프로젝트를 위해 처음 이곳으로 데려온 교사들 중 하나인 기자를 잠깐 생각했다. 슈왕규의 태도는 분명했다. '기자는 신의 실패작'이라는 것이었다. 루실라의 머리에 떠오른 생각은 '슈왕규와 기자가 내 일을 복잡하게 만들어 버렸다'는 것뿐이었다. 두 여자 모두 자신의 생각이 각자 충성하는 대상을 다시 확인해 준다는 점에 대해서는 잠시도 주의를 기울이지 않았다.

루실라는 뜰에 있는 아이를 지켜보면서 폭군 신황제가 실제로 성취해 놓은 것을 새로이 인정하기 시작했다. 레토 2세는 셀 수도 없이 많은 세대가 흐르는 동안 이 골라 타입을 이용했다. 약 3500년 동안 골라들을 차례로 옆에 둔 것이다. 그런데 신황제 레토 2세의 힘은 평범하고 자연스러운 것이 아니었다. 그는 인간 역사상 가장 거대하고 위압적인 존재로서 모든 것을 무너뜨렸다. 사회 체제, 자연스러운 증오와 자연스럽지 못한 증오, 정부의 형태, 의식(금기의 의식과 강제적인 의식 모두), 격식을 차리지 않는 태평한 종교와 격렬한 종교. 스치고 지나가면서 모든 것을 박살 내는 폭군의 무게에 상처 입지 않은 것은 하나도 없었다. 심지어 베네 게세리트까지도.

레토 2세는 그것을 '황금의 길'이라고 불렀고, 지금 그녀의 아래쪽에 있는 이 던컨 아이다호 타입의 골라는 그 경이로운 길에서 두드러지는 존재였다. 루실라는 베네 게세리트의 보고서들을 연구해 보았다. 그 보고서들은 아마도 우주 최고일 터였다. 신혼부부들은 심지어 오늘날에도, 과거 제국에 속했던 행성들 중 대부분의 곳에서 동쪽과 서쪽에 물을 조금씩 흩뿌리면서 "당신의 축복이 이 공물로부터 우리에게 다시 흐르게 하소서. 오, 무한한 힘과 무한한 자비의 신이시여."라는 말을 각자 지역에 따라 변형된 형태로 속삭였다.

예전에는 이 의식을 지키게 만드는 것이 물고기 웅변대와 그들의 유순한 사제들의 임무였다. 그러나 점점 스스로 힘을 얻은 이 의식이 지금은 곳곳에 스며든 강박적인 충동이 되었다. 가장 의심이 많은 신자들조차 "뭐, 밑져야 본전이지"라고 말하곤 했다. 그것은 베네 게세리트 보호선교단의 가장 뛰어난 종교 공학자들이 좌절감과 경외를 느끼며 찬미하는 업적이었다. 폭군은 최고의 베네 게세리트를 뛰어넘었다. 교단은 폭군의 죽음 이후 1500년이 지난 지금도 그 무시무시한 업적의 핵심적인 매듭을 풀 능력이 없었다.

"저 아이의 종교 훈련을 맡은 사람이 누구입니까?" 루실라가 물었다.

"아무도 없습니다. 뭐 하러 애쓰겠습니까? 원래의 기억을 찾으면 저 아이는 자기 나름의 생각을 갖게 될 텐데요. 필요하다면, 그때 대처하면 됩니다." 슈왕규가 말했다.

아래쪽의 아이가 자신에게 할당된 훈련 시간을 완수했다. 그는 난간 위에서 자신을 지켜보는 사람들을 다시 올려다보지 않은 채 사방이 막힌 뜰을 떠나 왼쪽의 널찍한 문으로 들어갔다.

파트린 역시 두 대모에게는 눈길 한 번 주지 않고 경비를 서고 있던 자리를 떠났다.

"테그의 부하들에게 속지 마세요. 그들은 뒤통수에도 눈을 갖고 있습니다. 테그의 생모는, 아시겠지만, 우리와 같습니다. 그는 저 골라에게 절대 알려주지 않는 편이 더 좋은 것들을 가르치고 있습니다!" 슈왕규가 말했다.

폭발 또한 시간의 압축이다. 자연의 우주에서 관찰되는 모든 변화들은 어떤 관점에서 보면 어느 정도 폭발적이다. 그렇지 않다면 사람들은 그 변화를 알아차리지 못할 것이다. 변화의 '매끄러운 지속성'은, 그 속도가 충분히 느려진다면 시간과 주의 집중의 폭이 너무 짧은 관찰자들이 눈치채지 못한다. 따라서 내가 말하노니, 나는 너희가 결코 주목하지 못했을 변화들을 보았다.

—레토 2세

참사회 행성의 아침 햇살 속에서 탁자를 사이에 두고 알마 마비스 타라자 최고 대모와 마주 선 여자는 키가 크고 몸이 유연했다. 어깨부터 방바닥까지 희미하게 반짝이는 검은색으로 그녀의 몸을 감싼 긴 아바 로브는 그녀의 몸이 움직일 때마다 나타나는 우아함을 완전히 감춰주지 못했다.

타라자는 의자개 위에 앉아 몸을 앞으로 기울이고 탁자 표면에 오로지 그녀만이 볼 수 있도록 압축된 베네 게세리트 상형문자를 영사하고 있는 기록 중계기를 검색했다.

"다르위 오드레이드." 탁자 표면에 서 있는 여자의 정체가 나타났고,

기본적인 약력이 그 뒤를 따랐다. 그건 타라자가 이미 상세히 알고 있는 사실이었다. 기록 중계기는 여러 가지 목적으로 쓰였다. 최고 대모는 이 장치를 통해 기억을 확실하게 상기할 수 있었고, 기록을 검색하는 시늉을 하면서 생각할 시간을 벌 수도 있었다. 이번 면담에서는 부정적인 반응이 나올 경우 이 중계기의 기록이 최종적인 논거가 될 것이다.

오드레이드는 베네 게세리트에 열아홉 명의 아이를 낳아 주었다. 타라자는 눈앞에서 흘러가는 정보를 보면서 그 사실을 확인했다. 아이들의 아버지는 모두 달랐다. 그건 그리 이상한 일이 아니었지만, 아무리 날카로운 안목을 가진 사람이라도 교단에 대한 이 필수적인 봉사로 인해 오드레이드의 몸이 뚱뚱해지지 않았음을 알 수 있었다. 그녀의 이목구비는 긴 코와 그것을 보완하는 각진 뺨을 통해 자연스럽게 오만한 분위기를 풍기고 있었다. 이목구비 하나하나가 좁은 턱을 향해 아래로 초점이 맞춰져 있었다. 그러나 그녀의 입술은 풍만해서 그녀가 정열을 조심스럽게 제어하고 있음을 보여주었다.

'아트레이데스의 유전자는 항상 믿을 수 있지.' 타라자는 생각했다.

창문의 커튼 하나가 오드레이드의 뒤에서 펄럭이자 그녀는 시선을 뒤로 돌려 그것을 흘긋 바라보았다. 두 사람은 타라자의 거실에 있었다. 다양한 색조의 초록색으로 장식된 이 방은 우아한 가구들이 놓여 있는 작은 공간이었다. 타라자가 앉은 의자개의 뚜렷한 하얀색만이 그녀를 다른 배경들로부터 분리시켜 주었다. 활처럼 불룩한 모양의 창문들은 동쪽의 정원과 잔디밭을 향하고 있었다. 참사회 행성의 눈 덮인 산들이 그 뒤로 멀리 배경처럼 보였다.

시선을 들지 않은 채 타라자가 말했다. "당신과 루실라 모두 임무를 받아들였을 때 나는 기뻤습니다. 덕분에 내 일이 훨씬 쉬워졌어요."

"제가 그 루실라라는 분을 만나 보았다면 좋았을 텐데요." 오드레이드가 타라자의 정수리를 내려다보며 말했다. 오드레이드의 목소리는 부드러운 저음이었다.

타라자가 헛기침을 했다. "그럴 필요 없습니다. 루실라는 우리가 보유한 최고의 각인사 중 한 명입니다. 물론 두 분 모두 이 일을 위해서 똑같이 자유로운 정신 훈련을 받았지요."

타라자의 무심한 어조에는 모욕에 가까운 느낌이 있었다. 오드레이드가 즉각적인 분노를 억누를 수 있었던 것은 오로지 오랫동안 이런 사람들을 상대해 온 습관 덕분이었다. 그녀는 '자유로운'이라는 단어가 자신의 분노를 불러일으킨 이유 중 하나임을 깨달았다. 아트레이데스의 조상들이 이 말에 반발하며 일어섰다. 마치 그녀의 축적된 여성적 기억들이 그 말의 뒤에 숨어 있는 무의식적인 가정과 제대로 검증되지 않은 편견에 맹렬히 덤벼드는 것 같았다.

'정말로 생각을 하는 것은 자유주의자뿐이다. 지성을 지닌 것은 자유주의자뿐이다. 동료의 필요성을 이해하는 것은 자유주의자뿐이다.'

그 단어 속에 얼마나 많은 악의가 숨겨져 있는지! 우월감을 느끼고 싶다고 요구하는 비밀스러운 자아가 얼마나 많이 숨겨져 있는지.

오드레이드는 타라자가 무심히 모욕하는 듯한 어조로 말을 했지만 사실 그 단어를 일반적인 의미로만 사용했음을 자신에게 일깨웠다. 루실라의 개괄적인 교육이 오드레이드의 교육과 잘 조화되도록 조심스럽게 이루어졌다는 뜻이었다.

타라자는 뒤로 몸을 기대며 좀더 편안한 자세를 취했지만 시선은 중계기 화면에 여전히 고정되어 있었다. 동쪽 창문에서 들어온 빛이 그녀의 얼굴에 똑바로 떨어져 코와 턱 밑에 그림자를 남겼다. 오드레이드보다 아주 조금 나이가 많고 자그마한 여자인 타라자는 까다로운 아비들을 상대로 자식을 만들어낼 수 있는 가장 믿음직한 사람이 될 수 있게 해주었던 미모를 대부분 간직하고 있었다. 그녀의 얼굴은 긴 달걀형이었으며, 뺨은 부드러운 곡선을 그렸다. 검은 머리는 유난히 앞으로 톡 튀어나온 넓은 이마에서 뒤로 단단하게 잡아당겨져 있었다. 타라자는 말을 할 때 입을 최소한도로만 벌렸다. 몸의 움직임에 대한 탁월한 통제 능력이었다. 그녀를 바라볼 때 사람들의 시선은 주로 눈에 집중되었다. 푸른 자위에 푸른 눈동자가 있는, 그 거역할 수 없는 눈에. 이런 특징들이 모두 합쳐서 그녀는 진실한 감정을 거의 드러내지 않는 상냥한 표정을 언제나 가면처럼 유지했다.

오드레이드는 최고 대모가 지금 취하고 있는 자세가 무엇인지 깨달았다. 타라자는 곧 혼자 중얼거릴 것이다. 정말로 마치 신호라도 받은 것처럼 타라자가 혼잣말을 중얼거렸다.

그녀는 책상 표면에 나타난 이력을 아주 열심히 눈으로 쫓으면서 생각에 잠겨 있었다. 많은 문제들이 그녀의 머릿속을 차지했다.

이것이 오드레이드에게 안도감을 주었다. 타라자는 인류를 지키는 자비로운 힘 같은 것이 존재한다고는 믿지 않았다. 타라자의 우주에서는 보호 선교단과 교단의 의도가 모든 것이었다. 그들의 의도에 부합하는 것이라면 무엇이든, 심지어 오래전에 죽은 폭군의 음모조차도 좋은 것으로 판단될 수 있었다. 그 밖의 것은 모두 악이었다. 대이동에서 돌아온 이질적인 존재의 침입, 특히 스스로를 '명예의 어머니'라고 부르며 돌아오는 후손을 믿어서는 안 되었다. 타라자의 사람들은, 심지어 평의회에서 그녀에게 반대하는 대모들조차도, 베네 게세리트의 궁극적인 자원이자 유일하게 믿을 수 있는 존재들이었다.

여전히 시선을 들지 않은 채 타라자가 말했다. "폭군이 나타나기 수천 년 전과 그의 죽음 이후의 세월을 비교하면 대규모 분쟁이 놀라울 정도로 줄어들었다는 걸 아십니까. 폭군 시대 이래로 그러한 분쟁의 숫자는 그 전의 2퍼센트도 되지 않을 만큼 뚝 떨어졌습니다."

"저희가 아는 한은 그렇지요." 오드레이드가 말했다.

타라자가 재빨리 시선을 들었다가 다시 아래를 향했다. "뭐라고요?"

"우리의 시야 밖에서 얼마나 많은 전쟁이 벌어졌는지 정확히 알아낼 방법이 없습니다. 대이동에 참여한 사람들의 통계를 갖고 계십니까?"

"그럴 리가 없지 않습니까!"

"대모님의 말씀은 레토가 우리를 순하게 길들였다는 뜻입니다."

"그렇게 표현할 수도 있겠지요." 타라자는 책상 표면의 화면 중 어떤 지점에 표시를 끼워 넣었다.

"우리의 친애하는 마일즈 테그 바샤르에게 공을 일부 돌려야 하는 것 아닙니까? 아니면 그의 재능 있는 전임자들에게 돌리든지요." 오드레이드가 물었다.

"우리가 그 사람들을 선택했습니다." 타라자가 말했다.

"저는 이 군사적인 논의가 무슨 상관이 있는지 모르겠습니다. 그것이 현재 우리가 갖고 있는 문제와 무슨 관계가 있습니까?" 오드레이드가 말했다.

"우리가 아주 불쾌한 방식으로 폭군 이전 시대와 같은 상황으로 불쑥 회귀할지도 모른다고 생각하는 사람들이 있습니다."

"아?" 오드레이드는 입을 꾹 다물었다.

"지금 돌아오고 있는 '잃어버린 자들' 중 여러 집단은 누구든 무기를 원하거나, 사들일 수 있는 사람들에게 무기를 팔고 있습니다."

"구체적으로 어떤 무기죠?"

"정교한 무기들이 가무로 홍수처럼 쏟아져 들어오고 있어요. 틀레이 랙스 인이 아주 고약한 무기들을 일부 비축하고 있다는 데에는 거의 의심의 여지가 없습니다."

타라자는 뒤로 등을 기대며 관자놀이를 문질렀다. 그녀가 마치 생각에 잠긴 것처럼 낮은 목소리로 말했다. "우리는 우리가 가장 고귀한 원칙들을 근거로 가장 중요한 결정들을 내리고 있다고 생각합니다."

오드레이드는 전에도 이런 모습을 본 적이 있었다. 그녀가 말했다. "최고 대모님께서 베네 게세리트의 올바름에 회의를 품고 계시는 겁니까?"

"회의? 천만에요. 그러나 제가 좌절을 느끼는 건 사실입니다. 우리는 대단히 정교하게 다듬어진 목표들을 위해 우리의 인생을 바칩니다. 그런데 결국 우리가 알게 된 것이 무엇입니까? 우리가 인생을 바쳤던 많은 것들이 시시한 결정에서 기인했다는 점입니다. 그것들의 근원을 거슬러 올라가면 개인적인 편안함이나 편리를 누리고 싶다는 욕망에 닿습니다. 우리의 고귀한 이상과 전혀 상관이 없어요. 그 당시 정말로 중요했던 것은 결정을 내릴 수 있는 위치의 사람들을 만족시키는 세속적인 실무 계약 같은 것들이었습니다."

"전에 최고 대모님께서는 그것을 정치적으로 불가피한 일이라고 하셨습니다."

타라자는 눈앞의 화면으로 다시 시선을 돌리면서 단단하게 통제된 목소리로 말했다. "우리가 제도화된 기관으로서 판단을 내리게 된다면, 그것은 베네 게세리트를 말살시키는 확실한 방법입니다."

"제 이력에는 시시한 결정들이 없습니다."

"저는 약점의 원천들, 결점들을 찾고 있습니다."

"그런 것도 없을 겁니다."

타라자는 미소를 감췄다. 그녀는 이 자기중심적인 말의 의미를 파악했다. 이것은 최고 대모를 들볶는 오드레이드 나름의 방법이었다. 오드레이드는 사실은 시간을 초월한 인내심의 흐름 속에 둥둥 떠 있으면서도 조바심을 치는 것처럼 꾸미는 실력이 뛰어났다.

타라자가 미끼를 물지 않자, 오드레이드는 다시 차분하게 기다리기 시작했다. 편안하게 호흡하고, 흔들리지 않는 정신을 유지하면서. 인내심이 저절로 찾아왔다. 교단은 과거와 현재를 동시에 생겨나는 흐름으로 분리시키는 법을 오래전에 그녀에게 가르쳐주었다. 그녀는 주위를 관찰하면서 과거의 조각들을 잡아 올려 생생하게 경험할 수 있었다. 마치 그 조각들이 현재 위에 겹쳐진 스크린을 지나가는 것 같았다.

'기억의 작용이야.' 오드레이드는 생각했다. 어떤 기억들을 잡아당겨서 끌어낸 다음 가만히 두어야 했다. 그리고 장벽을 제거했다. 다른 모든 것이 맥없이 시시해졌을 때에도 그녀의 헝클어진 어린 시절은 여전히 존재하고 있었다.

오드레이드에게도 대부분의 아이들과 똑같은 삶을 살았던 시기가 있었다. 남자 하나와 여자 하나가 있는 집. 그들이 그녀의 진짜 부모가 아니었는지는 몰라도, 부모의 입장에서 행동했던 것은 확실했다. 그때 그녀가 알던 다른 아이들도 모두 비슷한 환경에서 살았다. 그들에게도 '아빠'와 '엄마'가 있었다. 아빠만 일을 하러 나가는 집도 있었고, 엄마만 일을 하러 다니는 집도 있었다. 오드레이드의 경우 여자가 집에 남아 있었기 때문에 남들이 일하는 시간에 보모가 아이를 지키는 일은 없었다. 훨씬 나중에 오드레이드는 자신의 생모가 이 사람들에게 많은 돈을 지불했음을 알게 되었다. 갓 태어난 여아를 이렇게 누구나 볼 수 있는 곳에 숨기기 위해서였다.

"네 생모가 널 우리와 함께 숨겨둔 건 너를 사랑하기 때문이야. 그러니까 너도 우리가 네 진짜 부모가 아니라는 사실을 누구에게도 말해서는 안 돼." 오드레이드가 말귀를 알아들을 나이가 되자 여자는 이렇게 설명해 주었다.

생모가 사랑 때문에 그렇게 했다는 건 완전한 거짓말임을 오드레이드는 나중에 알게 되었다. 대모들이 그런 세속적인 동기를 갖고 행동하는 경우는 없었다. 오드레이드의 생모는 베네 게세리트의 자매였다.

이 모든 사실이 처음 세워진 계획에 따라 오드레이드에게 알려졌다. 그녀의 이름은 오드레이드였다. 다르위는 그녀에게 애정이나 분노를 품지 않은 사람들이 그녀를 부르는 이름이었다. 어린 친구들은 그 이름을 다르라고 자연스럽게 줄여서 불렀다.

그러나 모든 것이 계획대로 진행되지는 않았다. 오드레이드는 연한 파란색 벽에 동물들과 환상 속의 풍경이 그려져서 밝게 보이던 방의 좁은 침대를 기억했다. 창문에서는 봄과 여름의 부드러운 산들바람에 하얀 커튼이 펄럭거렸다. 오드레이드는 그 좁은 침대 위에서 펄쩍펄쩍 뛰던 것을 기억했다. 그것은 너무나 즐거운 놀이였다. 위로, 아래로, 위로, 아래로. 다들 신나게 웃어댔고, 누군가의 팔이 막 뛰어오른 그녀를 붙들어 꼭 안아 주었다. 그건 남자의 팔이었다. 남자의 둥근 얼굴에 난 자그마한 콧수염이 그녀를 간질이는 바람에 그녀는 키득키득 웃음을 터뜨렸다. 그녀가 뛰어오르면 침대가 벽에 쿵 하고 부딪쳤기 때문에 그 부분의 벽이 오목하게 파여 있었다.

오드레이드는 이 기억을 다시 되돌려보았다. 이 기억을 합리성이라는 우물 속으로 버리고 싶지 않았다. 벽에 난 자국. 웃음소리와 기쁨의 흔적. 이렇게 자그마한 것들이 얼마나 많은 의미를 지니고 있는지.

그녀가 최근 들어 아빠에 대해 점점 더 많이 생각하게 된 것은 이상한 일이었다. 모든 기억이 다 행복한 건 아니었다. 아빠는 가끔 슬픈 듯이 화를 내며 엄마에게 '너무 열중하지' 말라고 경고하곤 했다. 아빠의 얼굴에는 수많은 좌절감의 흔적이 반영되어 있었다. 화가 나면 그는 마구 고함을 지르는 것 같은 목소리로 말을 했다. 그럴 때면 엄마는 근심이 가득한 눈으로 살살 움직였다. 오드레이드는 엄마의 근심과 두려움을 느끼고 아빠에게 분개했다. 여자는 그를 어떻게 다뤄야 하는지 가장 잘 알고 있었다. 그녀는 그의 목덜미에 입을 맞추고 뺨을 어루만지며 그의 귀에 입을 대고 속삭였다.

이 고대의 '자연스러운' 감정들 때문에 베네 게세리트의 분석 감독관은 오드레이드를 상대로 한참 작업을 한 후에야 그 감정들을 쫓아버릴 수 있었다. 그러나 지금도 그 감정들의 파편이 남아 있어서 그것을 집어 들 수도, 버릴 수도 있었다. 감정이 모두 사라지지는 않았다는 것을 오드레이드도 알고 있었다.

타라자가 그토록 신중하게 자신의 이력을 살피는 것을 보며, 오드레이드는 최고 대모가 혹시 그 결점을 발견한 것은 아닌지 모르겠다고 생각했다.

'내가 그 어린 시절의 감정들을 다룰 수 있다는 걸 지금쯤이면 저들도 분명히 알 텐데.'

그건 모두 아주 오래전의 일이었다. 그런데도 그녀는 그 남자와 여자의 기억이 자신의 마음속에 있으며, 그것이 너무나 강력하게 결합되어 있어서 어쩌면 결코 완전하게 지워버릴 수 없을지도 모른다는 사실을 인정할 수밖에 없었다. 특히 엄마에 대한 기억이 그러했다.

오드레이드를 낳은 대모는 극단적인 상황에서 그녀를 가무의 그 은신처로 보냈다. 그녀가 그렇게 한 이유를 이제 오드레이드는 아주 잘 이해하고 있었다. 원망은 전혀 없었다. 그건 두 사람이 모두 살아남기 위해 어쩔 수 없는 일이었다. 문제는 양모가 오드레이드에게 대부분의 엄마들이 자식에게 주는 것, 교단이 너무나 불신하는 그것, 즉 사랑을 주었다는 점이었다.

대모들이 왔을 때 양모는 '자신의' 아이를 데려가는 것에 저항하지 않았다. 두 명의 대모는 남녀 감독관들을 거느리고 왔다. 나중에 오드레이드는 오랜 시간이 흐른 후에야 그 고통스러운 순간의 의미를 이해할 수 있었다. 여자는 이별의 날이 오리라는 것을 가슴속 깊이 알고 있었다. 그건 단지 시간문제일 뿐이었다. 그런데도 며칠이 몇 년(표준력으로 거의 6년)이 되자 여자는 감히 희망을 품었다.

그때 대모들이 억센 수행원들과 함께 왔다. 그들은 그저 안전해질 때까지, 이 아이가 베네 게세리트의 계획으로 태어난 아트레이데스의 자손이라는 걸 아는 사냥꾼들이 아무도 없다고 확신할 수 있을 때까지 기다린 것뿐이었다.

오드레이드는 아주 많은 돈이 양모에게 건네지는 것을 보았다. 여자는 돈을 바닥에 던져버렸다. 그러나 목소리를 높여 항의하지는 않았다. 그 자리에 있던 어른들은 힘을 쥔 자가 누구인지 알고 있었다.

그 압축된 기억들을 불러내면 여자가 거리를 면한 창가에 놓인, 등받이가 꼿꼿한 의자로 다가가던 모습이 지금도 눈에 선했다. 여자는 그곳에서 팔로 자기 몸을 끌어안고 앞으로 뒤로, 앞으로 뒤로 몸을 흔들었다. 그녀는 아무 소리도 내지 않았다.

대모들은 '목소리'와 적지 않은 속임수, 게다가 마약 성분이 있는 약초의 연기와 자신들의 강렬한 존재감까지 동원해서 오드레이드를 꾀어 밖에서 기다리던 지상차에 타게 했다.

"잠깐이면 된다. 네 진짜 어머니가 우릴 보냈어."

오드레이드는 이 말이 거짓임을 감지했지만 호기심이 그것을 눌렀다. '진짜 어머니!'

그녀가 그동안 어머니라고 알고 있었던 유일한 사람을 마지막으로 보았을 때, 그녀는 창가에서 앞뒤로 몸을 흔들고 있었다. 표정은 고통스러웠고, 팔은 자신의 몸을 감싸 안고 있었다.

나중에 오드레이드가 여자에게 돌아가겠다는 얘기를 했을 때, 그 기억 속의 모습이 베네 게세리트 필수 교육 안에 편입되었다.

"사랑은 고통으로 이어진다. 사랑은 아주 오래된 힘이며, 그 시대에는 나름대로 역할을 수행했지만 이제는 더 이상 종(種)의 생존을 위해 필수적인 것이 아니다. 그 여자의 실수를, 그 고통을 기억해라."

십대로 접어들고 나서도 한참 시간이 지날 때까지 오드레이드는 몽상에 잠기는 방법으로 여기에 적응했다. 그녀는 완전한 대모가 된 후에 정말로 돌아갈 생각이었다. 그곳에 돌아가서 그 애정 넘치던 여자를 찾을 생각이었다. 그녀에게는 '엄마'와 '시비아'라는 이름밖에 없었지만 그래도 그녀를 찾을 생각이었다. 오드레이드는 어른 친구들이 여자를 '시비아'라고 부르며 웃음을 터뜨리던 것을 기억했다.

'시비아 엄마.'

그러나 자매들은 그녀의 몽상을 감지하고 그 원인을 수색했다. 그것 역시 교육 속에 편입되었다.

"몽상은 우리가 동시 흐름이라고 부르는 것의 제1차 각성이다. 몽상은 이성적인 사고의 필수적인 도구이지. 그 도구를 가지고 마음을 깨끗이

해서 더 나은 사고를 할 수 있다."

'동시 흐름.'

오드레이드는 거실 탁자에 앉아 있는 타라자에게 시선을 집중했다. 어린 시절의 심리적 상처는 재구성된 기억의 장소 속에 반드시 조심스럽게 놓아두어야 했다. 그 모든 것이 가무에서는 너무 멀리 있었다. 단의 사람들이 기근 시대와 대이동 이후 재건한 그 행성에서는. 당시에는 칼라단이었던 단의 사람들. 오드레이드는 이성적인 생각을 단단히 움켜쥐고, 그녀가 정말로 완전한 대모가 되었을 때 스파이스의 고통을 느끼는 동안 그녀의 의식 속으로 쏟아져 들어왔던 '다른 기억들'을 발판으로 이용했다.

'동시 흐름…… 의식의 여과기…… 다른 기억들.'

교단이 그녀에게 준 것은 얼마나 강력한 도구인지. 얼마나 위험한 도구인지. 그 모든 다른 생명들이 의식의 장막 바로 뒤에 있었다. 그것은 태평스러운 호기심을 충족시키기 위한 방법이 아니라 생존의 도구였다.

타자라가 입을 열어, 자신의 눈앞을 지나가는 자료를 번역해 주었다. "당신은 다른 기억들을 너무 지나치게 파고듭니다. 그것이 보존해야 할 에너지를 고갈시키고 있어요."

푸른자위에 푸른 눈동자가 있는 최고 대모의 눈이 오드레이드를 꿰뚫어버릴 듯이 올려다보았다. "당신은 때로 육체적 내구력의 한계까지 곧장 가버리곤 합니다. 그것이 때 이른 죽음으로 이어질 수도 있습니다."

"저는 스파이스를 신중하게 사용하고 있습니다, 대모님."

"당연히 그래야지요! 몸이 받아들일 수 있는 멜란지의 양에는 한계가 있습니다. 그러니 과거 속을 배회하는 데에도 한계가 있단 말입니다!"

"제 결점을 찾아내셨습니까?"

"가무!" 이건 한 단어에 불과했지만 긴 연설과도 같았다.

오드레이드는 알 수 있었다. 가무에서 보낸 그 잃어버린 세월의 피할 수 없는 상처. 그것이 그녀를 혼란시키고 있었다. 반드시 그것의 뿌리를 뽑아서 이성적으로 용납할 수 있게 만들어야 했다.

"하지만 저는 라키스로 파견될 예정입니다." 오드레이드가 말했다.

"중용의 격언을 반드시 기억하세요. 당신이 누구인지 기억하셔야 합니다!"

타라자는 또다시 화면을 향해 몸을 구부렸다.

'난 오드레이드야.' 오드레이드는 생각했다.

성(姓) 이외의 이름이 그냥 슬그머니 사라져버리곤 하는 베네 게세리트 학교에서는 점호를 할 때도 성을 불렀다. 친구들과 지인들도 점호 때의 이름을 불렀다. 그들은 비밀이나 자기만의 이름을 서로 털어놓는 것이 오랜 옛날부터 사람을 애정의 함정에 빠뜨리는 장치였음을 일찌감치 배웠다.

오드레이드보다 세 학년 위인 타라자는 '그 후배를 이끌어주는' 임무를 맡았다. 그건 주의 깊은 교사들의 신중한 조치였다.

'이끌어준다'는 말은 어린 사람 위에 어느 정도 군림하라는 의미뿐만 아니라 동료에 가까운 사람에게 배우는 편이 더 나은 통합된 필수 지식들을 가르치라는 의미도 갖고 있었다. 자신에게 훈련받는 사람의 개인적인 기록을 열람할 권리를 얻은 타라자는 그녀를 '다르'라고 부르기 시작했다. 오드레이드는 타라자를 '타르'라고 부르는 것으로 응수했다. 이 두 이름은 어느 정도의 결속력을 갖게 되었다. 다르와 타르. 대모들이 그들의 대화를 엿듣고 그들을 꾸중한 후에도 그들은 때로 실수를 저지르며 즐거워했다.

오드레이드가 이제 타라자를 내려다보면서 말했다. "다르와 타르."

타라자의 입가가 실룩거리며 미소를 지었다.

"내 기록의 내용은 대모님이 이미 여러 번 보지 않았습니까?" 오드레이드가 물었다.

타라자는 뒤로 등을 기대고 앉아 의자개가 이 새로운 자세에 저절로 적응하기를 기다렸다. 그녀는 깍지 낀 손을 탁자 위에 올려놓고 자기보다 어린 여자를 올려다보았다.

'사실 그렇게 많이 어린 것도 아니지.' 타라자는 생각했다.

그러나 학교를 졸업한 후로 타라자는 오드레이드를 완전히 어린 사람으로 간주해 왔다. 그리고 그 때문에 아무리 세월이 흘러도 메워질 수 없는 간격이 생겼다.

"처음에는 조심해야 합니다, 다르." 타라자가 말했다.

"이번 프로젝트는 이미 시작 단계를 훨씬 지났습니다." 오드레이드가 말했다.

"그러나 그 안에서 당신이 할 일은 이제 시작입니다. 게다가 우리가 이런 식으로 일을 시작한 적은 한 번도 없어요."

"이 골라에 대한 계획 전체를 지금 제게 알려주실 겁니까?"

"아닙니다."

그걸로 끝이었다. 고위급 인물들 사이의 논쟁과 '꼭 필요한 것만 알려준다'는 방침의 모든 증거들이 그 한마디 말과 함께 사라져버렸다. 그러나 오드레이드는 이해했다. 최초의 베네 게세리트 참사회가 정해 놓은 조직 관련 법규는 수천 년 동안 아주 조금밖에 바뀌지 않았다. 베네 게세리트의 부서들은 단단한 수직 장벽과 수평 장벽으로 잘려서 각각 고립된 그룹으로 나뉘어 있었으며, 이 그룹들은 이곳 맨 꼭대기에 이르러서야 하나의 지휘 체계로 수렴되었다. 임무들('할당된 역할'이라고 규정되어 있다)은 각각 따로 떨어진 세포 조직 안에서 수행되었다. 한 세포에서 활발하게 활동하는 사람이라도 다른 유사한 세포에 속한 동년배들을 알지 못했다.

'하지만 나는 루실라 대모가 유사한 세포에 속해 있다는 걸 알고 있지. 그것이 논리적인 결론이니까.' 오드레이드는 생각했다.

그녀는 이런 조직의 필요성을 인정했다. 그것은 고대의 비밀 혁명 단체들에게서 베껴 온 구도였다. 베네 게세리트는 자신들을 항상 영원한 혁명가로 생각했다. 그들의 혁명이 기가 꺾인 것은 폭군 레토 2세의 시대뿐이었다.

'기가 꺾였지. 다른 쪽으로 방향이 바뀌거나 저지된 게 아냐.' 오드레이드는 자신을 일깨웠다.

"앞으로 맡은 일을 하면서, 혹시 교단에 대한 즉각적인 위협을 감지한다면 내게 알려주세요." 타라자가 말했다.

이것은 타라자의 특이한 요구 중 하나였고, 오드레이드는 말없이 본능만으로 여기에 대답하는 법을 배웠다. 그 본능이 말로 바뀌는 것은 그다음이었다. 재빨리 그녀가 말했다. "우리가 행동에 나서지 못한다면, 그것이 더 나쁩니다."

"우리는 위험이 있을 것이라고 판단하고 있습니다." 타라자가 말했다. 메마르고 냉담한 목소리였다. 타라자는 오드레이드에게서 이런 재능을 불러내는 것이 달갑지 않았다. 이 후배는 교단에 대한 위협을 감지할 수 있는 예지의 본능을 소유하고 있었다. 그건 물론 그녀의 유전적 혈통에 내재한 터무니없는 영향 때문이었다. 위험한 재능을 지닌 아트레이데스의 유전자. 오드레이드의 교배 기록에는 '모든 후손을 신중하게 조사할 것'이라는 특별한 표시가 되어 있었다. 그리고 그 후손 중 두 명은 조용히 죽임을 당했다.

'지금 오드레이드의 재능을 일깨우지 말았어야 하는 건데. 잠시라도 그래서는 안 되는 거였어.' 타라자는 생각했다. 그러나 때로 유혹이 너무 컸다.

타라자는 탁자 상판 속으로 기록 중계기를 넣은 다음 뚜껑을 닫고 그 텅 빈 표면을 바라보면서 말했다. "완벽한 아비가 될 상대를 발견하더라도, 우리에게서 떨어져 있는 동안 우리 허락 없이 교배해서는 안 됩니다."

"제 생모가 그런 실수를 저질렀죠." 오드레이드가 말했다.

"당신 생모의 실수는 그녀가 교배하는 동안에 인식되어야 했습니다!"

오드레이드는 이런 말을 전에도 들은 적이 있었다. 아트레이데스 혈통에는 교배 감독관들이 가장 신중하게 감시하고 확인해야 하는 요소가 있었다. 바로 그 터무니없는 재능. 그녀는 그 터무니없는 재능에 대해, 퀴사츠 해더락과 폭군을 만들어 냈던 그 유전적 힘에 대해 알고 있었다. 하지만 지금 교배 감독관들이 추구하는 것이 무엇인가? 그들의 시각이 대부분 부정적인가? 위험한 아이의 출생은 이제 안 돼! 그녀는 아이들을 낳은 후 한 번도 보지 못했다. 교단에서는 그리 이상한 일도 아니었다. 그녀는 또한 자신의 유전자 파일에 있는 기록들을 하나도 보지 못했다. 이 부문에서도 교단은 권한을 신중하게 분리해서 활동하고 있었다.

'게다가 어렸을 때에는 내 '다른 기억들'에 금제가 가해졌어!'

그녀는 자신의 기억 속에서 텅 빈 공간들을 발견하고 그곳을 열었다. 그런 교배 정보에 대해 가장 기밀을 요하는 접근권을 가진 사람은 오직 타라자뿐일 가능성이 컸다. 어쩌면 평의회 의원 두 명(가장 가능성이 높은 벨론다와 또 한 사람의 나이 많은 대모)이 그 권한을 함께 갖고 있는 것 같기도 했다.

타라자와 그 밖의 사람들이 외부인에게 특권적인 정보를 밝히느니 차라리 죽음을 택하겠다고 정말로 맹세한 걸까? 핵심적인 대모가 다른 자매들로부터 떨어진 곳에서 죽어 기억 속에 들어 있는 삶들을 전달해 줄 수 없을 때를 대비한 승계 의식이 정확하게 규정되어 있기는 했다. 그 의식은 폭군의 재위 기간 동안 아주 여러 번 실행되었다. 정말 끔찍한 시대였다! 교단의 혁명 세포들이 그에게 완전히 드러나 있다는 걸 알고 있는 그 심정이란! 괴물 같으니! 베네 게세리트의 자매들은 레토 2세가 할머니 레이디 제시카에 대해 어딘가 마음 깊은 곳에 품고 있는 의리 때문에 베네 게세리트를 파괴하지 않고 자제할 것이라는 망상을 품은 적이 없었다.

'거기 있습니까, 제시카?'

오드레이드는 저 멀리 안쪽 깊숙한 곳에서 뭔가가 움직이는 것을 느꼈다. 대모 한 사람이 저지른 실수. '그녀는 스스로에게 사랑에 빠지는 것을 허락했다!' 그렇게 작은 일이 얼마나 엄청난 결과를 만들어냈는지. 3500년에 걸친 폭군의 지배라니!

황금의 길. 무한하다고? 대이동을 떠나 사라져버린 그 수많은 사람들은 어쩌고? 지금 돌아오고 있는 잃어버린 자들이 어떤 위협이 될 것인가?

마치 오드레이드의 마음을 읽은 것처럼, 타라자가 말했다. 사실 그녀는 가끔 정말로 마음을 읽는 것처럼 보이기도 했다. "대이동을 떠난 자들이 저 바깥에 있습니다……. 와락 달려들 때를 노리면서."

오드레이드도 이런 주장을 들은 적이 있었다. 어떤 의미에서는 위험하지만, 다른 의미에서는 자석처럼 끌어당기는 매력이 있었다. 그토록 굉장한 미지의 것이 그렇게 많다니. 수천 년간 멜란지를 통해 재능을 갈고 닦은 교단이, 아무도 손대지 않은 인류의 그러한 자원을 가지고 하지 못할 일이 무엇이겠는가? 저 바깥에 있는 헤아릴 수 없이 많은 유전자를 생각해 보라! 우주에서 자유롭게 떠다니고 있는 잠재적인 재능들을 생각해 보라! 그 재능들이 어쩌면 그곳에서 영원히 사라져버릴지도 모른다.

"뭔가를 알지 못할 때 가장 커다란 공포가 만들어집니다." 오드레이드가 말했다.

"그리고 가장 커다란 야망도 만들어지지요." 타라자가 말했다.

"그럼 저는 라키스로 가게 되는 겁니까?"

"때가 되면. 난 당신이 그 임무에 적합하다고 생각합니다."

"그렇지 않았다면 당신이 내게 그 일을 맡기지 않았겠지요."

이것은 학교에 다니던 시절까지 곧바로 거슬러 올라가는, 그들 두 사람 사이의 오랜 대화 습관이었다. 그러나 타라자는 자신이 의식적으로 이런 대화 속에 빠져든 게 아니라는 것을 깨달았다. 너무나 많은 기억들이 그들 두 사람, 다르와 타르에게 얽혀 있었다. 그걸 조심해야 했다!

"당신이 충성을 바치는 곳이 어디인지 기억하세요." 타라자가 말했다.

〰️❊〰️

비(非)우주선의 존재는 앙갚음을 당하지 않고 행성 전체를 파괴해 버릴 수 있는 가능성을 제기한다. 커다란 물체, 소행성이나 아니면 거기에 맞먹는 물체를 행성을 향해 보낼 수 있을 것이다. 아니면 성적인 관습의 전복을 통해 사람들을 서로 이간질시킨 다음, 무기를 주어 서로를 죽이게 만들 수도 있다. 이 명예의 어머니들은 후자의 방법을 더 선호하는 것으로 보인다.

—베네 게세리트 분석

뜰에 있는 동안 던컨 아이다호는 그렇게 보이지 않을 때조차 머리 위의 관찰자들에게 계속 주의를 집중하고 있었다. 물론 파트린이 있었지만, 파트린은 중요하지 않았다. 관찰할 필요가 있는 사람은 파트린의 맞은편에 있는 대모들이었다. 루실라를 보면서 그는 생각했다. '저건 처음 보는 사람인데.' 이런 생각이 그를 치솟아 오르는 흥분으로 가득 채웠다. 그는 다시 운동을 하면서 이 흥분을 밖으로 발산했다.

그는 자기가 얼마나 잘했는지 파트린이 보고할 것이라는 사실을 막연하게 의식하면서 마일즈 테그가 명령한 훈련용 놀이의 처음 세 가지 패턴을 마쳤다. 던컨은 테그와 늙은 파트린을 좋아했으며, 그들에게서도 같은 감정을 느꼈다. 그러나 새로 나타난 저 대모, 그녀의 존재는 흥미로운 변화들을 암시했다. 우선 그녀는 다른 사람들보다 젊었다. 게다가 새로 나타난 이 대모는 자신이 베네 게세리트의 일원임을 나타내는 첫 번째 단서인 눈을 감추려 하지 않았다. 슈왕규를 처음 얼핏 보았을 때, 그녀는 비(非)중독자의 눈동자와 약간 핏발이 선 흰자위를 흉내 낸 콘택트렌즈로 자신의 눈을 숨기고 있었다. 그는 슈왕규의 렌즈가 난시라는 약점 또한 교정해 주고 있다는 얘기를 성의 복사 한 명에게서 우연히 들은 적이 있었다. 그 복사는 "그녀가 후손들에게 전달해 주는 다른 유전적 특징들에 대한 합리적인 대가로 난시가 받아들여졌다"고 말했다.

그때 던컨은 이 말을 거의 이해하지 못했지만, 그 뒤로 성의 도서관에서 참고 자료를 찾아보았다. 참고 자료는 드물기도 한 데다가 내용 또한 심하게 제한되어 있었다. 슈왕규 자신은 이 주제에 대한 그의 질문을 모두 피해 버렸다. 그러나 그 이후에 스승들이 보여준 행동을 통해 그는 그녀가 화가 났음을 알 수 있었다. 다른 사람에게 화를 푸는 것이 그녀의 전형적인 행동이었다.

그는 그녀에게 당신이 내 어머니냐고 물은 것이 그녀를 가장 혼란시켰을 것이라고 짐작했다.

이제는 던컨도 자기가 뭔가 특별한 존재라는 것을 알게 된 지 오래였다. 이 베네 게세리트 성이라는 복잡한 단지 안에는 그에게 허락되지 않은 장소들이 있었다. 그는 그런 금지 조치를 피할 수 있는 은밀한 방법들을 찾아냈고, 두꺼운 플라즈와 열린 창문들을 통해 자주 밖을 내다보며 경비병들과 넓게 펼쳐진 개간지를 바라보곤 했다. 그 개간지는 전략적으로 배치된 토치카들로부터 사격을 당할 수 있는 위치에 있었다. 마일즈 테그가 사격 위치의 중요성을 그에게 직접 가르쳐주었다.

이 행성은 지금 가무라고 불렸다. 예전 이름은 지에디 프라임이었지만, 거니 할렉이라는 사람이 그것을 바꿔버렸다. 모두 고대의 역사였다. 지루한 얘기들. 이 행성의 흙 속에는 단 시대 이전의 흔적인 씁쓸한 기름 냄새가 아직도 희미하게 남아 있었다. 수천 년에 걸친 특수한 조림 계획이 그것을 바꿔가고 있다고 스승들이 설명해 주었다. 그는 성에서도 조림지의 일부를 볼 수 있었다. 침엽수를 비롯해서 여러 종류의 나무들로 이루어진 숲이 이곳을 둘러싸고 있었다.

던컨은 두 명의 대모를 여전히 은밀하게 관찰하면서 연달아 옆으로 재주를 넘었다. 테그가 가르쳐준 대로, 그러면서 공격용 근육들을 움직였다.

테그는 행성 방어에 대해서도 가르쳐주었다. 가무는 궤도 감시선으로 둘러싸여 있었는데, 이 감시선 승무원들은 가족을 우주선에 함께 태울 수 없었다. 가족들은 궤도에서 행성을 지키는 자들이 게으름을 피우지 못하게 하는 인질로서 가무의 땅 위에 머물렀다. 우주에 떠 있는 그 감시선들 중 어딘가에 감지할 수 없는 비(非)우주선이 있었다. 이 우주선의 승무원들은 바샤르의 부하와 베네 게세리트 자매들로만 구성되었다.

"모든 방어 장비에 대한 완전한 책임이 주어지지 않았다면 나는 이 일을 맡지 않았을 거다." 테그는 이렇게 설명했다.

던컨은 자기가 바로 '이 일'임을 깨달았다. 성이 이곳에 있는 것은 그를 보호하기 위해서였다. 궤도를 돌고 있는 테그의 감시선들은, 비우주선까지도 포함해서 모두 성을 지키고 있었다.

이것은 모두 군사 교육의 일부였고, 던컨은 이 교육의 내용이 왠지 친숙하다는 것을 깨달았다. 언뜻 보기에는 우주에서 날아오는 공격에 취약해 보이는 행성의 방어 방법을 배우면서 그는 그 방어 장비들이 올바로 배치되었을 때를 구분할 수 있었다. 전체적으로 지극히 복잡한 내용이었지만, 그 구성 요소들을 파악해서 이해하는 것이 가능했다. 예를 들어, 대기와 가무 주민들의 혈청을 지속적으로 감시하는 작업이 있었다. 베네 게세리트에게서 보수를 받는 수크 의사들이 도처에 있었다.

"질병은 무기이다. 질병에 대한 우리의 방어 체제를 반드시 정교하게 조정해야 해." 테그가 말했다.

테그는 소극적인 방어에 대해 자주 욕을 퍼부어대곤 했다. 그는 그런 방어 체제를 가리켜 "오래전부터 치명적인 약점을 만들어낸다고 알려진, 포위된 자들의 의식이 만들어낸 산물"이라고 말했다.

테그에게 군사 교육을 받을 때면, 던컨은 신중하게 귀를 기울였다. 파트린과 도서관의 기록들은 마일즈 테그 멘타트 바샤르가 베네 게세리트의 유명한 군사 지도자였음을 확인해 주었다. 파트린은 테그와 함께 복무하던 일을 자주 언급했는데, 그때마다 테그는 항상 영웅이었다.

"기동성은 군사적 성공의 열쇠이다. 요새에 발이 묶여 있다면, 그 요새가 설사 행성 전체를 차지하고 있다 해도, 결국은 공격에 취약해진다." 테그는 이렇게 말했다.

테그는 가무에 그리 애정을 갖고 있지 않았다.

"이곳이 한때 지에디 프라임이라고 불렸다는 걸 네가 이미 알고 있구나. 이곳을 다스렸던 하코넨 사람들이 우리에게 가르쳐준 것이 몇 가지 있지. 그들 덕분에 우리는 인간이 얼마나 무시무시할 정도로 잔인해질 수 있는지 더 잘 알게 되었다."

이 말을 떠올리면서 던컨은 난간에서 자신을 지켜보고 있는 두 대모가 틀림없이 자신의 문제를 논의하고 있다는 걸 깨달았다.

'내가 저 새로 온 사람에게 맡겨지는 건가?'

던컨은 관찰당하는 것을 좋아하지 않았다. 저 새로 온 사람이 그에게 혼자 있는 시간을 조금 허락해 준다면 좋겠다는 생각이 들었다. 그녀는 엄격해 보이지 않았다. 슈왕규와는 달랐다.

운동을 계속하면서 그 박자에 맞춰 던컨은 속으로 몰래 중얼거렸다. '빌어먹을 슈왕규! 빌어먹을 슈왕규!'

그는 아홉 살 때부터 슈왕규를 증오했다. 그게 4년째였다. 그녀는 그의 증오를 모르는 것 같았다. 그녀는 그의 증오에 불을 붙인 그 사건에 대해 아마 깡그리 잊어버렸을 터였다.

막 아홉 살이 되었을 때 그는 내부 경비병들을 살짝 피해 토치카로 이어지는 터널에 들어가는 데 간신히 성공했다. 터널 안에서는 곰팡이 냄새가 났다. 조명도 흐릿하고, 축축했다. 그는 토치카의 무기 발사용 틈새를 통해 밖을 내다보다가 들켜서 성의 핵심부로 끌려왔다.

이 엉뚱한 짓 때문에 그는 슈왕규에게서 무서운 설교를 들었다. 슈왕규는 냉정하고 위협적인 사람이었고, 그녀의 명령에는 반드시 복종해야 했다. 그 후로 베네 게세리트의 '명령의 목소리'에 대해, 즉 훈련받지 않은 사람의 의지를 꺾을 수 있는 그 미묘한 목소리 조종술에 대해 배웠는데도, 그는 여전히 그녀를 그렇게 생각하고 있었다.

'그녀의 명령에는 반드시 복종해야 해.'

"너 때문에 경비 부대 전체가 징계를 받게 되었다. 그들은 엄한 처벌을 받을 것이다." 슈왕규가 말했다.

그녀의 설교에서 가장 끔찍했던 것이 바로 그 부분이었다. 경비병들 중에는 던컨이 좋아하는 사람들도 있었는데, 그는 가끔 그들을 꾀어서 큰 소리로 웃으며 뒹구는 진짜 놀이를 하곤 했다. 몰래 토치카로 나간 그의 장난이 친구들을 해친 것이다.

던컨은 벌을 받는다는 것이 어떤 것인지 알고 있었다.

'빌어먹을 슈왕규! 빌어먹을 슈왕규……!'

슈왕규의 설교가 끝난 후 던컨은 그 당시 자신의 수석 교관이었던 타말란 대모에게 달려갔다. 그녀 역시 냉정하고 쌀쌀한 태도를 지닌 쭈글쭈글한 노인네였는데, 좁은 얼굴과 가죽 같은 피부 위의 머리카락은 눈 같은 순백이었다. 그녀는 타말란에게 경비병들이 어떤 처벌을 받게 될 건지 알려줄 것을 요구했다. 타말란은 놀라울 정도로 시름에 잠긴 표정을 지었다. 그녀의 목소리는 나무에 모래가 긁히는 소리 같았다.

"처벌? 이런, 이런."

두 사람이 있는 곳은 커다란 연습장에서 조금 떨어진 작은 학습실이었다. 타말란은 다음 날의 강의를 준비하기 위해 매일 이곳으로 오곤 했다. 이곳에는 거품 해독기와 릴 해독기 등 정보의 저장과 검색을 위한 정교한 장치들이 놓여 있었다. 던컨은 도서관보다 이곳을 훨씬 더 좋아했지만, 누군가와 동반하지 않고 이 학습실에 혼자 들어오는 것은 그에게 허락되지 않았다. 반중력 부표가 달린 수많은 발광구들이 이 방을 환하게 밝혔다. 그가 불쑥 말을 걸자 타말란은 그를 가르칠 강의 내용을 펼쳐놓은 곳에서 시선을 돌렸다.

"우리가 시행하는 중벌에는 항상 희생 제물의 연회 같은 분위기가 있지. 경비병들은 당연히 중벌을 받을 거다." 그녀가 말했다.

"연회라니요?" 던컨은 어리둥절했다.

타말란은 회전의자를 완전히 돌려 그의 눈을 똑바로 들여다보았다. 강철 같은 그녀의 이가 환한 빛 속에서 반짝였다. "반드시 벌을 받아야 하는 사람들에게 역사가 상냥했던 적은 거의 없다." 그녀가 말했다.

던컨은 '역사'라는 말에 움찔했다. 그건 타말란이 사용하는 신호 중 하나였다. 그녀는 이제 강의를 하려는 것이다. 또 그 지루한 강의를.

"사람들은 베네 게세리트의 처벌을 결코 잊지 못한다."

던컨은 타말란이 고통스러운 개인적인 경험에서 우러난 이야기를 할 것임을 불현듯 감지하고 그녀의 늙은 입에 시선을 집중했다. 이제 뭔가 재미있는 것을 배우게 될 것 같았다!

"우리의 처벌에는 피할 수 없는 교훈이 수반된다. 그건 단순한 고통 이상의 것이야." 타말란이 말했다.

던컨은 그녀 발치의 바닥에 앉았다. 이 각도에서 보면 타말란은 검은 색을 뒤집어쓴 불길한 모습이었다.

"우리는 처벌을 할 때 궁극의 고통을 사용하지 않는다. 그건 대모들이 스파이스를 통과할 때에만 사용되지." 그녀가 말했다.

던컨은 고개를 끄덕였다. 도서관의 기록들은 대모를 만들어내는 수수께끼의 시련인 '스파이스의 고통'에 대해 언급하고 있었다.

"그렇지만 중벌 역시 고통스럽기는 마찬가지다. 감정적으로도 고통스럽지. 우리는 항상 참회자의 가장 커다란 약점이라고 판단되는 감정을 처벌을 통해 일깨운다. 그렇게 해서 처벌받은 사람을 강하게 만들어 주는 것이지."

그녀의 얘기는 던컨의 머릿속을 분명하지 않은 공포로 가득 채웠다. 저들이 자신의 경비병들에게 지금 무슨 짓을 저지르고 있는 건가? 그는 말을 할 수 없었지만, 말할 필요가 없었다. 타말란의 얘기가 아직 끝나지 않았던 것이다.

"처벌은 항상 디저트와 함께 끝난다." 그녀는 말을 마치고서 찰싹 소리가 나도록 손으로 자기 무릎을 짚었다.

던컨은 인상을 찌푸렸다. 디저트? 그건 연회의 일부였다. 연회가 어떻게 처벌이 될 수 있단 말인가?

"그건 꼭 연회라기보다는 연회의 개념을 표현한 것이다." 타말란이 말했다. 그리고 짐승의 발톱처럼 생긴 손으로 허공에 원을 그리며 말을 이었다. "디저트, 즉 전혀 예상치 못했던 물건이 나오면 참회자는 이런 생각을 한다. '아아, 이제 용서받은 거구나!' 알겠느냐?"

던컨은 고개를 좌우로 가로저었다. 그는 타말란의 얘기를 이해하지 못했다.

"그 순간의 달콤함이 바로 중요한 것이다. 참회자는 고통스러운 연회의 모든 코스를 겪고 맨 마지막에 자기가 음미할 수 있는 것을 만나게 되지. 하지만! 참회자가 그것을 음미하고 있을 때, 무엇보다도 고통스러운 순간이 찾아온다. 이것이 맨 마지막에 주어지는 즐거움이 아니라는 깨달음, 그 사실에 대한 이해. 그래, 그렇지. 이것이 중벌의 궁극적인 고통이다. 그것은 베네 게세리트의 교훈 속에 단단하게 박혀 있다."

"어쨌든 대모님이 그 경비병들을 어떻게 하실 거라는 말씀이세요?" 던컨이 억지로 쥐어짜듯이 말했다.

"개별적인 처벌의 구체적인 요소가 무엇일지 나는 말할 수 없다. 내가 그것을 알 필요도 없고. 내가 네게 말해 줄 수 있는 것은, 그들 각자가 다른 처벌을 받게 되리라는 점이다."

타말란은 더 이상 말을 하려 하지 않았다. 그리고 다음 날의 강의 내용을 짜는 작업으로 다시 돌아갔다. "내일 계속하기로 하자. 갈락 어 구어의 다양한 사투리들이 각각 어디서 생겨났는지 구분하는 법을 네게 가르쳐주겠다." 그녀가 말했다.

그 밖의 다른 사람들은, 심지어 테그와 파트린조차도, 처벌에 대한 그의 질문에 답해 주지 않았다. 벌을 받은 경비병들조차도 나중에 그와 만났을 때 자기들이 겪은 시련에 대해 얘기하지 않았다. 그중 몇 명은 그가 말을 꺼내자 퉁명스러운 반응을 보이기도 했다. 그리고 그들 모두 더 이상 그와 함께 어울리지 않았다. 처벌을 받은 사람들에게는 용서라는 것이 없었다. 그것만은 분명했다.

'빌어먹을 슈왕규! 빌어먹을 슈왕규!'

그가 그녀를 깊이 증오하기 시작한 것이 그때였다. 다른 늙은 마녀들도 모두 그에게 증오의 대상이 되었다. 새로 온 저 젊은 사람도 늙은 마녀들과 똑같을 것인가?

'빌어먹을 슈왕규!'

그가 슈왕규에게 "그 사람들을 꼭 그렇게 처벌했어야 해요?"라고 묻자, 슈왕규는 잠시 뜸을 들인 다음 이렇게 대답했다. "네가 이곳 가무에 있는 건 위험한 일이다. 너를 해치고 싶어 하는 사람들이 있다."

던컨은 왜냐고 묻지 않았다. 이건 그가 질문에 대한 답을 결코 얻을 수 없는 또 하나의 영역이었다. 심지어 테그조차도 대답해 주려 하지 않았다. 테그가 이곳에 있다는 사실 자체가 위험이 존재한다는 사실을 강조하고 있는 데도 말이다.

게다가 마일즈 테그는 수많은 대답을 반드시 알고 있어야 하는 멘타트였다. 던컨은 그의 생각이 어딘가 먼 곳을 쫓고 있을 때 그의 눈이 반짝이는 것을 자주 보았다. 그러나 몇 가지 질문에 그는 멘타트의 대답을 해주지 않았다.

"왜 우리가 여기 가무에 있는 거죠?"

"당신이 경계하는 대상이 누군가요? 날 해치고 싶어 하는 사람이 누구예요?"

"내 부모는 누구죠?"

이런 질문들을 맞이하는 것은 침묵이었다. 때로는 테그가 마치 으르렁거리듯이 이렇게 말하기도 했다. "난 대답해 줄 수 없어."

도서관은 무용지물이었다. 그는 고작 여덟 살 때 이 사실을 깨달았다. 그때 그의 수석 교관은 루란 기자라는, 실패한 대모였다. 그녀는 슈왕규만큼 늙어빠지지는 않았지만, 어쨌든 100년이 넘는 세월을 살아온 사람이었다.

도서관은 그의 요구에 따라 가무 혹은 지에디 프라임, 하코넨 가문과 그들의 멸망, 그리고 테그가 지휘를 맡았던 여러 가지 전투들에 대한 정보를 제시해 주었다. 그 전투들 중 유혈이 낭자하게 끝난 것은 하나도 없었다. 여러 주석자들이 테그의 '탁월한 외교 능력'을 언급했다. 그러나 계속 하나하나 자료를 검색하면서 던컨은 사람들이 유순하게 길들여졌던 신황제 시대에 대해 알게 되었다. 이 시대는 여러 주일 동안 던컨의 관심을 붙들어두었다. 그는 기록 속에서 오래된 지도를 하나 찾아내 초점 벽에다 영사해 보았다. 주석을 붙인 사람이 위에 덧씌워 놓은 자료 덕분에 그는 이 성이 바로 대이동 시기에 버림받은 물고기 웅변대 지휘 사령부 중 하나였음을 알 수 있었다.

'물고기 웅변대!'

그때 던컨은 그들과 같은 시기에 살면서, 위대한 신황제를 숭배한 이 여성 군대의 보기 드문 남성 자문관 중 하나로 근무했더라면 좋았을 것이라고 생각했다.

'아, 그 시절에 라키스에 살았다면 얼마나 굉장했을까!'

테그는 신황제에 대해 놀라울 정도로 솔직하게 얘기해 주었으며, 신황제를 항상 '폭군'이라고 불렀다. 도서관에 설치된 잠금 장치 하나가 해제되자 라키스에 대한 정보가 던컨 앞으로 쏟아져 나왔다.

"제가 언제든 라키스를 볼 수 있을까요?" 그가 기자에게 물었다.

"넌 지금 그곳에서 살기 위한 준비를 하고 있다."

이 대답에 그는 깜짝 놀랐다. 그 먼 행성에 대해 사람들이 그에게 가르쳐주었던 모든 것이 새로운 시각으로 보이기 시작했다.

"제가 왜 거기서 살게 되는데요?"

"난 대답해 줄 수 없다."

새로이 흥미를 느끼면서 그는 그 신비로운 행성과 그 행성에 있는 초라한 샤이 훌루드 교회, 즉 분열된 신의 교회에 대한 연구로 다시 돌아갔다. 모래벌레. 신황제는 그런 벌레들이 되었다고 했다! 이것을 생각하자 던컨의 머릿속이 경외감으로 가득 찼다. 어쩌면 이것이야말로 숭배할 만한 가치가 있는 것인지도 몰랐다. 이 생각이 그의 안에 있는 뭔가를 건드렸다. 무엇이 사람을 몰아붙여 그토록 끔찍한 변신을 받아들이게 만든 걸까?

던컨은 경비병들을 비롯해서 성 안의 사람들이 라키스와 그곳의 사제단 핵심부를 어떻게 생각하는지 알고 있었다. 조롱 섞인 말들과 웃음소리가 모든 것을 말해 주었다. 테그는 이렇게 말했다. "우리가 아마 진실을 모두 알아낼 수는 없을 것이다. 하지만 말이다, 이 녀석아. 그건 결코 군인의 종교가 아니야."

슈왕규의 대답은 더했다. "너는 폭군에 대해 배워야 하지만 그의 종교를 믿어서는 안 된다. 그건 네가 믿을 가치가 없는 종교야. 경멸의 대상이지."

자투리 시간을 이용해 자료를 연구할 때마다 던컨은 도서관이 제시해 주는 모든 자료들을 열심히 살펴보았다. 『분열된 신의 신성한 책』, 『근위대 성경』, 『오렌지 가톨릭 성경』, 심지어 『외전』까지도. 그는 오래전에 없어져버린 신앙 관리국과 '오성(悟性)의 태양인 진주'에 대해 알게 되었다.

모래벌레들은 그 자체로서 그를 매혹시켰다. 그런 크기라니! 커다란 벌레가 몸을 쭉 펴면 성의 한쪽 끝에서 다른 쪽까지 닿을 터였다. 폭군 시대 이전에는 사람들이 벌레들을 타고 다녔던 적도 있지만, 지금 라키스의 사제들은 그것을 금지하고 있었다.

그는 라키스에서 폭군의 원시적인 비(非)공간을 발견했던 고고학자 팀의 보고서에 사로잡혔다. 다르 에스 발라트, 이것이 그곳의 이름이었다. 고고학자 하디 베노토의 보고서에는 '라키스 사제들의 명령으로 공개가 금지되었음'이라는 표시가 붙어 있었다. 베네 게세리트 기록 보관소에서 나온 자료들에는 기다란 파일 번호가 붙어 있었고, 베노토가 밝힌 사실들은 던컨의 넋을 빼놓았다.

"각각의 벌레들 속에 신황제의 의식 핵이 있다고요?" 그는 기자에게 물었다.

"그렇다고 하지. 그게 사실이라 해도, 그들에게는 의식도 없고, 인식도 없다. 폭군은 스스로 자기가 끝없는 꿈 속으로 들어갈 것이라고 말했어."

공부 시간마다 특별한 강의와 종교에 대한 베네 게세리트의 해석들이 이어졌다. 그러다가 마침내 그는 '시오나의 아홉 딸들', 그리고 '아이다호의 1000명의 아들'이라고 불리는 기록들과 마주쳤다.

기자에게 그는 이렇게 다그쳤다. "제 이름도 던컨 아이다호예요. 이게 무슨 의미죠?"

기자는 항상 실패의 그림자 속에 서 있는 것처럼 움직였다. 그녀의 기다란 머리는 앞으로 수그러지고, 물기 있는 눈은 바닥을 향했다. 그날 저녁이 가까워오는 시간에 두 사람이 부딪힌 곳은 연습장 밖의 긴 복도였다. 그의 질문을 들은 그녀의 안색이 하얗게 질렸다.

그녀가 대답을 하지 않자 그가 다그쳤다. "제가 던컨 아이다호의 후손인가요?"

"그런 건 슈왕규에게 물어봐야 한다." 기자의 목소리는 이 말 자체에서 고통을 느끼고 있는 것처럼 들렸다.

이런 대답은 늘 듣던 것이라 그는 화가 났다. 그녀의 말은 그가 입을 다물 수밖에 없는 얘기를 듣게 될 것이라는 뜻이었다. 정보가 거의 들어 있지 않은 얘기를. 그러나 슈왕규는 기대했던 것보다 더 솔직했다.

"너는 던컨 아이다호의 진정한 피를 가지고 있다."

"제 부모님이 누구죠?"

"그들은 오래전에 죽었다."

"어떻게 죽었는데요?"

"난 모른다. 우리가 널 받아들였을 때 넌 고아였다."

"그럼 왜 저를 해치고 싶어 하는 사람들이 있는 거예요?"

"그들은 네가 어쩌면 하게 될지도 모르는 일을 두려워하는 거다."

"제가 하게 될지도 모르는 일이 뭔데요?"

"공부를 열심히 해라. 때가 되면 모든 것을 분명히 알게 될 것이다."

'입 닥치고 공부해라!' 역시나 자주 듣던 대답이었다.

그는 이 말에 복종했다. 자기 앞에서 문이 닫혀버렸을 때 그 사실을 인정하는 법을 이미 배웠기 때문이다. 그러나 그의 탐색적인 지성은 기근 시대와 대이동, 이 우주에서 가장 강력한 예지력을 지닌 사람들도 추적할 수 없는 비공간과 비우주선 등에 대한 다른 기록들과 맞닥뜨렸다. 여기서 그는 던컨 아이다호와 시오나의 후손들, 폭군 신황제를 섬겼던 그 고대인의 후손들 역시 예언가와 예지 능력자들의 눈에 보이지 않는 존재라는 사실과 마주쳤다. 멜란지 황홀경에 깊이 빠져든 조합의 키잡이

조차 그런 사람들을 감지해 낼 수 없었다. 기록에 따르면, 시오나는 순수한 아트레이데스 혈통이었으며 던컨 아이다호는 골라였다.

'골라?'

그는 이 특이한 단어에 대한 자세한 설명을 찾기 위해 도서관을 조사했다. 도서관이 그에게 내놓은 자료는 골자만 들어 있는 설명뿐이었다. "골라. 시체에서 떼어낸 세포를 틀레이랙스의 악솔로틀 탱크에서 키워 만들어낸 인간."

'악솔로틀 탱크?'

"시체의 세포에서 살아 있는 인간을 재생해 내기 위한 틀레이랙스의 장치."

"골라를 설명해 봐." 그가 명령했다.

"원래의 기억이 없는 결백한 육체입니다. 악솔로틀 탱크를 참조하십시오."

던컨은 침묵의 의미를 읽어내는 법을 이미 터득하고 있었다. 성의 사람들이 그에게 밝혀주는 얘기들 속에 들어 있는 공백의 의미를. 깨달음이 그를 휩쓸었다. 아이는 깨달았다! 겨우 열 살밖에 되지 않았는데 깨달아버렸다!

'난 골라야.'

늦은 오후의 도서관에서 주위에 있는 온갖 난해한 기계들이 감각의 뒷배경 속으로 희미하게 물러났다. 그리고 열 살짜리 아이가 지식을 홀로 감싸 안으며 탐색기 앞에 말없이 앉아 있었다.

'나는 골라야!'

그는 자신의 세포들이 갓난아기로 자라난 악솔로틀 탱크를 기억하지 못했다. 그가 가장 먼저 기억하는 것은 자신을 요람에서 들어 올리던 기자의 모습이었다. 어른의 눈 속에 나타났던 그 긴장된 흥미는 신중하게 아래로 내려온 눈꺼풀 속으로 너무나 빨리 사라져버렸다.

성의 사람들과 기록들이 그토록 마지못해 그에게 제공해 주었던 정보들이 이제야 마침내 핵심적인 모습을 분명히 드러낸 것 같았다. 그건 바로 그 자신이었다.

"베네 틀레이랙스에 대해 말해 봐." 그는 도서관에게 요구했다.

"그들은 스스로를 얼굴의 춤꾼과 주인으로 나눈 종족입니다. 얼굴의 춤꾼들은 잡종으로 생식 능력이 없으며 주인들에게 복종합니다."

'그들이 왜 내게 이런 짓을 한 걸까?'

도서관의 정보 기계들이 갑자기 이질적이고 위험하게 느껴졌다. 그는 무서웠다. 자신의 질문이 아무것도 없는 벽을 더 많이 만나게 될까 봐 무서운 것이 아니라, 대답을 찾아낼까 봐 무서웠다.

'슈왕규와 다른 사람들에게 내가 그토록 중요한 이유가 뭘까?'

그들이 자신에게 부당한 짓을 저질렀다는 생각이 들었다. 심지어 테그와 파트린조차도. 인간의 세포를 떼어내서 골라를 만드는 것이 왜 옳은 일일까?

그는 크게 주저하면서 다음 질문을 던졌다. "골라가 예전의 자신을 기억할 수 있어?"

"가능합니다."

"어떻게?"

"원본에 대한 골라의 심리적 동일성에 의해 특정한 반응들이 미리 정해집니다. 그리고 그 반응들은 심리적 외상에 의해 시동될 수 있습니다."

이걸로는 전혀 대답이 되지 않았다!

"그러니까 어떻게?"

슈왕규가 이때 느닷없이 도서관에 나타나서 그를 방해했다. 그렇다면 그의 질문에 그녀를 긴장시킨 뭔가가 있었다는 얘기였다!

"때가 되면 모든 것을 분명히 알게 될 것이다." 그녀가 말했다.

그를 내려다보는 듯한 말투였다! 그는 그 안에서 부당함을, 진실이 들어 있지 않다는 것을 느꼈다. 스스로 그토록 우월하다고 생각하는 자들보다 그 자신이 아직 각성하지 않은 자아 속에 더 많은 인간적 지혜를 갖고 있다고 그의 내면에 있는 무언가가 말해 주었다. 슈왕규에 대한 그의 증오가 한층 더 강렬해졌다. 그녀는 그를 애타게 만들고 그의 의문들을 꺾어버린 모든 것의 화신이었다.

그러나 이제 그의 상상력에 불이 붙었다. 그는 자신의 원래 기억을 다시 찾을 터였다! 그는 이것이 진실임을 느꼈다. 그는 자신의 부모, 가족, 친구…… 그리고 적들을 기억해 낼 것이다.

그는 슈왕규를 다그쳤다. "내 적들 때문에 대모님이 나를 만드신 건가요?"

"넌 이미 침묵에 대해 배웠다, 아이야. 그 지식에 의지해라." 그녀가 말했다.

'좋아. 바로 그 방법으로 난 당신과 싸울 거예요, 빌어먹을 슈왕규. 나는 침묵하면서 배울 거예요. 내 진짜 감정을 당신에게는 보여주지 않을 거예요.'

"애야, 나는 우리가 금욕주의자를 기르고 있다고 생각한다." 그녀가 말했다.

그녀는 마치 그의 보호자처럼 행세하고 있었다! 그는 그런 취급을 받고 싶지 않았다. 그는 침묵과 방심하지 않는 태도로 그들 모두와 싸울 것이다. 던컨은 도서관을 달려 나가 방에 처박혔다.

그 후 몇 달 동안 많은 것이 그가 골라임을 확인해 주었다. 아무리 어린아이라도 자기 주위의 일들이 평범하지 않다는 것쯤은 알아차릴 수 있는 법이다. 그는 담장 너머에서 다른 아이들이 큰 소리로 웃고 소리를 지르며 주변 도로를 걷는 걸 가끔 보았다. 도서관에서 아이들의 이야기도 찾아보았다. 그 아이들은 어른들로부터 그가 강요당하고 있는 것과 같은 엄한 훈련을 받지 않았다. 다른 아이들에게는 삶의 가장 세세한 부분에까지 명령을 내리는 슈왕규 대모 같은 사람이 없었다.

그가 발견해 낸 사실들이 던컨의 인생에서 또 다른 변화를 촉진했다. 루란 기자가 어디론가 소환되어 다시는 돌아오지 않았던 것이다.

'그녀가 내게 골라에 대해 알려줘서는 안 되는 거였어.'

사실은 이보다 조금 더 복잡했다. 루실라가 도착하던 날 슈왕규가 관찰용 난간에서 루실라에게 설명해 주었던 것처럼.

"우리는 그 불가피한 순간이 다가올 것을 알고 있었습니다. 저 아이가 골라에 대해 알아내고 날카로운 질문들을 던지게 되리라는 것을."

"그때는 대모가 매일 실시되는 저 아이의 교육을 맡아야 할 시기가 무르익어 있었습니다. 기자의 일은 어쩌면 실수였는지도 모릅니다."

"내 판단력을 의심하는 겁니까?" 슈왕규가 날카롭게 소리쳤다.

"당신의 판단력은 결코 의심의 대상이 될 수 없을 정도로 완벽합니까?" 루실라가 부드러운 저음의 목소리로 던진 이 질문은 마치 뺨을 후려치는 것처럼 충격적이었다.

슈왕규는 거의 1분 동안 침묵을 지켰다. 이윽고 그녀가 말했다. "기자는 저 골라가 사랑스러운 아이라고 생각했습니다. 그녀는 울면서 저 아이가 보고 싶어질 거라고 했습니다."

"그녀에게 그 점에 대해 경고를 하지 않았습니까?"

"기자는 우리와 같은 훈련을 받지 않았습니다."

"그래서 그때 그녀를 타말란으로 바꾼 거군요. 전 타말란을 모르지만, 혹시 아주 늙은 분이 아닌가요?"

"맞습니다."

"기자가 사라진 것에 대해 저 아이가 어떤 반응을 보였습니까?"

"그녀가 어디로 갔느냐고 물었습니다. 우린 대답해 주지 않았습니다."

"타말란은 잘 하고 있습니까?"

"그녀와 공부를 시작한 지 사흘째 되던 날, 저 아이가 아주 차분하게 그녀에게 말했습니다. '난 당신이 미워요. 내가 원래 해야 하는 것이 바로 그건가요?'"

"그렇게 빨리!"

"지금 저 아이는 당신을 관찰하면서 생각하고 있습니다. 나는 슈왕규를 미워한다. 새로 온 저 사람도 미워해야 하나? 하지만 저 아이는 또한 당신이 다른 늙은 마녀들과 다르다는 생각도 하고 있습니다. 당신은 젊으니까요. 이것이 아주 중요하다는 걸 저 애는 알게 될 겁니다."

인간들은 각자 설 자리가 있을 때, 세상의 구도 속에서 자기가 어디에 속하며 무엇을 성취할 수 있는지 알고 있을 때, 가장 잘 살아간다. 그 자리를 파괴하면 그것은 곧 그 사람을 파괴하는 것이다.

— 베네 게세리트 가르침

마일즈 테그는 가무에서의 임무를 원하지 않았다. 어린 골라에게 군사 전문가를 붙여준다고? 이 아이처럼 주위에 온통 역사가 얽혀 있는 골라 라고 해도 그렇지. 그것은 훌륭하게 질서가 잡힌 테그의 은퇴 생활에 대한 원치 않는 방해였다.

그러나 그는 베네 게세리트의 의지를 따르는 군인 멘타트로 평생을 살았으므로, 불복종의 실행은 생각할 수 없었다.

'Quis custodiet ipsos custodiet?'

수호의 임무를 맡은 자를 누가 지켜줄 것인가? 수호의 임무를 맡은 자 가 공격이라는 죄를 범하지 않도록 하는 자가 누구인가?

이것은 테그가 여러 번 신중하게 생각해 본 질문이었다. 이 질문이 베 네 게세리트에 대한 그의 충성심의 기본적인 교의 중 하나를 형성했다.

다른 문제에 대해서는 교단에 대해 무슨 말이든 할 수 있을지 몰라도, 교단이 목적의 항상성을 놀라울 정도로 보여주는 것은 사실이었다.

'도덕적 목적이지.' 테그는 그 목적에 이름을 붙였다.

베네 게세리트의 도덕적 목적은 테그의 원칙들과 완벽하게 일치했다. 그 원칙들이 베네 게세리트에 의해 그의 머릿속에 박히게 되었다는 사실은 고려되지 않았다. 합리적 사고, 특히 멘타트의 합리성으로는 다른 판단을 내릴 수 없었다.

테그는 핵심적인 본질을 정리했다. 만약 단 한 사람이라도 그러한 원칙들의 지침을 따른다면 이 우주는 더 나은 곳이 될 것이다. 그것은 결코 정의의 문제가 아니었다. 정의는 법에 의존할 것을 요구하기 때문에, 법을 집행하는 자들의 변덕과 편견에 항상 굴복하는 변덕스러운 정부(情婦)가 되어 버릴 수도 있었다. 그래, 그것은 그보다 훨씬 더 깊은 곳까지 미치는 개념인 공정함의 문제였다. 판결의 대상이 되는 사람들은 반드시 그 판결의 공정함을 느껴야 했다.

테그에게 있어, '법의 구절들을 반드시 준수해야 한다'는 식의 말은 그의 지침이 되는 원칙들에 대한 위험을 의미했다. 공정해지기 위해서는 합의와 예측할 수 있는 항상성, 그리고 다른 무엇보다도 위계질서 속에서 위와 아래 모두를 향한 충성심이 필요했다. 이러한 원칙을 지침으로 삼은 지도자들에게는 외부의 통제가 필요하지 않았다. 그들은 자신의 임무가 옳기 때문에 그 임무를 수행한다. 그리고 그들이 복종하지 않을 때에는, 그런 행위가 옳다는 것을 '예상'할 수 있기 때문이다. 그들이 어떤 행위를 하는 것은 그 행위의 올바름이 지금 이 순간에 가장 중요한 것이기 때문이다. 예언이나 예지력은 그것과 전혀 관계가 없었다.

테그는 신뢰할 만한 예지력을 지녔다는 아트레이데스의 명성을 알고 있었다. 그러나 그의 우주에는 금언과 같은 발언들이 설 자리가 없었다. 자기가 판단한 그대로 이 우주를 받아들이고, 원칙의 적용이 가능할 때에는 자신의 원칙을 적용하면 그뿐이었다. 위계질서 속에서 절대적인 명령에는 항상 복종이 따랐다. 타라자가 그것을 절대적인 명령으로 만든 것은 아니었지만, 그는 그 속에 내포된 의미를 알 수 있었다.

"당신은 이번 임무에 완벽하게 맞는 사람입니다."

그는 최고의 순간들을 수없이 겪으며 오랜 삶을 살았고, 명예롭게 은퇴했다. 테그는 자신이 늙고 굼뜨며, 노화로 인한 온갖 결함들이 바로 의식 가장자리에서 어른거리고 있다는 것을 알고 있었다. 그러나 그가 '싫습니다' 하고 말하고 싶은 것을 억지로 억누를 수밖에 없는 상황에서도 임무의 부름은 그에게 활기를 주었다.

이 임무는 타라자로부터 직접 내려온 것이었다. (보호 선교단을 포함해서) 모든 사람의 위에 있는 그 강력한 인물이 그를 발탁한 것이다. 그냥 대모가 아니라 최고 대모가.

타라자는 레르나에우스에 있는 그의 안식처로 찾아왔다. 그녀의 이런 행동은 그에게 명예로운 것이었다. 그녀는 복사 두 사람과 소규모의 경비대만을 거느리고 예고도 없이 그의 집 문 앞에 나타났다. 경비대원 중에는 그가 아는 얼굴들도 섞여 있었다. 그들은 테그가 직접 훈련시킨 사람들이었다. 그녀가 도착한 시간도 흥미로웠다. 식사 직후의 아침 시간. 그녀는 그의 생활 패턴이며, 그가 이 시간에 가장 기민하다는 사실도 분명히 알고 있었다. 그녀는 그가 완전히 깨인 정신으로 최고의 능력을 발휘할 수 있기를 원했던 것이다.

테그의 오랜 당번병인 파트린이 타라자를 동쪽의 거실로 데려왔다. 딱딱한 가구들만 있는, 자그마하고 우아한 곳이었다. 테그가 의자개 등 살아 있는 가구들을 좋아하지 않는다는 사실은 널리 알려져 있었다. 검은 로브를 입은 최고 대모를 방으로 안내하는 파트린의 얼굴이 불쾌한 표정을 짓고 있었다. 테그는 그 표정을 즉시 알아챘다. 늙어서 주름이 쭈글쭈글한 파트린의 길고 창백한 얼굴은 다른 사람들의 눈에 꿈짝도 하지 않는 가면처럼 보였지만, 테그는 그의 입가 주름이 더 깊어진 것과 그 늙은 눈의 쏘아보는 눈길에 정신을 바짝 차렸다. 타라자가 이리로 오는 길에 뭔가 파트린을 불쾌하게 만든 말을 한 모양이었다.

무거운 플라즈로 된 높은 미닫이문이 길게 비탈진 잔디밭을 지나 강가의 나무들까지 이어진 이 방의 동쪽 풍경을 액자처럼 둘러싸고 있었다. 타라자는 방에 발을 들여놓자마자 걸음을 멈추고 그 풍경에 경탄했다.

명령이 없었는데도 테그는 단추를 눌렀다. 커튼이 그 풍경 위로 스르르 미끄러지고 발광구들이 밝게 켜졌다. 테그의 이런 행동은 그가 은밀함이 필요하다는 계산 결과를 얻었음을 타라자에게 알려주었다. 그가 파트린에게 내린 명령도 이 점을 강조해 주었다. "아무도 우리를 방해하지 못하게 해주게."

"남부 농장에 대한 명령을 내려주십시오, 장군님." 파트린이 용감하게 말했다.

"자네가 직접 맡아주게. 자네와 피루스라면 내가 뭘 원하는지 알겠지."

파트린은 밖으로 나가면서 조금 세게 문을 닫았다. 아주 작은 신호였지만, 테그에게는 많은 의미를 전하는 행동이었다.

타라자가 방 안으로 한 발짝 더 들어와서 방을 살펴보았다. "라임의 초록색이라. 내가 가장 좋아하는 색깔 중 하나로군요. 당신의 어머님은 훌륭한 안목을 갖고 계셨습니다."

이 말에 테그의 마음이 따뜻해졌다. 그는 이 건물과 이 땅에 깊은 애정을 갖고 있었다. 그의 가족이 여기 정착한 것은 겨우 3세대 전이었지만, 이곳에는 그들의 흔적이 새겨져 있었다. 이곳의 여러 방들에 남아 있는 어머니의 손길은 사실상 거의 그대로였다.

"땅과 장소를 사랑하는 건 안전합니다." 테그가 말했다.

"난 복도에 있는 그을린 오렌지색 카펫과 입구 위에 있는 스테인드글 라스의 부채꼴 채광창이 특히 마음에 듭니다. 그 채광창은 정말 골동품이에요. 틀림없습니다." 타라자가 말했다.

"대모님께서 실내 장식 얘기를 하려고 여기 오신 건 아니잖습니까."

타라자가 쿡쿡 웃었다.

그녀의 목소리는 톤이 높았는데, 교단의 훈련은 그 목소리를 사용해 압도적인 효과를 발휘하는 법을 그녀에게 가르쳐주었다. 그녀가 지금처럼 지극히 조심스럽게 편안한 태도를 취하고 있을 때에도 그녀의 목소리는 쉽게 무시할 수 없었다. 테그는 베네 게세리트 평의회에서 그녀를 본 적이 있었다. 그곳에서 그녀의 태도에는 힘과 설득력이 있었으며, 그녀의 말 한마디 한마디는 날카로운 정신이 그녀의 결정들을 이끌고 있음을 보여주었다. 그는 지금 그녀의 태도에서 중요한 결정이 내려졌음을 느낄 수 있었다.

테그가 초록색 커버가 씌워진 왼쪽의 의자를 가리켰다. 그녀는 그것을 흘긋 보고 다시 한번 방을 훑어본 다음 미소를 억눌렀다.

집안에 의자개가 한 마리도 없다는 데에 내기를 걸라면 걸 수도 있을 것 같았다. 테그는 골동품으로 스스로를 둘러싼 골동품이었다. 그녀는 의자에 앉아 로브를 매끈하게 펴면서 테그가 어울리는 의자 하나를 자기 앞으로 가져올 때까지 기다렸다.

"당신에게 은퇴 생활을 깨고 나와달라고 요청하게 된 것을 유감으로 생각합니다, 바샤르. 불행히도 이 상황이 내게 선택의 여지를 거의 허락하지 않는군요." 그녀가 말했다.

테그는 긴 팔을 의자 팔걸이에 편안히 놓고 휴식을 취하는 멘타트의 자세로 기다렸다. 그의 태도는 이렇게 말하고 있었다. "제 머리를 자료로 가득 채워주십시오."

타라자는 순간적으로 당황했다. 이것은 강요였다. 키가 크고, 커다란 머리 위에 흰 머리가 얹혀 있는 테그는 여전히 당당한 모습이었다. 그가 표준력으로 300살에서 4년이 모자라는 나이라는 것을 그녀는 알고 있었다. 표준력의 1년이 이른바 원시 역법의 1년보다 약 20시간 적다는 점을 감안하더라도 베네 게세리트의 복무 경험에 그만한 연륜이라면 역시 대단한 것이었으므로 그녀는 마땅히 그를 존중해야 했다. 그녀는 테그가 계급장이 없는 밝은 회색의 군복을 입고 있다는 사실에 주목했다. 바지와 재킷은 정성스럽게 만들어진 것이었고, 하얀 셔츠는 목 부분이 열려 있어서 깊은 주름이 진 목이 드러나 있었다. 그의 허리춤에서 뭔가가 금빛으로 반짝였다. 그녀는 바샤르가 은퇴할 때 받은 햇살 모양의 브로치를 알아보았다. 정말이지 실리주의자인 테그다운 짓이 아닌가? 그는 그 황금 장식품을 허리띠 죔쇠로 만들어버린 것이다. 이것이 그녀를 다시 안심시켰다. 테그는 그녀의 문제를 이해해 줄 터였다.

"물 한 잔 마실 수 있을까요? 길고 지루한 여행이었습니다. 마지막 구간에서는 우리 수송선을 탔는데, 그건 벌써 500년 전에 교체했어야 하는 물건이었어요." 타라자가 말했다.

테그는 의자에서 몸을 일으켜 벽의 패널로 갔다. 그리고 그 패널 뒤의 수납장에서 차갑게 식힌 물 한 병과 잔을 꺼냈다. 그는 그것을 타라자의 오른쪽에 있는 낮은 탁자에 놓았다. "저는 멜란지도 갖고 있습니다." 그가 말했다.

"아뇨, 괜찮습니다, 마일즈. 나도 내 몫의 멜란지를 갖고 있습니다."

테그는 다시 의자에 앉았다. 그녀는 그의 몸이 뻣뻣하게 굳어 있음을 눈치챘다. 그러나 나이를 생각한다면 그는 아직도 놀라울 만큼 유연했다.

타라자는 잔에 물을 반쯤 따라서 단숨에 마셔버렸다. 그리고 아주 조심스럽게 잔을 탁자 위에 내려놓았다. 말을 어떻게 꺼내야 할까? 그녀는 테그의 태도에 속지 않았다. 그는 은퇴 생활을 그만두고 싶어 하지 않았다. 그녀의 분석관들도 미리 이 점에 대해 그녀에게 주의를 주었다. 은퇴한 이후 그는 농업에 적지 않은 관심을 보였다. 이곳 레르나에우스에 있는 그의 너른 땅은 기본적으로 연구를 위한 밭이었다.

그녀는 시선을 들어 노골적으로 그를 자세히 살펴보았다. 떡 벌어진 어깨가 테그의 좁은 허리를 강조해 주었다. 그렇다면 그가 지금도 운동을 하고 있다는 얘기였다. 강한 골격 덕분에 선이 날카로운 저 긴 얼굴은 전형적인 아트레이데스의 얼굴이었다. 테그는 언제나 그랬던 것처럼 그녀의 시선을 그대로 돌려주며 그녀의 관심을 요구했다. 그러나 최고 대모가 무슨 말을 하든 마음을 열고 듣겠다는 표정이었다. 그의 가느다란 입술이 비스듬하게 치켜 올라가 희미한 미소를 짓고 있어서 깨끗하고 고른 이가 보였다.

'그는 내가 불편해한다는 걸 알고 있어. 제길! 그도 나 못지않은 교단의 종이다!'

테그는 질문을 던져 그녀의 말을 재촉하지 않았다. 그의 태도는 여전히 흠잡을 데 없었고, 이상할 정도로 자신을 내보이지 않았다. 그녀는 이것이 멘타트들의 흔한 특징이며 거기서 다른 의미를 읽으려 할 필요가 없다고 스스로를 일깨웠다.

테그가 느닷없이 자리에서 일어나 타라자의 왼쪽에 있는 탁자로 성큼성큼 걸어갔다. 그리고 방향을 돌리더니 팔짱을 끼고 탁자에 기대서서 그녀를 내려다보았다.

타라자는 그와 얼굴을 마주하기 위해 의자의 방향을 돌려야 했다. '못된 놈!' 테그는 그녀를 위해 이번 일을 쉽게 만들어줄 생각이 없는 모양이었다. 대모 조사관들은 모두 대화를 할 때 테그를 자리에 앉히기가 힘들었다는 점을 언급했다. 그는 군인답게 어깨를 딱딱하게 굳히고, 시선을 아래로 향한 채 서 있는 편을 더 좋아했다. 대모들 중에 신장이 그와 맞먹는 사람은 거의 없었다. 그의 키는 2미터가 넘었다. 분석관들은 테그가 자신을 지배하는 교단의 권위에 반항하는 방법으로 이런 태도를 취한다(아마도 무의식적인 행동일 가능성이 컸다)는 데에 모두 의견을 같이했다. 그러나 그의 다른 행동에서는 이런 낌새가 하나도 드러나지 않았다. 테그는 지금까지 교단이 채용했던 군사 지휘관들 중에서 언제나 가장 믿을 만한 사람이었다.

이 우주에는 여러 가지 사회가 존재했다. 그리고 그 사회들에 붙는 꼬리표가 단순한 것임에도 불구하고 이 우주를 하나로 묶어주는 힘들은 서로 복잡하게 상호작용을 했다. 그런 우주에서 믿을 만한 군사 지휘관은 그들의 몸무게만큼의 멜란지보다 몇 배나 더 가치 있는 존재였다. 협상에서는 항상 황제들의 전제 정치에 대한 공통적인 기억과 종교들이 고려의 대상이었지만, 결국 승리를 거두는 것은 경제력이었고 군사라는 '동전'은 어느 누구의 계산기에도 입력될 수 있었다. 이 동전은 협상이 벌어질 때마다 항상 그곳에 존재했다. 그리고 사람들의 욕구, 즉 특정한 물건들 (스파이스나 익스의 기술제품 같은 것들)에 대한 욕구, 전문가들(멘타트나 수크 의사들)에 대한 욕구, 그리고 시장이 존재하는 모든 물건들, 즉 노동력, 건축업자, 설계사, 행성에 맞게 적용된 생물, 예술가, 이국적인 쾌락 등에 대한 온갖 세속적인 욕구들이 교역 체제를 움직이는 한 계속 존재할 터였다.

그 어떤 법률 체계도 그렇게 복잡한 것을 하나의 전체로 묶어줄 수 없었으며, 이로 인해 또 다른 욕구, 즉 영향력이 있는 중재자에 대한 끊임없는 수요가 생겨난 것은 꽤나 자명한 일이었다. 대모들은 경제라는 거미줄 속에서 자연스럽게 이 역할을 맡게 되었다. 그리고 마일즈 테그는 그 점을 알고 있었다. 그는 또한 자신이 협상의 카드로서 다시 한번 밖으로 끌려 나가게 되었다는 점도 깨달았다. 그가 그 역할을 즐기는지 여부는 협상에서 고려의 대상이 아니었다.

"당신을 이곳에 붙들어둘 가족도 없지 않습니까." 타라자가 말했다.

테그는 소리 없이 이 말을 받아들였다. 그래, 그의 아내는 이미 38년 전에 세상을 떠났다. 자식들은 모두 장성해서 딸 하나만을 제외하고는 전부 둥지를 떠나버렸다. 그가 개인적으로 관심을 갖고 있는 일들은 많았지만 가족들에게 책임을 져야 할 일은 하나도 없었다. 대모의 말은 사실이었다.

타라자는 기억에 남을 만한 그의 업적 여러 개를 들춰내면서 그가 오랫동안 교단을 위해 성실하게 복무했음을 일깨워주었다. 이런 찬사가 그에게 별로 영향을 미치지는 못하겠지만, 이것은 그녀가 반드시 해야 하는 이야기를 위해 필요한 준비작업이었다.

"당신이 혈통상 누구를 닮았는지 이미 통보받았을 겁니다." 그녀가 말했다.

테그는 고개를 겨우 1밀리미터 정도 앞으로 기울였다.

"당신은 폭군의 할아버지인 레토 아트레이데스 1세와 정말 놀라울 정도로 닮았습니다." 그녀가 말했다.

테그는 대모의 말을 들었다는 기색도, 그녀의 얘기에 동의한다는 기색도 전혀 내비치지 않았다. 이건 그의 방대한 기억 속에 이미 저장된 자료에 불과했다. 그는 자신이 아트레이데스의 유전자를 갖고 있다는 걸 알고 있었다. 참사회에서 레토 1세의 초상화를 본 적도 있었다. 그건 마치 거울을 들여다보는 것 같은 이상한 경험이었다.

"당신의 키가 조금 더 크지요." 타라자가 말했다.

테그는 계속 그녀를 내려다보았다.

"그런 건 다 상관없습니다, 바샤르. 적어도 나를 도와주려고 애써줄 수는 없겠습니까?" 타라자가 말했다.

"그건 명령입니까, 최고 대모님?"

"아뇨, 명령이 아닙니다!"

테그는 서서히 미소를 지었다. 타라자가 그 앞에서 그런 식으로 감정을 폭발시켰다는 사실은 많은 것을 의미했다. 그녀는 믿을 만하다고 생각되지 않는 사람들 앞에서 그런 행동을 할 사람이 아니었다. 그리고 단순히 부하라고만 생각하는 사람 앞에서 그렇게 감정을 드러내는 걸 스스로에게 허락할 사람도 아니었다.

타라자는 의자 등받이에 몸을 기대며 그를 향해 씩 웃었다. "좋습니다. 재미있었습니까? 내가 당신에게 다시 임무를 맡긴다면 당신이 내게 꽤화를 낼 거라고 파트린이 말하더군요. 내 분명히 말하겠습니다. 당신은 우리 계획에 아주 결정적인 존재입니다."

"무슨 계획입니까, 최고 대모님?"

"우린 가무에서 던컨 아이다호의 골라를 키우고 있습니다. 이제 거의 여섯 살이니 군사 교육을 받을 때가 됐습니다."

테그의 눈이 조금 커졌다.

"당신에게는 귀찮은 임무가 될 겁니다. 하지만 나는 당신이 가능한 한 빨리 그 아이의 훈련과 보호를 맡아주기 바랍니다." 타라자가 말했다.

"제가 아트레이데스 공작과 닮았다고 하셨는데, 그 아이의 원래 기억을 복원하기 위해 저를 이용할 작정이시군요." 테그가 말했다.

"그렇습니다, 8년 내지 10년 후에."

"그렇게 오래! 왜 가무입니까?" 테그가 고개를 저으며 말했다.

"그 아이가 유전적으로 타고난 프라나 빈두 재능이 베네 틀레이랙스에 의해 변형되었습니다. 우리가 그렇게 하라고 명령한 겁니다. 그 아이의 반사 신경은 속도 면에서 우리 시대에 태어난 사람들과 맞먹을 겁니다. 가무는…… 원래의 던컨 아이다호가 그곳에서 태어나 자랐습니다. 그 아이의 세포 유전형질이 변했기 때문에 우리는 다른 모든 것을 원래의 조건과 가능한 한 가깝게 유지해야 합니다."

"이런 일을 하시는 이유가 뭡니까?" 자료를 의식하는 멘타트의 어조였다.

"벌레를 통제할 수 있는 능력을 지닌 여자아이가 라키스에서 발견되었습니다. 그곳에서 우리 골라를 쓸 일이 있을 겁니다."

"두 아이를 교배시키는 겁니까?"

"난 멘타트로서의 당신과 이야기를 하고 있는 게 아닙니다. 우리에게 필요한 건 당신의 군사적 능력과 원래의 레토와 닮은 외모입니다. 때가 되면 그 아이의 원(原)기억을 어떻게 복원시킬 수 있는지 당신도 알고 있지 않습니까."

"그러니까 저를 정말로 군사 전문가로 다시 끌어내실 생각이군요."

"우리 부대 전체를 지휘하는 최고 바샤르였던 사람에게 그것이 너무 낮은 자리라고 생각하는 겁니까?"

"최고 대모님, 대모님이 명령하시면 저는 복종해야 합니다. 하지만 가무의 모든 방어 체제에 대한 완전한 지휘권을 주지 않는다면 저는 그 자리를 받아들이지 않겠습니다."

"그건 이미 처리되었습니다, 마일즈."

"제 머리가 어떻게 돌아가는지 대모님은 정말 항상 알고 계셨지요."

"그리고 난 당신의 충성심을 항상 확신했습니다."

테그는 탁자에서 몸을 떼고 잠시 선 채로 생각에 잠겼다가 입을 열었다. "제게 브리핑을 해줄 사람이 누구입니까?"

"예전과 똑같이, 기록부의 벨론다입니다. 우리 사이에 오가는 메시지의 안전을 위해 그녀가 당신에게 암호를 제공해 줄 겁니다."

"제가 사람들의 명단을 제출하겠습니다. 옛날 전우들과 그들의 자식들입니다. 제가 가무에 도착했을 때 그들이 모두 그곳에서 저를 기다리고 있어야 합니다."

"그들 중 어느 누구도 거절하지 않을 거라고 생각하시는 겁니까?"

테그의 표정은 이렇게 말하고 있었다. '멍청하게 굴지 마십시오!'

타라자는 쿡쿡 웃으며 속으로 생각했다. '우리가 원래의 아트레이데스 사람들로부터 아주 잘 배운 것이 하나 있지. 최고의 헌신과 충성심을 가진 사람들을 만들어내는 법 말이야.'

"파트린이 그 사람들의 모집을 담당할 겁니다. 그는 계급장을 받아들이지 않을 겁니다. 하지만 그에게 대령 보좌관에 해당하는 봉급과 대우를 해주셔야 합니다." 테그가 말했다.

"당신은 물론 최고 바샤르의 계급을 다시 갖게 될 겁니다. 우리가……."

"아닙니다. 교단에는 부르즈말리가 있지 않습니까. 그의 과거 지휘관을 다시 그의 머리 위에 올려놓아서 그를 약하게 만들어선 안 됩니다."

그녀는 잠시 그를 유심히 살펴보다가 입을 열었다. "우리는 아직 부르즈말리를 임명하지……."

"저도 잘 알고 있습니다. 제 옛날 전우들이 교단의 정치적 관계에 대해 계속 모든 소식을 알려주고 있으니까요. 하지만 대모님과 저는 그것이 시간문제라는 걸 알고 있습니다, 최고 대모님. 부르즈말리는 최고입니다."

그녀는 이 말을 받아들일 수밖에 없었다. 이건 단순히 군사적 멘타트의 평가가 아니었다. 이건 테그의 평가였다. 불현듯 또 다른 생각이 그녀의 뇌리를 때렸다.

"그럼, 당신은 평의회에서 벌어진 우리의 논쟁에 대해 이미 알고 있었군요!" 그녀가 비난하듯 말했다. "그런데 내게……."

"최고 대모님, 만약 대모님이 라키스에서 또 하나의 괴물을 만들어내실 거라는 생각이 들었다면, 저는 그렇게 말했을 겁니다. 대모님은 제가 내린 결정들을 신뢰하시고, 저는 대모님이 내린 결정들을 신뢰합니다."

"젠장, 마일즈, 우리가 너무 오래 떨어져 있었습니다." 타라자가 자리에서 일어나며 말을 이었다. "당신이 다시 제복을 입을 거라고 생각하니 마음이 더 차분해지는군요."

"제복이라. 그렇습니다. 저를 특수 임무를 띤 바샤르로 다시 복직시켜주십시오. 그렇게 하면 부르즈말리의 귀에 이 얘기가 들어갔을 때 바보같은 질문들이 나오지 않을 겁니다." 그가 말했다.

타라자는 로브 안에서 리둘리안 종이 한 뭉치를 꺼내 테그에게 넘겨주었다. "난 여기 이미 서명을 했습니다. 당신의 복직 서류를 직접 작성하세요. 허가가 필요한 다른 사항들도 모두 거기 있습니다. 여행증명서 같은 것들 말입니다. 이건 내가 당신에게 직접 내리는 명령입니다. 당신은 내게 복종해야 합니다. 당신은 '나의' 바샤르예요. 무슨 말인지 아시겠습니까?"

"제가 언제는 대모님의 바샤르가 아니었던가요?"

"지금은 그 어느 때보다 그게 중요합니다. 골라의 안전을 지키고, 그 아이를 잘 훈련시켜 주세요. 그 아이는 당신의 책임입니다. 그리고 그 일과 관련해서 나는 모든 사람들과 맞서 당신을 뒷받침해 주겠습니다."

"슈왕규가 가무에서 지휘를 맡고 있다고 들었습니다."

"모든 사람들과 맞서야 합니다, 마일즈. 슈왕규를 믿지 마세요."

"알겠습니다. 저와 점심을 함께 드시겠습니까? 제 딸이……."

"미안합니다, 마일즈. 난 가능한 한 빨리 돌아가야 합니다. 벨론다를 즉시 보내겠습니다."

테그는 문까지 그녀를 배웅하고, 그녀의 일행 중에 있는 자신의 옛 제자들과 기분 좋은 얘기를 몇 마디 주고받은 다음 그들이 떠나는 것을 지켜보았다. 장갑을 입힌 지상차 한 대가 진입로에서 그들을 기다리고 있었다. 그들이 틀림없이 이곳으로 몰고 왔을 신형 지상차들 중 한 대였다. 그 지상차를 본 테그의 마음이 불안해졌다.

'저렇게 급박한 거야!'

타라자는 최고 대모인데도 전령들이나 할 만한 임무를 위해 직접 이곳으로 찾아왔다. 그런 행동을 통해 그가 무엇을 눈치채게 될지 알면서도. 교단이 어떻게 움직이는지 너무나 자세히 알기 때문에 그는 방금 있었던 일이 무엇을 의미하는지 깨달았다. 베네 게세리트 평의회에서 벌어진 논쟁이 그에게 정보를 알려준 사람들의 얘기보다 훨씬 더 심각한 모양이었다.

'당신은 나의 바샤르예요.'

테그는 타라자가 두고 간 허가서와 증명서 뭉치를 훑어보았다. 그녀가 이미 인장을 찍고 서명한 서류들이었다. 이것이 암시하는 신뢰가 그가 감지한 다른 것들과 합쳐져서 그의 불안감을 가중시켰다.

'슈왕규를 믿지 마세요.'

그는 서류 뭉치를 주머니에 집어넣고 파트린을 찾으러 갔다. 파트린에게도 일의 개요를 설명해 주고 감정을 달래줘야 할 것이다. 그리고 이번 일에 누구를 불러들일 것인지 함께 상의해야 할 것이다. 그는 염두에 둔 사람들 중 일부의 명단을 머릿속으로 작성하기 시작했다. 위험한 임무가 기다리고 있었다. 오로지 최고의 사람들만이 필요한 임무였다. 제길! 이곳 땅에 있는 모든 것을 피루스와 디멜라에게 넘겨줘야 하잖아! 자세하게 챙겨야 하는 일들이 너무 많았다! 그는 집 안을 성큼성큼 걸으면서 맥박이 빨라지는 것을 느꼈다.

테그는 옛 부하 중 한 명인 집 안의 경비병을 지나치다가 걸음을 멈췄다. "마틴, 오늘 약속을 모두 취소해라. 내 딸을 찾아서 내가 서재에서 좀 보잔다고 전해."

집 안 전체로 얘기가 퍼져나갔고, 그다음에는 이곳의 소유지 전체로 얘기가 퍼져나갔다. 하인들과 가족들은 최고 대모가 방금 테그와 비밀스러운 얘기를 나눴다는 걸 알고 쓸데없이 테그의 주의를 산만하게 만드는 일들을 차단하려고 자동적으로 보호막을 쳤다. 그의 큰딸인 디멜라는 그가 자신의 실험적인 농업 프로젝트를 계속하기 위해 필요한 세부 사항들을 열거하려 하자 그의 말을 잘라버렸다.

"아버지, 전 갓난아기가 아니에요!"

두 사람은 그의 서재에 붙은 작은 온실에 있었다. 화초를 화분에 심을 때 사용하는 벤치의 구석에는 테그가 점심으로 먹고 남은 음식이 놓여 있었다. 그리고 점심 식사가 담긴 쟁반 뒤쪽의 벽에 파트린의 수첩이 기대어져 있었다.

테그는 날카로운 시선으로 딸을 바라보았다. 디멜라는 그의 외모를 닮았지만, 키는 닮지 않았다. 미인이라고 하기에는 너무 마른 편이었지만, 그녀는 좋은 상대와 결혼했다. 그 두 사람, 디멜라와 피루스에게는 훌륭한 자식들이 세 명 있었다.

"피루스는 어디 있지?" 테그가 물었다.

"남쪽 농장의 옮겨심기를 준비하러 나갔어요."

"아, 그래. 파트린이 얘기했었지."

테그는 미소를 지었다. 디멜라가 교단의 권유를 거절하고 레르나에우스 토박이인 피루스와 결혼해 아버지 곁에 남아 있는 편을 택했다는 걸 생각하면 항상 기분이 좋았다.

"내가 아는 건 그들이 아버지에게 다시 임무를 맡기려 한다는 것뿐이에요. 위험한 임무인가요?" 디멜라가 말했다.

"거참, 네 말투가 네 엄마와 똑같구나."

"그러니까 위험하다는 얘기군요! 망할 놈들. 아버지는 이미 할 만큼 하셨잖아요."

"아직 부족한가 보지."

파트린이 온실 한쪽 끝에서 안으로 들어오자 그녀는 테그에게서 돌아섰다. 그녀가 파트린과 스쳐 지나가면서 말하는 소리가 들렸다.

"아버진 나이를 먹을수록 대모들하고 똑같아지고 있어요!"

그럼 저 애는 뭘 기대했던 거지? 테그는 속으로 생각했다. 초암의 하급 직원을 아버지로 태어난 대모의 아들인 그는 교단의 장단에 맞춰 움직이는 집에서 자랐다. 아버지는 원래 초암에서 행성 간 교역 일을 맡고 있었지만, 어머니가 그것에 반대하자 그 일에 대한 아버지의 충성심이 사라져버렸다. 그는 어렸을 때 이미 이 사실을 분명히 깨달았다.

지금 이 집은 아버지가 돌아가신 후 1년이 채 되지 않아 어머니가 돌아가실 때까지 어머니의 집이었다. 어머니의 흔적들이 사방에 놓여 있었다.

파트린이 테그 앞에서 걸음을 멈췄다. "전 제 수첩을 가지러 다시 온 겁니다. 거기 추가해 놓으신 이름이 있습니까?"

"몇 개 있지. 당장 그 일을 시작하도록 하게."

"알겠습니다, 장군님!" 파트린은 재빨리 뒤로 돌아서서 수첩을 자기 다리에 찰싹찰싹 부딪히면서 자기가 온 길을 성큼성큼 되짚어 갔다.

'저 녀석도 그걸 느끼고 있군.' 테그는 생각했다.

다시 한번 테그는 주위를 살짝 둘러보았다. 이 집은 지금도 어머니의 집이었다. 그가 오랫동안 이 집에 살면서 자식들을 낳아 길렀는데도! 여전히 어머니의 집이었다. 아, 이 온실은 그가 지은 것이었다. 그러나 저쪽의 저 서재는 어머니의 사실(私室)이었다.

레르나에우스 록스브로우즈의 재닛 록스브로우. 가구, 실내 장식, 모든 것이 여전히 그녀의 것이었다. 타라자는 그것을 알아보았다. 그와 그의 아내는 겉으로 드러난 물건들 몇 개를 바꿨지만, 이 집의 핵심은 여전히 재닛 록스브로우의 것이었다. 그녀의 혈통에 물고기 웅변대의 피가 섞여 있음은 의심의 여지가 없었다. 교단에 그녀가 얼마나 귀중한 존재였는지! 그녀가 로쉬 테그와 결혼해 이곳에서 평생을 살았다는 것, 그건 괴이한 일이었다. 교단의 유전자 교배 계획이 수 세대에 걸쳐 어떻게 작동하는지 알기 전에는 이해할 수 없는 사실이었다.

'저들이 또 그걸 해냈어. 오로지 지금 이 순간을 위해 그 오랜 세월 동안 나를 무대 옆에 대기시킨 거야.' 테그는 생각했다.

수천 년의 세월 동안 종교는 창조에 대한 전매 특허권을 주장하지 않았던가?

—틀레이랙스의 질문, 무앗딥의 담화에서

틀레이랙스의 공기는 수정같이 맑았으며 정적에 사로잡혀 있었다. 이 정적은, 일부는 아침의 서늘한 기온 때문이기도 했고, 일부는 두려움에 차서 웅크리고 있는 것 같은 느낌 때문이기도 했다. 마치 이 반달롱 도시 안에서 생명이 뭔가를 기다리고 있는 것 같았다. 뭔가를 탐욕스럽게 기대하고 있는 그 생명은 그가 직접 보내는 신호를 받을 때까지 꼼짝도 하지 않을 터였다. 주인들의 주인인 마하이, 틸위트 와프는 하루 중 어떤 시간보다도 이 시간을 좋아했다. 지금 그가 열린 창문을 통해 내다보고 있는 이 도시는 그의 것이었다. 반달롱은 그가 명령을 내려야만 살아날 것이다. 그는 혼잣말로 이렇게 중얼거렸다. 저 바깥에서 그가 느낄 수 있는 두려움은 생명을 품고 있는 이 저장소에서 생겨 날 수 있는 모든 현실에 대한 그의 지배력을 의미했다. 이곳에서 시작되어 멀리까지 권세를 퍼뜨린 틀레이랙스 문명.

그들은, 그의 민족은, 지금을 위해 수천 년을 기다렸다. 와프는 지금 이 순간을 음미했다. 예언자 레토 2세(그는 신황제가 아니라 신의 전령이었다)의 그 힘겨운 시대 동안 내내, 기근 시대와 대이동 기간 동안 내내, 열등한 생물들의 손에 패배를 맛본 그 모든 고통스러운 순간 동안 내내, 그 모든 고통의 기간 동안 내내, 틀레이랙스는 지금 이 순간을 위해 끈기 있게 힘을 구축해 왔다.

'이제 우리의 순간이 도래했다. 오, 예언자여!'

높다란 창문 밑에 누워 있는 도시를 그는 하나의 상징으로, 틀레이랙스의 설계도에 찍힌 강렬한 표식으로 보았다. 틀레이랙스의 다른 행성들, 다른 위대한 도시들, 그의 신과 그의 도시에 대한 집중적인 충성심을 갖고 서로 연결되어 상호 의존적인 관계를 맺고 있는 그들이 틀림없이 곧 날아올 신호를 기다리고 있었다. 얼굴의 춤꾼들과 마세이크가 짝을 이룬 군대는 이 우주적 도약을 준비하면서 힘을 압축해 왔다. 수천 년의 기다림이 바야흐로 끝나가고 있었다.

와프는 그것을 '긴 시작'으로 생각했다.

그래. 그는 웅크리고 있는 도시를 바라보면서 혼자 고개를 끄덕였다. 맨 처음부터, 어떤 생각의 작디작은 핵이 생겨났을 때부터, 베네 틀레이랙스의 주인들은 그토록 광범위하고, 그토록 오래고, 그토록 복잡하고 미묘한 계획의 위험을 알고 있었다. 그들은 거의 재앙에 가까운 일들을 수없이 극복하고, 고통스러운 손실과 굴종과 굴욕을 받아들여야 한다는 것을 알고 있었다. 이 모든 것이, 그리고 그보다 훨씬 더한 모든 일들이 베네 틀레이랙스의 특정한 이미지를 구축하는 데 쓰였다. 수천 년에 걸친 그 위장을 통해서 그들은 허구적인 통념을 만들어냈다.

"비열하고, 혐오스럽고, 더러운 틀레이랙스 인들! 멍청한 틀레이랙스 인들! 행동을 뻔히 짐작할 수 있는 틀레이랙스 인들! 충동적인 틀레이랙스 인들!"

심지어 예언자의 부하들도 이 통념의 먹이가 되었다. 포로로 잡힌 물고기 웅변대원 한 명이 바로 이 방에 서서 틀레이랙스의 주인에게 이렇게 소리친 적이 있었다. "오랜 위장은 현실을 만들어낸다! 너희들은 정말로 비열해!" 그래서 그들은 그녀를 죽였으나 예언자는 아무런 반응도 보이지 않았다.

그 이질적인 세계의 행성들과 사람들은 모두 틀레이랙스의 자제력에 대해 너무나 모르고 있었다. 충동적이라고? 베네 틀레이랙스가 패권을 위해 얼마나 오랜 세월을 기다릴 수 있는지 보고 나서 다시 생각해 보라지.

"스파눙스보젠!"

와프는 이 고대의 단어를 혀 위에서 굴려보았다. '활의 전장(全長)!' 화살을 놓을 때까지 활을 당기는 거리. 이번 화살은 아주 깊숙이 박힐 것이다!

"마세이크는 어느 누구보다도 오래 기다렸다." 와프는 속삭였다. 그는 탑처럼 솟아 있는 이곳, 자신의 요새 안에서 감히 그 말을 혼잣말로 중얼거렸다. "마세이크."

태양이 떠오르자 그의 눈 아래에 있는 지붕들이 반짝였다. 도시가 기지개를 켜는 소리가 들려왔다. 틀레이랙스의 달콤 쌉싸름한 냄새가 그의 창문으로 들어오는 공기 속을 떠다녔다. 와프는 깊이 숨을 들이쉬고 창문을 닫았다.

혼자서 도시를 바라보는 시간을 가진 덕분에 다시 기운이 났다. 창에서 몸을 돌리면서 그는 하얀 킬라트 로브를 입었다. 그것은 모든 도멜들이 반드시 고개 숙여 절을 하도록 세뇌되어 있는 예복이었다. 로브가 그의 짤막한 몸을 완전히 덮자, 그 옷이 사실은 갑옷인 것 같은 느낌이 뚜렷해졌다.

'신의 갑옷!'

"우리는 야기스트의 민족이오." 그는 바로 어젯밤에 평의회 의원들에게 이렇게 말했다. "다른 모든 곳은 변경 지대이지. 우리는 단 한 가지 목적을 위해 지난 수천 년 동안 우리가 약한 존재이며 사악한 짓들을 저지른다는 통념을 키워왔소. 심지어 베네 게세리트조차 그 통념을 믿고 있소!"

비공간 보호막이 설치된, 창문 하나 없는 깊은 사그라에 앉은 평의회 의원 아홉 명은 그의 말을 말없이 인정하며 미소를 지었다. 구프란의 심판 속에서 그들은 알고 있었다. 틀레이랙스 인들이 스스로의 운명을 결정하는 무대는 언제나 구프란의 권리를 지닌 켈이었다.

모든 틀레이랙스 인 중 가장 커다란 권력을 지닌 와프조차도 자신의 세계를 떠난 다음에는, 다른 행성 사람들의 상상도 할 수 없는 죄악과 접촉한 것에 대해 용서를 구하며 구프란 속에서 스스로 굴욕을 겪어야만 다시 이 세계에 받아들여질 수 있었다. 포윈다들 가운데로 나아가는 것은 가장 강력한 사람들조차 망쳐버릴 수 있었다. 틀레이랙스의 변경 지대를 순찰하며 여자들만의 공간을 지키는 카사다르들은 심지어 와프조차 의심해야 마땅했다. 그가 백성과 켈의 사람인 것은 사실이지만, 그는 이 중심부를 떠났다가 되돌아올 때마다 그 사실을 증명해야 했다. 자신의 정자를 퍼뜨리기 위해 여자들만의 공간에 들어갈 때에도 마찬가지였다.

와프는 긴 거울 앞으로 가서 자신의 모습과 로브를 살펴보았다. 포윈다들에게 자신이 겨우 150센티미터밖에 되지 않는 꼬마 요정처럼 보인다는 것을 그는 알고 있었다. 눈동자, 머리카락, 피부 등은 각각 다양한 색조의 회색이었고, 이 모든 것은 자그마한 입술과 줄지어 늘어선 날카로운 이빨이 있는 달걀형 얼굴을 위한 무대가 되어 주었다. 얼굴의 춤꾼이 그의 외모와 자세를 흉내 내서 마세이크 지휘부에서 거짓 행세를 할 수도 있겠지만, 거기에 속아 넘어갈 마세이크나 카사다르는 하나도 없을 것이다. 속아 넘어갈 만한 사람들은 포윈다뿐이었다.

'베네 게세리트만 제외하면 말이지!'

이 생각 때문에 그의 얼굴이 험악하게 찌푸려졌다. 뭐, 그 마녀들은 신품종 얼굴의 춤꾼들을 아직 만나지 못했다.

'유전자의 언어에 베네 틀레이랙스만큼 통달한 민족은 하나도 없다. 우리가 그것을 "신의 언어"라고 부르는 건 옳은 일이야. 신께서 직접 우리에게 이 위대한 힘을 주셨으니까.' 그는 자신에게 다짐했다.

와프는 문이 있는 곳으로 성큼성큼 걸어가서 아침 종소리를 기다렸다. 지금 느끼고 있는 풍부한 감정들을 표현할 길이 없을 것 같았다. 시간이 그를 위해 펼쳐졌다. 그는 예언자의 진정한 메시지를 들은 것이 왜 베네 틀레이랙스뿐인지 의문을 품지 않았다. 그것은 신께서 하신 일이었고, 그 안에서 예언자는 신의 전령으로서 존경받을 가치가 있는 신의 팔이었다.

'당신은 우리를 위해 그들을 준비해 주셨습니다, 오 예언자여.'

가무에 있는 골라, 지금 이 시기에 나타난 그 골라는 지금까지의 모든 기다림만큼 가치 있는 존재였다.

아침 종소리가 울리자 와프는 복도로 걸어 나갔다. 그리고 모습을 드러내고 있는 다른 하얀 로브의 사람들과 함께 방향을 틀어 태양을 맞이하기 위해 동쪽 발코니로 나갔다. 백성들의 마하이이자 압들로서, 그는 이제 모든 틀레이랙스 인들과 자신을 동일시할 수 있었다.

'우리는 이 우주에 마지막으로 남은 샤리아트의 법 준수자들이다.'

그의 말리크 형제들이 있는 봉인된 방의 바깥 어디에서도 그는 그런 비밀스러운 생각을 겉으로 드러내지 않았다. 그러나 그는 지금 주위에 있는 모든 사람들이 속으로 똑같은 생각을 하고 있음을 알고 있었다. 마세이크, 도멜, 얼굴의 춤꾼들 모두에게 그런 기색이 역력했다. 혈연이라는 유대 관계, 그리고 마세이크에서부터 가장 낮은 도멜에 이르기까지 켈 속에 스며들어 있는 사회적 정체감의 역설이 와프에게는 역설이 아니었다.

'우리는 똑같은 신을 위해 일한다.'

도멜로 위장한 얼굴의 춤꾼 하나가 고개 숙여 절을 하며 발코니 문을 열어주었다. 와프는 주위에 바짝 붙어 선 많은 동료들과 함께 햇빛 속으로 모습을 드러내며 얼굴의 춤꾼을 알아보고 미소를 지었다. '아직도 도멜이라니!' 그것은 혈족들 사이의 농담이었지만, 얼굴의 춤꾼은 혈족이 아니었다. 그들은 인공적으로 만들어진 도구였다. 가무에 있는 골라가 도구인 것과 마찬가지였다. 그들은 모두 마세이크만이 말할 수 있는 신의 언어로 설계되어 있었다.

다른 동료들이 주위로 바짝 몰려드는 가운데 와프는 태양을 향해 절을 했다. 그가 압들의 외침을 내뱉자, 도시의 가장 먼 곳에서부터 수없이 많은 목소리들이 그 외침을 따라했다.

"태양은 신이 아니다!" 그가 소리쳤다.

그렇다, 태양은 신의 무한한 권능과 자비의 상징일 뿐이었다. 인위적으로 만들어진 또 하나의 도구인 셈이었다. 전날 밤에 구프란을 통과한 덕분에 깨끗이 정화되고, 아침의 의식 덕분에 다시 기운을 차린 와프는 이제 포원다들이 사는 곳으로 나갔다가 돌아온, 방금 끝난 여행에 대해 생각해 볼 수 있었다. 구프란이 필요했던 것은 그 여행 때문이었다. 다른 숭배자들이 열어준 길을 통해 그는 안쪽 복도로 돌아가서 미끄럼 통로로 들어갔다. 그 통로는 그를 중앙 정원에 떨어뜨려 주었다. 그가 평의회 의원들에게 회합 장소로 미리 일러둔 곳이었다.

'그건 포원다들에 대한 성공적인 침략이었다.' 그는 생각했다.

베네 틀레이랙스의 중심 행성들을 떠날 때마다 와프는 라쉬카르, 즉 그의 민족이 보달(이 단어는 항상 대문자로 표기되며, 구프란이나 퀠에서 항상 가장 먼저 재확인되었다)이라는 비밀의 이름을 붙여놓은 궁극의 복수를 구하는 전쟁 부대의 일원이 된 것 같은 기분을 느꼈다. 이번 라쉬카르는 대단히 성공적이었다.

와프는 미끄럼 통로에서 나와 주위의 지붕들에 설치된 프리즘 반사경 덕분에 햇빛으로 가득 찬 중앙 정원으로 들어갔다. 원형으로 자갈이 깔려 있는 곳의 중앙에서 작은 분수가 시각적인 둔주곡을 연주했다. 정원 한쪽 편에서는 나지막한 하얀 울타리가 짧게 깎아놓은 잔디밭을 에워싸고 있었다. 그곳이 분수와 아주 가까웠기 때문에 공기 중에 습기가 배어 있곤 했지만, 낮은 목소리로 주고받는 대화에 물 튀는 소리가 방해가 될 만큼 가깝지는 않았다. 울타리에 둘러싸인 잔디밭 주위에는 고대의 플라스틱으로 만들어진 좁은 벤치 10개가 놓여 있었다. 벤치 아홉 개가 반원형으로 늘어서서 따로 떨어져 있는 나머지 하나의 벤치를 마주 보는 형태였다.

울타리에 둘러싸인 잔디밭 가장자리에서 걸음을 멈춘 와프는 자기가 지금까지 이곳을 보면서 이렇게 강렬한 기쁨을 느낀 적이 왜 한 번도 없었을까 의아해하며 주위를 살짝 둘러보았다. 벤치의 검푸른 색은 벤치의 재료가 된 물질의 원래 색이었다. 수백 년간 사용되었기 때문에 벤치의 팔걸이 부분과 헤아릴 수 없이 많은 사람들의 엉덩이가 닿았던 부분이 닳아서 부드러운 곡선을 그리고 있었다. 그러나 그렇게 닳아버린 부분에서도 색깔은 다른 곳과 똑같이 강렬했다.

와프는 아홉 명의 평의회 의원을 마주 보는 자리에 앉아 자신이 반드시 해야 하는 말을 정리했다. 그가 최근의 라쉬카르에서 가져온 문서, 바로 그 외유의 이유였던 그 문서가 이보다 더 시의적절할 수는 없었다. 그 위에 붙어 있는 표식과 그 문서 속의 단어들에는 틀레이랙스 인들에게 엄청난 의미를 갖는 메시지가 들어 있었다.

와프는 안주머니에서 얇은 리둘리안 크리스털 뭉치를 꺼냈다. 그는 평의회 의원들이 한층 더 흥미진진한 표정을 짓고 있음을 알아보았다. 그와 비슷한 얼굴들을 가진 그 아홉 명은 가장 깊숙한 켈의 마세이크들이었다. 모두들 기대감을 나타내고 있었다. 그들은 켈에서 '아트레이데스 선언서'라는 문서를 이미 읽었다. 그리고 하룻밤 동안 그 선언서의 메시지를 곰곰이 생각해 보았다. 이제 그 선언서의 내용을 정면으로 바라보아야 했다. 와프는 선언서를 무릎 위에 놓았다.

"여기 이 내용을 멀리, 그리고 널리 퍼뜨릴 것을 제안하오." 와프가 말했다.

"아무것도 바꾸지 않고?" 그들 중에서 새로운 골라의 몸으로 바꿀 시기가 가장 가까운 평의회 의원 미를라트였다. 미를라트가 압들과 마하이의 지위를 향한 야심을 갖고 있음은 의심의 여지가 없었다. 와프는 수백 년에 걸쳐 연골 조직이 자라나고 있는 미를라트의 널찍한 턱에 시선을 집중했다. 그것은 그가 지금 현재 사용하고 있는 몸이 엄청나게 늙었음을 눈에 띄게 보여주는 표식이었다.

"우리가 처음 입수했을 때의 형태 그대로." 와프가 말했다.

"위험하오." 미를라트가 말했다.

와프는 오른쪽으로 고개를 돌렸다. 그의 아이 같은 옆얼굴이 분수를 배경으로 평의회 의원들 앞에 드러났다. '신의 손이 내 오른편에 있다!' 머리 위의 하늘은 깨끗이 닦아 윤을 낸 홍옥 같았다. 마치 틀레이랙스에서 가장 오래된 도시인 반달롱이 환경이 가혹한 행성의 개척자들을 보호하기 위해 세우는 거대한 인공 덮개 밑에 있는 것 같았다. 평의회 의원들에게 다시 시선을 돌렸을 때, 와프의 표정은 여전히 온화했다.

"우리에게는 위험이 없소." 그가 말했다.

"그건 어떻게 보느냐에 따라 달라지겠지." 미를라트가 말했다.

"그럼 각자 의견을 고려해 봅시다. 우리가 익스나 물고기 웅변대를 두려워할 필요가 있소? 절대 아니지. 그들은 우리 것이오. 그들은 그 사실을 모르고 있지만."

와프는 사람들이 이 말의 의미를 충분히 느낄 수 있도록 가만히 기다렸다. 그들 모두는 익스와 물고기 웅변대의 최고 평의회에 신품종 얼굴의 춤꾼들이 앉아 있으며, 이처럼 사람을 바꿔치기한 행위가 들키지 않았다는 것을 알고 있었다.

"조합은 우리에게 적대적인 움직임을 보이거나 우리 일을 반대하지 않을 것이오. 그들에게 확실히 멜란지를 공급해 줄 수 있는 건 우리뿐이니까." 와프가 말했다.

"그럼 대이동에서 돌아온 저 명예의 어머니들은 어찌하실 거요?" 미를라트가 다그치듯 물었다.

"그들 문제는 필요한 때에 처리하면 되오. 그리고 자진해서 대이동에 합류했던 우리 민족의 후손들이 우리를 도와줄 것이오." 와프가 말했다.

"시기가 아주 적절해 보이는 건 사실이지." 다른 평의회 의원 하나가 중얼거렸다.

와프가 보니 '젊은 토르그'였다. 잘된 일이었다. 한 표가 확보된 거니까.

"베네 게세리트는!" 미를라트가 날카롭게 소리쳤다.

"난 명예의 어머니들이 우리 앞길에서 그 마녀들을 제거해 줄 것이라고 생각하오. 그들은 이미 투견장의 짐승들처럼 서로에게 으르렁거리고 있소." 와프가 말했다.

"그 선언서를 쓴 사람의 신원이 밝혀진다면? 그럼 어찌 하실 생각이오?" 미를라트가 다그치듯 물었다.

평의회 의원 여럿이 고개를 끄덕였다. 와프는 그들을 기억해 두었다. 그가 설득해야 하는 사람들이었다.

"지금 시대에 아트레이데스라는 이름을 갖는 건 위험한 일이오." 그가 말했다.

"어쩌면 가무는 예외일 수도 있소. 그리고 아트레이데스라는 이름이 그 문서에 서명되어 있지 않소!" 미를라트가 말했다.

'정말 이상하지.' 와프는 생각했다. 와프로 하여금 틀레이랙스의 중심 행성을 떠나게 만들었던 포윈다 회의에서 초암 대표가 바로 그 점을 강조했었다. 그러나 대부분의 초암 사람들은 비밀스러운 무신론자들이어서 모든 종교를 의심의 눈초리로 바라보았다. 그런데 아트레이데스는 틀림없이 유력한 종교 세력이었다. 초암의 걱정은 거의 손에 잡힐 듯이 뚜렷했다.

와프는 초암의 이러한 반응을 자세히 얘기해 주었다.

"초암의 돈을 받고 일하는 그 인간, 신을 믿지 않는 그 저주받은 영혼의 말이 옳소. 그 문서에는 교활한 흉계가 숨어 있소." 미를라트가 고집스럽게 말했다.

'미를라트를 처리해야겠군.' 와프는 생각했다. 그는 무릎에서 선언서를 들어 올려 첫 줄을 큰 소리로 읽었다.

"태초에 말씀이 있었으니, 그 말씀이 곧 신이었다."

"오렌지 가톨릭 성경에서 그대로 따온 말이군." 미를라트가 말했다. 여러 평의원들이 다시 근심스러운 표정으로 동의한다는 듯 고개를 끄덕였다.

와프는 짧은 미소로 날카로운 송곳니를 드러냈다. "포윈다 중에 샤리아트와 마세이크의 존재를 짐작하는 자들이 있다는 말씀이오?"

이 단어들을 공개적으로 말하고 나니 기분이 좋았다. 이 단어들은 과거의 단어들과 과거의 언어가 조금도 변하지 않고 보존되어 있는 곳은 틀레이랙스의 가장 중심부인 이곳뿐이라는 사실을 그의 말을 들은 사람들에게 일깨워주었다. 미를라트, 혹은 다른 평의원들은 아트레이데스의 말이 샤리아트를 전복시킬지도 모른다고 걱정하는 건가?

와프는 의원들에게 이 질문을 던졌다. 의원들이 걱정스러운 듯 이맛살을 찌푸리는 모습이 보였다.

"여러분 중에, 우리가 신의 언어를 어떻게 사용하는지 아는 포윈다가 단 한 명이라도 있다고 믿는 분이 있소?"

'그래! 저들이 이 문제를 생각하게 만드는 거야!' 이곳에 있는 모든 의원들은 골라의 육체를 계속 거치며 그때마다 거듭 각성된 사람들이었다. 이 평의회에는 다른 누구도 해내지 못한, 육체적 연속성이 있었다. 미를라트는 자기 눈으로 직접 예언자를 본 적이 있었다. 사이테일은 무앗딥과 대화를 나누었다! 육체를 새것으로 바꾸고 기억을 복원시키는 법을 배운 그들은 이 힘을 하나의 정부 안에 응축시켰고, 그 정부의 힘은 이곳에만 한정되었다. 그 힘을 요구하는 사람들이 도처에서 나타나지 않게 하기 위해서였다. 이것과 비슷한 경험의 저장고를 가지고 있는 것은 마녀들뿐이었지만, 그들은 또다시 퀴사츠 해더락을 만들어낼지도 모른다는 두려움에 질려 지독히도 신중하게 움직이고 있었다!

와프는 평의원들에게 이 말을 해주고 나서 이렇게 덧붙였다. "행동에 나설 때가 왔소."

아무도 반대의 뜻을 말하지 않자 와프가 다시 말했다. "이 선언서를 쓴 사람은 한 명이오. 모든 분석 결과가 여기에 동의하고 있소. 미를라트?"

"그 선언서를 쓴 사람은 한 명이고, 그 사람은 진정한 아트레이데스요. 의심의 여지가 없소." 미를라트가 같은 의견을 얘기했다.

"포윈다 회의에 참석한 모든 사람들도 그것을 확인했소. 심지어 조합의 3급 키잡이까지도." 와프가 말했다.

"하지만 그 한 사람은 다양한 민족들 가운데에서 격렬한 반응들을 불러일으킨 물건을 만들어냈소." 미를라트가 주장했다.

"혼란을 일으키는 아트레이데스의 능력에 우리가 의심을 품은 적이 있소? 포윈다가 내게 이 문서를 보여주었을 때, 나는 신께서 우리에게 신호를 보내셨다는 걸 깨달았소." 와프가 말했다.

"마녀들은 지금도 자기들이 그 문서를 쓴 게 아니라고 주장하고 있소?" '젊은 토르그'가 물었다.

'저렇게 기민할 수가.' 와프는 생각했다.

"이 선언서에 의해 포윈다의 모든 종교들이 의심을 받게 되었소. 우리의 신앙을 제외한 모든 신앙이 이러지도 저러지도 못 하는 상태에 처해 있소." 와프가 말했다.

"그게 바로 문제라는 거요!" 미를라트가 와락 덤벼들 듯이 말했다.

"하지만 그걸 알고 있는 건 우리뿐이오. 우리 말고는 샤리아트의 존재를 짐작이라도 하는 자가 어디 있소?" 와프가 말했다.

"조합이 있소." 미를라트가 말했다.

"그들은 그 문제를 한 번도 입에 담지 않았고, 앞으로도 그럴 것이오. 그들은 우리가 어떤 반응을 보일지 알고 있소."

와프는 종이 뭉치를 무릎에서 들어 올리고 다시 큰 소리로 읽었다.

"우리가 이해할 수 없는 힘들이 우리 우주에 스며들고 있다. 우리는 우리의 감각 기관들이 이용할 수 있는 스크린에 비치는 그 힘들의 그림자를 본다. 그러나 우리는 그들을 이해하지 못한다."

"저걸 쓴 아트레이데스는 샤리아트에 대해 알고 있군." 미를라트가 중얼거렸다.

와프는 중간에 끼어든 사람을 철저히 무시하고 계속 문서를 읽었다.

"이해에는 말이 필요하다. 그런데 말로 변형시킬 수 없는 것들이 있다. 말없이 경험으로 알 수밖에 없는 것들이 있다."

와프는 마치 신성한 유물을 다루듯이 문서를 무릎에 다시 내려놓았다. 평의원들이 몸을 앞으로 수그리거나 손을 둥글게 오므려 귀 뒤에 갖다 대야 할 만큼 조용한 목소리로 와프가 말했다. "이것은 우리 우주가 마법적인 곳이라고 말하고 있소. 모든 임의적인 형태들이 일시적인 것이며, 마법적인 변화에 종속되어 있다고 말이오. 과학은 우리를 이러한 해석으로 이끌어주었소. 마치 우리를 벗어날 수 없는 길 위에 올려놓은 것과 같소."

그는 이 말이 마음에 사무치게 느껴지도록 잠시 내버려두었다가 다시 입을 열었다. "라키스에 있는 분열된 신의 사제도, 포원다의 그 어떤 다른 협잡꾼도 그것을 받아들일 수 없소. 오직 우리만이 그것을 알고 있소. 우리의 신이 마법적인 신이시고, 그분의 언어를 우리가 말하고 있기 때문이오.”

“우리가 그 문서를 썼다고 비난받게 될 거요.” 미를라트가 말했다. 그러나 이 말을 내뱉는 순간, 고개를 좌우로 세게 흔들면서 말을 이었다. “아니오! 나도 알았소. 당신의 말이 무슨 뜻인지 알았소.”

와프는 침묵을 지켰다. 그는 모든 의원들이 수피에서 기원한 자신들의 역사를 곰곰이 생각하며 베네 틀레이랙스를 낳은 ‘위대한 믿음’과 젠수니의 종교 단결 운동을 회상하고 있음을 알 수 있었다. 이 켈의 사람들은 자신들의 기원에 대해 신이 알려주신 사실들을 알고 있었지만, 수 세대에 걸쳐 비밀이 유지되었기 때문에 포윈다들은 켈의 사람들이 지닌 지식을 전혀 알지 못했다.

와프의 머릿속으로 소리 없이 말씀이 흘러갔다. ‘이해에 기반한 가정은 절대적인 근거에 대한 믿음을 포함한다. 식물이 씨앗에서 자라 나오듯이 그 근거로부터 모든 것들이 튀어나온다.’

평의원들 역시 ‘위대한 믿음’의 이 교리를 떠올리고 있음을 아는 와프는 그들에게 젠수니의 설교를 일깨워주었다.

“그러한 가정 뒤에는 포윈다가 질문을 던지지 않는 말씀에 대한 믿음이 놓여 있다. 오로지 샤리아트만이 질문을 던지며, 우리는 말없이 그렇게 한다.”

평의원들이 하나같이 고개를 끄덕였다.

와프는 고개를 약간 숙이고 말을 계속했다. “말로 표현될 수 없는 것들이 존재한다고 말하는 행위는 말씀이 최고의 신앙인 우주를 뒤흔든다.”

“포윈다의 독!” 평의원들이 소리쳤다.

이제 와프는 그들을 모두 손아귀에 쥐고 있었다. 그는 자신의 승리를 단단히 못 박기 위해 다그치듯 질문을 던졌다. “수피 젠수니의 교의가 무엇이오?”

그들은 그것을 말할 수 없었지만 속으로 생각했다. '슛토리를 성취하기 위해 이해는 필요하지 않다. 슛토리는 말없이 존재한다. 심지어 이름도 없다.'

잠시 후 그들은 모두 시선을 들고 다 알겠다는 시선을 서로 주고받았다. 미를라트는 틀레이랙스의 서약을 자청해서 낭송했다.

“나는 신이라고 말할 수 있지만, 그것은 나의 신이 아니다. 그것은 소음일 뿐이며, 다른 소음보다 더 많은 권능을 갖고 있지도 않다.”

“이제 이 문서를 통해 우리 손에 떨어진 힘을 여러분이 모두 느끼고 있음을 알겠소. 수백만, 수천만 부의 사본들이 이미 포윈다들 사이에서 돌아다니고 있소.” 와프가 말했다.

“누가 그렇게 한 거요?” 미를라트가 물었다.

“그까짓 게 무슨 상관이오?” 와프가 되받아쳤다. “포윈다들이 그 사본들의 뒤를 쫓으면서 그것이 어디서 나왔는지 찾고, 사본들을 대중의 눈앞에서 치우려고 애쓰고, 그 내용에 반대하는 설교를 하도록 내버려둡시다. 그런 행동을 할 때마다 포윈다들은 여기 적힌 말에 더 많은 힘을 주입하는 셈이오.”

“우리도 그 내용에 반대하는 설교를 해야 하는 게 아니오?” 미를라트가 물었다.

“꼭 필요할 때에만 그리할 것이오.” 와프가 말했다. “나중에 봅시다!” 그는 종이를 자신의 무릎에 찰싹 소리가 나도록 내려놓으며 말을 이었다. “포윈다들은 자기들의 의식(意識)을 가장 협소한 목적으로만 제한해놓았고, 그것이 그들의 약점이오. 우리는 이 선언서를 가능한 한 널리 유포시켜야 하오.”

"우리 신의 마법이 우리의 유일한 가교이다." 평의원들이 읊듯이 말했다.

와프는 그들 모두가 핵심적인 믿음을 확실하게 회복했음을 알 수 있었다. 그들을 그렇게 만드는 건 쉬웠다. 멍청한 포윈다들처럼 "무한한 은총의 신이시여, 왜 하필 저입니까?"라고 칭얼거리는 마세이크는 하나도 없었다. 포윈다들은 이 하나의 문장으로 무한을 불러낸 다음 부정해 버렸다. 자신들의 어리석음을 단 한 번도 깨닫지 못하고서.

"사이테일." 와프가 말했다.

평의원들 중 가장 어리고 가장 아기 같은 얼굴을 지닌 사이테일이 자신의 지위에 걸맞게 왼쪽 끝에 앉아 있다가 기대에 차서 앞쪽으로 몸을 기울였다.

"신자들을 무장시키시오." 와프가 말했다.

"아트레이데스가 우리에게 이 무기를 주었다는 사실이 놀랍소. 아트레이데스는 수십억의 사람들로 하여금 반드시 뒤를 따를 수밖에 없게 만드는 이상을 어떻게 항상 붙들 수 있는 거요?" 미를라트가 말했다.

"그건 아트레이데스가 아니라 신의 역사하심이오." 와프가 말했다. 그리고 그는 양팔을 들어 올리고 회의를 마감할 때 항상 하는 말을 했다. "마세이크가 켈에서 만나 신의 존재를 느꼈습니다."

와프는 눈을 감고 다른 사람들이 떠나기를 기다렸다. '마세이크!' 켈에서 자신들의 이름을 부르고 이슬라미야트의 언어를 말하는 건 얼마나 기분 좋은 일인지. 그의 비밀 평의회 밖에서는 어떤 틀레이랙스 인도 아슬라미야트의 언어를 말하지 않았다. 심지어 얼굴의 춤꾼들에게도 그 언어로 말하지 않았다. 잔돌라의 웨크트 어디에도, 틀레이랙스 야기스트의 가장 먼 지역에 이르기까지, 살아 있는 포윈다들 중 이 비밀을 아는 사람은 하나도 없었다.

'야기스트.' 와프는 벤치에서 몸을 일으키면서 생각했다. '야기스트. 지배당하지 않는 자들의 땅.'

문서가 자신의 손안에서 부르르 진동하는 것 같았다. 이 아트레이데스 선언서는 포윈다 무리들이 뒤를 따르다가 스스로 멸망에 이르게 될 바로 그런 물건이었다.

어떤 날은 멜란지, 어떤 날은 쓴 먼지.

—라키스 잠언

라키스의 사제들과 함께 지낸 지 3년째인 소녀 시이나는 높게 곡선을 그리고 있는 모래 언덕 꼭대기에 몸을 쭉 펴고 누워 있었다. 그녀는 아침의 공기 속에서 뭔가가 우르릉거리며 충돌하는 소리가 크게 들려오는 저 먼 곳을 응시했다. 희미한 은색의 빛이 얇은 막 같은 안개가 되어 지평선을 하얗게 뒤덮고 있었다. 모래 위에는 밤의 서늘함이 아직 남아 있었다.

그녀는 뒤쪽으로 약 2킬로미터 떨어진 곳에 있는, 물로 둘러싸인 안전한 탑에서 사제들이 자신을 지켜보고 있다는 걸 알면서도 별로 신경을 쓰지 않았다. 그러나 이것은 조금 걱정스러웠다. 몸 밑에서 느껴지는 모래의 떨림에 온 신경이 쏠렸다.

'큰 놈이야. 적어도 70미터는 되겠는걸. 아주 멋지고 큰 놈이야.' 그녀는 생각했다.

회색 사막복이 그녀의 피부에 매끈매끈하게 느껴졌다. 사제들이 그녀를 거두기 전에 남에게 물려받은 낡은 사막복을 입고 있을 때처럼 누덕누덕 기운 자국이 몸에 쏠리는 느낌은 전혀 없었다. 그녀는 이 훌륭한 사막복과 그 사막복을 덮고 있는 하얀색과 자주색의 두꺼운 로브에 대해 고마움을 느꼈다. 그러나 그녀가 무엇보다도 강하게 느끼고 있는 것은 이곳에 있게 된 것에 대한 흥분이었다. 지금과 같은 순간이면 뭔가 풍요롭고 위험한 것이 그녀를 가득 채웠다.

사제들은 이곳에서 일어나는 일을 이해하지 못했다. 그녀는 그것을 알고 있었다. 그들은 겁쟁이들이었다. 그녀는 어깨 너머로 저 멀리 보이는 탑을 흘깃 바라보았다. 렌즈에 햇빛이 부딪혀 반짝이는 것이 보였다.

표준력으로 열한 살인 조숙한 아이, 날씬한 몸매와 가무잡잡한 피부에 햇살 같은 줄무늬가 있는 갈색 머리칼을 가진 그녀는 사제들이 망원경으로 그녀를 염탐하면서 무엇을 보고 있는지 분명히 그려볼 수 있었다.

'자기들이 감히 하지 못하는 일을 하는 내 모습을 보고 있겠지. 내가 샤이탄의 길을 막고 있는걸. 모래 위에서 나는 아주 작게 보일 거고, 샤이탄은 아주 크게 보일 거야. 저들은 그의 모습을 이미 볼 수 있을걸.'

모래가 긁히는 소리에 그녀는 자기도 곧 그 거대한 벌레를 보게 되리라는 것을 알 수 있었다. 시이나는 지금 다가오고 있는 괴물을 샤이 훌루드로 생각하지 않았다. 모래의 신이라는 샤이 훌루드에게 사제들은 매일 아침 영창을 하며 레토 2세의 의식의 진주알들에게 경의를 표했다. 그 의식의 진주알들은 여러 개의 체절들로 이루어진 이 사막의 지배자 각각의 몸속에 캡슐로 싸인 것처럼 들어 있었다. 그러나 시이나는 벌레를 주로 '나를 살려준 자들' 혹은 샤이탄으로 생각했다.

그들은 이제 그녀에게 속했다.

그것은 약 3년여 전 옛 달력으로 이가트의 달, 즉 그녀의 여덟 번째 생일이 들어 있던 달에 시작된 관계였다. 그녀의 마을은 킨의 카나트와 고리형 수로 같은 안전한 장벽들 너머로 한참 떨어진 곳에 건설된 모험적인 개척 마을로 가난한 곳이었다. 그런 개척지를 지켜주는 것은 젖은 모래가 들어 있는 해자뿐이었다. 샤이탄은 물을 피했지만 모래송어들은 곧 모든 습기를 가져가 버렸다. 장벽을 새로 갱신하기 위해 매일 바람덫에 포획된 귀중한 수분을 사용해야 했다. 그녀의 마을은 초라한 오두막 집들이 옹기종기 모여 있는 형태였으며, 작은 바람덫이 두 개 있었다. 그 바람덫으로 식수를 만들어내는 데에는 불편이 없었지만 벌레를 막는 장벽에 할당될 수 있는 잉여분의 물은 가끔 얻을 수 있을 뿐이었다.

그날 아침, 밤의 서늘한 기운이 그녀의 코와 허파에 날카롭게 느껴지고 지평선이 희미한 안개에 눌려 있어서 오늘 아침과 아주 흡사했던 그날 아침, 대부분의 마을 아이들은 사막으로 나가 부채꼴로 흩어져 있었다. 샤이탄이 지나간 길에 가끔 남아 있곤 하는 작은 멜란지 조각들을 찾기 위해서였다. 밤에 커다란 놈 두 마리의 소리가 근처에서 들려왔었다. 지금은 멜란지 가격이 많이 낮아져 있었지만, 그래도 멜란지가 있으면 세 번째 바람덫의 가장자리에 두를 광택 있는 벽돌을 살 수 있었다.

아이들은 단순히 스파이스를 찾기만 하는 것이 아니라, 과거 프레멘의 시에치 요새를 드러내줄 흔적 또한 찾고 있었다. 지금은 그런 요새들의 잔해만이 남아 있었지만, 그 요새의 바위 장벽들이 있으면 샤이탄으로부터 훨씬 더 안전해질 수 있었다. 게다가 일부 시에치 잔해에는 사라져 버린 멜란지 저장소가 있다는 얘기들이 있었다. 마을 사람들은 모두 그런 곳을 발견하는 꿈을 꾸었다.

누덕누덕 기운 사막복과 얇디얇은 로브를 입은 시이나는 혼자서 북동쪽으로 갔다. 저 멀리 연기의 언덕처럼 솟아 있는 공기층이 위대한 도시 킨의 존재를 알려주는 곳을 향해 간 것이다. 그 공기층은 킨의 풍부한 수분이 햇빛에 따뜻해진 산들바람 속으로 떠올라 생긴 것이었다.

모래 속에서 멜란지 조각을 찾는 데에는 대개 자신의 코에 신경을 집중하는 것이 가장 중요했다. 샤이탄의 접근을 알려주는 모래 긁히는 소리에 의식의 아주 작은 조각만을 맞춰두고 나머지 의식을 모두 코에 집중해야 했다. 다리의 근육들은 사막에서 자연스럽게 나는 소리들과 섞여버리는, 박자가 맞지 않는 걸음걸이를 자동적으로 만들어냈다.

처음에 시이나는 비명 소리를 듣지 못했다. 그 소리는 그녀의 시야에서 마을의 모습을 가려버린 바라칸들 위로 모래가 바람에 날려 오면서 제멋대로 뛰어오르며 긁히는 소리와 딱 맞아 떨어졌다. 그러나 그 소리가 천천히 그녀의 의식을 뚫고 들어오면서 주의를 기울일 수밖에 없게 되었다.

'많은 사람들이 비명을 지르고 있어!'

시이나는 사막에서 박자가 맞지 않는 걸음으로 조심스럽게 걸어야 한다는 원칙을 내팽개쳤다. 아직 어린 근육들을 가능한 한 빠르게 움직이면서 그녀는 바라칸의 경사면을 서둘러 올라가 바라칸의 굴곡을 따라 그 무서운 소리가 들려오는 방향을 노려보았다. 마침 마지막 비명 소리가 뚝 끊겨버리는 장면을 볼 수 있었다.

바람과 모래송어 때문에 그녀의 마을 저 반대편에 있는 장벽의 일부가 널찍한 부채 모양으로 말라 있었다. 물기가 마른 부분은 색깔이 달랐다. 야생 벌레가 그 틈을 뚫고 들어와 있었다. 녀석은 아직 습기가 남아 있는 모래의 바로 안쪽에서 원을 그렸다. 불꽃이 망령처럼 자리 잡고 있는 그 거대한 원형의 입이 빠르게 작아지며 사람들과 오두막집들을 퍼올렸다.

시이나는 마지막 생존자들이 이 파괴의 현장 한가운데에 웅크리고 있는 것을 보았다. 조잡한 오두막들이 이미 깨끗하게 사라지고 바람덫의 잔해들이 난잡하게 흐트러져 있는 곳이었다. 그녀가 지켜보는 동안에도 몇몇 사람들이 사막으로 도망치려고 했다. 시이나는 정신없이 도망치는 사람들 가운데에서 아버지의 모습을 발견했다. 아무도 탈출에 성공하지 못했다. 그 커다란 입이 모두를 꿀꺽 삼켜버리고는 방향을 돌려 마지막 남은 사람들을 겨냥했다.

연기를 피워 올리는 모래만이 남았을 뿐, 샤이탄의 땅 한 조각을 감히 차지했던 보잘것없는 마을의 흔적은 아무것도 남지 않았다. 마을이 있던 자리에는 아무도 이 땅에 발을 들여놓지 않았던 옛날처럼 인간이 살았던 흔적이 전혀 없었다.

시이나는 사막의 착한 어린이라면 누구나 그러하듯이 몸속의 수분을 보존하기 위해 코로 숨을 쉬며, 경련하듯이 숨을 들이쉬었다. 그녀는 다른 아이들의 낌새를 찾기 위해 지평선을 훑어보았지만 샤이탄은 마을 저 반대편까지 온통 커다랗게 휘어진 자국과 둥근 고리 모양의 자국들을 남겨두었다. 그녀의 시야에는 단 한 사람도 남아 있지 않았다. 그녀는 건조한 공기를 뚫고 멀리까지 전달되는 높은 목소리로 소리를 질렀다. 아무런 대답도 돌아오지 않았다.

'혼자야.'

그녀는 넋을 잃은 듯 모래 언덕 능선을 따라 마을이 있던 자리를 향해 움직였다. 그곳이 점점 가까워짐에 따라 계피 냄새가 거대한 파도처럼 그녀의 코를 가득 채웠다. 모래 언덕 꼭대기에 지금도 흙먼지를 흩뿌리고 있는 바람에 실려 온 냄새였다. 그 순간 그녀는 방금 일어난 일의 의미를 깨달았다. 마을은 전(前) 스파이스 개화 꼭대기에 자리 잡고 있었고, 그것이 재앙이 된 것이다. 모래 밑 저 깊숙한 곳의 거대한 스파이스 덩어리가 완전히 성숙해서 멜란지의 폭발 속에서 확장되자 샤이탄이 왔다. 샤이탄이 스파이스 개화의 유혹을 뿌리치지 못한다는 사실을 모르는 아이는 없었다.

분노와 사나운 절망이 시이나를 가득 채우기 시작했다. 그녀는 아무 생각 없이 샤이탄을 향해 모래 언덕을 달려 내려가 녀석이 마을로 들어왔던 건조한 지점을 통과해 방향을 돌리는 순간 녀석의 뒤쪽에서 녀석과 맞닥뜨렸다. 그녀는 자세히 생각해 보지도 않고 녀석의 꼬리 옆을 따라 빠르게 달리다가 그 위로 재빨리 기어 올라가 이랑 모양의 무늬가 있는 그 거대한 등에서 앞을 향해 달렸다. 녀석의 입 뒤에 있는 혹에 도착한 그녀는 쪼그리고 앉아서 꿈쩍도 하지 않는 녀석의 피부를 주먹으로 때렸다.

벌레가 멈췄다.

그녀의 분노가 갑작스레 공포로 바뀌었고, 시이나는 주먹질을 중단했다. 그녀는 자기가 비명을 지르고 있었음을 그제야 깨달았다. 혼자서 위험에 노출되어 있다는 무서운 감각이 그녀를 가득 채웠다. 자기가 어떻게 이곳까지 왔는지 알 수가 없었다. 그녀는 자기가 지금 있는 곳이 어디인지 그것만을 알고 있었으며, 그 때문에 너무나 고통스러운 공포가 그녀를 움켜쥐었다.

벌레는 모래 위에서 계속 꿈쩍도 하지 않았다.

시이나는 어떻게 해야 할지 알 수가 없었다. 벌레가 언제라도 몸을 굴려 그녀를 눌러버릴 수 있었다. 아니면 모래 밑으로 땅을 파고 들어가면서 언제든 한가할 때 집어삼킬 수 있도록 그녀를 지표면 위에 남겨둘 수도 있었다.

느닷없이 벌레의 꼬리에서부터 입 뒤의 시이나가 있는 곳까지 긴 떨림이 벌레의 몸을 훑고 지나갔다. 벌레가 앞으로 움직이기 시작했다. 녀석은 넓게 호선을 그리며 방향을 틀어 북동쪽을 향해 속도를 올렸다.

시이나는 앞으로 몸을 수그리고 벌레의 등에 있는 고리 모양 체절의 앞쪽 가장자리를 움켜쥐었다. 녀석이 금방이라도 모래 속으로 미끄러져 들어갈까 봐 무서웠다. 그러면 어떻게 해야 하지? 그러나 샤이탄은 땅속으로 파고 들어가지 않았다. 방향 한 번 트는 일 없이 모래 언덕들을 가로질러 빠른 속도로 똑바로 앞을 향해 나아가는 여행이 몇 분간 계속되자 시이나는 자신의 머리가 다시 돌아가기 시작했음을 깨달았다. 그녀는 이렇게 모래벌레를 타는 것에 대해 알고 있었다. 분열된 신의 사제들은 이것을 금지했지만 글로 전해져 온 역사와 구전 역사는 모두 고대에 프레멘들이 이런 식으로 모래벌레를 타고 다녔다고 말했다. 프레멘들은 끝에 갈고리가 달린 가느다란 기둥으로 몸을 지탱한 채 샤이탄의 등 꼭대기에 우뚝 서 있었다고 했다. 사제들은 레토 2세가 사막의 신과 자신의 의식을 나누기 전에 이런 일들이 이루어졌다고 선포했다. 지금은 레토 2세의 흩어진 조각들의 품위를 떨어뜨릴 수 있는 일이라면 아무것도 허락되지 않았다.

벌레는 안개가 눈부신 킨을 향해 깜짝 놀랄 만한 속도로 시이나를 데리고 갔다. 그 위대한 도시는 일그러진 지평선 위에 신기루처럼 놓여 있었다. 시이나의 다 해진 로브가 누덕누덕 기운 사막복의 얄팍한 표면 위를 채찍처럼 후려쳤다. 거대한 체절의 앞쪽 가장자리를 움켜쥐고 있는 그녀의 손가락이 아파왔다. 벌레의 열 교환 과정에서 나오는 계피 냄새와 타버린 돌 냄새, 그리고 오존 냄새가 바람에 실려 그녀의 전신을 휩쓸었다.

그녀의 앞쪽에서 킨의 모습이 분명해지기 시작했다.

'사제들이 나를 보면 화낼 텐데.' 그녀는 생각했다.

그녀는 첫 번째 줄의 카나트들을 표시하는 나지막한 벽돌 구조물을 알아보았다. 그 뒤로는 벽에 둘러싸여 표면에 나와 있는 수로의 불룩한 곡선이 보였다. 이 구조물들 위로 계단식 밭과 거대한 바람덫의 옆모습이 높게 보이는 벽이 솟아 있었다. 그리고 그다음에 있는 것은 자체적인 물 장벽을 가진 신전 단지였다.

광활한 모래 위에서 하루 동안 걸어야 할 거리를 한 시간 남짓 만에 오다니!

그녀의 부모와 마을 이웃들은 교역을 하러 이곳에 여러 번 온 적이 있었고, 이곳에서 사람들과 함께 춤을 추며 논 적도 있었지만 시이나는 어른들을 따라 이곳에 두 번 와봤을 뿐이었다. 그녀가 기억하는 것은 대부분 춤을 추며 놀던 것과 그 뒤에 이어진 폭력 사태였다. 킨의 거대함은 그녀를 경외심으로 가득 채웠다. 이렇게 건물이 많다니! 이렇게 사람들이 많다니! 샤이탄도 이런 곳을 해치지는 못할 터였다.

그러나 벌레는 마치 카나트와 수로를 타고 넘기라도 할 듯이 똑바로 앞을 향해 돌진했다. 시이나는 자신의 눈앞에서 점점 높아만 가는 도시를 뚫어져라 바라보았다. 그녀가 홀린 듯이 넋을 잃고 있었기 때문에 공포는 느껴지지 않았다. 샤이탄은 멈출 생각이 없었다!

벌레가 우뚝 멈춰 섰다.

지표면에 나와 있는 카나트의 튜브 모양 통풍구가 멍하니 벌어진 벌레의 입 앞으로 겨우 50미터 떨어진 곳에 있었다. 계피 냄새가 섞인 뜨거운 숨결의 냄새가 났고, 샤이탄의 내부 용광로가 낮게 우르릉거리는 소리가 들려왔다.

이 여행이 끝났다는 사실을 마침내 그녀도 분명하게 깨달았다. 천천히, 시이나는 체절을 잡고 있던 손을 놓았다. 그리고 벌레가 언제 다시 움직일지 모른다는 생각을 하면서 몸을 일으켰다. 샤이탄은 여전히 꼼짝도 하지 않았다. 그녀는 조심스럽게 움직이면서 자신의 자리에서 미끄러져 내려와 모래 위로 뛰어내렸다. 그리고 동작을 멈췄다. 녀석이 이제 움직일까? 카나트를 향해 뛰어가야 한다는 생각이 막연히 들었지만 그녀는 벌레에게 넋을 잃고 있었다. 시이나는 헝클어진 모래 위에서 엎어지고 미끄러지면서 벌레의 몸 앞쪽으로 가서 그 무시무시한 입속을 노려보았다. 수정 같은 이빨이 가장자리를 둘러싼 가운데 그 안쪽에서 불꽃이 앞뒤로 넘실대고 있었다. 스파이스 냄새가 나는 타는 듯 뜨거운 숨결이 그녀의 전신을 휩쓸었다.

처음에 모래 언덕을 달려 내려와서 벌레의 몸 위로 기어올랐던 그 미친 짓의 기억이 시이나의 머릿속에 다시 떠올랐다. "저주나 받아라, 샤이탄!" 그녀는 그 끔찍한 입을 향해 주먹을 흔들면서 소리 질렀다. "우리가 도대체 너한테 무슨 짓을 했다고."

그녀는 감자 등을 키우는 밭이 망가졌을 때 어머니가 이런 말을 하는 걸 들은 적이 있었다. 시이나의 의식 어느 한구석도 샤이탄이라는 이름에 의문을 품지 않았다. 어머니의 분노에 대해서도 마찬가지였다. 그녀는 라키스의 수많은 사람들 중에서도 가장 밑바닥의 가장 가난한 빈민 출신이었다. 그녀와 같은 사람들은 샤이탄을 먼저 믿고 샤이 훌루드를 그다음으로 믿었다. 벌레는 그저 벌레였고, 그보다 훨씬 더 나쁜 존재가 되는 경우가 흔했다. 광활한 사막에 정의는 없었다. 오로지 위험만이 그곳에 숨어 있을 뿐이었다. 빈곤과 사제들에 대한 두려움이 그녀와 같은 사람들을 위험한 모래 언덕으로 몰아냈는지는 몰라도, 여전히 그들은 프레멘들을 몰아붙였던 바로 그 분노와 끈기를 가지고 움직였다.

그러나 이번에는 샤이탄이 이겼다.

시이나는 자신이 무서운 길에 서 있다는 사실을 의식했다. 아직 완전히 정리되지 않은 그녀의 생각들은 그녀가 미친 짓을 저질렀다는 사실만을 인식했다. 훨씬 나중에, 교단의 가르침에 의해 그녀의 의식이 둥글게 다듬어진 뒤 그녀는 당시 자신이 고독에 대한 공포에 압도당한 상태였음을 깨달았다. 그녀는 샤이탄이 자신을 죽은 마을 사람들이 있는 곳으로 데려다주기를 바라고 있었다.

벌레의 몸 밑에서 긁히는 듯한 소리가 터져 나왔다.

시이나는 비명을 지르고 싶은 것을 억지로 참았다.

처음에는 천천히, 그러다가 점점 더 빨리, 벌레가 몇 미터 뒤로 물러났다. 그리고 방향을 틀더니 자기가 사막에서 오면서 만들어놓은 두 개의 언덕 모양 길 옆으로 속도를 높였다. 녀석이 모래 위를 지나가면서 내는 긁히는 듯한 소리가 점점 작아지며 멀어졌다. 시이나의 의식 속에서 또 다른 소리가 점점 커졌다. 그녀는 하늘을 향해 시선을 들었다. 사제들이 타고 다니는 오니숍터의 탁탁 소리가 그녀의 전신을 휩쓸었고, 그것의 그림자가 그녀를 스치고 지나갔다. 벌레를 쫓아 사막으로 들어가는 오니숍터의 몸체가 아침 햇살 속에서 반짝였다.

시이나는 그 순간 좀더 친숙한 공포를 느꼈다.

'사제들!'

그녀는 오니숍터에 계속 시선을 고정했다. 오니숍터는 멀리서 어른거리다가 되돌아와 벌레가 매끈하게 만들어놓은 근처의 모래 위에 부드럽게 내려앉았다. 윤활제와 속이 메스꺼울 정도로 자극적인 오니숍터의 연료 냄새가 느껴졌다. 오니숍터는 그녀에게 달려들 때를 기다리면서 모래 위에 편안히 자리 잡은 거대한 곤충이었다.

해치가 불쑥 열렸다.

시이나는 어깨를 뒤로 젖히고 자신의 자리를 지켰다. 좋아, 저놈들이 나를 잡았단 말이지. 그녀는 이제 무슨 일이 다가올지 알고 있었다. 도망쳐봤자 아무 소용없었다. 오니숍터를 사용하는 것은 사제들뿐이었다. 그들은 어디든 마음대로 가서 무엇이든 볼 수 있었다.

비싸 보이는 옷, 온통 황금색과 하얀색이고 가장자리는 자주색으로 장식된 옷을 입은 사제 두 명이 나타나 모래를 가로질러 그녀를 향해 뛰어왔다. 그들이 시이나와 너무 가까운 곳에서 무릎을 꿇었기 때문에 그들의 땀내와 그들의 옷에 배어 있는 사향 냄새 같은 멜란지 향냄새가 느껴졌다. 그들은 젊었지만 그녀가 기억할 수 있는 모든 사제들과 아주 흡사한 모습이었다. 매끈매끈한 얼굴, 굳은살이 박이지 않은 손, 수분 손실에 신경을 쓰지 않는 모습. 두 사람 다 로브 밑에 사막복을 입지 않고 있었다.

시이나의 왼쪽에 있는 사제가 그녀의 눈과 눈높이를 맞추면서 말했다. "샤이 훌루드의 아이여, 우리는 그대의 '아버지'가 그분의 땅에서 그대를 데려오는 걸 보았습니다."

시이나는 이게 무슨 말인지 도무지 알 수 없었다. 사제들은 두려워해야 할 대상이었다. 그녀의 부모와 그녀가 아는 모든 어른들은 말과 행동을 통해 이 사실을 그녀에게 새겨두었다. 사제들은 오니숍터를 갖고 있다. 네가 조금만 잘못해도, 아니 잘못을 전혀 저지르지 않아도 그냥 사제가 변덕을 부렸다는 이유만으로 사제들은 너를 샤이탄에게 먹인다. 그녀의 마을 사람들은 그런 사례들을 많이 알고 있었다.

시이나는 무릎을 꿇고 있는 두 남자에게서 뒷걸음질을 치며 사방을 둘러보았다. 어디로 도망친다지?

앞서 말을 했던 사제가 애원하듯이 한 손을 들어 올렸다. "우리와 함께 있어주십시오."

"당신들은 나쁜 사람이에요!" 감정이 북받쳐 갈라진 목소리가 나왔다.

두 사제가 모두 모래 위에 엎드렸다.

저 멀리 도시의 탑들 위에서 햇빛이 렌즈에 부딪혀 번쩍였다. 시이나는 그것을 보았다. 그녀는 그렇게 번쩍이는 빛에 대해 알고 있었다. 사제들은 도시에서 항상 사람들을 감시했다. 저렇게 렌즈들이 번쩍이는 것은 주의를 끌지 말라는 신호, '착하게 굴라'는 신호였다.

시이나는 손이 떨리는 것을 멈추게 하려고 몸 앞쪽에서 양손을 꽉 쥐었다. 그녀는 왼쪽, 오른쪽을 둘러본 다음 땅에 엎드린 사제들을 바라보았다. 아무래도 뭔가가 잘못돼 있었다.

머리를 모래 위에 박은 채 두 사제가 두려움에 떨며 기다리고 있었다. 두 사람 모두 아무 말도 하지 않았다.

시이나는 어떤 반응을 보여야 할지 알 수 없었다. 지금 그녀가 경험하고 있는 일들의 엄청난 무게는 여덟 살짜리 아이의 머리로 받아들일 수 없는 것이었다. 그녀는 자기 부모와 다른 모든 이웃들이 샤이탄에게 잡아먹혔다는 것을 알고 있었다. 그녀가 자기 눈으로 직접 그것을 보았다. 그리고 샤이탄은 그녀를 이곳으로 데려다주었으며, 그 끔찍한 불 속으로 그녀를 데려가는 걸 거부했다. 그녀를 살려준 것이다.

이 말은 그녀도 이해할 수 있었다. '살려주다.' 그녀가 춤출 때 부르는 노래를 배울 때 어른들이 이 말을 설명해 주었다.

샤이 훌루드가 우리를 살려주신다!
샤이탄을 멀리 데려가 주세요…….

땅에 엎드린 사제들을 일으키고 싶지 않았기 때문에 시이나는 천천히 발을 끌면서 리듬이 맞지 않는 춤사위를 시작했다. 기억 속의 음악이 머릿속에서 점점 커져감에 따라 그녀는 꽉 쥐고 있던 양손을 풀고 팔을 크게 흔들었다. 발이 위풍당당하게 움직이며 높이 솟아올랐다. 처음에는 천천히 돌던 몸이 점점 강렬해지는 춤의 황홀경에 맞춰 더 빠르게 돌기 시작했다. 긴 갈색 머리칼이 그녀의 얼굴 주위로 채찍처럼 휘날렸다.

두 사제는 감히 고개를 들지 못했다. 이 이상한 아이가 '그 춤'을 추고 있었다! 그들은 그 동작을 알아보았다. '속죄의 춤.' 그녀는 샤이 훌루드에게 그의 사람들을 용서해 달라고 요청했다. 신에게 '그들을' 용서해 달라고 청한 것이다!

그들은 고개를 돌려 서로의 얼굴을 바라본 다음 동시에 무릎을 축으로 해서 몸을 일으켰다. 그리고 그들은 춤추는 자의 주의를 흐트러뜨리기 위한 전통적인 동작인 손뼉을 치기 시작했다. 그들은 박자에 맞춰 손뼉을 치면서 고대의 구절들을 읊조렸다.

우리의 아버지들은 사막에서 만나를 먹었다.
회오리바람이 불어오는 타는 듯 뜨거운 곳에서!

사제들은 아이를 제외한 모든 것을 자신들의 의식에서 제외시켜 버렸다. 그녀는 호리호리했으며 근육은 강하고 팔다리는 가늘었다. 그녀의 로브와 사막복은 가장 가난한 사람들의 것처럼 낡아서 여기저기가 기워져 있었다. 높이 솟은 광대뼈 때문에 가무잡잡한 피부 위로 그림자가 졌다. 눈은 갈색이었다. 불그스름한 햇살 모양의 줄무늬가 그녀의 머리칼에 그려져 있었다. 이목구비가 날카로운 것은 물이 부족한 탓이었다. 코와 턱은 좁고, 이마는 널찍하고, 입술은 가늘고 길고, 목도 길었다. 그녀는 다르 에스 발라트의 지성소에 있는 프레멘 초상화 같았다. 당연한 일이었다! 샤이 훌루드의 아이라면 당연히 이런 모습일 터였다.

그녀의 춤 솜씨 또한 뛰어났다. 그녀의 동작에 금방 따라 할 수 있는 리듬은 조금도 끼어들지 않았다. 리듬은 있었지만, 박자가 감탄스러울 정도로 길었다. 간격이 적어도 100스텝은 될 정도였다. 태양이 점점 더 높이 솟아오르는 동안 그녀는 계속 춤을 추었다. 거의 정오가 되어서야 그녀는 기진맥진해서 모래 위에 주저앉았다.

사제들은 자리에서 일어서 샤이 훌루드가 사라진 사막을 바라보았다. 쿵쿵거리는 춤의 스텝이 '그분'을 불러오지 않았다. 그들이 용서받은 것이다.

이렇게 해서 시이나의 새로운 인생이 시작되었다.

고위 사제들은 각자의 거처에서 여러 날 동안 큰 소리로 그녀에 대해 논쟁을 벌였다. 마침내 그들은 자신들의 주장과 보고서를 최고 사제인 헤들리 튜엑에게 가져갔다. 그들은 어느 오후에 소교구 회의실에 모였다. 튜엑과 여섯 명의 사제 평의회 의원들이었다. 거대한 벌레의 몸에 인간의 얼굴이 있는 레토 2세의 벽화들이 자비로운 표정으로 그들을 내려다보고 있었다.

튜엑은 바람의 협곡 시에치에서 찾아낸 돌 벤치에 앉았다. 무앗딥이 직접 앉은 적이 있다는 벤치였다. 벤치의 다리 하나에는 아트레이데스의 매 조각이 아직도 남아 있었다.

평의회 의원들은 그보다 수준이 떨어지는 현대적인 벤치에 그를 바라보는 자세로 앉았다.

최고 사제의 풍채는 당당했다. 비단처럼 매끄러운 회색 머리는 그의 어깨까지 부드럽게 빗질되어 있었다. 길고 두터운 입술과 묵직한 턱이 있는 각진 얼굴에 잘 어울리는 모습이었다. 튜엑의 눈에는 원래의 깨끗한 흰자위와 검푸른 눈동자가 그대로 남아 있었다. 손질이 되지 않은 텁수룩하고 반쯤 하얗게 센 눈썹이 그의 눈에 그림자를 드리웠다.

평의회 의원들은 잡다한 무리였다. 과거 사제 집안의 자손인 그들은 각자 자기가 튜엑의 벤치에 앉는다면 일이 훨씬 더 잘 굴러갈 거라는 믿음을 가슴속에 품고 있었다.

여윈 몸매에 이목구비를 누가 꼬집어놓은 것처럼 생긴 스티로스가 반대파의 대변인으로 앞에 나섰다. "그 아이는 사막의 가난한 부랑아에 불과합니다. 그런데 그 아이가 샤이 훌루드를 탔습니다. 그건 금지된 일이므로 반드시 벌을 내려야 합니다."

다른 사람들이 즉시 목소리를 높였다. "안 됩니다! 안 돼요, 스티로스. 당신이 잘못 생각하는 겁니다! 그 아이는 프레멘들이 그랬던 것처럼 샤이 훌루드의 등에 서 있지 않았습니다. 그 아이에게는 창조자 작살도 없었고……."

스티로스는 소리를 질러 그들의 말을 막으려 했다.

회의가 교착 상태에 빠졌음을 튜엑은 알 수 있었다. 의원들이 3 대 3으로 갈려 있었고, 뚱뚱한 쾌락주의자인 움프루드는 '신중하게 그 아이를 받아들이자'는 입장을 대변했다.

"그 아이에게는 샤이 훌루드의 길을 인도할 수단이 하나도 없었습니다. 그 아이가 전혀 두려운 기색 없이 모래 위로 내려와서 '그분'에게 말을 거는 걸 우리 모두 보았습니다." 움프루드가 주장했다.

그래, 그들이 모두 그 모습을 본 것은 사실이었다. 현장에서 그 모습을 본 사람도 있었고, 그 광경을 지켜보던 어떤 사려 깊은 사람이 찍은 홀로그램 사진을 본 사람도 있었다. 사막의 부랑아든 아니든, 그녀는 샤이 훌루드와 맞서서 대화를 나눴다. 그리고 샤이 훌루드는 그녀를 삼켜버리지 않았다. 그래, 정말 그랬다. 그 '벌레 신'은 아이의 명령에 뒤로 물러나서 사막으로 돌아가 버렸다.

"그 아이를 시험하겠소." 튜엑이 말했다.

다음 날 아침 일찍 그녀를 사막에서 데려왔던 두 사제가 오니숍터를 조종해 시이나를 킨의 사람들이 볼 수 없는 먼 곳으로 데려갔다. 그들은 그녀를 모래 언덕 꼭대기에 내려놓고 모래 속에 프레멘의 모래 막대기를 정확하게 본뜬 물건을 꽂았다. 모래 막대기의 딱딱이가 작동되자 딱딱 소리가 묵직하게 진동하면서 사막 전체로 퍼져나갔다. 샤이 훌루드를 부르는 고대의 방법이었다. 사제들은 오니숍터로 도망쳐서 공중에 높이 떠 기다렸다. 그동안 최악의 공포가 현실로 나타나 겁에 질린 시이나는 모래 막대기에서 약 20미터 떨어진 곳에 혼자 서 있었다.

벌레 두 마리가 나타났다. 사제들이 지금까지 보았던 모래벌레들에 비해 가장 큰 놈들은 아니었다. 녀석들의 몸길이는 기껏해야 30미터 정도였다. 한 놈이 모래 막대기를 집어삼켜 소리를 없애버렸다. 두 놈은 평행선을 그리며 빙글빙글 돌다가 시이나에게서 6미터도 채 떨어지지 않은 곳에 나란히 멈춰 섰다.

그녀는 양 옆구리에서 주먹을 꽉 쥐고 얌전히 서 있었다. 사제들이 하는 짓이 바로 이런 것이었다. 사람을 샤이탄에게 먹이로 주는 것.

공중에 떠 있는 오니숍터 안에서 두 사제는 홀린 듯이 이 광경을 지켜보았다. 그들의 렌즈가 킨의 최고 사제 거처에서 그들 못지않게 홀린 듯 지켜보고 있는 사람들에게 이 장면을 전송해 주었다. 그들은 모두 전에도 비슷한 일을 본 적이 있었다. 이것은 일반적인 처벌이었으며, 대중이나 사제들 사이에서 방해자를 제거하거나 새로운 첩을 얻기 위한 길을 닦을 때 편리하게 사용할 수 있는 방법이었다. 그러나 어린아이가 혼자 희생물로 서 있는 모습은 한 번도 본 적이 없었다. 그것도 저렇게 꿍장한 아이라니!

'벌레 신'들은 처음 움직임을 멈춘 후 천천히 앞으로 기어왔다. 그리고 시이나에게서 겨우 약 3미터 떨어진 곳까지 왔을 때 또다시 움직임을 멈췄다.

모든 것을 체념하고 운명을 받아들이기로 한 시이나는 도망치지 않았다. 이제 곧 부모와 친구들이 있는 곳에 가게 될 거라고 그녀는 생각했다. 그런데 벌레들이 계속 꼼짝하지 않자 분노가 공포의 자리를 대신했다. 저 못된 사제들이 날 여기 남겨뒀어! 그녀는 머리 위에서 그들이 탄 오니숍터의 소리를 들을 수 있었다. 벌레들의 뜨거운 스파이스 냄새가 그녀 주위의 공기를 가득 채웠다. 갑자기 그녀는 오른손을 치켜들고 오니숍터를 가리켰다.

"그래, 와서 날 먹어! 그게 저 놈들이 원하는 거야!"

머리 위의 사제들은 그녀의 말을 들을 수 없었지만, 그녀의 동작은 분명히 눈에 보였다. 그녀가 두 '벌레 신'에게 말을 걸고 있었다. 위를 향해 자기들을 가리키고 있는 손가락은 좋은 징조 같지 않았다.

벌레들은 움직이지 않았다.

시이나는 손을 내렸다. "네놈들이 어머니, 아버지, 친구들을 전부 죽였어!" 그녀는 앞으로 한 발짝 발을 내밀고는 그들을 향해 주먹을 흔들었다.

벌레들이 뒤로 물러나며 같은 거리를 유지했다.

"날 먹고 싶지 않다면, 너희들이 온 곳으로 돌아가!" 그녀는 사막을 향해 손을 흔들며 그들을 쫓았다.

그들은 얌전히 뒤로 더욱 물러나 동시에 방향을 틀었다.

오니숍터 안의 사제들은 모래벌레들이 1킬로미터 이상 떨어진 곳에서 모래 밑으로 미끄러져 들어갈 때까지 녀석들을 추적했다. 그때에야 비로소 그들은 두려움과 전율을 느끼면서 돌아왔다. 그리고 모래 위에 있던 샤이 훌루드의 아이를 태워 킨으로 돌아왔다.

킨에 있는 베네 게세리트 대사관은 밤이 내릴 무렵 완전한 보고서를 입수했다. 다음 날 아침 무렵에는 벌써 보고서의 내용이 참사회를 향해 가고 있었다.

마침내 그 일이 일어난 것이다!

몇몇 종류의 전쟁에 있어서 문제가 되는 것은(폭군이 이것을 알고 있었음은 분명하다. 그의 교훈에 이 점이 은근히 나타나 있기 때문이다) **영향을 받기 쉬운 사람들이 도덕적으로 완전히 망가져버린다는 점이다. 이런 종류의 전쟁은 이렇게 망가진 생존자들을 순진한 대중 속에 던져 넣는데, 대중은 이렇게 되돌아온 군인들이 무슨 짓을 할지 상상조차 하지 못한다.**

—황금의 길의 가르침, 베네 게세리트 기록 보관소

마일즈 테그는 어린 시절 부모, 남동생 사빈과 함께 저녁 식탁에 앉아 있던 어느 날을 기억했다. 그때 테그는 겨우 일곱 살이었지만, 그날의 일은 그의 기억 속에서 지워지지 않았다. 레르나에우스의 식당은 금방 꺾어 온 꽃들로 화려했고, 낮게 기울어진 노란 햇빛이 오래된 블라인드 틈새로 들어왔다. 밝은 파란색 식기와 반짝이는 은식기들이 식탁을 장식했다. 복사(服事) 하인들은 만반의 준비를 갖추고 가까운 곳에 서 있었다. 그의 어머니가 특별한 임무를 맡아 영구적으로 이곳에 파견되어 있을지언정 베네 게세리트의 교사로서 그녀의 역할을 그냥 낭비해 버릴 수는 없기 때문이었다.

재닛 록스브로우 테그. 뼈대가 크고 마치 귀부인 역할을 맡은 배우처럼 보이는 그녀는 식탁의 한쪽 끝에서 오만하게 사람들을 내려다보며 음식과 그릇이 조금이라도 잘못 놓여서 식사에 방해가 되는 일이 없도록 지켜보고 있었다. 마일즈의 아버지 로쉬 테그는 항상 재미있다는 듯한 표정을 어렴풋이 드러내며 이것을 지켜보았다. 그는 몸이 가늘고 이마가 넓은 사람이었다. 얼굴이 하도 좁아서 검은 눈이 양쪽 옆으로 불룩하게 튀어나온 것처럼 보일 정도였다. 그의 검은 머리는 아내의 금발과 완벽한 대조를 이뤘다.

식탁에서 나는 조용한 소리들과 스파이스가 들어간 에두 수프의 좋은 냄새를 배경으로 그의 어머니가 아버지에게 성가신 자유 무역상을 다루는 법을 가르쳐주었다. 그녀가 '틀레이랙스'라는 말을 입에 담았을 때, 마일즈는 그녀에게 온 신경을 기울였다. 바로 얼마 전 수업 시간에 베네 틀레이랙스를 다뤘기 때문이었다.

많은 세월이 흐른 뒤 로모에서 독에 무릎을 꿇은 사빈도 그때 네 살짜리 아이로서는 최대한의 주의를 기울였다. 사빈은 형을 영웅처럼 숭배했다. 마일즈의 관심을 사로잡는 것이라면 무엇이든 그도 관심을 가졌다. 두 아이는 조용히 귀를 기울였다.

"그 사람은 틀레이랙스의 앞잡이입니다. 그의 목소리를 들으면 알 수 있어요." 레이디 재닛이 말했다.

"나는 그런 일을 탐지해 내는 당신의 능력을 의심하지 않아요, 여보. 하지만 내가 뭘 할 수 있겠소? 그자는 신용의 증거들을 갖고 있고, 물건을 구입……."

"쌀을 사겠다는 주문은 지금 중요하지 않아요. 얼굴의 춤꾼이 겉으로 뭘 구한다고 했을 때, 그것이 그가 정말로 구하는 물건이라고 생각해서는 절대 안 됩니다."

"그는 절대 얼굴의 춤꾼이 아니오. 그는……."

"로쉬! 당신이 내게 잘 배운 것이 있으니 얼굴의 춤꾼을 탐지해 낼 수 있겠지요. 그 자유 무역상이 얼굴의 춤꾼이 아니라는 말에는 나도 동의해요. 얼굴의 춤꾼들은 그의 우주선에 남아 있습니다. 그들은 내가 여기 있다는 걸 알고 있어요."

"그들은 자기들이 당신을 속일 수 없다는 걸 알고 있소. 그래요. 하지만……."

"틀레이랙스의 전략은 항상 거미줄처럼 짜여 있습니다. 그 거미줄 속의 전략들 중 어느 것도 진짜 전략이 될 수 있어요. 그들은 그 방법을 우리에게서 배웠습니다."

"여보, 우리가 틀레이랙스를 상대하고 있다는 당신의 판단이 옳겠지요. 그러면 이건 곧바로 멜란지의 문제가 됩니다."

레이디 재닛은 부드럽게 고개를 끄덕였다. 과연. 마일즈조차 틀레이랙스와 스파이스의 연관성을 알고 있었다. 그건 그가 틀레이랙스에 대해 커다란 흥미를 느끼는 이유 중의 하나였다. 라키스에서 생산되는 멜란지가 1밀리그램이라면, 베네 틀레이랙스의 커다란 통이 생산해 내는 양은 톤 단위였다. 멜란지의 사용량은 이 새로운 공급량에 맞게 증가했으며, 심지어 우주조합도 이 권력 앞에서 무릎을 꿇었다.

"하지만 쌀은……." 로쉬 테그가 과감히 입을 열었다.

"여보, 베네 틀레이랙스에게는 이 지역에서 그렇게 많은 양의 폰지 쌀이 필요하지 않습니다. 그들이 그 쌀을 구하는 건 누군가와 교환을 하기 위해서예요. 그 쌀이 정말로 필요한 사람이 누군지 반드시 알아내야 합니다."

"나더러 일을 지연시키라는 뜻이군요."

"바로 그겁니다. 당신은 지금 우리에게 필요한 일에 뛰어난 솜씨를 가지고 있습니다. 그 자유 무역상에게 예나 아니요라는 대답을 할 수 있는 기회를 주지 마세요. 얼굴의 춤꾼들에게 훈련받은 누군가가 그렇게 정교한 대응을 알아볼 겁니다."

"당신이 다른 곳에서 조사를 시작하는 동안 우리가 얼굴의 춤꾼들을 우주선에서 꾀어내는 거로군."

레이디 재닛이 미소를 지었다. "당신이 그런 식으로 저보다 앞서 뛰어나가는 모습은 정말 멋집니다."

서로를 이해하는 표정이 두 사람 사이로 지나갔다.

"그는 이 지역에서 쌀을 사기 위해 다른 사람을 찾아갈 수 없소." 로쉬테그가 말했다.

"그는 진퇴양난의 대결을 피하고 싶어 할 겁니다." 레이디 재닛이 식탁을 탁탁 두드리며 말을 이었다. "일을 지연시키고, 지연시키고, 또 지연시켜야 합니다. 얼굴의 춤꾼들을 반드시 우주선 밖으로 끌어내야 해요."

"그들은 당연히 알아챌 거요."

"그래요, 여보. 그리고 그건 위험한 일입니다. 그들을 만날 때는 항상 당신에게 익숙한 장소에서 우리 쪽 경비병들을 가까이 두고 만나야 합니다."

마일즈 테그의 기억으로, 그의 아버지는 정말로 얼굴의 춤꾼들을 우주선에서 끌어냈다. 어머니가 데려간 방에서 마일즈는 감시 장치를 통해 아버지를 보았다. 아버지는 구리색 벽으로 둘러싸인 방에서 흥정을 하고 있었고, 그 결과 나중에 초암으로부터 최고의 찬사와 커다란 보너스를 받았다.

마일즈 테그가 얼굴의 춤꾼을 본 것은 그때가 처음이었다. 두 얼굴의 춤꾼은 마치 쌍둥이처럼 똑같이 생긴 자그마한 남자들이었다. 거의 턱이 보이지 않을 정도로 둥근 얼굴에 들창코, 자그마한 입, 검은 단추 같은 눈. 짧게 깎은 하얀 머리는 솔에 달린 억센 털처럼 솟아 있었다. 두 사람은 자유 무역상과 마찬가지로 검은 웃옷과 바지 차림이었다.

"환상이다, 마일즈. 환상이 저들의 수단이야. 진짜 목적을 달성하기 위해 환상을 만들어내는 것, 그것이 틀레이랙스 인들의 방식이다." 어머니가 말했다.

"'겨울 쇼'의 마법사들처럼요?" 마일즈가 물었다. 그의 눈은 감시 장치와 그 위에 비친 장난감 같은 사람들의 모습을 열심히 응시하고 있었다.

"아주 비슷하지." 어머니가 그의 말에 동의했다. 그녀도 말을 하면서 감시 장치를 지켜보고 있었지만, 아들을 보호하려는 듯 아들의 어깨에 한쪽 팔을 둘렀다.

"넌 지금 악마를 보고 있다, 마일즈. 신중하게 잘 살펴보아라. 네가 보고 있는 저 얼굴들이 순식간에 변할 수 있다. 저들의 키가 더 커질 수도 있고, 더 무거워 보일 수도 있지. 저들이 네 아버지를 흉내 낼 수도 있어. 그렇게 되면 오직 나만이 그 사실을 알아챌 수 있을 거다."

마일즈 테그의 입이 소리 없이 '오'라고 말하는 듯한 모양을 만들었다. 그는 초암의 폰지 쌀 가격이 또다시 걱정스러울 정도로 올랐다고 설명하는 아버지의 목소리에 귀를 기울이면서 감시장치를 뚫어지게 바라보았다.

"그리고 무엇보다도 끔찍한 것은, 신품종 얼굴의 춤꾼들 중 일부가 희생자의 몸에 손을 대는 것만으로 그 사람의 기억을 일부 흡수할 수 있다는 사실이다." 어머니가 말했다.

"생각을 읽는 건가요?" 마일즈는 어머니를 올려다보았다.

"정확히 말해서 그런 건 아냐. 그들은 기억을 인화하듯 가져가는 것 같다. 홀로그램 사진을 만드는 과정과 거의 흡사하지. 그들은 우리가 그 사실을 알고 있다는 걸 아직 모른다."

마일즈는 이 말을 이해했다. 그건 이 얘기를 아무에게도 해서는 안 된다는 뜻이었다. 심지어 아버지나 어머니에게도. 어머니는 비밀을 지키는 베네 게세리트의 방법을 그에게 이미 가르쳐주었다. 그는 감시 장치의 스크린에 보이는 모습들을 신중하게 지켜보았다.

얼굴의 춤꾼들은 아버지의 말을 들으면서 아무런 감정을 드러내지 않았다. 그러나 그들의 눈이 더 밝게 반짝이는 것 같았다.

"저 사람들은 어쩌다가 저렇게 사악해진 거예요?" 마일즈가 물었다.

"저들은 공동체 생물이다. 어떤 특정한 형태나 얼굴과 동일시하지 않도록 교배된 거지. 저들이 지금 보여주고 있는 외모는 나를 위한 거다. 내가 지켜보고 있다는 걸 알거든. 저들은 지금 긴장을 풀고 자기들이 타고난 공동체 형태를 취하고 있다. 잘 봐둬."

마일즈는 고개를 한쪽으로 갸우뚱하게 기울인 채 얼굴의 춤꾼들을 유심히 살펴보았다. 그들은 너무나 특징이 없고 무력해 보였다.

"저들에게는 자아에 대한 감각이 없다. 주인들을 위해 죽으라는 명령을 받지 않는 한 자신의 생명을 보존해야 한다는 본능만이 있을 뿐이야." 어머니가 말했다.

"저들이 정말 그렇게 하는 거예요?"

"이미 그런 적이 아주 많다."

"저들의 주인이 누구죠?"

"베네 틀레이랙스의 행성들을 좀처럼 떠나지 않는 사람들."

"그들에게 자식이 있나요?"

"얼굴의 춤꾼들은 아니다. 그들은 잡종이야. 생식 능력이 없는. 하지만 저들의 주인들은 자식을 낳을 수 있다. 우린 그들을 몇 명 잡은 적이 있지만 그 후손들은 조금 이상하지. 여자아이들이 거의 태어나지 않고, 설사 태어난다 해도 우리가 그들의 '다른 기억들'을 탐색해 볼 수 없다."

마일즈는 미간을 좁혔다. 그는 어머니가 베네 게세리트임을 알고 있었다. 대모들이 수천 년에 이르는 교단의 역사 전체를 거슬러 올라가는 '다른 기억들'의 놀라운 저장소를 가지고 있다는 것도 알고 있었다. 심지어 베네 게세리트의 교배 계획에 대해서도 조금 알고 있었다. 대모들은 특정한 남자를 골라서 그 남자들과의 사이에 아이를 낳았다.

"틀레이랙스 여자들은 어때요?" 마일즈가 물었다.

이 눈치 빠른 질문에 레이디 재닛의 마음속에서 자랑스러움이 솟아올랐다. 그래, 이 아이가 멘타트의 잠재력을 갖고 있음이 거의 확실했다. 로쉬 테그의 유전자가 지닌 잠재력에 대해 교배 감독관들이 내린 판단이 옳았던 것이다.

"그들의 행성 밖에서 틀레이랙스 여자들을 보았다는 보고는 한 번도 없었다." 레이디 재닛이 말했다.

"여자들이 정말 존재하는 건가요, 아니면 그냥 탱크에서 사람을 만들어내는 건가요?"

"여자들은 존재한다."

"얼굴의 춤꾼들 중에도 여자가 있나요?"

"저들은 스스로의 선택에 따라서 남자가 될 수도 있고, 여자가 될 수도 있다. 저들을 자세히 살펴봐라. 저들은 네 아버지의 의도를 알고 화를 내고 있어."

"저들이 아버지를 해치려 할까요?"

"감히 그러지 못할 거다. 우리가 경계 조치를 취해 둔 걸 저들도 알거든. 왼쪽에 있는 자의 턱이 움직이는 모습을 봐라. 저건 저들이 화를 내고 있다는 징조 중의 하나야."

"어머니는 저들이 공동…… 공동체 생물이라고 하셨잖아요."

"벌집 속의 벌들과 똑같다, 마일즈. 저들에게는 자아 이미지가 없어. 자아에 대한 감각이 없기 때문에 저들은 비도덕의 경계선을 넘어선다. 저들의 말과 행동을 믿으면 안 돼."

마일즈는 몸을 부르르 떨었다.

"우린 저들에게서 윤리적 규범을 결코 탐지해 내지 못했다. 저들은 자동인형으로 변형된 육체에 불과해. 자아가 없기 때문에 저들은 자부심을 느낄 것도 없고, 심지어 회의를 품을 것도 없다. 오로지 주인에게 복종하기 위해 태어난 존재들이야."

"그런데 저들이 여기로 와서 쌀을 사라는 명령을 받은 거군요."

"그렇지. 저들은 쌀을 사라는 명령을 받았다. 그런데 이 지역에서 그들이 그 명령을 수행할 수 있는 곳은 여기밖에 없어."

"저들이 반드시 아버지한테서 쌀을 사야 한다는 말씀이죠?"

"저들에게 쌀을 공급해 줄 수 있는 건 네 아버지뿐이다. 지금, 얘야, 저들이 멜란지로 지불을 하고 있어. 보이니?"

마일즈는 오렌지색과 갈색이 섞인 스파이스 표식들이 손에서 손으로 건네지는 것을 보았다. 높다랗게 쌓여 있는 그 표식들은 얼굴의 춤꾼 한 명이 바닥의 상자에서 꺼낸 것이었다.

"가격이 저들의 예상보다 훨씬, 훨씬 더 높구나. 이건 추적하기가 쉽겠어." 레이디 재닛이 말했다.

"왜요?"

"우리가 발송한 물건을 사들이느라고 누군가가 파산하게 될 거다. 우린 그 구매자가 누군지 짐작하고 있지. 그게 누구든, 우린 그자에 대해 알게 될 거다. 그러고 나면 여기서 정말로 거래된 것이 무엇인지 알게 되겠지."

이 말을 마친 후 레이디 재닛은 얼굴의 춤꾼들에게서 식별이 가능한 부조화를 가르쳐주기 시작했다. 훈련받은 사람은 눈과 귀로 그런 부조화를 찾아내 얼굴의 춤꾼들을 가려낼 수 있었다. 그것은 쉽게 알아차릴 수 없는 특징들이었지만, 마일즈는 금방 찾아냈다. 그러자 그의 어머니는 그가 어쩌면 멘타트가 될지도 모르겠다고 말했다……. 아니, 어쩌면 그보다 더 뛰어난 사람이 될지도 모른다고.

열세 번째 생일이 얼마 남지 않았을 때 마일즈 테그는 상급 교육을 받기 위해 람파다스에 있는 베네 게세리트 본거지로 보내졌다. 그곳에서 그에 대한 어머니의 판단이 옳은 것으로 확인되었다. 그녀에게 소식이 전해졌다.

"당신은 우리가 바라던 전사 멘타트를 주었습니다."

테그는 어머니가 돌아가신 후 어머니의 물건들을 정리하면서 비로소 이 편지를 보았다. 참사회의 인장이 아래에 찍힌 작은 리둘리안 크리스틸 종이에 새겨진 이 말이 그를 원래의 시간에서 쫓겨난 것 같은 이상한 감각으로 가득 채웠다. 그의 기억이 갑작스레 람파다스로 옮겨 갔다. 그가 어머니에게 느끼던 사랑과 경외심은 그곳에서 원래 의도대로 교단 그 자체에 대한 감정으로 솜씨 좋게 전이되었다. 그는 멘타트 훈련의 후반부에 이르러서야 이 사실을 이해했지만, 그렇다고 해서 바뀐 것은 거의 없었다. 뭔가 바뀐 것이 있다면, 그가 베네 게세리트에 더욱 강하게 결속되었다는 점뿐이었다. 이것은 교단이 그의 강점 중 하나임에 틀림없다는 사실을 확인해 주었다. 그는 베네 게세리트 교단이 이 우주에서 가장 강력한 세력 중 하나라는 점을 이미 알고 있었다. 교단은 적어도 우주 조합과 맞먹는 힘을 갖고 있었고, 과거 아트레이데스 제국의 핵심을 물려받은 물고기 웅변대 평의회보다는 우월했으며, 초암에 비하면 훨씬 우월했다. 그리고 익스의 기계 제작자들이나 베네 틀레이랙스와는 어느 정도 힘의 균형을 이루고 있었다. 교단의 광범위한 권위를 조금이나마 추측할 수 있게 해주는 것은 틀레이랙스 인들이 커다란 통에서 길러내는 멜란지가 있음에도 교단이 이러한 권위를 쥐고 있다는 사실이었다. 틀레이랙스의 멜란지는, 익스의 항법 장치가 우주 여행에 대한 조합의 독점권을 깨뜨렸듯이, 스파이스에 대한 라키스의 독점권을 무너뜨린 물건이었다.

마일즈 테그는 역사를 잘 알고 있었다. 조합의 항법사들은 이제 우주 공간의 주름들을 요리조리 헤치며 한순간 이쪽 은하계에 있다가 심장이 한 번 뛰는 사이에 멀리 떨어진 다른 은하계에 나타나는 식으로 우주선을 이끌 수 있는 유일한 사람들이 아니었다.

베네 게세리트 학교의 교사들은 그에게 거의 아무것도 감추지 않았으며, 그가 아트레이데스의 혈통이라는 사실을 처음으로 그에게 가르쳐주기도 했다. 그것은 그들이 그에게 실시한 시험들 때문에 반드시 필요한 일이었다. 그들은 틀림없이 예지력을 시험하고 있었다. 그가 조합의 항법사들처럼 치명적인 방해물을 감지해 낼 수 있을까? 그는 감지해 내지 못했다. 그다음으로 그들은 그에게 비공간과 비우주선을 시험했다. 그는 다른 사람들과 마찬가지로 그런 장치들을 전혀 보지 못했다. 그러나 이 시험을 위해 그들이 그에게 더 많은 양의 스파이스를 먹였기 때문에 그는 자신의 '진정한 자아'가 깨어나는 것을 감지했다.

'움트는 정신.' 그가 이 이상한 감각에 대한 설명을 요구하자 교사는 그것을 이렇게 불렀다.

한동안 이 새로운 의식을 통해 바라보는 우주가 마법 같았다. 그의 의식은 하나의 원이었다가, 구로 변했다. 임의적인 형태들은 일시적이었다. 그는 교사들이 통제법을 가르쳐줄 때까지 아무런 조짐도 없이 갑자기 무아지경에 빠져들곤 했다. 교사들은 그에게 성인들과 신비가들의 이야기를 알려주면서, 양손 중 하나로 마음대로 원을 그리면서 의식을 이용해 그 선을 따라가라고 강요했다.

학기가 끝날 무렵, 그의 의식은 일반적인 표식들과 다시 접촉하기 시작했지만 마법 같았던 기억은 결코 사라지지 않았다. 그 기억은 가장 힘든 순간에 그에게 힘의 원천이 되었다.

골라에게 파견된 군사 전문가라는 임무를 받아들인 후, 테그는 그 마법의 기억이 점점 더 많이 자신과 함께 하고 있음을 알게 되었다. 그 기억은 가무의 성에서 슈왕규와 처음 면담을 할 때 특히 유용했다. 그때 두 사람은 슈왕규의 서재에서 만났다. 반짝이는 금속 벽과 수많은 기구들이 있는 곳이었는데, 대부분의 기구에 익스의 도장이 찍혀 있었다. 그녀가 앉아 있는 의자조차도, 아침 햇살이 그녀 뒤의 창을 통해 들어와 그녀의 얼굴을 보기 어렵게 만드는 가운데 그녀가 앉아 있는 의자조차도 익스 산(産) 자동 형상 인식 장치였다. 그는 의자개에 앉을 수밖에 없었다. 그는 이처럼 굴욕스러운 임무에 살아 있는 생물을 사용하는 것에 자신이 혐오를 느낀다는 사실을 그녀가 틀림없이 알고 있음을 깨달았다.

"당신이 선택된 것은 당신이 실제로 할아버지 같은 인물이기 때문입니다." 슈왕규가 말했다. 밝은 햇빛이 두건을 쓴 그녀의 머리 주위에 코로나를 형성했다.

'고의적이야!'

"당신의 지혜가 아이의 사랑과 존경을 얻게 될 겁니다."

"내가 아버지 같은 인물이 될 길은 없습니다."

"타라자 님에 따르면, 당신은 타라자 님이 원하는 특징들을 정확하게 갖고 있습니다. 나는 당신의 명예로운 상처들과 그것이 우리에게 지니는 가치에 대해 알고 있습니다."

이 말은 그가 이미 멘타트로서 내린 결론을 다시 확인해 줄 뿐이었다. '저들은 오랫동안 이 일을 계획해 왔어. 이 일을 위해 교배를 실시해 온 거다. 나도 이 일을 위해 교배된 거야. 난 저들이 꾸미고 있는 더 큰 계획의 일부야.'

그는 이렇게만 말했다. "타라자 님은 이 아이가 진정한 자아를 회복했을 때 가공할 전사가 되기를 바라십니다."

슈왕규는 잠시 그를 뚫어지게 바라보기만 하다가 입을 열었다. "그 아이가 골라라는 주제와 맞닥뜨리는 경우, 그 주제에 대한 질문에 절대로 대답해 주어서는 안 됩니다. 내가 허락할 때까지 그 단어를 입에 올리지도 마십시오. 당신의 임무 수행에 필요한 모든 골라 자료를 우리가 당신에게 제공해 드리겠습니다."

테그는 자신의 말을 강조하기 위해 차가운 어조로 단어들을 똑똑 끊어서 말했다. "내가 틀레이랙스의 골라들에 대한 지식에 정통하다는 점을 대모께 알려드리지 않은 모양이군요. 난 전투에서 틀레이랙스 인들을 만난 적이 있습니다."

"아이다호 골라들에 대해 충분히 알고 있다는 겁니까?"

"아이다호들은 뛰어난 군사 전략가였다는 평판을 얻고 있습니다." 테그가 말했다.

"그럼 위대한 바샤르께서는 우리 골라의 다른 특징들에 대해 듣지 못하신 모양이군요."

그녀의 목소리에는 틀림없는 조롱이 담겨 있었다. 그는 질투와 커다란 분노 또한 제대로 감추지 못했다. 테그의 어머니는 그녀 자신의 가면 같은 표정들을 뚫고 속내를 읽어내는 법을 그에게 가르쳐주었다. 금지된 가르침이었으므로 그는 그 사실을 항상 비밀로 했다. 그는 짐짓 억울하다는 표정을 지어 보이며 어깨를 으쓱했다.

그러나 슈왕규는 그가 타라자의 바샤르임을 분명히 알고 있었다. 편이 이미 갈린 셈이었다.

"베네 게세리트의 명령으로 틀레이랙스 인들은 현재의 아이다호 골라에게 의미심장한 변형을 가했습니다. 그 아이의 신경과 근육 체계를 현대화했지요." 슈왕규가 말했다.

"원래의 인격을 변화시키지 않고 그렇게 했단 말입니까?" 테그는 흥미 없다는 듯한 태도로 그녀에게 질문을 던졌다. 그녀가 어디까지 사실을 밝혀줄지 궁금했다.

"그 아이는 골라입니다. 복제인간이 아니에요!"

"그렇군요."

"정말 이해한 겁니까? 그 아이에게는 모든 단계에서 매우 세심한 프라나 빈두 훈련이 필요합니다."

"타라자 님의 명령도 바로 그것입니다. 그리고 우리는 그 명령에 복종할 겁니다." 테그가 말했다.

슈왕규는 분노를 감추지 않은 채 앞으로 몸을 기울였다. "당신이 훈련시킬 골라는 앞으로 몇몇 계획에서 우리 모두에게 대단히 위험한 역할을 맡을 겁니다. 당신이 훈련시킬 물건이 무엇인지 조금도 이해하지 못하는 것 같군요!"

당신이 훈련시킬 '물건'이라니. 테그는 생각했다. '사람'이 아냐. 이 어린 골라는 타라자에게 반대하는 슈왕규 같은 사람들에게 결코 '사람'이 되지 못할 터였다. 어쩌면 그 골라는 원래의 자아를 회복해서 원래 던컨 아이다호의 정체감 속에 단단하게 자리 잡을 때까지 어느 누구에게도 '사람'이 되지 못할 수도 있었다.

테그는 슈왕규가 골라 프로젝트에 대해 남모르는 의혹 이상의 것을 품고 있음을 이제 분명히 알 수 있었다. 타라자의 경고처럼 그녀는 활발하게 활동하는 반대 세력이었다. 슈왕규는 적이었고, 타라자의 명령은 분명했다.

"모든 위협에 맞서 그 아이를 지키십시오."

레토 2세가 인간에서 라키스의 모래벌레로 변신을 시작한 이래 1만 년이 지났는데도 역사가들은 여전히 그의 의도를 놓고 논쟁을 벌이고 있다. 그가 장수를 하고 싶다는 욕망에 쫓겼던 것인가? 그는 표준력으로 300년인 인간의 정상적인 수명보다 열 배 이상을 살았지만, 그가 치른 대가를 생각해 보라. 그렇다면 권력이 그를 유혹한 것인가? 그가 폭군이라고 불리는 데에는 그럴 만한 이유가 있지만 인간적인 욕망 중에 그가 권력으로 해결한 것이 무엇인가? 그는 인류 자신으로부터 인류를 구하기 위해 그럴 수밖에 없었던 건가? 우리가 이 질문에 대한 대답으로 갖고 있는 것은 황금의 길에 대한 그 자신의 말뿐이며, 나는 다르 에스 발라트의 이기적인 기록들을 받아들일 수 없다. 오로지 그 자신의 경험만이 분명하게 해명해 줄 수 있는 다른 만족이 있었던 걸까? 더 나은 증거가 없으므로 이 의문은 미결로 남아 있다. 우리는 "그가 스스로 그렇게 했다!"라는 말밖에 할 수 없다. 부정할 수 없는 것은 물리적 사실뿐이다.

—레토 2세의 변신, 가우스 안다우드의 1만 주년 기념 연설

와프는 자신이 또다시 라쉬카르에 끼게 되었음을 알게 되었다. 이번 라쉬카르에는 최고의 것이 걸려 있었다. 대이동에서 돌아온 명예의 어머니가 그를 직접 만나겠다고 요구한 것이다. 포윈다 중의 포윈다가! 대이동에서 돌아온 틀레이랙스의 후손들은 이 끔찍한 여자들에 대해 아는

것을 모두 그에게 얘기해 주었다.

"베네 게세리트의 대모들보다 훨씬 더 끔찍합니다." 그들은 이렇게 말했다.

'그리고 숫자도 더 많지.' 와프는 자신을 일깨웠다.

그는 대이동에서 돌아온 틀레이랙스의 후손들을 완전히 믿지 않았다. 그들의 말투는 이상했고, 태도는 더욱더 이상했다. 그리고 그들이 의식들을 준수하고 있는지도 미심쩍었다. 그들을 어찌 위대한 켈에 다시 받아들일 수 있겠는가? 수많은 세월이 흐른 지금 그들을 정화해 줄 구프란의 의식이 과연 있을까? 그들이 수세대를 내려오면서 틀레이랙스의 비밀을 지켰다고는 믿을 수 없었다.

그들은 이제 말리크의 형제들이 아니었지만, 지금 돌아오고 있는 '잃어버린 자들'에 대해 틀레이랙스가 가지고 있는 유일한 정보원이었다. 게다가 그들이 가져온 뜻밖의 사실들이라니! 그 뜻밖의 사실들은 던컨 아이다호 골라들에게 통합되었다. 그건 포윈다의 악덕에 오염될 온갖 위험을 무릅쓸 만한 가치가 있는 정보였다.

명예의 어머니들과 만날 장소는 중립 지대로 간주되는 익스의 비우주선이었다. 그 우주선은 모든 광물의 채굴이 끝난 과거 제국의 항성계에서 양측이 함께 고른 거대 가스 행성 주위에서 행성과 아주 가까운 궤도를 유지하고 있었다. 이 항성계에서 마지막 남은 재화를 모두 짜내 간 것은 바로 예언자 자신이었다. 신품종 얼굴의 춤꾼들이 익스 인으로 변장하고 비우주선의 승무원들 사이를 돌아다니고 있었지만, 와프는 이 첫 만남에 대해 여전히 식은땀을 흘리고 있었다. 만약 이 명예의 어머니들이 베네 게세리트 마녀보다 정말로 더 끔찍한 존재라면 익스 인 승무원들을 얼굴의 춤꾼으로 바꿔놓은 것이 들통나지 않을까?

이 만남의 장소를 정하는 것과 회의를 준비하는 것은 틀레이랙스 인들에게 커다란 부담이 되었다. 이곳은 안전한가? 그는 틀레이랙스의 핵심 행성들 밖에서는 일찍이 한 번도 목격된 적이 없는 봉인된 무기 두 개를 자신이 갖고 있음을 다시 떠올렸다. 그 무기는 기술자들이 오랫동안 힘겨운 노력을 기울인 끝에 만들어낸 것이었다. 그의 소매 속에 숨겨져 있는 초소형 화살 발사 장치 두 개. 그는 소매를 흔들어서 독화살을 발사하는 동작이 거의 본능적인 반사 작용처럼 이루어질 때까지 몇 년 동안이나 훈련을 거듭했다.

회의실 벽은 지금 상황에 잘 맞는 구릿빛이었다. 그건 익스의 염탐 장치들로부터 이 방이 차단되었다는 증거였다. 그러나 대이동을 떠났던 사람들이 혹시라도 익스의 이해 범위를 넘어서는 기구들을 개발하지는 않았는지 누가 알겠는가?

와프는 머뭇거리는 걸음으로 방에 들어섰다. 명예의 어머니는 골격 위에다 가죽을 씌운 의자에 이미 앉아 있었다.

"다른 사람들과 똑같은 이름으로 나를 부르시오. 명예의 어머니라고." 그녀가 그를 맞이하며 말했다.

그는 미리 주의받은 대로 몸을 숙여 인사했다. "명예의 어머니."

그녀의 목소리에 숨겨진 권능의 낌새는 없었다. 그에 대한 경멸의 기색이 섞여 있는 나지막한 저음의 목소리였다. 그녀는 나이가 들어 몸이 느려져서 은퇴했지만 근육의 긴장 상태와 과거 솜씨의 일부를 여전히 유지하고 있는 운동선수나 곡예사처럼 보였다. 그녀의 얼굴 피부는 광대뼈가 두드러지게 나와 있는 골격 위로 팽팽하게 걸쳐 있었다. 입술이 얇은 입은 그녀가 말을 할 때 오만한 분위기를 만들어냈다. 마치 말 한마디 한마디가 열등한 존재들을 향해 아래로 내뱉어지는 것 같았다.

"자, 들어와 앉으시오!" 그녀가 손짓으로 자기 앞의 의자를 가리키며 명령했다.

와프의 뒤에서 해치가 쉭 소리를 내며 닫히는 소리가 들렸다. 이제 그녀와 단둘만이 남았다! 그녀는 탐지기를 착용하고 있었다. 탐지기 연결선이 그녀의 왼쪽 귀 안으로 들어가 있는 것이 보였다. 그의 화살 발사 장치는 봉인된 후 탐지기에 저항하기 위해 '세척'되었다. 그리고 탐지기에 걸리지 않도록 하기 위해 절대 온도 영하 340도에서 표준력으로 5년 동안 방사선 목욕을 했다. 그걸로 충분한 걸까?

천천히, 그는 명예의 어머니가 가리킨 의자에 앉았다.

엷은 오렌지색이 섞인 콘택트렌즈가 명예의 어머니의 눈을 덮고 있어서 마치 야생 동물의 눈처럼 보였다. 그녀는 철저하게 위압적이었다. 게다가 저 옷이라니! 그녀는 몸에 딱 달라붙는 빨간색 옷 위에 검푸른 어깨 망토를 걸치고 있었다. 망토의 표면에는 뭔가 진주 같은 물질로 된 이상한 아라베스크 무늬와 드래곤 문양이 장식되어 있었다. 그녀는 마치 옥좌에라도 앉은 것처럼 의자에 앉아 있었으며, 짐승의 발톱 같은 손은 팔걸이에 편안히 놓여 있었다.

와프는 방 안을 둘러보았다. 그의 부하들이 익스의 관리 기술자들 및 명예의 어머니의 대표자들과 함께 이 방을 이미 조사한 뒤였다.

'우린 최선을 다했어.' 그는 생각했다. 그리고 긴장을 풀려고 애썼다.

명예의 어머니가 소리 내어 웃었다.

와프는 자신이 만들 수 있는 가장 차분한 표정으로 그녀를 물끄러미 바라보았다. "지금 나를 가늠해 보는 겁니까?" 그가 비난하듯 말했다. "내게 맞서 사용할 수단들이 엄청나게 많다고, 당신의 명령을 수행해 줄 섬세하면서도 조잡한 장치들이 있다고 스스로를 타이르고 있겠지요."

"나한테 그런 말투로 말하지 마시오." 낮고 억양이 없는 목소리였지만, 거기에는 너무나 무거운 독기가 서려 있어서 와프는 하마터면 움찔할 뻔했다.

그는 여자의 강인한 다리 근육을, 마치 그녀의 몸에 원래부터 붙어 있었던 것처럼 그녀의 피부 위로 흘러내린 짙은 빨간색 옷을 물끄러미 바라보았다.

이번 만남의 시간은 두 사람 모두 개인적으로 오전 중반에 해당하는 시간이 되도록 조정되었다. 그 때문에 이곳으로 오는 동안 두 사람 모두 이 시간에 맞춰 기상 시간을 유지했다. 그러나 와프는 어울리지 않는 곳에서 불리한 처지가 된 것 같은 느낌이 들었다. 그의 정보원들이 들려준 이야기가 사실이라면? 그녀는 틀림없이 이곳에 무기를 갖고 있을 터였다.

그녀가 그를 향해 전혀 즐거운 기색이 없는 미소를 지었다.

"나를 위협해 겁을 주려 하시는군." 와프가 말했다.

"그리고 성공하고 있어." 갑자기 분노가 솟아올랐다. 그러나 내색하지는 않았다. "난 당신의 초대로 이곳에 왔소."

"나와 대결하려고 오신 건 아닐 텐데. 당신은 틀림없이 패배할 거요." 그녀가 말했다.

"난 우리 사이를 이어주는 동맹을 맺으러 왔소." 그는 이렇게 말하고 나서 속으로 생각했다. '저들이 우리에게서 원하는 게 뭐지? 뭔가 필요한 게 분명한데.'

"우리 사이에 무슨 동맹이 있을 수 있겠소? 당신이라면 부서지고 있는 뗏목 위에 거대한 건축물을 짓겠소? 하! 협약은 깨어질 수 있고, 실제로 자주 깨어지고 있소." 그녀가 말했다.

"우리가 지금 무엇을 놓고 협상하는 거요?"

"협상? 난 협상 같은 건 하지 않소. 난 당신들이 마녀들에게 만들어준 골라에 관심이 있소." 그녀의 어조에서는 아무것도 알 수 없었지만, 그녀의 말을 들은 와프의 심장 박동이 빨라졌다.

와프는 여러 번 골라의 몸으로 바뀌 살아오는 도중에 도망친 멘타트 밑에서 훈련을 받은 적이 있었다. 멘타트의 능력은 그가 흉내 낼 수 없는 것이었고, 게다가 추론을 하는 데에는 말이 필요했다. 그들은 그 포원다 멘타트를 죽일 수밖에 없었지만 그때의 경험에는 가치가 있었다. 와프는 그때의 기억을 떠올리며 혐오감 때문에 살짝 부루퉁한 표정을 지으면서도 그 경험의 가치를 기억해 냈다.

'공격을 하고, 그 공격이 만들어낸 데이터를 흡수하라!'

"당신은 그 대가로 내게 아무것도 제시하지 않고 있소!" 그가 말했다. 커다란 목소리였다.

"보상은 내 재량으로 결정하오." 그녀가 말했다.

와프는 비웃는 듯한 시선을 만들어냈다. "날 가지고 장난을 하는 거요?"

그녀는 하얀 이를 드러내며 야생 동물 같은 미소를 지었다. "당신은 내 놀이를 이기고 살아남지 못할 것이오. 그러고 싶어 하지도 않을걸."

"그러니까 내가 당신의 선의에 의존하는 수밖에 없다는 얘기군!"

"의존이라니!" 이 단어는 그녀의 입에서 구불구불 비틀리듯이 튀어나왔다. 마치 이 단어 때문에 혐오감이 생겨난 것 같았다. "당신들이 골라를 마녀들에게 팔고는 죽여버리는 이유가 무엇이오?"

와프는 입술을 꾹 다물고 아무 말도 하지 않았다.

"당신들은 골라가 원래 기억을 되찾을 수 있게 만들면서도 그들을 조금 바꿔놓았소." 그녀가 말했다.

"아는 것이 많군!" 와프가 말했다. 이건 딱히 조롱하는 말은 아니었다.

이 말로 인해 드러난 것이 하나도 없어야 할 텐데. '첩자가 있다!' 그녀는 마녀들 사이에 첩자를 심어두고 있었다! 틀레이랙스의 심장부에도 반역자가 있는 걸까?

"마녀들의 계획과 관련된 여자아이 하나가 라키스에 있소." 명예의 어머니가 말했다.

"당신이 그걸 어찌 아는 거요?"

"마녀들의 움직임 중에 우리가 모르는 것은 없소! 당신은 첩자가 있다고 생각하지만, 우리 팔이 어디까지 닿을지 당신은 알 수 없을 것이오!"

와프는 당황했다. 저 여자가 그의 마음을 읽을 수 있는 걸까? 이건 대이동에서 생겨난 능력인가? 원래 인간의 씨앗이 관찰할 수 없었던 저 먼곳에서 온 야생의 능력인가?

"당신들은 그 골라를 어떻게 바꿔놨소?" 그녀가 다그치듯 물었다.

'목소리!'

와프는 자신을 가르쳤던 멘타트 덕분에 그런 술수에 저항할 수 있는 준비가 되어 있었는데도 하마터면 불쑥 대답을 할 뻔했다. 이 명예의 어머니는 마녀들의 능력을 일부 가지고 있었다! 그녀가 이런 술수를 쓰는 건 전혀 예상치 못한 일이었다. 상대가 대모라면 이런 술수를 예상하고 준비를 하기 마련이었다. 그가 평정을 회복하는 데에 잠시 시간이 걸렸다. 와프는 턱 앞쪽에서 양손 끝을 뾰족하게 모았다.

"당신들은 흥미로운 자원을 갖고 있소." 그녀가 말했다.

부랑아 같은 표정이 와프의 얼굴에 나타났다. 그는 자신의 꼬마 요정 같은 표정이 상대의 긴장을 얼마나 풀어버리는지 알고 있었다.

'공격을 해야 해!'

"우린 당신이 베네 게세리트에게서 얼마나 많은 것들을 배웠는지 알고 있소." 그가 말했다.

분노의 표정이 그녀의 얼굴을 휩쓸고 사라졌다. "그들은 우리에게 아무것도 가르치지 않았소!"

와프는 익살스럽게 호소하는 듯한 목소리로 상대를 구슬렸다. "물론 이건 흥정이 아니오."

"아니라고요?" 그녀는 정말로 놀란 표정이었다.

와프는 양손을 내렸다. "자자, 명예의 어머니. 당신은 이 골라에게 관심이 있다고 했소. 라키스 얘기도 했고. 우리를 뭘로 보는 거요?"

"아주 하찮게 생각하지. 당신은 시시각각 점점 가치를 잃고 있소."

와프는 그녀의 대답에서 차갑기 그지없는 기계 같은 논리를 느꼈다. 그 안에 멘타트의 낌새는 없었지만, 그보다 더 오싹했다. '저 여자는 바로 이 자리에서 날 죽일 수 있어!'

그녀의 무기는 어디 있는 걸까? 아니, 그녀에게 무기가 필요하기는 한 걸까? 그는 그녀의 강인한 근육과 손의 굳은살, 오렌지색 눈의 사냥꾼 같은 번득임이 마음에 들지 않았다. 그녀가 그의 소매 속에 있는 화살 발사 장치에 대해 혹시 짐작할 수 있을까? (아니 어쩌면 확실히 알고 있는 게 아닐까.)

"우리는 논리적 수단으로 해결될 수 없는 문제에 직면하고 있소." 그녀가 말했다.

와프는 충격 속에서 그녀를 뚫어지게 바라보았다. 이건 젠수니 스승이 했을 법한 말이었다! 그 자신도 이런 말을 한 적이 여러 번이었다.

"당신은 아마 그런 가능성을 한 번도 생각해 보지 못했을 것이오." 그녀가 말했다. 마치 이 말이 그녀의 얼굴에서 가면을 벗겨버린 것 같았다. 와프는 그녀가 꾸며낸 겉모습 뒤에 있는 계산적인 사람의 모습을 갑자기 꿰뚫어 볼 수 있었다. 그녀는 그를 슬리그의 똥을 모으는 데나 적합한 멍청이로 생각하는 건가?

그는 어리둥절해서 우물쭈물하는 기색을 가능한 한 많이 섞어 넣은 목소리로 물었다. "그런 문제를 어떻게 해결할 수 있겠소?"

"자연스레 처리될 것이오." 그녀가 말했다.

와프는 계속 어리둥절한 척하며 그녀를 뚫어지게 바라보았다. 그녀의 말에서 뜻밖의 새로운 사실의 냄새가 나지는 않았다. 하지만 거기에 암시된 내용이라니! 그는 입을 열었다. "당신 말이 무슨 뜻인지 모르겠소."

"인류는 무한해졌소. 그것이 대이동의 진정한 선물이오."

와프는 이 말이 만들어낸 혼란을 감추려고 애썼다. "무한한 우주, 무한한 시간. 무슨 일이든 일어날 수 있소." 그가 말했다.

"아아, 똑똑하고 귀여운 난쟁이 같으니. 사람이 무엇을 짐작하고 고려할 수 있겠소? 그런 건 논리적이지 않소."

그녀의 말이 고대 버틀레리안 지하드의 지도자들이 했던 말처럼 들린다고 와프는 생각했다. 버틀레리안 지하드는 인류의 손에서 정신을 가진 기계를 제거해 버리려고 했었다. 이 명예의 어머니는 이상할 정도로 시대에 뒤떨어져 있었다.

"우리 조상들은 컴퓨터를 가지고 답을 찾으려 했소." 그가 과감하게 말했다. '이제 저 여자가 어떻게 나올지 보자!'

"컴퓨터의 저장 능력이 무한하지 않다는 걸 당신도 이미 알지 않소." 그녀가 말했다.

또다시 그녀의 말이 그를 혼란스럽게 만들었다. 저 여자가 정말로 사람의 생각을 읽는 걸까? 이건 생각 인화의 한 형태인가? 틀레이랙스가 얼굴의 춤꾼들과 골라를 가지고 했던 일이라면 다른 사람들도 할 수 있을지 몰랐다. 그는 자신의 의식을 익스 인들과 그들의 사악한 기계에 집중했다. 포원다 기계들!

명예의 어머니가 방 안을 훑어보았다. "우리가 익스 인들을 신뢰하는 게 잘못된 일이오?" 그녀가 물었다.

와프는 숨을 죽였다.

"내가 보기에 당신은 그들을 완전히 믿는 것 같지 않소. 자자, 난쟁이. 난 지금 선의를 보이는 거요." 그녀가 말했다.

와프는 그녀가 그에게 솔직하고 우호적인 태도를 취하려고 노력하고 있는 게 아닌지 뒤늦게 짐작하기 시작했다. 그녀가 앞서 보여주었던 분노와 우월감을 옆으로 치워버린 것은 확실했다. 잃어버린 자들 출신인 와프의 정보원들은 명예의 어머니가 베네 게세리트와 아주 흡사한 태도로 성적인 결정들을 내린다고 말했다. 그녀가 지금 그를 유혹하려 하는 건가? 그러나 그녀는 논리의 약점을 분명하게 '이해'했으며 그것을 이미 폭로했다.

너무 혼란스러웠다!

"우리 얘기가 지금 계속 같은 자리를 맴돌고 있소." 그가 말했다.

"전혀 그렇지 않소. 원은 에워싸는 것이오. 원은 제한하는 것이오. 인류는 이제 공간의 제한 없이 성장할 수 있소."

또 저런 말을! 그는 바짝 말라버린 혀로 말문을 열었다. "자기가 통제할 수 없는 것을 반드시 받아들여야 한다는 말이 있소."

그녀가 앞으로 몸을 기울였다. 그녀의 오렌지색 눈이 그의 얼굴을 강렬하게 바라보았다. "당신은 베네 틀레이랙스가 최후의 재앙을 당할지도 모른다는 가능성을 받아들이는 거요?"

"만약 그렇다면 나는 이 자리에 오지 않았을 것이오."

"논리가 실패하면 반드시 다른 도구를 사용해야 하오."

와프는 씩 웃었다. "그 말은 논리적으로 들리는군."

"날 조롱하지 마시오! 당신이 어찌 감히!"

와프는 자신을 방어하듯 양손을 들어 올리고 달래는 듯한 어조로 말했다. "명예의 어머니께서 제안하시는 도구는 어떤 것이오?"

"에너지!"

그는 깜짝 놀랐다. "에너지? 어떤 형태의 에너지를 얼마나?"

"당신은 논리적인 대답을 요구하고 있소."

와프는 그녀가 결국 젠수니가 아니라는 사실을 슬픔과 함께 깨달았다. 이 명예의 어머니는 비논리의 가장자리에서 말의 게임을 하며 그 주위를 빙빙 돌았을 뿐이었다. 그러나 그녀의 도구는 논리였다.

"핵심의 부패가 밖을 향해 번져나간다." 그가 말했다.

그녀는 그의 시험하는 듯한 말을 전혀 듣지 못한 사람처럼 행동했다. "우리는 모든 인간들이 깊숙한 곳에 갖고 있는, 아무도 손대지 않은 에너지에 손을 댈 계획이오." 그녀가 말했다. 그리고 뼈만 남은 손가락을 그의 코에서 몇 밀리미터도 채 떨어지지 않은 곳까지 뻗었다.

와프가 의자 속에 파묻히듯 뒤로 물러나자 결국 그녀는 팔을 내렸다. 그가 말했다. "그건 베네 게세리트가 퀴사츠 해더락을 만들기 전에 한 말이 아니오?"

"그들은 그들 자신과 퀴사츠 해더락에 대한 통제력을 잃었소." 그녀가 비웃듯이 말했다.

그녀는 비논리를 생각하는 데 또다시 논리를 사용하고 있었다. 이런 사소한 실수를 통해 그녀가 그에게 알려준 것이 얼마나 많은지. 그는 이 명예의 어머니들의 역사라고 짐작되는 것을 언뜻 들여다볼 수 있었다. 라키스의 프레멘 출신인 '선천적인' 대모들 중 한 명이 대이동에 나섰다.

기근 시대 동안, 그리고 그 직후에 다양한 사람들이 비우주선을 타고 도 망쳤는데, 그중 한 척이 이 길들여지지 않은 마녀와 그녀가 지닌 생각들의 씨앗을 어딘가에 뿌렸다. 그 씨앗이 오렌지색 눈동자를 가진 이 사냥꾼의 모습으로 돌아온 것이다.

그녀가 다시 한번 그에게 '목소리'를 쏘아내며 다그쳤다. "당신들은 그 골라에게 무슨 재주를 부려놓았소?"

와프는 이번에는 미리 준비하고 있었기 때문에 그냥 어깨를 으쓱하며 이 말을 무시해 버렸다. 이 명예의 어머니가 생각을 다른 쪽으로 돌리게 만들든지, 혹시 가능하다면 아예 죽여버려야 했다. 그는 그녀에게서 많은 것을 알아냈지만 그녀가 그 짐작할 수 없는 능력으로 그에게서 얼마나 많은 것을 알아냈는지는 알 수 없었다.

'그들은 성적인 괴물입니다. 그들은 성을 이용해서 남자들을 노예로 만들어요.' 그의 정보원은 이렇게 말했다.

"내가 당신에게 줄 수 있는 기쁨에 대해 당신이 얼마나 모르고 있는 지." 그녀가 말했다. 그녀의 목소리가 마치 채찍처럼 그의 주위에 휘감겼다. 이 얼마나 유혹적인가! 정말 얼마나 유혹적인가!

와프가 자신을 방어하듯이 입을 열었다. "말해 주시오. 당신이 왜……."

"난 당신에게 아무것도 말해 줄 필요가 없소!"

"그럼 당신은 흥정을 하러 온 게 아니군." 그가 슬픈 듯이 말했다. 그 비우주선들이 다른 우주들에 부패의 씨앗을 뿌린 것이 정녕 사실이었다. 와프는 자신의 어깨에 걸린 필연의 무게를 느꼈다. 그가 그녀를 죽일 수 없다면 어떻게 될 것인가?

"어찌 감히 명예의 어머니에게 계속 흥정을 제안하는 것이오? 가격을 정하는 건 바로 우리라는 사실을 명심하시오!" 그녀가 다그치듯 말했다.

"난 당신들의 방식을 모르오, 명예의 어머니. 하지만 내가 당신의 기분을 상하게 했다는 것이 당신의 말 속에서 느껴지는군." 와프가 말했다.

"사과를 받아들이겠소."

'사과할 생각이 아니었어!' 그는 무표정한 얼굴로 그녀를 빤히 바라보았다. 그녀의 행동에서 많은 것들을 연역해 낼 수 있었다. 수천 년에 걸친 경험으로 와프는 자신이 이곳에서 알아낸 것을 검토해 보았다. 대이동에서 돌아온 이 여자는 아주 필수적인 정보를 얻기 위해 그를 찾아왔다. 그녀에게 다른 정보원이 없다는 얘기였다. 그는 그녀에게서 절박함을 느낄 수 있었다. 그녀가 그것을 잘 감추고 있기는 하지만, 절박함이 존재하고 있음은 분명했다. 그녀는 자신이 두려워하는 뭔가에 대한 확인 혹은 반박을 원했다.

짐승의 발톱 같은 손을 저토록 가볍게 팔걸이에 얹고 앉아 있는 그녀의 모습이 얼마나 육식조와 흡사한지! '핵심의 부패가 밖을 향해 번져나간다.' 그가 이 말을 했지만 그녀는 그 의미를 이해하지 못했다. 틀림없이, 극소수의 인류가 대이동 중의 대이동을 통해 계속 폭발적으로 퍼져나가고 있었다. 이 명예의 어머니가 대표하는 사람들은 비우주선을 추적하는 방법을 발견해 내지 못했다. 바로 그것이었다. 그녀는 베네 게세리트 마녀들과 마찬가지로 비우주선을 추적하고 있었다.

"추적에 잡히지 않는 비우주선의 특징을 무효화할 방법을 찾고 있군." 그가 말했다.

이 말에 그녀가 커다란 충격을 받았음이 역력했다. 자기 앞에 앉아 있는 꼬마 요정 같은 난쟁이가 이런 말을 할 줄은 예상하지 못했을 것이다. 그는 공포가, 그다음에는 분노가, 그다음에는 결의가 그녀의 얼굴을 스처 지나가는 것을 보았다. 그녀는 그다음에야 육식 동물의 가면 같은 표정을 회복했다. 그러나 그녀는 알고 있었다. 그가 모든 것을 보았음을 알고 있었다.

"그러니까 당신들이 골라에게 해놓은 짓이 그거로군." 그녀가 말했다.

"베네 게세리트의 마녀들이 그에게 구하는 것이 그것이오." 와프는 거짓말을 했다.

"내가 당신을 과소평가했소. 당신도 나에 대해 같은 실수를 했소?"

"아닌 것 같소, 명예의 어머니. 당신을 만들어낸 교배 계획이 아무래도 만만치 않은 듯하오. 내가 눈을 한 번 깜짝하기도 전에 당신이 발차기 한 번으로 나를 죽일 수도 있을 것 같으니. 마녀들과 당신은 같은 종류가 아니오."

만족스러운 미소가 그녀의 표정을 부드럽게 누그러뜨렸다. "틀레이랙스 인들은 기꺼이 우리의 종이 되겠소, 아니면 강요를 받고서야 그리하겠소?"

그는 분노를 숨기려 하지 않았다. "우리더러 노예가 되라고?"

"그것도 당신들이 선택할 수 있는 길 중의 하나지."

그는 이제 그녀를 꺾는 방법이 무엇인지 알 수 있었다! 오만이 바로 그녀의 약점이었다. 그는 복종한다는 듯이 입을 열었다. "제게 어떤 명령을 내리시렵니까?"

"나보다 어린 명예의 어머니 두 명을 네 손님으로 데리고 돌아가라. 그들은 너희들과 교배할 것이며…… 너희들에게 황홀경을 느끼는 우리의 방법을 가르칠 것이다."

와프는 숨을 내쉬고 들이쉬기를 천천히 두 번 반복했다.

"너희에게는 생식 능력이 없나?" 그녀가 물었다.

"저희 얼굴의 춤꾼들만 잡종입니다."

그녀는 그것을 이미 알고 있을 터였다. 그건 상식이었으니까.

"너희들은 스스로를 주인이라고 부르지만 아직 스스로의 주인이 되지 못했어."

'너희보다는 더 나아, 이 명예의 어머니라는 계집아! 그리고 난 스스로를 마세이크라고 부르지. 이 사실이 언젠가 너희를 파멸로 이끌지도 모른다.'

"내가 너와 함께 보내는 두 명예의 어머니는 틀레이랙스의 모든 것을 감찰한 다음 내게 돌아와 보고할 것이다." 그녀가 말했다.

그는 마치 체념한 듯 한숨을 쉬었다. "그 두 분의 젊은 여성이 아름다우십니까?"

"명예의 어머니라고 해!" 그녀가 그의 말을 정정했다.

"당신들이 사용하는 이름이 그것뿐입니까?"

"만약 그들이 너희에게 이름을 주기로 결정한다면, 그것은 그들의 특권이다. 너희에겐 그런 권리가 없어." 그녀는 옆으로 몸을 기울이고 뼈가 앙상한 손마디로 바닥을 두드렸다. 그녀의 손에서 금속이 번쩍였다. 그녀는 이 방의 차단 장치들을 꿰뚫는 수단을 갖고 있었다!

해치가 열리고 이 명예의 어머니와 아주 비슷한 옷을 입은 두 여자가 들어왔다. 그들의 검은 어깨 망토에는 장식이 덜 되어 있었고, 두 여자 모두 처음의 명예의 어머니보다 젊었다. 와프는 그들을 빤히 바라보았다. 저 둘이 모두…… 그는 의기양양한 기분을 감추려고 애썼지만 자신이 느끼기에도 성공하지 못했다. 그건 상관없었다. 나이가 많은 쪽은 그가 이 두 여자의 미모에 감탄하고 있다고 생각할 터였다. 주인들만이 알고 있는 징조들을 통해 그는 새로 들어온 두 여자 중 한 명이 신품종 얼굴의 춤꾼임을 알 수 있었다. 바꿔치기가 성공적으로 이루어졌고, 대이동에서 돌아온 자들은 그것을 감지하지 못했다! 틀레이랙스가 장애물을 성공적으로 넘은 것이다! 베네 게세리트도 이 새로운 골라들을 알아차리지 못할 것인가?

"너는 이번 일에 기꺼이 응하는 분별 있는 태도를 보여주었다. 그것에 대해 네게 보상이 내릴 것이다." 나이 든 명예의 어머니가 말했다.

"저는 당신의 권능을 인정합니다, 명예의 어머니." 그가 말했다. 그건 사실이었다. 그는 자신의 눈에 숨길 수 없이 드러나 있는 결의를 감추기 위해 고개를 숙여 절을 했다.

그녀가 새로 들어온 두 여자를 가리켰다. "저 두 사람이 너와 동행할 것이다. 저들의 자그마한 변덕조차 네게는 명령이 된다. 경의와 존경을 다해 저들을 대하라."

"물론입니다, 명예의 어머니." 그는 고개를 수그린 채 마치 인사를 드리며 복종한다는 듯이 양팔을 들어 올렸다. 양쪽 소매에서 각각 화살이 하나씩 쉭쉭 소리를 내며 발사되었다. 와프는 화살을 발사하면서 의자에 앉은 채로 몸을 재빨리 옆으로 돌렸다. 그러나 그의 속도가 충분히 빠르지 못했다. 나이 든 명예의 어머니의 오른쪽 발이 앞으로 튀어나와 그의 왼쪽 허벅지를 때렸다. 그는 의자에 앉은 채 뒤로 날아갔다.

그것은 늙은 명예의 어머니가 살아서 한 마지막 행동이었다. 그의 왼쪽 소매에서 나온 화살이 그녀의 벌어진 입을 통해 들어가 목 뒤쪽에 박혔다. 그녀의 입은 깜짝 놀라서 멍하니 벌어진 채였다. 마취성 독약이 비명 소리를 모두 차단해 버렸다. 다른 화살 한 대는 새로 들어온 여자들 중 얼굴의 춤꾼이 아닌 쪽의 오른쪽 눈에 명중했다. 그와 한패인 얼굴의 춤꾼은 눈에 보이지도 않을 만큼 빠른 속도로 그녀의 목을 내리쳐 경고의 외침을 끊어버렸다.

두 사람의 몸이 시체가 되어 축 늘어졌다.

와프는 고통을 느끼며 의자에서 빠져 나와 일어서면서 의자를 바로 세웠다. 허벅지가 욱신거렸다. 그녀가 몇 센티미터만 더 가까이 있었다면 그의 넓적다리가 부러졌을 것이다! 그는 그녀의 반사 신경이 중앙 신경계에 의해 조절되는 것이 아니라는 사실을 깨달았다. 일부 곤충의 경우와 마찬가지로 공격에 필요한 근육들이 알아서 공격을 시작할 수 있는 것이다. 그들의 이런 변화를 반드시 조사해 보아야 할 터였다!

그와 한패인 얼굴의 춤꾼은 열린 해치에서 귀를 기울이고 있었다. 그녀는 익스 인 경비병으로 위장한 또 다른 얼굴의 춤꾼이 안으로 들어올 수 있도록 옆으로 물러섰다.

얼굴의 춤꾼들이 죽은 여자들의 옷을 벗기는 동안 와프는 부상당한 허벅지를 문질렀다. 익스 인으로 위장했던 얼굴의 춤꾼이 늙은 명예의 어머니의 머리에 자기 머리를 갖다 댔다. 그다음부터는 일이 재빨리 진행되었다. 이윽고 익스 인 경비병은 온데간데없고 늙은 명예의 어머니와 그보다 젊은 명예의 어머니의 수행원을 충실하게 복제한 모습만이 남았다. 또 다른 가짜 익스 인이 들어와서 젊은 명예의 어머니를 복제했다. 얼마 지나지 않아, 시체가 있던 곳에는 재만이 남아 있었다. 명예의 어머니가 된 신품종 얼굴의 춤꾼이 그 재를 가방에 집어넣고 가방을 로브 밑에 감췄다.

와프는 방 안을 조심스럽게 조사해 보았다. 이 일이 발각되었을 때의 결과를 생각하니 몸이 부르르 떨렸다. 그가 이곳에서 보았던 그 오만함은 분명히 무시무시한 능력에서 나온 것이었다. 그 능력을 반드시 철저하게 조사해 보아야 했다. 그는 나이 든 쪽을 복제한 얼굴의 춤꾼을 제자리에 붙들어두었다.

"네가 그녀를 인화했나?"

"예, 주인님. 제가 복제했을 때 그녀의 깨어 있는 기억들이 아직 살아 있었습니다."

"저 아이에게 옮겨주어라." 그는 익스 인 경비병으로 위장했던 자를 가리켰다. 그들은 심장이 몇 번 뛸 동안 이마를 맞대고 있다가 떨어졌다.

"끝났습니다." 나이 든 쪽을 복제한 자가 말했다.

"여기 말고 이 명예의 어머니들을 몇 명이나 복제했지?"

"네 명입니다, 주인님."

"발각된 사람은 없나?"

"하나도 없습니다, 주인님."

"그 네 명은 이 명예의 어머니들의 심장부로 돌아가서 그들에 관해 알 아낼 수 있는 모든 것을 다 알아내야 한다. 그리고 그 네 명 중 한 명은 알 아낸 사실들을 가지고 반드시 우리에게 돌아와야 한다."

"그건 불가능합니다, 주인님."

"불가능해?"

"그들은 자기들 본거지와 스스로 연결을 끊었습니다. 그것이 그들의 방식입니다, 주인님. 그들은 새로운 세포로서 가무에 자리 잡았습니다."

"하지만 틀림없이 방법이……."

"죄송합니다, 주인님. 대이동 중 그들이 위치한 곳의 좌표는 비우주선 의 운영 장치 속에만 들어 있었는데, 지금은 그 정보가 삭제되었습니다."

"그들의 항적이 완전히 은폐되었단 말이냐?" 당혹스러운 목소리였다.

"완전히 은폐되었습니다, 주인님."

'큰일이다!' 그는 갑자기 정신없이 이리저리로 쏘아져 나가려는 자신의 생각들을 제어해야 했다. "우리가 여기서 한 일을 절대로 그들이 알아서는 안 돼." 그가 중얼거렸다.

"그들이 저희에게서 이 일을 알아내지는 못할 겁니다, 주인님."

"그들이 어떤 재능을 개발했나? 어떤 능력을 가졌어? 빨리 말해라!"

"그들은 베네 게세리트의 대모에게게서 기대할 수 있는 능력을 갖고 있지만, 멜란지의 기억들이 없습니다."

"확실한가?"

"그런 기억의 낌새가 전혀 없습니다. 아시다시피 주인님, 저희는……."

"그래, 그래, 알아." 그는 손을 저어 그녀의 말을 막았다. "하지만 저 늙은 것은 너무 오만하고, 너무……."

"죄송합니다만, 주인님, 시간이 없습니다. 이 명예의 어머니들은 성의 기쁨을 다른 어느 누구보다도 완벽하게 완성했습니다."

"그럼 우리 정보원들이 말한 게 사실이로군."

"그들은 원시적인 탄트라로 돌아가서 자기들 나름의 성적인 자극법을 개발했습니다, 주인님. 이것을 통해서 그들은 추종자들의 예배를 받아들입니다."

"예배라." 그는 속삭이듯 말했다. "그들이 교단의 교배 감독관들보다 뛰어난가?"

"명예의 어머니들은 그렇게 믿고 있습니다, 주인님. 저희가 시범을 보일……."

"안 돼!" 와프는 이 새로운 사실의 발견에 꼬마 요정 같은 표정을 지우고 상대를 지배하는 주인의 표정을 지었다. 얼굴의 춤꾼들은 고개를 끄덕여 복종의 뜻을 표했다. 환희의 표정이 와프의 얼굴에 나타났다. 대이동에서 돌아온 틀레이랙스 인들의 보고는 진실한 것이었다! 간단한 마음의 인화를 통해서 그는 자신의 민족이 갖게 된 이 새로운 무기를 확인했다!

"명령을 내려주십시오, 주인님." 나이 든 쪽이 물었다.

와프는 다시 꼬마 요정 같은 표정을 지었다. "반달롱에 있는 틀레이랙스 핵심부로 돌아간 다음에야 이 문제들을 조사할 것이다. 그동안에는 그 어떤 주인도 명예의 어머니에게 명령을 내릴 수 없다. 우리가 감시의 눈길로부터 자유로워질 때까지는 너희가 나의 주인이다."

"물론입니다, 주인님. 이제 주인님의 명령을 밖에 있는 자들에게 전할까요?"

"그래. 이렇게 전해라. 이 비우주선은 결코 가무로 돌아가서는 안 된다. 이 비우주선은 흔적도 없이 사라져야 해. 생존자 하나 없이."

"그리 시행하겠습니다, 주인님."

기술은 다른 많은 활동들과 마찬가지로 투자자들에 의해 위험 부담을 피하는 쪽으로 기울어진다. 불확실성은 가능한 한 배제된다. 자본의 투자는 이러한 규칙을 따른다. 사람들은 일반적으로 예측이 가능한 것을 선호하기 때문이다. 이것이 얼마나 파괴적일 수 있는지, 이것이 변화의 가능성에 엄격한 제한을 가하는 바람에 우리 우주가 주사위를 던지는 그 충격적인 방식들에 대해 모든 사람이 얼마나 치명적인 약점을 갖게 만드는지 아는 사람은 거의 없다.

—익스에 대한 평가, 베네 게세리트 기록 보관소

사막에서 처음 시험을 받은 다음 날 아침에 시이나가 사제 단지에서 잠을 깨고 보니 하얀 로브를 입은 사람들이 그녀의 침대 주위를 에워싸고 있었다.

'남녀 사제들이야!'

"아이가 깨어났습니다." 한 여사제가 말했다.

두려움이 시이나를 사로잡았다. 그녀는 자신을 열심히 들여다보는 그 얼굴들을 뚫어지게 바라보면서 이불을 움켜쥐고 턱까지 끌어올렸다. 저들은 그녀를 또다시 사막에 내팽개칠 생각인 걸까? 그녀는 8년간의 인생에서 경험한 가장 깨끗한 침대보가 덮인 가장 부드러운 침대에서 완전히 지쳐 곯아떨어졌지만, 사제들의 모든 행동에 이중적인 의미가 있을 가능성을 알고 있었다. 그들은 절대 믿을 수 없는 존재들이었다!

"안녕히 주무셨습니까?" 처음 말을 했던 그 여사제였다. 그녀는 머리가 하얗게 센 나이 많은 여자였는데, 가장자리가 자주색으로 장식된 하얀 두건이 그녀의 얼굴을 감싸고 있었다. 그녀의 늙은 눈은 물기가 배어 있었지만 기민했다. 엷은 파란색 눈이었다. 폭이 좁은 입술과 밖으로 튀어나온 턱 위의 뭉툭한 코끝은 위를 향해 들려 있었다.

"우리와 얘기를 좀 하시겠습니까?" 그 여자는 끈질겼다. "저는 카니아입니다. 밤에 시중을 들어드렸죠. 기억하십니까? 제가 당신의 잠자리를 봐드렸습니다."

적어도 그 목소리의 어조만은 안심할 만한 것이었다. 시이나는 일어나 앉아서 이 사람들을 더 자세히 살펴보았다. 그들은 두려워하고 있었다! 사막에서 자란 아이의 코는 그 감출 수 없는 페로몬의 냄새를 감지할 수 있었다. 시이나에게 그 관찰 결과의 결론을 내리는 것은 간단하고 수월한 일이었다. 그 냄새는 곧 두려움을 의미했다.

"당신들은 나를 해치려고 했어요. 왜요?" 그녀가 말했다.

그녀 주위의 사람들이 깜짝 놀란 표정을 서로 교환했다.

시이나의 두려움이 스르르 사라져버렸다. 그녀는 이미 새로운 질서를 감지하고 있었는데, 사막에서 있었던 어제의 시험은 더 많은 변화를 의미했다. 그녀는 저 나이 든 여자가 얼마나 자신에게 굽실거렸는지 기억해 냈다……. 카니아라고 했던가? 전날 밤에 그녀는 거의 비굴하게 보일 정도였다. 나중에 시간이 흐른 후에 시이나는 죽음의 결정을 겪은 사람이라면 누구나 새로운 정서적 균형을 갖게 된다는 것을 알게 되었다. 두려움은 일시적인 것이었다. 이 새로운 상황이 그녀의 흥미를 끌었다.

대답을 하는 카니아의 목소리가 떨리고 있었다. "정말이지, 신의 아이여, 저희는 해치려 했던 게 아닙니다."

시이나는 무릎 위의 이불을 똑바로 폈다. "내 이름은 시이나예요." 이것은 사막의 예의였다. 그리고 카니아는 이미 이름을 밝혔다. "다른 사람들은 누구죠?"

"당신께서 저들을 원치 않는다면 내보내겠습니다…… 시이나." 카니아가 자기 옷과 비슷한 로브를 입은 왼쪽의 혈색 좋은 여자를 가리키며 말했다. "물론 알로사는 예외입니다. 알로사는 낮 동안 당신의 시중을 들 사람입니다."

알로사는 자기 이름이 소개되자 무릎을 굽히며 인사했다.

시이나는 물이 풍부하게 들어 있어서 살찐 얼굴을 올려다보았다. 그녀의 둔한 얼굴을 솜털 같은 금발이 후광처럼 둘러싸고 있었다. 시이나는 갑자기 시선을 돌려 남자들을 바라보았다. 그들은 눈을 무겁게 내리깔고 강렬한 시선으로 그녀를 지켜보고 있었다. 일부는 벌벌 떨면서 그녀를 의심하는 듯한 표정이었다. 공포의 냄새가 강하게 났다.

'남자 사제들!'

"저들을 내보내세요." 시이나가 남자 사제들을 향해 손을 흔들며 말했다. "저 사람들은 하람이예요!" 그것은 하층민들이 쓰는 단어로, 너무나 사악한 모든 것을 지칭하는 가장 천박한 말이었다.

충격 때문에 남자 사제들의 몸이 움츠러들었다.

"썩 물러가시오!" 카니아가 명령했다. 그녀의 얼굴은 틀림없이 악의에 찬 기쁨의 표정을 짓고 있었다. 카니아는 타락한 자들 가운데에 포함되지 않았다. 그러나 이 남자 사제들은 분명히 하람이라는 꼬리표가 붙은 사람들 가운데에 속해 있었다! 신께서 어린 여사제를 보내 그들을 꾸짖는 것을 보니 그들이 뭔가 가증스러운 짓을 저질렀음이 틀림없었다. 카니아는 의심하지 않았다. 남자 사제들은 그녀에게 그녀가 마땅히 받아야 하는 대우를 지금까지 좀처럼 해주지 않았다.

남자 사제들은 벌받은 개처럼 몸을 수그린 채 뒷걸음질로 시이나의 방을 나갔다. 복도로 나간 사람 중에는 드로민드라는 이름의 역사가 겸 대화자도 포함되어 있었다. 그는 죽은 고기를 먹는 새들의 부리가 고기 조각을 움켜쥐듯이 머리를 바쁘게 굴리며 아이디어들을 움켜쥐는 경향이 있는 가무잡잡한 남자였다. 방문이 등 뒤에서 닫히자 드로민드는 벌벌 떨고 있는 동료들에게 시이나라는 이름이 시오나라는 고대 이름의 현대적인 형태라고 말해 주었다.

"역사에서 시오나가 어떤 위치를 차지하고 있는지 모두들 아실 겁니다. 그녀는 샤이 훌루드께서 인간의 형태에서 분열된 신의 형태로 변신하실 때 그분을 섬겼습니다." 그가 말했다.

거무스름한 입술과 번뜩이는 엷은 색깔 눈을 지닌 주름투성이의 나이든 사제 스티로스가 의문을 담은 시선으로 드로민드를 바라보았다. "그거 정말 묘한 일이군요. 구전 역사들은 그분이 '하나'에서 '다수'로 옮겨가실 때 시오나가 도움이 되었다고 주장하고 있습니다. 시이나라. 당신 생각에는……."

"신께서 직접 하신 신성한 말씀들을 옮겨놓은 하디 베노토의 번역본을 잊어서는 안 됩니다. 샤이 훌루드께서는 시오나를 여러 번 언급하셨습니다." 다른 사제가 끼어들었다.

"그 언급이 항상 호의적이었던 건 아니었습니다. 그녀의 완전한 이름을 생각해 보세요. 시오나 이븐 푸아드 알 세예파 아트레이데스." 스티로스가 그들을 일깨웠다.

"아트레이데스." 또 다른 사제가 속삭이듯 말했다.

"우린 저 아이를 신중하게 연구해야 합니다." 드로민드가 말했다.

젊은 복사 전령이 사제들을 향해 서둘러 복도를 걸어와서 사제들의 얼굴을 살피다가 마침내 스티로스를 발견하고 입을 열었다. "스티로스님. 이 복도를 즉시 비워주셔야 합니다."

"왜?" 방에서 쫓겨나 한데 몰려 서 있는 사제들 가운데에서 성난 목소리가 물었다.

"그분께서 최고 사제님의 숙소로 옮기실 겁니다." 전령이 말했다.

"누구 명령으로?" 스티로스가 다그쳤다.

"튜엑 최고 사제님께서 직접 말씀하신 일입니다. 그분들께서는 계속 귀를 기울이고 계셨습니다." 전령이 자기가 온 방향을 향해 막연하게 손을 흔들며 말했다.

복도에 있던 사제들은 모두 이 말을 이해했다. 그들은 방을 개조해 사람의 목소리를 그 방에서 다른 장소로 보낼 수 있었다. 항상 누군가 듣는 사람이 있다는 얘기였다.

"그들이 무슨 얘기를 들었다더냐?" 스티로스가 다그치듯 물었다. 그의 늙은 목소리가 떨리고 있었다.

"그분께서는 자신의 숙소가 최고의 것이냐고 물으셨습니다. 사제님들이 이제 곧 그분을 옮기실 텐데, 여러 사제님들이 이곳에 있는 걸 그분이 보셔서는 안 됩니다."

"그래서 우리더러 어쩌라고?" 스티로스가 물었다.

"그 아이를 연구해야지요." 드로민드가 말했다.

그들은 모두 즉시 복도를 비우고 시이나에 대한 연구를 시작했다. 이곳에서 생겨난 패턴은 앞으로 다가오는 세월 동안 그들의 모든 삶 위에 스스로를 새기게 될 터였다. 시이나를 중심으로 형성된 관례는 분열된 신의 영향력이 미치는 지역들 멀리서도 체감할 수 있는 변화들을 만들어냈다. 그 변화에 불을 붙인 것은 두 개의 단어였다. '그녀를 연구하라.'

그녀가 정말 순진하기 짝이 없다고 사제들은 생각했다. 정말 괴이하게 느껴질 정도로 얼마나 순진한가. 그러나 그녀는 글을 읽을 줄 알았고, 튜엑의 거처에서 발견한 신성한 책들에 대해 강렬한 흥미를 표명했다. 튜엑의 거처는 이제 그녀의 거처가 되어 있었다.

가장 높은 사람부터 가장 낮은 사람에 이르기까지 모두가 그녀의 비위를 맞췄다. 튜엑은 자신의 수석 보좌관이 사용하던 거처로 옮겼고, 이런 식의 거처 밀어내기가 아래쪽으로 번져나갔다. 기술자들이 시이나 옆에서 기다리다가 그녀의 치수를 재었다. 그리고 최고의 사막복이 그녀를 위해 만들어졌다. 사제들을 상징하는 황금색과 하얀색 바탕에 자주색 장식이 가장자리에 달린 새 로브도 생겼다.

사람들은 역사가 겸 대화자인 드로민드를 피하기 시작했다. 그는 동료들을 붙들고 길게 이야기를 늘어놓으면서 원래 시오나의 역사를 상세히 설명하곤 했다. 그 고대의 이름을 지금 가지고 있는 인물과 관련해서 뭔가 중요한 의미가 있다고 생각하는 것 같았다.

"시오나는 신성한 던컨 아이다호의 짝이었습니다." 드로민드는 누구든 자기 이야기를 들어주는 사람에게 이 사실을 일깨워주었다. "그들의 후손이 도처에 퍼져 있습니다."

"그래요? 더 이상 얘기를 듣지 못해 미안합니다만, 정말로 급히 해야 할 일이 있습니다."

처음에 튜엑은 드로민드에게 비교적 인내심을 보여주었다. 역사는 재미있었고, 그 역사의 교훈은 분명했다. "신께서 우리에게 새로운 시오나를 보내주셨습니다. 모든 것이 분명합니다." 튜엑은 이렇게 말했다.

드로민드는 어딘가로 사라졌다가 과거에 대한 가볍고 재미있는 이야기들을 더 많이 가지고 돌아왔다. "다르 에스 발라트에서 나온 보고서들이 이제 새로운 의미를 띠게 되었습니다. 우리가 이 아이를 더 시험하고 비교해야 하지 않겠습니까?" 드로민드가 최고 사제에게 말했다.

드로민드가 최고 사제를 붙든 것은 아침 식사 직후였다. 튜엑이 남긴 음식이 아직도 발코니 위의 식탁을 차지하고 있었다. 열린 창문을 통해 머리 위에 있는 시이나의 거처에서 누군가가 부산하게 움직이는 소리가 들려왔다.

튜엑은 조심하라는 듯이 손가락을 입술에 대고 숨죽인 목소리로 말했다. "신성한 아이께서는 스스로의 선택으로 사막에 가십니다." 그는 벽에 걸린 지도로 다가가서 킨의 남서쪽 지역을 가리켰다. "이곳이 그분의 관심을 끄는 것 같습니다……. 아니 이곳이 그분을 부른다고 해야 할 것 같군요."

"그분이 사전을 자주 이용한다는 걸 알고 있습니다. 설마 그것이……."

"그분은 우리를 시험하고 있습니다. 속아 넘어가지 마세요."

"하지만 튜엑 님, 그분이 카니아와 알로사에게 던지는 질문들은 유치하기 짝이 없습니다."

"내 판단에 의심을 품는 겁니까, 드로민드?"

드로민드는 자신이 적절한 경계선을 넘어섰음을 뒤늦게 깨달았다. 그는 입을 다물었지만 그의 표정은 훨씬 더 많은 말들이 그의 내면에 압축되어 있음을 알려주었다.

"신께서 기름 부음을 받은 자들 사이로 슬그머니 기어들어 온 악을 뽑아내기 위해 그분을 보내셨습니다. 가십시오! 기도를 하면서 악이 당신 속에 자리 잡은 것은 아닌지 스스로에게 물어보십시오." 튜엑이 말했다.

드로민드가 가버리자 튜엑은 믿을 수 있는 보좌관을 불렀다. "신성한 아이께서는 어디 계신가?"

"사막으로 나가셨습니다, 사제님. 그분의 '아버지'와 이야기를 나누시려고요."

"남서쪽으로?"

"예, 사제님."

"드로민드를 동쪽으로 멀리 데리고 가서 사막 위에 남겨두게. 그가 다시는 돌아올 수 없게 모래 막대기를 여러 개 꽂아둬."

"드로민드 말씀입니까, 사제님?"

"드로민드."

드로민드가 신의 입속으로 승천한 후에도 사제들은 그가 처음에 내렸던 명령을 계속 따랐다. 그들은 시이나를 연구했다.

시이나도 연구를 했다.

천천히, 너무 느려서 그녀 자신도 전환점을 식별해 낼 수 없을 만큼 천천히, 그녀는 주위 사람들에게 미치는 자신의 커다란 힘을 인식했다. 처음에 그것은 놀이였다. 아이가 변덕을 부릴 때마다 어른들이 재빨리 그 변덕에 복종하는 어린이날이 계속되는 것 같았다. 그러나 어떤 변덕도 그들에게는 그리 어렵지 않은 것 같았다.

그분이 식탁에 희귀한 과일을 올려놓으라 했다고?

그 과일은 황금 접시에 담겨 그녀의 식탁에 올랐다.

그분이 북적이는 거리 저 아래쪽에서 어떤 아이를 얼핏 보았는데, 놀이 친구로 그 아이를 원한다고?

그 아이는 신전에 있는 시이나의 거처로 끌려왔다. 두려움과 충격이 지나간 후 그 아이가 어떤 놀이에 동참하는 경우도 있었다. 그러면 남녀 사제들은 그것을 열심히 관찰했다. 지붕 위의 정원에서 천진난만하게 폴짝폴짝 뛰어다니는 것, 키득키득 웃으면서 속삭이는 소리, 모든 것이 열정적인 분석의 대상이었다. 시이나는 그런 아이들의 경외심이 부담이라는 것을 깨달았다. 그녀가 같은 아이를 또다시 부르는 경우는 거의 없었다. 그녀는 새로운 놀이 친구에게서 새로운 것들을 배우는 편을 더 좋아했다.

사제들은 그러한 만남의 무구함에 대해 의견의 일치를 보지 못했다. 놀이 친구들은 무시무시한 신문을 받았고, 마침내 이것을 알게 된 시이나는 자신의 후견인들에게 무섭게 화를 냈다.

시이나에 대한 소문이 라키스 전역과 행성 외부로 번져나간 것은 필연적인 일이었다. 교단의 보고서들이 계속 쌓여갔다. 터무니없이 독재적인 일상이라고 할 만한 체제 속에서 세월이 흘렀고, 그 시간은 시이나의 호기심에 양식이 되었다. 그녀의 호기심에는 끝이 없는 것 같았다. 그녀의 측근 수행원들 중 어느 누구도 이것을 교육으로 생각하지 않았다. 시이나는 라키스의 사제들을 가르쳤고, 그들은 그녀를 가르쳤다. 그러나 베네 게세리트는 시이나의 생활 중 이러한 측면을 즉시 알아채고 그것을 면밀하게 관찰했다.

"그 아이는 좋은 사람들의 손에 맡겨져 있습니다. 그 아이가 우리를 위해 준비될 때까지 그곳에 그냥 놔두세요. 방위군이 항상 경계 태세를 유지하게 하고, 내게 반드시 정기적으로 보고서를 제출하십시오." 타라자는 이렇게 명령했다.

시이나는 자신의 진정한 출신지나 샤이탄이 가족과 이웃들에게 한 짓을 단 한 번도 밝히지 않았다. 그것은 샤이탄과 그녀 사이의 개인적인 일이었다. 그녀는 자신이 침묵을 지키는 것이 목숨을 살려준 데 대한 대가라고 생각했다.

시이나가 점점 흥미를 잃어버린 일들이 몇 가지 있었다. 그녀가 사막으로 가는 횟수가 점점 줄어들었다. 호기심은 계속되었지만 샤이탄이 그녀에게 한 행동에 대한 설명을 사막에서 찾을 수 없을지도 모른다는 사실이 분명해졌다. 그녀는 다른 권력 집단들의 대사관이 라키스에 있다는 것을 알고 있었지만, 그녀의 수행원들 중에 끼어 있는 베네 게세리트 첩자들은 그녀가 교단에 대해 지나친 관심을 갖지 않게 했다. 그들은 그런 관심을 누그러뜨리기 위해 달래는 듯한 대답을 준비해 두었다가 필요한 때에 간격을 맞춰 그녀에게 제공했다.

라키스에서 그녀를 관찰하는 사람들에게 타라자가 보낸 메시지는 단도직입적이고 분명했다. "수 세대에 걸친 준비가 세밀한 조정의 세월이 되었다. 우리는 적당한 순간에만 움직일 것이다. 이 아이가 그 사람이라는 점에는 더 이상 의심의 여지가 없다."

내가 보기에는, 인류 역사상 어떤 다른 세력보다도 개혁가들이 더 많은 불행을 만들어냈습니다. "뭔가 조치를 취해야 한다!"라고 말하는 사람을 내게 보여주세요. 그러면 나는 달리 분출구가 없는 사악한 의도들로 가득 찬 머리를 여러분에게 보여드리겠습니다. 우리는 항상! 자연스러운 흐름을 찾아내서 그것과 함께 나아가도록 애써야 합니다.

—타라자 대모, 대화 기록, 베네 게세리트 파일 GSXXMAT9

우중충한 하늘이 개면서 가무의 태양이 솟아올랐다. 태양은 아침의 습기가 정수를 뽑아내서 응축해 놓은 숲과 풀의 향기를 찾아냈다.

던컨 아이다호는 금지된 창 앞에 서서 그 냄새를 들이마셨다. 오늘 아침에 파트린이 이런 말을 했다. "넌 이제 열다섯 살이다. 이젠 젊은 청년이야. 아이가 아니다."

"오늘이 제 생일인가요?"

두 사람은 던컨의 침실에 있었다. 파트린이 감귤 주스 한 잔을 들고 와서 그를 막 잠에서 깨운 참이었다.

"난 네 생일을 모른다."

"골라에게도 생일이 있어요?"

파트린은 침묵을 지켰다. 골라와 함께 골라에 대해 얘기하는 것은 금지되어 있었다.

"슈왕규는 아저씨가 그 질문에 대답할 수 없다고 했어요." 던컨이 말했다.

파트린은 난처한 기색이 역력한 목소리로 입을 열었다. "바샤르 님은 오늘 아침 네 훈련이 뒤로 미뤄질 것이라는 얘기를 나더러 전하라고 하셨다. 부를 때까지 다리와 무릎 운동을 하라고 하신다."

"그건 어제 했어요!"

"난 바샤르 님의 명령을 전할 뿐이다." 파트린은 빈 컵을 들고 던컨을 혼자 남겨둔 채 가버렸다.

던컨은 재빨리 옷을 입었다. 그가 구내식당의 아침 식사에 나오기를 사람들이 기다리고 있을 터였다. '빌어먹을!' 그에게는 그들의 아침 식사가 필요하지 않았다. 바샤르는 뭘 하고 있는 걸까? 그는 왜 제시간에 수업을 시작할 수 없는 거지? '다리와 무릎 운동이라니!' 그건 테그에게 뭔가 뜻하지 않은 할 일이 생겼기 때문에 그를 빈둥빈둥 놀리지 않기 위해 내린 명령에 불과했다. 던컨은 화를 내면서 금지된 길을 택해 금지된 창으로 갔다. '망할 놈의 경비병들이 벌을 받든 말든 내가 알게 뭐야!'

열린 창문을 통해 들어오는 냄새들이 뭔가를 상기시켰지만 그는 의식의 가장자리에 숨어 있는 기억들을 확실히 떠올릴 수 없었다. 기억들이 존재하는 것은 확실했다. 던컨은 이것에 겁을 내면서도 동시에 자석처럼 끌렸다. 마치 절벽 가장자리를 걷거나 슈왕규에게 노골적으로 반항하는 것과 같았다. 그는 절벽의 가장자리를 걸어본 적도 없었고, 슈왕규에게 노골적으로 반항한 적도 없었다. 그러나 그는 그런 것들을 머릿속으로 그려볼 수 있었다. 절벽 가장자리의 길을 보여주는 필름책의 홀로 그램 사진만 봐도 배 속이 오그라들 정도였다. 슈왕규의 경우에도, 그는 화를 내며 그녀에게 반항하는 상상을 자주 하곤 했는데 그럴 때면 그의 몸이 똑같은 반응을 보였다.

'누군가 다른 사람이 내 머릿속에 있어.' 그는 생각했다.

그의 머릿속뿐만이 아니었다. 그의 몸속에도 있었다. 그는 그 다른 존재의 경험들을 느낄 수 있었다. 이제 막 잠에서 깬 사람이 꿈을 꿨다는 걸 알면서도 꿈의 내용을 기억하지 못하는 것과 같은 느낌이었다. 이 꿈이 그가 절대 알 수가 없는 지식들을 불러냈다.

절대 알 수 없는데도 그에게 존재하는 지식들이었다.

그는 저 밖에서 냄새를 풍기고 있는 나무들 중 일부의 이름을 열거할 수 있었다. 그러나 도서관의 기록에는 그 이름들이 없었다.

이 '금지된 창'이 금지된 곳이 된 것은 이 창이 성의 외벽 하나를 관통하고 있는 데다 열 수 있기 때문이었다. 이 창문은 지금처럼 환기를 위해 열려 있는 경우가 많았다. 그의 방에서 발코니 난간을 타고 넘어 창고의 환기구를 빠져나오면 이 창문에 닿을 수 있었다. 그는 난간이나 창고나 환기구에서 조금도 소란을 피우지 않고 이렇게 빠져나오는 법을 이미 터득하고 있었다. 그는 베네 게세리트의 훈련을 받은 사람들이 지극히 작은 흔적까지도 읽어낼 수 있다는 사실을 아주 일찍부터 분명히 배웠다. 그 자신도 테그와 루실라의 가르침 덕분에 그런 흔적들을 조금 읽을 수 있었다.

복도 위쪽의 그림자들 속으로 한참 물러선 채 던컨은 숲이 완만한 기복을 이루며 바위투성이 정상으로 이어진 능선에 시선의 초점을 맞췄다. 숲이 뭔가 거역할 수 없는 존재처럼 느껴졌다. 숲 너머의 산 정상은 마법 같은 분위기를 갖고 있었다. 그 땅에 인간의 손이 한 번도 닿은 적이 없을 것이라고 쉽사리 상상할 수 있었다. 그곳에서 자신을 잊어버린다면, 자기 내면에 또 다른 사람이 살고 있다는 걱정 따위 하지 않고 자기 자신만의 사람이 된다면 얼마나 좋을까. 그곳에서 이방인이 된다면.

한숨을 쉬면서 던컨은 몸을 돌려 자신의 비밀 통로를 통해 방으로 돌아왔다. 방에 무사히 돌아온 다음에야 그는 자신이 또다시 해냈다는 혼잣말을 스스로에게 허락했다. 이번 모험 때문에 처벌받는 사람은 하나도 없을 것이다.

처벌과 고통, 그에게 금지된 곳들 주위에 영기(靈氣)처럼 매달려 있는 그것들은 던컨이 규칙을 어길 때 극단적으로 신중을 기하게 만들 뿐이었다.

그는 슈왕규가 금지된 창에 있는 그를 발견했을 때 그에게 가할 고통에 대해 생각하고 싶지 않았다. 그러나 최악의 고통도 그를 울부짖게 만들지는 못할 것이라고 그는 혼잣말을 했다. 그는 그녀가 그보다 더 고약한 술수를 썼을 때에도 울부짖은 적이 없었다. 그는 그녀를 미워하면서도 동시에 그녀의 교훈을 흡수하며 그저 그녀를 뚫어지게 바라볼 뿐이었다. 그에게 있어 슈왕규의 교훈은 분명했다. 누구의 눈에도 띄지 않고, 누구의 귀에도 들리지 않도록, 그리고 그가 지나간 길을 보여주는 자취를 하나도 남기지 말고 움직일 수 있도록 능력을 다듬으라는 것.

던컨은 자기 침상에 걸터앉아 앞에 있는 텅 빈 벽을 응시했다. 언젠가 그가 그 벽을 뚫어지게 바라보고 있을 때 거기에 어떤 영상이 생겨난 적이 있었다. 밝은 호박색 머리카락과 상냥하고 둥근 이목구비를 지닌 젊은 여성의 모습이었다. 그녀는 벽 속에서 그를 바라보며 미소를 지었다. 그녀의 입술이 소리 없이 움직였다. 그러나 던컨은 입술을 읽는 법을 이미 배운 다음이었으므로 그녀의 말을 분명하게 읽어낼 수 있었다.

"던컨, 내 사랑스러운 던컨."

혹시 우리 어머니일까? 그는 궁금했다. 내 진짜 어머니일까?

골라들에게도 어딘가에 진짜 어머니가 있었다. 악솔로틀 탱크 뒤로 사라져버린 시간 속에 그를 낳고…… 그를 사랑했던 여성이 있었다. 그래, 그녀는 그를 사랑했다. 그가 자기 자식이었으니까. 만약 벽 속의 그 얼굴이 그의 어머니라면, 그녀의 모습이 어떻게 그곳에 나타나게 된 것일까? 그는 그 얼굴이 누구인지 알 수 없었지만 그녀가 자기 어머니였으면 좋겠다고 생각했다.

그는 이 경험 때문에 겁을 집어먹었지만, 그 두려움도 그때의 일을 다시 경험하고 싶다는 그의 생각을 막지 못했다. 그 젊은 여자가 누구든, 잠시 스치듯 지나간 그녀의 존재가 그를 애타게 했다. 그의 내면에 있는 낯선 사람은 그 젊은 여자를 알고 있었다. 틀림없이 그렇다는 느낌이 들었다. 때로 그는 잠깐 동안만 그 낯선 사람이 되고 싶다는 생각을 하곤 했다. 그 모든 숨겨진 기억들을 추스를 수 있을 동안만. 그러나 그는 이 욕망에 두려움을 느꼈다. 만약 그 낯선 사람이 그의 의식 속으로 들어온다면 자신의 진정한 자아를 잃게 될 것이라는 생각이 들었다.

그건 죽음과 같은 걸까? 그는 생각해 보았다.

던컨은 여섯 살이 되기 전에 죽음을 목격했다. 그를 지키는 경비병들이 침입자를 몰아내는 과정에서 경비병 한 명이 죽임을 당했을 때였다. 침입자 네 명도 역시 목숨을 잃었다. 던컨은 성안으로 운반되는 다섯 구의 시신들을 지켜보았다. 근육이 축 늘어져서 팔이 질질 끌리고 있었다. 그들은 반드시 있어야 하는 어떤 것을 잃어버린 뒤였다. 기억을 불러낼 만한 것은 하나도 남아 있지 않았다. 자신의 기억도, 낯선 사람의 기억도.

그 다섯 명은 성안 깊은 곳 어딘가로 운반되었다. 그는 나중에 한 경비병이 네 명의 침입자에게 '시어'가 잔뜩 주입되어 있었다고 말하는 것을 들었다. 그가 익스 탐침이라는 존재와 마주친 것은 그때가 처음이었다.

"익스 탐침은 심지어 죽은 사람의 정신에도 침입할 수 있지. 시어는 그 탐침으로부터 사람을 보호해 주는 약이다. 약의 효과는 사람의 세포가 완전히 죽어버린 뒤에야 사라진다." 기자는 이렇게 설명해 주었다.

사람들의 얘기에 교묘하게 귀를 기울인 결과 던컨은 네 명의 침입자들에게 다른 방법의 조사 역시 이루어졌음을 알 수 있었다. 그는 그 다른 방법들에 대한 설명을 들을 수 없었지만, 틀림없이 베네 게세리트의 비밀스러운 방법일 것 같았다. 그는 그것이 대모들의 흉악한 술수들 중 하나일 것이라고 생각했다. 그들은 틀림없이 죽은 자에게 생기를 불어넣어 그 반항적인 육체로부터 정보를 뽑아냈을 것이다. 던컨은 인격을 박탈당한 근육들이 악마 같은 관찰자의 의지에 따라 움직이는 모습을 그려보았다.

그 관찰자는 항상 슈왕규였다.

그의 스승들이 '무지에 의해 생겨난 어리석음'을 쫓아버리려고 온갖 노력을 기울였음에도, 그런 상상 속의 모습들이 던컨의 머릿속을 가득 채웠다. 스승들은 아무것도 모르는 사람들 사이에서 베네 게세리트에 대한 두려움을 만들어낼 때에나 그런 터무니없는 이야기들이 쓸모가 있다고 말했다. 던컨은 자신이 베네 게세리트의 일원이라고 믿지 않으려 했다. 대모들을 볼 때마다 그는 항상 이런 생각을 했다. '난 저들과 달라!'

최근 루실라가 아주 끈질기게 굴고 있었다. "종교는 에너지의 원천이다. 넌 이 에너지를 인정해야 해. 너 자신의 목적을 위해 그 에너지의 방향을 돌릴 수도 있다." 그녀가 말했다.

'자기들의 목적이겠지. 내 목적이 아니라.' 그는 생각했다.

그는 자신의 목적들을 상상하며 교단의 머리 위에서, 특히 슈왕규의 머리 위에서 의기양양한 표정을 짓고 있는 자신의 모습을 그려보았다. 자신의 상상이 그 낯선 사람이 살고 있는 곳에서부터 자신에게 영향을 미치는 지하의 현실인 것 같았다. 그러나 그는 자신도 그런 종교적 믿음을 재미있게 생각한다는 듯 고개를 끄덕이며 위장하는 방법을 터득했다.

루실라는 그의 내면이 둘로 나뉘어 있음을 깨달았다. 그녀는 슈왕규에게 이렇게 말했다. "그 아이는 신비스러운 힘들이 두려움의 대상이며, 가능하다면 그것들을 피해야 한다고 생각합니다. 이 믿음을 고집하는 한 그 아이는 우리의 가장 본질적인 지식의 사용법을 배울 수 없습니다."

그들은 슈왕규가 이른바 '정기 평가회'라고 부르는 회의를 위해 슈왕규의 서재에서 단둘이 만났다. 가볍게 저녁 식사를 한 직후였다. 그들 주위의 성에서 나는 소리는 하나의 주기가 다음 주기로 넘어가는 소리였다. 야간 순찰이 시작되고, 근무가 끝난 직원들은 짧은 자유 시간을 즐기러 갔다. 슈왕규의 서재는 그런 소리들로부터 완벽하게 차단되어 있지 않았다. 교단의 혁신가들이 의도적으로 그렇게 만들어놓은 때문이었다. 대모들의 훈련된 감각은 주위의 소리들에서 많은 것을 감지해 낼 수 있었다.

슈왕규는 이 '평가회'를 할 때마다 점점 더 곤혹스러워졌다. 루실라를 타라자에게 반대하는 사람들의 편으로 끌어올 수 없음이 갈수록 분명해졌다. 루실라는 또한 대모들이 사용하는 교묘한 속임수의 영향을 전혀 받지 않았다. 무엇보다도 가증스러운 것은, 루실라와 테그가 공모해서 골라에게 대단히 불안정한 능력들을 전해 주고 있다는 점이었다. 지극히 위험한 일이었다. 설상가상으로 슈왕규가 루실라를 존중하는 마음이 점점 커져가고 있다는 점도 문제였다.

"그 아이는 우리가 우리 기술을 실행하기 위해 신비적인 능력을 사용한다고 생각하고 있습니다. 그 아이가 어떻게 그런 기이한 생각을 하게 된 걸까요?" 루실라가 말했다.

슈왕규는 이 질문 때문에 자신이 불리한 입장에 놓이게 되었음을 느꼈다. 루실라는 이것이 골라를 약화시키기 위해 실행된 일임을 이미 알고 있었다. 루실라가 말했다. "불복종은 우리 교단에 대한 범죄입니다!"

"그 아이가 우리 지식을 원한다면, 틀림없이 당신에게서 그 지식을 얻게 되겠지요." 슈왕규가 말했다. 슈왕규의 관점에서는, 이것이 아무리 위험한 일이라 해도 사실임에는 틀림없었다.

"그 아이의 지식욕이 제가 가진 최고의 방편입니다. 하지만 그것만으로는 충분하지 않다는 걸 우리 둘 다 알고 있습니다." 루실라가 말했다. 루실라의 어조에는 책망이 섞여 있지 않았지만, 그래도 슈왕규는 책망을 느꼈다.

'빌어먹을 여자 같으니! 날 자기편으로 끌어들이려 하고 있어!' 슈왕규는 생각했다.

여러 가지 대답이 슈왕규의 머릿속에 떠올랐다. '난 내가 받은 명령을 거스르지 않았습니다.' 흥! 구역질 나는 변명이야! '골라는 베네 게세리트의 표준 훈련 관례에 따른 대우를 받고 있습니다.' 이건 부적절한 데다가 사실도 아니었다. 그리고 이 골라는 표준적인 교육 대상이 아니었다. 그의 내면에는 대모의 잠재력을 가진 사람만이 필적할 수 있는 깊이가 있었다. 그것이 바로 문제였다!

"내가 실수를 했습니다." 슈왕규가 말했다.

'그래!' 이것은 대모들이라면 식별해 낼 수 있는 이중적인 의미의 대답이었다.

"당신이 그 아이를 손상시킨 건 실수가 아닙니다." 루실라가 말했다.

"하지만 나는 또 다른 대모가 그 아이 안의 결함들을 노출시킬 수도 있다는 점을 미리 예상하지 못했습니다."

"그 아이가 우리의 힘을 원하는 것은 오로지 우리에게서 도망치기 위해서입니다. 그 아이는 이런 생각을 하고 있습니다. 언젠가 내가 저 사람들만큼 많은 것을 알게 되면 도망치겠다고요."

슈왕규가 대답을 하지 않자 루실라가 말을 이었다. "그건 영리한 행동이었습니다. 만약 그 아이가 도망친다면 우린 그 아이를 추적해서 직접 죽여야 할 겁니다."

슈왕규는 미소를 지었다.

"난 당신 같은 실수를 하지 않겠습니다. 어쨌든 당신도 분명히 알게 될 거라고 생각되는 얘기를 터놓고 말하겠습니다. 나는 타라자 님이 이렇게 어린아이에게 각인사를 보낸 이유를 이제 알 것 같습니다." 루실라가 말했다.

슈왕규의 미소가 사라졌다. "지금 무슨 짓을 하고 있는 겁니까?"

"난 우리가 복사들을 스승들과 결속시키듯이 그 아이를 내게 결속시키고 있습니다. 난 그 아이를 우리의 일원으로 보고 솔직하고 정직하게 대하고 있습니다."

"하지만 그 애는 남자입니다!"

"그러니까 스파이스의 고통이 그 아이에게는 허락되지 않을 겁니다. 하지만 그 밖에는 모든 것이 허락될 겁니다. 난 그 아이가 반응을 보이고 있다고 생각합니다."

"그럼 각인의 최후 단계를 위한 때가 왔을 때는요?" 슈왕규가 물었다.

"그래요, 그건 아주 민감한 일이 될 겁니다. 당신은 그것이 그 아이를 파멸시킬 거라고 생각하시는군요. 그것이 물론, 당신의 계획이었고요."

"루실라, 교단이 이 골라에 대한 타라자 님의 계획을 만장일치로 따르고 있는 것은 아닙니다. 당신도 분명히 아실 텐데요."

이것은 슈왕규가 내놓을 수 있는 가장 강력한 주장이었고, 그녀가 이 주장을 이 순간까지 아껴두었다는 사실에는 많은 의미가 있었다. 자기들이 퀴사츠 해더락을 또다시 만들어내게 될지도 모른다는 우려가 뿌리 깊이 박혀 있었으므로, 베네 게세리트 내부의 반대도 그만큼 강렬했다.

"그 아이는 원시적인 유전자 저장고이며, 퀴사츠 해더락이 되도록 교배되지 않았습니다." 루실라가 말했다.

"하지만 틀레이랙스 인들이 그 아이의 유전형질에 손을 댔습니다!"

"예, 우리의 명령으로 그렇게 했지요. 그들은 그 아이의 신경과 근육의 반응 속도를 올려놓았습니다."

"그들이 해놓은 짓이 그것뿐입니까?" 슈왕규가 물었다.

"당신도 세포 연구 결과를 보시지 않았습니까."

"우리가 틀레이랙스 인들만큼 할 수 있다면, 그들이 필요하지 않을 겁니다. 우리가 직접 악솔로틀 탱크를 마련하겠죠."

"그들이 우리에게 뭔가를 감추고 있다고 생각하시는군요."

"그들은 우리의 시야에서 완전히 벗어난 곳에서 그 아이를 9개월 동안 데리고 있었습니다!"

"지금 하시는 말씀들은 제가 이미 전에 들은 것입니다." 루실라가 말했다.

슈왕규는 항복한다는 듯 양손을 위로 던져 올렸다. "그럼 그 애를 당신 마음대로 하십시오, '대모님'. 그 결과는 당신 책임입니다. 하지만 당신이 참사회에 어떤 보고를 올려도 나를 이 자리에서 제거하지는 못할 겁니다."

"당신을 제거한다고요? 그럴 리가 있겠습니까. 난 당신의 파벌이 우리에게 알려지지 않은 인물을 보내는 걸 원하지 않습니다."

"내가 모욕을 참는 데에는 한계가 있습니다." 슈왕규가 말했다.

"타라자 님이 배신행위를 받아들이는 데에도 한계가 있지요."

"만약 우리가 폴 아트레이데스나, 아니면 절대 그런 일이 일어나지 않기를 바라지만, 폭군 같은 인물을 또 얻게 된다면 그건 타라자 님의 소행이 될 겁니다. 내가 그러더라고 가서 전하세요." 슈왕규가 말했다.

루실라는 자리에서 일어섰다. "이 골라에게 먹이는 멜란지의 양을 타라자 님께서 완전히 저의 재량에 맡기셨다는 점을 당신도 알아두는 편이 좋을 것입니다. 난 그 아이의 스파이스 섭취량을 벌써 늘리기 시작했습니다."

슈왕규는 두 주먹으로 책상을 내리쳤다. "빌어먹을! 당신들이 언젠가 우리를 파멸시키고 말 겁니다!"

틀레이랙스 인의 비밀은 그들의 정자 속에 있는 것이 틀림없다. 우리의 시험 결과는 그들의 정자가 유전적인 면에서 똑바로 전달되지 않는다는 것을 증명하고 있다. 틈이 생기는 것이다. 우리가 조사했던 틀레이랙스 인들은 모두 자기들 내면의 자아를 우리에게 숨겼다. 그들이 익스 탐침에 선천적으로 면역성을 갖고 있다는 뜻이다! 가장 깊숙한 곳의 비밀, 그것이 그들의 궁극의 갑옷이며 궁극의 무기이다.

— 베네 게세리트 분석, 기록 보관소 #BTXX441WOR

시이나가 사제들의 사원에서 지내기 시작한 지 4년째이던 어느 날 아침, 라키스에 있는 베네 게세리트 관찰자들은 첩자들이 보내온 보고서 때문에 순간적으로 특별한 관심을 갖게 되었다.

"그 아이가 지붕 위에 있었다고 했나?" 라키스 성의 대모 사령관이 물었다.

타말란 사령관은 전에 가무에서 근무한 적이 있기 때문에 교단이 이곳에서 무엇을 결합시키고 싶어 하는지에 대해 대부분의 사람들보다 더 많은 것을 알고 있었다. 타말란은 아침 식사로 멜란지가 가미된 시프루트 절임을 먹다가 첩자들의 보고서 때문에 식사를 중단한 상태였다. 전령이 식탁 옆에 편안한 자세로 서 있는 가운데 타말란은 보고서를 읽으며 식사를 다시 시작했다.

"예, 지붕 위에 있었답니다, 대모님." 전령이 말했다.

타말란은 전령, 키푸나를 흘깃 올려다보았다. 라키스 태생의 복사인 그녀는 지역 내의 민감한 임무들을 위해 훈련받고 있었다. 절임을 한 입 꿀꺽 삼키며 타말란이 말했다. "'그들을 다시 데려와요!' 그 아이가 정확하게 이렇게 말했다고?"

키푸나가 짧게 고개를 끄덕했다. 그녀는 질문의 의미를 이해하고 있었다. 시이나가 선제적인 명령을 내렸다는 것인가?

타말란은 다시 보고서를 훑어보며 섬세한 신호들을 찾았다. 첩자로 키푸나를 직접 보낸 것이 다행이라는 생각이 들었다. 타말란은 이 라키스 사람의 능력을 존중했다. 키푸나는 부드럽고 둥그런 얼굴에 라키스의 사제 계급에서 흔히 볼 수 있는 솜털처럼 흐트러진 머리카락을 갖고 있었다. 그러나 그 머리카락 밑의 두뇌는 결코 흐트러져 있지 않았다.

"시이나는 기분이 좋지 않았습니다. 오니숍터가 지붕 근처를 지나갔는데, 그 아이는 그 안에 수갑을 찬 죄수 두 명이 있는 걸 아주 똑똑히 보았습니다. 그리고 그들이 사막으로 끌려가 죽게 될 것임을 깨달았죠."

타말란은 보고서를 내려놓고 미소를 지었다. "그래서 그 죄수들을 자기에게 다시 데려오라고 명령했다는 거로군. 그 아이의 단어 선택이 아주 재미있어."

"그들을 다시 데려오라는 말 말입니까? 그건 아주 단순한 명령 같은데요. 그것이 재미있다니요?" 키푸나가 물었다.

타말란은 이 복사가 자신의 관심을 단도직입적으로 표현하는 것에 경탄했다. 키푸나는 진짜 대모들의 정신이 어떻게 움직이는지 배울 기회를 결코 그냥 지나치려 하지 않았다.

"내가 재미있다고 생각하는 건 그 부분이 아니야." 타말란이 말했다. 그리고 보고서를 향해 몸을 기울이고 큰 소리로 그 내용을 읽었다. "'당신들은 샤이탄의 종이지 종들의 종이 아니예요.'" 타말란은 키푸나를 올려다보며 말을 이었다. "이건 네가 직접 보고 들은 건가?"

"예, 대모님. 대모님께서 혹시 다른 질문을 던지게 될지 몰라서 제가 직접 대모님께 보고드리는 것이 중요하다고 판단했습니다."

"그 아이는 지금도 그를 샤이탄으로 부르고 있다. 이 말이 그들을 얼마나 긁어댈지! 물론, 폭군 자신도 그런 말을 했지. '그들은 나를 샤이탄이라 부를 것이다'라고."

"저도 다르 에스 발라트의 유적에서 나온 그 보고서를 보았습니다."

"그들이 지체 없이 두 죄수를 다시 데려왔나?" 타말란이 물었다.

"오니숍터에 메시지가 전달되는 즉시 그렇게 했습니다, 대모님. 몇 분 되지도 않아 죄수들이 돌아왔습니다."

"그러니까 그들이 그 아이를 항상 감시하면서 귀를 기울이고 있다는 얘기군. 좋아. 시이나는 그 두 죄수와 아는 사이인 것 같던가? 그들 사이에 무슨 얘기가 오가지는 않았어?"

"그녀는 틀림없이 그들을 처음 보는 것 같았습니다, 대모님. 그 둘은 낮은 계급의 평범한 사람들이었고, 조금 더러운 데다가 형편없는 옷을 입고 있었습니다. 그들의 몸에서는 몸을 잘 씻지 않는 변두리 오두막 사람들의 냄새가 났습니다."

"시이나는 수갑을 벗기라고 명령한 다음 그 더러운 두 사람에게 말을 걸었군. 이번에는 그 아이가 정확히 뭐라고 했지?"

"당신들은 내 동족입니다.'"

"멋있군, 멋있어. 시이나는 그러고 나서 두 사람을 데려가 목욕을 시키고 새 옷을 준 다음 풀어주라고 명령했군. 그다음에 일어난 일을 네가 직접 설명해 봐."

"그녀는 튜엑을 불렀고, 그는 평의회 의원인 수행원 세 명과 함께 나타났습니다. 그건…… 거의 언쟁에 가까웠습니다."

"기억의 황홀경에 들어가 주겠나? 그 대화를 내게 보여줘."

키푸나는 눈을 감고 심호흡을 하면서 기억의 황홀경으로 빠져들었다. 그리고 입을 열었다. "시이나가 말합니다. '당신들이 내 동족을 샤이탄에게 먹이는 게 마음에 들지 않아요.' 스티로스 평의원이 말합니다. '그들은 샤이 홀루드에게 바치는 희생 제물입니다!' 시이나가 말합니다. '샤이탄이에요!' 시이나는 화가 나서 발을 구릅니다. 튜엑이 말합니다. '그만 됐습니다, 스티로스. 언쟁을 그만두십시오.' 시이나가 말합니다. '언제쯤에나 깨달을 거예요?' 스티로스가 뭐라고 말을 하려 하지만 튜엑이 눈을 부릅떠서 그의 입을 막고는 말합니다. '우리는 이미 깨달았습니다, 신성한 아이여.' 시이나가 말합니다. '내가 원하는 건…….'"

"됐다." 타말란이 말했다.

복사는 눈을 뜨고 말없이 기다렸다.

이윽고 타말란이 말했다. "네 자리로 돌아가라, 키푸나. 임무를 정말 잘 해냈다."

"감사합니다, 대모님."

"사제들이 대경실색할 일이 벌어질 거다." 타말란이 말했다.

"시이나의 소망은 그들에게 명령이나 다름없다. 튜엑이 그녀를 신앙처럼 믿기 때문이지. 그들은 벌레를 처벌의 도구로 사용하는 걸 그만둘 거다."

"그 두 죄수 때문이군요." 키푸나가 말했다.

"그래, 관찰력이 좋구나. 두 죄수가 자기들이 겪은 일을 얘기하겠지. 그 이야기는 왜곡될 거다. 사람들은 시이나가 사제들에게서 자기들을 지켜준다고 말할 거야."

"실제로 그 아이가 그렇게 하고 있는 게 아닙니까, 대모님?"

"아아, 하지만 사제들에게 어떤 선택의 여지가 열려 있는지 생각해 봐. 그들은 다른 처벌 형태를 증가시킬 거다. 채찍질이나 특정한 물질을 죄수들에게서 박탈하는 것. 시이나 때문에 샤이탄에 대한 두려움은 누그러지는 반면, 사제들에 대한 두려움은 증가하겠지."

그로부터 두 달이 채 되지 않아 타말란이 참사회에 보낸 보고서는 그녀 자신이 했던 말이 옳았음을 보여주었다.

"불충분한 배급, 특히 물의 배급제한이 두드러진 처벌 형태가 되었습니다. 터무니없는 소문들이 라키스 구석구석으로 파고들었으며, 곧 다른 행성들에서도 자리를 잡게 될 것입니다." 타말란은 이렇게 보고했다.

타말란은 자신의 보고서에 담긴 의미를 신중하게 생각해 보았다. 많은 사람들이 이 보고서를 볼 것이고, 그중에는 타라자와 공감하지 않는 사람들도 일부 포함될 것이다. 대모들이라면 라키스에서 지금 어떤 일이 벌어지고 있을지 머릿속으로 그림을 그려볼 수 있을 터였다. 시이나가 야생 모래벌레에 올라타고 사막에서부터 킨에 도착하던 모습을 라키스의 많은 사람들이 보았다. 비밀을 엄수하겠다는 사제들의 대응 방식에는 처음부터 흠이 있었다. 충족되지 않은 호기심은 스스로 대답을 만들어내는 경향이 있다. 추측은 사실보다 더 위험한 경우가 많다.

전의 보고서에서는 시이나의 놀이 친구로 끌려온 아이들에 대해 얘기했다. 그런 아이들에 대한 대단히 왜곡된 이야기들이 점점 더 많이 왜곡

되면서 사람들 사이에서 반복되었고, 그 내용이 참사회에 충실하게 보고되었다. 화려한 새 옷을 입고 거리로 돌아온 두 죄수는 점점 커져가는 신화를 더욱 부추길 뿐이었다. 신화학의 명인인 교단은 라키스에서 언제든 미세하게 증폭해서 뜻대로 지휘할 수 있는 에너지를 손에 넣은 셈이었다.

"우리는 소원이 이루어질 것이라는 믿음을 대중 사이에 불어넣었습니다." 타말란은 이렇게 보고했다. 그녀는 가장 최근에 자신이 작성한 보고서를 다시 읽으면서 베네 게세리트가 만들어낸 말들을 생각했다.

"시이나 님은 우리가 오랫동안 기다린 바로 그분이시다."

이것은 아주 간단한 말이었기 때문에 그 의미가 널리 퍼져나가는 과정에서 터무니없이 왜곡되지 않았다.

"샤이 훌루드의 아이께서 사제들을 벌하려 오셨다!"

이건 조금 복잡했다. 대중이 열정에 사로잡히는 바람에 몇몇 사제들이 어두운 골목에서 사망했다. 이 때문에 법의 집행을 담당한 사제단이 새로이 긴장했고, 예상대로 대중은 부당한 일들을 당했다.

타말란은 튜엑의 평의회 의원들 사이에서 일어난 소란의 결과로 시이나를 만나러 온 사제 대표단에 대해 생각해 보았다. 스티로스가 이끄는 그 대표단 일곱 명이 거리에서 데려온 아이와 함께 시이나가 점심 식사를 하고 있던 자리에 뛰어들었다. 타말란은 이런 일이 일어나리라는 것을 알고 미리 준비를 했기 때문에 그 사건을 비밀스럽게 녹화한 기록을 손에 넣을 수 있었다. 사람들의 말과 모든 표정이 드러나 있는 기록이었다. 사람들의 생각 또한 대모의 훈련받은 눈에 아주 분명하게 보였다.

"우리는 샤이 훌루드에게 희생 제물을 바치고 있었습니다!" 스티로스가 항의했다.

"튜엑이 당신더러 그 문제로 나와 언쟁을 벌이지 말라고 했잖아요." 시이나가 말했다.

스티로스와 다른 남자 사제들이 당황하는 것을 보고 여자 사제들이 미소 짓는 모습이라니!

"하지만 샤이 훌루드는……." 스티로스가 입을 열었다.

"샤이탄이에요!" 시이나가 그의 말을 바로잡았다. 그녀가 무슨 생각을 하는지 표정을 통해 쉽게 읽을 수 있었다. '이 멍청한 사제들은 정말 아무것도 모르는 거야?'

"하지만 우리는 항상……."

"당신들 생각이 틀렸다고요!" 시이나가 발을 굴렀다.

스티로스는 가르침을 원하는 척했다. "우리더러 분열된 신이신 샤이 훌루드가 또한 샤이탄이기도 하다고 믿으라는 겁니까?"

정말 완벽한 바보로군. 타말란은 생각했다. 심지어 사춘기 소녀도 그에게 창피를 줄 수 있을 터였다. 시이나는 실제로 그렇게 했다.

"거리의 아이들은 거의 걸음마를 할 무렵이면 그 사실을 다 알아요!" 시이나가 고함을 질렀다.

스티로스가 음흉하게 말했다. "거리의 아이들이 무슨 생각을 하는지 당신이 어떻게 아는 겁니까?"

"날 의심했으니 당신은 악마예요!" 시이나가 비난했다. 그녀는 이 말을 대답 대신 자주 사용했다. 이 말이 튜엑의 귀에 들어가서 소란을 일으킬 것임을 알기 때문이었다.

스티로스도 그 점을 너무나 잘 알고 있었다. 그는 시이나가 아이에게 오래된 우화를 얘기해 주는 사람처럼 아주 참을성 있게 신 혹은 악마, 혹은 그 둘이 모두 사막의 모래벌레 안에 깃들어 있을 수 있다는 사실을 설명하는 동안 눈을 내리깔고 기다렸다. 시이나는 인간들이 이 사실을 받아들이는 것밖에 할 수 없다고 했다. 그런 일들에 대해 결정을 내리는 것은 인간들의 일이 아니라는 것이었다.

스티로스는 그런 이단적인 말을 한 사람들을 사막으로 보낸 적이 있었다. (베네 게세리트가 분석할 수 있도록 너무나 정성스럽게 기록된) 그의 표정은 그런 터무니없는 생각들이 항상 라키스의 사람들 중 가장 밑바닥에 있는 쓰레기 같은 자들에게서 솟아 나온다고 말하고 있었다. 그런데 지금은! 그는 시이나의 말이 진실한 복음이라는 튜엑의 고집에 맞서 싸워야 했다.

타말란은 이 기록을 보면서 냄비가 제대로 잘 끓고 있다고 생각했다. 그리고 이것을 참사회에 보고했다. 의혹이 스티로스를 채찍질하고 있었다. 시이나에게 헌신하는 대중을 제외한 모든 사람이 의혹을 느끼고 있었다. 튜엑과 가까운 첩자들은 그가 역사가 겸 대화자인 드로민드를 승천시킨 결정이 정말로 지혜로웠는지에 대해서조차 의심하기 시작했다고 말했다.

"드로민드가 그분을 의심한 것이 옳은 일이었을까요?" 튜엑은 주위 사람들에게 이렇게 물었다.

"그럴 리가 없습니다!" 아첨꾼들은 이렇게 대답했다.

그들이 달리 무슨 말을 할 수 있겠는가? 최고 사제가 그런 결정을 내릴 때 실수를 할 리가 없었다. 그런 일은 신께서 허락하지 않으실 터였다. 그러나 시이나가 그를 당황시키고 있음은 분명했다. 그녀는 전의 최고 사제들이 내렸던 결정들을 무시무시한 지옥의 변방으로 보내버렸다. 모든 측면에서 재해석이 요구되고 있었다.

스티로스는 튜엑에게 계속 맹공을 가했다. "우리가 저 아이에 대해 실제로 뭘 알고 있습니까?"

타말란은 가장 최근에 벌어진 그런 대결에 대한 완벽한 보고서를 갖고 있었다. 스티로스와 튜엑 단둘이서 (그들은 자기들 둘뿐이라고 생각했다) 튜엑의 거처에서 희귀한 파란색 의자개에 편안히 앉아 멜란지가 가미된 절임을 바로 옆에 두고 밤이 깊도록 토론을 했다. 타말란이 갖고 있는 그 만남의 홀로그램 사진 기록은 노란색 발광구 하나가 두 사람의 머리 바로 위에서 반중력 장치에 실려 떠돌고 있는 모습을 보여주었다. 발광구의 빛이 피곤에 지친 눈에 주는 부담을 덜기 위해 어둡게 조절되어 있었다.

"어쩌면 처음에, 그 아이를 모래 막대기와 함께 사막에 남겨둔 것이 좋은 시험이 아니었는지도 모릅니다." 스티로스가 말했다.

이건 교활한 말이었다. 튜엑은 머릿속이 그리 복잡하지 않은 사람으로 유명했다. "좋은 시험이 아니었다고요? 그게 도대체 무슨 소리입니까?"

"신께서는 우리가 다른 시험들을 실시하기를 바라고 계시는지도 모릅니다."

"당신도 그분을 보지 않았습니까! 사막에서 여러 번 신과 얘기하는 모습을요!"

"그래요!" 스티로스는 금방이라도 덤벼들 것 같은 태도였다. 그 말이 그가 원하던 대답임이 분명했다. "만약 그 아이가 신 앞에서 아무런 해를 입지 않고 서 있을 수 있다면, 혹시 다른 사람들에게 그 방법을 가르쳐줄 수 있을지도 모릅니다."

"우리가 그 얘기를 꺼내면 그분이 화를 내는 걸 아시지 않습니까."

"어쩌면 그 문제에 대한 우리의 접근 방법이 틀렸는지도 모릅니다."

"스티로스! 그분 말이 옳다면 어떡하실 겁니까? 우리는 '분열된' 신을 섬기고 있습니다. 나는 이 점에 대해 오랫동안 진지하게 생각해 봤습니다. 신께서 왜 분열되신 걸까요? 이것이 신의 최후의 시험이 아닐까요?"

스티로스의 표정은 그의 파벌이 두려워하던 정신적 훈련이 바로 이런 것이라고 말하고 있었다. 그는 최고 사제의 생각을 다른 쪽으로 돌리려 했지만 튜엑은 형이상학으로 뛰어드는 외길에서 벗어나려 하지 않았다.

"최후의 시험입니다. 사악함 속에서 선(善)을 보고, 선 속에서 사악함을 보기 위한." 튜엑이 고집스럽게 말했다.

스티로스의 표정은 대경실색이라는 말로 설명할 수밖에 없었다. 튜엑은 신에게 최고의 기름 부음을 받은 사람이었다. 그 사실을 의심하는 것은 그 어떤 사제에게도 허락되지 않았다! 튜엑이 이런 생각을 공개적으로 밝힌다면 그 결과로 사제들이 지닌 권위의 기반을 흔들어놓을 일들이 벌어질 수도 있었다! 분명히 스티로스는 최고 사제를 승천시킬 때가 온 것은 아닌지 자문하고 있었다.

"저는 최고 사제님과 그런 심오한 문제를 토론하겠다는 얘기는 꺼내지도 않을 겁니다. 하지만 제가 여러 가지 의혹을 해결할 수 있는 제안을 내놓는 건 어떻습니까?" 스티로스가 말했다.

"그럼 제안해 보세요."

"그 아이의 옷에 쉽게 알아차리기 어려운 기구들을 끼워 넣을 수 있습니다. 그 아이가 신과 대화할 때 우리가 들을 수……."

"신께서 우리가 한 짓을 모를 거라고 생각하시는 겁니까?"

"그런 생각을 한 적은 한 번도 없습니다!"

"난 그분을 사막으로 데려가라는 명령을 내리지 않을 겁니다."

"하지만 그 아이가 스스로 가겠다고 한다면요?" 스티로스는 자신이 지을 수 있는 가장 매력적인 표정을 지었다. "그 아이는 이미 여러 번 그렇게 했습니다."

"하지만 최근엔 아니죠. 그분은 신께 자문을 구할 필요를 잃어버리신 것 같습니다."

"우리가 제안을 할 수는 없을까요?" 스티로스가 물었다.

"어떤 제안 말입니까?"

"시이나, 당신의 아버지와 언제 다시 얘기를 나누실 겁니까? 그분 앞에 다시 한번 서고 싶지 않습니까?"

"그건 제안이라기보다는 채근에 가깝게 들리는군요."

"저는 그저……."

"신성한 아이는 바보가 아닙니다! 그분은 신과 얘기를 나누는 분이에요, 스티로스. 우리가 이런 어림짐작을 한 것 때문에 신께서 심한 벌을 내리실 수도 있습니다."

"신께서 우리가 연구할 수 있도록 그 아이를 이곳에 보내신 것이 아닙니까?" 스티로스가 물었다.

이건 드로민드의 이단적인 주장과 너무 가까워서 튜엑은 좋게 봐줄 수가 없었다. 그는 불길한 시선으로 스티로스를 쏘아보았다.

"제 말은 우리가 그 아이에게서 배움을 얻기를 신께서 틀림없이 바라고 계신다는 겁니다." 스티로스가 말했다.

튜엑 자신도 이 말을 여러 번 한 적이 있었다. 그리고 그런 말을 하면서 자신이 드로민드의 말을 이상하게 흉내 내고 있다는 느낌을 받은 적은 한 번도 없었다.

"그분을 채근하고 시험하려 들면 안 됩니다." 튜엑이 말했다.

"맙소사! 저는 신성한 조심성을 지키는 데 영혼을 바칠 겁니다. 그리고 신성한 아이에게서 배우는 모든 것을 최고 사제님께 즉시 보고하겠습니다." 스티로스가 말했다.

튜엑은 그저 고개를 끄덕이기만 했다. 그도 스티로스의 말이 진실임을 확인할 나름의 방법을 갖고 있었다.

그 후 벌어진 교활한 채근과 시험은 타말란과 그녀의 부하들에 의해 즉시 참사회에 보고되었다.

"시이나는 생각에 잠긴 표정입니다." 타말란은 이렇게 보고했다.

라키스에 있는 대모들과 그들에게서 보고를 받는 사람들에게 이 생각에 잠긴 표정의 의미는 명백했다. 시이나의 신원에 대해서는 이미 오래 전에 추론이 이루어졌다. 스티로스의 강요 때문에 그 아이는 향수를 느끼고 있었다. 시이나는 현명하게 침묵을 지키고 있었지만 개척자 마을에서 살던 시절을 자주 생각하는 기색이 역력했다. 수많은 두려움과 위험이 있었어도 그 시절은 그녀에게 틀림없이 행복한 시절이었다. 그녀는 웃음소리, 날씨를 알아보려고 모래에 기둥을 박던 일, 마을 오두막 구석에서 전갈을 사냥하던 일, 모래 언덕에서 스파이스 조각들을 냄새로 추적해 찾아내던 일 등을 회상하곤 했다. 시이나가 그 지역을 여러 번 찾아가는 것을 보고 교단은 사라져버린 마을의 위치와 그 마을에서 일어났던 일을 상당히 정확하게 추측해 냈다. 시이나는 자기 거처의 벽에 걸린 튜엑의 낡은 지도를 자주 물끄러미 바라보았다.

타말란이 예상했던 대로 어느 날 아침 시이나는 벽에 걸린 지도에서 자기가 여러 번 찾아갔던 장소를 손가락으로 찔렀다. "날 여기로 데려다 주세요." 시이나는 자기 시종들에게 이렇게 명령했다.

오니숍터 한 대가 불려왔다.

사제들이 머리 위 높은 곳에 떠 있는 오니숍터 안에서 탐욕스럽게 귀를 기울이고 있는 가운데, 시이나는 사막에서 자신의 네메시스와 다시 한번 맞섰다. 타말란과 그녀의 보좌관들은 사제들의 통신 회로에 주파수를 맞추고 사제들만큼 탐욕스럽게 그것을 지켜보았다.

시이나가 자기를 내려달라고 명령했던, 모래 언덕이 집어 삼켜버린 황무지에는 마을의 흔적이 조금도 남아 있지 않았다. 그러나 이번에 그녀는 모래 막대기를 사용했다. 이것 역시 스티로스가 제안한 것으로, 그는 분열된 신을 소환하는 이 고대의 도구를 사용하는 법에 대한 세심한 지시를 곁들였다.

모래벌레가 나타났다.

타말란은 자신의 중계 투사기를 지켜보며 그 벌레가 그저 중간 크기의 괴물에 지나지 않는다고 생각했다. 녀석의 몸길이는 약 50미터쯤 되는 것 같았다. 시이나는 크게 벌어진 녀석의 입 앞에서 겨우 약 3미터 거리에 서 있었다. 관찰자들은 모래벌레의 몸 내부에서 타오르는 불길의 가쁜 숨소리를 분명히 들을 수 있었다.

"왜 그런 짓을 했는지 말해 줄 거야?" 시이나가 다그치듯 물었다.

그녀는 벌레의 뜨거운 숨결에도 겁을 내지 않았다. 괴물의 몸 밑에서 모래가 지지직 소리를 냈지만 그녀는 그 소리를 듣지 못한 것처럼 행동했다.

"대답해!" 시이나가 명령했다.

모래벌레에게서는 어떤 목소리도 들려오지 않았지만 시이나는 고개를 한쪽으로 갸우뚱한 채 귀를 기울이고 있는 것 같았다.

"그럼 네가 온 곳으로 돌아가." 시이나는 벌레에게 물러가라는 듯이 손사래를 쳤다.

벌레는 얌전하게 뒤로 물러나서 모래 밑으로 돌아갔다.

교단이 기쁨에 들떠 염탐하고 있는 가운데 사제들은 드문드문 있었던 그러한 만남에 대해 여러 날 동안 토론했다. 시이나에게 자기들이 엿듣고 있다는 사실이 알려지면 안 되므로 그녀에게 질문을 던질 수는 없었다. 예전과 마찬가지로 그녀는 사막을 찾아갔던 일에 대해 한마디도 하지 않으려고 했다.

스티로스는 계속해서 그녀를 교활하게 채근했다. 그 결과는 교단이 예상했던 그대로였다. 시이나는 때로 아침에 잠에서 깨자마자 느닷없이 "오늘 사막에 가겠어요"라고 말하곤 했다.

그녀는 어떤 때에는 모래 막대기를 사용했고, 어떤 때에는 벌레를 소환하는 춤을 추었다. 킨은 물론 인간이 살고 있는 곳이라고는 단 하나도 보이지 않는 저 먼 사막에서 모래벌레들이 그녀를 찾아왔다. 시이나는 혼자 벌레 앞에 서서 얘기를 했고 다른 사람들은 거기에 귀를 기울였다. 타말란은 계속 쌓여가는 기록들을 참사회에 넘기면서 그 기록들에 홀린 듯한 흥미를 느꼈다.

"난 널 미워해야 해!"

이 말이 사제들 사이에서 얼마나 커다란 소란을 일으켰는지! 튜엑은 '우리 모두가 분열된 신을 사랑하면서 동시에 미워해야 하는가?'라는 주제로 공개적인 토론을 원했다.

스티로스는 신이 무엇을 바라시는지 아직 분명히 밝혀지지 않았다는 주장을 펼쳐 이 제안을 간신히 막았다.

시이나는 자신을 찾아온 그 거대한 방문객 중 하나에게 이렇게 물었다. "내가 널 다시 타게 해줄 거야?"

그녀가 다가가자 벌레는 뒤로 물러나 그녀가 올라타는 것을 허락하려 하지 않았다.

또 한 번은 그녀가 이런 질문을 던지기도 했다. "내가 꼭 사제들과 함께 있어야 해?"

그때의 모래벌레는 이 밖에도 많은 질문을 받았는데, 그중에는 다음과 같은 질문들이 포함되어 있었다.

"네가 먹은 사람들은 어디로 가지?"

"사람들이 왜 나를 거짓으로 대하는 거야?"

"내가 나쁜 사제들에게 벌을 주어야 할까?"

타말란은 이 마지막 질문을 듣고 웃음을 터뜨리면서 이 질문이 튜엑의 사제들 사이에서 일으키게 될 소란을 생각했다. 그녀의 첩자들은 사제들이 당황했다고 충실하게 보고했다.

"신께서 그분에게 어떻게 대답하십니까? 누구 신의 대답을 들은 사람이 있습니까?" 튜엑이 물었다.

"어쩌면 신께서는 그분의 영혼을 향해 직접 얘기하시는 건지도 모릅니다." 한 평의회 의원이 용기를 내어 말했다.

"바로 그겁니다!" 튜엑은 이 의견을 잽싸게 움켜잡았다. "신께서 그분에게 무엇을 하라고 하셨는지 우리가 반드시 물어봐야 합니다."

시이나는 그런 얘기에 끌려드는 것을 거부했다.

"그녀는 자기의 능력을 상당히 공정하게 평가하고 있습니다. 스티로스의 채근에도 불구하고 그녀는 이제 사막에 자주 가지 않습니다. 우리가 혹시나 하고 예상했던 것처럼 사막이 그녀를 끌어당기는 힘이 약해졌습니다. 그녀가 두려움과 의기양양함을 안고 나아갈 수 있는 거리에는 한계가 있습니다. 그러나 그녀는 효과적인 명령을 하나 배웠습니다. '물러가요!'라는 것입니다." 타말란은 이렇게 보고했다.

교단은 이것을 중요한 변화로 보았다. 분열된 신조차 복종하는데, 그녀가 무슨 권위로 그런 명령을 내리는지 의문을 제기할 사제는 남녀를 막론하고 하나도 없었다.

"사제들은 사막에 탑을 여러 개 짓고 있습니다. 시이나가 사막에 나갈 때 그녀를 더 안전하게 관찰하기 위해서입니다." 타말란은 이렇게 보고했다.

교단은 이런 변화를 이미 예상하고 있었으며, 이 사업의 속도를 높이기 위해 나름의 방법으로 채근하기까지 했다. 각각의 탑에는 바람덫이 있었고, 그 탑만을 관리하는 직원이 있었으며, 물의 장벽과 정원 등 문명의 구성 요소들도 갖춰져 있었다. 각각의 탑은 라키스의 정착지를 모래벌레들의 영역 속으로 점점 더 깊숙이 퍼뜨리는 작은 공동체였다.

이제는 더 이상 개척자 마을이 필요하지 않게 되었다. 이런 변화를 일으킨 공은 시이나에게 돌아갔다.

"그분은 '우리의' 여사제님이야." 대중은 이렇게 말했다.

튜엑과 그의 평의회 의원들은 핀의 뾰족한 끝 위에서 빙글빙글 돌고 있었다. 샤이탄과 샤이 훌루드가 한 몸 안에 있다고? 스티로스는 튜엑이 이 사실을 발표할까 봐 매일 두려움 속에서 살았다. 스티로스의 자문들은 마침내 튜엑을 승천시키자는 제안을 거부했다. 여사제 시이나가 치명적인 사고를 당하게 하자는 제안에는 모든 사람들이 경악스럽다는 반응을 보였다. 심지어 스티로스도 그것이 너무 위험한 일이라고 생각했다.

"우리가 이 가시를 제거한다 해도, 신께서 훨씬 더 무서운 모습으로 우리를 찾아오실지 모릅니다." 그가 말했다. 그리고 이렇게 경고했다. "가장 오래된 책들은 어린아이가 우리를 이끌 것이라고 말하고 있습니다."

스티로스는 시이나가 평범한 인간이 아니라는 시각을 가장 늦게 받아들였다. 카니아를 포함해서 시이나 주위의 사람들은 그녀를 사랑하고 있었다. 그녀는 너무나 솔직하고, 너무나 총명하고, 눈치가 빨랐다.

시이나에 대한 이 점점 커져가는 애정이 심지어 튜엑에게까지 뻗어 있음을 눈치챈 사람이 많았다.

이 힘의 손길을 받은 사람들을 교단은 즉시 알아보았다. 베네 게세리트는 이 고대의 효과에 붙일 수 있는 이름을 갖고 있었다. '숭배의 확산.' 타말란은 라키스 도처에서 사람들이 샤이탄이나 심지어 샤이 훌루드 대신 시이나에게 기도하기 시작하면서 라키스 전역에서 일어나고 있는 커다란 변화들을 보고했다.

"그들은 시이나를 가장 약한 사람들을 위한 중재자로 보고 있습니다. 이건 익숙한 패턴입니다. 모든 것이 명령대로 진행되고 있습니다. 골라를 언제 보내실 겁니까?"

풍선의 바깥쪽 표면은 항상 그 빌어먹을 물건의 중심보다 더 크다! 그것이 대이동의 가장 중요한 의미이다!

—잃어버린 자들 사이로 새로운 조사용 탐침을 보내자는 익스의 제안에 대한 베네 게세리트의 답변

교단이 보유한 쾌속 우주선 한 대가 가무의 궤도를 돌고 있는 조합 수송선으로 마일즈 테그를 데려다주었다. 그는 이런 순간에 성을 떠나는 것이 마음에 들지 않았지만, 무엇을 우선해야 하는지는 분명했다. 그는 또한 이번 일에 대해 육감을 느끼고 있었다. 300년에 걸친 경험을 통해 테그는 자신의 육감을 신뢰해야 한다는 것을 배웠다. 가무의 상황은 좋지 않았다. 모든 순찰 결과, 원거리 탐지기들이 보고해 오는 모든 사실들, 여러 도시에 나가 있는 파트린의 첩자들이 보내온 보고서, 이 모든 것이 테그의 불안을 한층 더 부추겼다.

멘타트의 방식으로 테그는 성 주위와 성안에 있는 세력들의 움직임을 느꼈다. 그가 맡은 골라가 위협을 받고 있었다. 그러나 폭력 사태를 대비하고 조합 수송선에 올라 보고하라는 명령은 타라자에게서 직접 내려온

것이었으며, 거기에는 틀림없는 식별용 암호가 들어 있었다.

자신을 위로 데려가는 우주선에서 테그는 전투에 대비해 각오를 다졌다. 그가 할 수 있는 준비는 이미 다 했다. 루실라에게도 경고를 보냈다. 그는 루실라에 대해 자신하고 있었다. 슈왕규는 또 다른 문제였다. 그는 가무 성에서 일어난 몇 가지 본질적인 변화들에 대해 타라자와 반드시 얘기를 나눌 생각이었다. 그러나 우선 또 한 번의 전투에서 승리를 거둬야 했다. 테그는 자신이 전장으로 들어가고 있다는 사실을 조금도 의심하지 않았다.

그를 태운 우주선이 도킹을 위해 움직일 때, 창문 밖을 내다본 테그는 수송선의 이면에 있는 조합의 소용돌이 장식 속에서 거대한 익스의 상징을 보았다. 조합은 이 우주선을 익스의 기계에 맞게 변환시켜 전통적인 항법사 대신 기계를 사용하고 있었다. 우주선에는 장비를 관리하는 익스의 기술자들이 탑승하고 있을 터였다. 하지만 진정한 조합 항법사 역시 있을 것이다. 조합은 이렇게 변환시킨 수송선들을 틀레이랙스 인과 라키스 인에게 보내는 메시지 삼아 과시하면서도 기계를 신뢰하는 법을 그리 많이 배우지 못했다.

'봐라. 너희들의 멜란지가 우리에게 절대적으로 필요한 건 아니다!'

우주선 옆구리에 있는 거대한 익스의 상징 속에 들어 있는 선언이 바로 이것이었다.

테그는 우주선이 도킹하면서 약간 덜컹하는 것을 느끼고, 마음을 가라앉히기 위해 깊이 숨을 들이쉬었다. 그는 전투가 있기 전에 항상 그랬던 것처럼 거짓된 꿈이 완전히 사라진 것을 느꼈다. 이건 실패를 의미했다. 회담이 실패해서 이제 피비린내 나는 싸움이 도래한 것이다……. 그가 뭔가 다른 방법으로 상대를 압도하지 못한다면 그렇게 될 터였다. 요즘의 전투는 대규모로 벌어지는 경우가 거의 없었지만, 그래도 그곳에 죽음이 존재하는 것은 사실이었다. 이는 좀더 영구적인 실패를 의미했다. '우리가 서로의 차이점을 평화롭게 조정할 수 없다면, 인간이라고 할 수 없어.'

틀림없는 익스 인의 말씨를 지닌 안내원이 테그를 타라자가 기다리고 있는 방으로 안내했다. 공기 튜브를 타고 복도를 따라가는 동안 테그는 최고 대모의 메시지 속에 들어 있던 비밀스러운 경고를 확인해 줄 징조들을 찾았다. 모든 것이 평온하고 평범해 보였다. 안내원도 적절한 예의를 갖춰 바샤르를 대했다. "저는 안디오유에서 티레그 지휘관이었습니다." 그 안내원은 테그가 승리를 거둔, 전투와 거의 흡사했던 싸움 중 하나를 거론하면서 이렇게 말했다.

그들은 평범한 복도의 벽에 있는 평범한 달걀형 해치에 이르렀다. 해치가 열리고 테그는 하얀 벽으로 둘러싸인 편안해 보이는 방으로 들어갔다. 골격 위에 캔버스지를 씌운 의자와 나지막한 사이드 테이블이 있었고 발광구는 노란색으로 조정되어 있었다. 그의 등 뒤에서 해치가 단단하게 쿵소리를 내면서 스르르 잠겼다. 그의 안내인은 복도에 남아 있었다.

베네 게세리트의 복사 하나가 테그 오른쪽의 감춰진 통로에서 얇은 커튼을 젖히고 그에게 고개를 끄덕였다. 그가 온 것을 보았으니 이제 타라자에게 알리겠다는 신호였다.

테그는 종아리 근육이 떨리는 것을 억눌렀다.

'폭력 사태?'

그가 타라자의 비밀스러운 경고를 잘못 해석한 것은 아니었다. 그의 준비가 충분한 걸까? 그의 왼쪽에 검은 캔버스지 의자가 있었고, 그 앞에는 긴 탁자가 있었다. 그리고 그 탁자 끝에 의자가 또 하나 있었다. 테그는 그쪽으로 가서 벽을 등지고 기다렸다. 가무의 갈색 흙먼지가 아직도 부츠 코에 붙어 있는 것이 눈에 띄었다.

방 안에 독특한 냄새가 있었다. 그는 코를 킁킁거리며 냄새를 맡아보았다. 시어였다! 타라자와 그녀 편의 사람들이 익스 탐침에 대비한 건가? 테그는 우주선에 오르기 전에 여느 때와 같이 시어 캡슐을 먹었다. 그의 머릿속에는 적에게 유용할 수도 있는 지식이 너무 많이 들어 있었다. 타라자가 숙소 주위에 시어의 냄새를 남겨두었다는 사실에는 또 다른 의미가 있었다. 이건 그녀가 저지할 수 없는 어떤 관찰자에게 보내는 메시지였다.

타라자가 얄팍한 커튼을 지나 안으로 들어왔다. 대모가 피곤해 보인다고 그는 생각했다. 교단의 자매들이 금방이라도 쓰러질 것 같은 상태가 될 때까지 피곤을 감출 수 있다는 점을 감안하면 대모의 모습이 놀라웠다. 그녀가 정말로 기운이 없는 건가, 아니면 이건 숨어 있는 감시자들을 위한 또 하나의 제스처인가?

타라자는 안으로 들어오자마자 걸음을 멈추고 테그를 유심히 살펴보았다. 지난번에 만났을 때보다 그가 훨씬 더 늙어 보이는 것 같았다. 가무에서의 임무 때문인 듯한데, 그녀는 그 점에서 안도감을 느꼈다. 테그는 자신의 임무를 충실히 수행하고 있었다.

"당신의 빠른 대응에 감사합니다, 마일즈." 그녀가 말했다.

'감사한다고!' 이건 '우리가 위험한 적에 의해 비밀리에 감시당하고 있다'는 뜻으로 그들이 미리 약속한 단어였다.

테그는 타라자가 들어온 커튼 쪽으로 눈길을 보내며 고개를 끄덕였다.

타라자는 미소를 지으며 방 안으로 더 깊숙이 들어왔다. 테그에게 멜란지 주기의 흔적이 전혀 없음을 그녀는 알아차렸다. 테그의 나이가 많기 때문에 그가 스파이스의 효과에 의존하고 있다는 의심이 항상 제기되었다. 그에게는 멜란지 중독의 희미한 흔적조차 없었다. 강건하기 짝이 없는 사람들도 삶의 끝이 다가오고 있음을 느꼈을 때 때로 멜란지에 의존하곤 하는데 말이다. 테그는 과거에 입었던 최고 바샤르의 군복 웃옷을 입고 있었지만, 어깨와 깃에는 별이 폭발하는 것 같은 모양의 황금 문양이 없었다. 그녀는 이 신호의 의미를 알아차렸다. 그는 '내가 당신을 위해 복무하면서 이 지위를 어떻게 얻었는지 기억하십시오. 난 이번에도 당신을 실망시키지 않았습니다'라고 말하고 있었다.

그녀를 유심히 살펴보는 바샤르의 눈은 차분했다. 섣불리 판단을 내리려는 기미는 전혀 없었다. 그의 온몸에서 내면의 차분함이 드러났다. 지금 이 순간 그의 내면에서 어떤 일들이 벌어지고 있는지 그녀가 아는데도, 그의 모습은 그러한 내면의 모습과 완전히 달랐다. 그는 그녀의 신호를 기다리고 있었다.

"기회가 닿는 대로 빨리 골라를 각성시켜야 합니다." 그녀가 말했다. 그리고 그가 뭐라 말을 하려 하자 손을 흔들어 그의 말을 막으면서 다시 말을 이었다. "나는 루실라의 보고서를 봤습니다. 그 아이가 너무 어리다는 것도 알고 있어요. 하지만 우리는 행동에 나서야 합니다."

그녀가 감시자들 때문에 이런 얘기를 하고 있음을 그는 깨달았다. 그녀의 말을 믿어야 하는 걸까?

"당신에게 지금 명령하겠습니다. 그 아이를 각성시키세요." 그녀는 이렇게 말하면서 왼쪽 손목을 구부려 두 사람 사이의 비밀 언어로 이 명령의 내용을 확인해 주었다.

그 명령은 진심이었다! 테그는 타라자가 지나온 통로를 감추고 있는 커튼을 살짝 바라보았다. 저기서 누가 엿듣고 있는가?

그는 이 문제에 멘타트의 능력을 적용시켰다. 빠진 조각들이 있었지만, 그것이 그를 막지는 못했다. 멘타트는 하나의 패턴을 만들어낼 수 있을 만큼 충분한 조각이 모인 다음에는 특정한 조각이 없어도 작업할 수 있었다. 때로는 지극히 피상적인 윤곽만으로도 충분했다. 그 윤곽이 숨겨진 형태를 제공해 주었고, 그러면 그는 빠진 조각들을 끼워 넣어 전체를 완성할 수 있었다. 멘타트들이 원하는 데이터를 모두 갖고 있는 경우는 거의 없었다. 그러나 그는 패턴을 감지하고, 시스템과 전체를 알아보는 훈련을 받았다. 테그는 자신이 궁극의 군사적 감각 역시 훈련받았음을 자신에게 일깨웠다. 군대에서는 신병들에게 무기를 조준하는 법, 즉 무기를 올바르게 겨냥하는 법을 훈련시켰다.

타라자는 그를 겨냥하고 있었다. 지금 상황에 대한 그의 평가가 확인되었다.

"당신이 골라를 각성시키기 전에 그 아이를 죽이거나 사로잡으려는 필사적인 시도들이 있을 겁니다." 그녀가 말했다.

그는 그녀의 어조에 담긴 의미를 알아챘다. 그녀는 멘타트에게 냉정하고 분석적으로 데이터를 제공하고 있었다. 그렇다면 그가 멘타트 모드임을 그녀가 알고 있다는 얘기였다.

멘타트의 패턴 탐색이 그의 머릿속을 지나갔다. 첫째, 골라에 대한 교단의 계획이 있었다. 그는 그 계획을 대부분 모르고 있었지만 그 계획은 모래벌레를 다룰 수 있는 (그럴 수 있다고들 하는) 라키스의 어린 여자아이를 중심으로 어느 정도 편성되어 있었다. 아이다호 골라들은 매력적인 인물이었으며 폭군과 틀레이랙스 인들로 하여금 헤아릴 수도 없을 만큼 여러 번 그를 반복해서 만들어내게 한 뭔가 다른 특징 또한 갖고 있었다. 우주선을 한가득 채울 수 있을 만큼 많은 던컨들이라니! 이 골라가 어떤 기능을 제공했기에 폭군은 그가 망자들 사이에 남아 있는 것을 허락하지 않았던 걸까? 그리고 틀레이랙스 인들은, 그들은 심지어 폭군이 죽은 후에도 수천 년 동안 악솔로틀 탱크에서 던컨 아이다호 골라들을 만들어냈다. 틀레이랙스 인들은 이 골라를 교단에 열두 번 팔았고, 교단은 가장 확실한 화폐, 즉 소중하게 저장해 두었던 멜란지로 값을 지불했다. 틀레이랙스 인들은 자기들이 그토록 풍부하게 생산해 내고 있는 물건을 왜 받아들였을까? 이유는 분명했다. 교단의 멜란지를 고갈시키기 위해서였다. 그건 특수한 형태의 탐욕이었다. 틀레이랙스 인들은 패권을 사들이고 있었다. 권력 게임인 것이다!

테그는 조용히 기다리고 있는 최고 대모에게 신경을 집중했다. "틀레이랙스 인들은 우리의 타이밍을 통제하기 위해 골라들을 죽여왔습니다." 그가 말했다.

타라자는 고개를 끄덕였지만 말을 하지는 않았다. 그렇다면 뭔가가 더 있다는 얘기였다. 그는 다시 멘타트 모드로 들어갔다.

베네 게세리트는 틀레이랙스 멜란지의 소중한 시장이었다. 라키스에서 항상 멜란지가 조금씩 흘러나오고 있으므로 틀레이랙스가 멜란지의 유일한 원천은 아니지만, 베네 게세리트가 소중한 시장임에는 틀림없었다. 아주 소중했다. 틀레이랙스 인들이 더 소중한 시장을 어딘가에 대기시켜 놓지 않은 이상 소중한 시장을 멀리하는 것은 이치에 맞지 않았다.

베네 게세리트의 활동에 관심을 가진 자가 또 누구인가? 익스 인들. 의심의 여지가 없었다. 그러나 익스 인들은 멜란지의 좋은 시장이 아니었다. 이 우주선에 익스 인들이 타고 있다는 사실은 그들이 독립적인 존재임을 대변하고 있었다. 익스 인들과 물고기 웅변대가 공통의 대의를 좇고 있으므로, 지금의 패턴 탐색에서 물고기 웅변대를 제쳐두어도 될 것 같았다.

이 우주에서 어떤 커다란 권력, 혹은 권력의 집합체가…….

테그는 오니숍터에서 급강하 브레이크를 작동시킨 것처럼 이 생각 앞에서 얼어붙은 듯 멈춰 섰다. 그리고 여러 가지 고려 사항들을 정리하면서 자신의 정신이 자유롭게 돌아다니도록 내버려두었다.

'이 우주가 아니다.'

패턴이 형태를 잡았다. '부(富).' 멘타트의 계산 속에서 가무가 새로운 역할을 차지했다. 가무는 아주 오래전에 하코넨에 의해 모든 것을 약탈당했으며, 썩어 문드러진 시체처럼 버림받았다. 그것을 단의 사람들이 회복시켰다. 그러나 가무의 희망조차 사라져버린 시기가 있었다. 희망이 없다면 꿈조차 없었을 것이다. 사람들은 그 오물 구덩이를 기어오르면서 가장 비열한 실용주의를 채택했다. '그것이 효과를 발휘한다면 그런대로 좋은 거지.'

부.

가무를 처음 조사했을 때 그는 은행들의 숫자를 눈여겨보았다. 그들은, 그들 중 일부는, 심지어 베네 게세리트에게서 안전한 곳으로 구분되어 있기까지 했다. 가무는 엄청난 부를 조종하기 위한 지주 역할을 했다. 그가 긴급 연락처로서의 용도를 연구하기 위해 찾아갔던 은행의 기억이 그의 멘타트 의식 속에 완전히 떠올랐다. 그는 그 은행이 순전히 이 행성에서만 사업을 하고 있는 게 아니라는 점을 은행에 들어가자마자 깨달았다. 그곳은 은행가들의 은행이었다.

'그냥 부가 아니라 부 그 자체야.'

최고 패턴이 테그의 머릿속에서 만들어지지는 않았지만, 시험 투사를 하기에는 충분했다. 그것은 이 우주의 부가 아니었다. 대이동에서 돌아온 사람들의 부였다.

멘타트로서 이렇게 모든 것을 정리해 내는 데에는 겨우 몇 초밖에 걸리지 않았다. 시험을 할 수 있는 지점에 도달한 테그는 근육과 신경을 느슨하게 풀고 타라자를 한 번 흘깃 바라본 다음 감춰진 입구를 향해 성큼성큼 다가갔다. 그는 타라자가 그의 행동에 경계의 기색을 전혀 보이지 않는 것에 주목했다. 커튼을 휙 젖히자 거의 테그만큼 키가 큰 남자가 앞에 서 있었다. 그의 군복 스타일 옷에서 목 위로 올라와 있는 깃에는 창을 서로 교차시킨 문양이 붙어 있었다. 얼굴은 묵직하고, 턱은 널찍하고, 눈은 초록색이었다. 그는 깜짝 놀라서 긴장한 표정으로 한 손을 주머니 위에 대고 있었다. 그 주머니가 불룩 솟아 있는 것을 보니 거기에 무기가 있음이 틀림없었다.

테그는 남자에게 미소를 지어 보이고 커튼을 다시 늘어뜨린 다음 타라자에게 돌아왔다.

"대이동에서 돌아온 사람들에게 감시를 당하고 있군요." 그가 말했다.

타라자는 긴장을 풀었다. 임무를 수행하는 테그의 모습은 기억에 남을 만한 것이었다.

커튼이 휙 젖혀졌다. 그 키 큰 이방인이 안으로 들어와 테그에게서 두 발짝 떨어진 곳에 섰다. 얼음처럼 차가운 분노의 표정이 그의 얼굴을 차지했다.

"그에게 말하지 말라고 경고했잖습니까!" 테그에게 낯선 말씨를 쓰는 그 목소리는 매우 신경에 거슬리는 저음이었다.

"나 역시 이 멘타트 바샤르의 능력에 대해 당신들에게 경고했소." 타라자가 말했다. 혐오의 표정이 그녀의 얼굴을 번개처럼 스치고 지나갔다.

남자가 수그러들더니 쉽게 알아보기 어려운 두려움의 표정이 그의 얼굴에 떠올랐다. "명예의 어머니, 저는……."

"감히 날 그런 식으로 부르다니!" 타라자의 몸이 긴장하며 전투 자세를 취했다. 테그는 그녀가 이런 모습을 보이는 걸 일찍이 한 번도 본 적이 없었다.

남자가 살짝 고개를 숙였다. "친애하는 부인, 이곳의 상황을 통제하는 건 당신이 아닙니다. 당신에게 일깨워드려야겠군요. 제가 받은 명령은……."

테그는 더 이상 들을 필요가 없었다. "대모께서는 나를 통해서 이곳을 통제하고 계시오. 이곳으로 오기 전에 나는 방어를 위한 몇 가지 조치들을 취해 두었소. 이건……." 그는 주위를 살짝 둘러본 다음 침입자에게 다시 시선을 돌렸다. 침입자의 얼굴에는 이제 조심스러운 표정이 떠올라 있었다. "……비우주선이 아니오. 우리가 가진 비우주선 모니터 중 두 대가 지금 당신들을 시야에 확보하고 있소."

"당신도 살아남지 못할 것이오!" 남자가 고함을 질렀다.

테그는 상냥한 미소를 지었다. "이 우주선의 어느 누구도 살아남지 못할 것이오." 그는 신경 신호를 조종해서 자신의 두개골 속에 있는 자그마한 파동 타이머를 작동시키기 위해 턱에 힘을 주었다. 타이머가 그의 시각 중추에 그래픽 신호들을 보여주었다. "당신이 결정을 내릴 수 있는 시간이 많지 않소."

"당신이 어찌 알고 이런 조치들을 취하게 됐는지 그에게 말하세요." 타라자가 말했다.

"최고 대모님과 나는 우리만의 은밀한 통신 수단을 갖고 있소. 하지만 그보다 한 발 더 나아가서, 대모께서 내게 경고를 해주실 필요조차 없었소. 대모께서 나를 부르신 것으로 충분했으니까. 지금 같은 시기에 최고

대모가 조합 수송선에 타고 있다고? 그건 있을 수 없는 일이오!"테그가
말했다.

"궁지에 몰렸군."남자가 으르렁거리듯이 말했다.

"그럴지도. 하지만 조합도 익스도 내게 훈련받은 지휘관이 이끄는 베
네 게세리트 군대에게 전면 공격을 받을 위험을 무릅쓰지 않을 것이오.
내가 말한 지휘관은 부르즈말리 바샤르요. 당신을 지원해 주는 세력은
바로 조금 전에 해체되어 사라졌소."테그가 말했다.

"난 그에게 이런 얘기를 한마디도 하지 않았소. 당신은 지금 멘타트 바
샤르의 능력을 본 것이오. 내 생각에는 당신의 우주에서 여기에 필적할
만한 존재가 없을 것 같은데. 이 멘타트에게 훈련받은 부르즈말리를 적
으로 삼을 생각이라면 그 점을 잘 생각해 보시오."타라자가 말했다.

침입자는 타라자에게서 테그에게로, 다시 타라자에게로 시선을 돌
렸다.

"우리가 궁지라고 생각되는 지금의 상황에서 벗어나는 방법을 말해
주지. 타라자 최고 대모와 수행원들이 나와 함께 떠나는 것이오. 당신은
즉시 결정을 내려야 하오. 시간이 얼마 남지 않았소."테그가 말했다.

"허세 부리지 마."남자의 말에는 힘이 하나도 없었다.

테그는 타라자를 향해 돌아서서 고개를 숙였다. "대모님께 도움이 될
수 있어 큰 영광이었습니다, 최고 대모님. 이제 작별 인사를 드려야겠습
니다."

"어쩌면 죽음이 우리를 갈라놓지 않을지도 모르겠습니다."타라자가
말했다. 이것은 대모가 교단의 자매에 해당하는 사람에게 고하는 전통
적인 작별 인사였다.

"가시오!"묵직한 얼굴의 남자가 복도 쪽 해치로 달려가 해치를 활짝

열었다. 놀란 표정을 짓고 있는 두 익스 인 경비병의 모습이 드러났다. 갈라진 목소리로 남자가 명령했다. "저들을 자기네 우주선으로 데려가."

여전히 긴장을 푼 차분한 태도로 테그가 말했다. "일행을 부르십시오, 최고 대모님." 그리고 그는 해치 옆에 서 있는 남자에게 말했다. "당신은 자기 목숨을 너무 중히 여기기 때문에 좋은 군인이 될 수는 없겠소. 내 부하들이라면 어느 누구도 그런 실수를 하지 않았을 거요."

"이 배에 진짜 명예의 어머니들이 타고 계신다. 난 그분들을 보호하겠다고 맹세했어." 남자가 이를 갈며 말했다.

테그는 인상을 찌푸리며 옆방에서 일행을 이끌고 나오는 타라자를 향해 시선을 돌렸다. 타라자의 일행은 대모 두 명과 복사 네 명이었다. 테그는 두 대모 중 한 명을 알아보았다. 다르위 오드레이드. 그는 전에 먼 발치에서 그녀를 보았을 뿐이지만 그 달걀형 얼굴과 아름다운 눈은 아주 인상적이었다. 루실라와 무척 비슷했다.

"서로 소개를 해줄 시간이 있겠습니까?" 타라자가 물었다.

"물론입니다, 최고 대모님."

테그는 고개를 끄덕이며 타라자가 일행을 한 명씩 소개할 때마다 그들과 굳게 악수했다.

그 자리를 떠나면서 테그는 제복을 입은 이방인을 향해 시선을 돌렸다. "사람은 항상 우아하게 예의를 지켜야 하는 법이오. 그렇지 않으면 우리가 인간이라고 할 수 없지."

일행이 우주선에 오르고, 타라자가 테그의 옆자리에 앉고, 그녀의 일행이 근처에 자리를 잡은 다음에야 테그는 가장 관심이 쏠리던 질문을 던졌다.

"저들이 대모님을 어떻게 잡은 겁니까?"

우주선이 행성을 향해 돌진했다. 테그 앞 스크린은 익스의 상징이 찍힌 조합 우주선이, 그의 일행이 행성 방어 체제 속으로 무사히 들어갈 때까지 궤도에 남아 있으라는 그의 명령을 지키고 있는 모습을 보여주었다.

타라자가 뭐라고 대답을 하기 전에 오드레이드가 자기들 사이를 가르고 있는 통로 쪽으로 몸을 기울이며 말했다. "저 조합 우주선을 파괴하라는 바샤르의 명령을 제가 취소시켰습니다, 대모님."

테그는 급히 고개를 돌려 오드레이드를 노려보았다. "하지만 저들은 당신 일행을 포로로 잡아……." 그는 험악한 표정을 지었다. "어떻게 안 겁니까? 내가……."

"마일즈!"

타라자의 목소리에는 저항할 수 없는 책망이 들어 있었다. 그는 후회한다는 듯이 씩 웃었다. 그래, 그녀는 그를 거의 그 자신만큼 잘 알고 있었다……. 어떤 면에서는 더 잘 안다고 해도 될 것 같았다.

"그들이 그냥 우리를 사로잡은 게 아닙니다, 마일즈. 우리가 스스로 사로잡히는 걸 허락한 거예요. 표면상으로는 내가 다르를 라키스까지 바래다주고 있었습니다. 우리는 환승점에서 우리 비우주선을 떠나 가장 빠른 조합 수송선을 요청했습니다. 부르즈말리를 포함한 나의 평의회 의원들 모두가 대이동에서 돌아온 이 침입자들이 그 수송선을 전복시키고 골라 프로젝트의 모든 정보들을 알아내기 위해 우리를 당신에게 데리고 갈 거라는 데 동의했습니다." 타라자가 말했다.

테그는 아연실색했다. '그런 위험을 무릅쓰다니!'

"우린 당신이 우릴 구해 주리라는 걸 알고 있었습니다. 당신이 혹시 실패하는 경우를 대비해서 부르즈말리가 대기하고 있었어요." 타라자가 말했다.

"대모님이 살려주신 그 조합 우주선이 지원대를 불러서 우리를 공격……." 테그가 말했다.

"그들은 가무를 공격하지 않을 겁니다. 대이동에서 돌아온 다양한 세력들이 너무 많이 가무에 모여 있어요. 그들은 그렇게 많은 사람들에게 감히 등을 돌리지 않을 겁니다."

"지금 대모님처럼 저도 그걸 확신할 수 있었으면 좋겠습니다." 테그가 말했다.

"확신을 가지세요, 마일즈. 게다가 조합 우주선을 파괴하지 않은 데에는 다른 이유들도 있습니다. 익스와 조합은 어느 편이든 선택을 해야 하는 입장에 몰려 있어요. 그건 사업을 하는 데에 좋지 않습니다. 그런데 그들은 가능한 한 많은 사업을 성사시켜야 해요."

"더 많은 이윤을 제공하는 더 중요한 고객들이 있다면 다르죠!"

"아아, 마일즈." 그녀는 생각에 잠긴 목소리로 말을 이었다. "현대의 베네 게세리트인 우리들은 세상일이 더 차분해지도록, 균형을 이루도록 하기 위해 정말로 노력하고 있습니다. 당신도 알지 않습니까."

테그는 이 말이 진실임을 알았지만, 한 구절에 매달렸다. '현대의…….' 이 말은 죽음에 이른 자의 마지막 말 같은 분위기를 풍겼다. 그가 이 점에 대해 미처 질문을 던지기 전에 타라자가 말을 이었다.

"우린 가장 격렬한 상황들을 전장 밖에서 해결하는 걸 좋아합니다. 우리가 그런 태도를 갖게 된 것에 대해 폭군에게 감사할 수밖에 없다는 점을 인정해야겠군요. 아마 당신은 자신을 폭군의 세뇌가 낳은 산물로 생각한 적이 없을 겁니다, 마일즈. 하지만 당신은 바로 그런 산물이에요."

테그는 아무 말 없이 이 말을 받아들였다. 그것은 인간 사회의 모든 범위 속에 있는 하나의 요인이었다. 어떤 멘타트도 그것을 하나의 자료로 회피해 버릴 수 없었다.

"당신이 갖고 있는 그런 특징 말입니다, 마일즈. 애초에 우리를 당신에게 끌어당긴 게 바로 그것입니다. 당신은 때로 이가 갈릴 만큼 울화를 돋우지만, 우린 당신의 그런 모습이 달라지는 걸 원하지 않습니다." 타라자가 말했다.

어조와 태도 속에 들어 있는, 쉽게 알아보기 어려운 표식들을 통해 테그는 타라자가 오로지 그 자신만을 위해 말하고 있는 것이 아니라, 자신의 수행원들 또한 겨냥하고 있음을 깨달았다.

"당신이 어떤 이슈의 양측 주장을 똑같이 강력하게 얘기하는 걸 듣는 게 얼마나 미칠 노릇인지 짐작이라도 해봤습니까, 마일즈? 하지만 당신의 공감 능력은 강력한 무기입니다. 당신이 나타날 거라고는 생각지도 못했던 곳에서 당신이 적들에게 맞서고 있는 걸 보고 우리 적들이 얼마나 겁을 집어먹었는지!"

테그는 긴장된 미소를 지었다. 그는 통로 건너편에 앉아 있는 사람들을 흘긋 바라보았다. 타라자는 왜 이 사람들을 겨냥해서 이런 말을 하고 있는 걸까? 다르위 오드레이드는 머리를 뒤로 젖히고 눈을 감은 채 쉬고 있는 것 같았다. 다른 사람들 몇 명은 자기들끼리 잡담을 나누고 있었다. 그 어느 것도 테그에게 결정적인 답을 제공해 주지 않았다. 베네 게세리트의 복사들도 동시에 여러 가지 생각을 진행시킬 수 있었다. 그는 타라자에게 다시 시선을 돌렸다.

"당신은 사물을 적이 느끼는 그대로 느낍니다. 내 말뜻은 그거예요. 그리고 물론, 당신이 정신적으로 그런 상태에 있을 때에는 당신에게 적이란 존재하지 않습니다." 타라자가 말했다.

"아뇨, 존재합니다!"

"내 말을 오해하지 마세요, 마일즈. 우린 당신의 충성심을 한 번도 의심한 적이 없습니다. 하지만 우리가 다른 방법으로는 볼 수 없는 것들을 당신 때문에 보게 되는 걸 생각하면 신비스러울 정도예요. 당신이 우리의 눈이 되어줄 때가 있는 셈이죠."

테그는 다르위 오드레이드가 눈을 뜨고 자신을 바라보고 있음을 깨달았다. 그녀는 아름다운 여인이었다. 그러나 그녀의 외모에는 뭔가 신경을 긁는 것이 있었다. 루실라와 마찬가지로 그녀는 그에게 과거 속 누군가를 생각나게 했다. 테그가 이 생각을 계속 이어나가기 전에 타라자가 입을 열었다.

"그 골라는 반대되는 세력들 사이에서 균형을 잡는 능력을 갖고 있습니까?" 그녀가 물었다.

"그 아이는 멘타트가 될 수도 있을 겁니다." 테그가 말했다.

"그는 한 번 멘타트였던 적이 있습니다, 마일즈."

"정말로 그 아이를 이렇게 어린 나이에 각성시키실 겁니까?"

"꼭 필요한 일입니다, 마일즈. 목숨을 걸 만큼 필요한 일이에요."

＊＊＊

초암의 잘못이 무엇이냐고? 아주 간단하다. 그들은 규모가 더 큰 상업적 세력이 자신들의 활동 언저리에서 기다리고 있다는 사실을 무시한다. 슬리그가 쓰레기를 집어삼키듯이 그들을 집어삼킬 수 있는 세력이. 이것이 대이동의 진정한 위협이다. 그들에게, 그리고 우리들 모두에게도.

— 베네 게세리트 평의회 비망록, 기록 보관소 #SXX9OCH

오드레이드는 테그와 타라자의 대화에 의식의 일부만을 할애했다. 그들의 우주선은 작았으며, 승객들의 자리는 비좁았다. 그녀는 이 우주선이 하강의 충격을 누그러뜨리기 위해 대기 중의 전기에 의한 공전(空電)을 이용하리라는 것을 알고 있었다. 그녀는 진동에 대비했다. 이런 우주선에서는 동력을 절약하기 위해 조종사가 반중력 장치를 사용하지 않을 것이다.

그녀는 항상 그랬던 것처럼 이런 순간을 이용해서 다가오는 필연적인 일들에 대비했다. 시간이 촉박했다. 특수한 달력이 그녀를 몰아붙이고 있었다. 그녀는 참사회를 떠나기 전에 어떤 달력을 보고, 자주 그랬던 것처럼 시간의 영속성과 그 언어에 사로잡혔다. 초, 분, 시, 날, 주, 달,

해…… 정확히 말하자면 표준력에 따른 해. 영속성이라는 단어는 이 현상을 설명하는 데 충분하지 않았다. 불가침성이 더 정확했다. 전통. 결코 전통을 방해해서는 안 된다. 그녀는 이러한 생각들을 마음속에 단단히 담아두었다. 원시적인 인간의 시계에 맞춰 똑딱거리지 않는 행성들에 강요된 시간의 오랜 흐름. 일주일은 7일이었다. 일곱! 이 숫자는 지금도 얼마나 강력하고 신비적인지! 이 숫자는 오렌지 가톨릭 성경 속에 소중히 모셔져 있었다. 주님은 6일 만에 세상을 만드시고 '일곱 번째 날에 쉬셨다.'

'신이 잘한 거야! 우리 모두 힘든 노동을 한 뒤에는 쉬어야지.' 오드레이드는 생각했다.

오드레이드는 고개를 살짝 돌려 통로 건너편의 테그를 바라보았다. 그는 그녀가 그에 대해 얼마나 많은 기억을 갖고 있는지 전혀 모르고 있었다. 그녀는 세월이 그 강건한 얼굴을 어떻게 다뤘는지 알아볼 수 있었다. 골라를 가르치는 일이 그의 기운을 쪽 빼놓은 모양이었다. 가무의 성에 있는 그 아이는 주위에 있는 것을 무엇이든 스펀지처럼 빨아들이는 아이임이 틀림없었다.

'마일즈 테그, 우리가 당신을 어떻게 이용하고 있는지 알아요?' 그녀는 속으로 생각했다.

이 생각이 그녀를 약하게 만들었지만, 그녀는 거의 반항심에 가까운 감정으로 그 생각이 자신의 의식 속에 끈질기게 남아 있는 것을 허락했다. 저 노인을 사랑하는 건 얼마나 쉬울까! 물론 짝으로서 사랑하는 건 아니지만…… 그래도 사랑은 사랑이었다. 그녀는 유대감이 자신을 세게 잡아당기는 것을 느끼며 자신이 가진 베네 게세리트 능력의 날카로운 날로 그것을 인식했다. 사랑, 저주받을 사랑, 사람을 약하게 하는 사랑.

오드레이드는 처음으로 남자를 유혹하도록 파견되었을 때, 그 상대에게 이런 감정을 느꼈다. 신기한 감정이었다. 수년에 걸친 베네 게세리트 정신 훈련 때문에 그녀는 그 감정을 경계했다. 그녀의 감독관들 중 어느 누구도 그녀에게 그 주저 없는 따스함이라는 사치를 허락해 주지 않았다. 그리고 그녀는 그처럼 사람을 고립시키는 보살핌 뒤의 이유들을 점점 알게 되었다. 그러나 교배 감독관들에 의해 파견된 그녀가, 어떤 한 사람에게 그토록 가까이 접근해서 그가 그녀 안으로 들어오는 것을 허락하라는 명령을 받은 그녀가 그곳에 있었다. 모든 임상 데이터가 그녀의 의식 속에 있었고, 그녀는 자신에게 성적인 흥분을 허락하면서도 자신의 파트너가 보이는 성적 흥분을 읽어낼 수 있었다. 어쨌든 그녀는 이런 역할을 위해 세심하게 준비를 마친 사람이었다. 그녀를 준비시켜 준 사람은 교배 감독관들이 선택해서 바로 그런 훈련을 위해 훌륭하고 섬세하게 세뇌시킨 남자들이었다.

오드레이드는 한숨을 쉬며 테그에게서 시선을 돌려 눈을 감은 채 회상에 잠겼다. 훈련용 남자들은 감정 때문에 자신이 가르치는 학생에게 모든 것을 버리고 유대감을 느끼게 되는 것을 스스로에게 허락하지 않았다. 그것은 그 성교육의 불가피한 결점이었다.

처음으로 파견되었던 그 유혹의 임무에서 그녀는 동시에 느끼는 오르가슴의 녹아내릴 듯한 황홀감, 인류의 역사만큼 오래된…… 아니 그보다 더 오래된, 서로를 함께 나누는 감각에 전혀 준비가 되어 있지 않았다. 그 감각에는 이성을 압도해 버릴 수 있는 힘이 있었다. 자신의 짝인 남자의 얼굴에 나타난 표정, 달콤한 입맞춤, 그가 스스로를 보호하기 위한 신중함을 모두 내던져버리고 완전히 방심한 채 더할 나위 없이 공격에 취약해진 모습. 훈련용 남자들 중 그런 모습을 보여준 사람은 하나도 없었다! 그녀는 필사적으로 베네 게세리트의 교훈들을 찾아 움켜쥐었다. 그런 교훈들을 통해 그녀는 표정에 나타난 그 남자의 본질을 보고, 자신의 몸속 가장 깊은 곳에서 그 본질을 느꼈다. 딱 한순간 동안 그녀는 남자와 똑같은 반응을 자신에게 허락하며 한층 높은 차원의 황홀경을 경험했다. 그녀의 스승들 중에 그런 것이 가능하다고 암시라도 해준 사람은 하나도 없었다. 그 한순간 동안 그녀는 레이디 제시카를 비롯한 베네 게세리트의 실패자들이 어쩌다 그렇게 된 건지 이해했다.

이 감정은 사랑이었다!

그것의 힘에 그녀는 겁을 먹었다(교배 감독관들은 그렇게 되리라는 것을 이미 알고 있었다). 그녀는 조심스러운 베네 게세리트 정신 훈련 속으로 다시 빠져들어서 쾌락을 느끼는 가면의 표정이 자신의 얼굴에 잠깐 나타났던 자연스러운 표정을 대신하게 했고, 자연스러운 애무가 더 쉬웠을 (하지만 덜 효과적이었을) 순간에 미리 계산된 애무를 했다.

그 남자는 멍청하게도 예상대로의 반응을 보였다. 그를 멍청이로 생각하는 편이 도움이 되었다.

그녀의 두 번째 유혹은 더 쉬웠다. 그러나 그녀는 지금도 그 첫 번째 사람의 얼굴을 떠올릴 수 있었다. 냉담하게 굳어진 경이의 감정을 느끼며 가끔 그의 얼굴을 떠올리기 때문이었다. 그녀가 즉시 파악해 낼 수 없는 이유로 그의 얼굴이 저절로 떠오를 때도 있었다.

그녀가 교배를 위해 파견되었던 다른 남자들의 경우에는 기억 속의 표식이 달랐다. 그녀는 그들의 모습을 찾기 위해 자신의 과거 속을 뒤져야 했다. 그들과의 경험에 대한 감각적 기록의 깊이는 그리 깊지 않았다. 그 첫 번째 사람과의 경험만큼 깊지 않았다!

그것이 사랑의 위험한 힘이었다.

이 숨겨진 힘이 수천 년에 걸쳐 베네 게세리트에게 가져다준 골칫거리들을 보라. 레이디 제시카가 그녀의 공작에게 느꼈던 사랑은 수많은 사례 중 하나일 뿐이다. 사랑은 이성을 흐리게 만들었다. 사랑은 교단의 자매들로 하여금 자신의 임무로부터 눈을 돌리게 했다. 사랑을 묵인해줄 수 있는 것은 사랑이 즉각적이고 분명한 혼란을 일으키지 않거나, 베네 게세리트의 더 큰 목적에 도움이 될 때뿐이었다. 그렇지 않은 경우에는 사랑을 피해야 했다.

그러나 사랑은 여전히 불안스러운 경계의 대상으로 항상 남아 있었다.

오드레이드는 눈을 뜨고 다시 테그와 타라자를 살짝 바라보았다. 최고 대모는 이제 새로운 주제에 대해 얘기하고 있었다. 때로 타라자의 목소리가 얼마나 짜증스럽게 들리는지! 오드레이드는 눈을 감고 자신이 피할 수 없는 의식 속의 어떤 연결 고리에 의해 그 두 목소리에 묶인 채 대화에 귀를 기울였다.

"문화의 하부 구조 중 의존성 하부 구조가 얼마나 많은 부분을 차지하는지 깨닫는 사람이 거의 없습니다. 우린 이 부분을 꽤나 많이 연구했지요." 타라자가 말했다.

'사랑은 의존성 하부 구조야.' 오드레이드는 생각했다. 지금 타라자가 이 주제를 생각해 낸 이유가 무엇일까? 최고 대모가 깊은 의도 없이 어떤 일을 하는 경우는 거의 없었다. "의존성 하부 구조는 인간의 집단이 기존의 개체수대로, 혹은 개체수가 더 늘어난 상태에서 살아남기 위해 필요한 모든 것을 포함하는 용어입니다." 타라자가 말했다.

"멜란지도요?" 테그가 물었다.

"물론입니다. 하지만 대부분의 사람들은 스파이스를 보면서 '우리가 저걸 먹을 수 있고, 저것이 우리 조상들이 누리던 것보다 훨씬 더 긴 수

명을 우리에게 줄 수 있다니 얼마나 좋은가'라고 말하지요."

"그들에게 멜란지를 살 만한 여유가 있는 경우에는 그렇죠." 테그의 목소리에 신랄함이 깃들어 있는 것에 오드레이드는 주목했다.

"단 하나의 권력 집단이 모든 시장을 통제하는 것이 아닌 이상 대부분의 사람들은 충분한 여유를 갖고 있습니다." 타라자가 말했다.

"저는 어머니의 발치에서 경제학을 배웠습니다. 식량, 물, 호흡할 수 있는 공기, 유독 물질에 오염되지 않은 생활공간. 세상에는 많은 종류의 '돈'이 존재하고 의존성에 따라 가치가 변화합니다." 테그가 말했다.

그의 말에 귀를 기울이면서 오드레이드는 하마터면 그의 말이 옳다고 고개를 끄덕일 뻔했다. 그의 대답은 그녀의 생각과 같았다. '뻔한 일을 논하지 마십시오, 타라자! 요점을 말해요.'

"당신이 어머니의 가르침을 아주 분명하게 기억하고 있으면 좋겠습니다." 타라자가 말했다. 그녀의 목소리가 갑자기 얼마나 온화해졌는지! 그 순간 타라자의 목소리가 다시 변해서 날카롭게 소리쳤다. "수력 전제 정치!"

'타라자는 저렇게 자기가 강조하고자 하는 주제를 바꾸는 걸 잘하지.' 오드레이드는 생각했다. 갑자기 마개가 열린 것처럼 그녀의 기억이 데이터를 쏟아냈다. 수력 전제 정치. 물, 전기, 연료, 의약품, 멜란지 같은 필수적인 에너지에 대한 중앙 통제……. 중앙에서 통제하고 있는 권력에 복종하지 않으면 그 에너지가 끊기고 사람들이 죽는다!

타라자가 다시 말을 하고 있었다. "유용한 개념이 또 하나 있는데, 어머니께서 틀림없이 당신에게 가르쳐주셨을 거라고 생각되는군요. 열쇠가 되는 통나무 말입니다."

오드레이드는 이제 커다란 호기심을 느끼고 있었다. 타라자는 이 대화를 통해 뭔가 중요한 주제를 겨냥하고 있었다. 열쇠가 되는 통나무. 반중력 장치가 등장하기 전에, 벌목꾼들이 쓰러뜨린 목재를 강으로 흘려보내 중앙 제재소로 보내던 시절에 생긴 정말로 오래된 개념. 때로 통나무들이 강 속에서 움직이지 않게 되면 전문가가 불려와서 하나의 통나무, 즉 열쇠가 되는 통나무를 찾아냈다. 그리고 그 나무를 제거하면 엉켜 있던 나무들이 자유롭게 풀려났다. 테그도 그 용어를 지식으로 이해하고 있겠지만, 그녀와 타라자는 그런 광경을 실제로 목격했던 기억을 '다른 기억들'로부터 불러내 엉켜 있던 나무들이 풀리면서 부서진 나무 조각들과 물이 폭발하듯 흩어지는 모습을 볼 수 있었다.

"폭군은 열쇠가 되는 통나무였습니다. 그가 엉킨 상태를 만들고, 그것을 풀었습니다." 타라자가 말했다.

우주선이 가무의 대기에 물리면서 격렬하게 흔들리기 시작했다. 오드레이드는 자신을 묶은 안전띠가 몇 초 동안 팽팽해지는 것을 느꼈다. 그리고 다음 순간 우주선은 좀더 안정된 움직임으로 나아가기 시작했다. 타라자가 잠시 멈췄던 대화를 다시 이었다.

"이른바 자연스러운 의존성 너머에는 심리적으로 만들어진 일부 종교들이 있습니다. 심지어 물리적 필연성 속에도 그런 숨은 구성 요소가 있을 수 있지요."

"보호 선교단이 아주 잘 아는 사실이죠." 테그가 말했다. 오드레이드는 그의 목소리 저변에 깊은 분노가 흐르고 있음을 또다시 눈치챘다. 타라자도 틀림없이 그것을 눈치챘을 것이다. 타라자는 지금 뭘 하고 있는 걸까? 그녀는 테그를 약하게 만들 수도 있었다!

"아아, 그래요. 우리 보호 선교단. 인간들은 자신들의 신앙 체계가 '진실한 믿음'이어야 한다는 강력한 욕구를 갖고 있습니다. 만약 그 믿음이 사람들에게 기쁨이나 안정감을 준다면, 그리고 그 믿음이 사람들의 신앙 체계 속에 통합된다면 얼마나 강력한 의존성이 생겨나는지 모릅니다!"

우주선이 또 한 번 진동을 겪는 동안 타라자는 다시 말을 멈췄다.

"조종사는 왜 반중력 장치를 사용하지 않는 건지!" 타라자가 불평했다.

"연료가 절약됩니다. 의존성이 줄어드는 거죠." 테그가 말했다.

타라자는 쿡쿡 웃었다. "아, 그래요, 마일즈. 그 교훈을 아주 잘 알고 있 군요. 당신 어머니의 손길이 거기 들어가 있는 걸 알겠습니다. 아이들이 위험한 방향으로 치고 나오면 댐 같은 건 있으나 마나지요."

"날 아이로 생각하십니까?" 그가 물었다.

"난 당신이 바로 얼마 전에 이른바 명예의 어머니들의 책략과 처음으 로 부딪힌 사람이라고 생각합니다."

'그래, 그거로군.' 오드레이드는 생각했다. 그리고 오드레이드는 타라 자가 지금의 이야기를 통해 단지 테그만이 아니라 더 넓은 과녁을 겨냥 하고 있음을 충격과 함께 깨달았다.

'타라자는 내게 말하고 있어!'

"스스로를 명예의 어머니라고 부르는 그들은 성적인 황홀경과 예배를 결합시켰습니다. 그들이 그 위험을 짐작이나 한 적이 있는지 의심스러 워요." 타라자가 말했다.

오드레이드는 눈을 뜨고 통로 건너편의 최고 대모를 바라보았다. 타라 자의 시선은 테그에게 강렬하게 못 박혀 있었으며, 그 눈을 제외하고는 그녀의 표정을 읽어낼 수가 없었다. 그녀의 눈은 그가 반드시 이해해야 한다는 생각으로 불타고 있었다.

"위험합니다. 인류라는 커다란 집단은 틀림없는 단위 정체감을 갖고 있습니다. 인류라는 집단은 하나가 될 수 있습니다. 하나의 유기체처럼 행동할 수 있어요." 타라자가 말했다.

"그건 폭군이 한 얘기입니다." 테그가 반박했다.

"폭군은 그걸 실증했습니다! 그는 '집단 영혼'을 마음대로 조종할 수 있었어요. 마일즈, 때로 생존을 위해 우리가 영혼과 소통해야 하는 때가 있습니다. 영혼은 알다시피 항상 분출구를 찾고 있습니다."

"영혼과의 소통이 우리 시대에는 유행에 뒤떨어진 것이 되지 않았습니까?" 테그가 물었다. 오드레이드는 그의 목소리에 들어 있는 놀리는 듯한 어조가 마음에 들지 않았다. 타라자도 비슷하게 분노를 느끼는 듯했다.

"내가 종교의 유행에 대해 얘기한다고 생각합니까?" 타라자가 다그치듯 물었다. 톤이 높은 그녀의 목소리는 고집스러울 정도로 냉혹했다. "종교가 만들어질 수 있다는 걸 우리 둘 다 알고 있습니다! 난 우리의 방식 중 일부를 흉내 내고 있지만 우리와 같은 깊은 의식을 조금도 갖고 있지 않은 이 명예의 어머니들에 대해 얘기하고 있습니다. 그들은 감히 예배의 중심에 자기들을 놓았어요!"

"그건 베네 게세리트가 항상 피하는 것이죠. 제 어머니는 예배하는 사람과 예배받는 사람이 믿음으로 결합돼 있다고 하셨습니다."

"그리고 그들이 분열될 수도 있어요!"

오드레이드는 테그가 갑자기 멘타트 모드로 들어가는 것을 보았다. 그의 눈에서 초점이 흐려지고 얼굴이 평온해졌다. 그녀는 이제 타라자가 무엇을 하고 있는 건지 조금 알 수 있었다. '저 멘타트는 로마의 말을 타고 있어. 양발을 각각 다른 말 위에 놓은 채. 패턴 탐색이 그를 앞으로 내던지는 동안 각각의 발은 각각 다른 현실에 바탕을 두고 있다. 저 사람은 하나의 목적을 향해 서로 다른 현실을 타고 달려야 해.'

테그가 억양이 없는, 생각에 잠긴 멘타트의 목소리로 말했다. "분열된 세력들은 패권을 차지하기 위해 싸울 겁니다."

타라자는 너무 자연스러워서 거의 관능적으로 느껴지는 기쁨의 한숨을 쉬었다.

"의존성 하부 구조입니다. 대이동에서 돌아온 이 여자들은 분열되는 세력들을 통제할 것이고, 그 세력들은 모두 선두를 차지하려고 있는 힘껏 애를 쓸 겁니다. 조합의 우주선에 있던 그 군대 장교가 명예의 어머니에 대해 이야기하는 태도에는 경외심과 증오가 섞여 있었습니다. 당신도 그의 목소리에서 틀림없이 그걸 느꼈을 겁니다, 마일즈. 당신 어머니가 당신을 얼마나 잘 가르쳤는지 나는 알고 있으니까요."

"저도 느꼈습니다." 테그는 다시 타라자에게 초점을 맞춘 채, 그녀의 말 한마디 한마디에 오드레이드만큼 집중하고 있었다.

"의존성이라. 그게 때로는 얼마나 단순하고, 때로는 또 얼마나 복잡한지. 예를 들어, 충치를 한번 생각해 보세요."

"충치라고요?" 테그는 너무 놀라서 멘타트 자세에서 벗어났다. 그리고 오드레이드는 이것을 관찰하면서 그의 반응이 바로 타라자가 원하던 것이라는 사실을 깨달았다. 타라자는 자신의 멘타트 바샤르를 훌륭한 솜씨로 조종하고 있었다.

'그리고 난 이걸 보면서 배워야 하는 거겠지.' 오드레이드는 생각했다.

"충치. 태어날 때 어떤 물건을 삽입해 주기만 하면, 대부분의 사람들이 이 재난을 예방할 수 있습니다. 그래도 우리는 이를 닦거나, 아니면 무슨 다른 방법으로 치아를 관리해야 합니다. 그건 우리에게 너무나 자연스러운 일이기 때문에 우린 그것에 대해 거의 생각도 해보지 않지요. 우리가 사용하는 도구들은 전적으로 우리 주위 환경 속의 평범한 일부분으로 간주됩니다. 하지만 그 도구들, 그 안에 들어 있는 물질들, 치아 관리법을 가르치는 사람들, 수크 모니터들, 이 모든 것들이 서로 맞물린 관계를 맺고 있습니다." 타라자가 말했다.

"멘타트에게 상호 의존성을 설명해 주실 필요는 없습니다." 테그가 말했다. 그의 목소리에는 여전히 호기심이 배어 있었지만, 저변에 분노가 깔려 있음이 분명하게 드러났다.

"그렇지요. 그건 멘타트 사고 과정의 자연스러운 환경이니까." 타라자가 말했다.

"그럼 왜 그 얘기를 그렇게 오래 끄시는 겁니까?"

"멘타트, 명예의 어머니들에 대해 지금 당신이 뭘 알고 있는지 생각해 보고 이 질문에 답해 보세요. 그들의 결점이 무엇입니까?"

테그는 주저 없이 입을 열었다. "그들은 자신을 지탱해 주는 사람들의 의존성을 계속 증가시켜야만 살아남을 수 있습니다. 그건 중독자의 막다른 길과 같아요."

"바로 그겁니다. 그럼 위험은?"

"그들이 몰락할 때 많은 사람들이 함께 가라앉을 수 있습니다."

"그것이 폭군의 문제였습니다, 마일즈. 그도 그 사실을 틀림없이 알고 있었을 겁니다. 자, 내 말에 아주 신중하게 주의를 집중해 주세요. 그리고 당신도요, 다르." 타라자는 통로 건너편을 바라보며 오드레이드와 시선을 마주쳤다. "두 사람 모두 내 말을 잘 들으세요. 우리 베네 게세리트들은 아주 강력한…… '요소들'을 인간의 흐름 속에 띄워 보내고 있습니다. 그 요소들이 엉켜서 멈춰 설지도 모릅니다. 그 요소들은 틀림없이 피해를 일으킬 겁니다. 그리고 우리는……."

우주선이 또다시 심하게 진동했다. 모두들 자기 좌석에 달라붙어서 주위에서 들려오는 우르릉, 삐걱삐걱 소리에 귀를 기울였기 때문에 대화가 불가능했다. 대화를 방해하는 소리들이 누그러지자 타라자는 목소리를 높였다.

"만약 우리가 이 저주받을 기계 속에서 살아남아 가무에 내려가게 되거든, 당신은 반드시 저기 다르와 함께 가야 합니다, 마일즈. 당신은 아트레이데스 선언서를 보았습니다. 다르가 그것에 대한 얘기들을 해줄 겁니다. 당신을 준비시키기 위해서요. 제 얘기는 끝났습니다."

테그는 시선을 돌려 오드레이드를 바라보았다. 그녀의 외모가 또다시 그의 기억들을 쿡쿡 찔러댔다. 루실라와 놀라울 정도로 닮은 얼굴이었지만, 그것이 전부가 아니었다. 그는 이 사실을 옆으로 제쳐두었다. '아트레이데스 선언서?' 그가 그것을 읽은 것은 타라자가 읽어보라는 지시와 함께 그것을 그에게 보냈기 때문이었다. '날 준비시킨다고? 무슨 준비?'

오드레이드는 테그의 얼굴에서 의문이 담긴 표정을 보았다. 이제 그녀는 타라자의 의도를 이해할 수 있었다. 최고 대모의 명령이 선언서 그 자체의 구절들과 마찬가지로 새로운 의미를 띠었다.

'우주가 의식(意識)의 참여에 의해 창조된 것과 똑같이, 예지력이 있는 인간은 그 창조적인 능력을 궁극적인 극단까지 몰고 간다. 이것이 커다란 오해를 받고 있는 그 아트레이데스 녀석의 능력이다. 그는 자기 아들인 폭군에게 이 능력을 물려주었다.'

오드레이드는 이 글을 직접 쓴 사람답게 이 구절을 익숙하게 외우고 있었지만, 이제 이 구절들이 그녀에게 다시 돌아오고 있었다. 이 구절들을 전에 한 번도 접한 적이 없는 것 같은 느낌이었다.

'빌어먹을, 타르! 만약 당신이 틀렸다면 어떻게 할 겁니까?' 오드레이드는 생각했다.

양자(量子) 수준에서 우리 우주는 불확정적인 곳, 충분히 커다란 숫자들을 사용해야
만 통계학적 방법으로 예측이 가능한 곳으로 보일 수 있다. 그 우주와 한 행성의 움
직임이 피코 초(1조 분의 1초 — 옮긴이) 단위까지 측정될 수 있는 비교적 예측 가능한
우주 사이에서 다른 세력들이 무대에 등장한다. 우리가 일상생활을 하고 있는 그 중
간 우주에 대해, '사람들이 믿고 있는 것'은 지배적인 세력이다. 사람들의 믿음이 매일
펼쳐지는 사건들을 정한다. 만약 믿는 사람들의 숫자가 충분하다면, 새로운 것을 존
재하게 만들 수도 있다. 신앙 체계는 혼돈을 걸러 질서로 만드는 필터를 만들어낸다.

— 폭군에 대한 분석, 타라자 파일 베네 게세리트 기록 보관소

조합 우주선에서 가무로 돌아오는 테그의 머릿속은 혼란스러웠다. 그
는 검게 그을린 성의 개인용 착륙장 가장자리에서 우주선 밖으로 나와
주위 풍경을 처음 보는 것처럼 둘러보았다. 거의 정오가 다 된 시각이었
다. 시간이 정말 얼마 지나지 않았는데, 너무나 많은 것이 변해 있었다.

베네 게세리트는 필수적인 교훈을 알리는 데 있어 어디까지 나아갈
생각인가? 그는 속으로 질문을 던져보았다. 타라자는 그를 친숙한 멘타
트 과정으로부터 끌어냈다. 조합 우주선에서 일어난 모든 일이 오로지

자신을 위해 꾸며진 것 같았다. 그는 충격 때문에 예측이 가능한 길에서 벗어나게 되었다. 경비 조치가 취해진 가설 활주로를 지나 우묵한 입구까지 걸어가는 동안 가무의 모습이 얼마나 낯설게 보였는지.

테그는 많은 행성들을 보고, 그들의 방식과 그들이 자기네 주민들에게 스스로의 자국을 남기는 법을 알게 되었다. 어떤 행성들은 가까운 곳에 앉아서 살아 있는 것들을 따스하게 지켜주며 그들이 진화하고 성장할 수 있게 해주는 커다란 노란색 태양을 갖고 있었다. 어떤 행성들은 어두운 하늘 저 멀리 걸려 있어서 희미하게 빛나는 작은 태양들을 갖고 있었다. 그들의 빛은 행성에 거의 닿지 않았다. 이러한 범위 안에, 그리고 심지어 범위 밖에도 여러 가지 변형들이 존재했다. 가무는 노란색과 초록색이 섞인 태양을 가진 변형으로 1일은 표준력으로 31.27시간이었고, 1년은 표준력으로 2.6년이었다. 테그는 자신이 가무를 잘 안다고 생각했었다.

하코넨 사람들이 어쩔 수 없이 이 행성을 버렸을 때, 대이동의 뒤에 남겨진 이주민들이 단 사람들의 집단에서 나왔다. 그들은 대지도 재편 작업 때 할렉이 지어준 이름으로 이 행성을 불렀다. 그 시절에 이주민들은 칼라단 인이라는 이름으로 불렸지만, 수천 년의 세월을 거치면서 다른 이름들처럼 짧게 줄어들었다.

테그는 착륙장에서 성 아래로 이어진 방벽으로 향하는 입구에서 걸음을 멈췄다. 타라자와 그녀의 일행은 뒤로 처져 있었다. 타라자가 오드레이드에게 뭔가 열심히 얘기하고 있는 모습이 보였다.

'아트레이데스 선언서라.' 그는 생각했다.

가무에서조차 하코넨이나 아트레이데스 혈통을 스스로 인정하는 사람은 거의 없었다. 유전자 형이 눈에 띄게 나타나 있는데도 말이다. 특히 우성인 아트레이데스 유전자는 길고 날카로운 코, 넓은 이마, 관능적인 입술 등을 만들어냈다. 이 그림의 조각들이 여기저기 흩어져 있는 경우가 흔했다. 어떤 사람에게는 그 관능적인 입술이, 또 다른 사람에게는 상대를 꿰뚫는 듯한 눈이 있는 식으로 헤아릴 수 없이 많은 혼합형들이 있었다. 그러나 때로 한 사람이 그 특징들을 모두 갖고 있는 경우도 있었다. 그러면 그 사람의 자부심, '나는 그들과 같다!'는 은밀한 생각이 겉으로 드러났다.

가무의 원주민들은 그것을 알아채고 어느 정도 인정해 주었지만, 그것에 이름을 붙여준 사람은 거의 없었다.

이 모든 것의 저변에는 하코넨이 남기고 간 것, 즉 그리스 인과 파탄 인(파키스탄 서북부에 사는 아프간 족―옮긴이)과 마멜루크(중세 이집트의 노예 기병―옮긴이)들이 살던 역사의 여명기까지 한참을 거슬러 올라가는 유전적 혈통, 직업적인 역사가들이나 베네 게세리트에 의해 훈련받은 사람들을 제외하면 대부분 이름조차 모르는 고대 역사의 그림자가 깔려 있었다.

타라자와 그녀의 일행이 테그를 따라잡았다. 타라자가 오드레이데에게 말하는 소리가 들렸다. "마일즈에게 반드시 모든 걸 얘기해 주어야 합니다."

잘됐군, 그녀가 얘기해 주겠지. 테그는 생각했다. 그는 몸을 돌려 내부 경비병들을 지나 성 자체로 들어가는 토치카 아래의 긴 통로를 향해 길을 이끌었다.

'빌어먹을 베네 게세리트 같으니! 저들이 여기 가무에서 정말로 뭘 하고 있었던 거지?' 그는 생각했다.

이 행성에서는 베네 게세리트의 흔적들을 많이 볼 수 있었다. 선택된 특징들을 고정시키기 위한 선행(先行) 교배, 그리고 여자들에게 유혹적인 눈초리를 강조하는, 여기저기서 눈에 띄는 표식들.

테그는 생각의 초점을 바꾸지 않은 채 경비대장의 경례에 답했다. '유혹적인 눈초리, 그래.' 그는 골라의 성에 도착한 직후에, 특히 이 행성을 조사하기 위해 처음으로 둘러보던 중에 그것을 눈치챘다. 그는 또한 많은 사람들의 얼굴에서 자신의 모습을 발견하고, 늙은 파트린이 그토록 여러 번 언급했던 얘기를 떠올렸다.

"바샤르 님은 가무 사람처럼 생겼습니다."

유혹적인 눈초리! 저 뒤에 있는 경비대장도 그런 눈을 갖고 있었다. 그녀와 오드레이드와 루실라는 그런 점에서 비슷했다. 유혹이라는 문제와 관련해서 눈의 중요성에 많은 주의를 기울이는 사람이 거의 없다고 그는 생각했다. 그 점을 중요하게 생각하는 데에는 베네 게세리트의 교육의 필요했다. 여자의 커다란 가슴과 남자의 단단한 허리(단단한 근육질로 보이는 엉덩이), 이런 것들은 성적인 결합에서 당연히 중요했다. 그러나 눈이 없으면, 나머지 것들은 아무 소용이 없었다. 눈이 필수적이었다. 제대로 된 눈에는 사람이 빠져 익사해 버릴 수도 있음을 그는 터득했다. 그 눈속으로 곧장 가라앉아서 음경이 여자의 질 속에 단단하게 움켜잡힐 때까지 자신에게 무슨 일이 일어나는지 알아채지 못할 수도 있었다.

그는 가무에 도착하자마자 즉시 루실라의 눈길을 알아차리고 조심스럽게 행동해 왔다. 교단이 그녀의 재능을 어떻게 이용하고 있는지에 대해서는 의심의 여지가 없었다!

그런데 지금 루실라가 중앙 검사 및 오염 제거실에서 기다리고 있었다. 그녀는 골라의 일이 모두 잘 진행되고 있다는, 팔랑거리는 수신호를 그에게 보냈다. 테그는 긴장을 풀고, 서로를 마주 보고 있는 루실라와 오드레이드를 관찰했다. 두 여자는 나이 차가 있는데도 놀라울 정도로 비슷한 외모를 갖고 있었다. 그러나 그들의 몸매는 상당히 달랐다. 오드레이드의 나긋나긋한 몸매에 비해 루실라의 몸은 더 탄탄했다.

유혹적인 눈초리를 지닌 경비대장이 테그 옆으로 다가와서 그에게 가까이 몸을 수그렸다. "장군님이 어떤 사람들을 데리고 돌아왔는지 슈왕규 님이 방금 아셨습니다." 그녀가 고갯짓으로 타라자를 가리키며 말했다. "아아, 저기 오시는군요."

슈왕규가 튜브 모양 승강기에서 내려 타라자를 향해 방을 가로질렀다. 테그에게는 성난 눈빛을 한 번 던졌을 뿐이었다.

'타라자 님은 당신을 놀래줄 생각이었어요. 우리 모두 그 이유를 알지요.' 그는 생각했다.

"나를 만난 게 반갑지 않은 모양이군요." 타라자가 슈왕규를 향해 말했다.

"정말이지 깜짝 놀랐습니다, 최고 대모님. 전 전혀 몰랐습니다." 슈왕규는 이렇게 말하고 나서 다시 테그를 흘깃 바라보았다. 그녀의 눈에 독기가 서려 있었다.

오드레이드와 루실라는 서로에 대한 조사를 중단했다. "물론 얘기를 들은 적은 있습니다만 다른 사람의 면전에서 당신과 직접 대면하니 다른 곳에 신경을 쓰지 못하겠군요." 오드레이드가 말했다.

"내가 그럴 거라고 하지 않았습니까." 타라자가 말했다.

"어떤 명령을 내리시렵니까, 최고 대모님?" 슈왕규가 물었다. 그녀는 타라자의 방문 목적을 이렇게밖에는 물을 수 없었다.

"루실라와 개인적으로 얘기를 나누고 싶습니다." 타라자가 말했다.

"대모님을 위해 숙소를 준비하라 이르겠습니다." 슈왕규가 말했다.

"그러지 않으셔도 됩니다. 난 이곳에 머무르지 않을 테니까요. 마일즈가 내 교통편을 이미 주선해 놓았습니다. 임무 때문에 난 참사회로 가야 합니다. 루실라와 나는 바깥의 뜰에서 얘기를 나누겠습니다." 타라자는 손가락 하나를 뺨에 대며 말을 이었다. "아, 그리고 몇 분 동안 어느 누구도 볼 수 없는 곳에서 골라를 지켜보고 싶습니다. 그 일은 루실라가 주선해 줄 수 있겠지요."

"그 아이는 한층 격렬한 훈련을 아주 잘 받아들이고 있습니다." 타라자와 함께 튜브 모양 승강기를 향해 멀어져가면서 루실라가 말했다.

테그는 오드레이드에게 시선을 돌렸다. 그리고 그 과정에서 자신의 시선이 슈왕규의 얼굴을 스치고 지나갔을 때, 그는 그녀의 분노가 얼마나 격렬한 것인지 알 수 있었다. 그녀는 분노를 숨기려 하지 않았다.

루실라는 오드레이드의 동생일까, 아니면 딸일까? 테그는 궁금했다. 그때 갑자기 두 사람이 그렇게 닮은 데에는 틀림없이 베네 게세리트의 목적이 숨어 있을 거라는 생각이 들었다. 그래, 당연한 일이었다. 루실라는 각인사니까!

슈왕규는 분노를 이겨내고 호기심 어린 시선으로 오드레이드를 바라보았다. "난 방금 점심 식사를 하려던 참이었습니다, 자매님." 슈왕규가 말했다. "나와 함께 식사를 하시겠습니까?"

"저는 바샤르 님과 단둘이 나눌 이야기가 있습니다. 괜찮다면, 저희가 여기 남아서 얘기를 나눠도 되겠습니까? 전 골라의 눈에 띄어서는 안 됩니다."

슈왕규는 오드레이드에게 기분 나쁜 기색을 숨기지 않고 험악한 표정을 지었다. 참사회 사람들은 어디에 충성심을 바쳐야 하는지 알고 있었다. 그러나 어느 누구도…… 그 어느 누구도 관찰의 지휘관이라는 이 자리에서 그녀를 제거해 버리지 않을 것이다. 반대파에게도 나름의 권리가 있으니까!

그녀의 이런 생각을 심지어 테그조차 분명히 읽어낼 수 있을 정도였다. 그는 슈왕규가 두 사람을 두고 떠날 때 그녀의 등이 뻣뻣하게 굳어 있음을 눈치챘다.

"교단의 자매가 자매에게 등을 돌리는 건 고약한 일입니다." 오드레이드가 말했다.

테그는 경비대장에게 수신호를 보내 근처의 사람들을 모두 내보내라고 명령했다. 오드레이드는 단둘이, 두 사람만이 있겠다고 말했다. 그가 오드레이드에게 말했다. "여긴 내 영역입니다. 첩자도 없고, 이곳의 우리를 감시할 다른 수단도 없습니다."

"저도 그럴 거라고 생각했습니다." 오드레이드가 말했다.

"저쪽에 관리실이 있습니다." 테그가 고갯짓으로 왼쪽으로 가리키며 말을 이었다. "가구도 있고, 당신이 좋아하는지 모르겠지만 심지어 의자용 개도 있습니다."

"저는 그 개들이 저를 꼭 끌어안으려고 하는 게 너무 싫습니다. 여기서 얘기해도 되겠습니까?" 그녀는 한 손을 테그의 팔 밑으로 끼워 넣으며 말을 이었다. "어쩌면 조금 산책을 해도 될 것 같군요. 그 우주선에 앉아 있느라 몸이 뻣뻣하게 굳었습니다."

"당신이 내게 해야 하는 얘기가 무엇입니까?" 그는 그녀와 함께 산책을 하면서 물었다.

"제 기억은 이제 선택적으로 걸러지지 않습니다. 저는 모든 기억을 다 가지고 있습니다. 물론, 여성 측의 기억뿐이지요." 그녀가 말했다.

"그래서요?" 테그는 입을 꾹 다물었다. 이런 서두가 나올 줄은 미처 예상하지 못했다. 오드레이드는 직선적으로 말을 시작하는 사람인 것 같왔다.

"타라자 님 말씀으로는 당신이 아트레이데스 선언서를 읽었다고 했죠. 잘 됐습니다. 그 선언서가 여러 지역에서 혼란을 일으키리라는 걸 당신도 아실 겁니다."

"슈왕규는 벌써 그걸 빌미로 '당신들 아트레이데스'라고 독설을 퍼붓고 있습니다."

오드레이드는 그를 엄숙하게 바라보았다. 모든 보고서에 적혀 있듯이, 테그는 여전히 당당한 모습이었다. 그러나 그녀는 보고서를 보기 전에도 그 점을 이미 알고 있었다.

"우리 둘 다 아트레이데스입니다. 당신과 나 말입니다."오드레이드가 말했다.

테그는 바짝 긴장했다.

"당신 어머니가 그것을 당신에게 자세히 설명해 주었을 겁니다. 당신이 첫 방학을 맞아 레르나에우스로 돌아갔을 때." 오드레이드가 말했다.

테그는 걸음을 멈추고 강렬한 눈길로 그녀를 내려다보았다. 그녀가 이것을 어찌 알고 있는 건가? 그가 알기로, 그는 이 쌀쌀맞은 다르위 오드레이드를 만나 대화를 나눈 적이 없었다. 그가 참사회에서 특별한 토론의 주제인 건가? 그는 침묵을 지키며 그녀에게 말을 계속하라는 압박을 가했다.

"한 남자와 제 생모 사이의 대화를 들려드리겠습니다. 두 사람이 침대에 누워 있을 때 남자가 말합니다. '나는 베네 게세리트의 철저한 노예 신세에서 처음으로 도망쳤을 때 몇 명의 아이를 만들었소. 내가 자신을 독립적인 존재로, 어디든 내가 원하는 곳에서 병사가 되어 싸울 수 있는 자유로운 존재로 생각하던 시절이었소.'"

테그는 놀라움을 감추려 하지 않았다. 그것은 그가 직접 한 말이었다! 멘타트의 기억은 오드레이드가 그 말을 녹음기만큼 정확하게 살려냈음을 알려주었다. 심지어 어조까지 똑같았다!

"더 들려드릴까요?" 그가 계속 그녀를 뚫어지게 바라보기만 하자 그녀가 물었다. "좋습니다. 남자는 이렇게 말합니다. '그건 물론 그들이 나를 멘타트 훈련소로 보내기 전이었소. 그건 정말 얼마나 눈이 번쩍 뜨이는 경험이었는지! 난 단 한순간도 교단의 시야에서 벗어난 적이 없었던 거요! 난 한 번도 자유로운 존재가 아니었소.'"

"심지어 내가 그 말을 하던 순간에도 그랬지." 테그가 말했다.

"맞습니다." 그녀는 그와 함께 방을 가로질러 산책하듯 걸으며 그의 팔을 잡은 손에 힘을 가해 그를 재촉했다. "당신이 만든 아이들은 모두 베네 게세리트에 속했습니다. 교단은 우리의 유전자형이 통제되지 않는 유전자 모임 속으로 들어가지 않도록 철저한 조치를 취하고 있습니다."

"내 몸을 샤이탄에게 보내도 교단의 소중한 유전자형은 교단의 손에 남아 있는 거지."

"제 손입니다. 저는 당신 딸들 중 한 명입니다." 오드레이드가 말했다.

또다시 그는 억지로 그녀의 걸음을 멈추게 했다.

"당신은 내 어머니가 누군지 알고 있을 겁니다." 그녀가 말했다. 그가 뭐라고 대답을 하려 하자 그녀는 한 손을 들어 올려 그의 말을 막았다. "이름을 말할 필요는 없습니다."

테그는 오드레이드의 얼굴을 자세히 살펴보았다. 식별할 수 있는 흔적들이 그곳에 있었다. 어머니와 딸의 모습이 겹쳐졌다. 하지만 루실라는 뭐지?

오드레이드는 마치 그의 질문을 직접 들은 것처럼 말했다. "루실라는 비슷한 혈통 출신입니다. 아주 놀랍지요, 그렇지 않습니까? 세심하게 교배의 짝을 맺어줌으로써 어떤 결과를 낳을 수 있는지?"

테그는 목을 가다듬었다. 그는 새로 밝혀진 이 딸에게 애정을 전혀 느끼지 못했다. 그녀의 말과 그녀의 행동에 나타나는 다른 중요한 신호들이 그의 일차적인 관심을 요구하고 있었다.

"이건 가볍게 받아들일 수 있는 대화가 아니군. 당신이 내게 밝혀야 할 사실이 이것뿐인가? 최고 대모님 말씀으로는……."

"얘기가 더 있습니다." 오드레이드가 그의 말을 시인했다. "그 선언서 말인데, 그건 제가 쓴 겁니다. 타라자 님의 명령과 상세한 지시에 따라 제가 그것을 썼습니다."

테그는 엿듣는 사람이 아무도 없다는 것을 확인하려는 듯이 커다란 방 안을 살짝 둘러보았다. 그가 목소리를 한층 낮춰 말했다. "틀레이랙스인들이 그것을 널리 퍼뜨리고 있어!"

"우리가 바랐던 것이 바로 그겁니다."

"왜 내게 이런 얘기를 하는 거지? 타라자 님은 당신이 내게 준비를 시켜야……."

"당신이 우리의 목적을 반드시 알아야 하는 때가 올 겁니다. 타라자 님은 그때 당신이 스스로 결정을 내리기를, 당신이 정말로 자유로운 존재가 되기를 바라고 계십니다."

오드레이드는 이 말을 하는 순간에 그의 눈이 멘타트답게 흐릿해지는 것을 보았다.

테그는 심호흡을 했다. '의존성과 열쇠가 되는 통나무!' 그는 자신이 축적한 데이터의 범위 바로 너머에서 멘타트의 감각으로 엄청난 패턴을 느꼈다. 그는 어떤 의미에서 자식으로서의 애정 때문에 그녀가 이러한 사실을 밝혔을 거라고는 단 한순간도 생각하지 않았다. 베네 게세리트 훈련에는 근본주의적이고, 교조적이고, 의식(儀式)주의적인 본질이 분명하게 나타났다. 그것을 예방하려고 온갖 노력을 기울이는데도 그랬다. 오드레이드, 그의 과거에서 나온 이 딸은 근육과 신경을 통제하는 비범한 능력을 지닌 완전한 대모였다. 여성 측면의 모든 기억 또한 갖고 있었다! 그녀는 특별한 자들 중의 하나였다! 그녀는 대부분의 사람들이 짐작조차 하지 못하는 폭력의 술수들을 알고 있었다. 그래도 그 유사성, 그 본질은 남아 있었다. 멘타트라면 항상 그것을 알아차릴 수 있었다.

'그녀는 무엇을 원하고 있는 걸까? 내가 아버지임을 인정하는 것?'

그녀는 그가 아버지임을 확인하는 데 필요한 모든 것을 이미 가지고 있었다.

이제 그녀를 관찰하면서, 그의 생각이 정리되기를 너무나 참을성 있게 기다리는 그녀의 모습을 보면서, 테그는 대모들이 더 이상 완전한 인류의 일원이 아니라는 흔한 말이 진실이라고 생각했다. 대모들은 어째서인지 중심의 흐름 밖에서 움직였다. 어쩌면 그 흐름과 평행을 이루는 것 같기도 했고, 때로 자기들의 목적을 위해 그 흐름 속으로 뛰어들기도 하는 것 같았지만, 항상 인류에게서 따로 떨어져 있었다. 그들을 그렇게 떼어놓은 것은 그들 자신이었다. 그것은 대모를 식별하는 표식이었으며, 그들을 자기들의 기원인 인간이라는 종족보다 오래전에 죽은 폭군과 더 가까운 존재로 만드는 특별한 정체감이었다.

조종. 그것이 그들의 표식이었다. 그들은 모든 사람과 모든 것을 조종했다.

"나는 베네 게세리트의 눈이 되어야 하오. 타라자 님은 당신들 모두를 대신해서 내가 '인간적'인 결정을 내려주기를 바라고 계시지." 테그가 말했다.

오드레이드는 기쁜 표정을 역력하게 드러내면서 그의 팔을 잡은 손에 힘을 주었다. "내 아버지는 정말 굉장한 분입니다!"

"당신에게 정말로 아버지가 있소?" 그는 이렇게 질문을 던지고 나서 인류로부터 스스로 떨어져 나가는 베네 게세리트에 대해 자신이 생각하고 있던 것을 그녀에게 자세히 얘기해 주었다.

"인간다움의 바깥에 있다……. 신기한 생각이군요. 조합 항법사들 역시 원래의 인간다움 밖에 있는 겁니까?"

그는 생각을 해보았다. 조합 항법사들은 인류의 공통적인 형태로부터 크게 벗어나 있었다. 우주에서 태어나 죽을 때까지 멜란지 가스가 들어 있는 탱크에서 사는 그들은 원래의 형태를 왜곡시켜 팔다리와 여러 기관들을 길게 늘리고 위치를 바꿔놓았다. 그러나 탱크에 들어가기 전 발정기의 젊은 항법사는 정상적인 교배를 할 수 있었다. 그건 이미 실증된 사실이었다. 그들은 인간이 아닌 존재가 되었지만 그 방식은 베네 게세리트와 달랐다.

"항법사들은 정신적으로 당신들의 친척이 아니오. 그들은 인간처럼 생각하지. 우주 공간에서 우주선을 이끄는 것은, 그들이 안전한 길을 찾아낼 수 있는 예지력을 갖고 있다 해도, 인간들이 받아들일 수 있는 패턴을 갖고 있소."

"당신은 우리의 패턴을 받아들이지 않는 겁니까?"

"나는 내가 할 수 있는 한 받아들이고 있지만, 당신들은 발전 과정 중 어딘가에서 원래의 패턴 밖으로 나가버리지. 당신들이 인간처럼 보이기 위해 의식적으로 행동할 수는 있을 것이오. 당신이 지금 진짜 내 딸처럼 내 팔을 잡고 있듯이."

"난 당신의 딸입니다. 하지만 당신이 우리를 그렇게 하찮게 생각하고 있다니 놀랍군요."

"오히려 그 반대요. 나는 당신들에게 경외감을 느끼고 있어."

"당신의 딸에게도요?"

"모든 대모에게."

"제가 열등한 생물들을 조종하기 위해서만 존재한다고 생각하십니까?"

"난 당신들이 진짜 인간처럼 느끼지 못한다고 생각하오. 당신들에게는 빈 곳이 있어. 뭔가가 빠져 있는 거지. 당신들이 스스로 제거해 버린 거요. 당신들은 이제 우리와 같은 존재가 아니오."

"감사합니다. 타라자 님은 당신이 주저 없이 진실한 대답을 해줄 거라고 하셨습니다. 저도 그 사실을 직접 알고 있었고요."

"당신은 무엇을 위해 날 준비시킨 것이오?"

"때가 되면 알게 될 겁니다. 제가 할 수 있는 말은 그것뿐입니다……. 제가 허락받은 말은 그게 전부예요."

'또 조종하고 있어! 저주받을 존재들 같으니!' 그는 생각했다.

오드레이드가 헛기침을 했다. 그녀는 뭔가 얘기를 더 하려는 것처럼 보였지만 그냥 침묵을 지키며 테그를 이끌고 방을 한 바퀴 돌아 원래 자리로 돌아왔다.

그녀는 테그가 무슨 말을 할지 이미 알고 있었는데도, 그의 말에 고통을 느꼈다. 그녀는 자신이 아직도 인간처럼 느낄 수 있다고 그에게 말해주고 싶었다. 그러나 교단에 대한 그의 판단을 부인할 수는 없었다.

'우리는 사랑을 거부하라는 가르침을 받는다. 우린 사랑을 흉내 낼 수 있지만, 우리들은 모두 사랑을 순식간에 잘라버릴 수 있어.'

그들의 뒤쪽에서 무슨 소리가 들려왔다. 두 사람은 걸음을 멈추고 몸을 돌렸다. 루실라와 타라자가 골라에 대한 관찰 결과를 한가하게 얘기하면서 튜브 모양 승강기에서 내렸다.

"당신이 그를 우리와 같은 존재로 대우하는 건 절대적으로 옳은 일입니다." 타라자가 말했다.

테그는 이 말을 들었지만 아무 말도 하지 않은 채 두 사람이 다가오기를 기다렸다.

'그는 알고 있어. 내 생모에 대해 내게 묻지 않을 생각이야. 거기엔 아무런 유대감도, 진정한 각인도 없었지. 그래, 그는 알고 있어.' 오드레이드는 생각했다.

그녀가 눈을 감자 기억이 한 그림의 모습을 저절로 만들어내서 그녀를 화들짝 놀라게 했다. 그 그림은 타라자의 응접실 벽에서 공간을 차지하고 있었다. 익스의 기술 덕분에 그 그림은 눈에 보이지 않는 플라즈 덮개 뒤에 최고의 솜씨로 용접 밀폐된 액자 속에 보존되어 있었다. 오드레이드는 그 그림 앞에서 자주 걸음을 멈추곤 했는데, 그때마다 자신의 손이 뻗어 나가서 익스 인들이 너무나 정교하게 보존해 놓은 그 고대의 캔버스를 정말로 만져볼 것 같은 느낌을 받았다.

'코르드빌의 오두막.'

화가가 붙인 그 그림의 제목과 화가 자신의 이름이 그림 밑의 광택이 나는 판에 보존되어 있었다. 화가의 이름은 빈센트 반 고흐였다.

그 그림은 정말 고대의 것이었다. 그 그림처럼 지금까지 남아 오랜 세월을 건너뛰어 물리적인 인상을 전해 줄 수 있는 유물은 아주 드물었다. 그녀는 그 그림이 거쳐 온 길을, 그 그림이 원래의 모습을 고스란히 간직한 채 타라자의 방까지 오게 만든 연속적인 우연을 상상하려고 해보았다.

익스 인들은 보존과 복원에서 최고의 솜씨를 발휘했다. 그림을 바라보는 사람이 액자의 왼쪽 아래 구석에 있는 검은 점을 건드리면, 즉시 진정한 천재의 솜씨 속으로 빨려 들어갔다. 화가의 솜씨뿐만이 아니라 그 작품을 복원해서 보존해 놓은 익스 인의 솜씨 속으로. 그의 이름은 액자에 적혀 있었다. 마틴 부로. 액자의 검은 점은 인간의 손가락이 닿으면 감각 투사기가 되었다. 그것은 익스 탐침을 만들어낸 기술에서 나온 선량한 부산물이었다. 부로는 그림뿐만 아니라 화가 반 고흐가 한 번 붓질을 할 때마다 거기에 수반되었던 느낌까지도 복원해 놓았다. 붓질 속에 들어 있는 모든 것이 인간의 움직임에 의해 그곳에 기록되어 있었다.

오드레이드는 그곳에 서서 그림의 전체 과정 속에 흠뻑 몰두한 적이 너무 많았기 때문에 혼자서라도 그 그림을 다시 만들어낼 수 있을 것 같았다.

테그의 비난을 들은 직후 이 경험을 회상하면서 그녀는 자신의 기억이 왜 그 그림의 모습을 되살려냈는지, 그 그림이 왜 지금도 자신을 매혹시키는지 순식간에 깨달았다. 그 그림의 제작과정이 재현되는 그 짧은 순간 동안 그녀는 항상 완전히 인간이 된 것 같은 느낌을 받았다. 그림 속의 오두막들이 진짜 사람들이 살았던 곳으로 인식되었고, 정신병에 걸린 빈센트 반 고흐라는 인간의 모습으로 그곳에 걸음을 멈추고 스스로를 기록으로 남긴 생명의 사슬이 왠지 완벽하게 인식되었다.

타라자와 루실라는 테그와 오드레이드로부터 두 발짝 떨어진 곳에 멈춰 섰다. 타라자의 입에서 마늘 냄새가 났다.

"우린 음식을 조금 먹고 왔습니다. 당신들도 뭘 좀 먹겠습니까?" 타라자가 말했다.

그건 전혀 상황에 맞지 않는 질문이었다. 오드레이드는 테그의 팔을 쥐고 있던 손을 풀었다. 그리고 재빨리 돌아서서 소매 끝으로 눈을 훔쳤다. 그녀가 다시 테그를 올려다보았을 때 그의 얼굴에는 놀라움이 드러나 있었다. '그래, 그건 진짜 눈물이었어!' 그녀는 생각했다.

"우리가 여기서 할 수 있는 일을 다 한 것 같습니다." 타라자가 말했다. "이제 당신이 라키스로 갈 때가 되었습니다, 다르."

"오히려 조금 늦었죠." 오드레이드가 말했다.

생명은 스스로를 이어나갈 이유들을 찾지 못하고, 예의 바른 상호 배려의 원천이 되지 못한다. 우리 각자가 그러한 특징들을 생명 안에 불어넣겠다고 결심하지 않는다면.

—체노에: '레토 2세와의 대화'

분열된 신의 최고 사제인 헤들리 튜엑은 그동안 스티로스에게 점점 더 화가 났다. 스티로스 자신은 너무 늙어서 최고 사제의 벤치에 앉을 희망이 없었지만, 그에게는 아들들, 손자들, 헤아릴 수 없이 많은 조카들이 있었다. 스티로스는 자신의 야망을 가족들에게 옮겨놓았다. 냉소적인 인간, 스티로스. 그는 사제단에서 강력한 파벌을 대표하고 있었다. 이른바 '과학 공동체'라고 불리는 그 파벌의 영향력은 은연중에 널리 퍼져 있었다. 그들의 방향은 위험할 정도로 이단과 가까웠다.

튜엑은 사막에서 '길을 잃은' 최고 사제가 한둘이 아니라는 사실을 자신에게 일깨웠다. 그건 유감스러운 사고들이었다. 스티로스와 그의 파벌은 그런 사고를 만들어낼 능력을 갖고 있었다.

킨의 지금 시간은 오후였고, 스티로스는 울화를 역력하게 드러내면서 조금 전에 물러갔다. 스티로스는 튜엑에게 직접 사막으로 가서 시이나의 다음 모험을 관찰해 보라고 권했다. 이 초대를 수상쩍게 여긴 튜엑은 거절했다.

이상한 언쟁이 이어졌다. 빈정대는 말과 시이나의 행동에 대한 막연한 언급으로 가득 차고, 거기에 베네 게세리트에 대한 장황한 공격까지 덧붙여진 언쟁이었다. 교단을 항상 의심하는 스티로스는 라키스에 있는 베네 게세리트 성의 새 지휘관을 보자마자 그녀를 싫어하게 되었다. 그…… 그 여자의 이름이 뭐였지요? 아, 그래요, 오드레이드. 이상한 이름이지만 교단의 자매들이 이상한 이름을 갖는 것은 흔한 일이었다. 그건 그들의 특권이었다. 신께서도 베네 게세리트의 기본적인 선함을 부정하는 말은 한 번도 하시지 않았다. 교단의 자매 개개인에 대해서는 그런 말을 하신 적이 있지만, 교단 자체는 신의 신성한 환영(幻影)을 공유했다.

튜엑은 스티로스가 시이나에 대해 얘기하는 태도가 마음에 들지 않았다. 냉소적이었다. 튜엑은 결국 고귀한 제단과 분열된 신의 성상들이 있는 이곳 성소로 전달된 선언을 이용해 스티로스의 입을 막았다. 무지개 빛의 광선 중계기가 멜란지를 태운 향이 떠도는 허공을 뚫고 제단으로 이어진 두 줄의 높다란 기둥들 위에 얇은 쐐기 모양의 눈부신 빛을 던졌다. 튜엑은 이런 상황에서 자신이 하는 말이 신께 곧바로 전달된다는 것을 알고 있었다.

"신께서는 현대의 시오나를 통해 역사하십니다." 튜엑이 이렇게 말하자 스티로스의 늙은 얼굴이 혼란스러운 표정을 지었다. "시이나는 시오나, 즉 신을 현재의 분열 상태로 옮겨놓는 도구였던 인간을 상기시키는 존재입니다."

스티로스는 펄펄 뛰면서 평의회 전체 회의에서는 감히 할 수 없을 거친 말들을 쏟아냈다. 그는 튜엑과의 오랜 관계를 기화로 너무 날뛰고 있었다.

"내 말씀드리지만 그 아이에게 스스로를 정당화하려고 열심인 어른들이 아이를 둘러싸고서……."

"우리는 신에게도 스스로를 정당화하려는 겁니다!" 튜엑은 이런 말을 그냥 넘겨버릴 수 없었다.

스티로스는 최고 사제에게 가까이 몸을 기울이면서 이를 갈듯이 말했다. "그 아이는 무엇이든 자기가 상상하는 대로 맞춰진 교육 체제의 중심을 차지하고 있습니다. 우리가 그 아이에게 아무것도 거절하지 않으니까요!"

"우린 거절해서는 안 됩니다."

스티로스는 마치 튜엑이 아무 말도 하지 않은 것처럼 말을 이었다. "카니아가 그 아이에게 다르 에스 발라트에서 나온 기록을 주었습니다!"

"나는 운명의 책이다." 튜엑은 다르 에스 발라트의 유적에서 나온 신의 말을 읊조리듯이 인용했다.

"바로 그겁니다! 그리고 그 아이는 그 말 한마디 한마디에 귀를 기울이고 있어요!"

"그게 왜 신경에 거슬린다는 겁니까?" 튜엑은 차분하기 그지없는 목소리로 물었다.

"우리가 그 아이의 지식을 시험하고 있는 게 아닙니다. 그 아이가 우리의 지식을 시험하고 있습니다!"

"신께서 그것을 원하시는 거겠죠."

스티로스의 얼굴에 지독한 분노가 분명하게 드러났다. 튜엑은 늙은 스티로스가 새로운 주장을 정리하는 동안 그 모습을 관찰하며 기다렸다.

그런 주장을 위한 자료들은 당연히 엄청나게 많았다. 튜엑은 이 점을 부인하지 않았다. 중요한 것은 해석 방법이었다. 최고 사제가 궁극적인 해석자여야 하는 것은 그 때문이었다. 역사를 보는 그들의 관점에도 불구하고(아니 어쩌면 그 관점 때문에), 사제들은 신이 어떻게 해서 라키스에 거주하게 되었는지에 대해 많은 것을 알고 있었다. 다르 에스 발라트와 그곳의 기록이 모두 그들의 손에 있었다. 다르 에스 발라트는 이 우주에서 인류에게 알려진 최초의 비공간이었다. 샤이 훌루드가 신록이 우거진 행성 아라키스를 사막의 라키스로 변화시키던 수천 년 동안 다르 에스 발라트는 모래 밑에서 기다렸다. 그 신성한 저장소에서 사제들은 신의 육성과 신께서 인쇄해 놓은 말씀, 심지어 홀로그램 사진까지 얻을 수 있었다. 모든 설명이 거기 있었다. 그들은 라키스의 지표를 차지하고 있는 사막이 이 행성의 원래 형태를, 이곳이 신성한 스파이스의 유일한 산지로 알려져 있던 태초의 모습을 재현한 것임을 알게 되었다.

"그 아이는 신의 가족들에 대해 묻습니다." 스티로스가 말했다. "그 아이가 왜 그런 질문을……."

"그분이 우리를 시험하는 겁니다. 우리가 그분들께 걸맞은 대우를 하고 있습니까? 제시카 대모에게서 그 아들인 무앗딥에게로, 다시 그 아들인 레토 2세에게로, 이것이 천국의 신성한 3두 체제입니다."

"레토 3세입니다." 스티로스가 투덜거리듯 말했다. "사다우카의 손에 죽은 또 다른 레토는 어떻게 된 겁니까? 그는 어떻게 된 거예요?"

"조심하세요, 스티로스. 내 증조부께서 바로 이 벤치에서 그 질문에 대해 판결을 내리신 걸 당신도 알지 않습니까. 우리의 분열된 신께서는 '지배권'을 중재하시기 위해 자신의 일부를 천상에 남겨두신 채 환생하셨습니다. 그 후 천상에 남아 있던 신의 일부는 이름 없는 존재가 되었습니다. 신의 진정한 정수(精髓)가 언제나 마땅히 그래야 하듯이 말입니다!"

"그래요?"

튜엑은 늙은 스티로스의 목소리에서 끔찍한 냉소를 들었다. 스티로스의 말이 향으로 가득 찬 공기 속에서 가늘게 진동하며 끔찍한 응보를 불러오고 있는 것 같았다.

"그럼 그 아이가 우리의 레토께서 어떻게 분열된 신으로 변신하셨느냐는 질문을 던지는 이유가 뭡니까?" 스티로스가 다그치듯 물었다.

스티로스가 신성한 변신에 의문을 제기하는 건가? 튜엑은 경악했다. 그가 말했다. "때가 되면, 그분이 우리를 깨우쳐주실 겁니다."

"우리의 빈약한 설명이 그분을 틀림없이 당혹감으로 가득 채우겠군요." 스티로스가 이죽거렸다.

"너무 지나칩니다, 스티로스!"

"그래요? 모래송어가 라키스의 물 대부분을 어떻게 캡슐처럼 싸서 사막을 다시 만들어내고 있는지 묻는 것이 정말 우리를 깨우쳐준다고 생각하시지 않는 겁니까?"

튜엑은 점점 커져가는 분노를 감추려고 애썼다. 스티로스가 사제단에서 강력한 파벌을 대표하고 있음은 분명한 사실이었다. 그러나 그의 어조와 말은 최고 사제들이 오래전에 이미 답변했던 문제들을 다시 제기하고 있었다. 레토 2세의 변신이 헤아릴 수 없이 많은 모래송어를 탄생시켰고, 그들은 각자 신의 자아 한 조각을 가지고 있었다. 모래송어에서 분열된 신으로. 이 과정은 이미 알려져서 예배의 대상이 되어 있었다. 여기에 의문을 제기하는 것은 곧 신을 부정하는 것이었다.

"당신은 여기 앉아서 아무것도 하지 않고 있습니다." 스티로스가 그를 비난했다. "우리는 꼭두각시……."

"그만!" 튜엑은 이 노인의 냉소를 들을 만큼 들었다. 위엄으로 자신을 둘러싸면서 튜엑이 신의 말씀을 말했다.

"당신의 주님은 당신 가슴 속에 무엇이 있는지 아주 잘 알고 계십니다. 당신의 영혼은 오늘 당신에게 맞서는 판단을 내리는 존재로서 충분합니다. 내게는 증인이 필요 없습니다. 당신은 당신의 영혼에 귀를 기울이지 않고, 대신 당신의 분노에 귀를 기울이고 있습니다."

스티로스는 분통을 터뜨리며 물러갔다.

상당히 심사숙고한 후에 튜엑은 하얀색, 황금색, 자주색으로 된, 지금 입기에 가장 알맞은 화려한 옷을 입었다. 그리고 시이나를 만나러 갔다.

시이나는 중앙 사제 단지 꼭대기에 있는 지붕 정원에 있었다. 카니아와 다른 두 사람이 그곳에 함께 있었는데, 한 사람은 튜엑을 위해 은밀한 임무를 수행하는 발덕이라는 이름의 젊은 남자 사제였고, 나머지 한 사람은 대모들과 너무나 비슷한 행동이 탐탁지 않은 키푸나라는 이름의 신참 여자 사제였다. 교단의 첩자들이 이곳에서 활동하는 것은 당연한 일이지만, 튜엑은 그 사실을 인식하게 되는 걸 좋아하지 않았다. 키푸나는 시이나의 신체 훈련 대부분을 떠맡았고, 이 신참 여사제와 아이 사이에서 자라난 관계 때문에 카니아는 질투를 느끼고 있었다. 그러나 심지어 카니아도 시이나의 명령을 막을 수는 없었다.

네 사람은 환기탑의 그림자에 거의 가려진 돌 벤치 옆에 서 있었다. 키푸나는 시이나의 오른손을 잡고 아이의 손가락을 움직이고 있었다. 시이나의 키가 자라고 있음을 튜엑은 알 수 있었다. 그녀가 그의 책임이 된 지 6년이었다. 그녀의 로브에서 가슴이 이제 막 고개를 내밀기 시작한 것이 보였다. 지붕에 바람 한 점 불지 않아서 튜엑의 허파 속에 들어온 공기가 무겁게 느껴졌다.

튜엑은 경비와 관련해서 자신이 내린 명령들이 제대로 지켜지는지 확인하기 위해 정원을 흘깃 둘러보았다. 어디에서 위험이 나타날지 미리 짐작할 길은 없었다. 튜엑의 개인 경호원 네 명이 무장을 감춘 채 약간 거리를 두고 지붕 위에 서 있었다. 모퉁이마다 한 명씩. 정원을 둘러싸고 있는 난간이 높아서 경비병들의 머리만이 그 위로 솟아 있었다. 이 사제들의 탑보다 높은 건물은 서쪽으로 약 1000미터 떨어진 곳에 있는 킨의 제1바람덫뿐이었다.

경비에 관한 명령이 수행되고 있다는 증거들이 눈에 보이는데도 튜엑은 위험을 감지했다. 신께서 경고하시는 건가? 스티로스의 냉소가 계속 마음에 걸렸다. 스티로스에게 그렇게까지 자유를 허용해 주는 것이 잘못인 걸까?

시이나는 튜엑이 다가오는 것을 보고 키푸나의 지시에 따라 시행하고 있던, 손가락을 움직이는 이상한 연습을 멈췄다. 지식이 많은 자의 인내심을 있는 대로 드러내면서 아이는 최고 사제에게 시선을 고정한 채 말없이 서있었다. 그녀와 함께 있는 사람들도 결국 시선을 돌려 그를 지켜볼 수밖에 없었다.

시이나는 튜엑을 무서운 사람이라고 생각하지 않았다. 그가 던지는 질문이 때로 어처구니없기는 해도 그녀는 이 노인을 그럭저럭 좋아하는 편이었다. 게다가 그가 내놓는 대답들이라니! 아주 우연히 그녀는 튜엑이 가장 불편해하는 질문이 무엇인지 알아냈다.

"왜죠?"

그녀의 시중을 드는 사제들 중 일부가 그녀의 이 질문을 해석해서 커다란 소리로 말했다. "당신은 왜 이걸 믿는 겁니까?" 시이나는 이 질문의 의미를 즉시 깨달았고, 그 후로 튜엑과 다른 사람들을 탐색할 때 항상 똑같은 질문을 던졌다.

"당신은 왜 이걸 믿는 거죠?"

튜엑은 시이나에게서 두 발짝쯤 떨어진 곳에 걸음을 멈추고 고개 숙여 인사했다. "안녕하십니까, 시이나 님." 그는 로브의 깃에 감싸인 목을 불안한 듯이 비틀었다. 어깨에 느껴지는 햇볕이 뜨거웠다. 저 아이가 왜 이곳에 그리 자주 나오는지 모르겠다는 생각이 들었다.

시이나는 계속해서 탐색하듯 튜엑을 바라보았다. 그녀는 이런 시선이 그를 불편하게 만든다는 것을 알고 있었다.

튜엑은 헛기침을 했다. 시이나가 자신을 저런 식으로 바라볼 때면 그는 항상 속으로 이런 의문을 품곤 했다. '저 아이의 눈을 통해 신께서 나를 바라보고 계시는 건가?'

카니아가 말했다. "시이나 님은 오늘 물고기 웅변대에 대해 묻고 계셨습니다."

튜엑은 자신이 낼 수 있는 가장 부드러운 목소리로 말했다. "신의 신성한 군대입니다."

"전부 다 여자인가요?" 시이나가 물었다. 마치 그 사실을 믿을 수 없다는 듯한 어조였다. 라키스 사회의 밑바닥에 있는 사람들에게 물고기 웅변대는 고대 역사 속 이름이었으며, 기근 시대에 쫓겨난 사람들이었다.

그녀가 자신을 시험하고 있다고 튜엑은 생각했다. 물고기 웅변대. 현대에 그 이름을 지니고 있는 사람들은 라키스에서 교역과 염탐을 하는 작은 파견단에 불과했으며, 남녀 모두로 구성되어 있었다. 고대의 기원은 그들이 현재 하고 있는 활동에 더 이상 중요하지 않았다. 그들의 활동이란 주로 익스의 한 팔 노릇을 하는 것이었다.

"남자들은 항상 자문으로서 물고기 웅변대에 복무했습니다." 튜엑은 시이나의 반응을 세심하게 관찰했다.

"그리고 항상 던컨 아이다호들도 있었고요." 카니아가 말했다.

"예, 예, 물론입니다. 던컨들이 있었죠." 튜엑은 인상을 찌푸리지 않으려고 애썼다. 저 여자는 항상 방해를 일삼았다! 튜엑은 라키스에 신이 존재했다는 역사적 사실 중에서 이 측면을 누군가가 상기시켜 주는 것이 싫었다. 자꾸만 다시 등장하는 골라와, 신성한 군대에서 그 골라가 차지했던 지위에는 베네 틀레이랙스의 방종이라는 의미가 함축되어 있었다. 그러나 물고기 웅변대가 던컨들을 위험으로부터 지켰으며 그것이 물론 신의 명령에 따른 행동이었다는 사실을 피할 수는 없었다. 던컨들이 신성하다는 데에는 의심의 여지가 없었지만, 그들은 특별한 범주에 속했다. 신 자신의 설명에 의하면 신께서 일부 던컨들을 직접 죽이셨는데, 그럼으로써 그들을 즉시 천국으로 '승천'시키셨음이 분명했다.

"키푸나는 내게 베네 게세리트에 대해 얘기해 주고 있었어요." 시이나가 말했다.

저 아이의 정신이 얼마나 바쁘게 여러 방향으로 움직이는지!

튜엑은 대모들에 대한 자신의 양면적인 태도를 인식하며 헛기침을 했다. 거룩한 체노에처럼 '신의 사랑을 받는 자'에게는 경의를 표할 필요가 있었다. 그리고 최초의 최고 사제는 신의 신부인 신성한 흐위 노리가 비밀스러운 대모였음을 설명하는 논리를 구축했다. 사제들은 그 특별한 상황을 존중하면서 베네 게세리트에 대해 비위에 거슬리는 책임감을 느꼈다. 그리고 그 책임감은 주로 틀레이랙스 인들이 요구하는 가격보다 터무니없이 낮은 값으로 교단에 멜란지를 판매하는 형태로 실행되었다.

시이나가 천진하기 그지없는 어조로 말했다. "베네 게세리트에 대해 얘기해 주세요, 헤들리."

튜엑은 시이나 주위의 어른들이 혹시 미소를 띠고 있지는 않은지 보려고 그들을 날카롭게 흘깃 바라보았다. 시이나가 자신의 이름을 이런 식으로 부르는 것에 어떻게 대처해야 할지 알 수 없었다. 어떤 의미에서 이건 그의 체신을 떨어뜨리는 짓이었다. 그러나 또 다른 의미에서 보면, 그녀는 이렇게 친밀감을 드러냄으로써 그를 명예롭게 만들고 있는 셈이었다.

'신께서 나를 혹독하게 시험하시는구나.' 그는 생각했다.

"대모들은 좋은 사람인가요?" 시이나가 물었다.

튜엑은 한숨을 쉬었다. 모든 기록들은 신께서 교단에 대해 유보적인 태도를 품었음을 확인해 주었다. 사람들은 신의 말씀을 세심하게 조사한 후 최종적으로 최고 사제의 해석을 받기 위해 제출했다. 신께서는 교단이 황금의 길을 위협하도록 내버려두시지 않았다. 그것만은 분명했다.

"대모들 중에는 좋은 사람이 많습니다." 튜엑이 말했다.

"지금 대모가 있는 가장 가까운 곳이 어디죠?" 시이나가 물었다.

"이곳 킨에 있는 교단의 대사관입니다."

"그녀를 아세요?"

"베네 게세리트 성에는 대모들이 많이 있습니다."

"성이 뭐죠?"

"그건 그들이 이곳에 있는 자기들 집을 부르는 말입니다."

"틀림없이 그곳의 책임자인 대모가 있을 거예요. 그 사람을 아세요?"

"전 그 사람의 전임자인 타말란을 알고 있었습니다. 하지만 이번에 새로운 사람이 왔습니다. 이제 막 도착했어요. 그녀의 이름은 오드레이드입니다."

"웃기는 이름이네요."

튜엑도 같은 생각이었지만 이렇게 말했다. "우리 역사가 한 명이 말하기를 그건 아트레이데스라는 이름의 한 형태라고 합니다."

시이나는 이 얘기를 곰곰이 생각해 보았다. 아트레이데스. 그건 샤이탄이 존재하게 만든 가문이었다. 아트레이데스가 오기 전에는 오로지 프레멘과 샤이 훌루드만이 있었다. 그녀와 같은 사람들이 사제들의 온갖 금지령에 맞서 보존해 온 구전역사에서는 라키스에서 가장 중요한 사람들의 족보가 단조로운 목소리로 읊조리듯 되풀이되었다. 그녀는 옛날에 마을에서 이 이름들을 밤에 여러 번 들은 적이 있었다.

'무앗딥이 폭군을 낳았다.'

'폭군이 샤이탄을 낳았다.'

시이나는 튜엑과 진실을 논하고 싶지 않았다. 어쨌든, 그는 오늘 피곤한 안색이었다. 그녀는 그냥 이렇게만 말했다. "그 오드레이드 대모를 데려오세요."

키푸나는 흡족한 미소를 손으로 가렸다.

튜엑은 혼비백산해서 뒤로 물러섰다. 저런 명령에 어떻게 따를 수 있단 말인가? 라키스의 사제들도 베네 게세리트에게 명령을 내리지는 않았다! 만약 교단이 그의 요구를 거절한다면? 그가 대신 멜란지를 선물로 제공해도 될 것인가? 그건 약점을 드러내는 짓이 될 수도 있었다. 대모들이 흥정을 하려고 할 수도 있었다! 차가운 눈빛을 한 교단의 대모들보다 더 냉혹하게 흥정을 하는 사람들은 없었다. 새로 왔다는 이 오드레이드는 그중에서도 최악의 경우인 것처럼 보였다.

이 모든 생각들이 순식간에 튜엑의 머릿속을 지나갔다.

카니아가 끼어들어 튜엑에게 필요한 방법을 제시해 주었다. "어쩌면 키푸나가 시이나 님의 초대를 전달해 줄 수 있을지도 모릅니다."

튜엑은 젊은 신참 여사제에게 쏜살같이 시선을 돌렸다. 그래! 키푸나를 베네 게세리트의 첩자로 의심하는 사람이 많았다(카니아도 분명히 그런 사람 중 하나였다). 물론 라키스에서는 모든 사람이 누군가의 첩자였다. 튜엑은 인자하기 짝이 없는 미소를 지으며 키푸나를 향해 고개를 끄덕였다.

"대모들 중에 아는 사람이 있습니까, 키푸나?"

"몇 명을 알고 있습니다, 최고 사제님." 키푸나가 말했다.

'적어도 아직은 예의를 지키는군!'

"훌륭합니다. 시이나 님의 이 정중하신 초대가 교단 대사관의 상층부로 전달될 수 있도록 해주실 수 있겠습니까?"

"미력하나마 최선을 다하겠습니다, 최고 사제님."

"틀림없이 그래주실 거라고 믿습니다!"

키푸나는 자랑스러운 표정으로 시이나를 향해 돌아서기 시작했다. 이제 성공을 거뒀다는 생각이 그녀의 내면에서 점점 자라났다. 시이나의 요청에 불을 붙이는 것은 터무니없을 정도로 쉬웠다. 교단이 제공해 준 기법들 덕분이었다. 키푸나는 미소를 지으며 말을 하려고 입을 열었다. 시이나 뒤쪽으로 40미터쯤 떨어진 난간에서 뭔가 움직이는 것이 키푸나의 시선을 끌었다. 그곳의 햇빛 속에서 뭔가가 반짝였다. 뭔가 작고…….

목을 졸린 것 같은 소리를 지르며 키푸나는 시이나를 잡아 깜짝 놀란 표정의 튜엑에게 던지며 소리쳤다. "도망쳐요!" 이 말과 함께 키푸나는 빠른 속도로 다가오는 밝은 것을 향해 돌진했다. 그것은 기다란 시거와 이어를 늘어뜨린 자그마한 탐색기였다.

젊었을 때 튜엑은 배트볼을 한 적이 있었다. 그는 본능적으로 시이나를 잡은 다음 잠시 머뭇거리다가 위험을 인식했다. 튜엑은 몸부림치며 반항하는 아이를 품에 안고 재빨리 몸을 돌려 계단 탑의 열린 문으로 뛰어들었다. 등 뒤에서 문이 쾅 하고 닫히는 소리와 그의 뒤를 바짝 따라오는 카니아의 빠른 발소리가 들렸다.

"뭐예요? 뭐예요?" 시이나가 소리를 지르면서 튜엑의 가슴을 주먹으로 쳤다.

"쉿, 시이나 님! 쉿!" 튜엑은 첫 번째 층계참에서 걸음을 멈췄다. 경사로를 이용해서 이 층계참에서 건물 중심부로 들어갈 수도 있었고, 반중력 승강기를 이용해서 아래로 떨어져 내릴 수도 있었다. 카니아가 튜엑의 옆에서 걸음을 멈췄다. 좁은 공간에서 그녀의 숨소리가 크게 울려 퍼졌다.

"그것이 키푸나와 사제님의 경호원 두 명을 죽였습니다. 그들을 차단하세요! 전 봤습니다. 신이시여, 저희를 지켜주소서!" 카니아가 숨을 몰아쉬며 말했다.

튜엑의 머릿속이 혼란스럽게 소용돌이쳤다. 경사로와 반중력 승강기는 모두 탑을 통과하는 폐쇄된 공간이었다. 그곳에 누군가가 손을 봐두었을 가능성이 있었다. 지붕 위에서 벌어진 공격이 훨씬 더 복잡한 음모의 일부에 불과할 수 있었다.

"날 내려줘요! 무슨 일이에요!" 시이나가 고집스럽게 말했다.

튜엑은 그녀를 조심스럽게 바닥에 내려놓았지만 그녀의 손을 한 손으로 계속 꽉 움켜쥐고 있었다. 그가 그녀를 향해 몸을 수그리며 말했다. "시이나 님, 누군가가 우리를 해치려 하고 있습니다."

시이나의 입이 소리 없이 '오' 자 모양을 그렸다. 그러고 나서 그녀가 입을 열었다. "그들이 키푸나를 해쳤나요?"

튜엑은 지붕으로 통하는 문을 올려다보았다. 지금 저 소리는 오니솝터인가? 스티로스! 음모꾼들이 제대로 공격을 방어할 수 없는 세 사람을 사막으로 데려가는 것은 아주 쉬운 일일 터였다!

카니아가 가쁜 숨이 가라앉은 목소리로 말했다. "오니솝터 소리가 들립니다. 여기서 도망쳐야 하지 않을까요?"

"계단으로 내려갑시다." 튜엑이 말했다.

"하지만……."

"내 말대로 하세요!"

시이나의 손을 단단히 잡은 채 튜엑은 다음 층계참까지 길을 이끌었다. 이 층계참에는 경사로와 반중력 승강기로 통하는 입구 외에도 크게 곡선을 그리며 휘어진 복도로 통하는 문이 있었다. 그 문으로 들어가 몇 발짝만 걸으면 시이나의 거처 입구가 있었다. 한때 튜엑의 거처였던 곳. 그는 또다시 머뭇거렸다.

"지붕 위에서 뭔가가 일어나고 있습니다." 카니아가 속삭였다.

튜엑은 자기 옆에서 겁에 질려 침묵을 지키고 있는 아이를 내려다보았다. 아이의 손은 땀투성이였다.

그래, 지붕에서 뭔가 소란이 일어나고 있었다. 고함 소리, 쉭쉭거리며 연소기를 발사하는 소리, 사람들이 이리저리 뛰어다니는 소리. 이제 그들의 시야에서 벗어난 머리 위의 지붕으로 통하는 문이 우지끈 소리를 내며 열렸다. 이것이 튜엑의 마음을 결정했다. 그는 복도로 통하는 문을 거칠게 열어젖히고 돌진해 나갔다. 쐐기 모양으로 단단하게 대형을 짜고 있는 검은 로브의 여자들이 그를 맞았다. 튜엑은 공허한 패배감을 느끼며 쐐기의 뾰족 튀어나온 부분에 서 있는 여자를 알아보았다. '오드레이드!'

누군가가 시이나를 그에게서 홱 잡아당겨 로브를 입고 몰려 서 있는 사람들 속으로 난폭하게 끌고 갔다. 튜엑이나 카니아가 뭐라고 반항을 하기도 전에 사람들의 손이 철썩 하고 그들의 입을 막았다. 그리고 다른 사람들이 두 사람을 복도 벽에 밀어붙여 꼼짝 못 하게 붙들었다. 로브를 입은 사람들 일부가 문을 나가 계단을 올라갔다.

"아이는 안전합니다. 지금 중요한 건 그것뿐이지요." 오드레이드가 속삭이듯 말했다. 그리고 튜엑의 눈을 들여다보며 말을 이었다. "소리 지르지 마세요." 그의 입을 막고 있던 손이 사라졌다. 그녀는 '목소리'를 사용해서 말했다. "지붕 위의 일에 대해 말하세요!"

튜엑은 자신이 이 명령에 무조건적으로 응하고 있음을 깨달았다. "긴 시거와이어를 끌고 있는 탐색기였습니다. 그것이 난간을 넘어왔습니다. 키푸나가 그것을 보고……."

"키푸나는 어디 있습니까?"

"죽었습니다. 카니아가 봤습니다." 튜엑은 위협을 향해 달려들던 키푸나의 용감한 모습을 설명했다.

'키푸나가 죽다니!' 오드레이드는 생각했다. 그녀는 상실감으로 인한 격렬한 분노를 감췄다. 이렇게 허망할 수가. 그런 용감한 죽음에 대해 반드시 찬사를 보내야 할 터이지만, 그 손실이 얼마인가! 교단에는 항상 그런 용기와 헌신이 필요했다. 키푸나의 풍부한 유전자 자원도 필요했다. '그게 모두 사라졌어. 저 멍청한 바보들이 가져가 버렸어!'

오드레이드가 손짓을 하자 카니아의 입을 막고 있던 손이 사라졌다. "당신이 본 것을 말하세요." 오드레이드가 말했다.

"탐색기가 키푸나의 목에 시거와이어를 휘감고……." 카니아는 몸을 부르르 떨었다.

둔탁한 폭음이 그들의 머리 위에서 울렸다. 그리고 나서 침묵이 찾아왔다. 오드레이드가 한 손을 흔들자 로브를 입은 여자들이 복도를 따라

산개하면서 소리 없이 움직여 휘어진 곡선 너머로 사라졌다. 긴장된 표정과 냉담한 눈을 한 젊은 여자 두 명과 오드레이드만이 튜엑과 카니아 옆에 남았다. 시이나의 모습은 어디에서도 보이지 않았다.

"익스 인들이 한패입니다." 오드레이드가 말했다.

튜엑도 같은 생각이었다. '그렇게 많은 시거와이어를…….' "아이를 어디로 데려갔습니까?" 그가 물었다.

"우리가 그 아이를 보호하고 있습니다." 오드레이드가 말했다. "가만히 계세요." 그녀는 고개를 약간 갸우뚱하고 귀를 기울였다.

로브를 입은 여자 하나가 복도의 곡선을 돌아 빠른 속도로 다가와서 오드레이드에게 귓속말을 했다. 오드레이드가 긴장된 미소를 지었다.

"끝났습니다. 이제 시이나에게 가십시다." 오드레이드가 말했다.

시이나는 자기 거처의 중앙실에서 부드러운 쿠션이 붙은 파란색 의자를 차지하고 있었다. 그 뒤에는 검은 로브를 입은 여자들이 그녀를 보호하듯 둥글게 늘어서 있었다. 튜엑이 보기에 아이는 공격을 당하고 도망칠 때의 충격에서 상당히 벗어난 것처럼 보였다. 그러나 그녀의 눈은 흥분과 입 밖에 내지 못한 질문들 때문에 반짝이고 있었다. 시이나의 시선이 튜엑의 오른쪽으로 약간 떨어진 곳을 향했다. 그는 걸음을 멈추고 그곳을 바라보고는 깜짝 놀라 숨을 집어삼켰다.

벌거벗은 남자의 시체가 이상하게 뒤틀린 모습으로 벽에 기대어져 있었다. 머리가 돌아가 턱이 왼쪽 어깨 위에 있었고, 크게 뜬 눈은 죽음의 공허함을 담고 허공을 노려보았다.

'스티로스!'

스티로스의 몸에서 거칠게 벗겨졌음이 분명한 로브가 갈기갈기 찢긴 누더기가 되어 시체의 발 근처에 어수선하게 쌓여 있었다.

튜엑은 오드레이드를 바라보았다.

"그도 한패였습니다. 익스 인들과 함께 얼굴의 춤꾼들도 있었죠." 그녀가 말했다.

튜엑은 바짝 마른 목구멍으로 침을 삼키려고 애썼다.

카니아가 그의 옆을 지나쳐 시체를 향해 발을 끌듯이 걸어갔다. 튜엑의 위치에서 그녀의 얼굴은 보이지 않았지만, 카니아의 태도를 보니 젊었을 때 스티로스와 그녀 사이에 뭔가가 있었다는 사실이 생각났다. 튜엑은 본능적으로 움직여 카니아와 의자에 앉은 아이 사이에 자신의 몸을 놓았다.

카니아는 시체 옆에서 걸음을 멈추고 발로 시체를 쿡 찔렀다. 그리고 흡족한 표정으로 튜엑을 돌아보았다. "저 사람이 정말로 죽었는지 꼭 확인하고 싶어서요." 그녀가 말했다.

오드레이드는 자신의 동료를 흘긋 바라보며 말했다. "시체를 치우세요." 그녀는 시이나를 바라보았다. 신전 단지에 대한 공격을 처리하기 위해 돌격 부대를 이끌고 온 이후 이제 처음으로 오드레이드는 아이를 좀 더 자세히 살펴볼 수 있었다.

튜엑이 오드레이드의 뒤에서 입을 열었다. "대모, 무슨 일인지 설명을……"

오드레이드는 고개를 돌리지 않은 채 튜엑의 말을 끊었다. "나중에 합시다."

튜엑의 말에 시이나의 표정이 생기를 띠었다. "난 당신이 대모인 줄 이미 알았어요!"

오드레이드는 그냥 고개를 끄덕이기만 했다. 이 얼마나 굉장한 아이인가. 오드레이드는 타라자의 거처에 있는 그 고대 그림 앞에 서 있을 때 느꼈던 기분을 다시 경험했다. 그 예술 작품에 쏟아부어진 열정 중 일부가 지금 오드레이드에게 영감을 불어넣고 있었다. 난폭한 영감이었다! 그것은 미친 반 고흐에게서 온 메시지였다. 장엄한 질서 속으로 불려온 혼돈이었다. 그것이 교단의 코다(음악의 종결부─옮긴이) 중 일부가 아닌가?

'이 아이는 내 캔버스이다.' 오드레이드는 생각했다. 그 고대의 붓에서 느껴지는 감각에 맞춰 손이 저릿저릿해졌다. 기름과 물감의 냄새를 향해 그녀의 콧구멍이 벌름거렸다.

"시이나와 단둘이 있게 해주십시오. 모두 나가세요." 오드레이드가 명령했다.

튜엑은 뭐라고 항의를 하려고 했지만, 로브를 입은 오드레이드의 동료 한 사람이 자신의 팔을 잡자 입을 다물었다. 오드레이드가 그를 쏘아보았다.

"베네 게세리트는 전에 당신을 위해 일한 적이 있습니다. 이번에는 우리가 당신의 목숨을 구해 주었고요." 그녀가 말했다.

튜엑의 팔을 붙든 여자가 그를 잡아당겼다.

"그의 질문에 대답해 주십시오. 여기 말고 다른 곳에서." 오드레이드가 말했다.

카니아가 시이나를 향해 한 발짝 나섰다. "저 아이는 나의……."

"나가세요!" 오드레이드가 고함을 질렀다. 목소리의 모든 능력을 동원한 명령이었다.

카니아는 얼어붙었다.

"당신은 멍청한 음모꾼 패거리에게 그녀를 잃어버릴 뻔했습니다!" 오드레이드가 카니아를 노려보며 말했다. "시이나와 함께 할 기회를 당신에게 더 부여해 줄지 우리가 고려해 볼 것입니다."

카니아의 눈에 눈물이 고이기 시작했지만 오드레이드의 비난을 부정할 수 없었다. 카니아는 몸을 돌려 다른 사람들과 함께 도망치듯 방을 나갔다.

오드레이드는 경계를 풀지 않고 있는 아이에게 다시 시선을 돌렸다.

"우린 오랫동안 널 기다리고 있었다. 저 바보들에게 너를 잃어버릴 기회를 다시는 주지 않을 것이다." 오드레이드가 말했다.

법은 항상 집행력을 근거로 편을 선택한다. 도덕과 법적인 정밀함은 거의 관계가 없다. 정말로 중요한 점은 이것이다. 누가 주먹을 갖고 있는가?

— 베네 게세리트 평의회 의사록, 기록 보관소 #XOX232

타라자와 그녀의 일행이 가무를 떠난 직후 테그는 업무에 몸을 던졌다. 새로운 성내 절차들을 만들어서 골라에게 손을 댈 수 없는 거리에 슈왕규를 묶어두어야 했다. 이건 타라자의 명령이었다.

"그녀가 마음껏 관찰하는 건 괜찮지만, 그 아이를 만져선 안 됩니다."

업무의 압박을 받으면서도 테그는 막연한 불안의 먹이가 되어 이따금 허공을 노려보고 있는 자신을 발견하곤 했다. 조합의 우주선에서 타라자 일행을 구출한 일과 오드레이드가 밝힌 기묘한 사실들은 그가 구축한 데이터 분류 범위 중 어디에도 들어맞지 않았다.

'의존성…… 열쇠가 되는 통나무…….'

테그는 자신이 자신의 작업실에 앉아 있음을 깨달았다. 임무 수행 일정이 그의 앞에 영사되어 교대 근무조의 변경에 대한 그의 승인을 기다리고 있었다. 한순간 그는 시간, 아니 날짜에 대해서조차 전혀 감을 잡을 수가 없었다. 그가 주변을 다시 파악하는 데에는 조금 시간이 걸렸다.

오전이 중반에 이른 시간이었다. 타라자와 그녀의 일행은 이틀 전에 이곳을 떠났다. 그는 지금 혼자였다. 그래, 파트린이 던컨의 오늘 훈련 일정을 맡아주어서 테그는 사령관으로서 이런저런 결정을 내릴 여유가 생겼다.

테그를 둘러싸고 있는 작업실이 이질적으로 느껴졌다. 그러나 이 안에 있는 물건들 하나하나를 바라보니 모두 친숙했다. 그의 개인용 데이터 콘솔이 이곳에 있었다. 그의 제복 웃옷은 그의 옆에 있는 의자 등받이에 깔끔하게 걸쳐져 있었다. 그는 멘타트 모드로 들어가려고 했지만 자신의 정신이 저항하고 있음을 깨달았다. 훈련을 받던 시절 이후로 처음이었다.

'훈련을 받던 시절이라.'

타라자와 오드레이드는 자기들끼리 그를 주거니 받거니 하면서 그를 일종의 훈련으로 몰아넣었었다.

'자가 훈련이지.'

초연한 태도로 그는 오래전에 타라자와 나눴던 대화를 자신의 기억이 끄집어내 제시해 주는 것을 느꼈다. 그것이 얼마나 친숙한지. 그는 자신의 기억이 펼친 함정의 순간에 사로잡혀 바로 그곳에 존재하고 있었다.

그때 그와 타라자 두 사람은 모두 유혈 분쟁, 즉 바란디코 사건을 막기 위해 여러 결정을 내리고 조치들을 취한 다음이라 상당히 지쳐 있었다. 이 사건은 지금 역사 속에서 딸꾹질에 불과한 일이 되어버렸지만, 당시에는 두 사람이 함께 힘을 쏟아야 하는 사건이었다.

협정이 조인된 후 타라자가 그를 자신의 비우주선에 있는 작은 응접실로 초대했다. 그녀는 편안한 태도로 얘기하면서 그의 기민함을 칭찬했다. 그가 상대의 약점을 꿰뚫어 본 덕분에 이쪽이 억지로 협상을 밀어붙일 수 있었다고.

그들은 거의 30시간 동안 잠을 자지 않은 채 움직이고 있었으므로, 테그는 타라자가 음식을 제공해 주는 장치의 문자판을 조작하는 동안 자리에 앉을 수 있게 된 것이 반가웠다. 기계는 크림이 들어 있는 갈색 액체가 든 기다란 잔 두 개를 착실하게 내놓았다.

그녀가 그에게 잔을 건네는 순간 테그는 그 냄새를 알아보았다. 그것은 재빨리 에너지를 회복하게 해주는 음료로 베네 게세리트가 외부인들과는 좀처럼 함께 나누지 않는 흥분제였다. 그러나 타라자는 이제 더 이상 그를 외부인으로 생각하지 않았다.

테그는 고개를 뒤로 젖히고 음료를 길게 들이켰다. 그의 시선은 타라자의 작은 응접실의 화려한 천장에 머물러 있었다. 이 비우주선은 사람들이 장식에 더 많은 신경을 쓰던 시절에 만들어진 구식 모델이었다. 우주선의 모든 표면에는 깊게 파인 장식들과 바로크 문양들이 새겨져 있었다.

음료의 맛이 그의 기억을 어린 시절로 밀어 넣었다. 진하게 주입된 멜란지는…….

"제가 지나치게 격렬하게 움직일 때마다 어머니가 이걸 만들어주셨습니다." 그는 자기 손에 들린 잔을 바라보면서 말했다. 사람을 차분하게 가라앉혀 주는 에너지가 그의 몸속을 흐르는 것이 벌써 느껴졌다.

타라자는 자신의 잔을 들고 그의 맞은편에 있는 의자개를 향해 걸어갔다. 솜털이 복슬복슬한 하얀색의 그 살아 있는 가구는 오랫동안 익숙해진 솜씨로 그녀에게 맞춰 스스로를 쉽게 조정했다. 테그는 그녀가 내놓은, 전통적인 초록색 커버가 씌워진 의자에 앉아 있었다. 그러나 그녀는 그가 의자개를 가볍게 훑어보는 모습을 보고 그를 향해 싱긋 미소를 지었다.

"사람마다 취향이 다르니까요, 마일즈." 그녀는 음료를 한 모금 마시고 한숨을 쉬었다. "정말 힘들었지만 잘됐습니다. 일이 아주 고역스러워질 것 같은 순간도 있었는데 말이죠."

테그는 긴장을 풀고 편안히 쉬고 있는 그녀의 모습에 자신이 감동하고 있음을 깨달았다. 두 사람 사이를 갈라놓고, 두 사람이 베네 게세리트의 위계 속에서 서로 다른 역할을 맡고 있음을 분명히 하기 위한 겉치레도, 기성품 가면 같은 표정도 없었다. 그녀는 틀림없이 우호적인 태도를 취하고 있었으며, 그를 유혹하려는 기색은 조금도 없었다. 그래, 그의 눈에 보이는 모습은 바로 그런 것이었다. 대모와의 만남에 대해 그가 그 이상 더 많은 것을 확실하게 알아낼 수는 없었다.

금방 의기양양해진 테그는 자신이 알마 마비스 타라자의 심중을 읽어내는 데 상당히 익숙해졌음을 깨달았다. 그녀가 가면 같은 표정을 뒤집어쓰고 있을 때에도 마찬가지였다.

"당신 어머니는 우리가 명령한 것보다 더 많은 것을 당신에게 가르쳤습니다. 현명한 여성이었지만 그래도 이단은 이단이지요. 우린 요즘 계속 이단자들만 낳고 있는 것 같습니다."

"이단이라고요?" 그는 분노에 휩싸였다.

"그건 교단 내부의 은밀한 우스갯소리입니다. 우린 원래 절대적인 헌신으로 최고 대모의 명령에 따라야 합니다. 실제로도 그렇게 하고요. 최고 대모와 생각이 다를 때만 제외하고."

테그는 미소를 지으며 음료를 깊숙이 들이마셨다.

"이상한 일이지만, 우리가 그렇게 팽팽하게 대치하고 있을 때 나는 나 자신이 마치 교단의 자매들에게 하듯 당신에게 반응하고 있음을 깨달았습니다." 타라자가 말했다.

테그는 방금 마신 음료수가 속을 따뜻하게 데워주는 것을 느꼈다. 그의 코에 간질간질한 감각이 남아 있었다. 그는 빈 잔을 의자 옆의 탁자에 내려놓고 잔을 바라보면서 말했다. "내 큰딸은……."

"디멜라 얘기군요. 당신은 그 아이를 우리에게 맡겼어야 했습니다, 마일즈."

"그건 내가 내린 결정이 아니었습니다."

"하지만 당신이 한마디만 했다면……." 타라자는 어깨를 으쓱하며 말을 이었다. "뭐, 다 지난 얘기지요. 디멜라가 어쨌다는 겁니까?"

"그 아이는 내가 당신들과 너무 똑같다고 생각합니다."

"너무?"

"그 아이는 저를 너무 좋아하는 나머지 사나워 보일 정도입니다, 최고 대모님. 그 아이는 우리 관계를 제대로 이해하지 못해서……."

"우리 관계라니요?"

"당신이 명령하고 내가 복종하는 것 말입니다."

타라자는 잔의 가장자리 너머로 그를 바라보았다. 그리고 잔을 내려놓으면서 말했다. "그렇습니다. 당신은 결코 정말로 이단자였던 적이 없지요, 마일즈. 어쩌면…… 언젠가……."

그는 타라자의 관심을 다른 데로 돌려놓고 싶어서 재빨리 말했다. "디멜라는 멜란지를 오래 사용하면 많은 사람이 당신들처럼 된다고 생각하고 있습니다."

"그렇습니까? 기이하지 않습니까, 마일즈? 불로의 약이 그렇게 많은 부작용을 갖고 있다는 것이?"

"저는 그게 기이하다고 생각하지 않습니다."

"그래요, 당신이라면 당연히 그리 생각하지 않겠죠." 그녀는 잔을 다 비우고 옆으로 치웠다. "나는 현저한 수명 연장이 일부 사람들, 특히 당신으로 하여금 인간의 본성에 대한 심오한 지식을 갖게 만들었다는 점을 말한 겁니다."

"더 오래 사는 사람은 더 많은 것을 봅니다." 그가 말했다.

"그게 그렇게 단순하지는 않을걸요. 어떤 사람들은 결코 아무것도 보지 못합니다. 그들은 그저 세상이 흐르는 대로 살아갈 뿐입니다. 그들은 일종의 멍한 인내심 비슷한 것에 의존해서 그럭저럭 헤쳐나가죠. 그리고 자기들을 그 거짓 평온으로부터 끌어낼 수 있는 것이라면 무엇이든 마구 화를 내면서 저항합니다."

"저는 스파이스에 대해 제가 기꺼이 받아들일 수 있는 대차 대조표를 결코 작성할 수 없었습니다." 그가 말했다. 이건 데이터 분류라는 멘타트의 흔한 정보 처리 과정을 언급한 것이었다.

타라자는 고개를 끄덕였다. 그녀도 똑같은 어려움을 겪고 있음이 분명했다. "우리 교단 사람들은 멘타트보다 더 외곬인 경향이 있습니다. 우리가 그런 경향을 스스로 털어버릴 수 있는 절차가 정해져 있지만, 그래도 그런 경향은 끈질기게 계속됩니다."

"우리 조상들도 오랫동안 그 문제를 갖고 있었습니다."

"스파이스가 등장하기 전에는 상황이 달랐습니다."

"하지만 그때 사람들은 수명이 너무 짧았습니다."

"50년, 100년. 우리가 보기에는 그리 오랜 세월 같지 않지만, 그래도……."

"그들은 자기들이 이용할 수 있는 시간 속에 더 많은 것을 압축해 넣었습니까?"

"아, 그들은 때로 아주 미친 듯이 움직이곤 했습니다."

그녀는 '다른 기억들' 속의 관찰 결과에 대해 이야기하고 있었다. 그가 그런 고대의 전승을 함께 나눈 것은 이번이 처음이 아니었다. 그의 어머니도 때로 그런 기억들을 제시해 주었지만, 그건 항상 그에게 가르침을 주기 위해서였다. 타라자의 지금 행동도 그런 것일까? 그에게 뭔가를 가르치고 있는 건가?

"멜란지는 수많은 손을 가진 괴물입니다." 그녀가 말했다.

"우리가 멜란지를 찾아내지 못했더라면 좋았을 거라는 생각을 가끔 하십니까?"

"멜란지가 없으면 베네 게세리트는 존재하지 않을 겁니다."

"조합도 그렇지요."

"하지만 폭군도, 무앗딥도 없었을 겁니다. 스파이스는 한 손으로는 우리에게 무엇인가를 주면서, 나머지 수많은 손들로 무엇인가를 빼앗아 갑니다."

"우리가 원하는 것을 갖고 있는 손이 어떤 것입니까? 사람들이 항상 품고 있는 의문이 이것 아닙니까?" 그가 물었다.

"당신은 기인입니다, 그거 아십니까, 마일즈? 멘타트들은 좀처럼 철학에 손을 대지 않지요. 난 그것이 당신의 강점 중 하나라고 생각합니다. 당신은 의심할 줄 아는 최고의 능력을 갖고 있습니다."

그는 어깨를 으쓱했다. 대화가 이런 방향으로 나아가는 게 불쾌했다.

"즐겁지 않은 기색이군요. 하지만 어쨌든 당신의 회의(懷疑)를 계속 고수하십시오. 회의는 철학자에게 꼭 필요합니다."

"젠수니들이 우리에게 그렇게 단언하고 있지요."

"모든 신비가들의 생각이 같습니다, 마일즈. 회의의 힘을 절대 과소평가하지 마세요. 회의는 대단한 설득력을 지니고 있습니다. 슛토리는 회의와 확실성을 한 손에 쥐고 있어요."

테그는 정말로 상당히 놀라서 물었다. "대모들이 젠수니 의식을 시행하고 있습니까?" 그가 생각조차 해보지 못한 일이었다.

"딱 한 번입니다. 우린 고양된 형태의 슛토리, 총체를 성취합니다. 거기에는 모든 세포가 다 관련되어 있습니다."

"스파이스의 고통 말이군요."

"당신 어머니가 틀림없이 당신에게 얘기해 주셨을 거라고 생각했습니다. 그런데 젠수니와의 밀접한 관계에 대해서는 설명해 주시지 않은 모양이군요."

테그는 목을 막고 있는 덩어리 같은 것을 꿀꺽 삼켰다. 굉장한 일이었다! 그녀의 이야기는 그에게 베네 게세리트에 대한 새로운 통찰력을 주었다. 이것이 그의 생각을 완전히 바꿔놓았다. 어머니에 대한 그의 생각까지도. 그들은 그에게서 멀어져 그가 결코 따라갈 수 없는, 도저히 도달할 수 없는 곳으로 옮겨 갔다. 그들이 때로 그를 동지로 생각할지는 몰라도, 그는 그 친밀한 동아리 속으로 결코 들어갈 수 없었다. 그저 흉내를 낼 수 있을 뿐이었다. 그는 결코 무앗딥이나 폭군처럼 되지 못할 터였다.

"예지력입니다." 타라자가 말했다.

이 말이 그의 생각의 초점을 변화시켰다. 그녀는 주제를 바꿨지만, 사실은 바꾼 게 아니었다.

"저는 무앗딥에 대해 생각하고 있었습니다." 그가 말했다.

"당신은 무앗딥이 미래를 예언했다고 생각하는군요."

"그것이 멘타트의 교육 내용입니다."

"당신의 목소리에서 회의가 느껴집니다, 마일즈. 그는 예언을 한 것일까요, 아니면 창조를 한 것일까요? 예지력은 아주 무서운 것이 될 수 있습니다. 예언자에게 예언을 요구하는 사람들은 사실 다음 해의 고래 모피 가격처럼 세속적인 일들을 알고 싶어 합니다. 자신의 삶을 순간순간 모두 예언해 달라는 사람은 아무도 없습니다."

"별로 놀라운 일도 아니죠." 테그가 말했다.

"그렇고말고요. 만약 당신이 그런 예지를 갖고 있었다면, 당신의 삶은 형언할 수 없을 만큼 지루해졌을 겁니다."

"무앗딥의 삶이 지루했다고 생각하십니까?"

"폭군의 삶도 마찬가집니다. 우린 그들이 스스로 만들어낸 사슬을 깨고 나오려고 노력하는 데에 그들의 인생 전체를 바쳤다고 생각합니다."

"하지만 그들의 믿음은……."

"당신이 가진 철학자로서의 회의를 잊지 마세요, 마일즈. 경계를 늦추지 말아요! 믿는 자의 정신은 정체됩니다. 아무런 제한이 없는 무한한 우주를 향해 성장해 나가지 못해요."

테그는 잠시 말없이 앉아 있었다. 그는 음료수 때문에 피로가 즉각적으로 인식할 수 있는 영역 밖으로 밀려났음을 느꼈다. 새로운 개념들의 침입에 자신의 생각이 마구 날뛰는 것도 느껴졌다. 그는 이런 것들이 멘타트를 약하게 만든다고 배웠지만, 오히려 자신이 강해졌다는 느낌이 들었다.

'최고 대모는 날 가르치고 있다. 여기에 교훈이 있어.' 그는 생각했다.

그는 자신의 정신 속에 투사되어 불빛 속에서 윤곽이 드러난 무엇인가를 보듯이, 멘타트 학교의 모든 신입생들이 배우는 젠수니 설교에 자신의 멘타트 의식 전부가 고정되어 있는 것을 깨달았다.

'낱알의 특이성에 대한 믿음에 의해 너희는 모든 움직임을 부정한다. 진화의 움직임도, 퇴화의 움직임도. 믿음은 낱알 같은 우주를 고정시키고 그 우주가 영속하게 한다. 그 어떤 변화도 허용될 수 없다. 그러면 너희의 움직이지 않는 우주가 사라지기 때문이다. 그러나 너희가 움직이지 않을 때 우주는 저절로 움직인다. 우주는 너희를 뛰어넘어 진화하며 너희는 그 우주에 이제 더 이상 접근할 수 없다.'

"무엇보다 기이한 것은……." 타라자는 자신이 만들어낸 분위기에 빠져들면서 말했다. "익스의 과학자들이 자신의 믿음이 자신의 우주를 얼마나 지배하고 있는지 보지 못한다는 점입니다."

테그는 말없이 수용적인 자세로 그녀를 물끄러미 바라보았다.

"익스 인들은 우주를 어떻게 바라볼지 스스로 선택하고, 거기에 그들의 믿음이 전적으로 복종합니다. 그들의 우주는 스스로 행동하지 않아요. 그들이 선택한 실험의 종류에 따라 작동합니다."

테그는 화들짝 놀라면서 기억 속에서 빠져나와 정신을 차리고 자신이 가무 성에 있음을 깨달았다. 그는 자기 작업실의 친숙한 의자에 여전히 앉아 있었다. 방을 한 번 살짝 둘러보자, 모든 물건들이 자신이 놓은 그 자리에 그대로 있다는 것을 알 수 있었다. 겨우 몇 분밖에 지나지 않았는데, 이 방과 그 안의 물건들이 더 이상 이질적으로 느껴지지 않았다. 그는 멘타트 모드에 살짝 들어갔다가 나왔다. '회복'되었다.

타라자가 그렇게 오래전에 그에게 주었던 음료수의 냄새와 맛이 그의 혀와 콧구멍을 지금도 간질였다. 눈을 한번 깜박하듯이 멘타트 모드에 들어갔다 나온 그는 그때의 장면을 다시 한번 완전히 떠올릴 수 있음을 알았다. 흐리게 조절된 발광구의 희미한 빛, 그의 몸을 받치고 있던 의자의 느낌, 두 사람의 목소리. 이 모든 것이 분리된 기억의 타임캡슐 속에 얼어붙은 듯 고정되어 다시 꺼내볼 수 있도록 준비되어 있었다.

그 과거의 기억을 떠올림으로써 그의 능력이 상상조차 할 수 없을 만큼 증폭된 마법적인 우주가 만들어졌다. 그 마법적인 우주에 원자는 전혀 존재하지 않았다. 주위에는 온통 파동과 두려운 움직임들뿐이었다. 그곳에서 그는 믿음과 오성(悟性)으로 세워진 모든 장벽을 버릴 수밖에 없었다. 이 우주는 투명했다. 그는 우주의 형태를 비춰줄, 방해가 되는 스크린 없이 우주를 꿰뚫어 볼 수 있었다. 이 마법적 우주에서 그는 똘똘 뭉친 상상력 같은 존재가 되었다. 그곳에서 무엇이든 투사된 이미지를 느낄 수 있게 해주는 유일한 스크린은 이미지를 만들어내는 그 자신의 능력뿐이었다.

'그래, 나는 공연자이자 동시에 공연의 대상이다!'

테그를 둘러싸고 있는 작업실이 그의 감각 기관이 느끼는 현실의 안팎을 흔들리듯 오갔다. 그는 자신의 의식이 지극히 옹색한 목적에 제한되어 있음을 느꼈지만, 그 목적이 그의 우주를 가득 채웠다. 그는 무한을 향해 열려 있었다.

'타라자가 일부러 이렇게 한 거야! 그녀가 나를 증폭시켰어!' 그는 생각했다.

경외감이 그를 위협했다. 그는 자신의 딸인 오드레이드가 타라자를 위해 아트레이데스 선언서를 만들려고 그런 능력들을 어떻게 불러일으켰는지 깨달았다. 그의 멘타트 능력은 그 커다란 패턴 속에 잠겨 있었다.

타라자는 그에게 엄청난 재주를 요구하고 있었다. 그런 것이 필요하다는 사실이 그에게 도전 정신과 두려움을 동시에 불러일으켰다. 이것이 어쩌면 교단의 종말을 의미할 수도 있었다.

※※※

기본적인 법칙은 이것이다. 약한 것을 결코 지지하지 말라. 항상 강한 것을 지지하라.

—베네 게세리트 코다

"당신이 어떻게 사제들에게 이래라저래라 명령을 내릴 수 있는 거죠? 이곳은 저 사람들의 것이에요." 시이나가 물었다.

오드레이드는 무심하게 대답했지만, 시이나가 이미 분명히 알고 있는 지식에 맞춰 단어를 골랐다. "사제들의 뿌리는 프레멘이다. 그들은 항상 대모들을 가까이에 모시고 있었지. 게다가 아이야. 너 역시 그들에게 이래라저래라 명령을 하고 있잖니."

"그건 달라요."

오드레이드는 미소를 짓고 싶은 것을 참았다.

그녀의 돌격 부대가 신전 단지에 대한 공격을 분쇄한 지 이제 세 시간 남짓 지났다. 그 시간 동안 오드레이드는 시이나의 거처에 지휘 본부를 만들고, 평가와 일차적인 보복이라는 꼭 필요한 일을 수행했다. 그리고 그동안 내내 시이나를 자극하며 관찰했다.

'동시적 흐름이지.'

오드레이드는 자신이 지휘 본부로 선택한 방을 살짝 둘러보았다. 갈기 갈기 찢어진 스티로스의 옷 조각이 그녀 앞의 벽 가까이에 여전히 놓여 있었다. '인명피해.' 방은 이상한 모양이었다. 서로 평행을 이루고 있는 벽이 하나도 없었다. 그녀는 코를 쿵쿵거리며 냄새를 맡아보았다. 그녀의 일행이 아무도 이 숙소를 침범하지 못하도록 하기 위해 사용한 탐지기에서 나온 오존 냄새가 아직도 남아 있었다.

왜 이렇게 이상한 모양을 하고 있는 걸까? 이 건물은 고대의 것이었으며, 여러 차례에 걸쳐 개축되고 증축되었다. 그러나 그것으로는 이 방의 모양을 설명할 수 없었다. 벽과 천장에는 기분 좋을 정도로 거친 질감을 지닌, 크림 형태의 장식용 벽토가 발라져 있었다. 두 개의 문 옆에는 스파이스 섬유로 짠 정교한 벽걸이가 있었다. 지금 시간은 초저녁이었고, 격자무늬의 블라인드를 통해 들어온 햇빛이 창문 맞은편의 벽에 점을 찍어놓은 것 같은 그림을 그렸다. 은색과 노란색이 섞인 발광구들이 천장 근처를 어슬렁거렸다. 모두 햇빛과 똑같은 빛으로 조절되어 있었다. 창문 아래의 통풍기를 통해 거리의 소리들이 작게 들려왔다. 바닥에 깔린 오렌지색 융단과 회색 타일의 수수한 무늬는 풍요롭고 안전한 느낌을 주었지만, 안전하지 않다는 느낌이 갑자기 오드레이드를 엄습했다.

키가 큰 대모 하나가 옆의 통신실에서 나왔다. "사령관 대모님, 조합, 익스, 틀레이랙스에 메시지를 보냈습니다." 그녀가 말했다.

오드레이드는 생각이 다른 곳에 가 있는 사람처럼 대답했다. "알았습니다."

말을 전하러 온 대모는 자신의 임무로 돌아갔다.

"지금 뭘 하는 거죠?" 시이나가 물었다.

"뭘 좀 연구하는 중이다."

오드레이드는 입술을 꾹 다물고 생각에 잠겼다. 그들 일행에게 신전 단지를 안내해 준 사람은 미로처럼 얽힌 복도와 계단들을 지나 그들을 이끌고 왔다. 아치들 사이로 뜰이 언뜻언뜻 보이더니 익스 산의 훌륭한 반중력 승강기가 나타났고, 그 승강기는 소리 없이 그들을 또 다른 복도로 데려다주었다. 그리고 더 많은 계단과 곡선을 그리며 휘어진 또 다른 복도를 지나…… 마침내 이 방으로 온 것이다.

오드레이드는 다시 한번 방 안을 둘러보았다.

"왜 이 방을 연구하는 거예요?" 시이나가 물었다.

"쉿, 조용히 해라, 아이야!"

이 방은 왼쪽의 길이가 더 짧은 불규칙한 다면체였다. 길이는 약 35미터, 가장 넓은 쪽의 너비는 그 절반쯤 되었다. 여러 가지 단계의 편안함을 제공하는 나지막한 긴 소파와 의자들이 많았다. 시이나는 널찍하고 부드러운 팔걸이가 달린 밝은 노란색 의자에 여왕처럼 당당하게 앉아 있었다. 의자용 개는 하나도 없었다. 이 방에는 갈색, 파란색, 노란색 천이 아주 많이 사용되고 있었다. 오드레이드는 폭이 더 넓은 쪽 벽에 걸린 산맥 그림 위, 하얀 격자형 통풍기를 노려보았다. 서늘한 바람이 창문 아래의 통풍기를 통해 들어와 그림 위의 통풍기를 향해 둥실둥실 떠갔다.

"여긴 헤들리의 방이었어요." 시이나가 말했다.

"넌 왜 그의 이름을 불러서 그를 불편하게 만드는 거냐, 아이야?"

"그게 헤들리를 불편하게 만든다고요?"

"나랑 말장난할 생각은 하지 마라, 아이야! 넌 헤들리가 불편해하는 걸 알고 일부러 그런 짓을 하고 있어."

"그럼 왜 내게 물은 거죠?"

오드레이드는 이 말을 무시한 채 방을 연구하는 작업을 계속했다. 그 림 맞은편의 벽은 바깥쪽 벽과 비스듬한 각도를 이루며 서 있었다. 그녀는 이제 알 수 있었다. '영리해!' 이 방은 높은 곳에 달린 통풍기 너머의 사람이 방 안의 작은 속삭임까지도 모두 들을 수 있도록 지어져 있었다. 저 그림이 이 방에서 나는 소리를 전달해 주는 또 다른 공기통로를 감춰 주고 있음이 분명했다. 탐지기도, 냄새 감지 장치도, 그 밖의 어떤 다른 기구도 그런 장치를 감지해 내지 못할 터였다. 이곳을 염탐하는 눈이나 귀 때문에 '삑' 하고 경고음이 울릴 일이 전혀 없었다. 그것을 알아낸 것은 기만의 술책을 훈련받은 사람의 조심스러운 감각뿐이었다.

오드레이드는 수신호로 대기 중이던 복사를 불렀다. 오드레이드의 손가락이 깜박이듯이 움직이며 소리 없이 메시지를 전달했다. '저 통풍기 뒤에서 엿듣고 있는 사람이 누군지 찾아내라.' 그녀는 고갯짓으로 그림 위의 통풍기를 가리키며 계속 수신호를 보냈다. '그들이 계속 염탐하게 내버려둬. 우린 그들이 보고하는 대상이 누군지 알아내야 한다.'

"당신은 어떻게 알고 여기 와서 나를 구해 준 거죠?" 시이나가 물었다.

아이의 목소리는 사랑스러웠지만, 훈련이 필요했다. 안정적인 목소리라서 잘 다듬으면 강력한 도구가 될 것 같았다.

"대답해요!" 시이나가 명령했다.

그 오만한 어조에 오드레이드는 화들짝 놀라면서 동시에 파르르 화가 끓어올랐다. 그러나 화를 억눌러야 했다. 즉시 잘못된 점을 교정하는 것이 먼저였다!

"마음을 가라앉혀라, 아이야." 오드레이드가 말했다. 음조를 정확히 조절한 덕분에 명령이 효과를 발휘하는 것이 보였다.

하지만 시이나가 또다시 깜짝 놀랄 소리를 했다. "그건 또 다른 종류의

'목소리'군요. 당신은 나를 진정시키려 하고 있어요. 키푸나가 '목소리'에 대해 전부 얘기해 주었어요."

오드레이드는 고개를 돌려 시이나를 정면으로 내려다보았다. 시이나가 처음에 보였던 슬픔은 이미 사라지고 없었지만, 키푸나의 얘기를 하는 목소리에는 여전히 분노가 배어 있었다.

"난 그 공격에 대응할 방법을 구상하느라고 바쁘다. 왜 내 정신을 산란하게 만드는 거지? 너도 틀림없이 그들의 처벌을 원할 텐데."

"그 사람들에게 무슨 짓을 할 거죠? 말해요! 무슨 짓을 할 거예요?"

아이의 복수심이 놀라울 정도로 깊었다. 이 감정을 억제시켜야 할 것 같았다. 증오는 사랑만큼 위험한 감정이었다. 증오를 할 수 있다는 것은 곧 그 반대의 감정을 느낄 수 있다는 뜻이었다.

오드레이드가 말했다. "나는 우리가 불쾌한 일을 당했을 때 항상 보내는 메시지를 조합, 익스, 틀레이랙스에 보냈다. 짧은 메시지지. '당신들은 대가를 치를 것이다.'"

"그들이 어떻게 대가를 치른다는 거죠?"

"베네 게세리트의 적절한 처벌 방법이 마련되고 있다. 그들은 자신의 행동이 낳은 결과를 느끼게 될 것이다."

"그러니까 당신들이 무슨 짓을 할 거냐고요?"

"때가 되면 너도 아마 알 수 있을 거다. 어쩌면 우리가 처벌을 설계하는 방법까지 알게 될지도 모르지. 지금은 네가 그것을 알 필요가 없다."

시이나의 얼굴에 뾰로통한 표정이 나타났다. 그녀가 말했다. "당신은 지금 화도 내고 있지 않아요. 불쾌해할 뿐이죠. 이건 당신이 직접 한 말이에요."

"조바심을 억제해라, 아이야! 세상에는 네가 이해할 수 없는 일들이 있는 법이다."

통신실에 있던 대모가 다시 들어와 시이나를 한 번 흘깃 바라본 다음 오드레이드에게 말했다. "참사회가 대모님의 보고서를 받았다고 알려 왔습니다. 참사회가 대모님의 대응 방법을 승인했습니다."

통신실의 대모가 그 자리에 계속 서 있는 것을 보고 오드레이드가 말했다. "할 말이 더 있습니까?"

시이나를 재빨리 바라보는 시선이 그녀의 의심을 말해 주었다. 오드레이드는 오른손 손바닥을 들어 올렸다. 소리 없이 의견을 나누자는 신호였다.

통신실의 대모가 이 신호를 확인한 뒤, 그녀의 손가락이 속박에서 벗어난 흥분으로 춤추듯 움직였다. '타라자 님의 메시지입니다. 틀레이랙스 인들이 중추적인 세력이다. 조합에는 반드시 멜란지 값을 비싸게 물려야 한다. 그들에 대한 라키스 멜란지 공급을 중단하라. 조합과 익스를 한데 붙여라. 그들은 대이동에서 돌아온 자들과의 압도적인 경쟁에 직면해서 지불 능력 이상의 채무를 지게 될 것이다. 지금 당장은 물고기 웅변대를 무시해라. 그들은 익스와 함께 몰락한다. 주인들의 주인은 틀레이랙스에서 우리에게 반응하고 있다. 그가 라키스로 간다. 그를 함정에 빠뜨려라.'

오드레이드는 이 메시지를 이해했다는 뜻으로 부드러운 미소를 지었다. 그녀는 통신실의 대모가 방을 나가는 모습을 지켜보았다. 참사회가 라키스에서 취해진 조치에 동의했을 뿐만 아니라, 베네 게세리트의 적절한 처벌 방법이 놀라울 정도로 빠르게 이미 마련되어 있었다. 타라자와 그녀의 보좌관들이 지금과 같은 순간을 미리 예측했음이 분명했다.

오드레이드는 안도의 한숨을 쉬었다. 참사회에 보낸 메시지는 간결한 것이었다. 공격에 대한 개괄적인 설명, 교단 측 사상자들의 명단, 공격자들의 신원, 그리고 오드레이드가 범인들에게 이미 필요한 경고, 즉 '당신들은 대가를 치를 것이다'라는 말을 보냈음을 타라자에게 확인해 주는 암호.

그래, 그 멍청한 공격자들은 이제 자기들이 벌집을 건드렸다는 사실을 알고 있을 것이다. 그것이 불러일으킬 두려움 역시 처벌의 필수적인 부분이었다.

시이나가 의자에 앉은 채 몸을 비틀었다. 태도를 보아하니 이제 새로운 방법을 시도해 보려는 것 같았다. "당신 부하 한 명이 말하기를 얼굴의 춤꾼들이 있었다고 했어요." 그녀는 턱짓으로 지붕 쪽을 가리켰다.

이 아이는 정말 얼마나 광대한 무지의 저장소인가. 오드레이드는 생각했다. 그 텅 빈 곳을 채워야 했다. '얼굴의 춤꾼이라니!' 오드레이드는 아까 조사한 시체들에 대해 생각해 보았다. 틀레이랙스 인들이 마침내 얼굴의 춤꾼들을 현장으로 파견했다. 그것은 물론 베네 게세리트에 대한 시험이었다. 이 신품종 얼굴의 춤꾼들은 감지해 내기가 지극히 어려웠으나 그 독특한 페로몬 냄새는 여전했다. 오드레이드는 참사회에 보내는 메시지에 그 자료도 포함시켰다.

이제는 베네 게세리트가 알아낸 사실을 비밀로 유지하는 것이 중요했다. 오드레이드는 복사 전령 하나를 불렀다. 그리고 눈짓으로 통풍기를 가리키며 손가락으로 소리 없이 말했다. '엿듣는 자들을 죽여라!'

"넌 '목소리'에 너무 관심이 많구나, 아이야." 오드레이드는 의자에 앉아 있는 시이나를 내려다보며 말했다. "배움을 위해 가장 귀중한 수단은 침묵이야."

"내가 '목소리'를 배울 수 있나요? 난 그걸 배우고 싶어요."

"난 지금 네게 입 다물고 침묵을 통해 배우라고 말하고 있다."

"난 당신에게 '목소리'를 가르쳐달라고 명령하는 거예요!"

오드레이드는 키푸나의 보고서 내용을 곰곰이 생각해 보았다. 시이나는 주위에 있는 대부분의 사람들에게 '목소리'를 통한 효과적인 지배권을 확립했다고 했다. 이 아이가 혼자서 터득한 방법이었다. 제한된 청중에게 작용하는 중간 수준의 '목소리'였다. 그녀에게는 타고난 재능이 있었다. 튜엑과 카니아를 비롯한 주위 사람들은 시이나를 무서워했다. 종교적 환상이 그 두려움에 한몫을 했음은 물론이지만 시이나가 '목소리'의 음조와 어조를 터득했다는 사실은 훌륭한 무의식적 선택 능력을 보여주었다.

시이나에게 어떤 반응을 보여줘야 하는지는 분명했다. 정직한 반응. 그것은 가장 강력한 미끼였으며, 여러 가지 목적에 유용했다.

"내가 여기 온 건 네게 많은 것을 가르치기 위해서이다. 하지만 네 명령으로 그렇게 하지는 않을 거야." 오드레이드가 말했다.

"모두들 나한테 복종해요!" 시이나가 말했다.

'저 아이는 이제 간신히 사춘기에 들어섰는데 벌써 '귀족' 수준에 도달해 있어. 우리가 만들어낸 신들이시여! 저 아이가 무엇이 될 수 있겠습니까?' 오드레이드는 생각했다.

시이나는 의자에서 미끄러지듯 빠져나와 일어서서 질문을 던지는 듯한 표정으로 오드레이드를 올려다보았다. 아이의 눈높이는 오드레이드의 어깨 높이와 같았다. 시이나는 키가 크고 당당한 체구를 갖게 될 것이다. 만약 살아남는다면.

"당신은 내 질문 중 몇 가지에만 대답하고 다른 질문에는 대답하려 하지 않아요. 당신은 나를 기다렸다고 했지만 그 말을 설명해 주려 하지 않아요. 왜 내게 복종하지 않는 거죠?" 시이나가 말했다.

"바보 같은 질문이구나, 아이야."

"왜 날 계속 아이라고 부르는 거예요?"

"네가 아이가 아니란 말이냐?"

"난 월경도 해요."

"하지만 넌 아직 아이야."

"사제들은 내게 복종해요."

"그들은 너를 두려워하지."

"당신은 아닌가요?"

"그래, 아니다."

"좋았어! 사람들이 날 두려워하기만 하면 지루해지거든요."

"사제들은 네가 신에게서 왔다고 생각한다."

"당신은 그렇게 생각하지 않나요?"

"왜 내가 그래야 하지? 우린……." 복사 전령이 들어오는 바람에 오드레이드는 말을 끊었다. 복사의 손가락이 춤추듯 움직이며 소리 없이 메시지를 전달했다. '남자 사제 네 명이 엿듣고 있었습니다. 그들을 죽였습니다. 모두 튜엑의 심복 부하들이었습니다.'

오드레이드는 손을 저어 전령을 내보냈다.

"저 사람은 손가락으로 얘기해요. 어떻게 그럴 수 있는 거죠?" 시이나가 말했다.

"넌 하지 말아야 할 질문을 너무 많이 하는구나, 아이야. 그리고 넌 내가 왜 널 신의 도구로 생각해야 하는지 아직 내게 말하지 않았다."

"샤이탄은 나를 죽이지 않아요. 난 사막을 걷다가 샤이탄이 오면 그와 얘기해요."

"왜 그를 샤이 훌루드 대신 샤이탄이라고 부르는 거지?"

"다들 그 멍청한 질문을 똑같이 물어보는군!"

"그럼 네 멍청한 대답을 내게 해봐."

뾰로통한 표정이 시이나의 얼굴에 다시 나타났다. "그건 우리가 처음 만났을 때의 일 때문이에요."

"어떻게 만났는데?"

시이나는 고개를 한쪽으로 갸우뚱한 채 잠시 오드레이드를 올려다보다가 말했다. "그건 비밀이에요."

"그럼 넌 비밀을 지키는 법을 알고 있는 거냐?"

시이나는 몸을 똑바로 펴고 고개를 끄덕였다. 그러나 오드레이드는 그 동작에서 불안을 보았다. 아이는 자신이 손을 써볼 수 없는 처지로 끌려간다는 사실을 알고 있었다!

"훌륭해! 비밀을 지키는 법은 대모들이 배우는 가장 필수적인 가르침 중의 하나다. 우리가 그 부분에 신경을 쓰지 않아도 되니 기쁘구나." 오드레이드가 말했다.

"하지만 난 모든 걸 배우고 싶어요!"

저렇게 샐쭉한 목소리라니. 감정 통제가 형편없었다.

"당신은 나한테 모든 걸 가르쳐줘야 해요!" 시이나가 고집스레 말했다.

'채찍을 사용해야 할 때야.' 오드레이드는 생각했다. 시이나는 5급 복사조차도 이제 그녀를 통제할 수 있다고 자신할 만큼 많은 것을 말하고 많은 허세를 부렸다.

'목소리'의 모든 힘을 사용해서 오드레이드가 말했다. "나한테 그런 식으로 말하지 마라, 아이야! 나한테 뭐든 배우고 싶다면 그러지 마!"

시이나의 몸이 뻣뻣하게 굳었다. 그녀는 자신에게 무슨 일이 일어난 건지 생각해 보다가 1분이 넘은 후에야 긴장을 풀었다. 이윽고 그녀가 미소를 지었다. 따스하고 솔직한 표정이었다. "아, 당신이 와줘서 정말 기뻐요! 요즘엔 정말 심심했거든요."

인간 정신의 복잡성을 능가하는 것은 하나도 없다.

—레토 2세: 다르 에스 발라트 기록

이 위도에서는 흔히 빠른 속도로 불길하게 다가오곤 하는 가무의 밤이 되려면 거의 두 시간이 남아 있었다. 구름이 점점 모여들어 성에 그림자를 드리웠다. 루실라의 명령으로 던컨은 격렬한 자발적 연습을 위해 다시 뜰에 나와 있었다.

루실라는 처음 그를 관찰했던 난간에서 그를 지켜보았다.

던컨은 베네 게세리트의 1 대 8 전투에 나오는, 몸을 비틀면서 하는 공중제비를 돌면서 풀밭 위로 몸을 던지고, 구르고, 좌우로 뒤집고, 위로 솟구쳐 올랐다가 다시 아래로 떨어져 내렸다.

무작위적인 공격 회피의 훌륭한 시범이라고 루실라는 생각했다. 그녀는 그의 움직임에서 예측이 가능한 패턴을 전혀 발견하지 못했다. 그가 움직이는 속도는 눈이 부실 정도였다. 그는 이제 표준력으로 거의 열여섯 살이었으며, 그가 천부적으로 타고난 프라나 빈두 재능의 잠재력은 이미 안정 단계에 접어들고 있었다.

신중하게 통제된 그의 훈련 동작들이 많은 것을 말해 주었다! 그녀가 처음 이 저녁 훈련을 명령했을 때 그는 재빠른 반응을 보였다. 그녀가 타라자에게서 받은 지시의 첫 단계가 이미 성취되었다. 골라는 그녀를 사랑했다. 의심의 여지가 없었다. 그녀는 그에게 변하지 않는 어머니였다. 게다가 이러한 관계가 이루어졌는데도 그는 크게 약해지지 않았다. 비록 테그는 불안감을 느꼈지만.

'내 그림자가 저 골라를 덮고 있지만 저 아이는 탄원자도, 의존적인 추종자도 아냐. 테그의 걱정엔 근거가 없어.' 그녀는 스스로를 안심시켰다.

바로 그날 아침 그녀는 테그에게 이렇게 말했다. "그 아이는 어디든 자신의 힘이 이끄는 곳에서 계속해서 자신을 자유롭게 표현하고 있습니다."

테그가 지금 저 아이의 모습을 보아야 한다고 그녀는 생각했다. 이 새로운 연습 동작들은 대부분 던컨이 직접 창안한 것이었다.

루실라는 특히 민첩한 도약을 보고는 놀라서 숨을 집어삼키고 싶은 것을 참았다. 그 도약으로 던컨은 뜰의 거의 중심부까지 이동했다. 골라는 신경과 근육의 평형 상태를 발달시키고 있었다. 시간이 흐르면 그 평형 상태가 적어도 테그와 동등한 심리적 평형 상태에 이르게 될 수도 있었다. 이러한 성취의 문화적 영향력은 굉장할 터였다. 테그에게 본능적으로 충성을 바치는 그 모든 사람들을 한번 보라. 그들은 테그를 통해 교단에도 충성을 바치고 있었다.

'그건 대부분 폭군에게 감사해야 할 일이지.' 그녀는 생각했다.

레토 2세 이전에는 널리 퍼져 있는 문화적 조절 시스템 중 베네 게세리트가 이상으로 여기는 평형 상태에 접근할 수 있을 만큼 오래 지속된 것이 하나도 없었다. 루실라를 매혹시킨 것은 바로 이 평형 상태, '검의 날을 타고 흐르는 것'이었다. 그녀가 전체적인 계획을 알지도 못하면서 본능적으로 반감이 느껴지는 일을 해야 하는 프로젝트에 이토록 무제한적으로 참여하고 있는 것은 바로 이 때문이었다.

'던컨은 너무 어려!'

교단이 이다음으로 그녀에게 무엇을 요구할 것인지는 타라자가 이미 분명하게 밝힌 바 있었다. '성적인 각인.' 바로 그날 아침에 루실라는 거울 앞에 알몸으로 서서 타라자의 명령에 복종하기 위해 자신이 사용하게 될 표정과 동작을 지어보았다. 인위적인 안온함 속에서 루실라는 자신의 얼굴이 선사 시대의 사랑의 여신처럼 보이는 것을 보았다. 부드럽고 풍만한 몸. 성적으로 흥분한 남성이라면 아마도 거기에 자신의 몸을 던질 터였다.

교육을 받으면서 루실라는 제1시대의 고대 조각상들을 본 적이 있었다. 인간 여자의 모습을 새긴 그 작은 석상들은 풍만한 엉덩이와 젖먹이 아기에게 풍부한 젖을 약속해 주는, 아래로 축 처진 가슴을 갖고 있었다. 루실라는 그 고대 조각상의 젊은 모습을 자신의 의지대로 흉내 낼 수 있었다.

루실라 아래쪽의 뜰에서 던컨은 잠시 동작을 멈추고 다음 동작들을 궁리하고 있는 듯했다. 이윽고 그는 혼자 고개를 끄덕이더니 높이 뛰어올라서 허공에서 몸을 비틀며 한쪽 다리로 영양처럼 착지했다. 그리고 그 다리로 땅을 차며 옆으로 몸을 던져 싸움의 동작이라기보다는 춤에 더 가까운 회전 동작을 했다.

루실라는 마음을 정한 듯 입을 굳게 다물었다.

'성적인 각인.'

성의 비밀은 결코 비밀이 아니라고 그녀는 생각했다. 그것의 뿌리는 삶 그 자체에 붙어 있었다. 이는 물론 교단을 위해 그녀가 처음으로 명령을 받아 수행했던 유혹에서 그녀의 기억 속에 한 남성의 얼굴이 심어진 이유를 설명해 주었다. 교배 감독관은 그것이 당연한 일이므로 놀라지 말라고 그녀에게 미리 말해 두었다. 그러나 그때 루실라는 성적인 각인이 양날의 칼임을 깨달았다. 칼날을 따라 흐르는 법을 배울 수도 있지만, 또한 그 칼날에 베일 수도 있었다. 때로, 그녀가 명령에 따라 처음으로 유혹했던 남자의 얼굴이 저절로 머릿속에 다시 떠오를 때면 루실라는 당황했다. 그 기억은 은밀한 순간이 절정에 이르렀을 때 너무나 자주 나타났기 때문에 그녀는 그것을 감추기 위해 엄청난 노력을 기울여야 했다.

"당신은 그렇게 해서 강해지는 겁니다." 교배 감독관들은 그녀를 이렇게 안심시켰다.

그래도 그냥 신비로 남겨두는 편이 더 좋은 일을 평범하게 만들어버렸다는 느낌이 들 때가 가끔 있었다.

자신이 반드시 해야 하는 일에 대한 불쾌감이 루실라를 엄습했다. 던컨의 훈련을 매일 지켜보는 이런 저녁이 그녀가 가장 좋아하는 시간이었다. 아이의 근육은 분명히 발전하고 있었다. 근육과 신경의 민감한 연결 고리들이 성장하면서 나타나는 그런 움직임들은 모두 교단에게 그토록 커다란 명성을 가져다준 프라나 빈두의 경이였다. 그러나 다음 단계가 거의 다가와 있었다. 그녀는 자신이 맡고 있는 아이를 지켜보며 감상하는 데에 더 이상 빠져들 수 없었다.

마일즈 테그가 곧 이리로 나오리라는 것을 그녀는 알고 있었다. 던컨의 훈련은 더 무서운 무기들이 있는 연습실로 다시 옮겨질 것이다.

'테그.'

또다시 그에 대한 궁금증이 일었다. 그녀가 그에게 특별한 매력을 느낀 것이 한두 번이 아니었다. 그녀는 그것이 어떤 종류의 매력인지 금방 깨달았다. 각인사는 이미 관계를 맺고 있는 사람이 있거나 반대되는 명령을 받은 것이 아닌 한, 자신의 교배 파트너를 선택하는 데 있어서 약간의 자유를 누렸다. 테그는 늙었지만 그의 기록에 따르면 생식 능력이 아직 살아 있을 가능성이 있었다. 물론 그녀가 아이를 계속 데리고 있을 수는 없을 것이다. 그러나 그것을 견뎌 내는 법은 이미 알고 있었다.

'안 될 게 뭐 있어?' 그녀는 스스로에게 이렇게 말했다.

그녀의 계획은 극단적으로 단순했다. 골라에 대한 각인을 완수한 후, 타라자에게 자신의 의도를 알리고 저 당당한 마일즈 테그의 아이를 임신하는 것이었다. 그녀는 실질적인 예비 유혹의 자세를 은연중에 드러냈지만, 테그는 굴복하지 않았다. 그는 멘타트다운 냉소주의로 어느 날 오후 무기실에서 조금 떨어진 갱의실에서 그녀를 저지했다.

"내 교배 기간은 끝났습니다, 루실라. 교단은 내가 이미 바친 것으로 만족해야 할 겁니다."

몸에 착 달라붙는 검은색 연습복만을 걸친 테그는 수건으로 땀투성이 얼굴을 마저 닦은 후 수건을 빨래 바구니에 떨어뜨렸다. 그리고 그녀를 바라보지 않은 채 말했다. "이제 그만 가주시겠습니까?"

그는 자신에게 접근하려는 그녀의 의도를 꿰뚫어 보았던 것이다!

그녀는 그것을 미리 예상했어야 했다. 테그가 어떤 사람인지 알고 있었으므로. 루실라는 그래도 아직 그를 유혹할 수 있는 가능성이 있다고 확신했다. 그녀와 같은 훈련을 받은 대모는 결코 실패하지 않았다. 테그처럼 분명한 능력을 지닌 멘타트를 상대할 때에도.

루실라는 마음을 결정하지 못한 채 잠시 그곳에 서 있었다. 그녀의 머리는 어떻게 하면 이 처음의 거절을 우회해서 나아갈 수 있을 것인지 자동적으로 계획을 세우고 있었다. 하지만 무언가가 그녀를 저지했다. 거부당한 데 대한 분노도 아니었고, 그녀의 책략이 그에게 정말로 효과가 없을지도 모른다는 희박한 가능성 때문도 아니었다. 자부심과 어쩌면 그 자부심이 추락할지도 모른다는 사실(그런 가능성은 항상 존재했다)은 거의 상관이 없었다.

'위엄.'

테그에게는 조용한 위엄이 있었고, 그녀는 그의 용기와 용맹이 이미 교단에게 무엇을 가져다주었는지 분명히 알고 있었다. 루실라는 자신의 의도를 확실히 파악하지 못한 채 그에게 등을 돌렸다. 어쩌면 교단이 그에게 느끼고 있는 감사의 마음이 저변에 깔려 있기 때문인지도 몰랐다. 이제 테그를 유혹하는 것은 테그뿐만 아니라 그녀 자신의 품위까지 떨어뜨리는 일이 될 터였다. 그녀는 상부에서 직접적인 명령이 내려오지 않는 한 도저히 그런 행동을 취할 수 없었다.

그녀가 난간에 서 있는 동안 이런 기억 일부가 그녀의 감각을 둔하게 만들었다. 무기고 문간의 그림자들 속에서 뭔가가 움직였다. 그곳에서 테그의 모습이 얼핏 보였다. 루실라는 자신의 반응을 더욱 단단히 통제하면서 던컨에게 주의를 집중했다. 골라는 절제된 움직임으로 공중제비를 돌며 잔디밭을 가로지르던 동작을 이미 멈춘 상태였다. 그는 시선을 들어 루실라를 바라보며 깊이 숨을 쉬면서 조용히 서 있었다. 그의 얼굴에 맺혀 있는 땀과 위아래가 붙은 그의 엷은 파란색 옷 여기저기에 생긴 검은 얼룩이 보였다.

난간 위로 몸을 기울이면서 루실라가 아래를 향해 그에게 소리쳤다. "아주 훌륭했다, 던컨. 내일 발과 주먹의 조합에 대해 더 가르쳐주겠다."

이 말은 자체적인 검열을 거치지 않은 채 그녀에게서 튀어나왔고, 그녀는 그 근원이 어디인지 금방 깨달았다. 이 말은 골라를 위한 것이 아니라 저쪽 문간의 어둠 속에 서 있는 테그를 위한 것이었다. 그녀는 지금 테그에게 이렇게 말하고 있었다. '봤죠! 당신만 저 아이에게 무시무시한 재주를 가르치고 있는 게 아닙니다.'

루실라는 그 순간 테그가 자신이 허용할 수 있는 것보다 더 깊숙이 자신의 마음속으로 파고들어 와 있음을 깨달았다. 무서운 표정으로 그녀는 문간의 어둠 속에서 모습을 드러내고 있는 그 키 큰 사람에게 재빨리 시선을 돌렸다. 던컨은 벌써 바샤르를 향해 뛰어가고 있었다.

루실라가 테그에게 시선의 초점을 맞추자 가장 기본적인 베네 게세리트 반응에 의해 시작된 반응이 번개처럼 그녀를 꿰뚫고 지나갔다. 이 반응의 단계들을 규정하는 것은 나중에도 할 수 있는 일이었다. '뭔가가 잘못됐어! 위험해! 테그는 테그가 아냐!' 그러나 이 번개 같은 반응 중 어떤 것도 별도의 형태를 취하지 못했다. 그녀는 자신이 끌어낼 수 있는 '목소리'의 모든 힘을 쏟아부어 응수했다.

"던컨! 숙여!"

던컨은 풀밭 위로 납작하게 쓰러졌다. 그의 시선은 무기고에서 나오는, 테그의 모습을 한 사람에게 못 박힌 듯 고정되어 있었다. 남자의 손에는 야전용 모델의 레이저총이 들려 있었다.

'얼굴의 춤꾼이다!' 루실라는 생각했다. 그녀가 그의 정체를 알아볼 수 있었던 것은 오로지 초(超)경계 상태 덕분이었다. '신품종이야!'

"얼굴의 춤꾼이다!" 루실라가 소리쳤다.

던컨은 발을 차서 몸을 옆으로 굴리며 튀듯이 일어나 땅에서 적어도 1미터는 떨어진 공중에서 수평 자세로 몸을 비틀었다. 루실라는 그의 반응 속도에 충격을 받았다. 그녀가 알기로 저렇게 빨리 움직일 수 있는 인간은 없었다! 레이저총의 첫 번째 광선이 공중에 떠 있는 것처럼 보이는 던컨의 아래쪽을 베고 지나갔다.

루실라는 난간 위로 뛰어올라 아래층의 창턱을 손으로 잡으려고 뛰어내렸다. 그녀의 동작이 멈추기 전에 그녀의 오른손이 쏜살같이 튀어나와 그녀가 기억하고 있던, 밖으로 불쑥 튀어나온 홈통을 찾아냈다. 그녀의 몸이 옆을 향해 아치형으로 기울어지더니 아래층의 창턱으로 떨어져 내렸다. 자신이 가 봤자 이미 때가 너무 늦었으리라는 것을 아는데도 필사적인 기분이 그녀를 몰아붙였다.

그녀 위쪽의 벽에서 뭔가가 우지직 소리를 냈다. 그녀는 뭔가가 녹은 듯한 선이 자신을 향해 베어져 내려오는 것을 보고 왼쪽으로 몸을 던져 비틀며 잔디밭 위로 떨어졌다. 그녀가 착지하는 순간 그녀의 시선이 주위의 일들을 번개처럼 포착했다.

던컨이 연습 때 보여준 동작들을 무섭게 되풀이하면서 공격을 피하고 몸을 비틀며 공격자를 향해 움직였다. 저렇게 속도가 빠르다니!

루실라는 가짜 테그의 얼굴에서 망설임을 보았다.

그녀는 그 생물의 생각을 '느낌'으로 알아채고 그쪽을 향해 화살처럼 움직였다. 그녀가 느낀 얼굴의 춤꾼의 생각은 이런 것이었다. '두 사람이 날 쫓고 있어!'

그러나 실패는 필연적이었다. 루실라는 달리면서 이미 그것을 알고 있었다. 얼굴의 춤꾼이 해야 할 일이라고는 근접 거리에서 레이저총을 완전 연소 모드로 바꾸는 것뿐이었다. 그는 자기 앞의 허공을 그물처럼 가릴 수 있을 터였다. 그런 방어막을 뚫을 수 있는 것은 하나도 없었다. 그녀는 머리를 이리저리 굴리면서 공격자를 물리칠 방법을 필사적으로 찾다가 가짜 테그의 가슴에 붉은 연기가 생겨나는 것을 보았다. 빨간 선이 레이저총을 쥐고 있는 팔 근육을 따라 비스듬한 각도를 그리며 쏜살같이 위로 올라갔다. 그 팔이 조각상에서 떨어진 조각처럼 떨어져 나왔다. 어깨가 피를 분수처럼 내뿜으며 기울었다. 그의 몸이 비틀거리며 더 많은 붉은 연기와 피분수 속으로 녹아 들어가 계단 위에서 조각조각 부서졌다. 온통 어두운 갈색과 푸른빛이 섞인 빨간색 조각들이었다.

루실라는 걸음을 멈추면서 얼굴의 춤꾼 특유의 페로몬 냄새를 맡았다. 던컨이 그녀의 옆으로 다가왔다. 그는 죽은 얼굴의 춤꾼 뒤로 복도에서 느껴지는 움직임을 응시했다.

또 하나의 테그가 죽은 사람 뒤에서 모습을 드러냈다. 루실라는 그가 실물임을, 테그 자신임을 확인했다.

"저 사람은 바샤르 님이에요." 던컨이 말했다.

루실라는 던컨이 신분 확인의 가르침을, 친구의 조각 난 몸 일부만을 보고도 친구를 알아보는 법을 이토록 잘 터득했다는 사실에 기쁨이 자그맣게 솟아오르는 것을 느꼈다. 그녀는 죽은 얼굴의 춤꾼을 가리키며 말했다. "저자의 냄새를 맡아보아라."

던컨이 숨을 들이쉬었다. "예, 알겠어요. 하지만 저자는 그리 훌륭하게 상대를 복제하지 못했습니다. 대모님이 저자의 정체를 알아차리자마자 저도 알아챘어요."

테그가 무거운 레이저총을 왼팔로 비스듬하게 들고 뜰로 들어왔다. 그의 오른손은 총의 개머리판과 방아쇠를 단단히 움켜쥐고 있었다. 그는 뜰을 한 바퀴 둘러본 다음 던컨에게, 그리고 마지막으로 루실라에게 시선의 초점을 맞췄다.

"던컨을 안으로 데리고 들어가십시오." 테그가 말했다.

그것은 응급 상황에서 어떤 조치를 취해야 하는지 더 잘 알고 있다는 사실만을 바탕으로 한, 전투 지휘관의 명령이었다. 루실라는 아무 소리 없이 명령에 복종했다.

그녀가 던컨의 손을 잡고 얼굴의 춤꾼이었던 피투성이 고깃덩이를 지나 무기고로 데려가는 동안 던컨은 아무 말도 하지 않았다. 일단 안으로 들어서자 그가 피에 흠뻑 젖은 그 고깃덩이를 흘깃 뒤돌아보며 물었다. "누가 저 사람을 안에 들여놓았죠?"

'그가 어떻게 안으로 들어왔을까요?'가 아님을 그녀는 알아차렸다. 던컨은 이미 하찮은 것들을 지나쳐 문제의 핵심을 알아차린 것이다.

테그가 그들의 앞에서 자신의 거처를 향해 성큼성큼 걸어가고 있었다. 그는 문 앞에서 걸음을 멈추고 안을 살짝 들여다본 다음 루실라와 던컨에게 따라오라는 손짓을 했다.

테그의 침실에는 살이 불에 타는 냄새와 연기가 자욱했다. 루실라가 너무나 혐오하는 그을린 바비큐 냄새, 즉 불에 탄 인간의 살내가 압도적이었다. 테그의 제복을 입은 누군가가 침대에서 떨어진 자세로 얼굴을 바닥으로 향한 채 쓰러져 있었다.

테그는 한쪽 발끝으로 그 사람의 몸을 뒤집어 얼굴을 노출시켰다. 부릅뜬 눈과 놀라서 벌어진 입. 루실라는 그가 주변 경계를 맡은 경비병임을 알아보았다. 그는 슈왕규와 함께 성에 온 자들 중 하나였다. 성의 기록에 의하면 그러했다.

"이자는 저들의 선발대였습니다. 파트린이 그를 처리하고 그에게 내 제복을 입혔지요. 얼굴의 춤꾼들을 속이는 데에는 그것으로 충분했습니다. 우리가 그들을 공격하기 전에 그들에게 얼굴을 보여주지 않았으니까요. 그들에게는 기억의 각인을 할 시간이 없었습니다."

"당신이 그걸 알고 있어요?" 루실라는 깜짝 놀랐다.

"벨론다가 내게 철저한 브리핑을 해줬습니다!"

루실라는 방금 테그가 한 말의 더 깊은 의미를 갑작스레 깨달았다. 그녀는 빠르게 터져 나오려는 분노를 억눌렀다. "어떻게 저들 중 한 명이 뜰 안으로 들어오게 내버려둔 겁니까?"

테그가 온화한 목소리로 말했다. "이 안에 조금 급한 일이 있어서 선택을 해야 했습니다. 그리고 결국 그 선택이 옳은 것으로 드러났지요."

그녀는 분노를 숨기려 하지 않았다. "던컨이 스스로를 지키게 하자고 선택했다고요?"

"그 아이를 당신의 보살핌에 맡길 것인가, 아니면 다른 공격자들이 이 안에 단단하게 방어선을 구축하게 둘 것인가의 문제였습니다. 파트린과 나는 이 건물을 깨끗이 치우느라 애를 먹었습니다. 우리에게는 여력이 없었어요." 테그는 던컨을 흘깃 바라보며 말을 이었다. "저 아이는 아주 잘 해냈습니다. 우리의 훈련 덕분에."

"그…… 그것이 저 아이를 거의 죽일 뻔했습니다!"

"루실라!" 테그가 고개를 저으며 말을 이었다. "저는 시간을 계산해 두었습니다. 당신들 두 사람은 저 밖에서 적어도 1분은 버틸 수 있었습니다. 당신이 던컨을 구하기 위해 그것의 앞에 몸을 던져 희생할 것이라는 확신도 있었고요. 20초가 더 확보되는 거죠."

테그의 말에 던컨은 눈을 빛내며 루실라를 돌아보았다. "정말로 그렇게 하실 생각이었어요?"

루실라가 대답을 하지 않자 테그가 말했다. "대모님은 정말로 그렇게 하셨을 거다."

루실라는 그것을 부정하지 않았다. 그러나 던컨이 믿을 수 없는 속도로 움직이던 모습과 그의 공격의 눈부신 변화들이 다시 기억났다.

"전시(戰時)의 결정입니다." 테그가 루실라를 바라보며 말했다.

그녀는 이 말을 받아들였다. 여느 때처럼 테그는 올바른 선택을 했다. 그러나 아무래도 타라자와 연락을 해봐야 할 것 같았다. 이 골라의 프라나 빈두 가속이 그녀의 기대를 완전히 뛰어넘고 있었다. 테그가 그녀 뒤의 문간에 시선을 고정시킨 채 바짝 긴장해서 몸을 똑바로 세우자 그녀의 안색이 굳었다. 루실라는 재빨리 몸을 돌렸다.

슈왕규가 그곳에 서 있고, 그녀 뒤에는 파트린이 무거운 레이저총을 팔에 걸친 채 서 있었다. 그 총구가 슈왕규를 겨냥하고 있음을 루실라는 주목했다.

"대모님이 고집을 부리셨습니다." 파트린이 말했다. 늙은 보좌관의 얼굴에 분노가 분명히 드러나 있었다. 그의 입가에 있는 깊은 주름살들이 아래를 향했다.

"남쪽 토치카까지 시체들이 분명히 널려 있습니다. 당신 부하들이 내가 밖으로 나가 조사하는 걸 허락하려 하지 않아요. 그 명령을 즉시 철회할 것을 당신에게 명령합니다." 슈왕규가 말했다.

"소탕 부대의 작업이 끝날 때까지는 안 됩니다." 테그가 말했다.

"그들은 아직도 저 밖에서 사람들을 죽이고 있습니다! 그 소리가 들린단 말입니다!" 슈왕규의 목소리가 독기를 품고 날카로워졌다. 그녀는 루실라를 노려보았다.

"우리는 저 밖에서 신문도 하고 있습니다." 테그가 말했다.

슈왕규는 노려보는 시선을 테그에게 옮겼다. "만약 여기가 너무 위험하다면 우리가 저…… 저 아이를 내 거처로 데리고 가겠습니다. 지금 당장!"

"그렇게 할 수는 없습니다." 테그가 말했다. 그의 어조에는 감정이 드러나 있지 않았지만 단호했다.

슈왕규의 안색이 분노 때문에 뻣뻣하게 굳었다. 레이저총의 개머리판을 잡고 있는 파트린의 손가락 관절이 하얗게 변했다. 슈왕규는 난폭하게 시선을 들어 레이저총 뒤에서 자신을 평가하듯 노려보고 있는 루실라를 응시했다. 두 여자의 눈이 마주쳤다.

테그는 그 둘을 잠시 그 상태로 내버려두었다가 입을 열었다. "루실라, 던컨을 내 거실로 데려가십시오." 그는 고갯짓으로 뒤쪽 문을 가리켰다.

루실라는 명령에 따랐다. 그동안 내내 그녀는 자기 몸을 보란 듯이 슈왕규와 던컨 사이에 위치시켰다.

거실로 들어가 문을 닫고 나자 던컨이 말했다. "대모님은 나를 하마터면 '저 골라'라고 할 뻔했어요. 정말로 화가 난 모양이에요."

"슈왕규 님이 자기도 모르게 겉으로 드러낸 것이 여러 가지 있지." 루실라가 말했다.

그녀는 테그의 거실을 둘러보았다. 그의 거처에서 개인적인 공간에 해당하는 이곳을 본 것은 이번이 처음이었다. 이곳을 보니 그녀 자신의 거처가 생각났다. 그녀의 숙소에도 질서 정연함과 편안하게 흐트러진 모습이 이곳과 똑같이 섞여 있었다. 필름으로 된 두루마리 책들이 연한 회색 커버가 덮인 구식 의자 옆의 작은 탁자 위에 흐트러져 있었다. 필름 책 판독기는 옆으로 휙 젖혀져 있었는데, 마치 그것을 사용하던 사람이 금방 다시 돌아올 생각으로 조금 전에 방을 나간 것 같은 느낌이었다. 바샤르의 검은 제복 웃옷이 근처의 딱딱한 의자에 걸쳐져 있었고, 의자 위에 뚜껑이 열린 채 놓인 작은 상자에는 바느질 도구가 있었다. 웃옷의 소매 끝동에는 구멍을 조심스럽게 기운 흔적이 있었다.

'그가 직접 옷을 수선하는 모양이군.'

저 유명한 마일즈 테그에게 이런 면이 있을 줄은 예상하지 못했다. 이 문제에 대해 전에 생각을 해보았더라도 그녀는 파트린이 이런 허드렛일을 맡을 거라고 생각했을 것이다.

"슈왕규 님이 공격자들을 안으로 들인 거죠, 그렇죠?" 던컨이 물었다.

"슈왕규 님의 부하들이 그렇게 했지." 루실라는 자신의 분노를 감추지 않았다. "이번엔 너무 지나쳤어. 틀레이랙스와 협정을 맺다니!"

"파트린이 슈왕규 님을 죽일까요?"

"나도 몰라. 그러든지 말든지!"

문밖에서는 슈왕규가 분노에 차서 말하고 있었다. 아주 크고 꽤나 분명한 목소리였다. "그냥 여기서 기다리자는 겁니까, 바샤르?"

"대모님은 언제든 여기서 나가실 수 있습니다." 테그의 목소리였다.

"하지만 난 남쪽 터널에 들어갈 수가 없단 말입니다!"

슈왕규는 골이 난 것 같았다. 루실라는 저 늙은 여자가 일부러 저런다는 것을 깨달았다. 그녀가 뭘 꾸미고 있는 걸까? 테그는 지금 아주 조심해야 하는데. 그는 아까도 아주 교활하게 행동하면서 루실라에게 슈왕규의 통제력에 틈이 생겼음을 보여주었다. 그러나 그것으로 슈왕규가 가진 자원의 깊이를 측량할 수는 없었다. 루실라는 던컨을 여기 남겨두고 테그의 옆으로 돌아가야 하는 게 아닌지 생각해 보았다.

테그가 말했다. "대모님께서는 이제 여기서 나가셔도 좋지만, 거처로는 돌아가시지 않는 게 좋을 겁니다."

"왜 돌아가지 말라는 겁니까?" 슈왕규는 깜짝 놀란 기색이었다. 진심으로 놀라서 감정을 잘 감추지 못했다.

"잠시만 기다려주십시오." 테그가 말했다.

루실라는 멀리서 고함 소리가 들리는 걸 알아챘다. 가까운 곳에서 둔탁하게 쿵 하고 뭔가가 폭발하는 소리가 들리더니 좀더 먼 곳에서 또다시 폭발음이 났다. 테그의 거실 문 위에 있는 장식에서 먼지가 날아 내렸다.

"저게 뭡니까?" 다시 슈왕규의 목소리였다. 그녀의 목소리가 지나치게 컸다.

루실라는 몸을 움직여 복도 쪽 벽과 던컨 사이에 섰다.

던컨은 방어 자세를 갖춘 채 문을 뚫어지게 노려보았다.

"저들이 첫 번째 폭발을 일으키리라는 건 저도 미리 예상하고 있었습니다. 두 번째 폭발은 '저들'이 예상치 못했던 것 같군요." 테그가 말했다.

가까운 곳에서 휘파람 소리가 크게 들려와 슈왕규가 뭐라고 말하는 소리를 덮어버렸다.

"저겁니다, 바샤르 님!" 파트린이 말했다.

"뭐가 어떻게 된 겁니까?" 슈왕규가 다그치듯 물었다.

"첫 번째 폭발음은 말입니다, 친애하는 대모님, 공격자들에 의해 대모님의 거처가 파괴되는 소리였습니다. 두 번째 폭발음은 우리가 공격자들을 쳐부수는 소리였습니다."

"방금 신호를 받았습니다, 바샤르 님!" 파트린의 목소리가 다시 들려왔다. "적들을 모두 잡았답니다. 그들은 바샤르 님의 예상대로 비우주선에서 부유선을 타고 내려왔습니다."

"우주선은?" 성이 나서 다그치는 기색이 테그의 목소리에 역력했다.

"공간 주름을 빠져나오는 순간 파괴되었습니다. 생존자는 없습니다."

"이 멍청이들! 당신들이 지금 무슨 짓을 저지른 건지 압니까?" 슈왕규가 비명처럼 소리를 질렀다.

"나는 모든 공격으로부터 아이를 지키라는 명령을 수행했습니다. 그건 그렇고, 대모님께서는 지금 이 시간에 원래 거처에 계셔야 하는 게 아닙니까?" 테그가 말했다.

"뭐?"

"저들이 대모님의 거처를 날려버린 건 대모님을 겨냥한 것이었습니다. 틀레이랙스 인은 아주 위험합니다, 대모님."

"당신 말은 믿을 수가 없습니다!"

"가서 한번 보시는 게 어떨까요? 파트린, 대모님을 통과시켜 드리게."

루실라는 이들의 대화에 귀를 기울이면서 말로 표현되지 않은 언쟁을 느꼈다. 멘타트 바샤르는 이곳에서 대모보다 더 믿음이 가는 존재였고, 슈왕규도 그것을 알고 있었다. 그녀는 필사적일 터였다. 그녀의 거처가 파괴되었음을 은근히 암시한 것은 아주 영리한 행동이었다. 그러나 그녀는 아마 그의 말을 믿지 않을 것이다. 지금 슈왕규의 머릿속에서 가장 중요한 자리를 차지하고 있는 것은 그녀가 이번 공격에 연루되어 있다는 사실을 테그와 루실라가 모두 알아차렸다는 깨달음일 터였다. 이 두 사람 외에 그 사실을 알고 있는 사람이 또 몇 명이나 되는지는 알 수 없었다. 파트린은 물론 그 사실을 알고 있었다.

던컨은 머리를 오른쪽으로 약간 기울인 채 닫힌 문을 뚫어지게 노려보았다. 그의 표정이 기묘했다. 마치 그가 저 문을 꿰뚫고 문밖의 사람들을 정말로 지켜보고 있는 것 같았다.

슈왕규가 지극히 조심스럽게 통제된 목소리로 말했다. "난 내 거처가 파괴되었다는 말을 믿지 않습니다." 그녀는 루실라가 엿듣고 있다는 것을 알고 있었다.

"확인할 방법은 한 가지뿐입니다." 테그가 말했다.

'영리해!' 루실라는 생각했다. 슈왕규는 틀레이랙스 인이 배신을 저질렀는지 확신할 때까지 결정을 내릴 수 없을 것이다.

"그럼 여기서 기다리고 계십시오! 이건 명령입니다!" 루실라는 슈왕규가 로브 자락을 휙 하고 소리가 날 만큼 휘두르며 방을 나가는 소리를 들었다.

'감정 통제가 정말 형편없군.' 루실라는 생각했다. 그러나 이번 일로 인해 드러난 테그의 능력 역시 그에 못지않게 마음에 걸렸다. '그가 그녀에게 그런 짓을 하다니!' 오늘 테그는 대모의 허를 찔렀다.

던컨 앞쪽의 문이 세게 열렸다. 테그가 한 손을 걸쇠에 대고 그곳에 서 있었다. "서두르세요! 그녀가 돌아오기 전에 성에서 나가야 합니다." 테그가 말했다.

"성에서 나간다고요?" 루실라는 충격을 감추지 않았다.

"서두르라니까요! 파트린이 우리를 위해 준비를 해놓았습니다."

"하지만 저는 반드시……."

"당신이 반드시 할 일은 하나도 없습니다! 지금 그대로 가요. 날 따라오지 않으면 억지로 끌고 가는 수밖에 없습니다."

"당신은 정말로 대모를 억지로 끌고 갈 수 있다고 생각……." 루실라는 말끝을 흐렸다. 지금 그녀 앞에 있는 사람은 새로운 모습의 테그였다. 그녀는 그가 그런 위협을 실행에 옮길 준비가 되어 있지 않다면 그런 말을 하지 않았으리라는 것을 깨달았다.

"좋습니다." 그녀가 말했다. 그녀는 던컨의 손을 잡고 테그의 뒤를 따라 그의 거처를 벗어났다.

파트린이 복도에 서서 오른쪽을 바라보고 있었다. "그녀가 갔습니다." 그는 테그를 바라보며 말을 이었다. "어떻게 해야 할지 알고 계시지요, 바샤르 님?"

"파트!"

루실라는 테그가 이렇게 당번병의 애칭을 부르는 모습을 한 번도 본 적이 없었다.

파트린은 반짝이는 이를 온통 드러내며 활짝 웃었다. "죄송합니다, 바샤르 님. 제가 좀 흥분했나 봅니다. 바샤르 님께 맡기겠습니다. 저한테는 제 역할이 있으니까요."

테그는 루실라와 던컨에게 오른쪽 복도를 따라 내려가라고 손짓으로 지시했다. 그녀는 명령에 따랐다. 테그가 그녀의 뒤를 바짝 쫓아오는 소리가 들렸다. 그녀가 쥐고 있는 던컨의 손은 땀에 젖어 있었다. 던컨은 손을 빼내더니 뒤를 돌아보지 않은 채 그녀의 옆에서 씩씩하게 걸었다.

복도 끝에 있는 반중력 승강기를 테그의 부하 두 명이 지키고 있었다. 그가 그들에게 고개를 끄덕이며 말했다. "아무도 따라오지 않는다."

두 경비병은 입을 모아 대답했다. "알겠습니다, 바샤르 님."

루실라는 던컨, 테그와 함께 승강기 안으로 들어가면서 자신이 내막을 완전히 이해하지도 못하는 분쟁에서 이미 편을 선택했음을 깨달았다. 교단 내의 정치적 역학이 그녀 주위의 사방에서 빠르게 쏟아지는 물살처럼 느껴졌다. 평소에는 물가를 씻어 내는 부드러운 물결이었지만, 지금은 그녀의 몸 위로 천둥처럼 커다란 소리를 내며 쏟아지려 하는 파괴적인 해일 같았다.

그들이 승강기에서 나와 남쪽 토치카로 가기 위해 분류실로 들어섰을 때 던컨이 말했다.

"우리 모두 무장을 해야 해요."

"곧 무장을 하게 될 거다. 네가 누구든 우리를 막는 사람을 죽일 각오가 돼 있다면 좋겠구나." 테그가 말했다.

중요한 사실은 이것이다. 베네 틀레이랙스의 여성이 중심 행성들의 보호 밖에서 목격된 적은 한 번도 없다. (여성의 모습을 흉내 낸 얼굴의 춤꾼 잡종들은 이 분석에 포함되지 않는다. 그들은 생식을 할 수 없다.) 틀레이랙스 인은 우리 손이 닿지 못하도록 자기네 여성들을 격리해 놓는다. 이것이 우리의 일차적 추론 결과이다. 틀레이랙스의 '주인'들이 자기들의 가장 중요한 비밀을 숨겨놓은 곳 또한 난자 속임이 분명하다.

— 베네 게세리트 분석 기록 보관소 #XOXTM99.....041

"우리가 드디어 만나게 되었군요." 타라자가 말했다.

그녀는 두 개의 의자 사이에 있는 2미터의 텅 빈 공간을 뛰어넘어 틸위트 와프를 빤히 바라보았다. 그녀의 분석관들은 이 남자가 틀레이랙스의 '주인들의 주인'이라고 단언했다. 장난꾸러기 꼬마 요정 같은 이 자그마한 사람이 그렇게 커다란 권력을 쥐고 있다니. 여기서는 외모로 인한 선입관을 반드시 버려야 한다고 그녀는 스스로에게 주의를 주었다.

"이런 일이 가능하다는 걸 믿지 않을 사람들도 있을 겁니다." 와프가 말했다.

그의 목소리가 작고 새된 소리라는 점에 타라자는 주목했다. 이것 역시 다른 기준으로 측정해야 할 터였다.

그들은 조합의 비우주선이라는 중립적인 공간에 앉아 있었다. 이 조합 우주선에는 베네 게세리트와 틀레이랙스의 모니터들이 시체에 달라붙은 육식조처럼 달라붙어 있었다. (조합은 겁을 집어먹고 베네 게세리트를 달래려고 안달했다. '당신들은 대가를 치를 것이다.' 조합은 이 말을 알고 있었다. 전에도 대가를 치른 적이 있기 때문에.) 그들이 만난 이 작은 타원형 방은 전통에 따라 벽이 구리로 되어 있었고, '첩자들을 막는 장치'가 되어 있었다. 타라자는 정말로 첩자들을 막을 수 있을 거라고는 단 한순간도 믿지 않았다. 그녀는 또한 멜란지로 만들어진 조합과 틀레이랙스의 유대 관계가 여전히 완벽하게 존재하고 있을 것이라고 짐작했다.

와프는 타라자에 대한 헛된 망상으로 자신을 속이려 들지 않았다. 이 여자는 그 어떤 명예의 어머니보다 훨씬 더 위험했다. 만약 그가 타라자를 죽인다 해도 그녀 못지않게 위험하고, 그녀가 지닌 모든 필수적인 정보를 고스란히 손에 쥔 누군가가 즉시 그녀의 자리를 차지할 터였다.

"당신들의 신품종 얼굴의 춤꾼들은 아주 재미있더군요." 타라자가 말했다.

와프는 자기도 모르게 인상을 찌푸렸다. 그래, 이 여자는 명예의 어머니보다 '훨씬' 더 위험했다. 명예의 어머니들은 틀레이랙스 탓에 비우주선 한 척을 통째로 잃어버렸다는 사실조차 아직 모르는 듯했다.

타라자는 오른쪽의 나지막한 탁자 위에 있는, 문자판이 두 개인 작은 디지털시계를 흘깃 바라보았다. 그 탁자는 두 사람 모두 쉽게 시계를 보고 시간을 알 수 있는 위치에 있었다. 와프 쪽의 문자판은 그의 생체 시계에 맞춰져 있었다. 그녀는 두 개의 생체 시각이 10초 범위 내에서 같은 시각을 표시하며 임의적인 오후 중반의 시간을 가리키고 있음에 주목했다. 그것은 심지어 의자의 위치와 간격까지도 협약에 구체적으로 명시되어 있는 이번 만남이 얼마나 정밀하게 준비되었는지를 보여주는 요소 중 하나였다.

방에는 그들 두 사람밖에 없었다. 그들을 둘러싼 타원형 공간의 장축은 약 6미터였고, 너비는 그 절반이었다. 그들은 쐐기못을 이용해서 나무 골격을 고정시키고 그 위에 오렌지색 천을 씌운 똑같은 의자를 차지하고 있었다. 의자 두 개 중 어디에도 금속이나 기타 이질적인 물질은 조금도 없었다. 의자 이외에 이 방에 있는 유일한 가구는 시계가 놓여 있는 탁자뿐이었다. 그 탁자는 세 개의 가느다란 나무다리 위에 플라즈로 된 얇은 검은색 상판을 올린 것이었다. 이번 회담의 두 주인공은 각자 세심한 수색을 받았다. 두 사람은 또한 이 방의 하나뿐인 해치 밖에 각각 세 명의 개인 경호원을 대기시켜 두었다. 타라자는 틀레이랙스 인이 자신의 경호원을 얼굴의 춤꾼으로 바꿔놓으려 하지는 않을 것이라고 생각했다. 현재와 같은 상황에서는 그렇게 하지 않을 것이다!

'당신들은 대가를 치를 것이다.'

틀레이랙스 인들 역시 자신들의 약점을 크게 인식하고 있었다. 대모가 신품종 얼굴의 춤꾼들을 알아볼 수 있다는 사실을 알게 된 지금은 특히 더 그러했다.

와프가 헛기침을 했다. "저는 우리가 합의에 도달할 것이라고는 기대하지 않습니다."

"그럼 왜 오신 겁니까?"

"저는 라키스에 있는 당신들의 성에서 온 그 기묘한 메시지에 대한 설명을 구하고 있습니다. 우리가 무슨 대가를 치러야 한다는 겁니까?"

"부탁하건대, 와프 님, 이 방에서는 그런 바보 같은 속임수를 그만두십시오. 우리 둘 다 알고 있는 사실들을 피할 수는 없습니다."

"이를테면 어떤?"

"베네 틀레이랙스의 여성이 교배를 위해 우리에게 제공된 적이 한 번도 없습니다." 그녀는 이 말을 하고 나서 속으로 생각했다. '이 말 때문에 식은땀을 좀 흘려보라지!' 틀레이랙스의 '다른 기억들'을 가지고 베네 게세리트의 조사를 할 수 없다는 사실은 진저리가 처질 정도로 울화통이 터지는 일이었고, 와프는 이제 그것을 알게 될 터였다.

와프가 못마땅한 표정을 지었다. "설마 내가 흥정을 할 거라고는 생각하지 않……." 그는 말을 끊고 고개를 가로저었다. "당신들이 요구하는 대가가 이런 것이라니 믿을 수가 없습니다."

타라자가 대답을 하지 않자 와프가 말했다. "라키스 신전에 대한 미련한 공격은 현장에 있던 사람들이 독자적으로 저지른 짓입니다. 그들은 이미 처벌을 받았습니다."

'이미 예상했던 세 번째 수로군.' 타라자는 생각했다.

그녀는 이 회담에 오기 전에 수많은 분석 브리핑에 참석했다. 그런 것을 브리핑이라고 부를 수 있다면 말이지만. 온갖 분석이 넘쳐났다. 틀레이랙스의 주인이라는 이 틸위트 와프에 대해 알려진 것은 거의 없었다. 지극히 중요한 몇 가지 임의적인 전망들이 추론에 의해 도출되었다(만약 그 추론들이 사실로 판명된다면 말이지만). 문제는 가장 흥미를 끄는 데이터 중 일부가 믿을 수 없는 정보원에게서 나왔다는 점이었다. 그러나 한 가지 두드러진 사실만은 믿을 만했다. 그녀의 앞에 앉아 있는 저 장난꾸러기 꼬마 요정 같은 인물이 무시무시한 존재라는 사실.

와프의 '세 번째 수'가 그녀의 주의를 끌었다. 이제 반응을 보일 때였다. 타라자는 알 만하다는 미소를 지었다.

"당신이 바로 그런 거짓말을 할 거라고 예상했습니다." 그녀가 말했다.

"모욕으로 얘기를 시작하자는 겁니까?" 그가 시큰둥하게 말했다.

"당신이 그렇게 만든 겁니다. 내 미리 경고를 하지요. 당신은 대이동에서 돌아온 그 매춘부들을 처리했던 것과 같은 방식으로 우리를 처리할 수 없을 겁니다."

와프의 얼어붙은 시선이 대담한 수를 던지라고 타라자를 유혹했다. 익스의 회의용 우주선이 사라져버렸다는 사실을 어느 정도 바탕에 둔 교단의 추론은 정확했다! 그녀는 똑같은 미소를 계속 유지한 채 이제 마치 이미 다 알려진 사실을 다루듯이 임의적인 추론을 밀어붙였다. "내 생각엔, 그 매춘부들이 자기들 사이에 얼굴의 춤꾼이 있다는 사실을 알고 싶어 할 것 같습니다만." 그녀가 말했다.

와프는 분노를 억눌렀다. '이 망할 놈의 마녀들 같으니! 그걸 알아내다니! 어떻게 알아낸 거야!' 그의 평의회 의원들은 이번 회담에 대해 지극히 회의적이었다. 상당한 숫자의 소수파가 이 회담에 대한 반대 의견을 내놓았다. 이 마녀들은 너무…… 너무 사악했다. 게다가 그들의 보복은 또 어떠한가!

'그의 주의를 가무로 돌려놓을 때가 됐다. 계속 그의 허를 찔러야 해.' 타라자는 생각했다. "당신들은 가무에서 슈왕규에게 했듯이, 우리들 중 한 사람을 망가뜨린다 해도 가치 있는 것을 하나도 알아내지 못할 겁니다!" 그녀가 말했다.

와프가 이글거리는 시선으로 말했다. "그녀는 우리를…… 우리를 무슨 암살자 부대처럼 '고용'할 생각이었습니다! 우린 그녀에게 교훈을 하나 가르쳐주었을 뿐이에요!"

'아아, 저자의 자존심이 저절로 모습을 드러냈군. 재미있어. 저런 자존

심의 뒤에 있는 도덕적 구조의 함축적 의미를 반드시 조사해 봐야겠다.'
타라자는 생각했다.

"당신들은 결코 우리 교단 속으로 제대로 침투한 적이 없습니다." 타
라자가 말했다.

"당신들도 틀레이랙스에 침투한 적이 없습니다!" 와프는 그럭저럭 봐
줄 수 있을 만큼 차분한 태도로 이런 자랑의 말을 하는 데 가까스로 성공
했다. 그에게는 생각할 시간이 필요했다! 계획을 세울 시간이!

"어쩌면 당신이 우리의 침묵의 대가를 알고 싶어 할지도 모르겠군요."
타라자가 제안했다. 그녀는 눈을 부릅뜬 채 꼼짝도 하지 않는 와프의 태
도를 동의의 뜻으로 받아들이고 말을 덧붙였다. "우선 당신들은 스스로
를 명예의 어머니라고 부르는, 저 대이동이 낳은 매춘부들에 대해 당신
들이 알아낸 모든 것을 우리와 함께 나눠야 할 겁니다."

와프는 부르르 몸을 떨었다. 명예의 어머니를 죽임으로써 많은 것이 이
미 확인된 바 있었다. 그 성적인 복잡성이라니! 오로지 가장 강한 영혼을
가진 사람만이 그런 황홀경 속에 얽혀 들지 않고 저항할 수 있을 것이다.
이 도구의 잠재력은 엄청났다! 그걸 이 마녀들과 함께 나눠야 한다고?

"당신들이 그들에게서 알아낸 '모든 것'입니다." 타라자가 고집스럽게
말했다.

"왜 그들을 매춘부라고 부르는 겁니까?"

"그들은 우리를 흉내 내려 하지만, 힘을 위해 스스로를 팔아넘기고 우
리가 상징하는 모든 것을 조롱거리로 만듭니다. 명예의 어머니라니요!"

"그들은 당신들보다 적어도 1만 배쯤 더 많습니다! 우린 그 증거를 보
았어요."

"우리 중 한 사람이 그들 모두를 물리칠 수도 있습니다." 타라자가 말

했다.

와프는 말없이 앉아서 그녀를 유심히 살펴보았다. 저건 단순한 허풍인가? 베네 게세리트 마녀들에 관한 한 확신할 수 있는 것은 하나도 없었다. 그들은 이런저런 일들을 했다. 마법적 우주의 어두운 면이 그들에게 속해 있었다. 마녀들이 샤리아트를 무력하게 만들어버린 것이 한두 번이 아니었다. 진정한 믿음을 가진 자들이 또 다른 시련을 통과하게 만드는 것이 신의 의지인가?

타라자는 침묵이 스스로 긴장을 쌓으며 지속되도록 내버려두었다. 그녀는 와프의 혼란을 감지했다. 이번 회담을 준비하기 위해 열렸던 교단의 예비 회의가 생각났다. 그때 벨론다가 단순하다고 생각해 버리기 쉬운 질문을 던졌다.

"우리가 틀레이랙스 인에 대해 '정말로' 알고 있는 것이 무엇입니까?"

타라자는 참사회 회의 탁자에 둘러앉은 모든 사람들의 머릿속으로 대답이 치밀어 오르고 있음을 느낄 수 있었다. '우리는 그들이 우리에게 알려주고 싶어 하는 것만 확실히 아는 것 같다.'

그녀의 분석관들 중 어느 누구도 틀레이랙스 인이 일부러 자신들의 실체를 가리는 가면의 이미지를 만들어냈다는 의혹을 피할 수 없었다. 틀레이랙스 인의 지능을 파악하려면, 그들만이 악솔로틀 탱크의 비밀을 장악하고 있다는 사실을 고려해야 했다. 누군가 말했듯이, 그들이 이런 행운을 우연히 얻게 된 것인가? 그렇다면 지금까지 수천 년 동안 다른 사람들이 그들과 똑같은 성과를 올릴 수 없었던 이유가 무엇인가?

'골라들.'

틀레이랙스 인은 스스로 불사의 생명을 누리기 위해 골라 제조 방법을 이용하고 있는 것인가? 그녀는 와프의 행동에서 암시적인 의미가 담긴 힌트들을 볼 수 있었다……. 확실한 것은 하나도 없었지만, 대단히 미심쩍은 힌트들이었다.

참사회 회의에서 벨론다는 기본적인 의혹을 계속 제기하면서 연거푸 공격했다. "모두 그렇습니다…… 모두 그렇다고요! 우리 기록 보관소에 있는 모든 것이 슬리그의 사료밖에 안 되는 쓰레기일 수도 있습니다!"

이 비유 때문에 비교적 느긋한 자세로 탁자에 둘러앉아 있던 대모들 중 일부가 몸을 부르르 떨었다.

'슬리그라니!'

거대한 민달팽이와 돼지 사이의 잡종으로 느리게 바닥을 기어 다니는 그 녀석들이 이 우주에서 가장 값비싼 요리를 위해 고기를 제공해 주는지는 몰라도, 교단의 입장에서는 교단이 틀레이랙스에 대해 혐오스럽다고 생각하는 모든 것을 구현하고 있는 생물이었다. 슬리그는 베네 틀레이랙스가 초창기에 물물교환의 대상으로 내놓은 품목 중의 하나였다. 틀레이랙스의 수조 속에서 자란 그들은 모든 생명체가 지닌 형태의 근간인 나선형을 핵심부에 품고 있었다. 베네 틀레이랙스가 그들을 만들었다는 사실은, 여러 개의 입으로 거의 모든 종류의 쓰레기를 끊임없이 갈아서 돼지우리 같은 냄새를 풍길 뿐만 아니라 끈적거리기까지 하는 대변으로 재빨리 변화시키는 그 생물을 한층 더 역겨운 존재로 만들었다.

"천국의 이편에서 가장 감미로운 고기." 벨론다는 초암의 선전 문구를 인용했다.

"그리고 그 고기는 역겨운 것에서 나오지요." 타라자는 이렇게 덧붙였다.

'역겨운 것.'

타라자는 와프를 빤히 바라보면서 이런 생각을 했다. 사람들이 스스로 역겨움의 가면을 뒤집어쓴다면 그 이유가 도대체 무엇일까? 와프가 섬광처럼 보여준 자부심은 그런 이미지와 깔끔하게 맞아떨어지지 않았다.

와프가 손을 입에 대고 가볍게 기침을 했다. 자신이 강력한 화살 발사 장치 두 개를 감춰놓은 솔기에서 압박감이 느껴졌다. 평의회의 소수파 의원들은 그에게 이런 조언을 해주었다. "명예의 어머니의 경우와 마찬가지로, 베네 게세리트와의 이번 만남에서 승자는 상대에 대한 가장 비밀스러운 정보를 손에 쥐게 될 겁니다. 상대의 죽음이 성공을 보장합니다."

'내가 저 여자를 죽일 수는 있겠지만, 그다음에는?'

완전한 대모 세 명이 저 해치 밖에서 대기하고 있었다. 타라자는 해치가 열리는 순간 보낼 신호를 틀림없이 준비해 두었을 것이다. 그 신호가 없으면 폭력과 재앙이 틀림없이 발생할 터였다. 그는 아무리 신품종 얼굴의 춤꾼들이라도 저 밖의 대모들을 제압할 수 있을 거라고는 단 한순간도 믿지 않았다. 마녀들은 완전한 경계 태세를 취하고 있을 것이다. 그들은 와프가 데려온 경호원들의 본질을 이미 알고 있을 터였다.

"정보를 나눠드리겠습니다." 와프가 말했다. 이 말에 내포되어 있는 자백이 가슴 아팠지만, 아무리 보아도 대안이 없었다. 상대적인 능력에 대한 타라자의 허풍은 너무 극단적이어서 어쩌면 부정확한 것일 수도 있었다. 그러나 그는 그 말에서 여전히 진실을 감지했다. 그는 명예의 어머니들이 자신의 사절단에게 정말로 무슨 일이 일어났는지 알게 된다면 어떤 사태가 발생할지에 대해 환상을 품지 않았다. 비우주선이 사라진 것을 아직 틀레이랙스의 탓으로 돌릴 수는 없을 것이다. 우주선이 사라지는 건 보통 있는 일이었다. 그러나 고의적인 암살은 완전히 다른 문제였다. 명예의 어머니들은 그런 건방진 적을 틀림없이 말살해 버리려 들 것이다. 오로지 일벌백계만을 위해서라도. 대이동에서 돌아온 틀레이랙스 인들도 같은 얘기를 했다. 와프는 명예의 어머니를 만나보았기 때문에 지금은 그들의 이야기를 믿고 있었다.

타라자가 말했다. "이번 회담에서 내 두 번째 의제는 우리의 골라입니다."

와프는 의자에 앉은 채 어색하게 몸을 옴죽거렸다.

타라자는 와프의 자그마한 눈과 들창코가 있는 둥근 얼굴, 그리고 지나치게 날카로운 치아에 혐오감을 느꼈다.

"당신들은 당신들이 단 하나의 요소를 제공하는 것 외에 다른 역할을 전혀 하지 못하는 프로젝트의 움직임을 통제하기 위해 우리 골라들을 죽여왔습니다." 타라자가 비난했다.

와프는 그녀를 죽여야 할지 다시 한번 생각해 보았다. 이 저주받을 마녀들에게는 아무것도 숨길 수 없단 말인가? 베네 게세리트가 틀레이랙스 핵심부에 반역자를 심어두었다는 암시를 그냥 무시해 버릴 수는 없었다. 그렇지 않고서야 그들이 어찌 이런 사실들을 알 수 있겠는가?

그가 말했다. "내가 보장하건대, 최고 대모님, 골라는……."

"내게 아무것도 보장하지 마세요! 확인은 우리가 합니다." 타라자는 슬픈 표정을 지으며 천천히 고개를 가로저었다. "당신들이 우리에게 손상된 물건을 팔았다는 걸 우리가 모른다고 생각하시는 모양입니다."

와프는 재빨리 말을 받았다. "그 아이는 계약서에 명시된 모든 요건을 충족시키고 있습니다!"

타라자는 다시 한번 고개를 가로저었다. 이 자그마한 틀레이랙스의 주인은 자기가 지금 무엇을 폭로하고 있는지 전혀 모르는 모양이었다. "당신들은 당신들 자신의 계획을 그 아이의 머릿속에 묻어놓았습니다. 경고하겠습니다, 와프 님. 당신들이 '개조'해 놓은 것 때문에 우리 계획이 방해를 받는다면 우리는 당신들에게 상상도 할 수 없을 만큼 깊은 상처를 입힐 겁니다."

와프는 손으로 얼굴을 쓸었다. 이마에 땀이 나는 것이 느껴졌다. 저주받을 마녀들 같으니! 그러나 그녀가 모든 것을 알고 있는 것은 아니었다. 틀레이랙스 인들이 대이동에서 돌아왔고, 타라자가 그토록 신랄하게 헐뜯는 명예의 어머니들은 성(性)을 탄약으로 삼은 무기를 틀레이랙스에 제공해 주었다. 여기서 그 어떤 약속이 이루어지더라도 그 무기의 존재를 베네 게세리트에게 알려주는 일은 절대로 없을 것이다!

타라자는 와프의 반응을 말없이 받아들이고 대담한 거짓말을 하기로 결정했다. "우리가 당신들의 그 익스 산 회의용 우주선을 포획했을 때, 신품종 얼굴의 춤꾼들은 그리 빨리 죽어버리지 않았습니다. 덕분에 우리가 많은 것을 알아냈지요."

와프는 금방이라도 폭력을 휘두를 수 있도록 자세를 갖췄다.

'이거야!' 타라자는 생각했다. 이 대담한 거짓말 덕분에, 그녀의 자문들이 내놓은 터무니없는 의견들 중 하나를 확인할 수 있는 길이 열렸다. 지금은 그 의견이 터무니없어 보이지 않았다. "틀레이랙스 인들의 야망은 프라나 빈두를 완벽하게 모방할 수 있는 자를 만들어내는 것입니다." 이것이 그녀의 자문이 내놓은 의견이었다.

"완벽하게?"

회의에 참석한 모든 자매들은 이 의견에 경악했다. 이 말은 그들이 이미 알고 있는 기억의 각인을 훨씬 뛰어넘는 정신적 복제를 암시하고 있었다.

이 의견을 내놓은 기록 보관소의 헤스테리온 자매는 자신의 의견을 뒷받침해 주는 자료들을 확실하게 연결시킨 목록을 내놓았다. "익스 탐침이 기계적으로 어떤 작용을 하는지, 틀레이랙스 인들이 신경과 육체에 무슨 짓을 하는지는 이미 알고 있습니다. 그다음 단계가 무엇인지는 분명합니다."

타라자는 자신의 대담한 거짓말에 대한 와프의 반응을 보면서 계속해서 그를 조심스럽게 관찰했다. 그는 지금 가장 위험한 상태였다.

분노의 표정이 와프의 얼굴에 떠올랐다. 마녀들은 너무 위험한 사실들을 알고 있었다! 그는 타라자의 주장을 조금도 의심하지 않았다. '내게 어떤 결과가 미치든 난 반드시 저 여자를 죽여야 한다! 우린 반드시 저들을 모두 죽여버려야 해. 저주스러운 존재들! 그들이 사용하는 이 단어가 그들을 완벽하게 표현해 주고 있어.'

타라자는 그의 표정에 담긴 의미를 제대로 해석하고 재빨리 말했다. "당신들이 우리 계획을 손상시키지 않는 한, 우리는 절대 당신들을 해치지 않습니다. 당신들의 종교, 당신들의 생활 방식, 그런 것들은 우리가 간섭할 일이 아닙니다."

와프는 머뭇거렸다. 타라자의 말 때문이라기보다는 그녀의 능력이 생각났기 때문이었다. 저들은 또 무엇을 알고 있는 걸까? 그래도 이렇게 비굴한 태도를 계속 유지해야 하다니! 명예의 어머니들과 그런 동맹을 맺지 않겠다고 거절해 놓고서. 수천 년의 세월이 흐른 끝에 패권에 이토록 가까워졌는데. 당혹감이 그의 머릿속을 가득 채웠다. 평의회 소수파 의원들의 말이 결국 옳았다. "민족들 사이에 유대는 존재할 수 없습니다. 포윈다 세력과 협정을 맺는 것은 악을 바탕으로 한 결합입니다."

타라자는 그에게 폭력이 잠재해 있음을 여전히 느끼고 있었다. 그녀가 그를 너무 많이 몰아붙인 것인가? 그녀는 방어 자세를 갖췄다. 그의 팔이 저도 모르게 움찔거리는 모습이 그녀를 긴장시켰다. '소매 속에 무기가 있어!' 틀레이랙스 인들의 재주는 절대 과소평가할 수 없는 것이었다. 아까 그녀의 탐지기들은 아무것도 탐지해 내지 못했다.

"우린 당신이 가지고 있는 무기에 대해 알고 있습니다." 그녀가 말했다. 또 다른 대담한 거짓말이 그녀의 머리에 떠올랐다. "지금 당신이 실수를 저지른다면, 당신이 그 무기를 어떻게 사용하는지 저 매춘부들도 알게 될 겁니다."

와프는 얕게 세 번 숨을 들이쉬었다. 다시 입을 열었을 때, 그는 다시 자신을 통제하고 있었다. "우리는 베네 게세리트의 종이 되지 않을 겁니다!"

타라자는 달래는 듯한 목소리로 평온하게 대답했다. "나는 말로든 행동으로든 당신에게 그런 역할을 암시한 적이 없습니다."

그녀는 기다렸다. 와프의 표정에는 아무런 변화가 없었다. 그가 그녀에게 보내고 있는, 초점이 맞지 않는 이글거리는 시선에도 전혀 변화가 없었다.

"당신은 우리를 협박하고 있습니다." 그가 투덜거리듯 말했다. "당신은 우리가 모든 것을 함께 나눠야……."

"그래요, 나누는 겁니다! 사람은 동등하지 않은 파트너하고는 아무것도 함께 나누지 않습니다." 그녀가 날카롭게 소리쳤다.

"그럼 당신들은 우리와 무엇을 나눌 겁니까?" 그가 다그치듯 물었다.

그녀는 어린아이를 꾸짖는 듯한 어조로 말했다. "와프 님, 당신네 과두 정치 체제의 통치 집단에 속한 당신이 왜 이 회담을 하러 왔는지 스스로에게 물어보셨습니까?"

와프는 여전히 단단하게 통제된 목소리로 반격했다. "그럼 베네 게세리트의 최고 대모님, 당신은 왜 여기에 오셨습니까?"

그녀는 부드러운 목소리로 말했다. "우리를 강하게 만들기 위해서입니다."

"당신은 우리와 무엇을 나눌 건지 말하지 않았습니다. 아직도 유리한 위치를 바라는 겁니다." 그가 비난했다.

타라자는 계속해서 그를 조심스럽게 관찰했다. 그녀가 사람에게서 저토록 억압된 분노를 감지하는 경우는 좀처럼 없었다. "당신이 원하는 것을 내게 솔직하게 요구하십시오." 그녀가 말했다.

"그럼 당신은 아주 너그러운 마음으로 그것을 주시겠군요!"

"난 협상을 할 겁니다."

"협상 따위가 뭡니까? 당신이 내게 명령을…… 명령을 하는데……."

"당신은 우리가 어떤 협정을 맺든 그걸 모두 깨뜨리겠다는 굳은 결심을 안고 이곳에 왔습니다. 당신은 단 한 번도 협상을 시도하지 않았어요! 당신과 기꺼이 흥정할 생각을 가진 사람 앞에 앉아 있는데도 오로지……."

"흥정이라고요?" 이 말 때문에 와프의 생각이 명예의 어머니의 분노에 대한 기억으로 내동댕이쳐졌다.

"그렇습니다. 흥정." 타라자가 말했다.

와프의 입가가 움찔거리며 미소처럼 보이는 표정을 지었다. "내가 당신과 흥정할 권한을 갖고 있다고 생각하십니까?"

"조심하세요, 와프 님. 당신은 최고의 권한을 갖고 있습니다. 상대를 철저하게 파괴해 버릴 수 있는 그 결정적인 능력 안에 바로 그런 권한이 있는 겁니다. 그런 협박을 한 건 당신입니다. 내가 아니라." 그녀는 그의 소매를 흘깃 바라보았다.

와프는 한숨을 쉬었다. 이렇게 난처할 데가 있나. 그녀는 포윈다였다! 어떻게 포윈다와 흥정을 할 수 있단 말인가?

"우리는 합리적인 수단으로 해결될 수 없는 문제를 갖고 있습니다." 타라자가 말했다.

와프는 놀라움을 감췄다. 이건 명예의 어머니가 했던 말과 똑같았다! 그는 이것이 의미하는 바를 생각하며 속으로 움찔했다. 혹시 베네 게세리트와 명예의 어머니들이 공통의 대의를 갖고 있는 걸까? 타라자의 신랄한 태도는 그렇지 않다고 말하고 있었지만 마녀들을 어찌 믿을 수 있겠는가?

와프는 이 마녀를 제거하기 위해 감히 자신을 희생할 것인지 다시 한번 생각해 보았다. 그런 행동이 무슨 소용이 있을까? 다른 베네 게세리트들도 틀림없이 그녀만큼 알고 있을 것이다. 그렇다면 그런 행동은 재앙을 재촉하는 결과만을 낳을 것이다. 마녀들 사이에 내분이 있었지만, 생각해 보면 그것 역시 책략에 불과할 수도 있었다.

"당신은 우리에게 뭔가를 함께 나눠야 한다고 요구했습니다. 내가 당신에게 우리의 귀한 인간 혈통 일부를 제공하는 건 어떻습니까?"

와프의 관심이 반짝 살아나는 모습이 역력했다.

그가 말했다. "우리가 왜 그런 것을 얻으려고 당신들에게 가야 한단 말입니까? 우리에게도 실험용 수조가 있고, 우리는 거의 모든 곳에서 유전자 표본을 채취할 수 있습니다."

"어떤 표본 말입니까?" 그녀가 물었다.

와프는 한숨을 쉬었다. 베네 게세리트의 예리함으로부터 도망칠 수 있는 사람은 아무도 없었다. 그 예리함은 마치 칼을 불쑥 내미는 것과 같았다. 그는 자신이 그녀에게 뭔가 사실들을 드러냈고, 그 때문에 이런 화제가 자연스럽게 나오게 된 것 같다고 짐작했다. 이미 엎질러진 물이었다. 그녀는 생명의 가장 내밀한 언어에 대해 한층 더 정교한 지식을 갖고 있는 틀레이랙스 인들에게 아무 데서나 구할 수 있는 유전자는 거의 관심 거리가 되지 못한다는 사실을 올바르게 추론해 냈다. (아니, 어쩌면 첩자들이 그녀에게 알려준 것인지도 몰랐다!) 베네 게세리트나 그들의 유전자 교배 프로그램에서 생겨난 존재들을 과소평가하는 것은 결코 도움이 되지 못했다. 그들이 무앗딥과 예언자를 만들어냈음을 신도 알고 있었다!

"그 교환 대가로 더 무엇을 요구할 생각입니까?" 그가 물었다.

"드디어 흥정이 이루어지는군요! 내 말이 아트레이데스 혈통의 교배 모(母)들을 제공하겠다는 뜻이라는 걸 당신도 물론 알겠지요." 타라자는 이 말을 하고 나서 속으로 생각했다. '저자가 그것에 대해 희망을 품게 하는 거다! 아트레이데스처럼 보이지만 아트레이데스가 아닌 자들을 보내면 돼!'

와프는 자신의 심장 박동이 빨라지는 것을 느꼈다. 이게 가능성이 있는 얘기인가? 그녀는 틀레이랙스 인들이 그런 원천적인 자료를 조사함으로써 무엇을 알아낼 수 있을지 조금도 모르는 건가?

"우리는 그들의 자손 중 1차로 선택된 사람들을 갖고 싶습니다." 타라자가 말했다.

"안 됩니다!"

"그럼 1차로 선택된 자들을 한 번 걸러 한 번씩 제공하는 건?"

"어쩌면 가능할지도."

"무슨 뜻입니까? 어쩌면이라니?" 그녀가 몸을 앞으로 기울였다. 와프의 격렬한 반응은 그녀가 굉장히 중요한 단서를 잡았음을 알려주었다.

"우리에게 그 밖에 또 무엇을 요구할 겁니까?"

"우리가 제공한 교배모들이 당신들의 유전자 실험실에 아무런 제한 없이 접근할 수 있게 해줘야 합니다."

"제정신입니까?" 와프는 격분해서 고개를 흔들었다. 틀레이랙스 인이 자기들의 가장 강력한 무기를 그렇게 간단하게 넘겨줄 거라고 생각하는 건가?

"그 후에 우리에게 완벽하게 작동하는 악솔로틀 탱크를 하나 주십시오."

와프는 그녀를 빤히 바라보기만 할 뿐이었다.

타라자는 어깨를 으쓱했다. "한번 해본 얘깁니다."

"그러셨겠지요."

타라자는 뒤로 물러나 앉으며 자신이 여기서 알아낸 것을 검토해 보았다. 그를 탐색하기 위해 던진 젠수니의 표현에 대한 와프의 반응은 흥미로운 것이었다. '합리적인 수단으로 해결될 수 없는 문제'라는 말. 이 말이 그에게서 미묘한 반응을 일으켰다. 마치 그가 내면의 어딘가에 들어가 있다가 밖으로 솟구쳐 나오는 것 같았다. 그의 눈에 의문이 담겨 있었다. '신들이시여 저희를 지켜주소서! 와프가 비밀스러운 젠수니인 건가?'

어떤 위험이 있더라도 이 점을 반드시 조사해 보아야 했다. 라키스에 있는 오드레이드에게 최대한 많은 이점들을 제공해 줄 필요가 있었다.

"오늘은 이 정도가 최선인 것 같군요. 흥정을 마무리 지어야 할 때가 있는 법입니다. 무한한 자비의 신만이 무슨 일이든 일어날 수 있는 무한한 우주를 우리에게 주셨습니다." 타라자가 말했다.

와프는 미처 생각도 해보기 전에 한 번 손뼉을 부딪혔다. "상대를 놀라게 하는 선물이야말로 최고의 선물이지요!" 그가 말했다.

'그냥 젠수니가 아냐. 수피이기도 하다. 수피라니!' 타라자는 틀레이랙스 인에 대한 자신의 시각을 다시 조정하기 시작했다. '저들은 도대체 언제부터 이런 것을 가슴에 품고 있었던 걸까?'

"시간은 스스로를 헤아리지 않습니다. 우리는 아무 원이든 원을 바라보기만 하면 되지요." 타라자가 탐색하듯이 말했다.

"태양들은 원입니다. 각각의 우주는 원입니다." 와프는 이렇게 말하고 나서 숨을 죽인 채 그녀의 대답을 기다렸다.

"원은 둘러싸는 것입니다. 무엇이든 둘러싸고 한계를 정하는 것은 반드시 스스로를 무한에게 노출시키는 법입니다." 타라자는 자신의 '다른 기억들'에서 적절한 응답을 찾아내서 말했다.

와프는 양손을 들어 올려 그녀에게 손바닥을 보여준 다음 팔을 무릎 위로 내렸다. 긴장해서 솟아 있던 그의 어깨에서 힘이 조금 빠졌다. "왜 처음부터 이런 얘기를 하지 않으셨습니까?" 그가 물었다.

'아주 조심해야겠어.' 타라자는 스스로에게 주의를 주었다. 와프의 말과 태도에 드러난 고백을 신중하게 검토할 필요가 있었다.

"우리가 좀더 솔직하게 얘기하지 않는다면 우리 사이에 오간 말은 아무것도 밝혀주지 않습니다. 그리고 솔직하게 얘기한다 해도 우리가 사용할 수 있는 것은 말뿐이겠지요." 그녀가 말했다.

와프는 그녀의 얼굴을 유심히 살피며 그 베네 게세리트의 가면 속에서 그녀의 말과 태도가 암시하는 사실들을 확인하려고 애썼다. 그녀가 포윈다라는 사실을 그는 자신에게 일깨웠다. 포윈다들은 결코 믿을 수 없는 존재였다…… 하지만 만약 그녀도 '위대한 믿음'을 갖고 있다면…….

"신께서는 예언자를 라키스로 보내 그곳에서 우리를 시험하고 가르치려 하신 게 아닙니까?" 그가 물었다.

타라자는 '다른 기억들' 속으로 깊이 파고들었다. '라키스의 예언자? 무앗딥인가? 아냐…… 그건 수피의 믿음과도, 젠수니의 믿음과도 일치하지 않아…….'

폭군! 그녀는 냉혹한 표정으로 입을 다물었다. "사람은 자기가 통제할 수 없는 것을 반드시 받아들여야 합니다." 그녀가 말했다.

"그것이 틀림없이 신의 역사하심이니까요." 와프가 말했다.

타라자가 지금까지 듣고 본 것만으로도 충분했다. 보호 선교단 덕분에 그녀는 지금까지 알려진 모든 종교를 속속들이 알고 있었다. '다른 기억들'은 이 지식을 더 강화시키고, 빈틈을 메워주었다. 그녀는 이 방에서 무사히 도망쳐야 한다는 커다란 욕구를 느꼈다. 오드레이드에게 반드시 경고를 해야 했다!

"내가 제안을 하나 해도 되겠습니까?" 타라자가 물었다.

와프는 정중하게 고개를 끄덕였다.

"어쩌면 우리가 상상했던 것보다 더 커다란 유대를 맺을 수 있는지도 모르겠습니다. 당신에게 라키스에 있는 우리 성의 호의와 그곳에 있는 우리 지휘관의 도움을 제공하겠습니다." 그녀가 말했다.

"아트레이데스입니까?" 그가 물었다.

"아닙니다." 타라자는 거짓말을 했다. "하지만 물론, 우리 교배 감독관들에게 당신이 필요로 하는 바를 알려두겠습니다."

"그럼 저는 당신에게 지불을 하기 위해 필요한 것들을 모으겠습니다. 왜 이 흥정이 라키스에서 마무리되어야 하는 겁니까?" 그가 말했다.

"그곳이 적절한 장소가 아닙니까? 예언자의 고향에서 누가 거짓을 말할 수 있겠습니까?" 그녀가 물었다.

와프는 양팔을 무릎 위에 편안히 놓은 채 뒤로 등을 기댔다. 타라자는 틀림없이 적절하게 대답하는 법을 알고 있었다. 이건 그가 한 번도 예상치 못했던 새로운 사실이었다.

타라자가 일어섰다. "우리들은 각자 신께 직접 귀를 기울입니다." 그녀가 말했다.

'그리고 켈 속에 함께 있지.' 그는 생각했다. 그는 그녀가 포윈다라는 사실을 자신에게 일깨우며 그녀를 올려다보았다. 포윈다들 중에 믿을 수 있는 사람은 하나도 없었다. '조심해야 해!' 이 여자는 어쨌든 베네 게세리트의 마녀였다. 그들은 자신의 목적을 위해 종교를 만들어낸다고 알려져 있었다. '포윈다!'

타라자는 해치로 다가가 해치를 열고 안전하다는 신호를 보냈다. 그리고 아직도 의자에 앉아 있는 와프를 향해 다시 시선을 돌렸다. '저자는 우리의 진정한 계획을 꿰뚫어 보지 못했다. 우리가 저자에게 보낼 사람들을 고를 때 지극히 신중을 기해야 해. 자기가 우리의 미끼 중 일부라는 사실을 저자가 짐작하게 해서는 절대 안 돼.'

와프는 장난꾸러기 꼬마 요정 같은 얼굴에 차분한 표정을 짓고 그녀를 마주 바라보았다.

저렇게 부드러운 표정이라니. 타라자는 생각했다. 그러나 그를 함정에 빠뜨리는 건 가능한 일이었다! 교단과 틀레이랙스의 동맹에는 새로운 매력이 있었다. '하지만 조건은 우리가 정해!'

"라키스에서 만납시다." 그녀가 말했다.

어떤 사회적 유전형질이 대이동과 함께 밖으로 나갔는가? 우리는 그 시대를 자세하게 알고 있다. 우리는 그 시대의 정신적 배경과 물리적 배경을 모두 알고 있다. '잃어버린 자들'은 주로 인력과 하드웨어에만 제한된 의식(意識)을 가지고 떠났다. '자유'의 신화에 밀려서 팽창할 수 있는 공간에 대한 절박한 욕구가 있었다. 대부분의 사람들은 폭군의 더 심오한 교훈, 즉 폭력이 스스로의 한계를 구축한다는 사실을 배우지 못했다. 대이동은 성장(팽창)으로 해석된, 거칠고 무작위적인 움직임이었다. 대이동을 선동한 것은 정체(停滯)와 죽음에 대한 (대개 무의식적인) 깊은 두려움이었다.

—대이동: 베네 게세리트 분석(기록 보관소)

오드레이드는 활 모양으로 불룩 내밀어진 창의 창턱에 몸을 쭉 펴고 옆으로 누워 있었다. 그녀의 뺨이 따스한 플라즈에 가볍게 닿아 있었고, 그 플라즈를 통해 킨의 대광장이 보였다. 그녀의 등을 받치고 있는 것은 빨간 쿠션이었는데, 라키스의 많은 물건들이 그러하듯이 그 쿠션에서도 멜란지 냄새가 났다. 그녀의 뒤로는 방이 세 개 있었다. 그들은 작지만 효율적이었으며, 신전과 베네 게세리트 성으로부터 모두 한참 떨어져 있었다. 이처럼 거리를 둔 것은 교단이 사제들과 맺은 협정에 따른 것이었다.

"시이나를 더 안전하게 보호해야 합니다." 오드레이드는 이렇게 고집을 부렸다.

"그분을 교단의 보호에만 맡길 수는 없습니다!" 튜엑이 반대했다.

"사제들에게 맡길 수도 없지요." 오드레이드가 반격했다.

오드레이드가 밖을 내다보고 있는 이 창문으로부터 6층 아래에서는 거대한 시장이 느슨하게 정돈된 혼란스러운 모습으로 뻗어 나가 대광장을 거의 다 차지하고 있었다. 기울어가고 있는 태양의 은빛 섞인 노란빛이 그 풍경을 눈부시게 씻어 내리면서 천개(天蓋)의 색깔들을 두드러지게 만들고, 고르지 못한 땅 위로 기다란 그림자를 그려냈다. 여기저기 뭉쳐 있는 사람들이 누덕누덕한 양산과 엉망진창으로 진열되어 있는 상품들 주위에서 밀치락달치락하는 곳에서는 햇빛 속에 탁한 먼지가 섞여 있었다.

대광장은 정사각형이 아니었다. 광장은 시장을 에워싸고 오드레이드의 창문 앞쪽으로 꼬박 1킬로미터쯤 뻗어 있었으며, 좌우의 길이는 족히 그 두 배였다. 즉, 단단하게 다진 흙과 오래된 돌로 만들어진 거대한 직사각형이었다. 혹시라도 싸게 물건을 살 수 있을까 하는 마음에 한낮의 열기에 맞서 물건을 사러 나온 사람들이 광장의 흙과 돌을 휘저어 지독한 먼지를 피워 올렸다.

저녁이 다가옴에 따라 다른 느낌의 활기가 오드레이드의 아래쪽에서 펼쳐졌다. 더 많은 사람이 시장으로 들어왔고, 시장의 맥박도 더 흥분에 들떠 빨라졌다.

오드레이드는 고개를 갸우뚱하게 기울인 채 날카로운 시선으로 자신이 있는 건물 근처의 땅바닥을 응시했다. 그녀의 창문 바로 아래에 있던 상인들 중 일부가 자리를 벗어나 근처에 있는 자신들의 숙소까지 한들 한들 가 있었다. 그들은 식사를 하고 짧은 낮잠을 즐긴 후 밖에 나와 있는 사람들이 목구멍을 태워버릴 듯 뜨거운 공기를 들이마시지 않아도 되는 이 소중한 시간을 최대한 이용할 준비를 갖춘 채 곧 자기 자리로 돌아갈 터였다.

시이나가 늦어지고 있음을 오드레이드는 눈치챘다. 사제들은 감히 더 이상 지체하지 못할 것이다. 그들은 지금 정신없이 움직이면서 시이나에게 질문을 쏘아대고, 그녀가 신의 교회에 파견된 신의 사자라는 점을 기억하라고 훈계를 늘어놓고 있을 터였다. 시이나에게 많은 부자연스러운 충성의 맹세들을 일깨울 테지만, 앞으로 오드레이드가 그 하찮은 것들을 샅샅이 찾아내서 웃음거리로 만든 다음 적절한 시각으로 바라볼 수 있게 만들 것이다.

오드레이드는 등을 둥글게 구부리고 긴장을 풀기 위한 자그마한 수련법을 1분 동안 말없이 실시했다. 그녀는 시이나에 대한 어느 정도의 연민을 인정했다. 아이의 생각은 지금 혼란에 빠져 있을 터였다. 시이나는 자신이 대모의 완전한 피후견인이 된 후 무슨 일이 벌어질지 거의 혹은 전혀 모르고 있었다. 그 어린 머릿속에는 분명히 근거 없는 속설과 기타 잘못된 정보가 어지럽게 흩어져 있을 것이다.

'옛날에 내 머릿속이 그랬던 것처럼.' 오드레이드는 생각했다.

지금과 같은 순간이면 과거의 기억을 피할 수가 없었다. 그녀가 당면한 과제는 분명했다. 시이나뿐만 아니라 그녀 자신을 위해서도 망령된 생각들을 쫓아버릴 것.

그녀는 기억 속에서 떠나지 않는 한 대모에 대한 생각을 떠올렸다. '오드레이드, 다섯 살. 가무에 있는 편안한 집. 집 바깥의 길가에는 이 행성의 해변 도시에서 중간 계층의 저택으로 통하는 집들이 늘어서 있다. 널찍한 길에 늘어선 1층짜리 낮은 건물들. 그 집들은 밖으로 휘어진 바다와의 경계선까지 뻗어 있고, 경계선 근처의 집들은 길가의 집들보다 훨씬 더 널찍하다. 집들은 바닷가에 이르러서야 더 광대해져서 땅을 조금이라도 더 차지하려고 시샘을 부리지 않게 된다.'

베네 게세리트에 의해 다듬어진 오드레이드의 기억력이 그 먼 곳의 집과 그 집을 차지하고 있던 사람들, 그곳의 길, 그리고 놀이 친구들을 훑어 내렸다. 그녀는 가슴이 답답해지는 것을 느꼈다. 그건 그 기억이 나중의 사건들과 관련되어 있다는 뜻이었다.

교단이 원래 가지고 있던 안전한 행성 중 하나로 인위적으로 만들어진 세계인 알 다납의 베네 게세리트 탁아소. (그녀는 베네 게세리트가 한때 그 행성 전체를 비공간으로 만들 것을 고려한 적이 있음을 나중에 알게 되었다. 필요한 에너지가 너무 많아서 이 계획은 좌절되었다.)

가무에서 안온함과 우정을 누리던 아이에게 그 탁아소는 온갖 다양한 것들이 폭포처럼 쏟아지는 곳이었다. 베네 게세리트의 교육에는 격렬한 신체 훈련이 포함되어 있었다. 수많은 고통을 이겨내고 도저히 가망이 없어 보이는 근육 연습을 자주 실시하는 과정을 통과하지 못한다면 대모가 되는 것은 꿈도 꿀 수 없다고 혼나는 일도 다반사였다.

그녀의 동료들 중 일부가 이 단계에서 실패했다. 그들은 그곳을 떠나 보모, 하인, 노동자, 아무렇게나 교배하는 자 등이 되었다. 그들은 어디든 교단이 원하는 곳에서 꼭 필요한 틈새를 메웠다. 때로 오드레이드는 그렇게 실패한 사람들의 삶도 어쩌면 그리 나쁜 것이 아닐지도 모른다고 동경하곤 했다. 그들에게는 책임도 적었고, 달성해야 할 목표도 낮았다. 그녀가 그런 생각을 한 것은 제 1차 훈련을 마치고 나오기 전이었다.

'난 그걸 거기서 벗어난 것으로 생각했다. 승리를 거두고 통과한 거지.

피안(彼岸)으로 나왔다고 생각한 거야.'

그러나 그녀는 더욱 가혹한 새로운 요구들 속에 잠기게 되었을 뿐이었다.

오드레이드는 라키스의 창턱에서 일어나 앉아 쿠션을 옆으로 밀었다. 그리고 시장에 등을 돌렸다. 바깥이 점점 더 소란스러워지고 있었다. 저 주받을 사제들 같으니! 절대적인 한계까지 일을 지체시키고 있어!

'내 어린 시절에 대해 생각을 해봐야 해. 그게 시이나를 대하는 데 도움이 될 테니까.' 그녀는 생각했다. 그러나 즉시 그녀는 자신의 약함을 비웃었다. '이것도 그냥 구실일 뿐이다!'

대모를 지망하는 사람들 중 일부는 대모가 되는 데 최소한 50년이 걸렸다. 그들은 제2차 훈련을 받는 동안 이 사실을 귀에 못이 박이게 들었다. 인내심을 가지라는 가르침이었다. 오드레이드는 일찍부터 깊이 있는 학문에 대한 관심을 드러냈다. 그녀가 베네 게세리트의 멘타트가 되어 어쩌면 기록관리자가 될 수 있을지도 모른다고 생각하는 사람들이 있었다. 그러나 그녀가 좀더 많은 이윤을 올릴 수 있는 방면에 재능을 갖고 있음이 발견되자 사람들은 그런 생각을 접었다. 그녀는 참사회에서 더 민감한 임무를 지향하게 되었다.

보안.

아트레이데스 사람들 사이에서 발견되는 이 엉뚱한 재능은 흔히 이런 방면에서 사용되었다. 세세한 점을 놓치지 않는 꼼꼼함. 그것이 오드레이드의 상징이었다. 교단의 자매들이 그녀의 행동을 때로 예측할 수 있는 것은 순전히 그들이 그녀에 대해 깊이 알고 있기 때문이었다. 타라자가 그녀의 행동을 예측하는 것은 늘 있는 일이었다. 오드레이드는 타라자가 직접 그 점에 대해 설명하는 것을 우연히 들은 적이 있었다.

"오드레이드의 인격이 그녀의 임무 수행에 훌륭히 반영되어 있습니다."

참사회 내에서는 이런 우스갯소리가 돌아다녔다. "오드레이드는 비번일 때 어디로 갈까? 일하러 가지."

참사회는 대모들이 외부에서 자동적으로 사용하는 은폐용 표정을 별로 강요하지 않았다. 그래서 감정을 순간적으로 드러내거나, 자신과 다른 사람들의 실수를 공개적으로 드러내서 처리하거나, 슬픔과 증오는 물론 심지어 행복까지도 느끼는 것이 가능했다. 남자들은 얼마든지 구할 수 있었다. 교배를 위해서가 아니라 가끔 위안을 얻기 위해서. 베네 게세리트 참사회에 있는 그런 남자들은 모두 상당히 매력적이었으며, 심지어 그 매력이 진심에서 나오는 사람들도 몇 명 있었다. 사람들은 당연히 그 소수의 남자들을 많이 찾았다.

'감정이지.'

깨달음이 몸을 뒤틀며 오드레이드의 머릿속을 지나갔다.

'그러니까 나는 항상 그러듯이 이걸 깨닫게 되는 거야.'

오드레이드의 등에 라키스의 따스한 저녁햇살이 느껴졌다. 그녀의 몸은 여기 있었지만, 그녀의 정신은 이제 곧 벌어질 시이나와의 만남을 향해 스스로를 개방했다.

'사랑!'

그건 너무나 쉬우면서도 너무나 위험했다.

지금 이 순간 그녀는 '정착 대모'들이 부러웠다. 자신과 짝짓기를 한 교배 파트너와 평생을 함께 살아도 좋다고 허락받은 사람들. 마일즈 테그는 그런 결합의 소산이었다. '다른 기억들'은 레이디 제시카와 공작의 경우가 어떠했는지 그녀에게 알려주었다. 심지어 무앗딥도 그런 짝짓기 형식을 선택했다.

'난 그럴 수 없어.'

오드레이드는 자신에게 그런 삶이 허용되지 않았다는 것에 대한 지독한 시기심을 인정했다. 그녀가 이끌려 들어온 이런 삶에서 그것을 보상할 만한 것이 무엇인가?

"사랑이 없는 삶을 살면 교단에 더욱 강렬히 헌신할 수 있다. 우리는 교단에 들어온 사람들에게 우리만의 지원을 제공한다. 성적인 즐거움에 대해서는 걱정할 필요 없다. 언제든 필요할 때 얻을 수 있을 테니."

'매력적인 남자들과!'

레이디 제시카의 시대 이후로 폭군의 시대와 그 뒤의 세월을 거치면서 많은 것이 변했다……. 베네 게세리트도 거기 포함되었다. 대모들은 모두 그것을 알고 있었다.

깊은 한숨이 오드레이드의 몸을 뒤흔들었다. 그녀는 어깨 너머로 시장을 살짝 바라보았다. 시이나의 모습은 여전히 보이지 않았다.

'난 이 아이를 사랑해서는 안 돼!'

이제 끝났다. 오드레이드는 자신이 베네 게세리트의 필수 양식에 따라 기억의 게임을 끝까지 해냈음을 확인했다. 그녀는 몸을 회전시켜 방향을 돌리고 창턱 위에 책상다리를 하고 앉았다. 시장과 도시의 지붕들, 그리고 분지의 형태를 한 도시가 모두 내려다보였다. 남쪽 저 멀리에 남아 있는 야산 몇 개는 과거 듄의 방어벽이 마지막으로 남긴 흔적이었다. 과거 높은 성벽처럼 솟아 있는 그 바위를 무앗딥과 모래벌레 위에 올라탄 그의 병사들이 뚫어버렸다.

새로운 모래벌레들의 침입으로부터 킨을 지켜주는 카나트와 수로 너머 땅에서 열기가 춤추듯 올라왔다. 오드레이드는 살짝 미소를 지었다. 사제들은 자기들의 분열된 신이 침입해 오는 것을 막기 위해 자기들의 마을에 해자를 두르는 것을 하나도 이상하게 생각하지 않았다.

'우린 당신께 예배를 드리겠습니다, 신이시여, 하지만 저희를 귀찮게 하지 말아주십시오. 이건 우리의 종교, 우리의 도시입니다. 아시겠습니까? 우린 이제 이곳을 아라킨이라고 부르지 않습니다. 지금 이곳은 킨입니다. 이 행성은 이제 듄이나 아라키스가 아닙니다. 라키스죠. 가까이 오지 마십시오, 신이시여. 당신은 과거이고 과거는 당혹스러운 것입니다.'

오드레이드는 저 멀리 희미하게 반짝이는 아지랑이 속에서 춤추는 야산들을 뚫어지게 바라보았다. '다른 기억들'은 그 위에 고대의 풍경을 덮어씌워 보여줄 수 있었다. 그녀는 과거를 알고 있었다.

'만약 사제들이 시이나를 데려오는 걸 계속 지체한다면 그들에게 벌을 내려야겠다.'

열기가 그녀의 아래쪽 시장을 여전히 가득 채우고 있었다. 바닥에 쌓인 물건들과 대광장을 둘러싼 두꺼운 벽들에 열기가 붙들린 탓이었다. 주변의 건물들과 시장 여기저기에 흩어진 텐트 속에 몸을 피한 한 덩어리의 사람들이 피워놓은 수많은 모닥불의 연기 때문에 열기가 더욱 더 확산되었다. 오늘은 38도가 훨씬 넘는 더운 날이었다. 그러나 이 건물은 과거에 물고기 웅변대 본부였기 때문에 열을 발산시키는 지붕의 웅덩이와 함께 작동하는 익스의 기계에 의해 서늘하게 유지되고 있었다.

'우린 이곳에서 편안하게 지낼 수 있을 거다.'

그리고 그들은 베네 게세리트의 방어 조치들에 의해 얻을 수 있는 안전을 최대한 누리게 될 터였다. 대모들이 저 밖의 복도를 오가고 있었다. 사제 대표단도 이 건물에 와 있었지만, 오드레이드가 원하지 않을 때 그녀가 있는 곳으로 불쑥 들어올 사람은 그중에 하나도 없었다. 시이나는 이곳에서 가끔 그들과 만날 테지만 그 가끔이란 오드레이드가 허락하는 때로 제한될 것이다.

'이제 일이 벌어지고 있어. 타라자의 계획이 앞으로 나아가고 있는 거야.' 오드레이드는 생각했다.

참사회에서 가장 최근에 날아온 통신문이 오드레이드의 머릿속에 생생했다. 틀레이랙스에 대해 새로운 사실들을 알려준 그 통신문을 생각하면 한껏 기분이 들떴지만, 그녀는 조심스럽게 마음을 가라앉혔다. 틀레이랙스의 주인이라는 이 와프라는 사람은 아주 흥미로운 연구 대상이 될 것 같았다.

'젠수니! 게다가 수피까지!'

"수천 년 동안 얼어붙었던 의식(儀式) 패턴입니다." 타라자는 이렇게 말했다.

타라자의 보고서에는 말로 표현되지 않은 또 다른 메시지가 있었다. '타라자가 나를 완전히 신임한다는 거지.' 이 생각에서 힘이 흘러나와 그녀에게 들어오는 것이 느껴졌다.

'시이나는 지레의 받침이다. 우리는 지레이고. 우리는 많은 곳에서 힘을 얻게 될 거야.'

오드레이드는 긴장을 풀었다. 그녀는 사제들이 계속 시간을 끄는 걸 시이나가 그냥 내버려두지 않으리라는 것을 알고 있었다. 오드레이드 자신의 인내심도 기대감의 공격에 시달리고 있었다. 시이나의 경우에는 훨씬 더 심할 터였다.

두 사람, 오드레이드와 시이나는 함께 음모를 꾸미는 사이가 되었다. 이것이 1단계였다. 시이나에게 이것은 신기한 게임이었다. 그녀는 태어났을 때부터 사제들을 믿지 말라는 교육을 받았다. 마침내 한편이 될 사람을 만났으니 얼마나 재미있을까!

오드레이드의 창문 바로 아래쪽에서 뭔가 움직임이 벌어지는 바람에 사람들이 동요하고 있었다. 그녀는 호기심에 아래를 바라보았다. 벌거벗은 남자 다섯 명이 서로 팔짱을 낀 채 둥글게 서 있었다. 한쪽에 쌓아 둔 그들의 로브와 사막복은 스파이스 섬유로 짠 갈색의 긴 드레스를 입은 어린 소녀가 지키고 있었다. 피부가 가무잡잡하고, 머리칼을 빨간 헝겊 조각으로 묶은 소녀였다.

　'무용수들이야!'

　오드레이드는 이런 현상에 대한 보고를 많이 보았지만, 이곳에 도착한 후 이런 광경을 직접 보는 것은 이번이 처음이었다. 구경꾼들 중에는 높다란 장식이 달린 노란색 투구를 쓴 키 큰 수호사제 세 명이 포함되어 있었다. 수호사제들은 다리를 자유로이 움직일 수 있게 짧은 로브를 입고, 각자 금속을 씌운 지팡이를 들고 있었다.

　무용수들이 원을 그리며 돌기 시작하자 잔뜩 경계하던 사람들은 예상대로 점점 더 들뜨기 시작했다. 오드레이드는 이런 패턴을 알고 있었다. 이제 곧 시끄럽게 성가가 울려 퍼지고 커다란 혼란이 일 것이다. 사람들의 머리가 깨지고 피가 흐를 것이다. 사람들은 비명을 지르며 사방으로 달아날 것이다. 그리고 결국은 공권력의 개입 없이 모든 것이 조용해질 것이다. 어떤 사람들은 흐느끼면서 사라질 것이고, 어떤 사람은 소리 내어 웃으면서 이곳을 떠날 것이다. 그리고 수호사제들은 개입하지 않을 것이다.

　이 춤의 무의미한 광기와 그것이 낳는 결과는 수백 년 동안 베네 게세리트의 강렬한 흥미를 끌었다. 그리고 지금 오드레이드도 그것을 홀린 듯이 바라보고 있었다. 이 의식이 쇠퇴하면 보호 선교단이 그 뒤를 이었다. 라키스 인들은 이 춤을 '전환의 춤'이라고 불렀다. 그것 말고 다른 이름도 있었지만, 그중에서 가장 의미심장한 것은 '시아이녹'이었다. 이 춤은 과거에 폭군의 가장 중요한 의식이 되었다. 그것은 그가 물고기 웅변 대원들과 함께 하던 나눔의 순간이었다.

오드레이드는 이 현상 속의 에너지를 인식하고 그것을 존중했다. 대모라면 그것을 보지 못할 리가 없었다. 그러나 그것이 낭비되고 있다는 사실에 마음이 불편했다. 이런 것들은 반드시 한 방향으로 모아서 집중할 필요가 있었다. 이 의식을 유용하게 쓸 수 있어야 하는데. 지금 이 의식이 내는 효과라고는, 제대로 개발하지 않고 내버려둔다면 사제들에게 파괴적인 영향을 미칠 수도 있는 힘을 고갈시키는 것뿐이었다.

달콤한 과일 향기가 오드레이드의 콧속으로 흘러들었다. 그녀는 코를 쿵쿵거리며 창문 옆의 환기구를 바라보았다. 군중들과 뜨거운 땅에서 나온 열기 때문에 상승기류가 만들어졌다. 그 상승기류가 익스 산 환기구를 통해 아래쪽의 냄새를 실어 오고 있는 것이다. 그녀는 이마와 코를 플라즈에 바짝 갖다 대고 바로 아래쪽을 내려다보았다. 아아, 무용수나 군중들 중의 누군가가 어떤 상인의 진열대를 건드리는 바람에 그 진열대가 쓰러져 있었다. 무용수들이 과일 속에서 발을 구르며 스텝을 밟았다. 노란색 과육이 그들의 허벅지까지 튀어 올랐다.

오드레이드는 구경꾼들 중에서 그 과일 상인을 찾아냈다. 그녀가 있는 건물의 입구 옆에서 노점을 벌이고 있는 모습을 여러 번 본 적이 있는, 눈에 익은 쭈글쭈글한 얼굴이었다. 그는 자신이 입은 손해를 별로 걱정하지 않는 것 같았다. 주위의 다른 사람들과 마찬가지로 그는 무용수들에게 주의를 집중하고 있었다. 벌거벗은 남자 다섯 명은 발을 어지럽게 높이 치켜올리며 움직였다. 리듬도 없고 서로 맞지도 않는 것처럼 보이는 동작이었다. 그러나 그런 동작들이 주기적으로 같은 동작으로 이어졌다. 무용수 세 명이 양발을 땅에 대고 서고, 나머지 두 명이 각자 파트너들에 의해 위로 높이 들어 올려지는 동작이었다.

오드레이드는 그 동작을 알아보았다. 그것은 고대 프레멘들이 모래 위를 걷던 방식과 연결되어 있었다. 이 기묘한 춤은 모래벌레에게 자신의 존재를 알리지 않고 움직여야 한다는 사실에 뿌리를 둔 화석이었다.

사람들이 커다란 직사각형 모양의 시장을 벗어나 무용수들에게 더 가까이 몰려들기 시작했다. 그들은 남들 머리 위로 시야를 높여 다섯 명의 벌거벗은 남자들을 잠깐이라도 보기 위해 아이들의 장난감처럼 펄쩍펄쩍 뛰어올랐다.

그 순간 오드레이드는 시이나 일행을 발견했다. 광장으로 들어오는 널찍한 길이 있는, 오른쪽으로 한참 떨어진 곳에서 그들이 움직이고 있었다. 그곳의 건물에 새겨진, 동물의 발자국 같은 상징은 그 널찍한 길이 '신의 길'이라고 말하고 있었다. 역사에 대한 지식에 의하면, 그 길은 레토 2세가 남쪽으로 멀리 떨어진 곳에서 높은 담으로 둘러싸인 사리르를 떠나 도시로 들어올 때 사용한 길이었다. 세세한 점에 주의를 기울인다면, 이곳이 과거 폭군의 도시 온이었을 때, 더 고대의 도시인 아라킨을 둘러싸듯 건설된 축제의 중심지였을 때의 양식들을 지금도 일부 분간해낼 수 있었다. 온은 아라킨의 상징들을 많이 지워버렸지만, 일부 길들은 끈질기게 남았다. 워낙 유용해서 바뀌지 않은 건물들 덕분이었다. 길은 필연적으로 건물에 의해 규정되는 법이었다.

시이나 일행은 길이 시장과 연결되는 곳에서 걸음을 멈췄다. 노란 투구를 쓴 수호사제들이 앞을 조사하면서 들고 있는 막대기로 길을 만들었다. 그들은 키가 컸다. 2미터 길이의 그 두꺼운 지팡이도 땅에 세워놓으면 그들 중 가장 키가 작은 사람의 어깨 높이밖에 되지 않았다. 아무리

혼잡한 군중 속에서도 수호사제의 모습을 놓칠 수가 없을 정도였다. 그런데 시이나의 수호자들은 그중에서도 가장 큰 사람들이었다.

그들이 일행을 이끌고 다시 오드레이드를 향해 움직였다. 그들이 걸음을 내디딜 때마다 로브 자락이 휙 열리면서 매끈한 회색의 최고급 사막복이 드러났다. 그들은 똑바로 앞을 향해 걸었다. 모두 열다섯 명인 그들은 깊이가 깊지 않은 V 자 모양으로 늘어서서 노점이 많이 몰려 있는 곳 언저리를 지나갔다.

느슨한 대형을 지은 여사제들이 시이나와 함께 그들의 중심부에서 서서 수호사제의 뒤를 따라 행진하고 있었다. 오드레이드는 뚜렷하게 구별되는 시이나의 모습을 호위대 사이에서 언뜻 보았다. 햇살 모양의 무늬가 있는 머리카락과 거만하게 위로 치켜든 얼굴. 그러나 오드레이드의 주의를 끈 것은 노란색 투구를 쓴 수호사제들이었다. 그들은 갓난아기 때부터 몸에 밴 오만한 태도로 움직이고 있었다. 그들은 자신이 평범한 사람들보다 우월하다는 것을 알고 있었다. 그리고 평범한 사람들은 시이나 일행을 위해 길을 열어주는, 예상대로의 반응을 보였다.

이 모든 일이 너무나 자연스럽게 이루어져서 오드레이드는 그 속에서 고대의 패턴을 보았다. 마치 또 다른 의식의 춤을 지켜보는 것 같았다. 그 패턴은 수천 년 동안 조금도 변한 것이 없었다.

오드레이드는 전에도 자주 그랬던 것처럼, 자신을 고고학자로 생각했다. 오랜 세월의 먼지가 낀 파편들을 조사하는 사람이 아니라 교단이 자주 의식을 집중하던 곳, 즉 사람들의 내면 속에 과거가 어떻게 담겨 있는지에 초점을 맞추는 사람. 폭군 자신의 설계가 이곳에서 분명하게 드러났다. 시이나가 지금 이곳으로 다가오는 것은 신황제가 직접 정해 놓은 일이었다.

오드레이드의 창문 밑에서는 다섯 명의 벌거벗은 남자들이 춤을 계속하고 있었다. 그러나 오드레이드는 구경꾼들에게서 새로운 인식을 보았다. 대형을 짜고 다가오고 있는 수호사제들을 향해 하나같이 고개를 돌리지 않고도, 오드레이드 창문 아래쪽의 구경꾼들은 '알고' 있었다.

'동물들은 목동이 다가오는 걸 항상 알아차리지.'

이제 군중의 흥분이 더 빠른 맥박을 만들어냈다. 아무도 그들이 원하는 혼란을 막지 못할 것이다! 흙 한 덩어리가 군중들 외곽에서 날아가 무용수들 근처의 땅을 맞췄다. 다섯 명의 남자들은 오랫동안 계속된 춤의 패턴 속에서 한 스텝도 틀리지 않았지만, 춤의 속도가 한층 빨라졌다. 반복되는 동작 사이에 오랫동안 연속적으로 이어지는 동작들은 그들이 놀라운 기억력의 소유자임을 알려주었다.

흙 한 덩어리가 또다시 군중 속에서 날아가 한 무용수의 어깨를 맞췄다. 다섯 명의 남자들 중 어느 누구도 주춤거리지 않았다.

군중들은 소리를 지르며 영창을 하기 시작했다. 어떤 사람들은 저주의 말을 외쳤다. 군중의 영창이 무용수들의 움직임을 방해하는 박수 소리로 바뀌었다.

그래도 무용수들의 움직임은 변하지 않았다.

군중의 영창이 거센 리듬으로 바뀌고, 대광장의 울부짖음에 부딪혀 메아리치는 반복적인 외침이 되었다. 그들은 무용수들의 동작 패턴을 깨뜨리려 하고 있었다. 오드레이드는 아래쪽의 광경에 매우 중요한 의미가 있음을 느꼈다.

시이나 일행은 시장을 절반 이상 가로지른 곳에 와 있었다. 그들은 노점들 사이로 더 넓어진 길을 따라 움직이다가 똑바로 오드레이드를 향해 방향을 틀었다. 수호사제들 앞쪽으로 약 50미터 지점은 군중이 가장 빽빽하게 모여 있는 곳이었다. 수호사제들은 허둥지둥 옆으로 물러나는 사람들을 멸시하듯, 한결 같은 속도로 움직였다. 노란색 투구 밑의 눈은 똑바로 앞을 향해 고정되어 군중들 머리 위를 응시하고 있었다. 전진하는 수호사제들 중 어느 누구도 자신에게 방해가 될 수도 있는 군중이나 무용수, 혹은 기타 어떤 장애물을 본 것 같은 기색을 전혀 드러내지 않았다.

군중들이 갑자기 영창을 멈췄다. 마치 눈에 보이지 않는 지휘자가 손을 흔들어 침묵을 명한 것 같았다. 다섯 명의 남자들은 계속 춤을 추었다. 오드레이드 아래쪽의 침묵은 그녀의 목덜미 털이 곤두서게 만들 만큼 강렬한 힘을 갖고 있었다. 오드레이드의 바로 아래쪽에서 구경꾼들 틈에 서 있던 세 명의 수호사제가 마치 한 사람처럼 똑같이 몸을 돌리더니 그녀의 시야에서 벗어나 건물 안으로 들어왔다.

군중들 안쪽 깊숙한 곳에서 어떤 여자가 저주의 말을 외쳤다.

무용수들은 그 말을 들은 척도 하지 않았다.

군중들이 앞으로 몰려나오면서 무용수들 주위의 공간을 최소한 절반 정도 줄여 놓았다. 무용수들의 사막복과 로브를 지키던 소녀의 모습은 더 이상 보이지 않았다.

대형을 짠 시이나의 일행은 계속 앞으로 행진했다. 여사제들과 그들이 보호하는 어린 시이나가 대형을 짠 사람들 바로 뒤에 있었다.

오드레이드의 오른쪽으로 조금 떨어진 곳에서 폭력이 터져 나왔다. 그쪽에 있던 사람들이 서로를 때리기 시작했다. 더 많은 흙덩어리들이 춤을 추고 있는 다섯 명의 남자들을 향해 호선을 그리며 날아갔다. 군중들은 더 빠른 박자로 영창을 다시 시작했다.

그와 동시에 군중들 뒤쪽이 수호사제들을 위해 갈라졌다. 그곳의 구경꾼들은 무용수들에게서 시선을 떼지 않았고, 점점 커져가는 혼란에 끼어드는 것도 멈추지 않았지만 그들 사이로 길이 하나 열렸다.

이 광경에 완전히 사로잡힌 오드레이드는 아래쪽을 뚫어지게 바라보았다. 많은 일이 동시에 발생했다. 혼란, 욕설을 퍼부으며 서로를 때리는 사람들, 계속되는 영창, 수호사제들의 준엄한 전진.

자신을 방패처럼 둘러싼 여사제들 속에서 시이나가 이리저리 눈동자를 굴리며 주위의 소란을 보려고 애쓰는 모습이 보였다.

군중들 중 일부가 곤봉을 꺼내 주위의 사람들을 공격했다. 그러나 수호사제들이나 시이나 일행의 다른 사람들을 위협하는 사람은 하나도 없었다.

무용수들은 점점 좁아지는 구경꾼들의 원 속에서 계속 껑충거리며 춤을 추었다. 모든 사람이 오드레이드가 있는 건물 가까이로 몰려들었기 때문에 그녀는 플라즈에 머리를 바짝 갖다 대고 가파른 각도로 아래를 내려다보아야 했다.

시이나 일행을 이끄는 수호사제들이 이 혼란의 가운데에서 점점 넓어지는 길을 따라 전진했다. 여사제들은 왼쪽도 오른쪽도 바라보지 않았다. 노란색 투구를 쓴 수호사제들은 똑바로 앞을 바라보았다.

이런 광경에 대해 경멸이라는 말은 너무 미약한 단어라고 오드레이드는 결론지었다. 소용돌이치는 군중들이 안으로 들어오는 일행을 무시한다고 말하는 것도 옳지 않았다. 그들은 서로를 의식하고 있었지만, 그들은 별도의 세계에 존재하며 자신들만의 엄격한 규칙을 준수하고 있었다. 오직 시이나만이 이 비밀의 절차를 무시하고 자신을 방패처럼 가리고 있는 사람들의 몸 너머를 조금이라도 보려고 위를 향해 폴짝폴짝 뛰어올랐다.

오드레이드의 바로 아래쪽에서 군중들이 앞으로 쇄도했다. 무용수들은 밀려오는 군중에게 압도되어 거대한 파도에 붙들린 배처럼 옆으로 휩쓸려 가버렸다. 오드레이드는 악을 써 대는 군중들의 혼란 사이로 벌거벗은 몸들이 마구 두들겨 맞으며 사람들의 손에서 손으로 옮겨지는 것을 보았다. 오드레이드는 아주 강하게 정신을 집중한 후에야 자신이 있는 곳까지 올라오는 소리들을 분리해서 들을 수 있었다.

이건 광기였다!

무용수들 중 어느 누구도 저항하지 않았다. 그들이 살해당하고 있는 건가? 그들은 희생 제물인가? 교단의 분석은 이러한 현실의 근처조차 건드리지 못하고 있었다.

노란색 투구들이 오드레이드의 아래쪽에서 옆으로 물러나면서 시이나와 여사제들이 건물 안으로 들어갈 수 있는 길을 열어주었다. 그리고 수호사제들은 다시 줄의 간격을 좁혔다. 그들은 몸을 돌려 건물 입구 주위를 보호하듯이 호선 모양으로 늘어섰다. 그들이 수평으로 들고 있는 지팡이가 허리 높이에서 서로 겹쳐졌다.

그들 너머의 혼란이 가라앉기 시작했다. 무용수들의 모습은 전혀 보이지 않았지만, 사상자들이 있었다. 땅바닥에 뻗은 사람, 비틀거리는 사람. 머리에서 피를 흘리는 사람도 보였다.

시이나와 여사제들은 오드레이드의 시야를 벗어나 건물 안에 들어와 있었다. 오드레이드는 뒤로 물러나 앉아 자신이 방금 목격한 것을 정리해 보려고 했다.

믿을 수가 없었다.

교단의 보고서나 홀로그램 사진 중에 이런 것을 포착한 기록은 하나도 없었다! 그것의 일부를 차지하고 있는 것은 냄새였다. 흙먼지, 땀, 강렬하게 집중된 인간의 페로몬 냄새. 오드레이드는 깊이 숨을 들이쉬었다. 그녀의 내면이 떨고 있었다. 군중들은 이제 뿔뿔이 흩어져 시장 속으로 멀어졌다. 소리 내어 우는 사람들의 모습이 보였다. 어떤 사람들은 욕설을 퍼부었고, 어떤 사람들은 소리 내어 웃었다.

오드레이드 뒤에서 문이 벌컥 열렸다. 시이나가 소리 내어 웃으며 안으로 들어왔다. 오드레이드는 재빨리 몸을 돌렸다. 시이나가 문을 닫기 전에 복도에 서 있는 오드레이드 자신의 호위들과 여사제 몇 명이 얼핏 보였다.

아이의 암갈색 눈이 흥분으로 반짝였다. 그녀가 어른이 되었을 때 갖게 될 부드러운 굴곡들이 벌써 나타나기 시작한 그녀의 갸름한 얼굴은 억눌린 감정 때문에 팽팽하게 긴장하고 있었다. 그녀가 오드레이드에게 시선을 초점을 맞추자 그 긴장이 풀렸다.

'아주 좋아.' 오드레이드는 이것을 관찰하면서 생각했다. '유대감 구축 제1과가 이미 시작되었다.'

"그 무용수들 봤어요?" 시이나가 몸을 빙글빙글 돌리고 폴짝폴짝 뛰면서 바닥을 가로질러 오드레이드 앞에 멈춰 서면서 다그치듯 물었다. "그 사람들 정말 아름답지 않아요? 내 생각엔 그 사람들이 너무 아름다운 것 같아요! 카니아는 나더러 보지 말랬어요. 내가 시아이녹에 참가하는 건 위험하다면서요. 하지만 난 상관없어요! 샤이탄은 그 무용수들을 절대 먹지 않을 거예요!"

오드레이드는 스파이스의 고통을 느끼는 동안 딱 한 번 경험한 적이 있는, 갑자기 밖으로 흘러 나가는 의식을 느끼면서 대광장에서 자신이 방금 목격한 것의 총체적인 패턴을 꿰뚫어 보았다. 오로지 시이나의 말과 그녀의 존재만으로 그것이 분명해졌다.

'언어!'

이 사람들의 집단적인 의식 깊은 곳에 그들이 듣고 싶지 않은 말을 해줄 수 있는 언어가 완전히 무의식적으로 들어 있었다. 무용수들은 그 언어를 말했다. 시이나도 그 언어를 말했다. 그것은 어조와 동작과 페로몬으로 구성되어 있었다. 모든 언어들과 똑같은 방식으로 발전해 온 복잡하고 미묘한 조합이었다.

그것이 발전해 온 것은 필요했기 때문이었다.

오드레이드는 자기 앞에 행복한 표정으로 서 있는 소녀에게 활짝 미소를 지었다. 틀레이랙스 인들을 함정에 빠뜨리는 방법을 이제 알 것 같았다. 타라자의 계획에 대해서도 더 많은 것을 알 수 있었다.

'기회가 생기는 대로 시이나와 함께 사막으로 가야겠다. 틀레이랙스의 주인, 이 와프라는 사람이 도착할 때까지 기다렸다가 그를 사막으로 함께 데려가는 거다!'

해방과 자유는 복잡한 개념들이다. 그들은 '자유의지'라는 종교적 사상까지 거슬러 올라가며, 절대군주 속에 함축되어 있는 '신비의 통치자'와 관련되어 있다. 과거의 신들을 본뜨고 종교적 관용에 대한 믿음을 은총으로 삼아 통치하는 절대군주가 없었다면, 해방과 자유는 결코 지금과 같은 의미를 얻지 못했을 것이다. 이 이상들은 과거의 억압 사례들에 존재 그 자체를 빚지고 있다. 이러한 이상을 유지해 주는 힘은 극적인 가르침이나 새로운 억압에 의해 갱신되지 않는 한 서서히 손상될 것이다. 이것이 내 삶에 대한 가장 기본적인 열쇠이다.

— 레토 2세, 듄의 신황제: 다르 에스 발라트의 기록

가무 성 북동쪽의 빽빽한 숲으로 30킬로미터쯤 들어간 곳에서 테그는 태양이 서쪽의 높이 솟아오른 땅 뒤로 살짝 들어가 버릴 때까지 그들에게 생명 반응 은폐용 담요를 씌워 숨어 있게 했다.

"오늘 밤 우리는 새로운 방향으로 갈 겁니다." 그가 말했다.

지금까지 사흘 밤 동안 그는 경지에 이른 멘타트 기억력을 훌륭하게 보여주며 나무들로 둘러싸인 어둠 속에서 그들을 이끌었다. 그가 내딛는 한 발 한 발은 파트린이 그를 위해 준비해 놓은 길을 정확하게 따라가

고 있었다.

"너무 오래 앉아 있어서 몸이 뻣뻣해요. 게다가 오늘 밤도 아주 추울 것 같군요." 루실라가 불평했다.

테그는 생명 반응 은폐용 담요를 접어 배낭 꼭대기에 놓았다. "두 사람 모두 조금 돌아다니면서 움직여도 됩니다. 하지만 우린 완전히 어두워진 다음에야 이곳을 떠날 겁니다." 그가 말했다.

테그는 가지가 빽빽하게 나 있는 침엽수 줄기에 등을 기대고 앉아 그 깊은 어둠 속에서 루실라와 던컨이 숲속의 공터로 들어가는 모습을 지켜보았다. 두 사람은 낮의 마지막 온기가 밤의 서늘함 속으로 도망치는 가운데 몸을 떨면서 그곳에 잠시 서 있었다. 그래, 오늘 밤에도 역시 추울 것 같다고 테그는 생각했다. 그러나 밤 동안에 그 사실에 대해 생각할 기회는 거의 없을 것이다.

'뜻밖의 행동.'

슈왕규는 그들이 지금도 성과 이토록 가까운 곳에서 도보로 움직이고 있을 거라고는 결코 예상하지 못할 것이다.

'타라자 님이 슈왕규에 대해 더 강하게 경고해 주셨어야 했어.' 테그는 생각했다. 최고 대모에게 폭력적으로, 그리고 공개적으로 반항한 슈왕규의 행동은 전통에 도전하는 것이었다. 멘타트의 논리는 더 많은 데이터가 없는 상태에서 그 상황을 받아들이려 하지 않았다.

학교에 다닐 때 들었던 구절 하나가 그의 기억 속에 떠올랐다. 멘타트가 자신의 논리를 제어할 때 사용하는 경고의 금언이었다.

'논리의 실마리가 주어졌을 때, 나무랄 데 없이 자세하게 오캄의 면도날이 펼쳐졌을 때, 그러한 논리를 따라가는 멘타트는 개인적인 재앙에 이르게 될 수도 있다.'

따라서 논리가 실패하는 경우도 있다는 것이 알려져 있는 셈이었다.

그는 타라자가 조합 우주선에 있을 때와 그 직후에 보여준 행동을 돌이켜 생각해 보았다. '타라자 님은 내가 완전히 혼자 힘만으로 헤쳐나가야 한다는 것을 알려주려고 했다. 나는 그 문제를 타라자 님의 방식이 아니라 내 방식으로 보아야 해.'

따라서 슈왕규의 위협을 발견하고, 맞서고, 해결하는 사람은 그가 되어야 했다.

타라자는 이 모든 상황 때문에 파트린이 어떤 일을 겪게 될지 알지 못했다.

'타라자 님은 파트린이 어떻게 되든 그리 상관하지 않았지. 내가 어떻게 될지에 대해서도. 루실라가 어떻게 될지에 대해서도. 하지만 골라는? 타라자 님은 분명히 신경을 쓰실 거다!'

그녀의 행동은 논리적이지 않……. 테그는 이런 생각을 던져버렸다. 타라자는 그가 논리적으로 행동하기를 원하지 않았다. 그녀는 그가 지금 하고 있는 그대로, 그가 긴장된 순간에 항상 행동했던 그대로 행동하기를 원했다.

'뜻밖의 행동.'

따라서 이 모든 것에는 일종의 논리가 있었지만, 그 논리는 지금 행동하고 있는 사람들을 둥지에서 쫓아내 혼돈 속으로 차 넣었다.

'그 혼란으로부터 우리는 우리 자신의 질서를 만들어야 해.'

그의 의식 속에서 슬픔이 솟아올랐다. '파트린! 나쁜 녀석, 파트린! 자넨 알고 있었지만 난 몰랐어! 자네 없이 내가 어떡하라고?'

늙은 보좌관의 대답이 들려오는 것 같았다. 파트린이 상관을 꾸짖을 때 항상 사용하던 그 딱딱하고 공식적인 목소리가.

"최선을 다하셔야 합니다, 바샤르 님."

가장 냉정하고 논리적 추론에 따르면, 테그는 두 번 다시 살아 있는 파트린을 보지 못할 것이며, 그 늙은 보좌관의 목소리도 듣지 못할 것이다. 그래도…… 그 목소리는 남아 있었다. 그 사람은 그의 기억 속에 끈질기게 남아 있었다.

"출발해야 하지 않을까요?"

루실라였다. 그녀는 나무 밑에 앉아 있는 그 앞에 가까이 다가서 있었다. 던컨이 그녀의 옆에서 기다렸다. 두 사람 모두 이미 배낭을 메고 있는 상태였다.

그가 앉아서 생각에 잠겨 있는 동안 밤이 내려와 있었다. 선명한 별빛이 공터에 흐릿한 그림자들을 만들었다. 테그는 몸을 일으키고 자신의 배낭을 들었다. 그리고 낮은 가지들을 피해 몸을 구부리면서 빈터로 나왔다. 던컨이 배낭을 메는 것을 도와주었다.

"슈왕규도 결국은 이런 가능성을 생각할 겁니다. 그녀가 보낸 수색자들이 이곳으로 우리를 쫓아올 거예요. 당신도 알고 계시겠죠." 루실라가 말했다.

"그들이 거짓 단서를 끝까지 쫓아 끝장을 보기 전에는 그런 일이 없을 겁니다. 갑시다." 테그가 말했다.

그는 나무들 사이의 틈을 통해 서쪽으로 길을 이끌었다.

사흘 밤 동안 그는 이른바 '파트린의 기억의 길'을 따라 그들을 이끌었다. 이 네 번째 밤에 숲속을 걸으면서 테그는 파트린의 행동이 낳을 논리적 결과들을 산출해 내지 못한 자신을 책망했다.

'난 그의 충성심이 얼마나 깊은지 알고 있었지만, 그 충성심에서 가장 분명한 결과를 도출해 내지 못했다. 우리가 아주 오랫동안 함께 있었기 때문에 난 그의 생각을 내 생각만큼 알고 있다고 생각했어. 파트린, 이 망할 자식! 자네가 죽을 필요는 전혀 없었어!'

그러나 그 순간 테그는 그럴 필요가 있었다는 사실을 스스로 인정했다. 파트린은 그 필요성을 알아차렸다. 그러나 멘타트인 테그는 스스로 그런 생각을 하지 않으려 했다. 논리도 다른 기능과 마찬가지로 맹목적으로 움직일 수 있었다.

베네 게세리트가 흔히 말하듯이, 그리고 '실증해 보여주듯이.'

'그러니까 우리는 걷는다. 슈왕규는 이걸 예상치 못해.'

테그는 가무의 미개척지를 걷다 보니 자신에게 완전히 새로운 시각이 생겨났다는 것을 인정하지 않을 수 없었다. 기근시대와 대이동 기간 동안 이 지역 전체에서 식물들이 무성하게 자랐다. 나중에 다른 식물들이 심어졌지만, 대부분 제멋대로 식물이 자라는 모습을 유지하는 방향으로 진행되었다. 비밀스러운 흔적과 은밀한 이정표가 오늘의 길을 안내했다. 테그는 이 지역의 지리를 익히는 젊은 파트린의 모습을 상상해 보았다. 나무들 사이의 틈새를 통해 별빛 속에 드러난 저 바위산, 저 뾰족한 지형, 거대한 나무들 사이로 나 있는 이 길을 익히는 모습을.

"그들은 우리가 비우주선을 향해 도망칠 거라고 예상할 겁니다." 그와 파트린은 계획에 살을 붙일 때 이 점에서 의견을 같이했다. "미끼가 수색자들을 그쪽 방향으로 데려가야 합니다."

파트린은 자신이 그 미끼가 될 것이라고 말하지 않았다.

테그는 목이 메어서 침을 꿀꺽 삼켰다.

'성안에서는 던컨을 보호할 수 없었다.' 그는 자신의 행동을 정당화했다. 그건 사실이었다.

루실라는 첫날 공중 수색에 발각되지 않게 생명 반응 은폐용 담요를 쓰고 안절부절못했다.

"어떻게 해서든 타라자 님과 연락을 해야 합니다!"

"연락할 수 있게 되면."

"당신한테 무슨 일이 생기면요? 난 당신의 탈출 계획을 모두 알아야겠습니다."

"만약 나한테 무슨 일이 생기면 당신은 파트린의 길을 따라갈 수 없을 겁니다. 그 길을 당신 기억 속에 넣어줄 시간이 없습니다."

던컨은 그날 대화에 거의 끼지 않았다. 그는 말없이 그들을 지켜보거나 꾸벅꾸벅 졸다가 가끔 성난 표정으로 깨어나곤 했다.

둘째 날, 던컨은 은폐용 담요를 둘러쓴 모습으로 갑자기 테그에게 다그치듯 물었다. "그 사람들은 왜 저를 죽이고 싶어 하는 거죠?"

"너에 대한 교단의 계획을 좌절시키기 위해서다." 테그가 말했다.

던컨은 루실라를 노려보았다. "그 계획이라는 게 뭐예요?"

루실라가 대답을 하지 않자 던컨이 말했다. "대모님은 알고 계세요. 내가 대모님한테 의존하도록 되어 있으니까 대모님은 알고 계세요. 난 대모님을 사랑하도록 계획되어 있어요!"

테그는 루실라가 당혹감을 꽤나 잘 감춘다고 생각했다. 골라에 대한 그녀의 계획은 분명히 헝클어져버렸다. 이렇게 도망치느라 어긋나버린 것이다.

던컨의 행동은 또 다른 가능성을 드러냈다. 저 골라가 진실을 말하는 자의 잠재력을 갖고 있는 건가? 저 교활한 틀레이랙스 인들은 이 골라에게 또 어떤 능력들을 끼워 넣은 거지?

무성한 숲속에서 두 번째 밤이 내렸을 때 루실라의 비난을 잔뜩 쏟아냈다. "타라자 님은 당신에게 저 아이의 원래 기억을 회복시키라고 명령하셨습니다! 여기서 그 임무를 어떻게 수행할 겁니까?"

"우리가 피신처에 도달했을 때 할 겁니다."

그날 밤 그들과 동행하던 던컨은 말없이 날카롭게 신경을 곤두세우고 있었다. 그는 새로운 활기를 띠었다. 그가 그 말을 들은 것이다!

'테그에게 무슨 일이 생기면 절대 안 돼.' 던컨은 생각했다. 그 피신처가 무엇이든, 어디에 있든, 테그는 반드시 무사히 그곳에 도착해야 했다. '그러면 나도 알게 될 거야!'

던컨은 자신이 무엇을 알게 될 것인지 확신하지 못했지만, 이제는 그것이 아주 굉장한 일이 될 것이라고 완전히 믿었다. 이 무성한 숲은 틀림없이 그 목표로 이어질 것이다. 그는 성에서 이 거친 숲을 바라보며 이곳에 오면 자유로워질 거라고 생각했던 것을 떠올렸다. 아무런 구속이 없는 자유에 대한 생각은 이미 사라지고 없었다. 이 야생의 숲은 더 중요한 어떤 것으로 이어진 길에 불과했다.

루실라는 일행의 맨 뒤에서 행군하면서 차분함과 기민함을 유지한 채 자신의 힘으로 변화시킬 수 없는 것이라면 그것을 받아들여야 한다고 마음을 다잡았다. 그녀의 의식 중 일부는 타라자의 명령을 단단하게 움켜쥐고 있었다.

"골라에게서 떨어지지 마십시오. 그리고 때가 되면 당신의 임무를 완수하세요."

한 번에 한 걸음씩, 테그의 몸은 거리를 재며 움직였다. 오늘이 네 번째 밤이었다. 파트린은 목적지에 도달하는 데 나흘 밤이 걸릴 것이라고 추산했었다.

'게다가 그 목적지는 또 어떤가!'

파트린은 십대 때 이곳 가무의 수많은 수수께끼들 중 하나를 발견했는데, 응급 탈출계획은 그것을 중심으로 짜여 있었다. 파트린의 말이 테그의 머릿속에 떠올랐다. "제가 직접 정찰하겠다는 핑계를 대고 이틀 전 그곳에 다시 가봤습니다. 그곳은 예전 그대로입니다. 그곳에 한 번이라도 가본 적이 있는 사람은 지금도 저뿐입니다."

"어떻게 그리 확신할 수 있는 거지?"

"제가 오래전에 가무를 떠날 때 조심을 하기 위해 나름대로 취해 놓은 조치들이 있습니다. 다른 사람들이 들어오면 흐트러질 수 있는 작은 물건들을 배치해 놓았죠. 아무것도 제자리에서 옮겨지지 않았습니다."

"하코넨의 비공간 구(球)인가?"

"아주 오래된 것이지만 그 안의 방들은 지금도 예전 그대로 작동하고 있습니다."

"식량과 물은……."

"사람에게 필요한 모든 것이 다 거기에 있습니다. 중심부에 있는 무(無)엔트로피 통에 들어 있습니다."

테그와 파트린은 이 긴급 피난처를 사용할 일이 절대 없기를 바라면서 계획을 짰다. 그리고 파트린이 테그를 위해 자신이 어렸을 때 발견한 이 장소로 가는 숨겨진 길을 재연해 보여주는 동안 비밀을 철저히 지켰다.

테그의 뒤에서 루실라가 어떤 식물의 뿌리에 걸려 넘어지면서 작게 숨을 집어삼켰다.

'미리 말을 해둘걸 그랬군.' 테그는 생각했다. 던컨은 소리에 의존해서 테그의 뒤를 따르고 있음이 분명했다. 그리고 루실라는 혼자 생각하는 데 주로 신경을 쏟고 있었음이 분명했다.

그녀의 얼굴이 다르위 오드레이드와 저렇게나 닮은 것이 놀랍다고 테그는 혼잣말을 했다. 성에서 두 여자가 나란히 서 있을 때 그는 두 사람의 나이 차로 인해 생긴 차이점들을 분명히 보았다. 루실라는 젊기 때문에 피하지방이 더 풍부하고 얼굴도 둥글었다. 그러나 그 목소리라니! 음색, 억양, 어조에 변화를 주지 않고 말하는 기법 등은 베네 게세리트 대화법의 공통적인 특징이었다. 어둠 속에서는 두 사람을 구분하는 것이 거의 불가능할 터였다.

테그가 베네 게세리트에 대해 아는 사실들을 생각하면, 이것은 우연한 일이 아니었다. 자신들이 투자한 것을 보호하기 위해 귀중한 유전자 혈통을 이중 삼중으로 만들어내는 교단의 성향을 감안하면, 틀림없이 공통의 조상이 있을 터였다.

'우리 모두 아트레이데스라는 얘기지.' 그는 생각했다.

타라자는 골라에 대한 자신의 계획을 밝히지 않았지만, 그 계획 안에 있는 것만으로도 테그는 점점 형태를 잡아가는 그 계획의 모습에 접근할 수 있었다. 완전한 패턴은 아니었지만, 그는 벌써 그 안에서 완전성을 감지할 수 있었다.

교단은 세대를 이어오면서 계속 틀레이랙스 인과 거래해 아이다호 골라를 사들여 여기 가무에서 훈련시켰다. 그러나 결국 그 골라들이 암살되는 결과를 얻었을 뿐이었다. 그동안 내내 교단은 자신들이 원하는 바로 그 순간이 오기를 기다렸다. 그것은 마치 무시무시한 게임 같았다. 그리고 그 게임은 모래벌레를 마음대로 부릴 수 있는 여자아이가 라키스에 나타나는 바람에 정신을 차릴 수 없을 만큼 겉으로 돌출되어 버렸다.

가무 그 자체가 이 계획의 일부임이 틀림없었다. 가무에는 칼라단 사람들의 표식이 사방에 있었다. 단 사람들의 교묘한 흔적이 고대의 야만적인 방식들 위에 쌓였다. 폭군의 할머니인 레이디 제시카가 여생을 보낸 단의 성역에서 나온 것은 사람들뿐만이 아니었다.

테그는 가무를 처음으로 순회하며 정찰할 때 공공연하게 드러나 있는 표식과 은밀한 표식을 모두 보았다.

'부(富)!'

그 흔적들은 자신의 의미를 읽어달라는 듯 이곳에 있었다. 그 흔적들은 자신의 우주를 감싸고 흘러 아메바처럼 움직이면서 어디든 자신이 머무를 수 있는 곳으로 슬그머니 스며 들어갔다. 가무에 대이동에서 돌아온 자들의 재산이 있음을 테그는 알고 있었다. 규모와 힘을 짐작하는 (혹은 상상이라도 할 수 있는) 사람이 거의 없을 만큼 엄청난 재산이었다.

그는 갑자기 걸음을 멈췄다. 바로 앞의 풍경 속에 나타난 물리적 패턴에 온전히 주의를 쏟을 필요가 있었다. 그들 앞에는 황량하고 평평한 바위가 노출되어 있었는데, 그 바위를 식별하는 표식들을 파트린이 그의 기억 속에 심어놓았다. 이번 구간은 아주 위험한 곳 중의 하나였다.

"장군님을 숨겨줄 동굴도, 무성한 나무도 없습니다. 담요를 언제라도 사용할 수 있게 준비하세요."

테그는 은폐용 담요를 배낭에서 꺼내 팔 위에 걸쳤다. 그리고 다시 앞으로 나아가자는 신호를 보냈다. 그가 움직이자 생명 반응을 감춰주는 섬유로 만들어진 어두운색의 담요가 그의 몸에 부딪혀 쉭쉭 소리를 냈다.

루실라의 생각을 알아내는 것이 점점 쉬워지고 있다고 그는 생각했다. 그녀는 자신의 이름 앞에 '레이디'를 붙이고 싶다는 포부를 갖고 있었다. 레이디 루실라. 이 이름이 그녀의 귀에 아주 기분 좋게 들리는 모양이었다. 폭군의 황금의 길이 강요한 오랜 무명의 세월로부터 대가문들이 모습을 드러내고 있기 때문에 그런 칭호를 받은 대모들이 몇 명 있었다.

루실라, 유혹자 겸 각인사.

교단에 속한 그런 여성들은 모두 성적인 면에 정통했다. 테그의 어머니도 그런 시스템의 작용을 그에게 가르쳤으며, 아직 상당히 어린 그를 세심하게 선택된 그 지역 여성들에게 보내 그가 여성들은 물론 자신의 내면에서도 반드시 관찰해야 하는 징조들을 가르쳤다. 그것은 참사회의 감시를 벗어난 금지된 훈련이었다. 그러나 테그의 어머니는 교단의 '이단자들' 중 하나였다.

"네게 이것이 필요해질 거다, 마일즈."

그녀에게는 확실히 약간의 예지력이 있었다. 그녀는 여성에 대한 남성의 무의식적인 유대를 고정시키기 위해 오르가슴을 통한 증폭 방법을 훈련받은 각인사들에 맞서 그를 무장시켰다.

'루실라와 던컨. 그녀에 대한 각인은 오드레이드에 대한 각인이 되겠지.'

두 사람이 그의 머릿속에서 결합됨에 따라 조각 그림의 조각들이 찰칵 하고 제자리를 찾아 들어가는 소리가 들리는 것 같았다. 그럼 라키스에 있는 그 어린 여자는 어떻게 되는 건가? 루실라가 각인이 이루어진 자신의 학생에게 유혹의 기법을 가르쳐서 모래벌레를 부리는 자를 유혹할 수 있도록 그를 무장시킬 것인가?

'최고의 계산 결과를 뽑아내기에는 아직 데이터가 충분하지 않아.'

테그는 바위 사이로 열린 위험한 길의 끝에서 잠시 걸음을 멈췄다. 그가 담요를 치우고 배낭을 닫는 동안 던컨과 루실라는 바로 뒤에서 그를 기다렸다. 테그는 무거운 한숨을 쉬었다. 그 담요는 항상 그에게 근심을 안겨주었다. 담요는 완전한 전투용 방어막처럼 공격을 튕겨내는 능력을 갖고 있지 않았지만, 레이저총의 광선이 이 담요에 맞는다면 그 결과로 발생하는 속사(速射)는 치명적인 결과를 낳을 수도 있었다.

'모두 위험한 물건들이야!'

테그는 이런 무기들과 기계 장치들을 항상 이렇게 분류했다. 어머니가 그에게 가르쳐주었듯이, 자신의 재치, 자신의 몸, 그리고 베네 게세리트 방식의 다섯 가지 자세에 의존하는 편이 더 나았다.

'육체의 힘을 증폭시키기 위해 절대적으로 필요할 때에만 도구를 사용하라.' 이것이 베네 게세리트의 가르침이었다.

"왜 멈춰 서 있는 거죠?" 루실라가 속삭이는 소리로 말했다.

"난 지금 밤의 소리를 듣고 있습니다." 테그가 말했다.

나뭇가지 사이로 들어오는 별빛 속에서 얼굴이 유령처럼 흐릿하게 보이는 던컨이 테그를 빤히 바라보았다. 테그의 모습은 그를 안심시켰다. 그가 손을 뻗을 수 없는 기억 속 어딘가에 그의 얼굴이 박혀 있는 것 같았다. 던컨은 생각했다. '이 사람은 믿어도 돼.'

루실라는 테그의 늙은 몸에 휴식이 필요해서 걸음을 멈춘 것 같다고 짐작했지만, 차마 그 말을 할 수는 없었다. 테그는 자신의 탈출 계획에 던컨을 라키스로 데려가는 방법도 포함되어 있다고 말했다. 그럼 된 것이다. 지금 중요한 것은 그것뿐이었다.

그녀는 자신들의 앞쪽 어딘가에 있는 이 피난처에 틀림없이 비우주선이나 비공간이 포함되어 있음을 이미 짐작하고 있었다. 그 외에는 어떤 것도 그들의 목적을 충족시키지 못할 것이다. 이유는 잘 알 수 없지만, 파트린이 이곳의 열쇠였다. 테그가 준 극소수의 힌트들은 이 탈출로가 원래 파트린의 것임을 드러내주었다.

자기들을 탈출시키기 위해 파트린이 어떤 대가를 치렀을지 가장 먼저 깨달은 사람은 루실라였다. 파트린은 가장 약한 연결 고리였다. 그는 슈왕규에게 잡힐 수 있는 곳에 남았다. 미끼가 잡히는 것은 불가피한 일이었다. 슈왕규와 같은 능력을 지닌 대모가 하잘것없는 남자에게서 비밀을 짜내지 못할 거라고 생각할 사람은 바보뿐이었다. 슈왕규는 강력한 설득조차 동원할 필요가 없을 것이다. '목소리'의 미묘한 힘과 지금도 교단이 독점하고 있는 고통스러운 신문 방법들, 즉 고통의 상자와 신경절에 대한 압박. 이것이면 충분할 것이다.

그 순간 루실라는 파트린의 충성심이 어떤 형태를 취하게 될지 분명하게 알아차렸다. 테그는 어찌 저토록 앞을 내다보지 못한단 말인가?

'사랑이야!'

두 남자 사이의 그 오랜 신뢰와 유대감. 슈왕규는 재빨리 잔인하게 행동할 것이다. 파트린은 그것을 알고 있었다. 테그는 자신이 확실히 알고 있는 것들을 자세히 살펴보지 않았다.

그녀는 던컨의 목소리 때문에 깜짝 놀라 이런 생각들에서 벗어났다.

"오니숍터예요! 우리 뒤에!"

"서둘러!" 테그는 배낭에서 담요를 재빨리 꺼내 그들의 몸 위로 던졌다. 그들은 흙냄새가 나는 어둠 속에서 한데 모여 머리 위를 지나가는 오니숍터 소리에 귀를 기울였다. 오니숍터는 잠시 멈추지도, 돌아오지도 않았다.

자신들이 들키지 않았음을 확신하게 되었을 때, 테그는 다시 그들을 이끌고 파트린의 기억 속의 길을 올라갔다.

"그건 수색대였습니다." 루실라가 말했다. "그들이 짐작을 하기 시작했거나…… 아니면 파트린이……."

"힘이 있으면 그냥 걷기나 하십시오." 테그가 날카롭게 소리쳤다.

그녀는 그를 다그치지 않았다. 두 사람 모두 파트린이 죽었다는 것을 알고 있었다. 이 문제에 대한 언쟁은 이미 끝난 일이었다.

'이 멘타트는 속을 알 수 없어.' 루실라는 속으로 혼잣말을 했다.

테그는 대모의 자식이었고, 그 어머니는 그를 허용된 한계 이상으로 훈련시켰다. 그다음에 교단이 그를 데려와 손에 쥐고 조종했다. 여기서 미지의 능력을 갖고 있는 사람은 골라뿐이 아니었다.

길이 앞뒤로 구불구불 휘어졌다. 빽빽한 숲을 뚫고 가파른 언덕을 올라가는 사냥감의 길이었다. 별빛은 나무들을 뚫지 못했다. 그들이 길을 잃지 않게 해주는 것은 오로지 멘타트의 놀라운 기억력뿐이었다.

루실라의 발밑에 수북한 낙엽이 느껴졌다. 그녀는 테그의 움직임에 귀를 기울이고, 그 움직임을 읽어내 발을 내디뎠다.

'던컨이 이렇게 조용하다니. 완전히 마음을 닫아버렸어.' 그녀는 생각했다. 그는 명령에 복종했다. 그는 테그가 이끄는 대로 따라갔다. 그녀는 던컨의 복종이 어떤 종류의 것인지 감지했다. 그는 자신의 생각을 털어놓지 않았다. 던컨이 복종하는 것은 그것이 지금 형편에 맞는 일이기 때문이었다. 슈왕규의 반란은 골라의 머릿속에 난폭할 정도로 독립적인 사고를 심어놓았다. 게다가 틀레이랙스 인들은 또 그들대로 그에게 무엇을 심어놓았을까?

테그는 커다란 나무들 밑의 평평한 곳에서 걸음을 멈추고 숨을 골랐다. 루실라는 그가 깊게 숨을 들이쉬는 소리를 들을 수 있었다. 그 소리를 들으니 이 멘타트가 아주 늙은 사람이라는 사실을 새삼 실감할 수 있었다. 이렇게 힘든 일을 하기에 그는 너무 늙은 사람이었다. 그녀가 조용히 말했다.

"괜찮습니까, 마일즈?"

"내가 괜찮지 않게 되면 당신에게 말할 겁니다."

"얼마나 더 가야 하죠?" 던컨이 물었다.

"이제 얼마 안 남았다."

이윽고 그는 다시 밤을 뚫고 나아가기 시작했다. "서둘러야 합니다. 이 안장 모양의 산이 마지막 고비예요." 그가 말했다.

이제 파트린의 죽음을 사실로 받아들였으므로, 테그의 생각은 마치 나침반의 바늘처럼 슈왕규와 그녀가 지금 경험하고 있을 일들로 향했다. 슈왕규는 자신의 세상이 주위에서 무너져 내리는 것을 느낄 것이다. 도망자들이 나흘 밤 동안 잡히지 않다니! 이런 식으로 대모의 추적을 피할 수 있는 사람들이라면 무슨 짓이든 할 수 있을 터였다! 물론 지금쯤이면 도망자들이 행성을 떠났을 가능성이 컸다. 비우주선을 탔을 것이다. 하지만 만약…….

슈왕규의 머릿속은 만약이라는 말로 가득 차 있을 것이다.

파트린은 연약한 연결 고리였지만, 연약한 연결 고리의 제거 방법을 훌륭하게 훈련받은 사람이었다. 그런 방법의 대가(大家), 즉 마일즈 테그에게서 훈련을 받았으니까.

테그는 재빨리 고개를 흔들어 눈의 물기를 털어냈다. 지금 당장 필요한 일을 하려면 그가 도저히 피할 수 없는 내적인 정직성의 핵심이 필요했다. 테그는 거짓말에 결코 능숙하지 않았다. 자기 자신에게 거짓말을 할 때조차도. 훈련이 시작되고 정말 얼마 되지 않았을 때, 그는 어머니를 비롯해서 자신의 양육에 관련된 여러 사람들이 개인적 정직성에 대한 감각을 자신에게 깊이 새겨놓았음을 깨달았다.

'명예의 규범을 성실히 지키라는 거지.'

그는 자신의 내면에서 그 규범의 형태를 인식함에 따라, 그 규범 자체에 홀린 듯 빠져들었다. 그것은 인간들이 평등하게 창조되지 않았으며, 서로 다른 능력을 물려받아 살아가면서 서로 다른 사건들을 경험한다는 깨달음과 함께 시작되었다. 이 때문에 서로 다른 업적을 이루고 서로 다른 가치를 지닌 사람들이 생겨났다.

이 규범에 복종하기 위해서는 자신이 더 이상 발전할 수 없는 순간이 올지도 모른다는 사실을 받아들이면서 눈에 보이는 위계질서의 흐름 속에 정확하게 자신의 위치를 찾아 들어가야 한다는 사실을 테그는 일찌감치 깨달았다.

이 규범은 그의 머릿속에 깊이 박혔다. 그는 이 규범의 궁극적인 뿌리를 결코 찾아내지 못했다. 그건 틀림없이 그의 인간다움에 내재된 어떤 것과 연결되어 있었다. 그것은 피라미드형의 위계 구조 속에서 그의 아래에 있는 사람들은 물론 그의 위에 있는 사람들에 대해서도 허용될 수 있는 행동의 한계를 엄청난 힘으로 규정했다.

'교환의 가장 중요한 증거는 충성심이지.'

충성심은 위를 향해서도, 아래를 향해서도 작용했으며, 어디든 충성을 받을 자격이 있는 대상을 발견하면 거기에 자리를 잡았다. 그러한 충성심이 자신의 안에 단단하게 자리 잡고 있음을 테그는 알고 있었다. 그는 교단의 생존을 위해 그가 반드시 희생되어야 하는 상황을 제외하고는, 타라자가 모든 상황에서 자신을 지지하리라는 것을 전혀 의심하지 않았다. 그가 희생하는 것은 그 자체로서 옳은 일이었다. 그들 모두의 충성심이 궁극적으로 자리 잡고 있는 곳이 바로 그곳이었다.

'나는 타라자의 바샤르이다. 그 규범이 말하고 있는 게 바로 그거야.'

그리고 이것이 파트린을 죽게 한 규범이었다.

'자네가 아무런 고통을 겪지 않았으면 좋겠군, 오랜 친구.'

테그는 또다시 나무 밑에서 걸음을 멈췄다. 그는 부츠의 칼집 속에서 전투용 칼을 꺼내 옆의 나무에 작은 표식을 새겼다.

"뭐 하는 겁니까?" 루실라가 다그치듯 물었다.

"이건 비밀 표식입니다. 내가 훈련시킨 사람들만이 이걸 알고 있지요.

물론 타라자 님도요."

"하지만 왜……."

"나중에 설명하겠습니다."

테그는 앞으로 나아가다가 또 다른 나무 옆에서 걸음을 멈추고 그 자그마한 표식을 새겼다. 짐승이 발톱으로 새긴 것처럼 보이는 그 표식은 이 무성한 숲의 풍경과 자연스럽게 섞였다.

테그는 계속 앞으로 나아가면서 자신이 루실라에 대해 이미 마음을 정했음을 깨달았다. 던컨에 대한 그녀의 계획을 반드시 막아야 했다. 테그가 멘타트로서 던컨의 안전과 정신적 건강에 대해 생각해 낼 수 있는 모든 미래의 전망이 그것을 요구했다. 루실라에 의해 어떤 식으로든 각인이 이루어지기 전에 반드시 던컨이 골라가 되기 이전의 기억을 각성해야 했다. 그녀를 막는 것이 쉽지 않을 것임을 테그는 알고 있었다. 대모에게 진의를 감추려면 그가 평소 때보다 더 훌륭한 거짓말쟁이가 되어야 했다.

그것은 반드시 우연인 것처럼, 이런 상황에서 정상적으로 나올 수 있는 결과인 것처럼 보여야 했다. 루실라가 그 반대의 경우를 의심하게 해서는 안 되었다. 테그는 자기가 가까이 붙어 있는, 흥분한 대모를 상대로 성공을 거둘 수 있을 거라는 환상을 거의 가지고 있지 않았다. 그녀를 죽이는 편이 더 나을 터였다. 그건 자기 힘으로도 가능할 것 같았다. 하지만 그러면 어떤 결과가 초래될 것인가! 그런 잔인한 행위가 타라자의 명령에 복종하기 위한 행위였다고 타라자를 납득시키는 것은 불가능했다.

그는 때를 기다리면서 상황을 관찰하고 귀를 기울여야 했다.

그들은 바로 앞에 화산암이 높은 장벽처럼 솟아 있는 작은 공터로 나왔다. 무성한 관목과 키 작은 가시나무가 바위에 바짝 붙어서 자라고 있었다. 별빛 속에서 그 나무들이 검은 덩어리처럼 보였다.

관목 숲 밑으로 사람이 기어갈 수 있는 공간이 더 어두운 색의 윤곽선으로 드러나 있는 것이 테그의 눈에 들어왔다.

"여기서부터는 포복으로 들어가야 합니다." 테그가 말했다.

"재 냄새가 나는군요. 여기서 무엇인가가 불에 탔습니다." 루실라가 말했다.

"미끼가 왔던 곳이 여깁니다. 그는 우리 왼쪽으로 조금 내려간 곳에 불에 그을린 자국을 만들어놓았습니다. 비우주선이 이륙할 때의 연소 흔적을 흉내 내기 위해서." 테그가 말했다.

루실라가 재빨리 숨을 집어삼키는 소리가 분명하게 들려왔다. '대담해!' 슈왕규가 던컨의 뒤를 쫓기 위해 감히 예지력이 있는 수색자를 데려왔다면(그들 중 던컨만이 예지력으로부터 모습을 가려줄 시오나의 피를 갖고 있지 않았다) 이곳의 모든 흔적들은 그들이 이곳으로 와서 비우주선을 타고 행성 밖으로 도망쳤음을 보여줄 것이다⋯⋯. 다만⋯⋯.

"그럼 당신은 지금 우리를 어디로 데려가는 겁니까?" 그녀가 물었다.

"하코넨의 비공간 구입니다. 이곳에 수천 년 동안 있던 그것이 이제 우리 것입니다." 테그가 말했다.

힘을 가진 사람들이 제멋대로의 연구를 억압하고 싶어 하는 것은 꽤나 자연스러운 일이다. 지식에 대한 자유로운 탐색은 원치 않았던 경쟁자를 만들어낸 오랜 역사를 갖고 있다. 힘 있는 자들은 '조사의 안전선'을 원하고, 그 선은 통제될 수 있는 산물과 아이디어만을 내놓을 것이다. 그러나 이보다 더 중요한 것은 이 안전선 덕분에 내부 투자자들이 혜택의 상당 부분을 움켜쥘 수 있게 된다는 점이다. 불행히도 상대적인 변수가 가득한 임의적인 우주는 그러한 '조사의 안전선'을 보장해 주지 않는다.

—익스에 대한 평가, 베네 게세리트 기록 보관소

라키스의 최고 사제이자 이름만의 통치자인 헤들리 튜엑은 자신이 이제부터 해야 하는 일에 능력이 미치지 못한다는 느낌이 들었다.

흙먼지가 안개처럼 퍼져 있는 밤이 도시 킨을 둘러싸고 있었지만 이곳, 그의 개인 알현실에서는 수많은 발광구들의 눈부신 빛이 어둠을 쫓아버렸다. 그러나 신전의 심장부인 이곳에서조차 바람 소리를 들을 수 있었다. 멀리서 들려오는 신음 같은 그 소리는 이 행성이 주기적으로 겪는 고통이었다.

알현실은 불규칙한 모양의 방으로 길이는 7미터였고, 가장 넓은 쪽의 너비는 4미터였다. 그 반대편은 그보다 좁았지만 그 차이를 거의 알아차릴 수 없을 정도였다. 천장 역시 그쪽 방향으로 완만한 경사를 이뤘다. 스파이스 섬유로 짠 벽걸이, 그리고 밝은 노란색과 회색의 교묘한 햇볕 가리개들이 이런 불규칙한 모습을 감춰주었다. 한 벽걸이 뒤에는 방 바깥에서 엿듣는 사람에게 아주 작은 소리까지도 전달해 주는 집음(集音) 나팔이 감춰져 있었다.

라키스에 있는 베네 게세리트 성의 새 지휘관인 다르위 오드레이드만이 이 알현실에 튜엑과 함께 앉아 있었다. 두 사람은 자기들이 앉아 있는 부드러운 초록색 쿠션들에 둘러싸인 좁은 공간을 사이에 두고 서로를 마주 보았다.

튜엑은 인상이 찌푸려지는 것을 감추려고 애썼다. 이 때문에 보통 때는 당당하게 보이는 그의 얼굴이 뒤틀려 속내를 다 드러내는 가면으로 바뀌어 있었다. 그는 오늘 밤의 대결을 위해 대단히 세심한 준비를 했다. 의상 담당자들이 키가 크고 조금 통통한 편인 그의 몸 위로 로브를 매끈하게 펴주었다. 그의 길쭉한 발을 덮고 있는 것은 황금빛 샌들이었다. 로브 밑의 사막복은 장식용일 뿐이었다. 펌프도, 집수포켓도 없었고, 시간을 들여가며 불편하게 옷을 조정할 필요도 없었다. 비단처럼 부드러운 그의 회색 머리는 어깨까지 길게 빗질되어 넓고 두터운 입술과 묵직한 턱이 있는 각진 얼굴에 잘 어울렸다. 그의 눈이 갑자기 자애로운 표정을 띠었다. 그건 그가 할아버지에게서 따온 표정이었다. 오드레이드를 만나러 알현실에 들어올 때에도 그는 이런 표정이었다. 그는 스스로 완전히 당당한 모습이라고 생각했지만, 지금은 흐트러진 모습으로 벌거벗고 있는 것 같은 기분이 불쑥 들었다.

'저 사람은 정말로 머리가 조금 비었군.' 오드레이드는 생각했다.

튜엑은 이런 생각을 하고 있었다. '저 여자와 그 끔찍한 선언서 얘기를 할 수는 없다! 틀레이랙스의 주인과 얼굴의 춤꾼들이 다른 방에서 엿듣고 있는 상황에서는. 내가 무엇에 홀려서 그런 일을 허락한 거지?'

"그건 이단입니다. 순전한 이단." 튜엑이 말했다.

"하지만 당신의 종교는 많은 종교들 중의 하나일 뿐입니다." 오드레이드가 반격했다. "그리고 대이동에서 사람들이 돌아오고 있는 마당에 분파와 변형된 신앙이 급증하는 건……."

"진정한 신앙은 우리의 믿음뿐입니다!" 튜엑이 말했다.

오드레이드는 미소를 감췄다. '신호를 받자마자 곧바로 말하는군. 와프도 틀림없이 그의 말을 들었겠지.' 튜엑을 원하는 대로 이끌고 가는 것은 놀라울 정도로 쉬웠다. 만약 와프에 대한 교단의 판단이 옳다면, 그는 튜엑의 말을 듣고 격분했을 것이다.

오드레이드는 묵직하고 불길한 어조로 말했다. "그 선언서는 모든 사람이 반드시 신경을 써야 하는 문제들을 제기하고 있습니다. 믿는 사람이든 믿지 않는 사람이든 상관없어요."

"이런 것이 죄다 신성한 아이와 무슨 상관이 있다는 겁니까?" 튜엑이 다그치듯 물었다. "당신은 우리가 반드시 만나야 하는 이유를……."

"그렇습니다! 시이나를 숭배하기 시작한 사람들이 많다는 것을 당신이 모른다고는 하지 마십시오. 그 선언서에 함축된 의미는……."

"선언서! 선언서! 그건 이단의 문서입니다. 그러니 말소될 겁니다. 시이나에 대해서는, 과거와 마찬가지로 우리가 전적으로 보살펴야 합니다!"

"안 됩니다." 오드레이드는 부드럽게 말했다.

튜엑은 정말로 흥분하고 있었다. 그가 고개를 좌우로 돌릴 때 그의 뻣뻣한 목은 아주 조금밖에 움직이지 않았다. 그 움직임은 오드레이드의 오른쪽에 있는 벽걸이를 향하고 있었다. 마치 그 벽걸이를 드러내 보여 주는 조명 광선이 튜엑의 머리에 들어 있기라도 한 것 같았다. 이 최고 사제라는 사람은 정말 속이 다 드러나는 사람이었다. 그의 행동은 와프가 저 벽걸이 뒤 어딘가에서 자신들의 말을 엿듣고 있다고 선언한 거나 다름없었다.

"당신들이 그분을 라키스에서 몰래 데리고 나가는 것이 다음 순서겠지요." 튜엑이 말했다.

"그 아이는 여기 있을 겁니다. 우리가 당신에게 약속했던 그대로."

"그럼 왜 그분이……."

"진정하세요! 시이나는 자신이 원하는 바를 분명히 밝혔고, 그녀의 말이 당신에게도 분명히 보고되었을 겁니다. 그 아이는 대모가 되고 싶어 합니다."

"그분은 이미……."

"튜엑 사제님! 나한테 시치미 뗄 생각은 하지 마세요. 그 아이는 자신이 원하는 바를 밝혔고, 우리는 기꺼이 거기에 응할 겁니다. 당신이 왜 반대하는 겁니까? 대모들은 프레멘 시절에 분열된 신을 섬겼습니다. 그러니 지금도 안 될 이유가 없지 않습니까?"

"당신들 베네 게세리트는 사람들로 하여금 하고 싶지 않은 말을 하게 만드는 재주를 갖고 있습니다." 튜엑이 비난했다. "이건 우리 둘이서 나눌 얘기가 아닙니다. 평의회 의원들이……."

"당신의 평의회 의원들은 우리의 논의를 혼란하게 만들기만 할 겁니다. 아트레이데스 선언서의 의미는……."

"난 시이나 님에 대해서만 얘기하겠습니다!" 튜엑은 몸을 똑바로 세워, 단호한 최고 사제의 모습이라고 생각되는 자세를 취했다.

"우리가 지금 그 아이 얘기를 하고 있잖습니까." 오드레이드가 말했다.

"그럼 분명히 밝히겠습니다. 그분의 수행원 중에 우리 쪽 사람들을 더 많이 배치해 줄 것을 요구합니다. 그분은 반드시 경호를 받아야……."

"지붕 위에서 경호받았던 것처럼요?" 오드레이드가 물었다.

"오드레이드 대모님, 여긴 신성한 라키스입니다! 당신은 이곳에서 우리가 허락하지 않는 한 어떤 권리도 갖지 못합니다!"

"권리라고요? 시이나가 과녁이 되었습니다. 그래요, 야심을 품은 수많은 사람들의 과녁 말입니다! 그런데도 당신은 권리에 대해 얘기하고 싶다고요?"

"최고 사제로서 내 의무는 분명합니다. 분열된 신의 신성한 교회는……."

"튜엑 사제님! 난 지금 꼭 필요한 예의를 지키려고 아주 힘들게 애쓰고 있습니다. 지금 내가 하고 있는 일은 우리뿐만 아니라 당신의 이익을 위한 것이기도 합니다. 우리가 취한 조치들은……."

"조치? 무슨 조치 말입니까?" 튜엑은 갈라진 목소리로 으르렁거리는 것처럼 이 말을 짜냈다. 이 무시무시한 베네 게세리트 마녀들 같으니! 뒤에는 틀레이랙스 인이 있고 앞에는 대모가 있어! 튜엑은 자신이 이 소름 끼치는 게임에서 무시무시한 에너지들 사이를 오가는 공이 된 것 같은 기분이었다. 평화로운 라키스, 그의 한결 같은 일상이 있던 안전한 장소는 이미 사라져버렸고, 그는 규칙을 전부 이해할 수 없는 투기장으로 내동댕이쳐졌다.

"저는 마일즈 테그 바샤르를 이리로 불렀습니다. 그것이 전부입니다. 그의 선발대가 곧 도착할 겁니다. 우리가 당신의 행성 방어를 강화해 주겠습니다." 오드레이드가 말했다.

"감히 이곳을 점령……."

"우린 아무것도 점령하지 않습니다. 테그의 부하들은 바로 당신 아버지의 요청으로 당신의 방어 시스템을 재설계했습니다. 이 일을 가능하게 만든 협정에는 우리의 주기적인 검토를 요구하는 구절이, 당신 아버지의 고집 때문에 포함되어 있습니다."

튜엑은 멍한 표정으로 말없이 앉아 있었다. 저 불길한 인상의 자그마한 틀레이랙스 인 와프가 이 말을 모두 들었다. 충돌이 발생할 터였다! 틀레이랙스 인들은 멜란지 가격에 대한 비밀 협정을 원했다. 그들은 베네 게세리트의 간섭을 허용하려 하지 않을 것이다.

오드레이드는 튜엑의 아버지를 입에 담았다. 이제 튜엑의 머릿속에는 오래전에 죽은 아버지가 이 자리에 앉아 있었으면 좋겠다는 생각뿐이었다. 아버지는 엄한 사람이었다. 아버지라면 서로 대립하고 있는 이 세력들을 어떻게 처리해야 할지 알았을 것이다. 아버지는 언제나 틀레이랙스 인들을 아주 잘 처리했다. 튜엑은 워즈라는 이름의 틀레이랙스 사절과…… 푹이라는 이름의 또 다른 사절의 말을 (지금 와프가 엿듣고 있는 것처럼!) 엿들었던 기억을 떠올렸다. 레덴 푹. 그들의 이름은 정말이지 얼마나 이상한지.

혼란에 빠진 튜엑의 머릿속에 또 다른 이름 하나가 불쑥 떠올랐다. 오드레이드가 방금 언급한 이름이었다. '테그!' 그 늙은 괴물이 아직도 활동하고 있단 말인가?

오드레이드가 다시 말을 하고 있었다. 튜엑은 바짝 마른 목구멍으로 침을 삼키려고 애쓰면서 앞으로 몸을 기울이고 그녀에게 억지로 주의를 기울였다.

"테그는 또한 지상에 있는 당신들의 방어 시스템을 살펴볼 겁니다. 지붕에서 그런 큰 실패를 겪었으니……."

"우리의 내정에 대해 이렇게 간섭하는 것을 공식적으로 금지합니다. 당신들이 그럴 필요가 없습니다. 우리 수호사제들로도 충분히……."

"충분하다고요?" 오드레이드는 슬픈 듯 고개를 가로저었다. "정말로 맞지 않는 표현이군요. 라키스의 새로운 상황을 감안한다면 말입니다."

"무슨 새로운 상황이 있다는 겁니까?" 튜엑의 목소리에는 공포가 배어 있었다.

오드레이드는 그냥 자리에 앉아 그를 뚫어지게 바라보기만 했다.

튜엑은 자신의 생각을 억지로라도 조금 정리해 보려고 애썼다. 틀레이 랙스 인이 저 뒤에서 엿듣고 있는 걸 그녀가 알까? 그럴 리가 없었다! 그는 떨리는 숨을 들이쉬었다. 라키스의 방어 시스템에 대한 이 얘기는 또 무엇인가? 방어 시스템은 아주 훌륭하다고 그는 자신을 안심시켰다. 그들은 익스 산의 최고급 모니터와 비우주선을 갖고 있었다. 게다가 라키스가 다른 스파이스 산지와 똑같이 독립을 유지하는 것이 모든 독립적인 세력들에게 이로웠다.

'악솔로틀 탱크에서 멜란지를 지독하게 과잉 생산하고 있는 틀레이랙스 인들을 제외하고는 모두에게 이로워!'

정신을 차릴 수가 없었다. 틀레이랙스의 주인이 방금 이 알현실에서 오간 말을 한마디도 빼지 않고 다 들은 것이다!

튜엑은 분열된 신, 샤이 훌루드에게 자기를 보호해 달라고 부탁했다. 저 뒤에 있는 그 무시무시한 작은 남자는 자기가 익스 인들과 물고기 웅변대 또한 대변하고 있다고 말했다. 그리고 서류들을 내놓았다. 오드레이드가 말하는 '새로운 상황'이라는 게 바로 그것인가? 마녀들에게는 어느 것도 그리 오랫동안 비밀로 감출 수가 없었다!

최고 사제는 와프를 생각하며 몸이 부르르 떨리는 것을 억누를 수 없었다. 그 동그랗고 조그만 머리, 반짝이는 눈, 들창코, 그 믿을 수 없는 미소 속에서 보이던 날카로운 이. 와프는 아이를 약간 확대해 놓은 것처럼 보였다. 그러나 그 시선과 마주치고 그 새된 목소리를 들으면 생각이 달라졌다. 튜엑은 아버지가 그런 목소리에 대해 불평하던 것을 기억했다. "틀레이랙스 인들은 그 어린애 같은 목소리로 정말 끔찍한 얘기들을 해!"

오드레이드는 쿠션 위에서 몸을 조금 움직였다. 그녀는 저 밖에서 엿듣고 있는 와프를 생각했다. 그가 이 정도 들었으면 된 걸까? 비밀리에 이 대화를 엿듣고 있는 그녀의 부하들도 틀림없이 똑같은 질문을 하고 있을 터였다. 대모들은 언제나 이런 언어의 대결을 다시 돌이켜 보면서 개선할 점들과 교단에게 새로이 이로운 점들을 찾았다.

'와프가 이 정도 들었으면 될 거야. 이제 연극의 분위기를 바꿀 때가 됐어.' 오드레이드는 속으로 혼잣말을 했다.

오드레이드는 자신이 낼 수 있는 가장 사무적인 어조로 말했다. "튜엑 사제님, 누군가 중요한 사람이 여기서 우리가 하는 말을 엿듣고 있습니다. 그런 사람이 몰래 엿듣는 것이 예의에 맞는 일입니까?"

튜엑은 눈을 감았다. '저 여자가 알고 있어!'

그는 눈을 뜨고 속을 알 수 없는 오드레이드의 시선과 눈을 마주쳤다. 그녀는 그가 대답할 때까지 한없이 기다릴 수 있을 것 같은 모습이었다.

"예의라고요? 저는…… 저는……."

"몰래 엿듣고 있는 사람더러 이리 와서 우리와 자리를 함께 하자고 하십시오." 오드레이드가 말했다.

튜엑은 축축한 이마를 손으로 훔쳤다. 그가 이 자리에 앉기 전에 최고 사제였던 그의 아버지와 할아버지는 대부분의 경우에 대해 항상 되풀이되는 응답들을 정해 놓았지만, 지금과 같은 순간을 위해 정해진 말은 하나도 없었다. 저 틀레이랙스 인을 이리로 부르라고? 이 방에서 함께……. 튜엑은 자기가 그 틀레이랙스 주인의 냄새를 좋아하지 않는다는 사실을 갑자기 생각해 냈다. 그의 아버지도 그 점에 대해 불평을 한 적이 있었다. "그놈들에게서는 속이 뒤집힐 것 같은 음식 냄새가 난다!"

오드레이드가 자리에서 일어섰다. "내 말을 듣는 사람들을 한 번 보고 싶네요. 제가 직접 가서 엿듣는 사람을 불러……."

"제발!" 튜엑은 그대로 자리에 앉아 있었지만 그녀를 막기 위해 한 손을 들어 올렸다. "제게는 선택의 여지가 거의 없었습니다. 그는 물고기 웅변대와 익스 인들이 보낸 서류를 가지고 왔어요. 그는 시이나 님이 우리에게 돌아올 수 있도록 우리를 도와주겠다고……."

"도와준다고요?" 오드레이드는 식은땀을 흘리고 있는 사제를 연민과 아주 가까운 감정을 안고 내려다보았다. 이런 자가 라키스를 다스린다고 생각한단 말이지?

"그는 베네 틀레이랙스의 사람입니다. 그의 이름은 와프이고……." 튜엑이 말했다.

"저도 그의 이름을 알고, 그가 왜 여기 왔는지도 압니다, 튜엑 사제님. 내가 놀랍다고 생각하는 것은 당신이 그 사람에게 염탐을 허락……."

"그건 염탐이 아닙니다! 우린 협상을 하고 있었습니다. 그러니까, 제 말은 새로운 세력들이 있어서 우리가 반드시 조정을 해야……."

"새로운 세력이라고요? 아, 그렇죠. 대이동에서 돌아온 매춘부들. 이 와프라는 사람이 그들도 몇 명 데려왔던가요?"

튜엑이 뭐라고 대답을 하기도 전에 알현실의 옆문이 열렸다. 와프가 제대로 때를 맞춰서 안으로 들어온 것이다. 얼굴의 춤꾼 두 명이 그의 뒤에 있었다.

'얼굴의 춤꾼을 데려오지 말라는 얘기를 들었을 텐데!' 오드레이드는 생각했다.

"당신만 들어오십시오." 오드레이드는 손가락으로 그들을 가리키며 말했다. "다른 사람들은 초대받지 않았습니다. 그렇지요, 튜엑 사제님?"

튜엑은 무겁게 몸을 일으키며 오드레이드가 자신에게 가까이 있음을 깨닫고 대모들의 육체적 능력에 대한 온갖 무서운 이야기들을 떠올렸다. 얼굴의 춤꾼들의 존재가 그의 혼란을 더욱 가중시켰다. 얼굴의 춤꾼을 보면 항상 지독히 불안해졌다.

튜엑은 문을 향해 돌아서서 초청을 하는 것 같은 표정을 지으려고 애쓰면서 말했다. "오직…… 오직 와프 대사만 들어와 주십시오."

말을 하면서 튜엑은 목에 통증을 느꼈다. 이건 정말 너무 끔찍한 일이었다! 그는 이 사람들 앞에서 벌거벗고 있는 것 같은 기분이었다.

오드레이드가 자기와 가까운 곳의 쿠션을 가리켰다. "와프라고 하셨지요? 이리 와서 앉으십시오."

와프는 마치 그녀를 처음 보는 사람처럼 고개를 끄덕했다. '정말 정중하군!' 그는 얼굴의 춤꾼들에게 밖에 있으라고 손짓으로 지시한 후 오드레이드가 가리킨 쿠션으로 다가와 그 옆에 서서 기다렸다.

오드레이드는 이 자그마한 틀레이랙스 인의 온몸에서 긴장이 흐르는 것을 보았다. 뭔가 으르렁거리는 소리 같은 것이 그의 입술을 살짝 스치고 지나갔다. 그는 소매 속에 여전히 그 무기를 갖고 있었다. 그가 협정을 깨뜨릴 생각인 걸까?

와프의 의심이 처음만큼, 아니 그보다 더 강해질 때가 되었음을 오드레이드는 알고 있었다. 그는 타라자의 책략에 속아 함정에 빠진 기분일 것이다. 와프는 교배모들을 원했다! 그의 페로몬이 풍기는 악취는 그의 가장 깊은 두려움을 사방에 알리고 있었다. 그렇다면 그도 협정에서 자신이 해야 하는 역할을 마음속에 담아두고 있다는 얘기였다. 아니, 최소한 그 나눔의 '형식'만이라도 담아두고 있는 것 같았다. 타라자는 와프가 명예의 어머니들에게서 얻어 낸 지식을 정말로 모두 나눠줄 것이라고는 기대하지 않았다.

"튜엑 사제님 말씀으로는 두 분이…… 아아, 협상을 하고 계셨다고 하더군요." 오드레이드가 말했다. '저자가 이 말을 기억하게 해야 해!' 와프는 진짜 협상의 매듭이 어디에서 지어져야 하는지 알고 있었다. 오드레이드는 말을 하면서 무릎으로 주저앉았다가 몸을 뒤로 기울여 쿠션에 앉았다. 그러나 그녀의 발은 와프가 어떤 공격을 하더라도 피할 수 있도록 자세를 취하고 있었다.

와프는 그녀와 그녀가 자기더러 앉으라고 가리킨 쿠션을 살짝 바라보았다. 그는 천천히 쿠션 위에 주저앉았지만 그의 팔은 무릎 위에 놓여 있었고, 그의 소매는 튜엑을 향하고 있었다.

'저자가 지금 뭘 하는 거지?' 오드레이드는 생각했다. 와프의 행동을 보니 그가 자기만의 계획에 착수한 모양이었다.

오드레이드가 말했다. "저는 아트레이데스 선언서의 중요성을 최고 사제님께 깊이 새기려고 노력하고 있었습……."

"아트레이데스!" 튜엑이 불쑥 말했다. 그는 거의 쿠션 위로 쓰러질 것처럼 보였다. "그건 아트레이데스일 리가 없습니다."

"아주 설득력 있는 선언서입니다." 와프가 말했다. 역력하게 드러나 있는 튜엑의 두려움이 한층 더 커졌다.

적어도 이것만은 계획대로라고 오드레이드는 생각했다. 그녀가 말했다. "숫토리의 약속을 무시할 수는 없습니다. 많은 사람들이 숫토리를 자기들 신의 존재와 동일한 것으로 보고 있습니다."

와프는 놀라움과 분노가 깃든 시선으로 그녀를 노려보았다.

튜엑이 말했다. "와프 대사께서는 익스 인들과 물고기 웅변대가 그 문서 때문에 경계심을 품고 있다고 제게 말씀하셨습니다. 하지만 대사께 분명히 말씀드렸…….'"

"제 생각에는 우리가 물고기 웅변대를 무시해도 될 것 같습니다. 그들은 사방에서 신의 시끄러운 소리를 들으니까요." 오드레이드가 말했다.

와프는 그녀의 말 속에 들어 있는 은어를 알아보았다. 그녀가 지금 그를 조롱하고 있는 건가? 물고기 웅변대에 대한 그녀의 의견은 물론 옳은 것이었다. 그들은 과거의 신앙에서 너무 멀리 떨어져서 영향력을 거의 갖고 있지 않았다. 그나마 그들이 영향력을 발휘하는 부분에서도 지금 그들을 이끌고 있는 신품종 얼굴의 춤꾼들이 길을 정할 수 있었다.

튜엑은 와프를 향해 미소를 지으려고 애썼다. "당신은 우리를 도와주겠다고 말씀……."

"그 얘기는 나중에 합시다." 오드레이드가 말을 막았다. 그녀는 튜엑이 그토록 불안하게 생각하는 그 문서에 계속 신경을 쓰도록 만들어야 했다. 그녀는 선언서의 한 구절을 알기 쉽게 바꿔서 인용했다. "너희의 의지와 너희의 믿음, 즉 너희의 신앙 체계가 너희의 우주를 지배한다."

이건 튜엑도 알고 있는 구절이었다. 그도 그 무시무시한 문서를 이미 읽었다. 이 '선언서'는 신과 신의 모든 작업이 인간의 창조물에 지나지 않는다고 말했다. 그는 여기에 어떤 반응을 보여야 좋은지 알 수가 없었다. 최고 사제라면 그런 것을 문제 삼지 않고 그냥 지나갈 수는 없었다.

튜엑이 대답할 말을 찾기 전에 와프가 오드레이드와 강렬하게 시선을 맞부딪히며 대답했다. 그녀가 자신의 대답을 올바르게 해석하리라는 확신이 있었다. 오드레이드 같은 사람이 그렇게 하지 못할 리가 없었다.

"예지력의 실수. 이 문서에는 그렇게 적혀 있지 않습니까? 믿는 자들의 정신이 바로 그곳에서 정체될 것이라고 이 문서가 말하고 있지 않습니까?" 와프가 말했다.

"바로 그겁니다!" 튜엑이 말했다. 그는 틀레이랙스 인이 개입해 준 것에 고마움을 느꼈다. 그것이 바로 이 위험한 이단의 핵심이었다!

와프는 그를 바라보지 않고 계속 오드레이드를 쏘아보았다. 저 베네 게세리트는 자기들의 계획을 아무도 읽어낼 수 없다고 생각하는 건가? 더 위대한 힘을 보여주지. 저 여자는 자기가 아주 강하다고 생각하고 있어! 하지만 전능한 신께서 샤리아트의 미래를 어떻게 수호하시는지 저 베네 게세리트는 제대로 알 수 없을 것이다!

튜엑은 말을 멈추려 하지 않았다. "그 문서는 우리가 신성하게 생각하는 모든 것을 공격합니다! 게다가 그것이 사방으로 퍼져나가고 있어요!"

"틀레이랙스 인들의 소행이죠." 오드레이드가 말했다.

와프는 소매를 들어 올려 무기를 튜엑에게 향했다. 그가 머뭇거린 것은 오로지 오드레이드가 그의 의도를 일부 깨달았음을 알았기 때문이었다.

튜엑은 두 사람을 번갈아 바라보았다. 오드레이드의 말이 사실인가? 아니면 그건 그냥 베네 게세리트의 또 다른 속임수인가?

오드레이드는 와프의 머뭇거림을 보고 그 이유를 추측했다. 그녀는 자신의 머릿속에 그물을 던져 그의 의도에 대한 해답을 찾으려 했다. 저 틀레이랙스 인이 튜엑을 죽이면 어떤 이점이 있을까? 와프가 최고 사제의 자리에 얼굴의 춤꾼을 대신 앉힐 생각임은 분명했다. 그러나 그렇게 해서 그가 얻을 수 있는 것이 무엇인가?

시간을 벌기 위해서 오드레이드가 말했다. "아주 신중하게 행동하셔야 할 겁니다, 와프 '대사'."

"신중함이 언제 위대한 필연을 다스린 적이 있습니까?" 와프가 물었다.

튜엑은 자리에서 일어나 양손을 비틀면서 무거운 걸음으로 한쪽 옆으로 움직였다. "제발 부탁입니다! 여기는 신성한 곳입니다. 우리가 이단을 파괴할 계획이 아니라면, 이곳에서 이단을 논하는 건 잘못된 일입니다." 그는 와프를 내려다보며 말을 이었다. "그건 사실이 아니지요, 그렇죠? 당신들이 그 끔찍한 문서를 쓴 게 아니지요?"

"그건 우리가 쓴 게 아닙니다." 와프가 동의했다. '멋이나 부리는 저 저 주받을 사제 같으니!' 튜엑은 한쪽 옆으로 한참 옮겨 가서 다시 한번 움직이는 과녁이 되었다.

"그럴 줄 알았습니다!" 튜엑이 커다란 걸음으로 와프와 오드레이드의 뒤쪽으로 돌아가면서 말했다.

오드레이드는 와프에게서 시선을 떼지 않았다. 그는 살인을 계획하고 있었다! 틀림없었다.

튜엑이 그녀의 뒤에서 말했다. "당신이 우리를 얼마나 부당하게 취급했는지 당신은 모를 겁니다, 대모님. 와프 님께서는 우리에게 멜란지 카르텔을 형성하자고 요청하셨습니다. 나는 신의 할머님이 당신들과 같았기 때문에 당신들에게 주는 우리의 가격이 절대 변하지 않아야 한다고 설명했습니다."

와프는 고개를 수그리고 기다렸다. 저 사제는 다시 공격 범위 안에 들어올 것이다. 신께서는 실패를 허락하지 않으실 것이다.

튜엑은 오드레이드의 뒤에 서서 와프를 내려다보았다. 전율이 그의 몸을 훑고 지나갔다. 틀레이랙스 인들은 너무…… 너무나 혐오스럽고 반

도덕적이었다. 그들은 믿을 수 없는 자들이었다. 와프의 부인을 어떻게 받아들일 수 있겠는가?

와프를 응시하는 시선을 그대로 유지한 채 오드레이드가 말했다. "하지만 튜엑 사제님, 소득 증가의 전망이 당신에게 매력적이지 않습니까?" 그녀는 와프의 오른팔이 약간 움직이는 것을 보았다. 그 팔은 거의 그녀를 겨냥하고 있었다. 그의 의도가 분명해졌다.

"튜엑 사제님, 이 틀레이랙스 인은 우리 둘을 모두 살해할 생각입니다." 오드레이드가 말했다.

그녀의 말에 와프가 양팔을 획 들어 올리며 서로 떨어져 있는 까다로운 과녁들을 겨냥하려 했다. 그의 근육이 반응하기도 전에 오드레이드가 그의 수비를 뚫고 들어와 있었다. 그녀는 화살 발사 장치에서 희미하게 쉭쉭 소리가 나는 것을 들었지만 따끔한 느낌은 전혀 없었다. 그녀의 왼팔이 와프의 오른팔을 베듯이 위로 올려쳐서 부러뜨렸다. 그녀의 오른발은 그의 왼팔을 부러뜨렸다.

와프가 비명을 질렀다.

그는 베네 게세리트가 이런 스피드를 낼 수 있을 거라고는 전혀 짐작하지 못했다. 그녀의 속도는 익스의 회의용 우주선에서 명예의 어머니가 보여주었던 것과 거의 맞먹었다. 고통 속에서도 그는 이 사실을 반드시 보고해야 한다는 것을 깨달았다. 대모들이 압박을 받으면 시냅스 우회를 자유자재로 사용한다는 사실을!

오드레이드 뒤쪽 문이 벌컥 열렸다. 와프의 얼굴의 춤꾼들이 방 안으로 달려들어 왔다. 그러나 오드레이드는 이미 와프 뒤에 서서 양손을 그의 목에 대고 있었다. "멈추지 않으면 이자가 죽는다!" 그녀가 소리쳤다. 두 얼굴의 춤꾼은 그대로 얼어붙었다.

와프가 그녀의 손 밑에서 몸부림을 쳤다.

"움직이지 마!" 그녀가 명령했다. 오드레이드는 오른쪽의 바닥에 뻗어 있는 튜엑을 흘깃 바라보았다. 화살 하나는 과녁을 맞힌 것이다.

"와프가 최고 사제를 죽였다." 오드레이드가 몰래 엿듣고 있는 자기 부하들을 향해 말했다.

두 얼굴의 춤꾼들은 계속 그녀를 노려보았다. 그들이 망설이고 있음을 쉽게 알아볼 수 있었다. 이것이 베네 게세리트에게 이로운 상황임을 두 사람 모두 깨닫지 못했다. 이 틀레이랙스 인을 정말로 함정에 빠뜨리지 않았는가!

오드레이드는 얼굴의 춤꾼들에게 말했다. "저 시체를 가지고 복도로 나가서 문을 닫아라. 너희의 주인은 어리석은 짓을 저질렀다. 너희가 필요한 것은 나중이다." 그리고 그녀는 와프를 향해 말을 이었다. "지금은 얼굴의 춤꾼들보다 내가 더 당신에게 필요할 겁니다. 저들을 내보내십시오."

"나가라." 와프가 새된 목소리로 말했다.

오드레이드는 얼굴의 춤꾼들이 계속 자신을 노려보자 입을 열었다. "너희가 당장 나가지 않는다면 내가 이자를 죽이고 나서 너희 둘도 없애 버리겠다."

"명령대로 해!" 와프가 비명처럼 소리 질렀다.

얼굴의 춤꾼들은 이것을 주인에게 복종하라는 명령으로 받아들였다. 오드레이드는 와프의 목소리에서 다른 기색을 알아차렸다. 아무래도 그를 설득해 자살의 히스테리에서 벗어나게 만들 필요가 있을 것 같았다.

그와 단둘이 남게 되자 오드레이드는 화살이 다 떨어진 무기를 그의 소매에서 꺼내 챙겼다. 나중에 이 무기를 자세히 조사해 볼 수 있을 것이다. 그의 부러진 뼈에 대해서는 그를 잠시 기절시킨 다음 뼈를 맞춰주는 것 외에 그녀가 할 수 있는 일이 거의 없었다. 그녀는 쿠션으로 임시 부목을 만들고 최고 사제의 가구에서 초록색 천을 찢어 끈을 만들었다.

와프는 금방 깨어났다. 그리고 오드레이드를 보더니 신음 소리를 냈다.

"당신과 나는 이제 동맹입니다. 이 방에서 일어난 일들을 튜엑의 자리에 자기편 사람을 앉히고 싶어 하는 파벌의 대표들과 내 부하들이 들었습니다." 오드레이드가 말했다.

와프가 감당하기에는 상황 변화가 너무 빨랐다. 그는 잠시 후에야 그녀의 말을 이해했다. 그의 정신이 가장 중요한 말을 포착했다.

"동맹이라고요?"

"아마 튜엑은 상대하기 어려웠을 겁니다. 그에게 분명한 이익을 제시하면 그는 항상 모호한 태도를 취했죠. 그를 죽임으로써 당신은 일부 사제들에게 좋은 일을 한 겁니다."

"그들이 지금 엿듣고 있단 말입니까?" 와프가 새된 목소리로 말했다.

"물론입니다. 이제 당신이 제안한 스파이스 독점에 대해 얘기해 봅시다. 애석하게도 세상을 떠난 최고 사제께서는 당신이 그런 얘기를 했다고 했습니다. 내가 당신 제안의 범위를 연역해 낼 수 있는지 한번 볼까요?"

"내 팔이." 와프가 신음했다.

"당신은 아직 살아 있습니다. 나의 지혜에 감사하세요. 난 당신을 죽일 수도 있었습니다."

그는 그녀에게서 고개를 돌렸다. "차라리 그편이 더 나았을 겁니다."

"베네 틀레이랙스를 위해서는 아니죠. 우리 교단을 위해서도 분명히 아니고요. 자, 봅시다. 그래, 당신은 라키스에 여러 대의 신형 스파이스 수확기를 제공해 주겠다고 약속했습니다. 공중에 떠서 스위퍼 끝으로 사막을 건드리기만 하는 신형 말입니다.”

“우리 얘기를 엿들었군!” 와프가 비난했다.

“천만에요. 그건 아주 매력적인 제안이었죠. 익스 인들이 나름의 이유로 틀림없이 그 수확기를 당신들에게 무료로 제공하고 있을 테니까요. 얘기를 계속할까요?”

“당신은 우리가 동맹이라고 했습니다.”

“독점이 이루어지면 조합은 어쩔 수 없이 익스의 항법 장치를 더 많이 사들이게 될 겁니다. 당신들이 조합을 단단히 물고 있는 형국이 되겠지요.” 그녀가 말했다.

와프는 고개를 들어 그녀를 노려보았다. 고개를 움직이는 바람에 부러진 팔이 갑자기 아파와서 신음 소리가 나왔다. 통증을 느끼면서도 그는 거의 감다시피한 눈으로 오드레이드를 자세히 살펴보았다. 이 마녀들은 틀레이랙스의 계획이 이게 다라고 정말로 믿고 있는 걸까? 그는 베네 게세리트가 그런 오해를 하고 있을 거라는 희망을 감히 품을 수 없었다.

“물론 그것은 당신들의 기본적인 계획이 아닙니다.” 오드레이드가 말했다.

와프의 눈이 번쩍 떠졌다. 저 여자가 내 생각을 읽고 있어! “나는 명예를 잃어버렸습니다. 당신이 내 목숨을 구했지만, 당신이 구해 준 건 아무짝에도 쓸모 없는 물건입니다.” 그는 이렇게 말하고 나서 꺼지듯이 목의 힘을 풀었다.

오드레이드는 깊이 숨을 들이쉬었다. ‘참사회의 분석 결과를 이용할 때가 됐어.’ 그녀는 와프에게 가까이 몸을 기울이며 그에게 귓속말을 했다. “샤리아트에는 아직 당신이 필요합니다.”

와프는 놀라서 숨을 집어삼켰다.

오드레이드는 뒤로 물러나 앉았다. 숨을 집어삼키는 소리가 모든 것을 말해 주었다. 분석 결과가 맞았다.

"당신은 대이동에서 돌아온 사람들과 동맹을 맺는 편이 더 좋을 거라고 생각했습니다. 저 명예의 어머니들, 그리고 그들과 비슷한 종류의 또 다른 고급 매춘부들 말입니다. 당신에게 묻겠습니다. 슬리그가 자신이 만든 쓰레기와 동맹을 맺던가요?"

와프가 전에 이 질문을 들은 것은 켈에서뿐이었다. 그는 하얗게 질린 얼굴로 밭은 숨을 내뱉었다. 그녀의 말에 함축되어 있는 의미라니! 그는 팔의 통증을 억지로 무시했다. 그녀는 '동맹'이라고 했다. 그녀는 샤리아트에 대해 알고 있었다! 그걸 도대체 어떻게 알게 되었단 말인가?

"우리 둘 중에 베네 틀레이렉스와 베네 게세리트 사이의 동맹이 가져올 많은 이점들을 무시할 수 있는 사람이 있겠습니까?" 오드레이드가 물었다.

'포윈다 마녀들과 동맹을 맺는다고?' 와프의 머릿속이 온통 혼란스러웠다. 그가 팔의 통증을 잊어버릴 수 있는 것은 잠시뿐이었다. 지금 이 순간이 너무나 부서지기 쉬운 것처럼 느껴졌다! 혀의 뒤쪽에서 날카로운 쓴맛이 느껴졌다.

"아아." 오드레이드가 말했다. "저 소리가 들립니까? 크루탄시크 사제와 그의 패거리가 문밖에 도착했습니다. 그들은 당신의 얼굴의 춤꾼 한 명이 고(故) 헤들리 튜엑으로 변장해야 한다는 제안을 내놓을 겁니다. 그밖의 다른 방법들은 모두 지나친 혼란을 초래하겠지요. 크루탄시크는 지금까지 스스로 뒤에 물러나 있었던, 상당히 현명한 사람입니다. 그의 숙부 스티로스가 그를 잘 훈련시켰어요."

"당신의 교단은 우리와의 동맹에서 무엇을 얻습니까?" 와프가 간신히 입을 열어 말했다.

오드레이드는 미소를 지었다. 이제 그녀는 진실을 말할 수 있었다. 언제나 그편이 훨씬 쉬웠다. 가장 강력한 힘을 발휘할 때도 많았다.

"대이동을 떠났던 자들 사이에서 생겨나고 있는 폭풍 앞에서 우리가 살아남는 것입니다. 물론 틀레이랙스의 생존도 있지요. 우리가 가장 원하지 않는 것은 '위대한 믿음'을 간직한 사람들이 종말을 맞는 겁니다." 그녀가 말했다.

와프는 움찔했다. 저 얘기를 내놓고 하다니! 그러나 그는 곧 이해했다. 다른 사람들이 들은들 무슨 상관인가? 그들은 그녀의 말 아래에 숨어 있는 비밀을 꿰뚫어 보지 못할 터였다.

"당신들에게 보낼 교배모들이 준비되어 있습니다." 오드레이드가 말했다. 그녀는 그의 눈을 강렬하게 쏘아보면서 젠수니 사제의 수신호를 보냈다.

와프는 자신의 가슴에서 팽팽한 끈이 스르르 풀리는 것을 느꼈다. 예상하지 못했던, 생각조차 할 수 없는, '믿을 수 없는' 일이 진실이었다! 베네 게세리트는 포원다가 아니었다! 우주 전체가 언젠가 베네 틀레이랙스의 뒤를 따라 '진정한 믿음' 속으로 들어갈 것이다! 그 밖의 다른 일은 신께서 허락하지 않을 것이다. 특히 이곳 예언자의 행성에서는!

관료주의는 독창성을 파괴한다. 관료들이 혁신, 특히 과거의 관례보다 더 나은 결과를 만들어내는 혁신보다 더 중요하는 것은 거의 없다. 개선은 항상 무리의 꼭대기에 있는 사람을 서투른 사람처럼 보이게 만든다. 서투른 사람처럼 보이는 걸 누가 좋아하겠는가?

—정부의 시행착오에 대한 안내서, 베네 게세리트 기록 보관소

보고서, 요약문, 산만한 토막 소식 등이 타라자가 앉아 있는 긴 책상 위에 줄지어 놓여 있었다. 야간 순찰자들과 꼭 필요한 일을 하는 사람들을 제외하면, 그녀를 둘러싸고 있는 참사회의 핵심부는 잠에 빠져 있었다. 그녀의 개인실까지 뚫고 들어오는 소리는 건물의 관리를 맡은 사람들이 내는 친숙한 소리뿐이었다. 발광구 두 개가 그녀의 책상 위를 어른거리며 어두운색의 나무로 된 책상 표면과 줄지어 놓여 있는 리둘리안 종이를 온통 노란색 빛으로 물들였다. 책상 너머의 창문은 방 안의 모습을 비춰주고 있는 어두운 거울이었다.

'기록 보관소!'

홀로그램 투사기가 책상 표면 위에서 깜박거리며 계속 그림을 만들어

냈다. 그녀가 불러낸 자료들이었다.

타라자는 기록 관리자들을 다소 불신하는 편이었다. 그녀가 데이터의 필요성을 인식하고 있다는 점을 감안하면, 모호한 태도였다. 그러나 참사회 기록은 약자와 특별한 표기법, 삽입해 넣은 암호들, 그리고 각주의 미로라고 할 수밖에 없었다. 그런 자료를 해석하기 위해서는 대개 멘타트가 필요했다. 게다가 아주 피곤할 때에는 그녀가 '다른 기억들'을 파고들어야 할 때도 있었다. 기록 관리자들은 물론 모두 멘타트였다. 그러나 그것도 타라자를 안심시켜 주지는 못했다. 기록 보관소의 기록들을 있는 그대로 참조하는 것은 절대 불가능했다. 그 자료에서 유래한 해석들 중 대부분은 그 해석을 만들어낸 사람의 말만 믿고 그냥 받아들여야 했다. 아니면 홀로그램 시스템에 의한 기계적인 검색에 의존해야 했다(정말 혐오스러운 일이었다!). 이 방법을 이용하려면 이 시스템을 관리하는 사람들에게 의존해야 했다. 그 때문에 타라자가 원하는 것보다 더 많은 힘이 기능직 직원들에게 주어졌다.

'의존성!'

타라자는 남에게 의존하는 것을 증오했다. 그녀는 사람이 예상한 그대로 정확하게 전개되는 상황이 거의 없다는 사실을 다시 떠올리며 씁쓸한 기분으로 이것을 받아들였다. 멘타트가 내놓은 최고의 예측에도 실수가 점점 쌓이게 마련이었다……. 어느 정도 시간이 흐른 다음에는.

그래도 교단이 움직일 때마다 기록 보관소와 끝이 없어 보이는 분석을 참고할 필요가 있었다. 심지어 평범한 상업 활동에도 그런 것들이 필요했다. 그 때문에 그녀는 자주 짜증이 났다. 우리가 이런 집단을 만들어야 하나? 그 협정에 서명해야 하나?

회의를 하다 보면 결정이 내려졌다는 표시로 그녀가 '기록 관리자 헤스테리온의 분석이 받아들여졌습니다'는 식의 말을 해야만 하는 순간이 항상 찾아왔다.

아니, 이보다 더 자주 하는 말은 '기록 관리자의 보고서를 기각합니다. 관련성이 없습니다'였다.

타라자는 앞으로 몸을 기울이고 홀로그램 투사기의 화면을 자세히 살펴보았다. "피실험자 와프에게 가능한 교배 계획."

그녀는 오드레이드가 보낸 세포 표본의 유전자 평면도와 숫자를 훑어보았다. 손톱으로 긁어낸 표본에서 확실한 분석을 할 수 있을 만큼 충분한 자료가 나오는 경우는 거의 없었지만 오드레이드는 남자의 부러진 팔을 맞춰주는 척하며 임무를 상당히 훌륭하게 수행했다. 타라자는 자료를 보며 고개를 가로저었다. 이 교배의 후손은 베네 게세리트가 전에 틀레이랙스 인들과의 시도에서 얻어낸 후손들과 틀림없이 똑같을 것이다. 즉, 여자들에게는 기억 탐색이 전혀 먹히지 않을 것이고, 남자들은 물론 속을 꿰뚫어 볼 수 없는 혐오스러운 혼돈이 될 것이다.

타라자는 뒤로 물러나 앉으며 한숨을 쉬었다. 교배 기록에서는 엄청난 양의 상호 참조 표시가 압도적인 비율을 차지했다. 그것은 기록 관리자들의 공식 용어로는 '조상의 관련성 무리(College of Ancestral Pertinence)', 즉 CAP이었다. 교단 내의 자매들은 대부분 그것을 '종마 기록'이라고 불렀다. 이 이름은 비록 정확하기는 하지만, 기록 보관소의 적절한 표제어 밑에 열거되어 있는 세부 사항들의 느낌을 전달해 주지는 못했다. 그녀는 와프에 대한 예측을 300세대 후까지 시행하라고 요청했었다. 그것은 어느 정도 신속하게 수행될 수 있는 쉬운 임무였으며, 모든 실질적인 목적들을 달성하는 데 충분했다. 300세대의 중심 혈통(예를 들어 테그와 그의 방계 친척들, 형제자매들)은 믿을 만하다는 사실이 지난 수천 년 동안 증명되었다.

그녀의 본능은 와프에 대한 예측에 더 많은 시간을 낭비하는 것이 무익한 일이라고 말하고 있었다.

타라자의 몸 안에서 피곤기가 솟아올랐다. 그녀는 양손에 머리를 묻고 책상 위에 잠시 머리를 댄 채 나무의 차가운 감촉을 느꼈다.

'라키스에 대한 내 생각이 틀렸다면 어떡하지?'

반대파의 주장을 기록 보관소의 먼지 속으로 밀쳐버릴 수는 없었다. '컴퓨터에 이렇게 의존해야 하다니, 빌어먹을!' 교단은 버틀레리안 지하드가 '생각하는 기계들'을 난폭하게 부숴버린 후인 '금지의 시대'에도 중심 혈통의 자료를 컴퓨터에 보관했다. 지금처럼 '더 문명화된' 시대에는 과거 그 파괴의 수라장 뒤에 숨어 있던 무의식적인 동기에 대해 사람들이 의문을 품지 않는 편이었다.

'때로 우리는 무의식적인 이유들 때문에 커다란 책임을 져야 하는 결정을 내리곤 하지. 기록 보관소나 '다른 기억들'에 대한 의식적인 검색은 아무것도 보장해 주지 못해.'

타라자는 손 하나를 빼서 책상 표면에 찰싹 소리가 나도록 내려놓았다. 그녀는 자신의 질문에 대한 '대답'을 가지고 총총히 뛰어 들어오는 기록 관리자들을 상대하는 걸 좋아하지 않았다. 그들은 비밀스러운 우스갯소리들로 가득 차 있는 경멸스러운 무리였다. 그녀는 그들이 자기들의 CAP 작업을 가축의 교배, 즉 '농장 형태 및 동물 종족보존국'과 비교하는 것을 들은 적이 있었다. 그런 걸 농담이라고! 지금 올바른 결정을 내리는 것은 그들이 도저히 상상조차 할 수 없을 만큼 중요했다. 명령에 복종하기만 하는 하급 자매들은 타라자처럼 책임을 맡고 있지 않았다.

그녀는 고개를 들고 맞은편의 벽감을 바라보았다. 거기에는 고대에 폭군을 만나 대화를 나눴던 체노에 자매의 흉상이 놓여 있었다.

'당신은 알고 있었지요. 당신은 결코 대모가 되지 못했지만 그래도 알고 있었어요. 당신의 보고서를 보면 알 수 있습니다. 당신은 올바른 결정을 내리는 법을 어떻게 알았습니까?' 타라자는 생각했다.

오드레이드의 군사적 도움 요청에 즉시 답을 주어야 했다. 시간이 너무 촉박했다. 그러나 테그, 루실라, 골라가 실종되었으므로 긴급상황에 대비한 계획을 실행해야 했다.

'테그, 못된 인간 같으니!'

테그가 또다시 예상치 못한 행동을 한 것이다. 물론 그가 골라를 위험 속에 내버려둘 수는 없었을 것이다. 슈왕규의 행동은 이미 예상하던 것이었다.

테그는 어찌 된 것인가? 그가 이사이로 도망친 건가, 아니면 가무의 다른 대도시로 간 건가? 아니었다. 만약 그랬다면, 테그는 그들이 준비해 놓은 비밀 접선자를 통해 이미 보고를 했을 터였다. 그는 그 접선자들의 완전한 명단을 갖고 있었으며, 그들 중 일부를 직접 조사한 적도 있었다.

테그가 그 접선자들을 완전히 믿지 않았음이 분명했다. 이곳저곳을 돌며 시찰을 하는 도중에 그가 뭔가를 본 모양이었다. 그러나 그는 그 사실을 벨론다를 통해 교단에 전해 주지 않았다.

물론 부르즈말리를 불러들여 사건의 개요를 알려줘야 할 터였다. 부르즈말리는 최고의 솜씨를 갖고 있었으며, 테그에게 직접 훈련받은 사람이었다. 최고 바샤르의 가장 유력한 후보이기도 했다. 부르즈말리를 가무로 파견하는 수밖에 없었다.

'난 지금 육감으로 움직이고 있다.' 타라자는 생각했다.

그러나 만약 테그가 어딘가로 숨어버렸다 해도, 그 흔적이 시작되는 곳은 가무였다. 어쩌면 그 흔적의 끝도 그곳일 수 있었다. 그래, 부르즈말리를 가무로 보내야 했다. 라키스는 뒤로 미루는 수밖에 없었다. 이런 조치에는 분명한 매력이 있었다. 조합의 경계심을 불러일으키지 않으리라는 것. 그러나 틀레이랙스 인들과 대이동에서 돌아온 자들은 틀림없이 덥석 미끼를 물 것이다. 만약 오드레이드가 틀레이랙스 인을 함정에 빠뜨리는 데 실패했다면…… 아니, 오드레이드는 실패하지 않을 것이다. 그건 거의 확신이 되어 있었다.

예상치 못했던 일.

'보입니까, 마일즈? 이건 당신에게서 배운 겁니다.'

그러나 이런 조치 중 그 어떤 것도 교단 내 반대 세력을 저지해 주지 못했다.

타라자는 양손을 책상 위에 평평하게 대고 세게 힘을 주었다. 마치 이곳 참사회에 있는 사람들, 슈왕규와 같은 의견을 가진 사람들을 느껴보려고 하는 것 같았다. 반대의 목소리는 누그러졌지만, 그건 언제나 폭력이 준비되고 있다는 의미였다.

'내가 어떻게 하면 좋을까?'

최고 대모는 위기시에 망설임을 전혀 느끼지 말아야 했다. 그러나 틀레이랙스와의 연결이 자료의 균형을 깨뜨려버렸다. 오드레이드에게 무엇을 권고해야 할지 분명한 것 같아서 일부를 이미 그녀에게 전송했다. 이 계획에서 적어도 그 부분만큼은 그럴듯하고 간단했다.

와프를 보아서는 안 되는 사람들의 시야에서 멀리 떨어진 사막으로 데려가라. 보호 선교단이 정해 놓은 과거의 신뢰할 만한 패턴을 따라 극단적인 상황과 그 결과로 발생하는 종교적 경험을 꾸며내라. 틀레이랙스 인들이 불사의 삶을 위해 골라 기술을 이용하고 있는지 시험하라. 오드레이드는 수정된 계획에서 이 정도 일쯤은 충분히 완벽하게 해낼 수 있었다. 그러나 이 계획은 시이나라는 어린 아가씨에게 크게 의존하고 있었다.

'모래벌레 그 자체가 미지의 존재이지.'

타라자는 오늘날의 모래벌레들이 라키스의 원래 모래벌레가 아니라는 점을 스스로에게 일깨웠다. 시이나가 그들을 다룰 수 있다는 걸 보여주기는 했지만, 그들은 예측할 수 없는 존재였다. 기록 보관소식의 표현을 빌린다면, 그들에게는 지금까지의 기록이 없었다. 타라자는 오드레이드가 라키스 사람들과 그들의 춤에 대해 정확한 추론을 했다는 점을 거의 의심하지 않았다. 그건 플러스 요인이었다.

'언어. 하지만 우린 아직 그 언어를 말하지 못한다.'

이건 마이너스 요인이었다.

'반드시 오늘 밤에 결정을 내려야 해!'

타라자는 끊임없이 이어진 최고 대모들의 계통을 따라 자신의 표면적인 의식이 정처 없이 뒤로 거슬러 올라가게 했다. 자신과 다른 두 사람, 즉 벨론다와 헤스테리온의 부서지기 쉬운 의식 속에 캡슐에 싸인 듯 들어 있는 그 모든 여성들의 기억. 그것은 '다른 기억들'을 관통하는 고통스러운 길이었고, 그녀는 너무 지쳐서 그 길을 따라갈 수 없었다. 그 길의 바로 가장자리에 우주를 두 번이나 뒤흔들었던 저 아트레이데스의 나쁜 자식, 무앗딥의 경험이 있을 터였다. 무앗딥은 한번은 프레멘 무리를 데리고 제국을 지배해 우주를 뒤흔들었고, 그다음에는 폭군을 낳아 우주를 뒤흔들었다.

'만약 이번에 우리가 패배한다면 그것이 우리의 마지막이 될 수도 있어. 대이동에서 돌아온, 이 지옥이 낳은 여자들에게 통째로 먹힐지도 몰라.' 그녀는 생각했다.

대안들이 저절로 떠올랐다. 라키스에 있는 그 여자아이를 교단 핵심부로 넘겨 비우주선에 태워서 도주시킬 수도 있었다. 그 아이는 어디든 그 우주선이 멈춘 곳에서 평생을 보내게 될 것이다. 수치스러운 퇴각이었다.

너무나 많은 것이 테그에게 달려 있었다. 그가 마침내 교단을 실망시킨 것인가, 아니면 골라를 숨길 예상치 못한 방법을 찾아낸 것인가?

'일을 지체시킬 방법을 찾아야 해. 테그에게 우리와 통신할 수 있는 시간을 주어야 해. 오드레이드가 라키스에서 계획을 질질 끌어줘야 해.' 타라자는 생각했다.

위험한 일이었지만 반드시 해내야 했다.

타라자는 의자개에서 뻣뻣한 몸을 일으켜 방 맞은편의 어두워진 창문으로 다가갔다. 참사회 행성은 별의 그림자가 드리워진 어둠 속에 놓여 있었다. 참사회 행성은 피난처였다. 이런 행성은 이제 심지어 이름조차 갖지 못했다. 기록 보관소 어딘가에 번호로 기록되어 있을 뿐이었다. 이 행성을 베네 게세리트가 차지한 지 1400년이 흘렀지만, 그 시간조차 일시적인 것으로 간주해야 할 것이다. 그녀는 머리 위에서 궤도를 돌고 있는 수호 비우주선들을 생각했다. 테그 자신이 만든 철저한 방어 체제였다. 그래도 참사회는 여전히 공격에 취약했다.

그 문제에는 이름이 붙어 있었다. '우연한 발견'이라는.

그것은 불변의 결함이었다. 저 멀리로 대이동에 나선 인간들은 기하급수적으로 팽창해서 무한한 우주를 가득 채웠다. 폭군의 황금의 길이 마침내 확실하게 확보된 것이다. 아니, 정말로 그랬던가? 그 아트레이데스의 모래벌레가 종족의 생존 이상의 것을 계획했음은 분명했다.

'그는 우리에게 무엇인가를 했고, 우리는 아직 그것을 밝혀내지 못했다. 이렇게 수천 년이 지난 지금도. 이젠 그가 무엇을 한 건지 알 것 같은

생각이 든다. 내 반대파는 그렇지 않다고 말하지만.'

레토 2세가 황금의 길을 따라 3500년 동안 제국을 채찍질로 몰아댈 때 그의 치하에서 대모들이 감내해야 했던 굴종에 대해 깊이 생각해 보는 것은 대모에게 결코 쉬운 일이 아니었다.

'그 시대를 되돌아볼 때면 우리는 휘청거리곤 하지.'

창문의 어두운 플라즈 위에 자신의 모습이 비치는 것을 보고 타라자는 자신을 향해 눈을 부라렸다. 음울한 얼굴에 피곤한 기색이 역력했다.

'피곤에 지치고 음울한 게 당연하지!'

그녀는 자신이 의도적인 훈련을 통해 부정적인 생각만 하게 되었음을 알고 있었다. 이런 생각 패턴이 그녀의 방어구이며 그녀의 강점이었다. 그녀는 모든 인간적 관계 속에서 항상 거리를 두었다. 심지어 교배 감독관들의 명령으로 유혹을 할 때도 마찬가지였다. 타라자는 항상 부정적인 면만을 보는 사람이었으며, 이것이 교단 전체에서 지배적인 힘이 되었다. 그녀가 최고 대모의 자리로 올라가면서 생긴 자연스러운 결과였다. 이런 환경 속에서는 반대파가 쉽게 생겨났다.

수피들의 말과 같았다. '핵심의 부패가 밖을 향해 번져나간다.'

그러나 그들은 부패 중에서도 어떤 것은 훌륭하고 가치 있다는 얘기를 하지 않았다.

그녀는 이제 더 믿을 만한 자료로 자신을 안심시켰다. 대이동은 인간들의 이주를 통해 폭군의 교훈을 밖으로 가져가 알 수 없는 방향으로 변화시켰지만, 그 변화의 방향은 궁극적으로 인식에 굴복할 터였다. 그리고 시간이 흐르면 사람들에게 탐지되지 않는 비우주선의 능력을 무위로 돌릴 방법이 발견될 것이다. 타라자는 대이동을 떠난 사람들이 이 방법을 발견했다고는 생각하지 않았다. 적어도 자기들을 낳은 곳으로 살금

살금 도망치고 있는 자들은 아니었다.

서로 충돌하고 있는 세력들을 뚫고 안전하게 나아갈 수 있는 길은 절대 없었다. 그러나 그녀는 교단이 최선을 다해 스스로를 무장했다고 생각했다. 우주선이 충돌과 함정을 피할 수 있도록 우주 공간의 주름들을 요리조리 헤치며 우주선을 이끄는 조합 항법사의 문제와 비슷했다.

함정, 그것이 열쇠였다. 그리고 오드레이드는 교단의 함정들을 틀레이락스 인에게 불쑥 꺼내 놓고 있었다.

지금이 위기인 만큼 타라자는 오드레이드를 자주 생각했다. 그 덕분에 그들의 오랜 관계가 새로이 존재감을 드러냈다. 마치 몇 가지 도안들이 여전히 선명하게 남아 있는, 색 바랜 벽걸이를 바라보는 것 같았다. 그중에서도 가장 선명해서 오드레이드의 위치를 교단의 지휘부 근처에 확실히 붙들어놓는 것은 세세한 점들을 훌쩍 뛰어넘어 분쟁의 놀라운 알맹이에 도달할 수 있는 그녀의 능력이었다. 아트레이데스의 저 위험한 예지력이 그녀의 내부에서 비밀스럽게 작용하고 있기 때문이었다. 이 숨겨진 재능의 이용이야말로 가장 많은 반대를 불러일으킨 요인이었다. 그것은 또한 타라자가 가장 합당하다고 받아들인 주장이기도 했다. 표면의 한참 아래에서 작용하고 있는 그것, 가끔 나타나는 동요에 의해서만 알 수 있는 그것의 움직임, 그것이 문제였다!

"그녀를 이용하되 언제라도 제거할 준비를 하십시오. 그래도 우리에게는 여전히 그녀의 후손들이 대부분 남아 있을 겁니다." 타라자는 이렇게 주장했다.

루실라는 확실히 믿어도 되는 사람이었다……. 루실라가 테그, 골라와 함께 어딘가에서 피난처를 찾아냈다는 전제하에. 라키스의 성에는 물론 대리 암살자들이 존재했다. 어쩌면 그 무기를 곧 무장시켜야 할지도 몰랐다.

타라자는 자신의 내면에서 갑작스러운 혼란이 이는 것을 느꼈다. '다른 기억들'이 극도로 신중을 기하라고 충고했다. 교배 혈통에 대한 지배권을 다시는 잃을 수 없어! 그래, 만약 오드레이드가 자신을 제거하려는 시도에서 벗어난다면 영원히 소외될 것이다. 오드레이드는 완전한 대모였고, 그런 대모들 몇 명이 대이동을 떠난 자들 사이에 틀림없이 아직도 남아 있을 터였다. 교단이 관찰한 명예의 어머니들 중에는 없었다……. 하지만 그래도…….

'다시는 안 돼!' 그것이 활동의 모토였다. 퀴사츠 해더락이나 폭군이 다시 나타나서는 안 되었다.

교배자들을 통제하고, 그들의 후손들을 통제해야 했다.

대모들은 육체가 죽는다고 죽는 것이 아니었다. 그들은 베네 게세리트의 살아 있는 핵심부 안으로 깊이 깊이 가라앉아서 마침내 그들이 무심코 내린 지시나 심지어 무의식적인 경험까지도 지속적으로 이어지는 교단의 일부가 되었다.

'오드레이드에 대해 실수를 하면 안 돼!'

오드레이드에게 답변을 보내려면 특별하게 문장을 다듬고 섬세하게 주의를 기울일 필요가 있었다. 어느 정도의 제한된 애정, 즉 오드레이드 자신의 표현대로 '가벼운 따스함'을 허락하는 오드레이드는 감정이 자신을 지배하도록 내버려두지만 않는다면, 감정이 가치 있는 통찰력을 제공해 준다고 주장했다. 타라자는 이 '가벼운 따스함'을 오드레이드의 가슴속으로 파고들어 가는 방법, 공격에 취약한 틈으로 보았다.

'당신이 나를 어떻게 생각하는지 압니다, 다르. 학창 시절의 옛 동료에 대한 당신의 그 가벼운 따스함을 가지고 말입니다. 당신은 내가 교단에 잠재적으로 위험한 존재지만 경계를 게을리하지 않는 '친구들'이 나를 나 자신에게서 구해 줄 수 있다고 생각합니다.'

타라자는 자신의 자문들 중 일부가 오드레이드와 같은 생각을 갖고 있어서 조용히 귀를 기울이며 판단을 유보하고 있음을 알고 있었다. 그들 대부분은 지금도 최고 대모의 지휘를 따랐지만, 오드레이드의 엉뚱한 재능에 대해 알고 그녀의 회의(懷疑)를 인정하는 사람이 많았다. 교단의 자매들 대부분을 규칙 속에 붙들어두는 것은 하나밖에 없었다. 그리고 타라자는 그 점에 대해 스스로를 속이려 하지 않았다.

모든 최고 대모들은 교단에 대한 깊은 충성심을 바탕으로 행동했다. 그 어느 것도 베네 게세리트의 지속성을 위험에 빠뜨려서는 안 되었다. 최고 대모 자신도 예외가 아니었다. 스스로를 정확하고 냉혹하게 판단하는 타라자는 교단의 지속적인 생명과 자신의 관계를 조사해 보았다.

지금 당장 오드레이드를 제거할 필요가 없음은 분명했다. 그러나 오드레이드는 이제 골라 계획의 중심부에 너무 근접해 있어서 그 중심부에서 벌어지는 일들 중 그녀의 민감한 관찰을 벗어날 수 있는 것이 거의 없었다. 지금까지 그녀에게 밝혀지지 않았던 많은 것들을 그녀가 알게 될 것이다. 아트레이데스 선언서는 거의 도박이나 다름없었다. 당연히 선언서를 만들어내야 할 사람으로 꼽힌 오드레이드가 그 문서를 쓰면서 더 깊은 통찰력을 얻게 된 것은 당연한 일이었다. 그러나 그 단어들 자체가 사실이 밝혀지는 것을 막는 궁극의 장벽이었다.

와프는 그것을 제대로 알아볼 터였다. 타라자는 확신했다.

타라자는 어두운 창문에서 돌아서서 의자개가 있는 곳으로 다시 돌아갔다. 이대로 진행할 것인지 아니면 중단할 것인지, 중대한 결정을 내리는 순간을 미룰 수는 있었지만, 중간 조치들을 반드시 취해야 했다. 그녀는 머릿속으로 통신문의 초고를 작성한 다음 그것을 조사하면서 부르즈말리를 불러오게 했다. 바샤르가 가장 좋아하는 제자를 현장으로 보내야 할 테지만, 오드레이드가 원하는 방식대로 되지는 않을 것이다.

오드레이드에게 보내는 메시지는 기본적으로 간단했다.

"지원대가 가고 있습니다. 당신은 지금 현장에 있습니다, 다르. 시이나라는 아이의 안전에 관해서는 당신 판단력을 이용하십시오. 나의 명령과 충돌하지 않는 다른 문제에서는 그 계획을 실행하십시오."

그래. 바로 이것이었다. 오드레이드에게 지시가 떨어졌다. 그녀가 패턴이 불완전하다는 것을 인식하면서도 '그 계획'으로 받아들이게 될 요점들. 오드레이드는 복종할 것이다. '다르'라는 말을 사용한 것이 훌륭했다고 타라자는 생각했다. 다르와 타르. 오드레이드의 '제한된 따스함'을 향해 열려 있는 그 틈새는 다르와 타르라는 기호 앞에서 방비가 그리 훌륭하지 않을 터였다.

오른쪽의 긴 식탁에는 세페다 소스를 곁들인 구운 사막토끼 요리가 연회를 위해 준비되어 있습니다. 다른 요리들을 식탁 맨 끝에서부터 오른쪽을 향해 시계 방향으로 열거하자면, 시리우스의 아플로마주, 유리를 덮은 추카, 멜란지를 넣은 커피(항아리에 아트레이데스의 매 문장이 있는 걸 잘 보세요), **거위 냄비요리, 그리고 발루트의 크리스털 병에 든, 거품이 이는 칼라단 포도주 등입니다. 고대의 독약 탐지기가 샹들리에 안에 숨겨져 있음을 주목하십시오.**

—다르 에스 발라트, 박물관 전시물에 붙어 있는 설명

테그는 비공간 구의 반짝이는 주방 옆에 있는, 식당으로 쓰이는 자그마한 반침에서 던컨을 발견했다. 반침으로 가는 통로에서 걸음을 멈춘 테그는 던컨을 조심스럽게 살펴보았다. 이곳에 온 지 여드레가 지난 지금에야 저 아이가 이 공간에 처음 들어올 때 사로잡힌 그 기묘한 분노에서 비로소 회복한 것 같았다.

그들은 이곳 토종 곰의 냄새가 나는 얕은 동굴을 지나왔다. 굴의 뒤쪽에 있는 바위들은 바위가 아니었다. 그러나 지극히 정교한 조사 장비까지도 속일 수 있을 정도였다. 비밀 암호를 이미 알고 있거나, 우연히 발견한 사람이 암호를 누르면 그 '바위들' 속에 살짝 튀어나온 부분이 움직였다. 그것이 둥글게 비틀리듯이 움직이면, 동굴의 뒤쪽 벽 전체가 열렸다.

그들이 비공간 구의 입구인 튜브로 들어가 등 뒤의 문을 봉하자 자동적으로 눈부신 불빛이 켜졌다. 튜브의 벽과 천장에는 하코넨의 그리핀(그리스 신화에서 독수리의 머리와 날개, 사자의 몸통을 가진 괴수. 엄중한 감시인이라는 뜻도 있음—옮긴이)들이 장식되어 있었다. 테그는 어린 파트린이 생전 처음으로 이 안에 우연히 들어오는 모습을 상상하며 충격을 받았다(얼마나 놀랐을까! 얼마나 무서웠을까! 얼마나 들떴을까!). 그래서 사방이 닫힌 공간에서 낮게 으르렁거리는 소리가 부풀어 오를 때까지 던컨의 반응을 관찰하지 못했다.

던컨은 주먹을 꽉 움켜쥐고, 오른쪽 벽에 있는 하코넨의 그리핀 한 마리에게 시선을 고정시킨 채 으르렁거리며(거의 신음 소리 같았다) 서 있었다. 그의 얼굴에서는 분노와 혼란이 서로 우위를 다퉜다. 그는 양 주먹을 들어 올려 양각으로 조각된 동물을 쳤다. 그의 손에서 피가 흘렀다.

"지옥의 가장 깊은 구덩이로 떨어질 놈들!" 그가 소리쳤다.

소년의 입에서 나온 것치고는 이상할 정도로 어른스러운 저주의 말이었다.

그 말이 밖으로 내뱉어진 순간 던컨은 걷잡을 수 없이 부들부들 떨기 시작했다. 루실라가 그의 몸에 팔을 두르고 목을 쓰다듬으며 떨림이 가라앉을 때까지 그를 달랬다. 거의 관능적으로 보이는 모습이었다.

"내가 왜 그런 거죠?" 던컨이 속삭이듯 말했다.

"네 원래 기억이 회복되면 알게 될 거야." 그녀가 말했다.

"하코넨." 던컨이 속삭이자 그의 얼굴이 시뻘겋게 상기되었다. 그가 루실라를 올려다보며 말했다. "내가 왜 저들을 이렇게 증오하는 거예요?"

"말로는 그걸 설명할 수 없어. 기억이 돌아올 때까지 기다리는 수밖에." 그녀가 말했다.

"난 그런 기억 원하지 않아요!" 던컨이 화들짝 놀란 시선으로 테그를 바라보았다. "아냐! 그래. 난 그걸 원해요."

나중에 비공간 구의 식당에서 테그를 올려다보면서 던컨은 그때의 기억을 다시 떠올린 모양이었다.

"언제지요, 바샤르 님?"

"곧."

테그는 주위를 둘러보았다. 던컨은 자동으로 청소되는 식탁에 혼자 앉아 있었고, 갈색 액체가 든 잔 하나가 그의 앞에 있었다. 그 냄새는 테그가 알고 있는 것이었다. 무(無)엔트로피 통에 들어 있는, 멜란지가 가미된 여러 음식들 중 하나였다. 그 통은 이국적인 음식, 옷, 무기, 그 밖의 유물들이 들어 있는 보물 상자였다. 가치를 계산할 수 없는 박물관인 셈이었다. 비공간 구 안에는 온통 얇게 먼지가 쌓여 있었지만 그 통 안에 저장된 물건들은 전혀 변형되지 않은 모습이었다. 모든 음식에는 멜란지가 가미되어 있었다. 대식가가 아닌 이상 중독될 만한 양은 아니었지만, 항상 눈에 띌 정도는 되었다. 심지어 그곳에 보관된 과일에도 스파이스 가루가 뿌려져 있었다.

던컨의 잔에 들어 있는 갈색 액체는 루실라가 미리 먹어보고 생명을 유지해 줄 수 있다고 단언한 음식들 중 하나였다. 테그는 대모들이 어떻게 그런 것을 알 수 있는지 정확히 알지 못했지만, 그의 어머니도 그런 능력을 갖고 있었다. 대모들은 음식이나 음료의 맛을 한 번 보고는 그 안에 무엇이 들어 있는지 알아내곤 했다.

반침의 벽 속에 설치된, 화려하게 장식된 시계를 한 번 흘깃 바라보고서 테그는 생각보다 늦은 시간임을 깨달았다. 그들이 임의로 정한 오후의 3시를 한참 지난 시간이었다. 던컨은 아직도 공들여 만든 연습장에 있어야 하는 시간이었지만, 두 사람 모두 루실라가 비공간 구의 위쪽 공간으로 가는 것을 보았기 때문에 테그는 감시를 받지 않고 두 사람이 얘기를 나눌 수 있는 기회가 왔다고 생각했다.

테그는 의자를 끌어다가 식탁 맞은편에 앉았다.

던컨이 말했다. "난 저 시계가 싫어요!"

"넌 이곳의 모든 것을 싫어하잖니." 테그가 말했다. 그러나 그는 다시 한번 시계를 바라보았다. 둥그런 문자판에 두 개의 아날로그 바늘과 초를 알리는 디지털 숫자판이 있는 그 시계 역시 골동품이었다. 그 두 개의 바늘은 벌거벗은 인간의 모습이었다. 거대한 음경이 있는 커다란 남자와 다리를 활짝 벌린 여자. 두 바늘이 만날 때마다 남자가 여자의 몸속으로 들어가는 것처럼 보였다.

"천박하군." 테그도 동의했다. 그는 던컨의 잔을 가리키며 말을 이었다. "그것이 마음에 드느냐?"

"먹을 만해요, 장군님. 루실라 님이 운동을 한 후에 꼭 마시라고 하셨어요."

"내 어머니도 내가 힘든 운동을 한 뒤에 그것과 비슷한 음료를 만들어주시곤 했지." 테그가 말했다. 그는 몸을 앞으로 수그리고 숨을 들이쉬며 그 음료의 뒷맛을 되새겼다. 신물 나는 멜란지 냄새가 났다.

"장군님, 우리가 여기 얼마나 있어야 하는 거죠?" 던컨이 물었다.

"우리가 기다리는 사람들이 우리를 발견해 주거나, 아니면 우리가 남들에게 발각되지 않을 거라고 확신하게 될 때까지."

"하지만…… 여기 이렇게 고립되어 있는데 우리가 그걸 어떻게 알 수 있어요?"

"때가 됐다는 판단이 들면 내가 은폐용 담요를 가지고 밖에 나가 파수를 설 것이다."

"난 이곳이 정말 싫어요!"

"그런 것 같구나. 하지만 넌 인내심에 대해 아무것도 배우지 못한 거냐?"

던컨은 인상을 찌푸렸다. "장군님, 왜 저와 루실라 님이 단둘이 있는 걸 계속 막으시는 거죠?"

테그는 던컨이 말을 하는 순간 숨을 조금만 내쉬고 그대로 멈췄다가 다시 숨을 쉬기 시작했다. 그러나 그는 저 아이가 자신을 지켜보고 있었음을 알고 있었다. 만약 던컨이 알고 있다면 루실라도 틀림없이 알고 있을 것이다!

"루실라 님이 장군님의 행동을 알 것 같지는 않아요, 장군님. 하지만 점점 티가 나요." 던컨은 주위를 살짝 돌아보며 말을 이었다. "만약 루실라 님이 이곳에 그토록 정신을 빼앗기지 않았다면…… 루실라 님은 도대체 어딜 그렇게 급히 가시는 거죠?"

"아마도 도서관에 올라가 있는 것 같다."

"도서관!"

"내 생각에도 그 도서관은 원시적인 동시에 대단히 흥미로워." 테그는 시선을 들어 옆의 주방 천장에 있는 소용돌이무늬를 바라보았다. 결정의 순간이 왔다. 루실라가 앞으로도 계속 다른 곳에 정신을 쏟을 거라고 믿을 수는 없었다. 그러나 테그도 그녀와 마찬가지로 흥미를 느끼고 있었다. 이곳에서는 자신을 잃고 그 경이로움에 푹 빠지기가 쉬웠다. 이 비공간 구 단지 전체, 지름이 약 200미터인 이곳은 폭군의 시대부터 고스란히 보존된 화석이었다.

루실라는 이곳에 대해 이야기할 때면 목이 잠긴 것 같은 목소리로 속삭이듯 말하곤 했다. "틀림없어요. 폭군은 이곳에 대해 분명히 알고 있었을 겁니다."

테그의 멘타트 의식은 즉시 이 말 속으로 잠겨 들어갔다. '하코넨 가문이 마지막으로 남은 자기들의 재산을 이런 일에 낭비하도록 폭군이 왜 가만 내버려두었을까? 어쩌면 바로 그 이유 때문인지도 모르지. 그들이 가진 걸 모두 고갈시키기 위해서.'

뇌물로 쓰인 돈과 조합의 우주선을 이용해 익스의 공장에서 물건을 실어 나르는 데 든 비용은 틀림없이 천문학적이었을 것이다.

"폭군은 언젠가 우리에게 이곳이 필요해지리라는 걸 알고 있었을까요?" 루실라가 물었다.

레토 2세가 그토록 자주 보여줬던 예지력을 모르는 척할 수는 없다는 점에 테그도 동의했다.

자기 앞에 앉아 있는 던컨을 바라보면서 테그는 목덜미가 오싹해지는 것을 느꼈다. 이 하코넨의 은신처에는 왠지 몸이 오싹해지는 분위기가 있었다. 마치 폭군 자신이 이곳에 온 적이 있는 것 같았다. 이곳을 건설한 하코넨 사람들은 어떻게 되었을까? 테그와 루실라는 이 비공간 구가 왜 버림을 받았는지 알려주는 단서를 전혀 찾아내지 못했다.

두 사람 모두 이 비공간 구 안을 돌아다닐 때마다 역사를 선명하게 느꼈다. 테그는 대답을 찾을 수 없는 의문들 때문에 끊임없이 곤혹스러워하고 있었다.

루실라도 그 점을 언급했다.

"그들이 어디로 갔을까요? 내 '다른 기억들' 속에도 단서가 전혀 없습니다."

"폭군이 그들을 꾀어내서 죽여버렸을까요?"

"전 도서관에 다시 가보겠습니다. 어쩌면 오늘은 뭔가를 찾아낼지도 모르죠."

그들이 이곳을 차지하고 처음 이틀 동안 루실라와 테그는 이 비공간 구를 세심하게 조사했다. 던컨은 부루퉁한 표정으로 침묵을 지키며 그들의 뒤를 쫓아다녔다. 마치 혼자 남겨질까 봐 두려워하는 것 같았다. 새로운 것이 발견될 때마다 그들은 경외감을 느끼거나 충격을 받았다.

핵심부 근처의 벽을 따라 투명한 플라즈 속에 뼈만 남은 21구의 유해가 보존되어 있었다! 그들은 이곳을 지나 기계실과 무(無)엔트로피 통으로 가는 모든 사람들을 지켜보는 무시무시한 관찰자들이었다.

파트린은 테그에게 이 유해들에 대해 미리 주의를 주었다. 어렸을 때 처음 이 비공간 구를 조사하던 중, 파트린은 이 죽은 사람들이 이곳을 건설한 기술자들로 비밀을 지키기 위해 모두 하코넨 사람들에게 살해되었다는 내용의 기록을 발견했다.

전체적으로 봤을 때 이 비공간 구는 놀라운 업적이었다. '시간'으로부터 차단되고, 외부의 모든 것으로부터 봉인된 닫힌 공간이었다. 이렇게 수천 년이 지난 후에도 매끄럽게 돌아가는 기계들이 만들어낸 환영은 가장 현대적인 장비를 동원해도 주변의 풍경과 구분할 수 없을 정도였다.

"교단이 이곳을 고스란히 손에 넣어야 합니다!" 루실라는 계속 이렇게 말했다. "이곳은 보물 창고예요! 그들은 심지어 자기네 가문의 교배 기록까지 보존해 두었습니다!"

하코넨이 이곳에 보존해 둔 것은 그것뿐만이 아니었다. 테그는 이 비공간 구 안의 거의 모든 것에서 발견되는 미묘하고 천박한 분위기에 계속 심한 혐오를 느끼고 있었다. 바로 저 시계처럼! 의류, 환경 유지와 교육 및 쾌락을 위한 장비들, 이 모든 것에 하코넨의 강박증이 표식처럼 남아 있었다. 어느 누구보다도, 어떤 기준에 비춰 보아도 자기들이 우월하다고 막무가내로 과시하려는 강박증이었다.

테그는 어렸을 때 이곳을 찾은 파트린의 모습을 다시 한번 생각해 보았다. 아마 기껏해야 이 골라 정도의 나이였을 것이다. 파트린은 무엇 때문에 그토록 오랫동안 자기 아내에게조차 이곳을 비밀로 했던 걸까? 파트린은 비밀을 지킨 이유를 한 번도 언급한 적이 없었다. 그러나 테그는 나름의 추론으로 결론을 얻었다. 불행한 어린 시절. 자기만의 비밀 장소가 있었으면 좋겠다는 생각. 친구가 아니라 오로지 그를 조롱할 기회만을 노리는 사람들. 그런 자들에게 이토록 경이로운 곳을 함께 경험할 기회를 허락할 수는 없었다. 이곳은 그의 것이었다! 이곳은 단순히 고독한 안정감을 느낄 수 있는 장소가 아니었다. 이곳은 파트린의 비밀스러운 승리의 상징이었다.

"저는 그곳에서 행복한 시간을 많이 보냈습니다, 바샤르 님. 모든 것이 지금도 작동하고 있습니다. 기록은 고대의 것이지만, 일단 그 어법을 이해하고 나면 매우 훌륭한 것임을 알 수 있습니다. 그곳에는 아주 많은 지식이 있습니다. 하지만 바샤르 님은 그곳에 도착한 후에야 그것을 이해할 수 있을 겁니다. 바샤르 님은 제가 말씀드리지 않은 많은 것들을 이해하게 될 겁니다."

아주 오래된 연습장에는 파트린이 이곳을 자주 사용했던 흔적이 남아 있었다. 파트린이 일부 자동인형의 무기 암호를 바꿔놓은 방식은 테그에게도 익숙했다. 시간 표시기는 복잡한 운동을 하며 근육을 혹사시킨 시간을 알려주었다. 이 비공간 구는 테그가 항상 놀랍게 바라보았던 파트린의 능력을 설명해 주었다. 선천적인 재능이 이곳에서 다듬어진 것이다.

비공간 구의 자동인형들은 또 다른 문제였다.

그들은 대부분 이런 장치를 금지시킨 고대의 조치에 대한 반항을 의미했다. 뿐만 아니라, 어떤 녀석들은 쾌락의 기능을 위해 설계되어 있어서, 테그가 들었던 하코넨의 구역질 나는 얘기들을 확인해 주었다. 고통이 바로 쾌락이라니! 이 물건들은 파트린이 가무에서부터 가져왔던, 더할 나위 없이 확고한 도덕을 나름대로 설명해 주었다.

혐오는 나름의 패턴을 만들어낸다.

던컨은 음료수를 깊이 들이마시고 컵의 가장자리 너머로 테그를 바라보았다.

"너더러 운동의 마지막 라운드를 다 끝내라고 했는데, 왜 이곳으로 혼자 내려온 거지?" 테그가 물었다.

"그 운동에는 아무 의미가 없어요." 던컨은 잔을 내려놓았다.

'이런, 타라자 님, 당신이 틀렸습니다. 이 아이는 당신이 예상했던 것보다 더 빨리 완전한 독립을 얻으려고 나섰어요.' 테그는 생각했다.

던컨은 또한 이제 바샤르를 '장군님'이라고 부르지 않았다.

"내게 반항하는 거냐?"

"꼭 그런 건 아니에요."

"그럼 '정확히' 뭘 하려는 거지?"

"난 반드시 알아야 해요!"

"사실을 알게 되면 넌 나를 그리 좋아하지 않게 될 거다."

던컨은 깜짝 놀란 표정이었다. "장군님?"

'아아, '장군님'이 다시 돌아왔군!'

"난 아주 강렬한 고통에 너를 대비시켰다. 너의 원래 기억을 회복시키기 전에 꼭 필요한 일이었거든." 테그가 말했다.

"고통이라고요, 장군님?"

"우린 원래의 던컨 아이다호를 되살릴 다른 방법을 알지 못한다. 이미 죽은 그 사람 말이다."

"장군님, 장군님이 그렇게 해주신다면 저는 그저 감사할 뿐이에요."

"지금은 그렇게 말하겠지. 하지만 그때가 되면 넌 널 되살려낸 사람들의 손에 들린 또 하나의 채찍에 지나지 않는 존재로 나를 보게 될지도 몰라."

"제가 아는 편이 더 좋은 게 아닌가요, 장군님?"

테그는 손등으로 입술을 훔쳤다. "네가 나를 증오한다 해도…… 내가 너를 탓할 수는 없을 거다."

"장군님, 만약 장군님이 제 입장이라면 그런 감정을 느끼게 될 거라는 말씀이에요?" 던컨의 자세, 어조, 얼굴 표정, 이 모든 것이 전율과 혼란을 보여주었다.

'지금까지는 괜찮군.' 테그는 생각했다. 각 절차의 단계들은 정확하게 준비되어 있었으며, 매번 골라가 보이는 모든 반응을 신중하게 해석해야 했다. 던컨은 이제 어쩔 줄을 몰랐다. 그는 뭔가를 원했지만 동시에 그것을 두려워하고 있었다.

"난 네 스승일 뿐이다. 아버지가 아냐!" 테그가 말했다.

냉혹한 어조에 던컨의 몸이 움츠러들었다. "제 친구가 아니예요?"

"그건 양 방향으로 움직이는 도로와 같다. 원래의 던컨 아이다호가 그 질문에 직접 대답해야 할 거다."

던컨의 눈에 분명치 않은 표정이 떠올랐다. "제가 이곳을 기억할까요? 성과 슈왕규와……."

"모든 걸 기억할 거다. 너는 한동안 마치 시야가 두 개가 된 듯한 기억을 경험할 것이다. 하지만 넌 모든 걸 기억할 거야."

냉소적인 표정이 던컨의 어린 얼굴에 나타났다. 그가 입을 열었을 때 그의 목소리에는 신랄함이 배어 있었다. "그러니까 당신과 내가 동료가 되는 거군요."

테그는 바샤르로서의 힘과 존재감을 모두 자신의 목소리에 담아 각성을 위한 지시 사항들을 정확하게 따랐다.

"난 너와 동료가 되는 데에 특별히 관심을 갖고 있지 않다." 그는 던컨의 얼굴을 탐색하듯 노려보았다. "어쩌면 언젠가 네가 바샤르가 될지도 모른다. 네가 거기에 꼭 맞는 자질을 갖고 있을지도 모르지. 하지만 그때쯤이면 난 이미 죽은 지 오래일 것이다."

"당신은 바샤르들하고만 동료인가요?"

"파트린은 나의 동료였지만 분대장 이상의 계급으로 올라간 적이 없다."

던컨은 텅 빈 잔을 들여다보다가 다시 테그를 바라보았다. "왜 마실 걸 좀 주문하지 않았죠? 당신도 저 위에서 힘들게 일했잖아요."

'눈치 빠른 질문이군.' 이 아이를 과소평가해서는 안 되었다. 그는 음식을 함께 나누는 것이 가장 오래된 연합의 의식 중 하나라는 것을 알고 있었다.

"네 음료수의 냄새만으로도 충분했다. 오랜 기억이지. 지금은 그런 기억이 필요하지 않다." 테그가 말했다.

"그럼 왜 이리로 내려오신 거예요?"

바로 이거였다. 그 어린 목소리 속에 그것이 드러나 있었다. 희망과 두려움이. 그는 테그에게서 어떤 특정한 말을 바라고 있었다.

"난 그 운동이 너를 얼마나 변화시켜 줄 수 있는지 신중하게 측정해 보고 싶었다. 이리로 내려와서 너를 볼 필요가 있었어." 테그가 말했다.

"왜 그렇게 신중해야 하죠?"

'희망과 두려움!' 이제 이야기의 초점을 정확하게 바꿔야 할 때였다.

"난 전에 골라를 훈련시켜 본 적이 한 번도 없거든."

골라. 이 단어가 그들 사이 허공에 매달려서, 이 비공간 구의 여과기들이 공기 중에서 걸러내지 못한 음식 냄새에 붙어 있었다. 골라! 던컨의 텅 빈 컵에서 나온 얼얼한 스파이스 냄새가 이 단어에 가미되어 있었다.

던컨은 아무런 말 없이 열성적인 표정으로 몸을 앞으로 기울였다. 루실라의 말이 테그의 머릿속에 떠올랐다. "그 아이는 침묵을 이용할 줄 알아요."

테그가 그 간단한 말에 부연 설명을 해주지 않을 것임이 분명해지자 던컨은 실망한 표정으로 꺼지듯 뒤로 물러났다. 그의 왼쪽 입가가 아래로 처져서 부루퉁하고 괴로운 표정을 지었다. 모든 것의 초점이 반드시 그래야 하는 것처럼 안을 향해 맞춰져 있었다.

"넌 혼자 있으려고 여기에 내려온 것이 아니다. 숨으려고 온 거지. 넌 지금도 그 안에 숨어서 아무도 널 찾아내지 못할 것이라고 생각하고 있다." 테그가 말했다.

던컨은 한 손을 입 앞에 갖다 댔다. 그것은 테그가 줄곧 기다리던 신호였다. 이 순간을 위한 지시 사항은 분명했다. '골라는 원래의 기억이 각성하기를 원하면서 그것을 철저하게 두려워하고 있습니다. 당신이 반드시 찢어버려야 하는 가장 중요한 장벽입니다.'

"입에서 손을 떼라!" 테그가 명령했다.

던컨은 마치 불에 덴 듯이 손을 떨어뜨렸다. 그리고 함정에 붙들린 짐승처럼 테그를 뚫어지게 바라보았다.

'진실을 말하세요. 모든 감각에 불이 붙어 있는 이 순간에, 골라는 당신의 가슴속을 들여다볼 겁니다.' 이것이 테그가 받은 지시였다.

"교단의 명령대로 네게 이런 일을 하는 것이 나 역시 몹시 싫다는 점을 네가 알아줬으면 좋겠다." 테그가 말했다.

던컨이 자신의 몸속으로 쪼그라드는 것처럼 보였다. "그 사람들이 무슨 명령을 내렸는데요?"

"내가 명령대로 네게 준 능력들에는 결함이 있다."

"겨, 결함요?"

"그중 일부는 포괄적인 훈련이다. 지적인 부분이지. 그 점에서 너는 연대 지휘관의 수준에 도달했다."

"파트린보다 나아요?"

"왜 네가 파트린보다 더 나아야 하지?"

"파트린은 당신의 동료가 아니었나요?"

"그래, 동료였지."

"그런데 파트린이 분대장 이상 올라가 본 적이 없다고 했잖아요!"

"파트린은 여러 행성을 포함하는 군대 전체를 지휘할 능력을 완전히 갖추고 있었다. 그는 전술의 마법사였고, 나는 그의 지혜를 여러 번 사용했다."

"하지만 당신은 그가 한 번도……."

"그것은 그가 스스로 선택한 거였다. 그는 계급이 낮은 덕분에 대중들에게 쉽게 접근할 수 있었고, 우리 둘 다 그것의 유용성을 여러 번 경험했지."

"연대장이라고 했나요?" 던컨의 목소리는 거의 속삭임이나 다름없었다. 그가 식탁 표면을 물끄러미 바라보았다.

"넌 여러 기능들을 지적으로 이해하고 있다. 약간 충동적이지만 대개는 경험이 그것을 매끈하게 해결해 주지. 무기를 다루는 능력은 나이에

비해 아주 뛰어나다."

던컨은 여전히 테그를 바라보지 않은 채 질문을 던졌다. "내 나이가 몇 살이죠…… 장군님?"

지시 사항에 미리 경고되어 있는 그대로였다. '골라는 핵심적인 이슈의 주위를 온통 춤추듯 돌아다닐 겁니다. 내 나이가 몇 살인가? 골라의 나이는 몇 살인가?'

테그는 차가운 비난이 담긴 목소리로 말했다. "너의 골라 나이를 알고 싶은 거라면 왜 직접 그렇게 묻지 않는 거냐?"

"그…… 그 나이가 몇 살이죠, 장군님?"

아직 어린 목소리 속에 비탄이 너무나 무겁게 배어 있어서 테그는 눈 꼬리에 눈물이 맺히기 시작하는 것을 느꼈다. 이 점에 대해서도 그는 이미 주의를 들었다. '연민을 너무 많이 드러내서는 안 됩니다!' 테그는 이 순간을 모면하기 위해 헛기침을 했다. 그리고 입을 열었다. "그건 오직 너만이 대답할 수 있는 질문이다."

지시 사항의 내용은 분명했다. '그것을 그에게 되돌리세요! 그가 계속 내면에 초점을 맞추도록 하세요. 이 과정에서 감정적 고통은 육체적 고통만큼이나 중요합니다.'

깊은 한숨이 던컨의 몸을 뒤흔들었다. 그는 눈을 꼭 감았다. 테그가 처음 식탁에 앉았을 때 던컨은 '지금이 그때인가? 장군님이 지금 그걸 하실 건가?'라는 생각을 했었다. 그러나 테그의 비난하는 듯한 어조, 말로 하는 공격은 완전히 뜻밖이었다. 그리고 이제 테그는 윗사람인 척하고 있었다.

'장군님이 내게 윗사람 티를 내고 있어!'

냉소적인 분노가 던컨의 내면으로 솟아올랐다. 테그는 지휘관들이 가장 흔하게 사용하는 방법으로 그를 장악할 수 있다고 생각할 만큼 그를 멍청하게 본 건가? '목소리의 어조와 태도만으로도 다른 사람의 의지를 굴복시킬 수 있다.' 그러나 던컨은 윗사람의 권위를 내세우는 그의 태도에서 뭔가 다른 것을 느꼈다. 꿰뚫리지 않으려 하는 플래스틸의 핵심부 같은 것. 단단한 의지…… 목적. 던컨은 눈물이 살짝 맺힌 것과 그것을 숨기려는 행동을 보았다.

던컨은 눈을 뜨고 테그를 똑바로 바라보면서 말했다. "건방을 떨거나, 배은망덕한 태도를 보이거나, 무례하게 굴 생각은 없습니다, 장군님. 하지만 이대로 대답을 얻지 못한 채 계속 지낼 수는 없어요."

테그가 받은 지시 사항은 분명했다. '골라가 필사적인 지점에 도달하는 순간을 알 수 있을 겁니다. 그 어떤 골라도 이것을 숨기려 하지 않을 거예요. 이것은 그들 정신의 본질에 속하는 겁니다. 이것을 목소리와 자세에서 알아볼 수 있을 겁니다.'

던컨은 그 중요한 고비에 거의 도달해 있었다. 지금은 테그가 반드시 침묵을 지켜야 했다. 던컨이 스스로 질문을 던지고, 스스로 길을 택하도록 압력을 가해야 했다.

던컨이 말했다. "내가 한때 슈왕규를 죽일 생각을 했다는 거 알고 계셨어요?"

테그는 입을 열었다가 한마디도 하지 않고 다시 닫았다. '침묵을 지켜야 해!' 그러나 저 아이는 지금 진지했다!

"전 슈왕규가 무서웠어요. 전 그렇게 무서움에 떠는 걸 좋아하지 않아요." 던컨이 시선을 내리깔면서 말을 이었다. "장군님이 전에 제게 말씀하셨죠. 우린 우리에게 정말로 위험한 것들만 미워한다고."

'그는 그것에 접근했다가 물러나고, 접근했다가 물러날 겁니다. 그가

뛰어들 때까지 기다리세요.'

"전 장군님을 미워하지 않아요." 던컨이 다시 테그를 바라보며 말을 이었다. "장군님이 제 앞에서 '골라'라는 말을 해서 화가 났지만 루실라 님이 옳아요. 진실이 우리를 힘들게 하더라도 진실을 원망해서는 안 되지요."

테그는 입술을 문질렀다. 말을 하고 싶은 생각이 가득하지만, 아직은 뛰어들 때가 아니었다.

"제가 슈왕규를 죽일 생각을 했다는 게 놀랍지 않아요?" 던컨이 물었다.

테그는 뻣뻣한 자세를 그대로 유지했다. 고개를 흔드는 동작조차 대답으로 받아들여질 터였다.

"슈왕규의 음료수에 뭘 살짝 집어넣을까 생각했어요. 하지만 그건 겁쟁이들이나 하는 짓이고, 저는 겁쟁이가 아니에요. 딴건 몰라도, 겁쟁이는 아니에요." 던컨이 말했다.

테그는 계속 말없이 꼼짝도 하지 않았다.

"전 제게 일어나는 일들에 대해 장군님이 정말로 관심을 갖고 계신다고 생각해요, 바샤르 님. 하지만 장군님이 옳아요. 우린 결코 동료가 되지 못할 거예요. 내가 살아남는다면, 장군님을 능가할 거예요. 그다음에는…… 우리가 동료가 되기에는 때가 너무 늦어버리겠죠. 장군님은 진실을 말씀하신 거예요." 던컨이 말했다.

테그는 멘타트로서의 깨달음 때문에 자기도 모르게 깊이 숨을 들이쉬었다. 골라가 강하다는 사실을 보여주는 조짐들을 피할 수 없었다. 최근의 언젠가, 어쩌면 바로 지금 이 반침 안에서, 아이는 이제 아이이기를 멈추고 어른이 되었다. 이 깨달음이 테그를 슬프게 했다. 그렇게 빨리 변화가 이루어지다니! 그사이에 정상적인 성장 과정은 없었다.

"루실라 님은 제게 일어나는 일들에 대해 장군님처럼 정말로 관심을 갖고 있지 않아요. 루실라 님은 타라자 최고 대모님의 명령에 따를 뿐이에요." 던컨이 말했다.

'아직은 아냐!' 테그는 자신에게 주의를 주었다. 그리고 혀로 입술을 축였다.

"장군님은 루실라 님의 명령 수행을 방해하고 있었어요. 루실라 님이 저한테 해야 하는 일이 뭐죠?" 던컨이 말했다.

이제 때가 되었다. "그녀가 해야 하는 일이 무엇이라고 생각하느냐?" 테그가 다그치듯 물었다.

"몰라요!"

"원래의 던컨 아이다호라면 알았을 거다."

"장군님은 아시잖아요! 왜 제게 얘기해 주지 않는 거죠?"

"내가 할 일은 네 원래 기억의 복원을 돕는 것뿐이다."

"그럼 그렇게 하세요!"

"그걸 정말로 할 수 있는 사람은 너뿐이야."

"난 방법을 모른다고요!"

테그는 앉은 채 의자 가장자리 쪽으로 몸을 내밀었지만 말은 하지 않았다. '뛰어드는 순간인가?' 던컨의 필사적인 태도 속에 뭔가가 부족한 것 같았다.

"제가 입술을 읽을 수 있다는 걸 아시죠, 장군님. 언젠가 관측탑으로 올라간 적이 있는데 루실라 님과 슈왕규가 아래에서 얘기를 나누는 모습이 보였어요. 슈왕규가 말했어요. '그 아이가 너무 어리다는 건 신경 쓰지 마세요! 당신은 명령을 수행해야 합니다.'"

다시 한번 조심스럽게 침묵을 지키면서 테그는 던컨을 마주 쏘아보았다. 성안을 몰래 돌아다니며 염탐을 하고 지식을 구하는 것은 던컨다운 행동이었다. 그는 지금 그 기억에 잠긴 채 앉아서 자신이 여전히 염탐을 하고 뭔가를 구하고 있다는 사실을 깨닫지 못했다……. 지금은 염탐의 방법이 다를 뿐이었다.

"루실라 님이 받은 명령이 저를 죽이라는 것 같지는 않았어요. 하지만 루실라 님이 해야 하는 일이 무엇인지 장군님은 알고 계세요. 그러니까 루실라 님을 방해한 거고요." 던컨은 식탁을 주먹으로 두드리면서 말했다. "대답 좀 해주세요, 제길!"

'아아, 완전히 필사적이군!'

"내가 해줄 수 있는 말은, 그녀의 의도가 내가 받은 명령과 상충된다는 것뿐이다. 난 너를 강하게 만들고 위험에서 지켜주라고 타라자 님에게서 직접 명령 받았다."

"하지만 제 훈련에…… 훈련에 결함이 있다고 하셨잖아요!"

"그건 꼭 필요했다. 원래의 기억을 위해 준비시키려면."

"제가 어떻게 해야 하죠?"

"넌 이미 알고 있다."

"모른다고 했잖아요! 제발 좀 가르쳐주세요!"

"넌 배우지도 않은 일들을 많이 하고 있다. 우리가 네게 반항을 가르친 적이 있나?"

"제발 절 좀 도와주세요!" 이건 필사적인 울부짖음이었다.

테그는 억지로 싸늘하고 냉담한 태도를 취했다. "넌 도대체 내가 지금 뭘 하고 있다고 생각하는 거냐?"

던컨은 양 주먹을 꽉 쥐고 식탁을 두들겼다. 그 때문에 그의 컵이 춤을 추었다. 그는 테그를 노려보았다. 그런데 갑자기 기묘한 표정이 던컨의 얼굴에 나타났다. 그의 눈에 뭔가를 알아차린 듯한 표정이 떠올라 있었다.

"당신은 누구죠?" 던컨이 속삭였다.

'열쇠가 되는 질문이야!'

테그의 목소리는 갑자기 무방비 상태가 되어버린 상대를 후려치는 채찍 같았다. "내가 누구라고 생각하지?"

완전히 필사적이고 절망적인 표정 때문에 던컨의 얼굴이 일그러졌다. 그는 숨을 몰아쉬며 간신히 더듬거렸다. "당신은…… 당신은……."

"던컨! 이런 말도 안 되는 짓은 그만 둬!" 테그는 벌떡 일어나 일부러 분노한 표정을 지으며 그를 내려다보았다.

"당신은……."

테그의 오른손이 호선을 그리며 재빨리 튀어 나갔다. 그의 손바닥이 던컨의 뺨에 부딪혀 철썩 소리를 냈다. "어찌 감히 내게 반항하는 것인가?" 왼손이 튀어 나가 또다시 몸이 흔들릴 정도로 따귀를 때렸다. "어찌 감히 그런 짓을 해?"

던컨의 반응이 너무 빨랐기 때문에 테그는 순간적으로 감전된 것처럼 절대적인 충격을 경험했다. '저렇게 빠르다니!' 던컨의 공격에는 여러 가지 요소들이 있었는데도, 눈에 보이지도 않을 만큼 빠른 속도로 물 흐르듯 동작이 이어졌다. 던컨은 위를 향해 뛰어올라서 양발을 모두 의자 위에 올리고 의자를 흔들며 그 동작을 이용해서 오른팔을 내밀어 테그의 약한 어깨 신경을 후려쳤다.

테그는 훈련을 통해 다져진 본능으로 옆으로 몸을 피하면서 왼쪽 다리를 식탁 위로 휘둘러 던컨의 사타구니를 쳤다. 테그는 아직 그에게서 완전히 도망친 것이 아니었다. 던컨의 손바닥 뿌리 부분이 계속 아래로 내려와 테그가 휘두르고 있는 다리의 무릎 옆을 쳤다. 다리 전체에서 감각이 사라져버렸다.

던컨은 식탁 위에 널브러진 채, 테그의 발길질 때문에 움직일 수 없게 된 몸을 움직여 뒤로 물러나려고 했다. 테그는 왼손으로 식탁을 짚고 몸을 지탱하면서 오른손으로 던컨의 척추 끝 부분을 찍었다. 지난 며칠 동안의 훈련으로 일부러 약화시킨 척추의 연결 부위였다.

던컨은 온몸을 마비시키는 통증이 화살처럼 몸을 훑고 지나가자 신음 소리를 냈다. 다른 사람이었다면 꼼짝도 못 하고 비명을 질렀겠지만 던컨은 그저 신음만 하면서 테그를 향해 손톱을 세워 공격을 계속했다.

지금 이 순간에는 반드시 무자비하게 행동해야 하므로 테그는 상대에게 계속해서 더 큰 고통을 가하며, 가장 고통이 심한 순간에 던컨이 반드시 공격자의 얼굴을 볼 수 있게 했다.

'그의 눈을 잘 보아야 합니다!' 그가 받은 지시 사항에는 이런 경고가 있었다. 그리고 벨론다는 이 절차를 더욱 강화시키기 위해 그에게 이렇게 주의를 주었다. "그의 눈이 당신을 꿰뚫어 보는 것처럼 보이겠지만, 그는 당신을 레토라고 부를 겁니다."

한참 시간이 흐른 뒤에, 테그는 각성 절차에 자신이 복종했던 것을 자세히 기억해 내는 데 어려움을 겪었다. 자신이 계속해서 명령대로 움직였다는 것은 알고 있었지만, 그의 기억은 명령을 수행하는 몸을 떠나 어딘가 다른 곳으로 가버렸다. 이상하게도 말을 잘 듣지 않는 그의 기억은 또 다른 반항 행위에 고착되어 있었다. 세르볼 반란. 그때 그는 중년이었지만 이미 엄청난 명성을 지닌 바샤르였다. 그는 훈장이 달리지 않은 최고의 제복을 차려입었다(거기에는 쉽게 알아차리기 어려운 의도가 숨어 있었다). 그리고 전투 때문에 여기저기가 파인 세르볼의 들판에서 타는 듯한 한낮의 열기 속에 모습을 드러냈다. 진군하는 반군들 앞에 그는 완전히 비무장 상태였다!

공격자들 중에는 그에게 목숨의 빚을 진 사람이 많았다. 그들은 대부분 한때 그에게 깊은 충성을 바친 적이 있었다. 이제 그들은 폭력적인 반란에 가담하고 있었다. 그들의 길 앞에 선 테그의 존재는 진군하는 병사들을 향해 이렇게 말하고 있었다.

'우리가 동료였을 때 내가 너희들을 위해 무엇을 했는지 알려주는 훈장을 나는 달지 않을 것이다. 나는 내가 너희와 같다는 것을 보여주는 그 어떤 행동도 하지 않을 것이다. 나는 내가 아직도 바샤르임을 선언하는 제복만 입고 있다. 나를 죽여라. 너희들이 반란을 거기까지 끌고 갈 생각이라면.'

공격해 오던 병사들 대부분이 무기를 바닥으로 던지고 앞으로 나서자 그들의 지휘관들 중 일부가 예전에 모시던 바샤르 앞에 무릎을 꿇었다. 그는 그들에게 이렇게 충고했다. "전에 너희는 내게 절을 하거나 무릎을 꿇을 필요가 전혀 없었다! 너희의 새로운 지도자들이 너희에게 나쁜 버릇을 가르쳤구나."

나중에 그는 반군들에게 자신도 그들의 불만에 일부 동의한다고 말했다. 세르볼 사람들은 심한 학대를 당하고 있었다. 그러나 그는 또한 그들에게 이렇게 경고했다.

"우주에서 가장 위험한 것 중 하나는 정말로 불만을 품은 무지한 사람들이다. 그러나 충분한 정보를 갖고 있는 지적인 집단이 불만을 품었을 때와 비교하면 그들의 위험성은 그 근처에도 가지 못한다. 복수심에 불타는 머리 좋은 사람들이 어떤 피해를 야기할 수 있는지, 너희는 상상조차 하지 못한다. 너희들이 조금 전 만들어내려던 것과 비교하면 폭군은 자비로운 아버지처럼 보일 것이다!"

물론 그것은 모두 사실이었다. 베네 게세리트라는 배경 안에서만. 그리고 그것은 그가 명령에 따라 던컨 아이다호 골라에게 해야 하는 행동, 즉 거의 완전히 무력한 상대에게 정신적, 육체적 고통을 주는 것에는 거의 도움이 되지 않았다.

가장 쉽게 떠올릴 수 있는 것은 던컨의 눈빛이었다. 그 눈의 초점은 변하지 않았지만, 그 눈은 테그의 얼굴을 똑바로 노려보고 있었다. 마지막에 그가 비명을 지르며 고함치던 순간에도.

"제길, 레토 님! 뭘 하시는 겁니까?"

'저 아이가 나를 레토라고 불렀다.'

테그는 절룩거리며 두 발짝 뒤로 물러났다. 던컨이 후려친 왼쪽 다리가 욱신거리며 아팠다. 테그는 자신이 숨을 가쁘게 몰아쉬고 있으며, 비축해 둔 힘을 거의 다 썼다는 것을 깨달았다. 이렇게 격렬하게 움직이기에는 그의 나이가 너무 많았다. 게다가 방금 자신이 한 일 때문에 기분이 더러웠다. 그러나 각성 절차는 그의 의식 속에 철저하게 박혀 있었다. 예전에는 골라들을 각성시키기 위해 그들의 무의식을 세뇌해 사랑하는 사람을 죽이려 들게 했다. 이렇게 산산이 부서졌다가 강제로 다시 조합된 골라의 정신은 항상 심리적인 상처를 안고 있었다. 반면 이번의 새로운 기법은 절차를 시행한 사람에게 상처를 남겼다.

통증 때문에 멍해져버린 근육과 신경의 비명을 무시하고 천천히 움직이면서 던컨은 뒤로 미끄러져 식탁에서 내려온 다음 의자에 몸을 기대고 서서 부들부들 떨면서 테그를 노려보았다.

테그가 받은 지시 사항에는 이렇게 되어 있었다. '당신은 아주 조용하게 서 있어야 합니다. 움직여서는 안 돼요. 그가 실컷 당신을 바라보게 하십시오.'

테그는 지시대로 꼼짝도 하지 않고 서 있었다. 세르볼 반란의 기억이 그의 머리를 떠났다. 그는 그때도 지금도 자신이 무엇을 했는지 알고 있었다. 어떤 의미에서 그 둘은 비슷했다. 그는 반군들에게 궁극의 진리(그런 것이 존재한다면 말이지만)를 말하지 않았다. 그들을 울타리 안으로 다시 꾀어들일 수 있을 만큼만 얘기했을 뿐이다. 고통과, 미리 예측할 수 있는 고통의 결과를. "너희들을 위한 일이다."

이것이 정말로 그를 위하는 일이었을까? 그들이 이 던컨 아이다호 골라에게 한 짓이?

테그는 던컨의 의식 속에서 무슨 일이 벌어지고 있을지 궁금했다. 테그는 이런 순간에 대해 지금까지 알려진 모든 얘기들을 들었지만, 말로는 충분하지 않다는 것을 이제 알 수 있었다. 던컨의 눈과 얼굴은 내부의 혼란을 여실히 드러내고 있었다. 입과 뺨은 흉측하게 일그러졌고, 시선은 이쪽저쪽으로 정신없이 움직였다.

천천히, 우아하게 보일 정도로 천천히, 던컨의 얼굴에서 긴장이 풀렸다. 그의 몸은 계속 떨리고 있었다. 그 몸의 욱신거리는 고통이 멀리서 일어나는 일처럼 느껴졌다. 여기저기서 정신없이 느껴지는 그 고통은 누군가 다른 사람에게 일어난 일이었다. 그러나 그는 이곳, 바로 이 순간에 존재했다. 그것이 무엇인지, 혹은 어디인지는 모르겠지만. 그의 기억들은 서로 맞물리려 하지 않았다. 너무 어린 이 육체에 들어 있는 것이 갑자기 잘못된 일처럼 느껴졌다. 이 육체는 골라가 되기 이전의 그에게 맞지 않았다. 이리저리 정신없이 움직이며 뒤틀리고 있는 의식은 이제 모두 내면에 있었다.

테그에게 지시를 내린 사람들은 이렇게 말했다. "그 아이가 골라 이전에 갖고 있는 기억에는 골라가 덮어씌운 필터가 있을 겁니다. 원래 기억

중의 일부는 물밀듯이 돌아오지만, 더 천천히 돌아오는 기억도 있습니다. 그러나 그가 처음 죽음을 맞았던 순간을 기억하기 전에는 기억들이 맞물리지 않을 겁니다." 그 뒤에 벨론다가 테그에게 그 운명의 순간에 대해 지금까지 알려져 있는 자세한 얘기들을 알려주었다.

"사다우카." 던컨이 속삭였다. 그는 주위를 둘러보며 비공간 구를 가득 채운 하코넨의 상징들을 보았다. "황제의 날강도 병사들이 하코넨의 제복을 입고 있었어!" 잔인한 미소가 그의 입술을 일그러뜨렸다. "그놈들이 그걸 얼마나 싫어했을까!"

테그는 계속 침묵을 지키며 그를 지켜보았다.

"그들이 나를 죽였다." 던컨이 말했다. 감정이 전혀 들어 있지 않은 말이었다. 그 분명한 말투 때문에 훨씬 더 오싹하게 느껴졌다. 격렬한 떨림이 그의 몸을 훑고 지나간 뒤, 떨림이 잦아들었다. "그 작은 방에 그놈들이 적어도 열두 명이나 있었지." 그가 테그를 똑바로 바라보며 말을 이었다. "그중 한 놈이 사람들을 뚫고 나와서 고기 베는 칼을 휘두르듯이 내 머리를 곧장 내리쳤어." 그는 머뭇거렸다. 그의 목이 경련하듯 움직였다. 그의 시선은 여전히 테그를 향하고 있었다. "내가 폴 님에게 탈출 시간을 충분히 벌어드렸나?"

'그의 모든 질문에 진실하게 대답하세요.'

"그는 탈출했습니다."

이제 아주 어려운 순간이 왔다. 틀레이랙스 인은 아이다호의 세포를 어디에서 얻었는가? 교단의 시험 결과 그 세포들은 원래 아이다호의 세포였다. 하지만 의심은 남았다. 틀레이랙스 인은 이 골라에게 나름대로 모종의 조치를 취해 두었다. 그의 기억이 그 조치를 알아낼 귀중한 단서가 될 수 있었다.

"하지만 하코넨은……." 던컨이 말했다. 성의 기억이 맞물렸다. "아, 그래. 아, 그래!" 난폭한 웃음이 그의 몸을 뒤흔들었다. 그는 오래전에 죽은 블라디미르 하코넨 남작을 향해 포효하듯 승리의 고함을 질렀다. "내가 복수를 했다, 남작! 아, 네놈이 죽인 모든 사람들을 대신해서 내가 네놈에게 복수했어!"

"우리가 당신에게 가르친 것들과 성을 기억합니까?" 테그가 물었다.

영문을 알 수 없다는 듯 찌푸린 표정 때문에 던컨의 이마에 깊은 주름이 생겨났다. 감정적 고통이 육체적 고통과 전쟁을 벌이고 있었다. 그는 테그의 질문에 대한 대답으로 고개를 끄덕였다. 두 개의 인생이 있었다. 악솔로틀 탱크 뒤에서 벽에 둘러싸여 있던 삶과 또 하나는…… 또 하나는……. 던컨은 뭔가가 빠져 있음을 느꼈다. 뭔가가 그의 내면에서 여전히 억압되어 있었다. 각성은 끝나지 않았다. 그는 성난 얼굴로 테그를 노려보았다. 얘기가 더 있는가? 테그는 잔인했다. 잔인성이 꼭 필요했기 때문인가? 이것이 골라를 원래대로 되돌리는 방법인가?

"나는……." 던컨은 상처 입은 채 사냥꾼 앞에 서 있는 커다란 짐승처럼 고개를 좌우로 흔들었다.

"기억을 모두 갖고 있습니까?" 테그가 고집스럽게 물었다.

"모두? 아, 그래. 나는 가무가 지에디 프라임일 때를 기억하고 있어. 기름에 흠뻑 젖고, 피에 흠뻑 젖은 제국의 지옥! 그래, 그렇지, 바샤르. 난 당신의 착실한 제자였지. 연대 지휘관이라고!" 또다시 그는 고개를 뒤로 젖히고 웃음을 터뜨렸다. 그 어린 몸에 비해 묘하게 어른스러운 몸짓이었다.

테그는 깊은 만족감이 갑자기 풀려 나오는 것을 느꼈다. 안도감보다 훨씬 더 깊은 만족감이었다. 그들이 말했던 것처럼 이 방법이 효과를 거둔 것이다.

"내가 밉습니까?" 그가 물었다.

"당신을 미워하느냐고? 내가 고마워할 거라고 말하지 않았소?"

갑자기 던컨은 양손을 들어 올려 자세히 들여다보았다. 그리고 시선을 옮겨 자신의 어린 몸을 내려다보았다. "정말 유혹적이군!" 그는 중얼거렸다. 그리고 양손을 떨어뜨리더니 테그의 얼굴에 시선을 집중하며 그의 정체를 드러내주는 얼굴의 선을 좇았다. "아트레이데스로군. 당신들은 모두 정말 기가 막히게 똑같아!"

"모두 그런 것은 아닙니다." 테그가 말했다.

"난 외모에 대해 얘기한 게 아니오, 바샤르." 그의 눈이 초점을 잃고 아련해졌다. "내가 내 나이를 물었지." 오랜 침묵이 흐른 후 그가 다시 입을 열었다. "이런 세상에! 시간이 정말 많이도 흘렀군!"

테그는 지시 사항에 명시된 말을 했다. "교단에 당신이 필요합니다."

"이렇게 어린 몸인데? 내가 뭘 해야 하는 거요?"

"솔직히 난 모릅니다, 던컨. 몸은 성숙해질 겁니다. 그리고 아마도 대모가 당신에게 상황을 설명해 줄 겁니다."

"루실라 말이오?"

갑자기 던컨은 장식이 된 천장을 올려다보았다. 그리고 반침과 바로크 양식의 시계를 차례로 바라보았다. 그는 테그, 루실라와 함께 이곳에 온 것을 기억했다. 이곳은 전과 똑같았지만, 또한 다르기도 했다. "하코넨." 그가 속삭였다. 그리고 부릅뜬 눈으로 테그를 노려보았다. "내 가족들 중에 하코넨에게 고문을 당하고 살해된 사람이 몇 명인지 아시오?"

"타라자 님의 기록 관리자가 내게 보고서를 주었습니다."

"보고서? 그걸 말로 표현할 수 있다고 생각하는 거요?"

"아뇨. 하지만 내가 당신 질문에 할 수 있는 대답은 그것뿐이었습니다."

"제기랄, 바샤르! 당신들 아트레이데스는 왜 항상 그렇게 정직하고 훌륭한 거지?"

"교배 과정에서 심어진 것 같습니다."

"맞는 말입니다." 테그의 뒤에서 들려온 루실라의 목소리였다.

테그는 고개를 돌리지 않았다. 그녀가 얘기를 어디서부터 들었을까? 그녀가 언제부터 저곳에 있었던 거지?

루실라가 다가와 테그 옆에 섰다. 그러나 그녀의 시선은 던컨에게 머물러 있었다. "당신이 해냈군요, 마일즈."

"타라자 님의 명령을 문자 그대로 따랐습니다." 테그가 말했다.

"지금까지 당신의 행동은 정말 영리했습니다, 마일즈. 내가 짐작했던 것보다 훨씬 더 영리했어요. 당신에게 이런 것을 가르친 죄로 당신 어머니에게 마땅히 엄한 처벌이 내려졌어야 하는데."

"아아, 유혹하는 여자 루실라." 던컨이 말했다. 그는 테그를 흘깃 바라보고 나서 다시 루실라에게 시선을 돌렸다. "그래, 이제 내가 갖고 있던 다른 질문에 대답할 수 있겠군. 저 여자가 해야 하는 일이 무엇인가 하는 질문."

"그들은 각인사라고 불립니다." 테그가 말했다.

"마일즈, 만약 당신이 내 명령 수행을 방해하려고 내 임무를 복잡하게 만든 거라면, 난 당신을 꼬치구이로 만들어버릴 겁니다." 루실라가 말했다.

아무런 감정이 들어 있지 않은 그녀의 목소리 때문에 테그의 온몸이 부르르 떨렸다. 그는 그녀의 협박이 비유라는 것을 알고 있었지만, 그 협박 속에 들어 있는 의미는 진짜였다.

"처벌의 연회! 좋군." 던컨이 말했다.

테그는 던컨을 향해 입을 열었다. "우리가 당신에게 한 일에 낭만적인 부분은 하나도 없습니다. 던컨. 내가 베네 게세리트를 도와 임무를 수행하고 난 후 더러운 기분을 느낀 적이 한두 번이 아니지만, 이번처럼 기분이 더러웠던 적은 없습니다."

"조용히 하세요!" 루실라가 명령했다. 그 명령에는 '목소리'의 힘이 완전히 들어 있었다.

테그는 어머니가 가르쳐준 대로 그 목소리가 자신의 몸속을 흘러 지나가도록 내버려두었다. 그리고 입을 열었다. "교단에 진정한 충성을 바치는 우리 같은 사람들이 걱정하는 것은 하나뿐입니다. 베네 게세리트의 생존이죠. 어떤 개인의 생존이 아니라 교단 그 자체의 생존입니다. 기만, 거짓, 이런 것은 교단의 생존이 문제일 때에는 무의미한 단어들에 불과합니다."

"저주받을 당신 어머니 같으니, 마일즈!" 루실라는 그에게 자신의 분노를 감추지 않았다. 그것은 그에게 보내는 찬사였다.

던컨은 루실라를 뚫어지게 바라보았다. 저 여자는 누구지? 루실라? 그는 자신의 기억들이 저절로 동요하는 것을 느꼈다. 루실라는 그 사람이 아니었다…… 전혀 똑같지 않았다. 하지만…… 똑같은 부분들이 있었다. 그녀의 목소리. 생김새. 갑자기 그는 성에 있는 자신의 방 벽에서 얼핏 보았던 여자의 얼굴을 다시 보았다.

'던컨, 내 사랑스러운 던컨.'

던컨의 눈에서 눈물이 떨어졌다. 그의 어머니 역시 하코넨의 희생자였다. 고문을 당하고…… 그 밖에 또 무슨 짓을 당했는지 누가 알겠는가? 그녀의 '사랑스러운 던컨'은 그녀를 다시 보지 못했다.

"제길, 지금 당장 그놈들이 내 앞에 있어서 내가 죽일 수 있으면 좋겠군." 던컨이 신음처럼 말했다.

다시 한번 그는 루실라에게 시선의 초점을 맞췄다. 눈물 때문에 그녀의 얼굴이 흐릿해져서 비교하기가 더 쉬웠다. 루실라의 얼굴이 레토 아트레이데스의 연인, 레이디 제시카의 얼굴과 섞였다. 던컨은 테그를 흘깃 바라본 다음 다시 루실라에게 시선을 돌리면서 눈물을 털어냈다. 기억 속의 얼굴들이 앞에 서 있는 진짜 루실라의 얼굴 속으로 녹아 들어갔다. 비슷하기는 하지만…… 결코 똑같지는 않았다. 다시는 똑같은 사람을 찾을 수 없었다.

'각인사라.'

그는 그 단어의 의미를 짐작할 수 있었다. 던컨 아이다호의 순수한 난폭함이 그의 내면에서 고개를 들었다. "당신의 자궁에 내 아이를 원하는 것이오, 각인사? 당신들이 괜히 어머니('대모'라는 호칭을 뜻한다―옮긴이)라고 불리는 게 아니라는 걸 나는 알고 있소."

루실라가 차가운 목소리로 말했다. "그 문제는 나중에 얘기하죠."

"그런 얘기를 하기에 알맞은 곳에서 합시다. 어쩌면 내가 당신에게 노래를 불러줄지도 모르지. 옛날의 거니 할렉만큼 잘하지는 못하지만 침대 놀이를 준비할 수 있을 정도는 되오."

"지금 이게 재미있습니까?" 그녀가 물었다.

"재미있냐고? 아니오. 하지만 거니가 생각나는 건 사실이오. 말해 보시오, 바샤르. 거니도 죽음에서 다시 데려왔소?"

"제가 아는 한은 그렇지 않습니다." 테그가 말했다.

"아아, 그는 정말 노래하는 남자였지! 그는 음표를 하나도 놓치지 않고 노래를 부르면서 사람을 죽일 수 있었소." 던컨이 말했다.

루실라가 여전히 얼음장 같은 태도로 말했다. "베네 게세리트에 속한 우리들은 음악을 피하는 법을 배웠습니다. 음악은 혼란스러운 감정들을 너무 많이 불러일으킵니다. 물론 기억 속의 감정들이죠."

그녀는 이 말을 통해 모든 '다른 기억들'과 베네 게세리트의 능력을 되새겨줌으로써 던컨에게 경외감을 안겨줄 생각이었지만, 던컨은 더 커다란 소리로 웃음을 터뜨렸을 뿐이었다.

"정말 안된 일이군. 당신들은 인생의 아주 많은 부분을 놓쳐버리고 있소." 그가 말했다. 그리고 그는 옛날에 할렉이 불렀던 노래의 후렴구를 콧노래로 부르기 시작했다.

"열병식이다, 친구들이여. 병사들이 길게 줄을 지어 열병식을 한다……."

그러나 그의 정신은 다시 태어난 이 순간의 새롭고 풍성한 향내와 함께 어딘가 다른 곳에서 소용돌이치고 있었다. 그의 내면에 묻혀 있던 뭔가 강력한 것이 다시 열성적으로 그를 건드리는 것이 느껴졌다. 그것이 무엇이든, 그것은 난폭한 것이었고 각인사 루실라와 관련되어 있었다. 상상 속에서 그는 그녀가 피투성이로 죽어 있는 모습을 보았다.

사람들은 항상 즉각적인 기쁨 이상의 것, 즉 행복이라 불리는 더 깊은 느낌을 원한다. 우리가 우리 계획의 실현을 구체화할 때 이용하는 비결 중의 하나가 바로 이것이다. 이 즉각적인 기쁨 이상의 것은 그 감정을 뭐라고 불러야 하는지 모르는 사람들이나 그런 감정이 존재한다는 사실을 짐작조차 하지 못하는 사람들(이런 사람이 대부분이다)과 함께 증폭된 힘을 갖는다. 대부분의 사람들은 이처럼 숨겨진 힘들에 무의식적으로 반응할 뿐이다. 따라서 우리는 계산에 따라 '즉각적인 기쁨 이상의 것'이 존재하게 만들어 그것을 규정하고, 그것에 형태를 부여해 주기만 하면 된다. 그러면 사람들이 그 뒤를 따를 것이다.

—베네 게세리트의 지도력의 비밀

침묵하는 와프를 약 스무 발짝 앞에 둔 채 오드레이드와 시이나는 스파이스 야적장 옆의 길을 걸었다. 길가에 잡초가 돋아 있었다. 그들은 모두 새 사막 로브와 번쩍이는 사막복을 입고 있었다. 그들의 옆에서 야적장의 경계선을 이루고 있는 회색의 무(無)플라즈 울타리의 그물눈 안에는 풀 몇 조각과 씨앗을 품은 솜털 같은 열매들이 붙들려 있었다. 그 열매들을 바라보면서 오드레이드는 그들이 인간의 개입에서 벗어나려는 생명인 것 같다는 생각을 했다.

그들의 뒤에서는 다르 에스 발라트 주위로 솟아오른 땅딸막한 건물들이 이른 오후의 햇빛 속에서 익어가고 있었다. 그녀가 숨을 너무 급하게 들이쉬자 뜨겁고 건조한 공기가 목구멍을 태웠다. 오드레이드는 현기증을 느끼며 자신과 전쟁을 벌였다. 갈증이 끈질기게 그녀를 괴롭혔다. 그녀는 마치 절벽 가장자리에서 균형을 잡는 것처럼 걸었다. 그녀가 타라자의 명령에 따라 만들어낸 상황이 언제 폭발할지 몰랐다.

'정말 약해!'

세 개의 세력이 균형을 이루고 있었다. 반드시 서로를 지탱해 준다고 할 수는 없지만, 각자 동기가 있어서 힘을 합쳤다. 그러나 언제든 그 동기가 바뀌면 이 동맹 전체가 무너질 터였다. 타라자가 보낸 군인들도 오드레이드를 안심시켜 주지 못했다. 테그는 어디 있지? 부르즈말리는 어디 있는 거야? 그리고 골라는 또 어디 있지? 지금쯤 그는 여기 와 있어야 했다. 일을 지연시키라는 명령이 왜 내려온 걸까?

오늘의 모험은 틀림없이 일을 지연시켜 줄 것이다! 비록 타라자가 이 일에 축복을 내려주기는 했지만, 오드레이드는 모래벌레들이 있는 사막으로 소풍을 나온 것이 일을 영원히 지체시키는 길이 될지도 모른다고 생각했다. 게다가 와프가 있었다. 만약 그가 살아남는다 해도, 그가 주워 담을 수 있는 것이 있을까?

교단이 보유한 최고의 속성 접합 증폭기를 사용해 치료해 주었는데도, 와프는 오드레이드가 부러뜨린 팔이 여전히 아프다고 했다. 그건 불평이 아니었다. 그는 단순히 정보를 제공하고 있을 뿐이었다. 그는 이 깨지기 쉬운 동맹을 받아들이고 있는 것 같았다. 라키스 사제들의 비밀 결사가 동맹에 가입한 것까지도. 자신이 데려온 얼굴의 춤꾼 한 명이 튜엑으로 변장하고 최고 사제의 자리를 차지하고 있다는 사실에 그는 틀림없이 안심하고 있었다. 베네 게세리트에게 '교배모'들을 요구할 때 와프의 어조는 대단히 강력했다. 그 결과 그는 양측의 흥정에서 자신이 감당해야 할 부분을 보류해 둘 수 있었다.

"교단이 새로운 협정을 검토하는 동안 잠깐 일이 지체되는 것뿐입니다." 오드레이드가 설명했다. "그동안……."

오늘이 바로 그 '그동안'이었다.

오드레이드는 걱정을 옆으로 제쳐두고 이 모험의 분위기를 느끼기 시작했다. 와프의 행동은 대단히 흥미로웠다. 시이나를 만났을 때 그가 보여준 반응이 특히 그러했다. 그는 두려움을 노골적으로 드러냈고, 적잖이 경외감을 느끼고 있었다.

'자기들 예언자의 '심복'이라는 거겠지.'

오드레이드는 자기 옆에서 착실하게 걷고 있는 아이를 곁눈질로 살짝 바라보았다. 지금의 일들을 베네 게세리트의 계획에 맞춰 집어넣을 수 있는 진정한 수단이 바로 여기에 있었다.

교단이 틀레이랙스 인들의 행동 뒤에 숨은 현실 속으로 돌파구를 마련했다는 것이 오드레이드를 흥분시켰다. 와프가 새로운 반응을 보일 때마다 그의 광신적인 '진정한 믿음'의 형태가 드러났다. 그녀는 이곳의 종교적인 분위기 속에서 틀레이랙스의 주인을 연구하게 되었다는 것만으로도 행운을 잡은 기분이었다. 와프의 발밑에 있던 굵은 모래가 와프의 어떤 행동에 불을 붙였다. 그녀는 그 행동의 정체를 알아낼 수 있도록 훈련을 받은 몸이었다.

'우리가 이미 짐작했어야 했어. 우리의 보호 선교단이 사람들을 조종한 것을 보고 틀레이랙스 인들이 그걸 어떻게 해냈는지 깨달았어야 했어. 틀레이랙스 인들은 수천 년 동안 내내 꾸준히 터벅터벅 걸으면서 자신을 드러내지 않고 자신들 속으로 침투하려는 사람들의 모든 시도를 차단한 거야.' 오드레이드는 생각했다.

그들이 베네 게세리트의 구조를 모방한 것 같지는 않았다. 그럼 베네 게세리트 이외의 어떤 세력이 그런 일을 할 수 있을까? 종교였다. 저 '위대한 믿음'!

'틀레이랙스 인들이 골라 시스템을 불사의 방법으로 사용하는 게 아니라면 말이지.'

어쩌면 타라자의 생각이 옳을 수도 있었다. 다시 태어난 틀레이랙스의 주인들은 대모들과 같지 않을 것이다. '다른 기억들'은 전혀 없고, 오로지 개인적인 기억들만 갖고 있을 것이다. 그러나 그것은 오랫동안 이어진 기억이었다!

'정말 흥미로워!'

오드레이드는 앞에 있는 와프의 등을 바라보았다. 꾸준히 터벅터벅 걷는 것. 그것이 그에게는 아주 자연스러운 일인 것처럼 보였다. 그녀는 그가 시이나를 '알리아마'라고 불렀던 것을 떠올렸다. 와프의 '위대한 믿음'을 확인해 주는 또 하나의 단어였다. 그것은 '축복받은 자'를 뜻했다. 틀레이랙스 인들은 고대 언어를 살려두었을 뿐만 아니라 하나도 변화시키지 않은 채 고스란히 보존해 온 것이다.

종교처럼 강력한 세력만이 그런 일을 해낼 수 있다는 걸 와프는 알까? '우리는 당신이 가진 집착의 뿌리를 손아귀에 쥐고 있어, 와프! 그건 우리가 만들어낸 것들과 다르지 않아. 우린 그런 것들을 우리 목적에 맞게 조종하는 법을 알고 있지.'

타라자가 보내온 통신 내용이 오드레이드의 의식 속에서 뜨겁게 느껴졌다. '틀레이랙스의 속셈이 뻔히 들여다보입니다. 패권입니다. 인간들의 우주를 반드시 틀레이랙스의 우주로 만들고야 말겠다는 것입니다. 그들이 대이동에서 돌아온 자들의 도움 없이 그런 목적을 이룩할 가망은 없습니다. 그런 이유입니다.'

최고 대모의 논리를 부정할 수는 없었다. 심지어 교단 균열의 원인이 될 수도 있는 반대파조차 같은 생각이었다. 그러나 기하급수적으로 숫자가 늘어나고 있는, 대이동에서 돌아온 수많은 인간들을 생각하니 절박하고 고독한 기분이었다.

'그들에 비하면 우리의 숫자가 너무 적어.'

시아나가 허리를 숙여 자갈을 하나 집어 들었다. 그녀는 잠시 그것을 들여다보다가 옆의 울타리로 던져버렸다. 자갈은 그물눈을 건드리지 않고 그 사이를 통과해 날아갔다.

오드레이드는 자신을 더욱 다잡았다. 인적이 드문 이 길 위로 바람에 실려 와 떠도는 모래 속에서 그들의 발소리가 갑자기 지나치게 커진 것 같았다. 다르 에스 발라트의 고리형 카나트와 해자 위로 뻗어 있는 가느다란 둑길이 이 좁은 도로의 끝에서 겨우 200발짝 떨어진 곳에 있었다.

시아나가 말했다. "내가 여기 나온 건 대모님이 명령했기 때문이에요. 하지만 지금도 이렇게 해야 하는 이유를 모르겠어요."

'그건 이것이 와프를 시험하기 위한, 그리고 그를 통해 틀레이랙스를 바꿔놓기 위한 시련이기 때문이야!'

"이건 일종의 시범이야." 오드레이드가 말했다.

그건 사실이었다. 이 말 속에 진실이 모두 들어 있는 것은 아니었지만, 그것으로 충분했다.

시아나는 고개를 숙인 채 걸으면서 자신이 한 발 한 발 발을 내딛는 장소를 열심히 바라보았다. 저 아이는 항상 저런 식으로 샤이탄에게 접근하는 걸까? 오드레이드는 속으로 질문을 던져보았다. 저렇게 생각에 잠겨서 냉담한 태도로?

오드레이드는 자신의 뒤쪽 높은 곳에서 희미하게 탁탁 소리가 나는 것을 들었다. 감시를 위한 오니숍터들이 도착하고 있었다. 그들은 일정한 거리를 유지하겠지만, 많은 사람들의 눈이 이 '시범'을 지켜볼 것이다.

"내가 춤을 추겠어요. 그러면 대개 아주 큰 놈이 오거든요." 시이나가 말했다.

오드레이드는 심장 박동이 빨라지는 것을 느꼈다. 그 '큰 놈'이 시이나 말고 두 사람이 더 있는데도 여전히 시이나에게 복종할까?

'이건 정신 나간 자살 행위야!'

그러나 반드시 해야 하는 일이었다. 타라자의 명령이니까.

오드레이드는 자기들 옆의 스파이스 야적장을 흘깃 바라보았다. 그곳이 묘하게 낯익어 보였다. 기시감보다 더 강한 느낌. '다른 기억들'에게서 정보를 얻은 그녀의 내면은 이곳이 고대로부터 거의 변하지 않은 채 남아 있음을 그녀에게 확실하게 알려주었다. 야적장에 있는 스파이스 사일로의 디자인은 라키스만큼이나 오래된 것이었다. 긴 다리 위에 달걀형 통이 놓여 있는 모습은 죽마처럼 생긴 다리로 사냥감을 향해 뛰어오를 때를 기다리는, 금속과 플라즈로 된 곤충 같았다. 그녀는 이 사일로를 처음 설계한 사람이 무의식적인 메시지를 담아놓은 것 같다고 추측했다. '멜란지는 축복이자 독'이라는 메시지를.

사일로 밑에서는 그 어떤 식물도 자랄 수 없는 모래의 황무지가 진흙으로 벽을 바른 건물들 옆으로 펼쳐져 있었다. 다르 에스 발라트가 아메바 같은 팔을 내밀어 거의 카나트 가장자리까지 닿아 있는 것 같은 모습이었다. 폭군이 오랫동안 숨겨두었던 비공간 구 때문에 수많은 종교 단체들이 생겨났고, 그들의 활동은 창문 하나 없는 벽 뒤와 지하에 대부분 숨겨져 있었다.

'우리가 가진 무의식적 욕망의 비밀스러운 작용이야!'

또다시 시이나가 입을 열었다. "튜엑이 변했어요."

오드레이드는 와프가 머리를 번쩍 치켜드는 것을 보았다. 그도 시이나의 말을 들은 것이다. 그는 아마 이런 생각을 하고 있을 것이다. '우리가 예언자의 전령에게 비밀을 감출 수 있을까?'

오드레이드는 얼굴의 춤꾼이 튜엑 행세를 하고 있는 걸 아는 사람이 이미 너무 많다는 생각이 들었다. 물론 사제 비밀 결사는 자기들이 저 틀레이랙스 인에게 베네 틀레이랙스뿐만 아니라 교단까지도 낚아챌 수 있을 만큼 충분히 그물을 제공하고 있다고 믿었다.

과거에 야적장에서 자라는 잡초들을 죽이려고 사용하던 화학 약품들의 찌르는 듯한 냄새가 났다. 이 냄새 때문에 오드레이드는 지금 꼭 필요한 일에 다시 주의를 돌릴 수밖에 없었다. 지금 여기서 감히 이런저런 생각 속으로 빠져 들 수는 없었다! 그러면 교단이 스스로 설치한 함정에 쉽사리 잡혀버릴 터였다.

시이나가 휘청거리면서 작게 소리를 질렀다. 아파서라기보다는 짜증 때문이었다. 와프가 재빨리 고개를 돌려 시이나를 바라보고는 다시 길을 향해 시선을 돌렸다. 아이는 도로 표면의 깨진 틈새에 발이 걸렸을 뿐이었다. 바람에 날려온 모래가 그 깨진 틈을 가리고 있었다. 그러나 그의 앞에 있는 몽환적인 구조의 둑길은 튼튼해 보였다. 예언자의 후손 하나를 지탱할 수 있을 만큼 튼튼하지는 않았지만, 탄원을 위해 사막으로 가는 인간들이 건너기에는 충분하고도 남았다.

와프는 자신을 탄원자로 생각했다.

'저는 당신의 전령의 땅으로 구걸하는 사람처럼 들어가고 있습니다, 신이시여.'

그는 오드레이드를 의심하고 있었다. 오드레이드가 그를 이곳으로 데려온 것은 그를 죽이기 전에 그의 지식을 모두 뽑아내기 위해서라고 생각했다. '신께서 도와주신다면, 내가 아직 그녀를 놀래줄 수 있을지도 몰라.' 그는 익스 탐침이 자신의 몸에는 효과를 발휘하지 못한다는 것을 알고 있었다. 그녀가 그렇게 거추장스러운 장치를 지금 갖고 있는 것 같지도 않았다. 그러나 와프를 안심시키는 것은 자신의 강한 의지와 신의 은총에 대한 확신이었다.

'만약 저들이 우리에게 내민 손이 진심이라면 어떡하지?'

그것 역시 신의 역사하심이 될 것이다.

베네 게세리트와 동맹을 맺고 라키스를 확고하게 장악하는 것. 얼마나 꿈같은 일인가! 마침내 샤리아트가 패권을 차지하고 베네 게세리트가 선교사가 되는 것이다.

시이나가 다시 발을 헛디디고 작은 소리로 투덜거리자 오드레이드가 말했다. "자신을 너무 아끼지 마라, 아이야!"

오드레이드는 와프의 어깨가 딱딱하게 굳는 것을 보았다. 그는 저 '축복받은 자'에게 이렇게 명령을 내리듯 대하는 것을 좋아하지 않았다. 저 작은 남자에게는 강단이 있었다. 오드레이드는 그것이 광신의 힘임을 알아보았다. 모래벌레가 그를 죽이러 오더라도 와프는 도망치지 않을 것이다. 신의 의지에 대한 믿음이 그를 죽음 속으로 곧장 이끌고 갈 것이다. 그가 커다란 충격을 받아 신이 자신을 지켜줄 거라는 믿음에서 벗어나지 않는 한은.

오드레이드는 미소를 참았다. 그녀는 그의 사고 과정을 따라갈 수 있

었다. '신께서 신의 목적을 곧 드러내실 거라고 믿겠지.'

그러나 와프는 반달롱에서 천천히 재생되며 자라고 있는 자신의 세포에 대해 생각하고 있었다. 이곳에서 무슨 일이 일어나든 그의 세포들이 베네 틀레이랙스를 위해 그의 임무를 계속 이어갈 것이다……. 그리고 신을 위해. 와프가 계속 연달아 생겨나서 항상 '위대한 믿음'을 섬기는 것이다.

"내가 샤이탄의 냄새를 맡을 수 있다는 걸 알죠?" 시이나가 말했다.

"지금 냄새가 난단 말이냐?" 오드레이드는 앞쪽의 둑길을 올려다보았다. 와프는 벌써 둑길의 아치형 표면 위로 몇 발짝 들어서 있었다.

"아뇨. 샤이탄이 올 때에만 맡을 수 있어요." 시이나가 말했다.

"물론 그렇지, 아이야. 그런 냄새는 누구나 맡을 수 있어."

"난 그가 멀리 떨어져 있을 때에도 냄새를 맡을 수 있어요."

오드레이드는 코를 통해 깊이 숨을 들이쉬며 불에 탄 돌 냄새를 배경으로 느껴지는 여러 냄새들을 분류했다. 희미한 멜란지 냄새…… 오존 냄새, 뭔가 산(酸)의 냄새를 분명히 풍기는 것. 그녀는 시이나에게 자신과 한 줄로 서서 먼저 둑길로 들어가라고 손짓했다. 와프는 스무 걸음의 차이를 꾸준히 지키며 앞서 가고 있었다. 그의 앞으로 약 60미터 지점에서 둑길이 사막을 향해 아래로 휘어졌다.

'기회가 닿는 대로 모래의 맛을 보아야겠다. 그러면 많은 것을 알 수 있을 거야.' 오드레이드는 생각했다.

물이 담긴 해자 위의 둑길을 오르면서 그녀는 남서쪽으로 시선을 돌려 지평선을 따라 설치된 나지막한 벽을 바라보았다. 갑자기 저항하기 어려운 '다른 기억' 하나가 오드레이드를 엄습했다. 그건 현실 속의 시야 같은 선명함은 전혀 없었지만, 그녀는 그것이 무엇인지 알아보았다. 그녀 내면의 가장 깊은 곳에서 나온 이미지들이 서로 섞여 있는 형태였다.

'제길! 지금은 안 돼!' 그녀는 생각했다.

도망칠 길은 없었다. 그렇게 불쑥 나타나는 것들은 목적을 갖고 있었으며, 그들이 그녀의 의식을 요구할 때는 피할 수가 없었다.

'경고야!'

그녀는 눈을 가늘게 뜨고 지평선을 바라보며 '다른 기억'이 거기에 스스로 포개지게 했다. 오래전 저 멀리에 높은 벽이 있었다…… 사람들이 그 꼭대기를 따라 움직였다. 기억 속에 존재하는 그 먼 곳에는 몽환적인 다리가 있었다. 비현실적인 아름다움을 지닌 다리였다. 그 다리는 지금은 사라져버린 벽의 한쪽 부분과 다른 쪽 부분을 이어주고 있었다. 그녀는 오래전에 사라져버린 그 다리 밑으로 강이 흘렀음을 보지 않고도 알고 있었다. 아이다호 강! 풍경 위에 포개진 이미지가 움직임을 보여주었다. 뭔가가 다리에서 떨어지고 있었다. 너무 멀어서 그것이 무엇인지 알 수 없었지만, 그녀는 이제 이 이미지가 보여주는 것의 정체를 알 수 있었다. 경악과 의기양양한 흥분을 느끼면서 그녀는 그 장면의 정체를 깨달았다.

몽환적인 다리가 무너지고 있었다! 그 밑의 강 속으로 무너져 내리고 있었다.

지금의 이 영상이 보여주는 것은 그냥 아무런 목적 없이 이루어진 파괴가 아니었다. 이것은 많은 기억들 속에 남아 있는 고전적인 폭력이었으며, 그녀는 스파이스의 고통을 느끼던 순간에 그 기억들을 물려받았다. 오드레이드는 섬세하게 조정된 이 이미지의 구성 요소들을 분류할 수 있었다. 그녀의 조상들 수천 명이 상상 속의 재현을 통해 이미 이 장면을 지켜보았다. 이것은 실제로 눈으로 본 것에 대한 기억이 아니라 정확한 보고서들을 모아 만들어진 영상이었다.

'그 일이 일어난 게 저곳이야!'

오드레이드는 걸음을 멈추고 이미지가 보여주는 것들이 그녀의 의식을 마음대로 조종하도록 내버려두었다. '경고야!' 뭔가 위험한 것이 감지되었다는 의미였다. 그녀는 이 경고의 실체를 파헤치려 하지 않았다. 만약 파헤치려 한다면, 이 영상이 혼란스럽게 흩어져버릴 것이다. 그렇게 깨어진 조각들이 모두 중요한 것일 수도 있었지만, 원래의 확실성은 사라져버릴 터였다.

저 멀리의 저 사건은 아트레이데스의 역사 속에 단단히 자리 잡고 있었다. 폭군 레토 2세가 저 몽환적인 다리에서 떨어져 분해되었다. 라키스의 위대한 모래벌레, 폭군 신황제 자신이 결혼식을 위해 가다가 저 다리에서 떨어져 내렸다.

바로 저기! 파괴된 다리 밑의 바로 저기 아이다호 강에서 폭군은 고통 속으로 잠겨 들어갔다. 바로 저곳에서 변신이 일어나고 거기서 분열된 신이 태어났다. 그 모든 것이 저곳에서 시작되었다.

'이것이 왜 경고인 거지?'

다리와 강은 이 땅에서 사라져버렸다. 폭군의 건조한 땅 사리르를 둘러싸고 있던 높은 벽은 침식되어 열기 속에 아른거리는 지평선 위의 들쭉날쭉한 선으로 변해 버렸다.

만약 모래벌레가 영원한 꿈을 꾸는 폭군의 기억이 캡슐처럼 담긴 의식의 진주알을 가지고 지금 나타난다면, 그 기억이 위험할까? 교단 내에 있는 타라자의 반대파들은 그렇다고 주장했다.

"그가 깨어날 겁니다!"

타라자와 그녀의 자문들은 그럴 가능성조차 부인했다.

그래도 오드레이드의 '다른 기억들'이 보내는 이 경적을 묵살해 버릴 수는 없었다.

"대모님, 왜 걸음을 멈춘 거예요?"

오드레이드는 자신에게 주의를 기울여달라고 요구하는 눈앞의 현실로 자신의 의식이 갑작스레 되돌아오는 것을 느꼈다. 경고의 환영에 나타난 저 먼 곳은 폭군의 끝없는 꿈이 시작된 곳이었지만, 다른 꿈들이 억지로 끼어들었다. 시이나가 영문을 알 수 없다는 표정으로 그녀의 앞에 서 있었다.

"난 저쪽을 보고 있었다." 오드레이드는 손으로 방향을 가리키며 말을 이었다. "저곳이 바로 샤이 훌루드가 시작된 곳이다, 시이나."

와프는 둑길의 끝에서 걸음을 멈췄다. 점점 땅을 잠식해 들어오고 있는 사막까지 한 발짝 모자란 거리였다. 이제 그는 오드레이드와 시이나보다 약 마흔 걸음 앞에 있었다. 오드레이드의 목소리 때문에 그는 몸을 경직시키며 긴장했지만 뒤를 돌아보지는 않았다. 오드레이드는 그의 자세에서 그가 불쾌해하고 있음을 느낄 수 있었다. 와프는 자신의 예언자에 대한 냉소의 기미가 조금만 보여도 불쾌해할 사람이었다. 그는 대모들이 냉소하고 있다고 항상 의심했다. 특히 종교적인 문제가 관련되어 있을 때에는 더욱 그러했다. 와프는 오랜 혐오와 두려움의 대상이던 베네 게세리트가 자기처럼 '위대한 믿음'을 갖고 있을지도 모른다는 사실을 받아들일 준비가 아직 되어 있지 않았다. 그 점에 대해서는 조심스럽게 접근해야 할 것이다. 보호 선교단을 대할 때 항상 그러는 것처럼.

"사람들 말로는 저곳에 큰 강이 있었대요." 시이나가 말했다.

오드레이드는 시이나의 목소리에서 비웃음이 섞인 쾌활한 어조를 눈치챘다. 저 아이는 정말 배우는 것이 빨랐다!

와프가 고개를 돌리고 그들을 향해 험악한 표정을 지었다. 그도 그녀의 어조를 눈치챈 것이다. 지금 그는 시이나에 대해 무슨 생각을 하고 있을까?

오드레이드는 한 손으로 시이나의 어깨를 잡고 다른 손으로 방향을 가리켰다. "바로 저기에 다리가 있었다. 사리르의 커다란 벽은 아이다호 강이 지나갈 수 있도록 저곳에서 열려 있었지. 다리는 그 틈을 연결하고 있었다."

시이나가 한숨을 쉬었다. "진짜 강이라니." 그녀가 속삭였다.

"카나트가 아니었지. 운하라고 하기에도 너무 컸고." 오드레이드가 말했다.

"난 한 번도 강을 본 적이 없어요."

"사람들이 샤이 훌루드를 강 속으로 집어던진 곳이 바로 저기다." 오드레이드는 왼쪽을 가리키며 말을 이었다. "이쪽 편에는, 저 방향으로 몇 킬로미터나 떨어진 곳에, 그가 궁전을 세웠다."

"저쪽에는 모래밖에 없어요."

"그 궁전은 기근시대에 파괴되었어. 사람들은 그 안에 비축해 둔 스파이스가 있는 줄 알았지만 물론 틀린 생각이었다. 그는 아주 영리한 사람이었으니 그런 짓을 할 리가 없지."

시이나는 오드레이드에게 가까이 몸을 기울이고 속삭였다. "하지만 엄청난 양의 스파이스가 숨겨져 있는 건 사실이에요. 사람들이 읊조리는 노래들에 그런 내용이 들어있죠. 난 그 얘길 여러 번 들었어요. 내…… 사람들 말로는 그게 동굴에 있대요."

오드레이드는 미소를 지었다. 시이나가 지금 얘기하고 있는 것은 당연히 구전 역사였다. 그리고 그녀는 얘기를 하면서 하마터면 '내 아버지……'라고 할 뻔했다. 사막에서 죽은 그녀의 진짜 아버지를 이르는 말이었다. 오드레이드는 이미 이 아이를 살살 꾀어서 그 얘기를 들었다.

시이나는 여전히 그녀의 귓가에 입을 대고 속삭이는 목소리로 말했다. "저 쬐끄만 남자가 왜 우리와 함께 있는 거죠? 난 저 사람 싫어요."

"그건 시범을 위해 꼭 필요한 일이다." 오드레이드가 말했다.

와프는 그 순간 둑길을 벗어나 광활한 사막이 완만한 경사를 그리고 있는 첫 번째 능선에 발을 디뎠다. 그는 조심스럽게 움직였지만, 머뭇거리는 기색은 보이지 않았다. 일단 모래 속에 들어선 후 그는 고개를 돌리고 처음에는 시이나를, 그다음에는 오드레이드를 뚫어지게 바라보았다. 뜨거운 햇빛 속에서 그의 눈이 번득였다.

'시이나를 바라볼 때는 아직도 경외감을 느끼는군. 그는 자기가 믿고 있는 위대한 것들을 여기서 발견하게 될 거다. 예전의 모습을 회복할 거야. 그리고 위세도!' 오드레이드는 생각했다.

시이나는 한 손으로 눈 위에 차양을 만들고 사막을 유심히 살펴보았다.

"샤이탄은 열기를 좋아해요. 날이 뜨거울 때 사람들은 안으로 숨지만 샤이탄이 오는 건 바로 그때예요." 시이나가 말했다.

'샤이 훌루드가 아니군. 샤이탄이야! 당신의 예언이 맞았군요, 폭군. 당신은 우리 시대에 대해 또 무엇을 알고 있었죠?' 오드레이드는 생각했다.

모든 모래벌레 후손들 속에서 잠자고 있는 것이 정말 폭군일까?

오드레이드가 연구했던 분석 결과들 중에는, 무엇이 한 인간으로 하여금 아라키스의 원래 모래벌레들과 공생을 택하게 만든 것인지에 대한 확실한 설명이 하나도 없었다. 수천 년에 걸친 그 끔찍한 변신의 기간 동안 그는 무슨 생각을 했을까? 오늘날 라키스의 모래벌레들 속에 그런 것이 조금이라도 보존되어 있을까?

"그가 근처에 있어요, 대모님. 냄새가 느껴지세요?" 시이나가 말했다.

와프가 두려운 기색으로 시이나를 응시했다.

오드레이드는 깊이 숨을 들이쉬었다. 지독한 돌 냄새를 배경으로 계피 냄새가 풍성해졌다. 불, 유황, 크리스털에 둘러싸인 거대한 모래벌레의 지옥. 그녀는 몸을 구부리고 바람에 날려 온 모래 한 줌을 집어 혀에 갖다 댔다. 모든 배경 풍경이 그곳에 있었다. '다른 기억' 속의 듄과 오늘날의 라키스.

시이나가 왼쪽으로 비스듬하게 손가락을 뻗어 사막에서 불어오는 가벼운 산들바람을 똑바로 가리켰다. "저쪽이에요. 서둘러야 해요."

시이나는 오드레이드의 허락도 기다리지 않고 둑길을 가볍게 달려 내려가 와프를 지나쳐 첫 번째 모래 언덕으로 올라갔다. 그녀는 그곳에서 걸음을 멈추고 오드레이드와 와프가 자신을 따라잡을 때까지 기다렸다. 그녀는 그들을 이끌고 모래 언덕의 경사면을 내려가 모래가 발목을 잡는 또 다른 모래 언덕을 올랐다. 커다랗게 곡선을 그리며 휘어진 바라칸의 선을 따라서. 정상에서부터 바람에 날려 온 흙먼지가 연기처럼 춤을 추고 있었다. 얼마 되지 않아 물에 둘러싸인 안전한 다르 에스 발라트와 그들 사이의 거리가 거의 1킬로미터로 벌어졌다.

또다시 시이나가 걸음을 멈췄다.

와프는 숨을 헐떡이며 그녀의 뒤에 멈춰 섰다. 사막복의 두건이 그의 이마를 지나가는 자리에서 땀이 번들거렸다.

오드레이드는 와프보다 한 발짝 뒤에 멈춰 섰다. 그녀는 마음을 차분히 가라앉히기 위해 깊이 숨을 들이쉬면서 와프의 앞쪽, 시이나의 시선이 고정되어 있는 곳을 바라보았다.

격렬한 모래 물결이 폭풍에 밀려 그들이 서 있는 모래 언덕 너머의 사막을 휩쓴 다음이었다. 거대한 바위들로 이루어진 길고 좁은 길 위에 암반이 드러나 있었다. 길가의 거대한 바위들은 미친 프로메테우스가 부숴버린 건물의 조각들처럼 뒤집힌 채 여기저기 흩어져 있었다. 이 거친 미로를 뚫고 모래가 강처럼 쏟아지면서 깊게 긁힌 자국과 파인 자국을 남긴 다음 나지막한 절벽 아래로 곤두박질쳐 더 많은 모래 언덕들 속으로 사라져버렸다.

"저 아래쪽이에요." 시이나가 암반이 드러난 길을 가리키며 말했다. 그녀는 쏟아지는 모래 속에서 미끄러지기도 하고 민첩하게 기기도 하면서 모래 언덕을 내려갔다. 기슭에 도착하자 그녀는 적어도 자기 키의 두 배는 되어 보이는 바위 옆에서 걸음을 멈췄다.

와프와 오드레이드는 그녀의 바로 뒤에 멈춰 섰다.

또 다른 거대한 바라칸의 경사면, 장난치며 놀고 있는 고래의 등처럼 구불구불한 그 경사면이 그들 옆의 은청색 하늘을 향해 솟아올랐다.

오드레이드는 이렇게 걸음을 멈춘 순간을 이용해서 몸속의 산소 균형을 다시 회복했다. 이렇게 미친 듯이 달리는 것은 몸에 커다란 부담이었다. 와프는 얼굴이 붉게 달아오른 채 심호흡을 하고 있었다. 사방이 막혀 있었기 때문에 돌 냄새가 섞인 계피 냄새에 압도당할 것 같았다. 와프는 코를 킁킁거리며 손등으로 코를 문질렀다. 시이나는 한쪽 발끝으로 서서 빙글 돌더니 바위 길을 가로질러 열 발짝쯤 화살처럼 튀어 나갔다. 그녀는 바깥쪽 모래 언덕의 경사면에 한 발을 올리고 하늘을 향해 양팔을 들어 올렸다. 처음에는 천천히, 그러다가 점점 빠르게, 그녀가 모래 위를 오르며 춤을 추기 시작했다.

머리 위에서 오니숍터의 소리가 더욱 커졌다.

"잘 들어봐요!" 시이나가 조금도 멈추지 않고 계속 춤을 추면서 소리쳤다.

그녀가 잘 들어보라고 한 것은 오니숍터 소리가 아니었다. 오드레이드는 바위들이 난잡하게 흩어진 이 미로 속으로 뚫고 들어오는 새로운 소리를 향해 양쪽 귀가 모두 노출되도록 고개를 돌렸다.

쉿쉿거리는 소리가 땅 밑에서 모래에 막혀 조금 약하게 들려왔다. 점점 커지는 속도가 어찌나 빠른지 충격적이었다. 거기에는 열기가 있었다. 몸을 뒤틀며 이 바위투성이 길을 따라가는 산들바람이 확연히 따뜻해졌다. 쉿쉿거리는 소리가 포효 소리로 부풀어 올랐다. 갑자기, 크리스털에 둘러싸인 거대한 입이 활짝 벌어진 채 시이나 머리 위의 모래 언덕 너머로 솟아올랐다.

"샤이탄!" 시이나가 춤의 리듬을 깨뜨리지 않은 채 소리 질렀다. "내가 왔어, 샤이탄!"

모래벌레는 모래 언덕 꼭대기에 이른 후 시이나를 향해 입을 아래로 기울였다. 그녀의 발 주위로 모래가 폭포처럼 쏟아져 내리는 바람에 그녀는 춤을 멈출 수밖에 없었다. 계피 냄새가 바위 협곡을 가득 채웠다. 모래벌레가 그들의 머리 위에서 움직임을 멈췄다.

"신의 전령이야." 와프가 속삭였다.

열기 때문에 밖으로 노출된 오드레이드의 얼굴에서 땀이 말라버렸고, 사막복의 자동 단열장치가 분명히 느껴질 정도로 부풀었다. 그녀는 심호흡을 하면서 이 강렬한 계피 냄새의 뒤에 숨어 있는 구성 요소들을 분류했다. 주위의 공기에서는 오존 냄새가 코를 찔렀고, 공기 중의 산소가 급속하게 늘어났다. 모든 감각을 바짝 긴장시킨 채, 오드레이드는 자신이 느낀 것들을 기억 속에 저장했다.

'만약 내가 살아남는다면 말이지.' 그녀는 생각했다.

그래, 이것은 귀중한 자료였다. 다른 사람들이 이 자료를 이용하게 될 날이 아마 올 것이다.

시이나는 쏟아져 내린 모래에서 뒷걸음질 쳐서 노출된 바위 위에 올라섰다. 다시 춤을 시작한 그녀는 더 격렬한 동작으로 회전을 할 때마다 고개를 세차게 흔들었다. 머리카락이 그녀의 얼굴을 후려쳤고, 그녀는 회전을 하며 모래벌레를 마주 보게 될 때마다 '샤이탄!'이라고 고함을 질렀다.

모래벌레는 낯선 곳에 온 아이처럼 까탈스럽게 다시 한번 앞으로 움직였다. 녀석은 모래 언덕 꼭대기를 가로질러 몸을 둥그렇게 말아 노출된 바위 위로 올라갔다. 그리고 시이나에게서 약 두 발짝 떨어진 곳에서 그녀의 머리보다 약간 높은 위치에 자신의 불타는 입을 드러냈다.

녀석이 움직임을 멈췄을 때, 오드레이드는 모래벌레의 몸속 깊은 곳의 용광로에서 나오는 우르릉 소리를 인식했다. 그녀는 녀석의 몸속에서 너울거리는 오렌지색 불꽃이 반사된 모습에서 눈을 뗄 수가 없었다. 그것은 신비스러운 불의 동굴이었다.

시이나는 춤을 멈췄다. 그녀는 양 옆구리에서 주먹을 꽉 쥐고 자신이 불러낸 괴물을 마주 노려보았다.

오드레이드는 호흡의 간격을 조절했다. 대모가 자신의 모든 힘을 모을 때 사용하는, 호흡의 속도 조절 방법이었다. 만약 이것이 마지막이라 해도, 어쨌든 그녀는 타라자의 명령에 복종한 셈이었다. 최고 대모는 머리 위에서 지켜보고 있는 자들에게서 정보를 얻어야 할 것이다.

"안녕, 샤이탄. 대모와 틀레이랙스 사람을 데리고 왔어." 시이나가 말했다.

와프는 푹 쓰러지듯이 무릎을 꿇고 절을 했다.

오드레이드는 살짝 그를 지나쳐 시이나 옆에 섰다.

시이나가 깊이 숨을 들이쉬었다. 그녀의 얼굴이 상기되어 있었다.

지나치게 혹사당하고 있는 사막복에서 찰칵, 딸깍 소리가 났다. 계피 냄새에 흠뻑 젖은 주위의 뜨거운 공기는 지금 이 만남에서 나는 소리들로 인해 긴장되어 있었다. 이 모든 소리를 지배하는 것은 꼼짝도 하지 않는 모래벌레의 몸속에서 불이 타오르면서 나는, 중얼거리는 듯한 소리였다.

와프가 오드레이드의 옆으로 다가왔다. 황홀경에 빠진 듯한 그의 시선은 모래벌레에게 고정되어 있었다.

"마침내 이런 순간을 맞았어." 그가 속삭였다.

오드레이드는 소리 없이 그를 욕했다. 무엇이든 쓸데없는 소리를 냈다가는 저 짐승을 자신들에게 끌어들이는 꼴이 될 수도 있었다. 그러나 그녀는 와프가 무슨 생각을 하는지 알고 있었다. 예언자의 후손과 이렇게 가까이 서 있었던 틀레이랙스 인은 지금까지 한 명도 없었다. 라키스의 사제들조차 이런 경험을 한 번도 하지 못했다!

시이나가 오른손으로 불쑥 아래쪽을 가리키는 몸짓을 했다. "우리한테 내려와, 샤이탄!" 그녀가 말했다.

모래벌레는 크게 벌린 입을 낮췄다. 녀석의 몸속에 있는 불구덩이가 세 사람 앞의 바위 협곡을 가득 채웠다.

시이나가 거의 속삭임이나 다름없는 목소리로 말했다. "샤이탄이 나한테 복종하는 걸 보셨죠, 대모님?"

오드레이드는 시이나가 모래벌레를 지배하고 있다는 것을, 이 아이와 괴물 사이에 숨겨진 언어의 맥동을 느낄 수 있었다. 섬뜩하고 기이한 일이었다.

뻔뻔스럽고 건방지게 목소리를 높이면서 시이나가 말했다. "샤이탄에게 우리를 태워달라고 할 거예요!" 그녀는 모래벌레 옆에 있는 모래 언덕의 경사면을 재빨리 기어올랐다.

벌레의 거대한 입이 즉시 그녀의 움직임을 따라 위로 솟아올랐다. "그대로 있어!" 시이나가 소리쳤다. 벌레는 움직임을 멈췄다.

'녀석은 시이나의 말에 복종하고 있는 게 아냐. 뭔가 다른 것이…… 뭔가 다른 것이…….' 오드레이드는 생각했다.

"대모님, 절 따라오세요." 시이나가 소리쳤다.

오드레이드는 와프를 자기 앞으로 불쑥 밀면서 시이나의 말을 따랐다. 그들은 시이나의 뒤를 따라 모래의 경사면을 재빨리 기어올랐다. 제자리를 벗어난 모래들이 가만히 기다리고 있는 모래벌레 옆으로 쏟아져 내려 협곡 안에 쌓였다. 그들의 앞에서는 끝으로 갈수록 가늘어지는 모래벌레의 꼬리가 모래 언덕의 정상을 따라 휘어져 있었다. 시이나는 모래 속에 푹푹 빠지면서도 총총걸음으로 앞장서서 그 꼬리의 맨 끝으로 두 사람을 이끌었다. 그곳에서 그녀는 골이 파인 표면의 체절 앞쪽을 움켜쥐고 이 사막의 야수 위로 재빨리 기어올랐다.

오드레이드와 와프는 좀더 느린 속도로 그녀의 뒤를 따랐다. 모래벌레의 따스한 몸 표면이 오드레이드에게는 유기체가 아닌 것처럼 느껴졌다. 마치 익스 인들이 만든 인공적인 물건 같았다.

시이나는 벌레의 등을 따라 앞쪽으로 폴짝폴짝 뛰어가서 녀석의 입 바로 뒤에 웅크리고 앉았다. 그곳에서는 체절들이 두텁고 넓게 부풀어 있었다.

"이렇게 하세요." 시이나가 말했다. 그리고 몸을 앞으로 기울여 한 체절의 앞쪽 가장자리 밑을 움켜쥔 다음 그것을 약간 들어 올려 그 밑의 연한 분홍색 살을 노출시켰다.

와프는 즉시 그녀의 말을 따랐지만 오드레이드는 자신이 느낀 것들을 기억 속에 저장하면서 더 신중하게 움직였다. 체절의 표면은 플라스크리트만큼 딱딱했고, 자그마한 비늘들로 덮여 있었다. 오드레이드의 손가락이 체절의 앞쪽 가장자리 밑에 있는 연한 살을 탐색했다. 그 살은 희미하게 고동치고 있었다. 그들 주위의 몸 표면이 거의 알아보기 어려운 박자로 오르락내리락했다. 오드레이드는 표면이 움직일 때마다 긁히는 듯한 소리가 자그맣게 나는 것을 들었다.

시이나가 자기 뒤쪽의 벌레 표면을 발로 찼다.

"샤이탄, 가자!" 그녀가 말했다.

모래벌레는 반응을 보이지 않았다.

"부탁이야, 샤이탄." 시이나가 간청했다.

오드레이드는 시이나의 목소리에서 절박함을 눈치챘다. 이 아이는 자신의 샤이탄에 대해 아주 확신하고 있었지만, 오드레이드는 그녀가 벌레의 등에 타는 것을 허락받은 것은 맨 처음뿐이었다는 사실을 알고 있었다. 오드레이드는 그녀가 죽고 싶어 했던 것에서부터 사제들의 혼란에 이르기까지 모든 것을 알고 있었다. 그러나 그 이야기 중 어떤 것도 이제부터 무슨 일이 일어날 것인지 그녀에게 가르쳐주지 못했다.

갑자기 모래벌레가 움직이기 시작했다. 녀석은 가파르게 몸을 들어 올리더니 왼쪽으로 몸을 비틀어 급한 커브를 그리며 바위의 협곡을 벗어났다. 그리고 다르 에스 발라트로부터 멀어져 곧장 광활한 사막을 향해 움직였다.

"우린 신과 함께 가고 있어!" 와프가 소리쳤다.

그의 목소리가 오드레이드에게 충격을 주었다. 저렇게 난폭한 목소리라니! 그녀는 그의 믿음 속에 들어 있는 힘을 느꼈다. 뒤를 따라오는 오니숍터들의 탁탁 소리가 머리 위에서 들려왔다. 모래벌레가 움직이는 속도 때문에 생긴 바람이 채찍처럼 오드레이드를 후려치며 지나갔다. 거기에는 질주하고 있는 이 거대한 짐승의 몸이 모래와 마찰하면서 생겨난 오존 냄새와 뜨거운 용광로 냄새가 가득했다.

오드레이드는 어깨 너머로 오니숍터들을 흘긋 바라보며 적들이 이 행성에서 이 골칫덩이 아이와 그에 못지않은 골칫덩이인 대모, 그리고 경멸의 대상인 틀레이랙스 인을 아주 쉽게 없애버릴 수 있겠다고 생각했다. 광활한 사막에서 그들이 공격에 완전히 노출되어 있는 순간에 모두를 제거할 수 있는 것이다. 어쩌면 사제들의 비밀 결사가 그런 시도를 할 수도 있었다. 그들은 저 위에서 이 광경을 지켜보는 오드레이드의 부하들이 자기들의 시도를 미처 막지 못할 수도 있다는 희망을 품을 것이다.

호기심과 두려움이 그들을 억제해 줄까?

오드레이드는 자신도 엄청난 호기심을 느끼고 있음을 인정했다.

'이 녀석이 우리를 어디로 데려가는 거지?'

녀석이 향하는 곳이 킨이 아님은 분명했다. 그녀는 고개를 들어 시이나의 앞쪽을 바라보았다. 바로 앞의 지평선에 무너진 바위 조각들이 분명하게 울퉁불퉁한 선을 그리며 놓여 있었다. 폭군이 그 몽환적인 다리에서 떨어진 곳이었다.

'다른 기억'이 경고했던 곳이었다.

갑작스러운 깨달음이 오드레이드의 정신을 꽉 움켜쥐었다. 그녀는 경고의 의미를 이해했다. 폭군은 자신이 선택한 장소에서 죽은 것이다. 많은 죽음들이 그 장소에 흔적을 남겨두었지만, 그의 흔적이 가장 컸다. 폭군은 뚜렷한 목적을 갖고 자신의 행로를 정했다. 시이나는 벌레에게 그곳으로 가라고 말하지 않았다. 녀석은 스스로의 의지로 그곳을 향해 움직이고 있었다. 폭군의 끝없는 꿈이 처음 그 꿈이 시작된 곳으로 녀석을 자석처럼 끌어당기고 있었다.

건조한 땅에 사는 사람이 물이 담긴 리터존과 엄청나게 넓은 물웅덩이 중 어떤 것이 더 중요하냐는 질문을 받았다. 그 사람은 잠시 생각을 해보고 나서 말했다. "리터존이 더 중요합니다. 어떤 사람도 커다란 물웅덩이를 소유할 수는 없습니다. 하지만 리터존은 망토 밑에 숨겨 가지고 도망칠 수 있습니다. 아무도 그걸 모를 겁니다."

─고대 듄의 우스갯소리, 베네 게세리트 기록 보관소

비공간 구의 연습실에서 오랫동안 훈련이 계속되었다. 이 훈련을 조종하고 있는 이동형 우리 안에 들어가 있는 던컨은 여덟 방향에서 오는 공격에 대응할 수 있는 전투의 일곱 가지 핵심적인 자세에 자신의 새 몸이 익숙해질 때까지 이번 훈련을 계속해야 한다고 단호하게 주장했다. 위아래가 붙은 그의 초록색 옷은 땀 때문에 검게 변해 있었다. 그들이 이 하나의 수업에 매달린 지 20일째였다!

테그는 던컨이 여기서 되살린 고대의 전승을 알고 있었지만, 그 속에 등장하는 이름들과 사건의 순서들이 달랐다. 이 훈련이 시작되고 5일째가 되기 전에 테그는 현대적인 방법이 정말 우월한 것인지 의심스러워졌다. 이제 그는 던컨이 완전히 새로운 일을 해냈다고 확신했다. 그가 성에서 배운 것과 과거의 것들을 조화시킨 것이다.

테그는 자신의 조종판 앞에 앉아 있었다. 그는 이 훈련의 참가자이자 관찰자였다. 이 훈련에서 그림자 같은 위험한 힘들을 조종하는 조종판에 테그는 정신적으로 적응해야 했다. 그러나 이제는 익숙해져서 순간적인 영감으로 손쉽게 공격을 조종할 때가 많았다.

당장이라도 폭발할 것 같은 모습의 루실라가 가끔 연습실 안을 들여다보았다. 그녀는 연습을 지켜보다가 아무 말도 없이 가버렸다. 테그는 던컨이 각인사에게 무슨 짓을 하고 있는 건지 몰랐지만, 이 각성한 골라가 자신을 '유혹'할 여자에게 시간을 지연시키는 작전을 쓰고 있는 듯한 느낌이 있었다. 그녀가 그 작전을 오랫동안 그냥 내버려두지는 않을 테지만, 그것은 테그가 어떻게 해볼 수 있는 일이 아니었다. 던컨은 이제 각인사의 상대가 되기에 '너무 어린' 아이가 아니었다. 저 어린 몸에는 스스로 결정을 내릴 수 있을 만큼 경험을 쌓은 성숙한 남성의 정신이 들어 있었다.

던컨은 단 한 번 휴식을 취했을 뿐, 오전 내내 연습실에 있었다. 테그는 배가 고프다 못해 아플 지경이었지만, 훈련을 멈추는 것이 내키지 않았다. 던컨의 능력은 오늘 새로운 경지에 올라섰을 뿐만 아니라, 계속 나아지고 있었다.

고정된 조종판의 새장 같은 좌석에 앉은 테그는 공격의 힘을 복잡하게 뒤틀어 왼쪽, 오른쪽, 머리 위에서 공격을 가했다.

하코넨의 병기고에는 이런 이국적인 무기와 훈련 도구들이 아주 많았다. 그중 일부는 테그가 역사책에서만 본 것들이었다. 던컨은 그 무기들을 모두 분명히 알고 있는 듯했으며, 테그가 감탄할 만큼 익숙해 보였다. 그들이 지금 사용하고 있는 그림자 시스템에는 방어막을 뚫을 수 있도록 조정된 사냥꾼 탐색기가 포함되어 있었다.

"녀석들은 방어막을 뚫기 위해 자동으로 속도를 낮춥니다. 공격의 속도가 너무 빠르면, 물론 방어막이 튕겨내지요." 던컨이 어리면서도 원숙한 목소리로 설명했다.

"이런 타입의 방어막은 거의 한물 갔습니다." 테그가 말했다. "스포츠 삼아 이것들을 계속 갖고 있는 곳이 몇 군데 있지만 그 외에는……."

던컨은 눈에 보이지 않을 만큼 빠른 속도로 되찌르기 동작을 실행해서 사냥꾼 탐색기 세 대를 바닥에 떨어뜨렸다. 녀석들은 이 비공간 구의 수리 설비가 필요할 정도로 망가져 있었다. 그는 우리를 제거하고 시스템의 세기를 줄였지만 녀석이 그냥 저속으로 움직이도록 내버려둔 채 테그를 향해 다가왔다. 그는 깊이, 그러나 편안하게 숨을 쉬고 있었다. 던컨은 테그의 뒤쪽을 바라보며 미소를 짓고 고개를 끄덕였다. 테그는 재빨리 고개를 돌렸지만 이곳을 떠나는 루실라의 옷자락을 얼핏 보았을 뿐이었다.

"이건 마치 결투 같군요. 그녀는 나의 방어를 뚫으려 하고, 나는 반격합니다." 던컨이 말했다.

"조심하십시오. 저 여자는 완전한 대모입니다." 테그가 말했다.

"나는 내 시대에 대모 몇 명과 아는 사이였습니다, 바샤르."

테그는 자신이 또다시 당황했음을 깨달았다. 그는 달라진 던컨 아이다호에게 다시 적응해야 할 것이라는 말을 미리 들었지만, 그런 재적응 과정이 자신의 정신에 이토록 끊임없이 압박을 가할 것이라고는 예상하지 못했다. 지금 던컨의 눈에 나타난 표정이 그를 혼란스럽게 만들었다.

"우리 역할이 조금 바뀌었습니다, 바샤르." 던컨이 말했다. 그는 바닥에서 수건을 집어 들어 얼굴을 닦았다.

"이젠 내가 당신에게 가르칠 수 있는 것이 무엇인지 잘 모르겠습니다." 테그가 시인했다. 그러나 그는 던컨이 루실라에 대한 자신의 경고를 받아들여 줬으면 좋겠다고 생각했다. 던컨은 고대의 그 대모들이 오늘날의 이 여자들과 똑같다고 생각하는 건가? 테그는 그럴 가능성이 거의 없다고 생각했다. 모든 생명체들이 그러하듯이, 교단도 발전하고 변화했다.

테그가 보기에 던컨은 타라자의 책략에서 자신이 어떤 위치를 차지하고 있는지 결론을 내렸음이 분명했다. 던컨은 지금 단순히 때를 기다리고 있는 게 아니었다. 그는 자신의 몸이 스스로 절정이라고 생각되는 단계에 오르도록 훈련하고 있었으며, 베네 게세리트에 대해서도 이미 나름의 판단을 내리고 있었다.

'그는 불충분한 데이터를 근거로 판단을 내렸어.' 테그는 생각했다.

던컨은 수건을 떨어뜨리고 잠시 그것을 바라보았다. "당신이 내게 무엇을 가르칠 수 있는지 내가 판단하게 해주십시오, 바샤르." 그는 고개를 돌려 우리 안에 앉아 있는 테그를 가늘게 뜬 눈으로 바라보았다.

테그는 깊이 숨을 들이쉬었다. 던컨이 다시 움직일 때를 대비하며 찰칵찰칵 소리를 내고 있는 튼튼한 하코넨 장비들 때문에 희미한 오존 냄새가 났다. 그러나 골라의 씁쓸한 땀내가 지배적이었다.

던컨이 재채기를 했다.

테그가 코를 킁킁거려 보니 자신들의 움직임 때문에 항상 공중을 떠도는 먼지가 느껴졌다. 때로는 냄새보다 맛으로 먼지를 느낄 수도 있었다. 알칼리의 맛. 모든 냄새들 위에 공기 세정기와 산소 재생기의 향기가 겹쳐져 있었다. 시스템 안에 내장되어 있는 꽃 향기도 희미하게 났지만 테그는 그것이 무슨 꽃의 향기인지 알 수 없었다. 그들이 이곳을 차지한

한 달 동안 이 비공간 구에서는 또한 사람의 냄새도 나기 시작했다. 땀내, 음식 냄새, 결코 크게 감소시킬 수 없는 폐기물 처리 장치의 독한 냄새 등이 원래의 냄새들 속으로 천천히 스며들었다. 그들의 존재를 상기시켜 주는 이 냄새들이 테그에게는 묘하게도 불쾌했다. 그는 자신도 모르게 코를 킁킁거리며 침입자의 소리가 들리지 않는지 귀를 기울였다. 벽에 부딪혀 울리는 자기들의 발소리와 주방에서 희미하게 들려오는, 금속이 부딪히는 소리 외에 다른 소리가 없는지.

던컨의 목소리가 끼어들었다. "당신은 묘한 사람입니다, 바샤르."

"무슨 뜻입니까?"

"당신은 레토 공작을 닮았습니다. 그렇게 얼굴이 닮았다는 게 묘하게 느껴져요. 공작님은 당신보다 조금 키가 작았지만, 그 닮은 모습은……." 그는 테그의 얼굴에 나타난 유전적 특징의 뒤에 베네 게세리트의 계획이 있음을 생각하며 고개를 가로저었다. 저 매 같은 모습, 주름살, 그리고 그 내면적인 특징. 도덕적 우월성에 대한 확신.

'얼마나 도덕적이고 얼마나 우월한 건가?'

그가 성에서 본 자료에 따르면(던컨은 그 자료들이 그가 발견할 수 있는 자리에 특별히 놓여 있었던 거라고 확신했다), 테그는 이 시대의 인간 사회 전역에서 거의 보편적인 명성을 지니고 있었다. 마르콘의 전투에서는 적들에게 테그가 직접 와 있다는 것을 알리는 것만으로 충분했다. 그들은 협약을 맺자고 애걸했다고 한다. 이것이 사실일까?

던컨은 조종판 우리 안에 있는 테그를 바라보며 이 점을 물어보았다.

"명성은 멋진 무기가 될 수 있습니다. 피를 덜 흘리게 해줄 때가 많아요." 테그가 말했다.

"아르벨로우에서 당신은 왜 병사들과 함께 전선으로 갔습니까?" 던컨이 물었다.

테그는 깜짝 놀란 표정을 지었다. "그걸 어떻게 알았습니까?"

"성에서. 당신은 죽임을 당할 수도 있었습니다. 그랬다면 무슨 소용이 있었겠습니까?"

테그는 자신을 내려다보며 서 있는 이 어린 육체가 미지의 지식을 갖고 있음을 자신에게 일깨웠다. 틀림없이 그 지식이 정보에 대한 던컨의 탐색을 이끌고 있었다. 던컨이 교단에게 가장 가치를 발휘하는 곳은 아마도 바로 그 미지의 영역인 듯했다.

"우리는 그 전 이틀 동안 아르벨로우에서 심한 피해를 입었습니다. 난 적들의 두려움과 광신을 올바로 판단하지 못했죠." 테그가 말했다.

"하지만 위험이……."

"내가 전선에 나간 것은 우리 편 사람들에게 '내가 당신들과 위험을 함께한다'는 걸 보여주기 위해서였습니다."

"성의 기록에는 아르벨로우가 얼굴의 춤꾼들에 의해 변질되었다고 적혀 있었습니다. 파트린은 당신이 보좌관들의 주장을 거부했다고 했죠. 그 행성을 깨끗이 쓸어버리고 불모의 땅으로 만들자는……."

"당신은 그곳에 있지 않았습니다, 던컨."

"난 지금 그곳에 있었던 사람의 입장이 되어보려고 노력 중입니다. 그러니까, 당신은 모든 사람들의 조언과는 반대로 적들을 살려준 셈이군요."

"얼굴의 춤꾼들만 빼고."

"하지만 당신은 적들이 무기를 내려놓기 전에 비무장인 채로 적들의 대열 사이를 걸어 다녔습니다."

"그들이 가혹한 취급을 당하지 않으리라는 걸 확신시키기 위해서였습니다."

"그건 아주 위험한 행동이었습니다."

"그런가요? 그들 중 많은 사람들이 우리 편으로 넘어와 크로이넌에 대한 마지막 공격에 합류했습니다. 그곳에서 우리는 반(反)교단 세력들을 격파했지요."

던컨은 테그를 강렬한 시선으로 바라보았다. 이 늙은 바샤르는 외모만 레토 공작과 닮은 것이 아니라, 그와 똑같은 아트레이데스의 카리스마까지 갖고 있었다. 그는 전에 적이었던 사람들 사이에서조차 전설적인 인물이었다. 테그는 자기가 가니마 아트레이데스의 후손이라고 했었다. 그러나 그것이 전부가 아님이 분명했다. 대가의 수준에 이른 베네 게세리트의 교배 방식에 그는 경외심을 느꼈다.

"이제 연습을 다시 시작합시다." 던컨이 말했다.

"자신을 망가뜨리는 짓은 하지 마십시오."

"잊으셨군요, 바샤르. 나는 바로 이곳 지에디 프라임에서 이 몸만큼 어렸을 때를 기억하고 있습니다."

"가무입니다!"

"이름을 다시 지은 건 적절한 일이었지만, 내 몸은 여전히 원래의 기억을 불러내고 있습니다. 그들이 나를 이곳으로 보낸 건 그 때문이지요. 틀림없습니다."

'이 사람이 눈치채는 건 당연한 일이지.' 테그는 생각했다.

짧은 휴식으로 힘을 회복한 테그는 공격에 새로운 요소를 도입해서 던컨의 왼쪽으로 갑작스레 화염선을 쏘아 보냈다.

던컨이 그 공격을 저토록 쉽게 피하다니!

그는 다섯 가지 전투 자세를 기반으로 여러 가지가 기묘하게 뒤섞인 변형 동작을 사용하고 있었다. 마치 모든 동작이 꼭 필요한 순간 직전에 새로이 만들어지고 있는 것 같았다.

"각각의 공격은 무한한 도로 위에 떠 있는 깃털입니다." 던컨이 말했다. 그의 목소리에는 힘들어하는 기색이 전혀 없었다. "깃털이 다가올 때 그것의 방향을 바꿔 제거하는 겁니다."

이 말을 하면서 그는 계속 형태가 바뀌는 공격을 피하고 반격했다.

테그의 멘타트 논리는 그 동작들을 따라 위험하다고 생각되는 곳으로 움직였다. '의존성과 열쇠가 되는 통나무!'

던컨은 공세로 전환해서 공격보다 앞서 움직이며 공격에 반응하는 대신 자신의 속도를 조절하고 있었다. 테그는 그림자 세력들이 연습장 바닥을 태우며 깜박거리는 가운데 자신의 능력을 극한까지 발휘해야 했다. 이동형 우리 안에서 사방을 누비는 던컨의 모습이 두 사람 사이의 공간에서 춤추듯 움직였다. 테그의 사냥꾼 탐색기도, 화염선의 반격도 던컨의 움직이는 몸을 건드리지 못했다. 던컨은 녀석들의 위로, 아래로 휙휙 움직였다. 이 무기들이 정말로 고통을 가져다줄 수 있다는 사실을 전혀 두려워하지 않는 것 같았다.

던컨이 공격의 속도를 다시 높였다.

조종판 위에 놓인 테그의 왼손에서부터 왼팔을 타고 어깨까지 통증이 엄습했다.

던컨은 날카로운 외침과 함께 장비의 동력을 껐다. "미안합니다, 바샤르. 당신의 방어는 정말 훌륭했지만, 아무래도 나이가 문제였던 것 같습니다."

던컨은 다시 연습장을 가로질러 와서 테그 옆에 섰다.

"내가 당신에게 고통을 주었다는 걸 상기시키는 작은 고통일 뿐입니다." 그는 저릿거리는 팔을 문지르며 말했다.

"훈련이 너무 달아올랐기 때문이라고 생각하십시오. 지금은 이걸로 충분한 것 같습니다." 던컨이 말했다.

"그렇지 않습니다. 당신의 근육만을 강화시키는 걸로는 충분하지 않아요."

테그의 말에 던컨은 자신의 몸 전체에서 경계심이 발동되는 것을 느꼈다. 각성을 통해서도 깨어나지 못한 그 미완의 것이 제멋대로 그를 건드렸다. 던컨은 뭔가가 자신의 내면에 웅크리고 있다는 생각이 들었다. 마치 똬리를 틀고서 튀어 오를 때를 기다리는 스프링 같았다.

"더 하고 싶은 것이 무엇입니까?" 던컨이 물었다. 그의 목소리가 갈라져 있었다.

"당신의 생존 여부는 아직 어느 쪽으로도 정해지지 않았습니다. 지금 우리가 하고 있는 이 모든 것은 당신의 목숨을 구해 라키스까지 데려가기 위한 것입니다."

"그건 베네 게세리트를 위해서겠지요. 당신은 베네 게세리트가 무슨 이유로 그것을 원하는지 모른다고 했습니다!"

"난 정말 모릅니다, 던컨."

"하지만 당신은 멘타트입니다."

"멘타트가 전망을 하려면 데이터가 필요합니다."

"루실라가 알고 있다고 생각합니까?"

"잘 모르겠습니다. 하지만 그 여자를 주의하세요. 그녀는 당신이 그곳에서 반드시 해야 하는 일을 위해 당신을 '준비'시켜 라키스로 데려오라는 명령을 받았습니다."

"반드시 해야 하는 일?" 던컨은 고개를 좌우로 가로저었다. "내가 스스로 선택할 권리를 지닌 자유인이 아니란 말입니까? 당신이 여기서 각성시킨 게 누구라고 생각하는 겁니까? 내가 명령에 복종하는 것밖에 모르는 저주받을 얼굴의 춤꾼인 줄 아십니까?"

"라키스에 가지 않겠다는 얘깁니까?"

"내가 해야 할 일이 무엇인지 알게 되었을 때 내가 스스로 결정을 내리겠다는 얘깁니다. 난 용병이 아닙니다."

"그럼 내가 용병이라고 생각하는 겁니까, 던컨?"

"난 당신이 명예로운 사람이고, 찬사와 존경을 받아 마땅한 사람이라고 생각합니다. 나도 의무와 명예에 대해 내 나름의 기준을 갖고 있다는 걸 알아주십시오."

"당신은 인생에서 또 한 번의 기회를 얻었습니다. 그리고……."

"하지만 당신은 내 아버지가 아니고, 루실라는 내 어머니가 아닙니다. 각인사라고요? 그녀가 무엇을 위해 날 '준비'시킨다는 겁니까?"

"어쩌면 그녀 자신도 모를 수 있습니다, 던컨. 나처럼 그녀도 계획의 일부만을 알고 있을지도 몰라요. 교단이 어떻게 움직이는지 알기 때문에, 그럴 가능성이 아주 큽니다."

"그럼 당신들 두 사람은 그냥 나를 훈련시켜서 아라키스로 배달하는 것뿐이라고요? 난 사람들이 주문한 소포로군요!"

"지금의 우주는 당신이 처음 태어났을 때의 우주와 현저히 다릅니다. 당신의 시대에 그랬던 것처럼, 레이저총과 방어막의 상호 작용에 의한 유사 원자무기와 보통의 원자무기를 금지하는 대협정의 규정이 아직도 존재합니다. 몰래 하는 공격은 지금도 금지되어 있습니다. 이런저런 문서들이 여기저기 흩어져 있는데, 우리는 거기에 우리의 이름을 적고……."

"하지만 비우주선이 그 모든 조약의 기초를 바꿔놓았습니다. 난 성에서 역사를 꽤나 잘 배웠다고 생각합니다. 말해 보세요, 바샤르. 폴 님의 아들은 왜 틀레이랙스 인들을 시켜 내 골라를 수백 명이나 만들게 한 겁니까! 수천 년 동안이나."

"폴 님의 아들?"

"성의 기록은 그를 신황제라고 부르더군요. 당신들은 그를 폭군이라고 명명했고요."

"아, 그가 왜 그런 짓을 했는지 우리가 알고 있는 것 같지는 않습니다. 어쩌면 그가 외로워서……."

"당신들이 나를 다시 살려 낸 건 그 벌레와의 대결을 위해서입니다!" 던컨이 말했다.

'우리가 하고 있는 일이 정말로 그것일까?' 테그는 속으로 질문을 던졌다. 그가 이 가능성을 생각해 본 것은 한두 번이 아니었지만, 그것은 미래의 전망이 아니라 그냥 가능성에 불과했다. 그렇다 해도, 타라자의 계획에 뭔가가 더 있음은 분명했다. 테그는 멘타트로서 훈련받았던 모든 경험을 통해 이것을 느끼고 있었다. 루실라는 알고 있을까? 테그는 완전한 대모에게서 자기가 사실을 캐낼 수 있을 거라는 환상은 품지 않았다. 그래…… 때를 기다리며 관찰하고 귀를 기울이는 수밖에 없을 것이다. 던컨도 자기 나름의 방법으로 같은 결론을 내렸음이 분명했다. 그가 루실라를 방해하는 것은 위험한 일이었다!

테그는 고개를 저었다. "정말입니다, 던컨. 난 모릅니다."

"하지만 당신은 명령에 따르고 있습니다."

"교단에 서약을 했으니까요."

"속임수, 거짓말. 교단의 생존이 문제 될 때에는 이런 것들이 아무 의미도 없다." 던컨이 그가 했던 말을 인용했다.

"그렇습니다, 내가 그런 말을 했죠." 테그가 시인했다.

"내가 지금 당신을 믿는 건 당신이 그 말을 했기 때문입니다. 하지만 난 루실라를 믿지 않습니다." 던컨이 말했다.

테그는 턱을 가슴에 파묻었다. '위험해…… 위험해…….'

전보다 더 천천히 테그는 그런 생각에서 주의를 돌려 정신을 깨끗하게 청소하면서 타라자가 그에게 부여한, 꼭 필요한 일에 정신을 집중했다.

'당신은 나의 바샤르입니다.'

던컨은 잠시 바샤르를 유심히 살펴보았다. 노인의 얼굴에는 피곤기로 인한 주름살이 분명히 드러나 있었다. 던컨은 테그의 나이가 많다는 사실을 갑자기 되새기면서 테그 같은 사람이 혹시 틀레이랙스를 찾아가 골라가 되고 싶다는 유혹을 느낀 적은 없었는지 모르겠다고 생각했다. 아마 그런 적은 없었을 것이다. 테그와 같은 사람들은 자기들이 틀레이랙스의 꼭두각시가 될지도 모른다는 것을 알고 있었다.

이 생각이 의식 속에 흘러넘치는 바람에 던컨은 꼼짝도 할 수 없었다. 그의 변화가 너무 뚜렷했기 때문에 시선을 들어 올린 테그는 즉시 그것을 알아보았다.

"무슨 문제라도 있습니까?"

"틀레이랙스 인들이 내게 뭔가를 했습니다. 아직은 겉으로 드러나지 않은 뭔가를." 던컨이 갈라진 목소리로 말했다.

"그게 바로 우리가 두려워했던 겁니다." 테그 뒤의 문간에서 들려온 루실라의 목소리였다. 그녀는 던컨에게서 두 발짝도 채 되지 않는 거리로 다가왔다. "난 계속 얘기를 듣고 있었습니다. 당신들 두 사람의 얘기는 정말 많은 것을 알려주는군요."

테그는 그녀에게서 느껴지는 분노를 누그러뜨릴 수도 있을지 모른다는 희망을 안고 재빨리 말했다. "던컨은 오늘 일곱 가지 자세를 완전히 터득했습니다."

"그의 공격은 불 같더군요. 하지만 교단에 속한 우리들은 물처럼 흐르면서 모든 곳을 채운다는 걸 기억하십시오." 루실라는 테그를 흘깃 내려다보며 말을 이었다. "우리의 골라가 자세를 넘어섰다는 걸 모르시는 겁니까?"

"고정된 위치도 없고, 자세도 없습니다." 던컨이 말했다.

테그는 날카로운 시선으로 던컨을 올려다보았다. 던컨은 머리를 꼿꼿이 들고 서 있었다. 그의 이마는 매끈했고, 테그의 시선을 맞받는 그의 눈은 맑았다. 던컨은 원래의 기억을 각성한 후 짧은 시간 안에 놀랍게 성장했다.

"빌어먹을, 마일즈!" 루실라가 중얼거렸다.

그러나 테그는 던컨에게서 눈을 떼지 않았다. 아이의 온몸이 새로운 종류의 활기에 연결되어 있는 것 같았다. 전에는 없었던 균형이 그에게 있었다.

던컨은 시선을 루실라에게 옮겼다. "당신이 임무에 실패할 거라고 생각합니까?"

"천만에요. 그래봤자 당신도 남자입니다." 그녀가 말했다.

그리고 그녀는 속으로 생각했다. '그래, 저 젊은 몸에 번식의 체액이 뜨겁게 흐르고 있을 거야. 그래, 욕망에 불을 붙이는 호르몬들은 모두 고스란히 남아 있어서 자극에 약해.' 그러나 그가 지금 보여주는 자세와 그녀를 바라보는 눈길 때문에 그녀는 에너지를 요구하는 새로운 단계로 자신의 의식을 끌어올릴 수밖에 없었다.

"틀레이랙스 인들이 당신에게 무슨 짓을 해놓은 겁니까?" 그녀가 다그치듯 물었다.

던컨은 속내와는 다르게 경박한 말투로 말했다. "아, 위대한 각인사님, 제가 그걸 알았다면 당신에게 말했을 겁니다."

"지금 우리가 게임을 하고 있다고 생각하는 겁니까?" 그녀가 다그치듯 물었다.

"난 지금 우리가 뭘 하고 있는 건지 모릅니다!"

"지금쯤이면 우리가 원래 도망쳐서 가게 되어 있던 라키스에 있지 않다는 걸 많은 사람들이 알고 있을 겁니다." 그녀가 말했다.

"그리고 가무에는 대이동에서 돌아온 사람들이 우글거리고 있겠죠. 사람 수가 늘었으니 이곳에서 많은 가능성을 탐구해 볼 수 있을 겁니다." 테그가 말했다.

"하코넨 시대의 비공간 구가 존재한다는 걸 짐작할 수 있는 사람이 어디 있겠습니까?" 던컨이 물었다.

"라키스와 다르 에스 발라트 사이의 관계를 알아낸 사람이라면 누구나 알 수 있을 겁니다." 테그가 말했다.

"만약 이걸 게임이라고 생각한다면, 이것이 아주 화급한 게임이라는 걸 생각하십시오." 루실라가 말했다. 그녀는 한 발을 축으로 몸을 돌려서 테그에게 시선을 집중했다. "그리고 당신은 타라자 님의 명령을 따르지 않았습니다!"

"아닙니다! 난 타라자 님이 내게 명령하신 그대로 했습니다. 나는 타라자 님의 바샤르입니다. 당신은 타라자 님이 나를 얼마나 잘 알고 계시는지 잊은 모양이군요."

그녀는 갑작스러운 충격에 말을 잃었다. 타라자의 계략이 얼마나 정교한지 루실라에게 저절로 각인되었다……

'우린 꼭두각시야!'

타라자는 자신의 꼭두각시들을 움직일 때 항상 얼마나 섬세한 솜씨를 보여주는지. 루실라는 자신이 꼭두각시라는 사실을 깨달았다고 해서 왜소해진 느낌은 받지 않았다. 그것은 교육과 훈련을 통해 교단에 속한 모든 대모들의 머릿속에 박힌 지식이었다. 심지어 테그도 그것을 알고 있었다. '왜소해진 게 아냐. 그래.' 그들 주위의 상황이 루실라의 의식 속에서 점차 확대되었다. 그녀는 테그의 말에 경외심을 느꼈다. 지금 이 상황에 대한 자신의 생각이 얼마나 짧았는지. 마치 그녀가 사납게 몰아치는 강의 표면만 보고, 그것을 바탕으로 그 밑의 흐름을 살짝 들여다본 것과 같았다. 그러나 이제 그녀는 자기 주위 사방의 흐름을 느끼며 당혹스러운 사실을 깨달았다.

'꼭두각시는 소모품이야.'

특이성, 즉 낱알 모양의 절대에 대한 믿음을 가지고 사람들은 움직임을 부정한다. 심지어 진화의 움직임까지도! 그들 때문에 낱알의 우주가 그들의 의식 속에 끈질기게 존재하게 하는데도 그들은 움직임을 보지 못한다. 세상이 변하면, 그들의 절대적인 우주도 사라져 스스로를 제한하는 그들의 인식으로 더 이상 접근할 수 없게 된다. 우주가 그들이 닿을 수 없는 곳으로 움직여 간 것이다.

—아트레이데스 선언서 초고, 베네 게세리트 기록 보관소

타라자는 손바닥이 귀 앞에 납작하게 놓이도록 손을 관자놀이에 갖다 대고 안을 향해 눌렀다. 머릿속이 지쳐 있다는 것을 손가락으로도 느낄 수 있었다. 양손 사이 바로 그곳에 피곤이 있었다. 짧게 한 번 눈을 깜박인 후 그녀는 긴장을 풀기 위한 무아지경으로 빠져들었다. 육체적 의식이 유일하게 초점을 맞추고 있는 곳은 머리에 갖다 댄 손뿐이었다.

'맥박 100번.'

그녀는 어렸을 때 베네 게세리트 기술의 하나로서 이것을 배운 후 자주 실행했다. 정확하게 맥박 100번. 아주 오랫동안 해온 덕분에 그녀의 몸은 무의식적인 메트로놈에 의지해서 맥박의 속도를 저절로 조절할 수

있었다.

100을 세고 눈을 뜨자 머리가 한결 나아져 있었다. 그녀는 피곤이 다시 자신을 덮치기 전에 적어도 두 시간만이라도 일을 할 수 있다면 좋겠다고 생각했다. 맥박을 100번 세는 그 방법 덕분에 그녀는 평생 동안 깨어 있는 시간을 몇 년이나 더 얻을 수 있었다.

그러나 오늘 밤에는 오래전부터 사용해 오던 이 방법을 생각하다가 그녀의 기억이 소용돌이처럼 과거로 거슬러 올라가 버렸다. 그녀는 자신이 어린 시절에 붙들렸음을 깨달았다. 학생들이 모두 자기 방에서 얌전히 자고 있는지 확인하기 위해 학생감 자매가 밤중에 복도를 서성거리던 그 기숙사.

'야간 학생감 바람 자매.'

타라자가 그 이름을 생각한 것은 아주 오랜만이었다. 바람 자매는 키가 작고 뚱뚱했으며, 대모가 되는 데 실패한 사람이었다. 금방 눈에 띄는 이유가 있는 것은 아니었지만 의료 담당 자매들과 수크 의사들이 뭔가를 찾아냈다. 바람에게는 스파이스의 고통을 시도하는 것이 결코 허락되지 않았다. 그녀는 자신의 결함에 대해 스스로 알고 있는 것들을 결코 감추려 하지 않았다. 그 결함이 발견된 것은 그녀가 아직 십대일 때였다. 그녀가 잠 속으로 빠져들어 가기 시작할 때 나타나는 주기적인 신경의 떨림. 그것은 뭔가 더 심각한 문제 때문에 나타나는 증상이었고, 그로 인해 그녀는 불임이 되었다. 그 떨림 때문에 바람은 밤에도 깨어 있었다. 복도의 순찰을 그녀에게 맡긴 것은 논리적인 일이었다.

바람은 상관들이 감지해 내지 못한 다른 약점들도 갖고 있었다. 바람은 밤에 잠에서 깨어 아장거리며 화장실에 가던 아이들의 꼬임에 넘어가 그들과 낮은 목소리로 소곤대며 이야기를 나누곤 했다. 아이들의 순진한 질문은 대개 순진한 답변밖에 얻어 내지 못했지만, 때로 바람은 유용한 지식을 아이들에게 나누어주었다. 맥박을 세어서 긴장을 푸는 요령을 타라자에게 가르쳐준 것도 그녀였다.

어느 날 아침, 상급생 하나가 화장실에서 죽어 있는 바람 자매를 발견했다. 야간 학생감의 신경이 떨리는 증상은 치명적인 결함으로 인한 것이었다. 그리고 이것은 주로 교배 감독관들과 그들의 끝없는 기록에 매우 중요한 사실이었다.

베네 게세리트는 대개 학생들이 복사 단계에 들어서고 한참이 지난 다음에야 '혼자 죽는 것에 대한 교육'을 완전히 실시하기 때문에 바람 자매는 타라자가 처음으로 본 죽은 사람이었다. 바람 자매의 시체는 일부가 세면대 밑에 들어가 있는 상태로 발견되었는데, 오른쪽 뺨은 타일이 깔린 바닥에 눌려 있었고, 왼손은 세면대 밑의 배수관에 끼어 있었다. 그녀가 점점 약해지는 몸을 똑바로 세우려고 애쓰던 도중에 죽음이 그녀를 잡아버렸고, 그녀의 마지막 동작이 호박(琥珀) 속에 잡힌 곤충처럼 드러난 것이다.

사람들이 바람 자매를 옮기려고 시체를 굴릴 때, 타라자는 바닥에 눌렸던 뺨에서 빨간 자국을 보았다. 주간 학생감이 이 자국을 과학적이고 실용적으로 설명해 주었다. 어떤 경험도 대모가 될 잠재력을 갖고 있는 이 아이들이 나중에 복사가 되어 '죽음과의 대화' 속에 통합시킬 데이터가 될 수 있었다.

'시체는 납빛이었지.'

그 일이 있고서 이토록 오랜 세월이 흐른 지금 참사회의 자기 책상에 앉아서 타라자는 앞에 펼쳐진 일을 처리할 수 있도록 그 기억을 쫓아내기 위해 조심스럽게 초점을 맞춘 집중력을 사용해야 했다. 교훈이 아주 많았다. 두려울 정도로 완전했다. 그녀의 기억은. 너무나 많은 생애들이 그 속에 저장되어 있었다. 앞에 놓인 일을 보자 자신이 살아 있다는 느낌이 다시 확인되었다. 할 일이 있었다. 그녀는 필요한 존재였다. 타라자는 자신의 일에 열성적으로 몰두했다.

가무에서 골라를 훈련하는 게 꼭 필요한 일이라니, 빌어먹을!

그러나 이 골라에게는 그것이 필요했다. 원래의 인격을 회복하려면 발밑의 땅이 친숙하다는 느낌이 선행되어야 했다.

부르즈말리를 가무의 싸움판으로 보낸 건 현명한 일이었다. 만약 마일즈가 정말로 은신처를 찾아냈다면…… 만약 그가 지금 모습을 드러낸다면 최대한 많은 도움이 그에게 필요할 것이다. 그녀는 예지의 게임을 할 때가 된 것은 아닌지 다시 생각해 보았다. 너무 위험했다! 그리고 틀레이랙스 인들에게는 새로운 골라가 또 필요해질지도 모른다는 소식이 이미 전달된 뒤였다.

'그를 배달할 준비를 하십시오.'

그녀의 생각이 라키스의 문제로 급격히 방향을 틀었다. 멍청한 튜엑을 더 세심하게 관찰했어야 하는 건데. 얼굴의 춤꾼이 아무 문제 없이 그의 행세를 할 수 있는 기간이 얼마나 될까? 그러나 오드레이드가 현장에서 내린 판단에 잘못은 없었다. 그녀는 틀레이랙스 인들을 불안한 위치에 놓았다. 튜엑의 행세를 하는 자가 발각된다면, 베네 틀레이랙스는 증오의 수채통 속으로 곤두박질할 것이다.

베네 게세리트 계획 내부의 게임이 아주 까다로워졌다. 지금까지 수세대 동안 그들은 라키스의 사제들에게 베네 게세리트와의 동맹이라는 미끼를 내밀고 있었다. 그런데 지금이라니! 틀레이랙스 인들은 틀림없이 사제들 대신 자기들이 선택되었다고 생각할 터였다. 오드레이드의 삼각 동맹은 사제들로 하여금 모든 대모들이 분열된 신에 대한 굴종의 서약을 할 거라고 생각하게 만들었다. 사제 평의회는 대모들의 서약을 기대하며 말을 더듬을 정도로 흥분할 것이다. 물론 틀레이랙스 인들은 멜란지를 독점해서, 자신들의 지배를 받지 않는 유일한 멜란지 공급원을 마침내 장악하게 될 기회가 왔다고 생각했다.

문 두드리는 소리가 나서 타라자는 복사가 차를 가져왔다는 것을 알아차렸다. 최고 대모가 늦게까지 일하고 있을 때면 따로 명령하지 않아도 으레 복사가 차를 가져왔다. 타라자는 책상 위의 시간 표시기를 살짝 바라보았다. 익스에서 만든 이 장치는 하도 정확해서 1세기에 1초밖에 어긋나지 않았다. 지금 시간은 오전 1시 23분 11초였다.

그녀는 복사에게 들어오라고 소리쳤다. 차갑고 주의 깊은 눈을 가진 엷은 금발의 소녀가 들어와 몸을 구부리고 쟁반에 담긴 물건들을 타라자 옆에 늘어놓았다.

타라자는 소녀를 무시한 채 책상 위에 남아 있는 일거리를 물끄러미 바라보았다. 할 일이 너무 많았다. 잠을 자는 것보다 일이 더 중요했다. 그러나 두통이 있었고, 머리가 멍해진 감각이 뚜렷이 느껴졌다. 차를 마시면 상태가 조금 나아질 것이다. 그녀는 정신적인 기아 상태가 될 때까지 일을 했다. 그걸 바로잡지 않으면 자리에서 일어설 수도 없을 것이다. 어깨와 등이 욱신거렸다.

복사가 밖으로 나가려 하자 타라자는 그녀에게 기다리라는 손짓을 보냈다. "등을 좀 문질러주겠니?"

복사의 훈련된 손이 타라자의 등에 근육이 뭉친 부분을 천천히 풀었다. '훌륭한 아이야.' 타라자는 이런 생각을 하며 미소를 지었다. 소녀가 훌륭한 건 당연한 일이었다. 자질이 떨어지는 사람이 최고 대모에게 할

당될 리가 없었다.

소녀가 나간 후, 타라자는 조용히 앉아 깊은 생각에 잠겼다. '시간이 너무 없어.' 잠자는 시간 1분, 1분이 아까웠다. 그러나 잠에서 도망칠 길이 없었다. 결국 몸이 피할 수 없는 요구를 하기 시작했다. 그녀는 벌써 며칠째 쉽게 회복할 수 있는 수준 이상으로 스스로를 혹사했다. 옆에 놓인 차를 무시한 채 타라자는 자리에서 일어나 자그마한 수면실을 향해 복도를 걸어갔다. 그곳에서 그녀는 야간 경비병에게 오전 11시에 깨워 달라는 요청을 남기고 로브를 모두 갖춰 입은 상태로 딱딱한 침상에서 마음을 가라앉혔다.

조용히 그녀는 호흡을 조절하고, 정신을 산만하게 하는 것들을 감각으로부터 차단하며 중간 상태로 빠져들었다.

잠이 오지 않았다.

그녀가 잠을 자기 위해 사용하는 방법들을 모두 사용했는데도 잠은 여전히 그녀를 피했다.

타라자는 오랫동안 그곳에 누워 있다가, 결국 자신이 가진 모든 방법을 동원해서 억지로 잠이 들려고 해봤자 소용없다는 것을 깨달았다. 중간 상태에서 먼저 몸이 천천히 회복되어야 할 것이다. 그동안 그녀의 머릿속은 계속 소용돌이치고 있었다.

그녀는 라키스의 사제들이 중요한 문제라고는 한 번도 생각하지 않았다. 이미 종교에 사로잡힌 사제들은 종교로 조종할 수 있었다. 그들은 베네 게세리트를 일단 자신들의 교리를 집행할 수 있는 강력한 세력으로 보았다. 그들이 계속 이런 생각을 하게 내버려두자. 이 미끼가 그들의 눈을 멀게 할 것이다.

저주받을 마일즈 테그! 3개월 동안 아무 소식이 없다니. 부르즈말리에게서도 마음에 드는 보고가 전혀 오지 않았다. 불에 그을린 땅, 비우주선이 이륙한 흔적. 테그는 도대체 어디로 간 걸까? 어쩌면 골라가 죽었을 수도 있었다. 테그는 일찍이 이런 짓을 한 적이 한 번도 없었다. 그것은 오랜 신뢰였다. 그녀가 그를 선택한 것은 그 때문이었다. 그것과 그의 군인으로서의 솜씨, 그리고 옛날의 레토 공작과 닮은 외모. 이 모든 것은 그들이 그에게 미리 준비해 놓은 것이었다.

테그와 루실라는 완벽한 팀이었다.

죽지 않았다면, 골라가 그들의 손이 닿지 않는 곳에 있는 걸까? 틀레이랙스 인들이 그를 데리고 있는 걸까? 아니면 대이동에서 돌아온 공격자들이? 많은 가능성들이 있었다. 오랜 신뢰. 테그에게서 연락이 오지 않는 것. 그의 침묵이 일종의 메시지인가? 만약 그렇다면 그가 말하고자 하는 것이 뭐지?

슈왕규와 파트린이 모두 죽은 지금, 가무에서 일어난 일들의 주위에서 음모의 냄새가 났다. 혹시 테그는 교단의 적들이 오래전에 이곳에 심어놓은 사람일까? 그럴 리가 없어! 그의 가문이 그런 의심을 물리치는 증거였다. 가족들이 살던 집에 있는 테그의 딸도 다른 모든 사람들만큼이나 어리둥절해하고 있었다.

이제 3개월이 지났는데 연락이 한마디도 없었다.

신중해야 해. 그녀는 골라를 보호할 때 극도로 신중을 기하라고 테그에게 주의를 주었다. 테그는 가무에 커다란 위험이 있음을 자기 눈으로 보아 알고 있었다. 슈왕규의 마지막 보고서가 그 점을 분명히 해주었다.

테그와 루실라는 골라를 도대체 어디로 데려간 걸까?

그들이 어디서 비우주선을 손에 넣은 거지? 음모인가?

타라자의 생각은 깊은 의혹의 주위를 계속 맴돌았다. 오드레이드가 한

THE DUNE CHRONICLES

456 듄의 이단자들

짓인가? 그럼 누가 오드레이드와 음모를 꾸몄을까? 루실라? 오드레이드와 루실라는 가무에서 그때 잠깐 만나기 전에는 한 번도 만난 적이 없었다. 아니, 혹시 만났던 걸까? 누가 오드레이드의 귓가에서 속삭임을 공기에 실어 보낸 거지? 오드레이드는 아무런 낌새도 드러내지 않았지만, 그것이 무슨 증거가 될 수 있단 말인가? 루실라의 충성심은 한 번도 의심받은 적이 없었다. 두 사람 모두 맡겨진 임무에 따라 완벽하게 기능을 발휘했다. 하지만 음모를 꾸미는 자들 역시 그런 모습을 보일 터였다.

구체적인 사실이 필요해! 타라자는 사실에 굶주려 있었다. 그녀의 몸 아래에서 침대의 천이 서로 스치는 소리가 나면서 다른 감각들을 차단한 그녀의 조치가 무너졌다. 그녀 자신이 움직이면서 난 그 소리뿐만 아니라 마음속의 걱정 때문에 산산이 부서져버린 것이다. 타라자는 어쩔 수 없다는 듯 다시 한번 긴장을 풀기 위해 마음을 가라앉혔다.

긴장을 풀고 잠을 자기 위해.

대이동에서 돌아온 우주선들이 피곤 때문에 안개가 낀 듯 흐려진 타라자의 상상 속을 스치듯 지나갔다. 잃어버린 자들은 헤아릴 수 없이 많은 비우주선을 타고 돌아왔다. 테그는 그들 가운데에서 비우주선을 손에 넣은 걸까? 가무와 그 밖의 다른 곳에서 이 가능성에 대한 조사가 가능한 한 조용히 이루어지고 있었다. 그녀는 머릿속으로 우주선(ship, 양을 뜻하는 단어 sheep과 발음이 비슷하다는 점을 이용해 작가가 유머를 발휘한 듯하다 — 옮긴이)의 숫자를 세어보려고 했지만, 우주선들의 움직임이 질서정연하지 않아서 잠이 잘 오지 않았다. 타라자는 침상 위에서 꼼짝하지 않은 채 긴장했다.

그녀의 머릿속 가장 깊은 곳이 뭔가를 밝혀내려고 애쓰고 있었다. 피로가 그 의사소통의 통로를 막았지만, 이제 그녀는 완전히 깨어서 일어나 앉았다.

틀레이랙스 인들은 대이동에서 돌아온 사람들을 상대하고 있었다. 그 매춘부 같은 명예의 어머니들과 대이동에서 돌아온 베네 틀레이랙스. 타라자는 지금 일어나고 있는 사건들 뒤에 하나의 의도가 숨어 있음을 감지했다. 잃어버린 자들은 단순히 자신들의 뿌리에 호기심이 생겨 돌아온 것이 아니었다. 모든 인류와 다시 하나가 되고 싶다는 그 집단적인 욕망만으로는 그들이 다시 이곳으로 돌아온 충분한 이유가 되지 못했다. 명예의 어머니들은 분명히 정복의 꿈을 품고 있었다.

그러나 만약 대이동을 떠난 사람들 속으로 파견된 틀레이랙스 인들이 악솔로틀 탱크의 비밀을 갖고 있지 않았다면? 그러면 어떻게 되는 거지? 멜란지. 오렌지색 눈동자를 가진 그 매춘부들이 멜란지의 빈약한 대용품을 사용했음은 분명했다. 대이동을 떠났던 사람들이 어쩌면 틀레이랙스 탱크의 수수께끼를 풀지 못한 것인지도 몰랐다. 그들은 악솔로틀 탱크의 존재를 알고 그것을 다시 만들어내고 싶어 할 것이다. 그러나 만약 그들의 시도가 실패한다면…… 멜란지!

그녀는 이 생각을 계속 쫓아가기 시작했다.

잃어버린 자들은 조상들이 대이동을 떠나면서 가져온 진짜 멜란지를 모두 써버렸다. 그렇다면 그들이 어디에서 멜란지를 구할 수 있었을까? 라키스의 모래벌레와 원래의 베네 틀레이랙스일 것이다. 저 매춘부들은 자기들이 정말로 관심을 갖고 있는 문제가 무엇인지 밝히려 하지 않을 것이다. 그들의 조상들은 모래벌레를 다른 곳으로 이주시킬 수 없다고 믿었다. 잃어버린 자들이 혹시 모래벌레에게 적당한 행성을 찾아낸 걸까? 그건 물론 가능한 일이었다. 그들이 틀레이랙스와 흥정을 시작한 것은 교란작전일 수 있었다. 그들의 진짜 목표는 라키스일 것이다. 아니면 그 반대일 수도 있었다.

'운반이 가능한 재산.'

그녀는 가무에 부가 축적되고 있다는 테그의 보고서를 이미 보았다. 대이동에서 돌아온 자들 중 일부가 화폐와 유통이 가능한 칩들을 가지고 있었다. 그 정도는 은행의 활동을 통해 분명히 알 수 있는 일이었다.

하지만 스파이스보다 더 훌륭한 화폐가 무엇이란 말인가?

부(富). 당연히 그것이었다. 그리고 그 칩이 무엇이든 흥정은 이미 시작되었다.

타라자는 문밖에서 들려오는 목소리를 점점 의식하기 시작했다. 수면 중의 경호를 맡은 복사가 누군가와 언쟁을 벌이고 있었다. 그들의 목소리는 나직했지만 타라자는 이미 그들의 얘기를 충분히 듣고 정신을 바짝 차렸다.

"대모님께서는 오전 늦게 깨워달라고 하셨습니다." 복사가 항의하듯 말했다.

누군가 다른 사람이 속삭였다. "대모님께서는 제가 돌아오는 즉시 알리라고 하셨습니다."

"대모님께서는 몹시 피곤한 상태라고 말씀드렸잖습니까. 대모님께는……."

"우리는 대모님의 명령에 복종해야 합니다! 내가 돌아왔다고 말씀드리세요!"

타라자는 일어나 앉아 침상 밖으로 다리를 내렸다. 그녀의 발이 바닥에 닿았다. 세상에! 무릎이 얼마나 아픈지. 이곳에 침입해서 속삭이는 목소리로 경호원과 언쟁을 벌이고 있는 사람이 누군지 알 수 없다는 사실역시 그녀에게는 고통이었다.

'돌아오면 즉시 알리라고 한 게 누구…… 부르즈말리!'

"난 깨어 있다." 타라자가 소리쳤다.

방문이 열리고 경호원이 안쪽으로 몸을 기울였다. "최고 대모님, 부르즈말리 님이 가무에서 돌아왔습니다."

"즉시 들여보내!" 타라자는 침상 머리맡에 하나 있는 발광구를 켰다. 노란색 빛이 방 안의 어둠을 씻듯이 몰아냈다.

부르즈말리가 안으로 들어와 등 뒤로 문을 닫았다. 아무 명령도 없었지만 그는 문에 있는 소리 차단 스위치를 눌렀다. 밖에서 들려오는 모든 소리가 사라졌다.

'비밀스러운 얘기인가?' 그렇다면 나쁜 소식이라는 뜻이었다.

그녀는 부르즈말리를 올려다보았다. 그는 키가 작고 몸매가 호리호리했으며, 갸름한 턱을 향해 폭이 좁아지는 날카로운 삼각형 얼굴을 갖고 있었다. 넓은 이마 위로 빗어 넘긴 금발. 미간이 넓은 그의 초록색 눈동자는 긴장해서 경계를 늦추지 않고 있었다. 그는 바샤르의 책임을 맡기에는 지나치게 젊어 보였지만, 따지고 보면 아르벨로우 전투 때의 테그는 그보다 훨씬 더 젊어 보였다. '우리가 늙어가고 있는 거지, 제길.' 그녀는 억지로 긴장을 풀고 테그가 이 남자를 훈련시켰으며, 그를 완전히 믿는다고 말했다는 사실을 신뢰하기로 했다.

"그 나쁜 소식이 뭔지 말해 보십시오." 타라자가 말했다.

부르즈말리는 헛기침을 하며 목을 가다듬었다. "가무에서는 바샤르 님과 그 일행의 흔적이 아직 하나도 발견되지 않았습니다, 최고 대모님." 그는 묵직하고 남자다운 목소리를 갖고 있었다.

'하지만 저건 가장 나쁜 소식이 아냐.' 타라자는 생각했다. 그녀는 부르즈말리의 불안을 분명히 알 수 있었다.

"다 털어놓으세요. 보아하니 성의 폐허에 대한 조사가 끝난 모양이군요." 그녀가 말했다.

"생존자는 하나도 없습니다. 공격자들은 철저한 놈들이었습니다."

"틀레이랙스 인인가요?"

"그럴 수도 있습니다."

"확실하지 않다는 겁니까?"

"공격자들은 익스에서 새로 개발한 폭발물 12 우리를 사용했습니다. 저는…… 저는 우리에게 오해를 불러일으키려는 수작일 수 있다고 생각합니다. 슈왕규의 두개골에도 기계를 이용한 두뇌 탐색용 구멍이 나 있었습니다."

"파트린은 어떻게 됐습니까?"

"슈왕규가 보고한 그대로였습니다. 그는 미끼로 사용된 그 우주선에서 자폭했습니다. 손가락 두 개에서 나온 조각들과 손상되지 않은 눈 하나로 그의 신원을 확인했습니다. 탐색을 할 수 있을 만큼 큰 조각은 하나도 남아 있지 않았습니다."

"하지만 당신은 확실치 않다고 했습니다! 얘기하세요!"

"슈왕규는 오로지 우리만이 읽을 수 있는 메시지를 남겼습니다."

"가구가 닳은 것 같은 흔적으로요?"

"예, 최고 대모님. 그리고……."

"그렇다면 그녀는 자기가 공격받으리라는 걸 미리 알고 있었고, 메시지를 남길 시간도 있었다는 얘기군요. 공격의 참상에 대해 당신이 전에 보낸 보고서를 보았습니다."

"아주 빠르고 완전히 압도적인 공격이었습니다. 공격자들은 포로를 잡으려 하지 않았습니다."

"그녀가 메시지에서 무슨 말을 했던가요?"

"매춘부였습니다."

타라자는 이미 그 말을 예상하고 있었는데도 불구하고, 충격을 억지로 억눌러야 했다. 차분함을 유지하려 애쓰느라 기운이 거의 다 소진되었다. 이건 아주 좋지 않았다. 타라자는 깊은 한숨을 스스로에게 허락했다. 슈왕규는 마지막까지 그녀에게 반대했다. 그러나 재앙을 보면서 그녀는 적절한 판단을 내렸다. 자신이 다른 대모에게 기억 속의 생명들을 전달해 줄 기회를 갖지 못한 채 죽으리라는 것을 알고 그녀는 가장 기본적인 충성심을 기초로 행동했다. 달리 할 수 있는 일이 아무것도 없다면 자매들을 무장시켜 적들을 방해하라는 명령에 따라.

'그러니까 저 명예의 어머니들이 행동에 나선 거로군!'

"골라의 수색 결과에 대해 말해 보십시오." 타라자가 명령했다.

"그 지역을 처음으로 수색한 건 우리가 아니었습니다, 최고 대모님. 나무와 바위와 덤불이 추가로 불에 탄 흔적이 많았습니다."

"비우주선이 확실한가요?"

"비우주선의 '흔적'인 건 확실합니다."

타라자는 혼자 고개를 끄덕였다. 오랜 신뢰의 대상이 보낸 말없는 메시지인가?

"그 지역을 얼마나 자세히 조사했습니까?"

"저는 그 위를 날아갔지만, 그건 한 곳에서 다른 곳으로 옮겨가는 일상적인 이동이었습니다."

타라자는 부르즈말리에게 침상 발치의 의자를 가리켰다. "저기 앉아서 긴장을 푸십시오. 나를 위해 추측을 좀 해줬으면 좋겠습니다."

부르즈말리는 조심스럽게 의자에 앉았다. "추측이라고요?"

"당신은 그가 가장 사랑하는 제자였습니다. 당신이 마일즈 테그라고 상상해 보시기 바랍니다. 당신은 골라를 반드시 성에서 탈출시켜야 합니다. 그리고 당신은 주위의 어느 누구도 완전히 믿지 않습니다. 심지어 루실라까지도. 그럼 어떤 행동을 하겠습니까?"

"뜻밖의 행동을 하겠지요, 당연히."

"물론 그렇겠죠."

부르즈말리는 좁은 턱을 문질렀다. 이윽고 그가 말했다. "저는 파트린을 믿습니다. 그를 완전히 믿습니다."

"좋습니다. 당신과 파트린. 두 사람이 어떻게 할까요?"

"파트린은 가무 태생입니다."

"나도 그 생각을 하고 있었습니다." 그녀가 말했다.

부르즈말리는 자기 앞의 바닥을 바라보았다. "파트린과 저는 실제로 상황이 벌어지기 오래전에 비상 계획을 짤 겁니다. 저는 항상 문제를 처리하기 위한 부차적인 방법들을 준비합니다."

"좋습니다. 이제 그 계획 말인데, 당신이 어떤 행동을 할까요?"

"파트린이 왜 자살했을까요?" 부르즈말리가 물었다.

"그가 자살했다고 확신하는군요."

"대모님도 보고서를 보셨잖습니까. 슈왕규와 그 밖의 여러 사람들이 그걸 확신하고 있었습니다. 저도 같습니다. 파트린은 자신의 바샤르를 위해 그런 행동을 할 만큼 충성심이 깊었습니다."

"당신을 위해서입니다! 지금은 당신이 마일즈 테그예요. 당신과 파트린은 무슨 계획을 짰습니까?"

"저는 죽음이 확실한 길로 일부러 파트린을 보내지는 않을 겁니다."

"그렇다면?"

"파트린이 스스로 그런 행동을 한 겁니다. 만약 그 계획이…… 제가 아니라 그의 머리에서 나온 거라면 그가 그럴 수도 있죠. 그는 저를 보호하기 위해, 아무도 그 계획을 알아내지 못하게 하기 위해 그랬을 겁니다."

"파트린이 어떻게 우리도 모르게 비우주선을 부를 수 있었을까요?"

"파트린은 가무 태생입니다. 그의 가문은 지에디 프라임 시절까지 거슬러 올라갑니다."

타라자는 눈을 감고 부르즈말리에게서 고개를 돌렸다. 그러니까, 부르즈말리의 추측도 그녀가 머릿속으로 탐색하던 것과 똑같은 길을 쫓고 있었다. '우린 파트린의 출신을 알고 있었어.' 그가 가무와 관련되어 있다는 사실의 의미가 무엇일까? 그녀의 머릿속은 추측을 거부했다. 자신이 지나치게 피곤해지는 걸 방치한 탓이었다! 그녀는 다시 부르즈말리를 바라보았다.

"파트린이 가족이나 옛 친구와 비밀리에 연락할 방법을 찾았을까요?"

"저희는 그가 연락할 만한 사람들을 가능한 한 모두 찾아내서 조사했습니다."

"그렇다면 틀림없습니다. 당신이 그들을 모두 찾아내지 못한 겁니다."

부르즈말리는 어깨를 으쓱했다. "그건 물론입니다. 저는 그런 가정을 기초로 움직이지 않았으니까요."

타라자는 깊이 숨을 들이쉬었다. "가무로 돌아가세요. 우리 경비대에서 가능한 한 많은 지원 인력을 데려가십시오. 벨론다에게 내가 그리 명령했다고 하세요. 모든 계급, 모든 직업에 공작원들을 침투시켜야 합니다. 파트린과 알고 지낸 사람들을 찾아내세요. 아직 살아 있는 그의 가족들은 어떻게 되었는지, 그리고 친구들은 어떤지 모두 알아내십시오."

"우리가 아무리 조심스럽게 움직여도 그러면 소란이 일 겁니다. 다른 사람들도 알게 될 테니까요."

"그건 어쩔 수 없습니다. 그리고 부르즈말리!"

그는 일어서 있었다. "예, 최고 대모님?"

"다른 수색자들 말인데, 당신은 반드시 그들보다 앞서야 합니다."

"조합 항법사를 사용해도 됩니까?"

"안 됩니다!"

"그럼 어떻게……."

"부르즈말리, 만약 마일즈와 루실라와 우리의 골라가 아직 가무에 있다면 어쩔 겁니까?"

"저는 그들이 비우주선을 타고 떠났다는 주장을 받아들이지 않는다고 이미 말씀드렸습니다!"

오랜 침묵이 이어지는 동안 타라자는 자신의 침상 발치에 서 있는 남자를 유심히 살펴보았다. 마일즈 테그에게 훈련받은 사람. 그 늙은 바샤르가 총애하던 제자. 부르즈말리의 훈련된 본능이 암시하고 있는 것이 무엇인가.

낮은 목소리로 그녀가 말을 재촉했다. "그래서요?"

"가무는 지에디 프라임이었습니다. 하코넨이 있던 곳입니다."

"그게 어쨌다는 겁니까?"

"그들은 부유했습니다, 최고 대모님. 아주 부유했어요."

"그래서요?"

"비공간을 몰래 설치할 수 있을 만큼 부유했습니다……. 심지어 커다란 비공간 구까지 설치할 수 있을 정도로."

"그런 기록은 없습니다! 익스는 그런 의견을 막연하게라도 내놓은 적이 없어요. 그들이 가무를 조사한 게 괜히……."

"뇌물, 제3자에 의한 구매, 짐을 여러 번 옮겨 운반하는 방법. 기근시대는 아주 혼란스러웠고, 그 전에는 폭군이 존재했던 수천 년의 세월이 있었습니다." 부르즈말리가 말했다.

"그때 하코넨은 고개를 숙이지 않으면 목을 내놓아야 했습니다. 그래도 그럴 가능성이 있다는 걸 받아들이겠습니다."

"기록이 사라져버렸을 수도 있습니다."

"우리나 지금까지 살아남은 다른 정부들이 한 짓은 아닙니다. 이런 추측을 하게 된 이유가 뭡니까?"

"파트린입니다."

"아아."

그가 재빨리 말했다. "만약 그런 물건이 발견되었다면 가무에서 나고 자란 사람이 그것을 알 수도 있습니다."

"아는 사람이 몇이나 되겠습니까? 그들이 그런 비밀을 그렇게 지킬 수 있다고 생각…… 그렇지! 당신 말이 무슨 뜻인지 알겠습니다. 만약 그것이 파트린 가문의 비밀이었다면……."

"저는 아직 그의 가족들 중 누구에게도 감히 그 질문을 던지지 못했습니다."

"그건 물론이지요! 하지만 당신이 어디를 조사해야…… 사람들을 긴장시키지 않고……."

"비우주선의 흔적이 남겨져 있던 산속의 그곳입니다."

"그럼 당신이 그곳에 직접 가야 합니다!"

"첩자들에게 숨기기가 아주 어렵겠지요. 제가 아주 작은 규모의 부대만을 이끌고 다른 목적으로 가는 것처럼 위장하지 않는다면 말입니다."

"무슨 다른 목적을 댈 수 있겠습니까?"

"저의 옛 바샤르 님을 추모하는 기념물을 놓으러 간다고 하겠습니다."

"그가 죽었다고 우리가 확신하는 것처럼요? 바로 그겁니다!"

"대모님께서는 틀레이랙스 인들에게 골라의 후임을 보내라고 이미 요청하셨습니다."

"그건 단순히 신중을 기하기 위한 행위였을 뿐 아무 관계도…… 부르즈말리, 이건 지극히 위험한 일입니다. 가무에서 당신을 감시할 사람들에게 우리가 잘못된 정보를 심어줄 수 있을지 의심스럽습니다."

"저와 제가 데려갈 사람들은 아주 극적으로 진짜처럼 슬퍼할 겁니다."

"진짜처럼 군다고 해서 아주 세심하게 지켜보는 사람들을 항상 납득시킬 수 있는 건 아닙니다."

"저의 충성심과 제가 데리고 갈 사람들의 충성심을 믿지 못하십니까?"

타라자는 입을 꾹 다물고 생각에 잠겼다. 그녀는 자신들이 아트레이데스의 패턴을 바탕으로 확고한 충성심을 더욱 배양시키는 법을 터득했다는 사실을 되새겼다. 절대적인 헌신을 보여주는 사람들을 만들어내는 법을. 부르즈말리와 테그는 모두 좋은 예였다.

"그 방법이 효과가 있을지도 모르겠군요." 타라자가 시인했다. 그녀는 생각에 잠긴 듯한 시선으로 부르즈말리를 뚫어지게 바라보았다. 테그가 총애하던 제자의 말이 옳을 수도 있었다!

"그럼 이만 가보겠습니다." 부르즈말리가 몸을 돌려 방을 나가려 했다.

"잠깐." 타라자가 말했다.

부르즈말리가 다시 몸을 돌렸다. "시어를 잔뜩 먹으세요. 당신들 모두. 만약 얼굴의 춤꾼들에게, 그 신품종 얼굴의 춤꾼들에게 잡힌다면 당신들은 스스로 머리를 태워버리거나 완전히 부숴버려야 합니다. 반드시 예방 조치를 취하세요."

타라자는 부르즈말리의 얼굴에 갑자기 정신이 번쩍 드는 듯한 표정이 나타나는 것을 보고 안심했다. 그는 아까 잠깐 동안 스스로를 자랑스러워하고 있었다. 그 자부심을 누그러뜨리는 편이 좋았다. 그가 무모하게 굴 필요는 없었다.

우리가 감각을 통해 손에 잡힐 듯 분명하게 경험하는 대상들이 선택의 영향을 받을 수 있다는 것, 즉 의식적 선택과 무의식적 선택 둘 다의 영향을 받을 수 있다는 것을 우리는 오래전부터 알고 있었습니다. 이것은 이미 입증된 사실이라서, 우리 내면에 있는 어떤 힘이 밖으로 뻗어 나가 우주를 건드린다는 사실을 우리가 꼭 믿어야만 이 사실이 성립되는 것은 아닙니다. 나는 믿음과 우리가 '현실'이라고 파악하는 것 사이의 실용적인 관계를 얘기하고 있습니다. 우리가 내리는 모든 판단에는 조상들의 믿음이라는 무거운 짐이 얹혀 있으며, 베네 게세리트에 속한 우리들은 이 짐에 대해 대부분의 사람들보다 더 취약한 경향을 보입니다. 우리가 이것을 의식하고 이것을 경계하는 것으로는 충분하지 않습니다. 우리는 대안적인 해석에도 항상 반드시 주의를 기울여야 합니다.

—타라자 최고 대모: 평의회에서 펼친 주장

"신께서 이곳의 우리를 심판하실 겁니다." 와프가 자못 흡족한 표정으로 말했다.

그는 모래벌레를 타고 한참 사막을 가로지르는 동안 내내 뜻밖의 순간에 이런 말을 하곤 했다. 시이나는 눈치채지 못한 것 같았지만 와프의 목소리와 말 때문에 오드레이드는 지쳐가고 있었다.

라키스의 태양은 서쪽으로 한참 내려가 있었다. 그러나 그들을 태운 모래벌레는 고대의 사리르를 가로질러 폭군이 세운 장벽의 잔해가 언덕처럼 쌓여 있는 곳을 향해 질주하면서 전혀 지치지 않는 것 같았다.

'왜 이 방향으로 가는 거지?' 오드레이드는 속으로 질문을 던졌다.

그 어떤 대답도 만족스럽지 않았다. 그러나 와프의 광신과 그에게서 새삼 느껴지는 위험은 즉각적인 반응을 요구했다. 그녀는 그를 움직이는 추진력이라고 알고 있는 샤리아트의 구절을 떠올렸다.

"인간이 아니라 신께서 심판하시게 하라."

와프는 그녀의 조롱하는 듯한 목소리에 험악한 표정을 지었다. 그는 앞쪽의 지평선을 바라보다가 자기들과 속도를 맞춰 따라오고 있는 오니숍터들을 올려다보았다.

"인간은 반드시 신의 일을 해야 합니다." 그가 중얼거렸다.

오드레이드는 대답하지 않았다. 와프의 생각을 의혹의 방향으로 돌려놓았으므로 이제 그는 이 베네 게세리트의 마녀들이 정말로 자기들처럼 '위대한 믿음'을 갖고 있는지 자문하고 있을 것이다.

그녀의 생각이 대답을 찾아내지 못한 질문들 속으로 다시 뛰어들며 라키스의 모래벌레에 대해 그녀가 알고 있는 모든 지식 사이로 굴러떨어졌다. 개인적인 기억들과 '다른 기억들'이 말도 안 되는 몽타주를 만들어냈다. 그녀는 로브를 입은 프레멘들이 지금 이 녀석보다 훨씬 더 큰 모래벌레 위에 서 있는 모습을 눈으로 그려볼 수 있었다. 그들은 지금 그녀의 손이 이 녀석을 움켜쥐고 있는 것처럼 벌레의 체절 속에 박힌, 갈고리가 달린 긴 막대에 각자 몸을 기대고 있었다. 그녀는 뺨에 부딪히는 바람과 정강이에 휘감기는 로브 자락을 느꼈다. 지금의 이 여행과 다른 여행들이 서로 융합되어서 오래전부터 친숙하게 알던 모습이 되었다.

'아트레이데스가 이런 식으로 모래벌레를 탄 것이 아주 오랜만이야.'

지금 그들이 향하고 있는 목적지에 대한 단서가 다르 에스 발라트에 있을까? 어떻게 그럴 수가 있지? 그러나 날이 너무 더웠고, 그녀는 사막 속으로 들어가는 이번 모험에서 일어날 수 있는 일들을 머릿속으로 미리 탐색해 보고 있었다. 그래서 머리가 생각만큼 기민하게 돌아가지 않았다.

라키스에 있는 다른 모든 마을들과 마찬가지로, 다르 에스 발라트는 이른 오후의 더위가 계속되는 동안 가장자리에서부터 안쪽으로 움츠러들었다. 오드레이드는 다르 에스 발라트의 서쪽 경계선 근처에 있는 어떤 건물의 그림자 속에서 기다리는 동안 사막복이 살갗에 쓸리던 것을 기억했다. 그녀는 시이나와 와프를 안가에서 따로따로 데리고 올 호위대를 기다리고 있었다. 두 사람을 각각 서로 다른 안가에 데려다 놓도록 한 사람은 바로 오드레이드 자신이었다.

그때 그녀가 얼마나 쉬운 과녁처럼 보였을까. 하지만 라키스 인들이 정말로 자신들의 말을 따르는지 확인해야 했기 때문에, 베네 게세리트 호위대는 고의로 시간을 지체했다.

"샤이탄은 뜨거운 날씨를 좋아해요." 시이나는 전에 이렇게 말했다.

라키스 인들은 열기를 피해 숨었지만 모래벌레들은 그럴 때 밖으로 나왔다. 이것이 이 모래벌레가 그들을 특정한 방향으로 데려가는 이유에 대한 단서일까?

'내 생각들이 아이들이 갖고 노는 공처럼 이리저리 튀어 다니고 있어!'

자그마한 틀레이랙스 인과 대모, 그리고 길들여지지 않은 어린 소녀가 벌레 위에 서서 사막을 달리고 있는 동안 라키스 인들이 태양으로부터 몸을 숨긴다는 사실에는 어떤 의미가 있는가? 그것은 라키스에서 고대부터 존재해 온 패턴이었다. 이건 전혀 놀랄 일이 아니었다. 그러나 고대의 프레멘들은 대개 야행성이었다. 현대를 살고 있는 그들의 후손들은 태양이 가장 뜨거울 때 응달에 더 많이 의존했다.

저 사제들은 자신들을 지켜주는 해자 뒤에서 얼마나 안전하다고 느끼고 있을까!

라키스의 핵심적인 도시에 사는 사람들은 모두 저 밖에 카나트가 있으며, 그늘에 덮인 어둠 속에서 물이 흐르고 있고, 물방울들의 방향이 바뀌어 좁은 운하들을 채우고, 운하에서 증발한 물은 다시 바람덫에 의해 수집된다는 사실을 알고 있었다.

그들은 '우리의 기도가 우리들을 보호한다'고 말하지만, 실제로 무엇이 자신을 보호해 주는지 아주 잘 알고 있었다.

'신성한 분의 모습이 사막에서 목격되었다.'

신성한 벌레.

분열된 신.

오드레이드는 자기 앞에 있는 벌레의 체절들을 내려다보았다. '그 신이 바로 여기 있어!'

그녀는 머리 위의 오니숍터에서 자신들을 지켜보는 사람들 중에 끼어 있는 사제들을 생각했다. 그들은 다른 사람을 염탐하는 걸 어찌나 좋아하는지! 그녀는 다르 에스 발라트에서 시이나와 와프가 도착하기를 기다리는 동안 그들이 자신을 지켜보고 있음을 느꼈다. 숨겨진 발코니의 높다란 창살 뒤의 눈들. 두꺼운 벽에 뚫린 가느다란 틈을 통해 응시하는 눈들. 거울 플라즈 뒤에 숨어 있거나 그늘이 드리워진 곳에서 뚫어지게 밖을 내다보고 있는 눈들.

오드레이드는 머리 위의 벽에 비치는 그림자 선의 움직임을 통해 시간의 흐름을 가늠하면서 그 눈들의 위험을 억지로 무시했다. 벽에 비치는 그림자는 태양시(時) 이외의 시간을 사용하는 사람이 거의 없는 이곳에서 확실한 시계와 같았다.

긴장이 쌓여갔고, 무심한 것처럼 보일 필요가 있다는 사실이 긴장을 더욱 증폭시켰다. 저들이 공격할까? 그녀가 나름대로 예방 조치를 취했다는 걸 알면서도 저들이 감히 그렇게 할까? 이 비밀스러운 삼각 동맹에서 틀레이랙스 인들과 손을 잡도록 강요받은 것에 대한 사제들의 분노는 어느 정도일까? 성에 있는 대모 자문들은 사제들을 이런 미끼로 꾀는 이 위험한 계획을 좋아하지 않았다.

"우리 중 한 사람을 미끼로 삼으세요!"

오드레이드는 단호했다. "그들은 그런 미끼를 믿지 않을 겁니다. 의심 때문에 그들은 우리에게 다가오지 않을 거예요. 게다가 그들은 틀림없이 알베르투스를 보낼 겁니다."

그래서 오드레이드는 다르 에스 발라트의 뜰에서, 머리 위 6층 높이에 태양의 그림자 선이 올려다보이는 깊숙한 곳의 초록색 그림자 속에서 기다렸다. 그녀는 층마다 있는 레이스 모양 발코니를 지나쳐서, 초록색 식물과 눈부신 빨간색, 오렌지색, 파란색의 꽃들, 그리고 건물 위로 보이는 장방형의 은빛 하늘을 바라보았다.

'그리고 숨겨진 눈들도 보았지.'

그녀의 오른쪽에서 길 쪽으로 난 널찍한 문에서 뭔가가 움직였다! 황금색, 자주색, 흰색이 들어간 사제의 옷을 입은 사람 하나가 뜰로 들어왔다. 그녀는 그를 유심히 살펴보며 틀레이랙스 인들이 또 다른 얼굴의 춤꾼을 사제로 변장시켜 세력을 넓히려고 한 것은 아닌지 조사했다. 그러나 그 사람은 그녀가 얼굴을 알고 있는 사제, 즉 다르 에스 발라트의 고위 사제 알베르투스였다.

'우리가 예상했던 그대로군.'

알베르투스는 신중하게 위엄을 지키려는 걸음걸이로 넓은 안뜰을 지나 마당을 가로질러 그녀에게 다가왔다. 저 사람에게 위험한 조짐이 있는가? 그가 암살자들에게 신호를 보낼 것인가? 그녀는 층을 이루고 있는 발코니들을 살짝 올려다보았다. 위쪽의 층들에서 뭔가가 움직이는 것이 살짝살짝 스치듯이 보였다. 그녀에게 다가오고 있는 사제는 혼자가 아니었다.

'하지만 나도 혼자가 아냐!'

알베르투스는 오드레이드에게서 두 발짝 떨어진 곳에 걸음을 멈추고 타일이 깔린 바닥의 황금색과 자주색이 섞인 복잡한 문양을 내내 바라보고 있던 시선을 들어 그녀를 올려다보았다.

'저 사람은 뼈대가 약하군.' 오드레이드는 생각했다.

오드레이드는 그를 알아본 내색을 하지 않았다. 알베르투스는 최고 사제가 흉내쟁이 얼굴의 춤꾼으로 대체되었다는 사실을 아는 사람들 중 하나였다.

알베르투스가 헛기침을 하며 떨리는 숨을 들이쉬었다.

'뼈대가 약해! 몸도 약하고!'

이 생각이 오드레이드에게 즐거움을 안겨주었지만, 그렇다고 그녀의 신중함이 줄어들지는 않았다. 대모들은 항상 그런 것들을 알아채곤 했다. 교배의 흔적들을 찾는 것이다. 알베르투스의 혈통 속에 존재하는 특징들에는 결함이 있었다. 만약 그를 교배시키는 것이 가치 있는 일이라고 생각된다면 교단이 그의 후손들에게서 바로잡으려고 노력할 만한 기본적인 것들이었다. 물론 교단은 그를 교배시킬지 고려할 것이다. 알베르투스는 조용히, 그러나 확실하게 권력의 자리에 올랐으므로 그에게 가치 있는 유전적 재료가 있는지 반드시 확실하게 파악해야 했다. 그러나 알베르투스의 교육 수준은 형편없었다. 1년 차 복사도 그를 다룰 수 있을 터였다. 라키스 사제들의 정신 훈련은 과거 물고기 웅변대 시절 이후로 심하게 퇴화되어 있었다.

"여긴 웬일이십니까?" 오드레이드가 질문과 비난의 느낌을 동시에 섞어 다그치듯 물었다.

알베르투스는 몸을 떨었다. "당신의 부하들이 보낸 메시지를 갖고 왔습니다, 대모님."

"그럼 말씀하세요!"

"조금 일이 지체되었다고 합니다. 이곳으로 오는 길을 아는 사람이 너무 많다는 점과 관련된 거라고 하던데."

적어도 이것은 그들이 사제들에게 말하기로 미리 합의했던 이야기였다. 그러나 알베르투스의 표정에 드러난 다른 생각들을 읽기는 쉬웠다. 그와 비밀을 나누는 것은 비밀을 폭로하는 것과 마찬가지일 정도로 위험한 일이었다.

"당신을 죽여버리라고 명령했더라면 좋았을 거라는 생각이 들 정도로군요." 오드레이드가 말했다.

알베르투스는 뒷걸음질을 치며 족히 두 걸음을 물러났다. 마치 그가 바로 지금 그녀 앞에서 죽어버리기라도 한 것처럼 그의 눈이 텅 비었다. 그녀는 이 반응이 무엇인지 알아차렸다. 알베르투스는 두려움이 음낭을 움켜쥔 것 같은 느낌 때문에 알고 있는 것을 모두 다 밝혀버리는 상태에 들어간 것이다. 그는 이 무서운 오드레이드 대모가 아주 무심한 태도로 그에게 죽음을 선고하거나, 아니면 직접 그를 죽여버릴 수도 있다는 것을 알고 있었다. 그가 무슨 말을 하고 무슨 행동을 해도 그녀의 무시무시하고 정밀한 조사를 벗어나지 못할 것이다.

"당신들은 전부터 나를 죽이고 킨에 있는 우리 성을 파괴할 것인지 고려하고 있었습니다." 오드레이드가 비난하듯이 말했다.

알베르투스의 몸이 격렬하게 떨렸다. "왜 그런 말씀을 하십니까, 대모님?" 우는소리를 하는 그의 목소리가 모든 것을 드러내고 있었다.

"부인할 생각은 하지 마십시오. 나처럼 당신의 속내를 읽는 게 쉽다는 걸 알아챈 사람이 몇 명이나 되는지 궁금하군요. 당신은 비밀을 지키는 사람이어야 합니다. 우리의 모든 비밀을 얼굴에 써 붙이고 돌아다니면 안 된단 말입니다!"

알베르투스가 털썩 무릎을 꿇었다. 저러다 바닥에 머리를 조아릴 것 같다는 생각이 들었다.

"하지만 당신의 부하들이 저를 보냈습니다!"

"그리고 당신은 여기 와서 나를 죽이는 것이 가능할지 판단할 수 있다는 생각에 아주 기뻐했겠지요."

"우리가 왜 그런……."

"닥치세요! 당신들은 우리가 시이나를 장악하고 있다는 걸 좋아하지 않습니다. 그리고 틀레이랙스 인들을 두려워하지요. 당신들 사제들은 상황에 대한 통제권을 빼앗겼고, 일이 진행되는 방향에 겁을 먹었습니다."

"대모님! 우리가 어떻게 하면 되겠습니까? 우리가 어떻게 하면 되겠습니까?"

"우리에게 복종하세요! 뿐만 아니라 시이나에게도 복종해야 합니다! 우리가 오늘 감행하려는 일이 두려운가요? 당신들이 더욱더 두려워해야 할 일은 따로 있습니다!"

그녀는 짐짓 당혹스럽다는 듯 고개를 저었다. 이 모든 것이 가엾은 알베르투스에게 어떤 영향을 미치는지 그녀는 알고 있었다. 그는 그녀의 분노에 눌려 움찔거렸다.

"일어서세요! 그리고 당신이 사제이며, 반드시 진실을 말해야 한다는 걸 명심하십시오!" 그녀가 명령했다.

알베르투스는 고개를 숙인 자세를 계속 유지한 채 비틀거리며 일어났다. 그녀는 그의 몸이 거짓말을 그만두기로 한 그의 결정에 맞춰 반응을 보이고 있다는 걸 알 수 있었다. 저 사람에게는 이것이 얼마나 큰 시련이 될 것인가! 자신의 마음을 읽고 있음이 분명한 대모에게 충성하는 그는 이제 자신의 종교에도 충성을 바쳐야 했다. 그는 모든 종교의 궁극적인 역설, 즉 '신께서 알고 계신다!'는 역설과 대면해야 했다.

"내게 아무것도 숨겨서는 안 됩니다. 시이나에게도, 신에게도." 오드레이드가 말했다.

"용서해 주십시오, 대모님."

"용서해 달라고요? 당신을 용서하는 건 내 능력으로 할 수 있는 일이 아닙니다. 당신이 내게 용서를 구해서도 안 되고요. 당신은 사제입니다!"

그는 오드레이드의 성난 얼굴을 향해 시선을 들어 올렸다.

이제 그는 그 역설의 무게를 완전히 느끼고 있었다. 신께서 분명히 이곳에 있었다! 그러나 신은 대개 멀리 떨어진 곳에 있었으므로 대면을 미룰 수 있었다. 내일은 또 다른 삶이 이어질 것이다. 틀림없었다. 그리고 스스로에게 작은 죄악 몇 가지를 허락하는 것은, 그러니까 어쩌면 거짓말 한두 번쯤은 용인될 수 있는 일이었다. 한동안만 용인되는 것이었지만. 유혹이 크다면 어쩌면 커다란 죄악도 괜찮을지 몰랐다. 신들은 커다란 죄를 저지른 사람에게 더 커다란 이해심을 보이지 않는가. 나중에 죄를 보상할 때가 올 것이다.

오드레이드는 보호 선교단의 분석적인 시각으로 알베르투스를 뚫어지게 바라보았다.

'아아, 알베르투스. 지금 당신은 당신이 당신과 당신의 신 사이의 비밀이라고 믿었던 것들을 모두 알고 있는 사람 앞에 서 있습니다.' 그녀는 생각했다.

알베르투스에게 있어 지금의 상황은 죽어서 신의 최후의 심판에 궁극적으로 굴복하는 것과 거의 다르지 않을 수도 있었다. 확실히 그의 무의식이 이런 상태라서 알베르투스의 의지력은 지금 산산이 부서지고 있었다. 그가 갖고 있던 모든 종교적 두려움들이 위로 떠올라 한 명의 대모에게 집중되어 있었다.

오드레이드는 '목소리'를 이용해 그에게 강제로 명령을 내리는 방법조차 쓰지 않은 채, 자신이 낼 수 있는 가장 건조한 목소리로 말했다. "이 소극(笑劇)을 당장 끝내십시오."

알베르투스는 침을 꿀꺽 삼키려고 애썼다. 그는 거짓말을 할 수 없다는 걸 알고 있었다. 그에게 거짓말을 할 수 있는 능력이 아주 조금 있을지도 모르지만 그래봤자 소용없었다. 순종적인 자세로 그는 오드레이드의 이마를 올려다보았다. 그녀의 사막복 모자의 선이 이마를 가로지르며 단단히 조여져 있었다. 그는 거의 속삭임에 가까운 목소리로 말했다.

"대모님, 저희가 박탈감을 느끼기 때문에 이러는 것뿐입니다. 대모님과 틀레이랙스 인이 '우리의' 시이나 님과 함께 사막으로 나갈 예정입니다. 두 분 모두 그분의 가르침을 받겠지요. 그리고……." 그의 어깨가 축 처졌다. "왜 그 틀레이랙스 인을 데려가시는 겁니까?"

"시이나가 원한 겁니다." 오드레이드는 거짓말을 했다.

알베르투스는 입을 열었다가 아무 말 없이 다시 다물었다. 그녀는 이번 일을 받아들이겠다는 자세가 그의 몸 전체에 흘러넘치는 것을 알 수 있었다.

"당신 동료들에게 가서 내 경고를 전하십시오. 라키스와 당신들 사제들의 생존은 당신들이 내게 얼마나 잘 복종하는가에 전적으로 달려 있습니다. 우리를 조금이라도 방해해서는 안 됩니다! 그리고 우리에 대한 유치한 음모들에 대해서는 시이나가 당신들의 사악한 생각을 모두 우리에게 알려주고 있습니다!"

이때 알베르투스가 놀라운 행동을 했다. 고개를 설레설레 저으며 건조한 소리로 쿡쿡 웃은 것이다. 오드레이드는 많은 사제들이 당황스러운 상황을 즐긴다는 사실을 이미 눈치챘지만 그들이 스스로의 실패에서 즐거움을 찾을 거라고는 생각하지 못했다.

"겉으로만 웃는 웃음이군요." 그녀가 말했다.

알베르투스는 어깨를 으쓱하며 가면 같은 표정을 일부 회복했다. 오드레이드는 그에게서 여러 개의 가면 같은 표정들을 본 적이 있었다. 그건 속임수였다! 그는 그 가면들을 여러 겹으로 겹쳐 쓰고 있었다. 그리고 그모든 방어 체제의 저 밑에는 정이 있는 사람, 그녀가 이곳에서 아주 잠깐 동안 폭로시킨 그 사람이 있었다. 그러나 이 사제들에게 질문을 퍼부으며 지나치게 몰아붙이면 그들은 번드르르한 설명을 내놓으려고 드는 위험한 버릇을 드러냈다.

'그 정이 있는 사람이 반드시 다시 겉으로 나오게 해야 해.' 오드레이드는 생각했다. 그리고 그가 뭐라고 말하려 하는 것을 가로막았다.

"그만두세요! 내가 사막에서 돌아올 때 당신은 날 기다리고 있어야 합니다. 지금은 내 메시지를 전달하세요. 내 메시지를 정확하게 전달하면 당신은 상상도 할 수 없을 만큼 커다란 보상을 얻게 될 겁니다. 그리고 실패하면 샤이탄의 고통을 겪게 될 겁니다!"

오드레이드는 허둥지둥 뜰을 나가는 알베르투스의 모습을 지켜보았다. 어깨를 웅크리고 머리를 앞으로 불쑥 내민 그의 모습은 마치 한시라도 빨리 자기 동료들과 이야기할 수 있는 곳으로 가고 싶어 하는 것 같았다.

전체적으로 일이 잘되었다고 그녀는 생각했다. 이건 계산된 위험이었고, 그녀 개인적으로도 매우 위험한 일이었다. 그녀는 머리 위의 발코니에서 암살범들이 알베르투스의 신호를 기다리고 있었을 것이라고 확신했다. 그런데 지금 그가 가지고 돌아간 두려움은 베네 게세리트가 수천 년에 걸친 조작 경험 덕분에 금방 이해할 수 있는 것이었다. 그것은 그 어떤 역병만큼이나 전염성이 강하고 독했다. 교단의 자매들은 이 가르침을 '일정한 방향으로 유도된 히스테리'라고 불렀다. 이 히스테리가 라키스 사제들의 가슴을 향해 유도되었다(겨냥되었다고 하는 편이 더 옳았다). 그건 믿을 만했다. 히스테리를 강화시키는 것들이 이제 움직이기 시작할 것임을 생각하면 특히 그러했다. 사제들은 굴복할 것이다. 이제 두려워할 것은 이것의 영향을 받지 않는 소수의 이단자들뿐이었다.

이것은 경외심을 불러일으키는 마법의 우주이다. 이곳에는 원자가 없다. 파동과 움직임만이 사방에 있을 뿐이다. 이곳에서 당신들은 오성에 방해가 되는 장벽에 대한 모든 믿음을 버린다. 오성 그 자체를 옆으로 제쳐두어야 한다. 우리는 이 우주를 눈으로 볼 수도 없고, 소리로 알아낼 수도 없으며, 어떤 식으로든 고정된 지각을 통해 감지할 수도 없다. 이곳은 형태가 투사될 수 있는, 미리 정해진 스크린이 전혀 발생하지 않는 궁극의 허공이다. 당신들은 이곳에서 단 하나의 의식만을 갖는다. 마법의 스크린, 즉 상상력! 이곳에서 당신들은 인간이 되는 것이 어떤 것인지 배운다. 당신들은 질서와 아름다움과 시스템의 창조자이며 혼돈의 조직자이다.

―아트레이데스 선언서, 베네 게세리트 기록 보관소

"당신은 지금 너무 위험한 일을 하고 있습니다. 내가 받은 명령은 당신을 보호하고 강하게 만들어주라는 것입니다. 난 이런 일이 계속되는 걸 허락할 수 없습니다." 테그가 말했다.

테그와 던컨은 비공간 구의 연습실 바로 밖에 있는, 나무로 가장자리가 장식된 기다란 복도에 서 있었다. 그들이 임의로 정한 일과에 의하면 지금은 늦은 오후 시간이었고, 루실라는 그들에게 독설을 퍼부은 후 바로 조금 전에 화를 내며 가버렸다.

최근 던컨과 루실라의 만남은 매번 전투의 성격을 띠었다. 조금 전만 해도 그녀는 연습장의 문간에 서 있었다. 그녀의 튼튼한 몸은 부드러운 곡선들 덕분에 둔해지는 것을 면하고 있었다. 그리고 두 남자 모두 유혹의 몸짓을 분명히 알아챘다.

"그만두십시오, 루실라!" 던컨이 명령했다.

그녀의 분노를 드러내 보여주는 것은 그녀의 목소리뿐이었다. "내가 명령을 수행하기 위해 얼마나 기다릴 거라고 생각합니까?"

"당신이나 아니면 다른 누가 내게 말해 줄 때까지……."

"타라자 님이 당신에게 요구하는 것이 무엇인지 우리도 모릅니다!" 루실라가 말했다.

테그는 점점 높아가는 분노를 누그러뜨리려고 애썼다. "자자. 던컨이 실력을 높이려고 계속 노력하는 걸로 충분하지 않습니까? 며칠 후부터 나는 밖에서 규칙적으로 경비를 설 겁니다. 우린……."

"날 방해하는 건 그만두세요, 제길!" 루실라가 날카롭게 소리쳤다. 그리고 몸을 홱 돌려 성큼성큼 가버렸다.

지금 던컨의 얼굴에 떠오른 단단한 결심을 보면서 테그의 내면에서 뭔가 사나운 것이 움직이기 시작했다. 이렇게 고립되어 있어서 어쩔 수 없는 상황이 자신을 몰아붙이고 있는 것 같았다. 그의 지성, 놀라울 정도로 훌륭하게 단련된 멘타트의 도구인 그 지성이 밖에서는 익숙했던 정신적 소란 앞에 방패를 세워두고 있었다. 그는 자신의 머릿속을 침묵시킬 수만 있다면, 모든 것을 조용하게 만들 수만 있다면, 모든 것을 분명히 알 수 있을 거라고 생각했다.

"왜 그렇게 숨을 죽이고 있는 겁니까, 바샤르?"

던컨의 목소리가 테그를 찔렀다. 정상적인 호흡을 회복하기 위해서는 최고의 의지력이 필요했다. 비공간 구 안에 함께 있는 다른 두 사람의 감정이 일시적으로 다른 힘들로부터 떨어진 썰물과 밀물처럼 느껴졌다.

'다른 힘들.'

우주를 휩쓰는 다른 힘들의 존재 앞에서 멘타트의 의식은 바보가 되어버릴 수 있었다. 이 우주에는 그가 상상도 할 수 없는 힘들이 삶 속에 주입된 사람들이 있을지도 몰랐다. 그런 힘들 앞에서 그는 난폭한 물결의 포말 위에서 움직이는 지푸라기가 되어버릴 것이다.

어느 누가 그런 소란 속에 뛰어들었다가 무사히 다시 나올 수 있을까?

"내가 계속 저항한다면 루실라가 무엇을 할 수 있습니까?" 던컨이 물었다.

"그녀가 당신에게 '목소리'를 사용한 적이 있습니까?" 테그가 물었다. 자신의 목소리가 멀리서 들려오는 것 같았다.

"한 번 있었습니다."

"당신이 거기에 저항한 겁니까?" 멀게 느껴지는 놀라움이 테그의 내면 어딘가에 잠복해 있었다.

"난 폴 무앗딥에게서 직접 그 방법을 배웠습니다."

"그녀는 당신을 마비시킬 수 있습니다. 그리고……."

"그녀가 받은 명령에서 폭력은 금지되어 있는 걸로 아는데요."

"폭력이 무엇입니까, 던컨?"

"난 샤워하러 가겠습니다, 바샤르. 당신도 갈 겁니까?"

"조금 있다가요." 테그는 깊이 숨을 들이쉬며 자신이 얼마나 지쳐 있는지 느꼈다. 오늘 오후를 연습실에서 보낸 것과 그 후의 일이 그의 진을 빼놓았다. 그는 던컨이 떠나는 것을 지켜보았다. 루실라는 어디 있을까? 그녀는 무엇을 계획하고 있는 거지? 그녀가 얼마나 오래 기다려줄까?

이것이 가장 중요한 질문이었으며, 이 질문 때문에 비공간 구에서 '시간' 으로부터 고립되어 있다는 사실이 특별히 강조되었다.

그는 자기들 세 사람의 삶이 영향을 미치고 있는 썰물과 밀물을 다시 느꼈다. '루실라와 얘기를 해야 해! 그녀가 어디로 간 거지? 도서관일까? 아냐! 뭔가 내가 먼저 해야 할 다른 일이 있어.'

루실라는 자신의 개인 숙소로 선택한 방에 앉아 있었다. 장식이 된 침대가 벽 속에 끼워 넣어져 있는 작은 방이었다. 그녀의 주위에 있는 상스럽고 미묘한 상징들은 이 방이 하코넨의 총애를 받던 한 고급 매춘부의 방임을 알려주었다. 파스텔 색조의 푸른색 바탕에 짙은 파란색이 강조하듯 들어간 천이 방을 장식하고 있었다. 침대, 반침, 천장, 제대로 작동하는 모든 기계 장치에 바로크 식 조각들이 새겨져 있는데도 그녀는 일단 이곳에서 긴장을 푸는 순간 방 그 자체를 의식 밖으로 쓸어버리듯 몰아낼 수 있었다. 그녀는 침대에 누워 천장에 새겨진 야하고 천박한 조각들을 향해 눈을 감았다.

'테그를 처리해야겠어.'

타라자의 기분을 상하게 하거나 골라를 약화시키지 않게 그 일을 해치워야 할 것이다. 테그는 여러 면에서 특별한 문제였다. 그의 사고 과정이 베네 게세리트의 원천과 흡사한 깊은 원천을 살짝살짝 드나들 수 있다는 점이 특히 문제였다.

'그를 낳은 대모 때문이지, 물론!'

그런 어머니에게서 그런 아이에게로 뭔가가 전달된 것이다. 그것은 자궁 속에서 시작되어, 그들이 마침내 분리된 후에도 아마 멈추지 않았을 것이다. 그는 저주스러운 존재를 만들어낸, 모든 것을 게걸스럽게 먹어치우는 그 변형을 결코 경험한 적이 없었다……. 그래, 그건 경험하지 않왔다. 그러나 그는 쉽게 알아볼 수 없는 실질적인 능력들을 갖고 있었다. 대모의 몸에서 태어난 자들은 다른 사람들이 도저히 배울 수 없는 것들을 배웠다.

테그는 루실라가 온갖 형태의 사랑을 어떻게 보는지 정확히 알고 있었다. 그녀는 언젠가 성에 있는 그의 숙소에서 그의 얼굴을 보고 그것을 알았다.

'계산적인 마녀!'

마치 그가 큰 소리로 이 말을 한 것 같았다.

그녀는 자신이 상냥한 미소와 위압적인 표정으로 그를 대했던 것을 기억했다. 그것은 두 사람 모두에게 굴욕적인 실수였다. 그녀는 이런 생각 속에서 테그에 대한 잠재적인 연민을 느꼈다. 베네 게세리트의 온갖 조심스러운 훈련에도 불구하고 그녀의 내면 어디에선가 그녀의 갑옷에 틈이 나 있었다. 그녀의 스승들은 그것에 대해 여러 번 경고했었다.

"진정한 사랑을 유도할 수 있게 되려면 네가 그런 사랑을 느껴야 한다. 하지만 일시적으로만 느껴야 해. 그리고 한 번이면 충분하다!"

던컨 아이다호 골라에 대한 테그의 반응은 많은 것을 알려주었다. 테그는 자신이 맡고 있는 소년에게 끌리면서도 동시에 혐오감을 느끼고 있었다.

'나처럼.'

어쩌면 테그를 유혹하지 않은 것이 실수인 것 같기도 했다.

성관계 속에서 자신을 잃어버리지 말고 거기서 힘을 얻어야 한다고 배웠던 성교육 시간에 그녀의 스승들은 분석과 역사적 비교를 강조했다. 대모의 '다른 기억들' 속에는 그런 분석과 역사적 비교가 많이 존재했다.

루실라는 테그의 남성적 존재감에 생각을 집중했다. 이렇게 하면서 그녀는 여성적 반응을 느낄 수 있었다. 그녀의 육체가 가까이에 테그가 있어주기를 원하면서 성적인 절정에 이르기까지 흥분했다. 신비의 순간을 위한 준비를 갖춘 것이다.

재미있다는 감정이 루실라의 의식 속으로 희미하게 살금살금 기어들었다. 오르가슴은 아니었다. 과학적인 이름을 붙일 수 없는 감정이었다! 그것은 가장 순수한 베네 게세리트의 은어였다. '신비의 순간', 각인사의 궁극적인 장기. 베네 게세리트의 오랜 연속성 속에 잠기려면 이런 개념이 필요했다. 그녀는 이중성을 깊이 믿어야 한다고 배웠다. 교배 감독관들이 그들을 이끌 때 사용하는 과학적 지식과 동시에 모든 지식을 혼동시키는 신비의 순간을 믿어야 한다는 것이다. 베네 게세리트의 역사와 과학에 의하면 번식의 충동은 다시는 꺼낼 수 없도록 영혼 속에 계속 묻혀 있어야 했다. 종(種)을 파멸시키지 않고는 그것을 꺼낼 수 없었다.

'안전망이지.'

루실라는 이제 오로지 베네 게세리트의 각인사만이 할 수 있는 방법으로 자신의 주위에 성적인 힘들을 모았다. 그리고 던컨에게 생각을 집중하기 시작했다. 지금쯤 그는 샤워를 하면서 대모이자 교사인 그녀와 함께할 저녁 훈련에 대해 생각하고 있을 것이다.

'곧 내 제자에게 가야지. 중요한 교훈을 반드시 가르쳐야 해. 그렇지 않으면 그는 라키스에 갈 준비를 완전히 갖출 수 없을 테니.' 그녀는 생각했다.

이것은 타라자의 지시였다.

루실라는 생각의 초점을 완전히 던컨에게 맞췄다. 벌거벗은 몸으로 샤워기 밑에 서 있는 그의 모습이 거의 보이는 것 같았다.

배울 수 있는 것에 대해 그가 얼마나 이해하지 못하고 있는지!

던컨은 연습장 옆의 샤워실에서 나와 탈의실에 혼자 앉아 있었다. 그는 깊은 슬픔에 잠겨 있었다. 이 때문에 이 어린 육체가 한 번도 경험하지 못한 오랜 상처에 기억 속의 통증이 느껴졌다.

세상엔 절대로 변하지 않는 게 있었다! 교단은 또다시 그 옛날의 케케묵은 게임을 하고 있었다.

그는 시선을 들어 가장자리가 어두운색으로 장식된 이 하코넨의 공간을 둘러보았다. 벽과 천장에는 아라베스크 무늬가 조각되어 있고, 바닥의 모난 돌에는 기묘한 무늬가 그려져 있었다. 괴물들과 아름다운 인간의 몸들이 분명한 선들을 똑같이 가로지르며 뒤엉켜 있었다. 눈을 한 번 깜박거리는 것만으로 괴물과 인간을 구분할 수 있었다.

던컨은 틀레이랙스 인들과 그들의 악솔로틀 탱크가 그를 위해 만들어준 이 몸을 내려다보았다. 지금도 가끔 이 몸이 낯설게 느껴졌다. 그는 골라 이전의 삶에서 기억하고 있던 마지막 순간에 어른으로서 많은 경험을 가진 남자였다. 그는 떼 지어 몰려드는 사다우카 전사들을 물리치며 어린 공작에게 도망칠 기회를 만들어주었다.

나의 공작님! 폴의 나이는 그때 지금 이 몸의 나이보다 많지 않았다. 그러나 아트레이데스 사람들이 항상 그렇듯이 정신적인 훈련이 되어 있었다. 의리와 명예를 무엇보다 중요하게 생각하도록.

'그들이 나를 하코넨에게서 구출해 준 뒤 나를 훈련시켰던 것처럼.'

그의 내면에는 그 고대의 빚을 외면할 수 없는 무엇인가가 있었다. 그는 그런 감정의 원인을 알고 있었다. 그것이 자신의 마음속에 깊이 각인된 과정을 개괄적으로 떠올릴 수도 있었다.

그것이 그곳에 여전히 남아 있었다.

던컨은 타일이 깔린 바닥을 흘깃 바라보았다. 탈의실의 물튀김 방지막 타일들 위에 글자가 새겨져 있었다. 그의 머릿속 한구석은 그것이 오래전 하코넨 시대 때의 것임을 알아보았다. 그러나 그의 머릿속의 또 다른 한구석은 그것이 너무나 익숙한 갈락 어임을 깨달았다.

'청결 다정함 청결 밝음 청결 순수함 청결'

이 고대의 문자들은 방 주위를 빙 둘러 반복적으로 새겨져 있었다. 마치 그 단어들만으로 던컨이 기억하고 있는 하코넨과는 이질적인 뭔가가 만들어질 것 같았다.

샤워실로 통하는 문 위에도 글자들이 새겨져 있었다.

'그대의 진심을 고백하고 순수함을 찾아라'

하코넨의 거점에 종교적인 훈계라니? 그가 죽은 후 수백 년의 세월이 흐르는 동안 하코넨 사람들이 변한 건가? 이건 믿기 어려운 생각이었다. 이 단어들은 아마도 이곳을 지은 사람들이 이곳에 적절하다고 생각해서 새겨 넣은 것인 모양이었다.

그는 등 뒤에서 루실라가 방으로 들어오는 소리를 귀로 들었다기보다는 느낌으로 알았다. 던컨은 자리에서 일어나 무(無)엔트로피 통에서 멋대로 꺼낸 웃옷(그는 하코넨의 표식들을 모두 떼어낸 후에야 옷을 입었다)의 죔쇠를 단단히 고정했다.

몸을 돌리지 않은 채 그가 말했다. "이번에는 뭡니까, 루실라?"

그녀는 웃옷의 천 위로 그의 왼팔을 쓰다듬었다. "하코넨 사람들은 사치스러운 취미를 가지고 있었군요."

던컨은 조용히 말했다. "루실라, 만약 내 허락 없이 또다시 내 몸에 손을 댄다면 난 당신을 죽이려 들 겁니다. 당신이 날 죽일 수밖에 없을 만큼 진심으로 당신을 죽이려 할 겁니다."

그녀가 움찔했다.

그는 그녀의 눈을 강렬하게 들여다보며 말했다. "난 마녀들을 위한 망할 놈의 종마가 아닙니다!"

"우리가 당신에게 원하는 게 그런 것이라고 생각하나요?"

"당신들이 내게 무엇을 원하는지 아무도 얘기하지 않았지만 당신의 행동을 보면 뻔합니다!"

그는 발바닥에 힘을 주며 자세를 잡았다. 그의 내면에서 아직 각성하지 않은 그것이 동요하며 그의 맥박 수를 높였다.

루실라는 그를 세심하게 살펴보았다. '저주받을 마일즈 테그 같으니!' 그녀는 이런 식의 저항을 예상하지 못했다. 던컨의 말이 진심이라는 점에는 의심의 여지가 없었다. 이제 더 이상 말만으로는 소용이 없을 것이다. 그는 '목소리'의 영향을 받지 않았다.

'진실.'

이것이 그녀에게 남겨진 유일한 무기였다.

"던컨, 난 당신이 라키스에서 무엇을 해주기를 타라자 님이 원하시는지 정확히 모릅니다. 추측을 해볼 수는 있지만, 내 추측이 틀릴 수도 있어요."

"추측해 보시지요, 그럼."

"라키스에 어린 소녀가 하나 있습니다. 이제 막 십대에 접어든 아이죠. 그 아이의 이름은 시이나입니다. 라키스의 모래벌레들이 그 아이에게 복종합니다. 교단은 어떻게 해서든 그 재능을 우리 것으로 만들어야 합니다."

"내가 도대체 무엇을 할 수……."

"그걸 내가 알고 있다면 틀림없이 지금 당신에게 말해 줬을 겁니다."

그녀의 절박한 심정 때문에 겉으로 드러난 진심을 그도 알 수 있었다.

"당신의 '재능'이 그 일과 무슨 상관이 있는 겁니까?" 그가 다그치듯 물었다.

"그건 타라자 님과 그분의 평의회 의원들만이 알고 계십니다."

"그들은 어떤 식으로든 나를 장악하려고 합니다. 내가 도망칠 수 없는 방법으로!"

루실라도 이미 이런 결론에 도달해 있었지만 그가 이것을 이토록 빨리 알아차릴 거라고는 생각하지 못했다. 던컨의 어린 얼굴 뒤에는 그녀가 아직까지 짐작도 할 수 없는 방식으로 움직이는 정신이 숨어 있었다. 루실라의 머리가 정신없이 빠르게 움직였다.

"모래벌레를 장악하면 과거의 종교를 되살릴 수 있습니다." 루실라 뒤의 문간에서 들려오는 테그의 목소리였다.

'난 그가 다가오는 소리를 듣지 못했어!'

그녀는 재빨리 몸을 돌렸다. 테그는 고대 하코넨의 레이저총 한 정을 왼쪽 팔에 아무렇게나 걸치고 거기에 서 있었다. 총의 총구는 그녀를 향하고 있었다.

"이것은 당신이 반드시 내 말을 듣게 만들기 위해서입니다." 그가 말했다.

"얼마나 오랫동안 거기서 엿듣고 있었던 겁니까?"

화가 나서 노려보는 그녀의 시선에도 그의 표정은 변하지 않았다.

"타라자 님이 던컨에게 원하는 것이 뭔지 당신도 모른다고 인정하던 순간부터입니다. 나도 타라자 님의 생각을 모릅니다. 하지만 멘타트로서 몇 가지 전망을 해볼 수는 있습니다. 아직은 무엇도 확실하지 않지만 모든 전망들이 암시적입니다. 내 생각이 틀렸다면 그렇다고 말하세요."

"무엇에 대해 틀렸다는 겁니까?"

그는 던컨을 살짝 바라보았다. "당신이 받은 명령 중 하나는 그를 대부분의 여성들이 저항할 수 없을 만큼 매력적인 존재로 만들라는 것이었습니다."

루실라는 당혹감을 감추려고 애썼다. 타라자는 이 사실을 가능한 한 오랫동안 테그에게 감춰야 한다고 경고했다. 하지만 이제는 그 사실을 감추는 것이 불가능했다. 테그는 그 저주받을 어머니에게서 전수받은 그 저주받을 능력으로 그녀의 반응을 읽어낸 것이다!

"엄청난 양의 에너지가 모여서 라키스를 겨냥하고 있습니다." 테그가 말했다. 그는 계속 던컨을 바라보며 말을 이었다. "틀레이랙스 인들이 던컨에게 묻어놓은 것이 무엇이든, 그의 유전자 속에는 고대 인류의 특징이 있습니다. 교배 감독관들이 원하는 것이 그것입니까?"

"망할 놈의 베네 게세리트 종마라니!" 던컨이 말했다.

"그 무기로 뭘 어쩔 생각입니까?" 루실라가 테그의 손에 들린 골동품 레이저총을 향해 고갯짓을 하며 물었다.

"이것 말입니까? 난 여기에 충전 카트리지도 넣지 않았습니다." 그는 레이저총을 내려 자기 옆의 구석에 세웠다.

"마일즈 테그, 당신은 처벌을 받을 것입니다!" 루실라가 이를 갈며 말했다.

"그건 나중으로 미뤄야 할 겁니다. 밖에는 지금 거의 밤이 됐습니다. 난 은폐 장치를 쓰고 밖에 나갔다 왔습니다. 부르즈말리가 여길 왔다 갔더군요. 그는 내가 나무에 짐승들이 남기는 흔적처럼 긁어놓은 메시지를 읽었다는 뜻으로 신호를 남겨두었습니다."

던컨의 눈이 갑자기 반짝이며 긴장했다.

"어떻게 할 겁니까?" 루실라가 물었다.

"내가 만날 장소와 시간을 지정하는 새로운 흔적들을 남겨두었습니다. 지금 우리 모두 도서관으로 올라가야 합니다. 그리고 지도를 연구해서 기억 속에 집어넣어야 합니다. 도망칠 때 최소한 위치 정도는 파악할 수 있어야 하니까요."

그녀는 그에게 짧게 고개를 끄덕하는 것으로 인사를 대신했다.

던컨은 그녀의 움직임에 의식의 일부만을 할애했다. 그의 생각은 이미 앞으로 뛰어나가 하코넨 도서관에 있는 그 고대의 장치를 향하고 있었다. 이 비공간 구가 만들어졌을 당시 지에디 프라임의 지도를 불러내면서 루실라와 테그에게 그것의 올바른 사용법을 가르쳐준 사람이 바로 그였다.

테그는 던컨이 골라가 되기 전의 기억을 지침으로 삼고, 이 행성에 대한 좀더 현대적인 자신의 지식을 이용해서 그 지도에 현대의 변화를 반영했다.

그래서 '삼림 경비초소'는 '베네 게세리트 성'이 되었다.

"이 건물의 일부는 하코넨의 사냥용 오두막이었습니다." 그때 던컨은 이렇게 말했다. "그들은 사냥을 위해 특별히 키워서 훈련시킨 인간들을 사냥했습니다."

테그가 지도를 갱신함에 따라 마을들이 사라졌다. 일부 도시들은 계속 남아 있었지만 새로운 이름이 부여되었다. 가장 가까운 대도시인 '이사이'는 원래 지도에서 '바로니(Barony, 원래는 남작의 영지라는 뜻이지만 여기서는 고유명사로 사용되었다—옮긴이)'로 표기되어 있었다.

기억을 떠올리던 던컨의 눈이 냉혹해졌다. "그들이 나를 고문한 곳이 바로 거깁니다."

테그가 이 행성에 대한 기억들을 모두 쏟아놓고 난 후에도 '미상'이라고 표시된 곳이 많았지만, 끝이 둥글게 구부러진 베네 게세리트 상징들이 자주 보였다. 타라자 측 사람들이 테그에게 임시 피난처로 사용할 수 있을 것이라고 말해 준 장소들이었다.

테그는 바로 그 장소들을 기억 속에 담으려고 했다.

테그는 두 사람을 이끌고 도서관으로 가기 위해 몸을 돌리면서 말했다. "우리가 지도를 기억하고 나면 내가 지도를 지워버릴 겁니다. 누가 이곳을 발견해서 조사하게 될지 알 수 없는 노릇이니까요."

루실라가 재빨리 그의 앞으로 나섰다. "그건 당신 책임입니다, 마일즈!" 그녀가 말했다.

테그는 멀어져가는 그녀의 등을 향해 소리쳤다. "멘타트로서 말하건대, 나는 꼭 해야 하는 일을 한 겁니다."

그녀는 고개를 돌리지 않은 채 말했다. "정말 논리적이군요!"

※≋≋

이 방은 듄의 사막 일부를 재현한 곳입니다. 여러분의 바로 앞에 있는 샌드크롤러는 아트레이데스 시대의 것입니다. 그 주위에 몰려서서 여러분의 왼쪽으로부터 시계 방향으로 움직이는 것은 작은 수확기, 캐리올, 원시적인 스파이스 제조기, 그리고 그 밖의 보조 장비들입니다. 각각의 장비들이 있는 자리에 모두 설명이 붙어 있습니다. 이 전시물 위에 밝게 불이 들어와 있는 인용문을 잘 보십시오. '그들이 바다의 풍부한 자원과 모래 속에 숨겨진 보물들을 빨아먹을 것이니.' 저 유명한 거니 할렉은 고대의 종교에서 나온 이 말을 자주 인용했습니다.

—안내문, 다르 에스 발라트 박물관

모래벌레는 땅거미가 지기 직전까지 그 무지막지한 속도를 줄이지 않았다. 그때까지 오드레이드는 자신의 의문들을 모두 검토해 보았지만 여전히 답을 찾지 못했다. 시이나는 어떻게 모래벌레를 통제하는 걸까? 시이나는 자신이 '샤이탄'을 이 방향으로 모는 게 아니라고 말했다. 이 사막의 괴물은 어떤 숨겨진 언어에 반응하고 있는 걸까? 저 위에서 오니솝터를 타고 속도를 맞춰 쫓아오고 있는 수호 자매들도 오드레이드 자신과 똑같은 질문에 덧붙여 또 하나의 질문을 속속들이 검토하고 있을 터였다.

그 또 하나의 질문이란, '오드레이드는 왜 이 질주를 멈추지 않는가?' 하는 것이었다.

어쩌면 그들은 결과를 운에 맡긴 채 몇 가지 추측을 내놓기도 할 것이다. '저 짐승을 방해할까 봐 우리를 불러들이지 않는 거겠지. 우리가 자신의 일행을 저 괴물의 등에서 쏙 빼낼 수 있을 거라고 믿지 않는 거야.'

진실은 이보다 훨씬 더 단순했다. 바로 호기심.

쉿쉿 소리를 내며 지나가는 벌레의 모습은 바다의 물결을 헤치고 불쑥 솟아오르는 배 같았다. 그러나 과열된 모래에서 나오는 건조한 부싯돌 냄새가 바람에 실려 그들을 휩쓸고 지나가면서 사실은 그렇지 않다는 것을 알려주었다. 지금 그들 주위에 펼쳐져 있는 것은 광활한 사막뿐이었다. 고래등같은 모래 언덕들이 바다의 파도처럼 규칙적인 간격으로 몇 킬로미터에 걸쳐 펼쳐져 있었다.

와프는 오랫동안 말이 없었다. 그는 자그마한 몸으로 오드레이드처럼 웅크리고 앉아 있었다. 똑바로 앞을 바라보는 얼굴에는 표정이 전혀 없었다. 그가 침묵에 빠지기 전에 한 말은 이런 것이었다.

"신께서는 우리가 시련을 겪을 때 믿는 자들을 지켜주십니다!"

오드레이드가 보기에 그는 아주 강력한 광신이 오랜 세월 동안 살아남을 수 있다는 산 증거였다. 젠수니와 과거의 수피가 틀레이랙스에서 살아남았다. 그것은 마치 수천 년 동안 내내 잠복하면서 자신에게 딱 맞는 숙주를 기다리는 치명적인 병원균 같았다.

'내가 라키스의 사제들에게 심어놓은 씨앗은 앞으로 어떻게 될까?' 오드레이드는 속으로 질문을 던졌다. 시이나가 성인으로 추앙받을 것임은 확실했다.

시이나는 샤이탄의 체절 위에 앉아 있었다. 그녀의 로브가 위로 끌어 올려져 가느다란 정강이가 드러났다. 그녀는 다리 사이로 양손을 모아 체절을 움켜쥐고 있었다.

그녀는 자신이 처음 벌레를 탔을 때 벌레가 곧장 킨으로 향했다고 말했다. 왜 그곳으로 갔을까? 그녀를 그저 동족인 인간들에게로 데려다주었을 뿐일까?

지금 그들이 타고 있는 녀석은 확실히 다른 목적을 갖고 있었다. 시이나는 더 이상 질문을 던지지 않았지만, 그건 따지고 보면 오드레이드가 그녀에게 입을 다물고 얕은 황홀경을 연습하라고 했기 때문이었다. 그렇게 하면 적어도 그녀가 이번 일을 아주 사소한 점까지 하나도 놓치지 않고 기억 속에서 쉽게 확실히 불러낼 수 있게 될 터였다. 시이나와 벌레 사이에 숨겨진 언어가 있다면 교단이 나중에 그것을 찾아낼 것이다.

오드레이드는 지평선을 응시했다. 사리르를 둘러싸고 있던 고대 장벽의 기초 부분 잔해가 겨우 몇 킬로미터 앞에 있었다. 그 벽에서 생긴 기다란 그림자가 모래 언덕들 위에 가로누워, 그 벽의 잔해가 생각보다 더 높다는 사실을 알려주었다. 벽은 이제 부서지고 깨어진 상태였고, 기초 부분을 따라 커다란 돌덩이들이 흩어져 있었다. 폭군이 다리에서 아이다호 강으로 굴러떨어졌던 그 좁은 길은 그들의 오른쪽으로 한참 떨어진 곳에 있었다. 그들이 가고 있는 길에서 적어도 3킬로미터는 떨어진 곳이었다. 지금 그곳을 흐르는 강은 없었다.

와프가 그녀의 옆에서 몸을 조금 움직였다. "저는 당신의 부름을 기다립니다, 신이시여. 당신의 신성한 곳에서 엔티오의 와프가 기도드립니다." 그가 말했다.

오드레이드는 고개를 움직이지 않은 채 눈동자만 굴려 그를 보았다.

'엔티오?' 그녀의 '다른 기억들'은 엔티오라는 사람을 알고 있었다. 그는 듄이 생기기 훨씬 전인 위대한 젠수니의 방랑기에 한 부족의 지도자였다. 이건 뭔가? 이 틀레이랙스 인들은 고대의 어떤 기억들을 생생하게 보존하고 있는 거지?

시이나가 침묵을 깼다. "샤이탄이 속도를 늦추고 있어요."

고대에 만들어진 벽의 잔해가 그들의 길을 가로막았다. 벽은 가장 높은 모래 언덕들 위로 적어도 50미터쯤 솟아 있었다. 모래벌레가 오른쪽으로 약간 방향을 틀더니 머리 위에 탑처럼 솟아 있는 두 개의 거대한 돌덩이 사이로 움직였다. 그리고 멈춰 섰다. 체절이 있는 녀석의 기다란 등이 벽의 기초가 대부분 고스란히 남아 있는 부분과 평행을 이루고 있었다.

시이나가 일어서서 장벽을 바라보았다.

"여긴 뭡니까?" 와프가 머리 위를 선회하는 오니숍터들의 소리를 이기기 위해 목소리를 높여 물었다.

오드레이드는 체절을 움켜쥐고 있느라 지쳐가던 손가락을 풀어 움직여보았다. 그리고 계속 무릎을 꿇은 채 주위를 유심히 살펴보았다. 굴러내린 돌덩이들의 그림자가 흘러내린 모래와 작은 바위들 위로 단단한 선을 그렸다. 겨우 20미터도 떨어지지 않은 거리에서 바라보니 벽에 있는 틈새들이 보였다. 고대의 기초 안쪽을 향한 어두운 구멍들이었다.

와프는 일어서서 손을 문질렀다.

"우리를 왜 이곳으로 데려온 걸까요?" 그가 물었다. 푸념하는 것 같은 기색이 희미하게 묻어 있는 목소리였다.

벌레가 몸을 움찔했다.

"샤이탄은 우리가 내리기를 바라고 있어요." 시이나가 말했다.

'저 아이가 그걸 어떻게 아는 거지?' 오드레이드는 속으로 질문을 던졌다. 벌레의 움직임은 그 위에 타고 있는 사람들이 휘청거릴 정도는 아니었다. 어쩌면 오랜 여행 끝에 벌레의 몸이 혼자서 반사 작용을 한 것일 수도 있었다.

그러나 시이나는 고대에 세워진 벽의 기초를 향해 돌아서서 곡선을 그리고 있는 벌레의 몸 위에 주저앉더니 미끄러져 내려갔다. 그녀는 몸을 웅크린 자세로 부드러운 모래 위에 착지했다.

오드레이드와 와프는 앞으로 옮겨 가서 시이나가 힘겨운 걸음걸이로 모래 위를 걸어 벌레의 앞쪽으로 움직이는 모습을 홀린 듯이 바라보았다. 그곳에서 시이나는 양손을 엉덩이에 얹고 쩍 벌어진 벌레의 입 앞에 마주 섰다. 안쪽에 숨겨진 불꽃들이 시이나의 어린 얼굴에 오렌지색 불빛을 비췄다.

"샤이탄, 왜 우리를 여기로 데려온 거지?" 시이나가 다그치듯 물었다.

벌레가 또다시 몸을 움찔했다.

"두 분 모두 그 위에서 내려오래요." 시이나가 소리쳤다.

와프는 오드레이드를 바라보았다. "신께서 그대가 죽기를 원하신다면, 그대의 발걸음을 그대가 죽을 장소로 이끄시리라."

오드레이드는 샤리아트에 나오는 구절을 의역해서 그에게 돌려주었다. "모든 일에서 신의 사자에게 복종하라."

와프는 한숨을 쉬었다. 그의 얼굴에는 의혹의 표정이 역력했다. 그러나 그는 몸을 돌려 먼저 벌레의 몸에서 내려가 오드레이드보다 앞서서 땅에 착지했다. 그들은 시이나가 했던 것처럼 벌레의 앞쪽으로 움직였다. 오드레이드는 모든 감각을 잔뜩 곤두세운 채 시이나에게 시선을 고정했다.

쩍 벌어진 벌레의 입 앞은 훨씬 더 더웠다. 멜란지의 익숙하고 자극적인 냄새가 주위의 공기를 가득 채웠다.

"저희가 왔습니다, 신이시여." 와프가 말했다.

그의 종교적 경외감에 적잖이 질려가고 있던 오드레이드는 주위를 흘 깃 둘러보았다. 산산이 부서진 바위들, 침식된 모습으로 어둑어둑한 하 늘을 향해 솟아 있는 장벽, 세월의 상흔을 간직한 바위 위로 경사를 그리 고 있는 모래, 벌레의 몸속에 있는 불꽃에서 천천히 뭉클뭉클 솟아 나오 는 타는 듯한 열기.

'여기가 도대체 어디지? 여기에 무슨 특별한 것이 있기에 벌레의 목적 지가 된 걸까?' 오드레이드는 속으로 질문을 던졌다.

그들을 관찰하고 있는 오니숍터 중 네 대가 줄지어 머리 위를 지나갔 다. 그들의 날개 소리와 쉿쉿거리는 제트 엔진 소리가 우르릉거리는 벌 레의 소리를 순간적으로 지워버렸다.

'저들더러 아래로 내려오라고 할까?' 오드레이드는 생각했다. 그들에 게 수신호만 보내면 될 일이었다. 그러나 그녀는 양손을 들어 올려 관찰 자들에게 계속 높이 떠 있으라는 신호를 보냈다.

저녁의 서늘한 기운이 이제 모래 위에 내려와 있었다. 오드레이드는 부르르 몸을 떨면서 자기 몸의 신진대사를 새로운 환경에 맞춰 조정했 다. 시이나가 옆에 있는 한 모래벌레가 자기들을 집어삼키지는 않을 거 라는 확신이 들었다.

시이나가 벌레에게 등을 돌리며 말했다. "샤이탄은 우리가 여기에 있 기를 원하고 있어요."

그녀의 말이 명령이라도 되는 것처럼 벌레가 머리를 그들에게서 먼 쪽으로 비틀더니 여기저기 흩어져 있는 거대한 바위들 사이로 미끄러져 가버렸다. 녀석이 속도를 올리며 사막으로 돌아가는 소리가 들렸다.

오드레이드는 고대에 세워진 벽의 기초를 마주 보는 자세로 섰다. 곧 어둠이 내릴 테지만 위도가 높은 사막에서는 땅거미가 길기 때문에 아직 충분한 빛이 남아 있어서 모래벌레가 왜 자신들을 이곳으로 데려왔는지 조금이나마 찾아볼 수 있을 것 같기도 했다. 오른쪽에 있는 바위벽의 길쭉한 틈새부터 조사를 시작해도 좋을 것 같았다. 와프가 내는 소리에 의식의 일부를 계속 고정한 채 오드레이드는 그 어두운 구멍을 향해 모래로 덮인 경사면을 기어올랐다. 시이나가 그녀와 보조를 맞췄다.

"우리를 왜 이곳으로 데려왔을까요, 대모님?"

오드레이드는 고개를 흔들었다. 와프가 뒤를 따라오는 소리가 들렸다.

그녀의 바로 앞에 있는 틈새는 어둠 속으로 향하는 어두운 구멍이었다. 오드레이드는 움직임을 멈추고 시이나를 자기 옆에 붙들어두었다. 그녀는 구멍의 너비가 약 1미터이고 길이는 너비의 약 네 배쯤 된다고 판단했다. 바위로 된 양쪽 측면은 이상할 정도로 매끄러웠다. 마치 인간이 바위를 갈아서 다듬어놓은 것 같았다. 구멍 속에는 모래가 흘러 들어가 있었다. 지고 있는 태양의 빛이 모래에 반사되어 구멍의 한쪽 측면을 황금빛으로 물들였다.

와프가 그들의 뒤에서 말했다. "여긴 뭡니까?"

"오래된 동굴들이 많아요. 프레멘들은 자기들의 스파이스를 동굴에 숨겼어요." 시이나는 코로 깊이 숨을 들이쉬며 말을 이었다. "이 냄새 느껴지세요, 대모님?"

이곳에서 분명히 멜란지 냄새가 난다는 점에 오드레이드도 동의했다.

와프가 오드레이드의 옆을 지나쳐 틈새 안으로 들어갔다. 그는 그곳에서 방향을 돌리더니 벽들이 머리 위에서 날카로운 각도를 이루며 만나는 지점을 올려다보았다. 오드레이드와 시이나를 향해 돌아선 그는 벽에 시선을 고정한 채 뒷걸음질로 더욱 깊숙이 안으로 들어갔다. 오드레이드와 시이나는 그에게 가까이 다가갔다. 갑자기 쉿쉿거리며 모래 쏟아지는 소리가 들리더니 와프가 시야에서 사라져버렸다. 그리고 바로 그 순간에 오드레이드와 시이나 주위의 모래가 전부 앞으로 미끄러지며 틈새 안으로 들어와 두 사람을 휩쓸어버렸다. 오드레이드는 시이나의 손을 움켜쥐었다.

"대모님!" 시이나가 소리쳤다.

그 소리가 보이지 않는 바위벽에 부딪혀 메아리쳤다. 두 사람은 쏟아지는 모래 속에서 긴 경사로를 미끄러져 내려가 모든 것을 묻어버리는 어둠 속으로 들어갔다. 모래는 마지막으로 부드럽게 씻어 내리듯 움직이며 그들을 멈춰 세웠다. 무릎까지 모래에 파묻힌 오드레이드는 모래에서 다리를 빼내면서 시이나를 단단한 표면 위로 함께 끌어 올렸다.

시이나가 뭐라고 말을 하려 했지만 오드레이드가 먼저 입을 열었다. "쉿! 잘 들어봐!"

왼쪽에서 뭔가가 긁히는 것 같은 소란스러운 소리가 들려왔다.

"와프?"

"허리까지 모래에 파묻혔습니다." 그의 목소리에 공포가 배어 있었다.

오드레이드가 건조한 목소리로 말했다 "신께서 그런 것을 원하시는 모양입니다. 살살 몸을 빼내세요. 우리 발밑은 바위 같습니다. 살살 하세요! 또다시 모래사태를 일으켜서는 안 됩니다."

눈이 어둠에 적응하자 오드레이드는 자신들이 굴러 내려온 모래의 경사면을 올려다보았다. 그들이 들어왔던 구멍은 머리 위 높은 곳 저 멀리에서 어슴푸레한 황금색 틈새처럼 보였다.

"대모님, 무서워요." 시이나가 속삭였다.

"'공포에 맞서는 기도문'을 외워라. 그리고 가만히 있어. 우리가 여기 있다는 걸 우리편 사람들이 알고 있다. 그들이 우리를 꺼내줄 거야." 오드레이드가 말했다.

"신께서 우리를 이곳으로 데려오신 겁니다." 와프가 말했다.

오드레이드는 대답하지 않았다. 침묵 속에서 그녀는 입을 꾹 다물고 높은 음색으로 휘파람을 분 다음 메아리 소리에 귀를 기울였다. 그 결과 이곳이 커다란 공간이며 뒤쪽에 뭔가 나지막한 장애물이 있음을 알 수 있었다. 그녀는 좁은 틈새를 등지고 서서 또다시 휘파람을 불었다.

그 나지막한 장벽은 약 100미터 떨어진 곳에 있었다.

오드레이드는 시이나의 손을 놓았다. "여기 꼼짝 말고 있어라. 와프?"

"오니솝터 소리가 들립니다." 그가 말했다.

"그 소리는 우리 셋 다 들을 수 있습니다. 그들이 착륙하고 있군요. 곧 우리를 도우러 올 겁니다. 그때까지 제자리에 그대로 서서 조용히 하세요. 내겐 지금 침묵이 필요합니다."

휘파람을 불고 메아리 소리에 귀를 기울이며 오드레이드는 조심스러운 걸음걸이로 어둠 속을 향해 더 깊이 나아갔다. 길게 내뻗은 손에 거친 바위의 표면이 닿았다. 그녀는 그것을 손으로 만져보았다. 겨우 허리 높이 정도였다. 그 너머에서는 아무것도 만져지지 않았다. 휘파람 소리의 메아리로 판단하건대, 저 안쪽의 공간은 더 작고 일부가 벽으로 둘러싸여 있었다.

그녀의 뒤쪽 높은 곳에서 누군가가 소리쳤다. "대모님! 거기에 계십니까?"

오드레이드는 몸을 돌리고 손을 컵 모양으로 오므려 입에 갖다 대며 소리쳤다. "뒤로 물러나 계세요! 우린 모래가 무너지면서 동굴 깊숙이 들어왔습니다. 불빛과 긴 밧줄을 가져오세요."

아주 작고 어두운 사람의 모습이 멀리 보이는 구멍에서 뒤로 물러나 사라졌다. 저 위에서는 빛이 점점 희미해지고 있었다. 그녀는 오므린 손을 내리고 어둠을 향해 말했다.

"시이나? 와프? 나를 향해 열 발짝쯤 걸어와서 기다리세요."

"여기가 어디죠, 대모님?" 시이나가 물었다.

"성급하게 굴지 마라, 아이야."

낮게 중얼거리는 소리가 와프에게서 흘러나왔다. 오드레이드는 고대의 이슬라미야트에서 나온 단어들을 알아들었다. 그는 기도하고 있었다. 와프는 자신의 출신을 그녀에게 숨기려는 노력을 이미 완전히 그만두었다. 잘된 일이었다. 믿는 자는 그녀가 보호 선교단의 달콤한 과자들을 집어넣을 수 있는 그릇과도 같았다.

한편, 모래벌레가 데려다준 이 장소의 가능성도 오드레이드를 흥분시켰다. 바위 장벽에 갖다 댄 한 손을 안내인으로 삼아 그녀는 왼쪽으로 나아가며 주위를 탐색했다. 장벽의 꼭대기에는 군데군데 상당히 매끄러운 부분이 있었다. 그리고 꼭대기 전체는 그녀에게서 멀어지는 방향으로 안을 향해 경사를 그리고 있었다. '다른 기억들'이 갑작스레 하나의 추측을 제시했다.

'집수 웅덩이!'

이곳은 프레멘들이 물을 저장하던 웅덩이였다. 오드레이드는 깊이 숨을 들이쉬며 습기가 있는지 시험해 보았다. 공기는 돌처럼 건조했다.

밝은 빛이 틈새로부터 아래를 향해 찌르듯이 내려와 어둠을 몰아냈다. 구멍에서 누군가가 소리쳤다. 오드레이드는 그것이 자매들 중 한 사람의 목소리임을 알 수 있었다.

"대모님 일행이 보입니다!"

오드레이드는 나지막한 장벽에서 뒤로 물러나 고개를 돌리며 사방을 유심히 둘러보았다. 와프와 시이나는 약 60미터 떨어진 곳에 서서 주위를 뚫어지게 응시하고 있었다. 이 방은 대체적으로 원형이었으며, 지름은 약 200미터 정도였다. 바위로 이루어진 둥근 천장이 머리 위 높은 곳에서 아치를 그리고 있었다. 그녀는 옆에 있는 나지막한 장벽을 조사해 보았다. 그래, 프레멘의 집수 웅덩이였다. 그녀는 중앙에 있는 작은 바위섬을 알아볼 수 있었다. 사로잡은 모래벌레를 언제라도 물속에 빠뜨릴 수 있게 놓아두는 곳이었다. 벌레가 고통스럽게 몸을 뒤틀며 죽어가는 와중에 프레멘의 잔치에 불을 당겨 주는 그 스파이스 독약이 만들어지는 모습을 '다른 기억들'이 재현해 보여주었다.

웅덩이의 저 건너편에는 나지막한 아치에 둘러싸인 또 하나의 어둠이 자리 잡고 있었다. 그녀는 바람덫에서 이곳으로 물이 운반되던 방수로를 알아볼 수 있었다. 저 뒤에 더 많은 집수 웅덩이들이 있을 터였다. 고대의 한 부족을 위해 엄청난 수분을 저장할 수 있도록 설계된 집수 웅덩이 단지인 셈이었다. 그녀는 이제 이곳의 이름을 알 수 있었다.

"타브르 시에치." 오드레이드는 속삭이듯 중얼거렸다.

이 이름이 홍수처럼 쏟아지는 유용한 기억들에 불을 붙였다. 이곳은 무앗딥의 시대에 스틸가가 다스리던 곳이었다. '그 벌레가 왜 우리를 타브르 시에치로 데려온 거지?'

예전에 한 벌레는 시이나를 도시 킨으로 데려갔다. 다른 사람들에게 그녀의 존재를 알리려고? 그렇다면 이곳에서 알아내야 할 것이 무엇인가? 저 뒤의 어둠 속에 사람들이 있는 건가? 오드레이드는 그쪽 방향에서 생명의 낌새를 전혀 감지하지 못했다.

구멍에 있는 그녀의 자매가 생각을 방해했다. "다르 에스 발라트에서 밧줄을 가져오라고 할 수밖에 없었습니다! 박물관 사람들 말로는 여기가 아마 타브르 시에치일 거랍니다! 그들은 이곳이 파괴되었다고 생각했답니다!"

"내가 이곳을 살펴볼 수 있게 불빛을 내려보내세요." 오드레이드가 소리쳤다.

"사제들은 우리가 이곳을 그대로 남겨두고 떠나야 한답니다!"

"빛을 내려보내요!" 오드레이드가 고집스럽게 소리쳤다.

이윽고 검은 물체 하나가 모래를 조금 흐트러뜨리면서 모래의 경사면을 굴러 내려왔다. 오드레이드는 시이나에게 재빨리 달려가서 그것을 가져오라고 했다. 스위치를 누르자 밝은 광선이 집수 웅덩이 뒤의 어두운 아치를 향해 창처럼 뻗어 나갔다. '그래, 저쪽에 웅덩이가 더 있군.' 그리고 앞쪽 웅덩이 옆에는 바위를 파서 만든 좁은 계단이 있었다. 계단은 위를 향해 방향을 틀면서 그녀의 시야에서 점점 벗어났다.

오드레이드는 몸을 굽히고 시이나의 귓가에 속삭였다. "와프를 잘 지켜보아라. 그가 우리 뒤를 따라서 움직이면 소리를 질러."

"네, 대모님. 우리는 지금 어디로 가는 거예요?"

"난 이곳을 살펴봐야 해. 녀석이 나를 이곳으로 데려온 데에는 목적이 있다." 그녀는 목소리를 높여 와프에게 말했다. "와프, 그곳에서 밧줄이 올 때까지 기다려주십시오."

"둘이서 뭘 소곤거린 겁니까? 왜 내가 기다려야 하죠? 당신들 지금 뭘 하는 겁니까?" 그가 다그치듯 물었다.

"난 기도를 하고 있었습니다. 이제 난 이 순례 여행을 반드시 혼자서 계속해야 합니다." 오드레이드가 말했다.

"왜 혼자 해야 한다는 겁니까?"

그녀는 이슬라미야트의 고대 언어로 말했다. "그렇게 쓰여 있습니다."

'이 말이 그를 막았어!'

오드레이드는 앞장서서 빠른 걸음으로 바위 계단을 향해 나아갔다.

시이나가 오드레이드 옆에서 종종걸음을 치며 말했다. "사람들에게 이곳에 대해 얘기해 줘야 해요. 고대 프레멘들의 동굴은 샤이탄으로부터 안전해요."

"조용히 해라, 아이야." 오드레이드가 말했다. 그녀는 불빛으로 계단 위를 비춰보았다. 계단은 바위를 뚫고 곡선을 그리다가 저 위쪽에서 오른쪽으로 날카로운 각도를 그리고 있었다. 오드레이드는 망설였다. 이번 모험이 시작될 때 느꼈던 위험의 경고가 더욱 강렬하게 되돌아왔다. 그녀의 내면에서 그 느낌을 거의 손으로 만질 수도 있을 것 같았다.

'저 위에 뭐가 있는 거지?'

"여기서 기다려라, 시이나. 와프가 내 뒤를 따라오지 못하게 해." 오드레이드가 말했다.

"내가 어떻게 저 사람을 막을 수 있어요?" 시이나는 두려운 시선으로 와프가 서 있는 쪽을 흘깃 뒤돌아보았다.

"그가 여기 남아 있는 것이 신의 뜻이라고 해. 이런 식으로 말하는 거야……." 오드레이드는 시이나에게 가까이 몸을 구부리고 와프가 믿는 고대 언어의 단어들을 반복해서 들려주었다. 그리고 말을 이었다. "다른 말은 절대 하지 마라. 그가 지나가려 하면 그의 앞을 막고 서서 이 말을 반복해."

시이나는 낯선 단어들을 소리 없이 중얼거렸다. 그녀가 그 말을 외웠다는 것을 오드레이드는 알 수 있었다. 이 아이는 아주 영리했다.

"그는 널 두려워하고 있다. 널 해치려 하지는 않을 거야." 오드레이드가 말했다.

"네, 대모님." 시이나는 몸을 돌리고 가슴에 팔짱을 낀 다음 저편의 와프를 바라보았다.

오드레이드는 빛으로 앞을 비추면서 바위 계단을 올라갔다. '타브르 시에치라니! 우리를 위해 여기에 어떤 놀라운 일을 남겨두었지, 늙은 벌레?'

계단 꼭대기에 있는 길고 낮은 복도에서 오드레이드는 사막의 기후 때문에 미라가 된 시체들을 처음으로 만났다. 시체는 다섯 구였다. 남자 둘, 여자 셋. 신원을 알 수 있는 표식이나 옷가지는 전혀 없었다. 완전히 벌거벗겨진 그들을 사막의 건조함이 보존해 두었다. 수분이 빠져나가면서 피부와 살이 뼈 주위로 단단하게 모여들었다. 시체들은 줄지어 벽에 기대어져 있었는데, 그들의 발이 통로를 가로질러 뻗어 있었다. 오드레이드는 이 무시무시한 장애물들을 하나하나 넘어가는 수밖에 없었다.

그녀는 앞으로 나아가면서 불빛으로 시체 하나하나를 비춰보았다. 그들은 거의 똑같은 방식으로 칼에 찔린 상처를 갖고 있었다. 아치형의 흉골 바로 아래쪽에서 위를 향해 누군가가 칼을 밀어 넣은 상처였다.

'의식을 위해 죽인 건가?'

말라서 주름이 잡힌 살이 상처 부위에서 뒤로 물러나면서 검은 점 같은 흔적이 남았다. 이 시체들은 프레멘 시대의 것이 아님을 오드레이드는 알아차렸다. 프레멘의 죽음의 증류기는 시체에서 물을 회수하기 위해 살을 모두 재로 만들어버리곤 했다.

오드레이드는 불빛으로 앞을 살펴보며 걸음을 멈추고 자신의 입장을 생각해 보았다. 시체를 발견하면서 위험하다는 감각이 더욱 강렬해졌다. '무기를 가져올걸 그랬어.' 그러나 그랬다면 틀림없이 와프의 의심을 샀을 터였다.

　내면에서 끈질기게 들려오는 경고를 피할 수 없었다. 이 타브르 시에 치의 유적은 위험했다.

　그녀가 들고 있는 불빛에 복도 끝에 있는 또 다른 계단이 드러났다. 오드레이드는 조심스럽게 앞으로 나아갔다. 계단의 첫 번째 단에 서서 그녀는 빛으로 위를 비추며 살펴보았다. 계단 각각의 높이가 아주 낮았다. 조금만 올라가면 바위가 더 있었다. 그 위의 공간은 더 넓었다. 오드레이드는 몸을 돌려 손에 든 칼날 같은 빛으로 이쪽 복도를 살펴보았다. 깨진 자국과 불에 탄 흔적이 바위벽에 상처처럼 남아 있었다. 다시 그녀는 계단을 올려다보았다.

　'저 위에 뭐가 있을까?'

　위험이 강하게 느껴졌다.

　천천히 한 걸음씩 발을 떼다가 자주 걸음을 멈춰가며 오드레이드는 계단을 올랐다. 천연 암석을 잘라 만든 더 커다란 통로가 나왔다. 그리고 더 많은 시체들이 그녀를 맞았다. 이들은 최후의 순간의 흐트러진 모습 그대로 팽개쳐져 있었다. 이번에도 역시 옷을 전혀 입지 않은, 미라처럼 변해 버린 시체들뿐이었다. 그들은 더 넓은 통로를 따라 흩어져 있었다. 20구였다. 그녀는 그들 사이를 누비며 나아갔다. 아래층에 있던 5구의 시체와 똑같은 방식으로 칼에 찔린 시체들이 몇 구 있었다. 칼에 베이고 난도질을 당한 후 레이저총의 광선에 타버린 시체도 있었다. 머리가 잘린 시체도 한 구 있었는데, 피부가 가면처럼 뒤덮인 두개골이 마치 무시무시한 게임에서 쓰이다가 버려진 공처럼 통로 벽에 기대어져 있었다.

　이번의 새로운 통로는 앞으로 똑바로 뻗어 있었고, 양편에는 작은 방으로 통하는 입구들이 있었다. 그녀는 작은 방들에 빛을 비추며 조사해 보았지만 가치 있는 것을 하나도 발견하지 못했다. 여기저기 흩어져 있는 스파이스 섬유 몇 가닥과 바위가 녹아서 흘러내린 조그마한 자국 등이 있었고 바닥과 벽, 천장이 녹아 거품 모양으로 굳어진 모습도 가끔 보였다.

'무슨 일이 있었던 거지?'

일부 방의 바닥에서 상황을 암시해 주는 자국들이 보였다. 피가 흐른 자국인가? 한 방의 구석에는 갈색 천이 자그마한 언덕을 이루며 쌓여 있었다. 오드레이드의 발밑에는 찢어진 천 조각들이 흩어져 있었다.

먼지가 있었다. 사방이 먼지투성이였다. 그녀의 발걸음을 따라 먼지가 일었다.

통로는 아치형 입구에서 끝났고, 아치형 입구는 깊숙이 뻗은 선반 모양의 공간으로 통했다. 그녀는 선반 너머로 빛을 비춰보았다. 거대한 방이었다. 아래층에 있는 방보다 훨씬 더 컸다. 곡선을 그리고 있는 천장은 너무 높아서 이 천장이 바위로 된 거대한 벽의 기초 부분까지 이어져 있음을 알 수 있었다. 폭이 넓고 높이가 낮은 계단들이 선반에서 방의 바닥까지 이어져 있었다. 오드레이드는 머뭇거리며 계단을 내려가 바닥에 섰다. 그리고 불빛을 한 바퀴 돌리며 방 전체를 살펴보았다. 다른 통로들이 이 거대한 방에서 밖을 향해 뻗어 있었다. 일부 통로는 돌로 막혀 있었는데, 그 돌덩이들이 뜯기듯 떨어져 나와 선반 위와 엄청나게 넓은 방 바닥에 흩어져 있는 것이 보였다.

오드레이드는 공기의 냄새를 맡아보았다. 그녀의 움직임 때문에 일어난 먼지에 실려 틀림없는 멜란지 냄새가 풍겨왔다. 그 냄새가 위험에 대한 그녀의 감각을 헤집었다. 그녀는 이곳을 떠나 다른 사람들이 있는 곳으로 서둘러 돌아가고 싶었다. 그러나 위험은 봉화와 같았다. 그녀는 그

봉화가 어디로 이어져 있는지 알아내야 했다.

어쨌든 이제는 여기가 어디인지 알 것 같았다. 이곳은 타브르 시에치의 커다란 회의실이었다. 프레멘의 스파이스 잔치와 부족 집회가 수도 없이 열렸던 곳. 스틸가 나입이 이곳을 지배했다. 거니 할렉도 여기에 온 적이 있었다. 레이디 제시카. 폴 무앗딥. 가니마의 어머니인 챠니. 이곳에서 무앗딥은 자신의 전사들을 훈련시켰다. 원래의 던컨 아이다호도 여기 있었다……. 그리고 최초의 아이다호 골라도!

'왜 우리를 여기로 데려온 걸까? 이 위험하다는 느낌은 뭐지?'

이곳이었다, 바로 이곳이었다! 그녀는 그것을 느낄 수 있었다.

이곳에 폭군은 스파이스를 숨겨두었다. 베네 게세리트 기록에 의하면 스파이스가 이 방을 천장까지 가득 채우고도 모자라 주위를 둘러싼 통로들 중 여러 곳을 차지했다고 했다.

오드레이드는 몸을 돌리며 빛이 향하는 방향을 눈으로 좇았다. 저기 저곳은 나입들의 바위였다. 그리고 저곳, 더 깊숙한 곳의 바위는 무앗딥이 지정한 제국 바위였다.

'그리고 저쪽은 내가 들어온 아치형 입구로군.'

그녀는 바닥에 빛을 비춰보며 수색자들이 폭군의 엄청난 스파이스를 더 많이 찾아내기 위해 바위를 쪼개고 태운 흔적들을 보았다. 물고기 웅변대가 그 스파이스를 대부분 가져갔다. 저 유명한 시오나의 남편이었던 아이다호 골라가 멜란지가 숨겨진 장소를 찾아냈던 것이다. 기록에 의하면 그 후에 찾아온 사람들이 가짜 벽 뒤와 바닥 밑에서 숨겨진 멜란지를 더 많이 찾아냈다고 했다. 사실로 인정된 보고서들이 많이 있었고, '다른 기억들'도 그것을 확인했다. 기근시대에는 절박한 상황에 몰린 사람들이 이곳을 찾아내는 바람에 이곳에서 폭력 사태가 일어났다. 아마

시체가 있는 것은 그 때문일 것이다. 그때에는 많은 사람들이 타브르 시에치를 수색해 볼 기회만이라도 얻기 위해 싸움을 벌였다.

오드레이드는 지금까지 배워온 대로 위험을 알리는 자신의 감각을 길잡이로 사용하려고 애썼다. 과거의 폭력 사태가 남긴 독기가 수천 년이 지난 지금에도 저 바위들에 달라붙어 있는 걸까? 그녀가 받은 경고는 그런 것이 아니었다. 그 경고는 뭔가 시간적으로 아주 가까운 일에 대한 것이었다. 오드레이드의 왼발에 바닥의 울퉁불퉁한 부분이 감지되었다. 빛을 비춰보니 먼지 속에서 검은 선이 보였다. 그녀가 발로 먼지를 흩어버리자 글자가 하나 모습을 드러냈고, 곧 흐르는 듯한 필체로 낙인처럼 새겨진 단어 전체가 모습을 드러냈다.

오드레이드는 처음에는 소리 없이, 그다음에는 소리를 내서 그 단어를 읽었다.

"아라펠."

그녀는 이 단어를 알고 있었다. 폭군 시대의 대모들은 이 단어를 베네 게세리트의 의식 속에 각인시켰다. 그리고 이 단어의 어원이 가장 오래된 고대까지 거슬러 올라간다는 것을 밝혀냈다.

'아라펠: 우주의 종말에 나타나는 구름의 어둠.'

오드레이드는 내면의 경고가 가쁘게 숨을 몰아쉬며 쌓여가는 것을 느꼈다. 그 경고는 이 하나의 단어에 초점을 맞추고 있었다.

'폭군의 신성한 심판. 신성한 심판의 구름의 어둠!' 사제들은 이 단어를 이렇게 설명했다.

그녀는 단어의 윤곽을 따라 밖을 향해 움직이며 단어를 노려보았다. 글자 끝의 둥글게 구부러진 부분이 점점 희미해지다가 자그마한 화살표와 이어져 있는 것이 보였다. 그녀는 화살표가 가리키는 방향을 바라보왔다. 누군가가 이미 전에 이 화살표를 보았는지 화살표가 가리키는 방향의 바위가 베어져 있었다. 오드레이드는 그 누군가의 연소기 때문에 바위가 녹아서 바닥의 색깔이 더 어둡게 변해 있는 곳으로 다가갔다. 바위가 녹아서 흐른 자국이 여러 개의 손가락 같았다. 연소기에 의해 바위 속 깊숙이 뚫린 구멍 하나마다 손가락도 하나였다.

오드레이드는 몸을 구부려 각각의 구멍에 빛을 비춰보았다. 아무것도 없었다. 그녀는 경고로 인한 두려움 위에 보물 사냥꾼 같은 흥분이 겹쳐지는 것을 느꼈다. 한때 이 방에 있던 보물의 양은 상상도 할 수 없을 정도였다. 과거 상황이 가장 나빴던 시기에 손으로 들 수 있는 짐가방만큼의 스파이스가 있으면 행성 하나를 살 수 있었다. 그런데 물고기 웅변 대원들은 사소한 승강이와 엄청난 판단 착오, 그리고 역사 속에 기록될 수도 없을 만큼 하찮고 평범한 어리석은 짓들로 인해 이곳에 숨겨진 스파이스를 함부로 낭비해 버리고 말았다. 틀레이랙스가 멜란지의 독점 상태를 깨뜨렸을 때, 물고기 웅변대는 익스와의 동맹을 기꺼이 받아들였다.

'이곳을 찾아온 사람들이 스파이스를 모두 찾아낸 걸까? 폭군은 놀라울 정도로 영리했어.'

'아라펠이라.'

'우주의 끝.'

그가 억겁의 세월을 넘어 지금의 베네 게세리트에게 뭔가 메시지를 보낸 건가?

그녀는 다시 빛으로 방 안을 둘러본 후 위를 향해 빛을 비췄다.

머리 위의 천장은 거의 완벽한 반구형이었다. 타브르 시에치의 입구에서 보이는 밤하늘을 본뜬 천장이기 때문이었다. 그러나 이곳 최초의 행성학자였던 리에트 카인즈의 시대에도 저 천장에 원래 그려져 있던 별들은 이미 사라지고 없었다. 소규모 지진으로 인해 바위가 조금씩 떨어져 나온 데다 일상생활 속에서 바위가 마모된 탓이었다.

오드레이드의 호흡이 가빠졌다. 위험이 이처럼 크게 느껴진 적은 처음이었다. 위험을 알리는 봉화가 그녀의 내면에서 빛을 발했다! 재빨리 그녀는 자신이 바닥으로 내려올 때 이용했던 계단을 향해 곧장 종종걸음을 쳤다. 그곳에서 몸을 돌린 그녀는 '다른 기억들'이 이곳을 묘사할 수 있도록 머릿속에서 뒤를 향해 거슬러 올라갔다. 그 기억들은 심장을 두근거리게 하는 파멸의 느낌을 억지로 지나쳐 천천히 다가왔다. 위쪽을 향해 빛을 비추고 그 광선을 따라 위를 올려다보면서 오드레이드는 눈앞의 광경 위에 그 고대의 기억들을 겹쳐놓았다.

'반사된 빛의 조각들!'

'다른 기억들'이 그 조각들의 위치를 잡아주었다. 이미 오래전에 사라져버린 하늘의 별들을 나타내는 표식들이 바로 그곳에 있었다! 아라키스를 비추는 태양을 나타내는 은색이 섞인 노란색의 반원도. 그녀는 그 그림이 석양을 의미한다는 것을 알고 있었다.

'프레멘의 하루는 밤에 시작되지. 아라펠!'

황혼을 나타내는 그 그림을 계속 빛으로 비추면서 그녀는 뒷걸음질로 계단을 올라갔다. 그리고 선반처럼 튀어나온 바위 위에서 벽을 따라 움직여 '다른 기억들' 속에서 보았던 정확한 위치로 갔다.

태양을 나타내던 고대의 반원은 흔적조차 찾을 수 없었다.

멜란지를 찾는 사람들이 반원이 있던 벽을 난도질한 탓이었다. 벽을 따라 연소기가 훑고 지나간 자리에서는 바위거품이 반짝였다. 원래의 바위 속으로 뚫린 틈새는 하나도 보이지 않았다.

가슴이 오그라드는 느낌 때문에 오드레이드는 자신이 위험한 발견의 문턱에 서 있음을 깨달았다. 봉화가 그녀를 이곳으로 이끌었다!

'아라펠…… 우주의 종말. 석양 너머!'

그녀는 빛으로 오른쪽과 왼쪽을 훑었다. 왼쪽에 또 다른 통로의 입구가 입을 벌리고 있었다. 그 통로를 막고 있던 돌덩이들은 선반처럼 튀어나온 바위 위에 흩어져 있었다. 가슴을 두근거리면서 오드레이드는 그 입구로 살짝 들어갔다. 끝 부분이 녹아내린 바위로 막혀 있는 짧은 복도가 나왔다. 그녀의 오른쪽으로, 석양의 그림이 있던 자리 바로 뒤에서 그녀는 멜란지 냄새가 진동하는 작은 방을 하나 발견했다. 그 방으로 들어가 보니 벽과 천장에 바위가 쪼개지고 불에 탄 흔적들이 더 많이 남아 있었다. 위험하다는 느낌이 그녀를 짓눌렀다. 그녀는 '공포에 맞서는 기도문'을 소리 없이 외우며 빛으로 방 안을 훑어보았다. 방은 거의 정사각형이었으며 한 면의 길이는 약 2미터였다. 천장은 그녀의 머리 위에서 50센티미터도 채 되지 않는 높이였다. 계피 냄새가 그녀의 콧속에서 고동쳤다. 그녀는 재채기를 하며 눈을 깜박이다가 문턱 옆 바닥에서 자그마한 얼룩을 보았다.

이것도 고대에 이곳을 찾아왔던 사람들이 남긴 흔적인가?

한쪽에 날카로운 각도로 빛을 들고 몸을 가까이 숙인 그녀는 자기가 본 것이 바위 속에 깊이 새겨진 뭔가의 그림자에 지나지 않는다는 것을 알 수 있었다. 바위에 새겨진 것은 대부분 먼지에 뒤덮여 있었다. 그녀는 무릎을 꿇고 먼지를 치웠다. 아주 얇게 새겨진 것과 아주 깊게 새겨진 것이 있었다. 이것이 무엇이든 처음부터 오랫동안 남아 있도록 새겨진 것이었다. 사라진 어떤 대모가 남긴 마지막 메시지인가? 베네 게세리트가 그런 방법을 이용한다는 것은 이미 잘 알려진 사실이었다. 그녀는 바위 위에 새겨진 자국에 감각이 민감한 손끝을 갖다 대고 머릿속으로 그것의 흔적을 재구성했다.

그녀의 의식 속으로 갑작스레 깨달음이 뛰어들어 왔다. 그것은 단 하나의 단어였다. 고대 차콥사 어로 새겨진 단어. '여기.'

이것은 평범한 장소를 가리키는 평범한 '여기'가 아니라 커다랗게 강조된 '여기'였으며, '그대가 나를 찾아냈다!'는 의미였다. 정신없이 두방망이질 치는 그녀의 심장이 그 점을 강조해 주었다.

오드레이드는 불빛을 오른쪽 무릎 옆의 바닥에 놓고 고대의 이 외침 옆에 있는 문턱을 손가락으로 조사해 보았다. 눈으로 볼 때에는 문턱의 돌이 깨지지 않은 것 같았지만, 그녀의 손가락은 아주 자그마한 틈새를 감지했다. 그녀는 그 틈새를 누르고, 비틀고, 돌리고, 여러 번 각도를 바꿔가며 압력을 가했다. 그리고 이런 동작을 다시 한번 해보았다.

아무런 변화도 없었다.

발꿈치에 체중을 싣고 앉은 채 오드레이드는 지금 상황을 곰곰이 생각해 보았다.

'여기.'

내면에서 느껴지는 경고는 훨씬 더 날카로워져 있었다. 그 경고의 느낌이 자신의 호흡을 짓누르는 것이 느껴졌다.

그녀는 조금 뒤로 물러나면서 불빛을 같이 끌어당긴 다음 바닥에 몸을 쭉 펴고 누워 문턱의 기초 부분을 자세히 살펴보았다. '여기!' 그 단어 옆에 어떤 도구를 갖다 대면 문턱을 들어 올릴 수 있는 걸까? 아니……도구에 대한 암시는 없었다. 지금 이 상황에서는 대모가 아니라 폭군의 냄새가 났다. 그녀는 문턱을 옆으로 밀어보았다. 아무것도 움직이지 않았다.

좌절감 때문에 긴장과 위험에 대한 감각이 한층 더 강해지는 것을 느끼면서 오드레이드는 자리에서 일어나 바위에 새겨진 글자 옆의 문턱을 발로 찼다. 그런데 그것이 움직였다! 뭔가가 그녀의 머리 위에서 모래에 거칠게 긁히는 소리를 내고 있었다.

모래가 오드레이드 앞의 바닥으로 폭포처럼 쏟아져 내리자 그녀는 뒤로 몸을 피했다. 묵직하게 우르릉거리는 소리가 작은 방을 가득 채웠다. 그녀의 발밑에서 돌멩이들이 흔들렸다. 그녀의 앞에서 바닥이 문간을 향해 기울어지더니 문과 벽 아래쪽에서 공간이 드러났다.

오드레이드는 또다시 미지의 것을 향해 아래로 내동댕이쳐지고 있었다. 그녀의 불빛이 그녀와 함께 굴렀다. 계속 데굴데굴 굴렀다. 앞쪽에 어두운 붉은색이 섞인 갈색의 둔덕들이 보였다. 계피 냄새가 그녀의 코를 가득 채웠다.

그녀는 부드러운 멜란지 언덕 위에 불빛과 나란히 떨어졌다. 그녀가 떨어져 내린 구멍은 머리 위로 약 5미터 높이에 있어 손이 닿지 않았다. 그녀는 불빛을 움켜쥐었다. 그 빛에 구멍 옆의 바위를 파서 만든 널찍한 돌계단이 드러났다. 계단 뒤의 수직판에 뭔가가 적혀 있었지만 그녀의 머릿속에는 그곳이 바로 출구라는 생각뿐이었다. 처음에 느꼈던 공포가 가라앉았는데도 위험하다는 느낌이 가슴 근육의 움직임을 억눌러서 그녀는 거의 숨을 쉴 수 없을 지경이었다.

그녀는 오른쪽 왼쪽으로 빛을 비추며 자신이 떨어진 곳을 살펴보았다. 이곳은 그녀가 커다란 방에서 나올 때 이용했던 통로의 바로 밑에 있는 기다란 방이었다. 그리고 방 전체에 멜란지가 쌓여 있었다!

오드레이드는 빛으로 위를 살펴보며 이곳을 찾아왔던 사람들이 머리 위의 통로 바닥을 두드려 봤으면서도 왜 이 방을 알아내지 못했는지 깨달았다. 격자 모양의 석조 버팀대가 모든 압력을 돌벽 깊숙한 곳으로 전달하고 있었다. 머리 위의 바닥을 두드려봤자 단단한 바위에서 나는 소리밖에 듣지 못할 터였다.

오드레이드는 주위에 가득한 멜란지를 다시 바라보았다. 오늘날 커다란 통에서 만들어내는 멜란지 때문에 멜란지 가격이 떨어졌다고 해도 그녀는 지금 분명히 보물 위에 서 있었다. 이만한 양이라면 무게로 따져 여러 톤일 것이다.

'이것이 위험한 것인가?'

내면에서 느껴지는 경고는 아까와 똑같이 날카로웠다. 그녀가 두려워해야 하는 것은 폭군의 멜란지가 아니었다. 삼각 동맹이 이 멜란지를 공평하게 나눌 것이고, 이 일은 그것으로 일단락될 것이다. 골라 프로젝트의 보너스인 셈이었다.

또 다른 위험이 남아 있었다. 그녀는 경고를 외면할 수가 없었다.

그녀는 산을 이루고 있는 멜란지를 따라 다시 한번 빛을 비춰보았다. 스파이스 위에 조금 드러나 있는 벽이 그녀의 시선을 끌었다. 거기에도 단어들이 새겨져 있었다! 이번에도 역시 차콥사 어로 되어 있는 그 단어들은 레이저 칼을 이용해서 물이 흐르는 듯한 훌륭한 필체로 새겨져 있었다. 또 하나의 메시지였다.

대모가 나의 말을 읽을 것이다!

오드레이드의 배 속이 차가워졌다. 그녀는 제국이 남긴 막대한 재산, 멜란지 위에서 불빛과 함께 힘겹게 오른쪽으로 움직였다. 메시지에는 내용이 더 있었다.

네게 나의 두려움과 고독을 유산으로 남긴다. 네게 분명히 말하건대 베네 게세리트의 몸과 영혼은 다른 모든 몸이나 다른 모든 영혼과 똑같은 운명을 맞을 것이다.

이 메시지의 또 다른 단락이 오른편에서 그녀에게 손짓했다. 그녀는 질릴 정도로 많은 멜란지를 뚫고 힘겹게 움직여 가서 그 글을 읽었다.

완전하게 살아남지 못한다면 살아남아 봤자 무슨 소용인가? 베네 틀레이랙스에게 물어보라! 네가 삶의 음악 소리를 더 이상 듣지 못한다면 어떻게 되겠는가? 기억들이 고귀한 목적을 향해 너를 불러주지 않는다면 기억만으로는 충분하지 않다!

이 기다란 방의 끝에 있는 좁은 벽에도 글이 새겨져 있었다. 오드레이드는 비틀거리며 멜란지를 뚫고 가서 무릎을 꿇고 글을 읽었다.

너희 교단은 왜 황금의 길을 세우지 않았는가? 너희도 그것이 필요하다는 것을 알고 있었다. 너희의 실패로 인해 나 신황제는 수천 년 동안 개인적인 절망 속에 갇히게 되었다.

'신황제'라는 말은 차콥사 어가 아니라 이슬라미야트의 언어로 되어 있었다. 따라서 이 말은 그 언어를 할 줄 아는 모든 사람에게 또 하나의 메시지를 노골적으로 전달하고 있었다.

'너희의 신, 너희의 황제가 된 것은 너희가 나를 그렇게 만들었기 때문이다.'

오드레이드는 우울한 미소를 지었다. 이걸 본다면 와프는 종교적인 광란에 빠질 것이다! 그가 높이 올라갈수록 그의 안정감을 깨뜨리기가 더 쉬웠다.

그녀는 폭군의 비난이 정확한 것임을 믿어 의심치 않았다. 교단도 종말을 맞을 수 있다는 그의 예언에 담긴 가능성에 대해서도 마찬가지였다. 위험의 감각이 이곳으로 정확하게 그녀를 이끌어 왔다. 뭔가 이보다 더한 것이 또한 그동안 작동하고 있었다. 라키스의 모래벌레들은 지금도 폭군이 고대에 남긴 박자에 맞춰 움직이고 있었다. 그가 그 끝없는 꿈속에서 잠들어 있는지는 몰라도 그 괴물 같은 생명, 모래벌레 각각의 몸속에서 그것을 일깨워주는 진주알은 폭군이 예언한 대로 지속되었다.

그가 자신의 시대에 교단에게 무슨 말을 했더라? 그녀는 그의 말을 떠올렸다.

"내가 사라지고 나면 그들은 틀림없이 나를 게헤나의 황제 샤이탄이라 부를 것이다. 수레바퀴가 황금의 길을 따라 반드시 돌아야 한다."

그래, 타라자의 말이 바로 이런 뜻이었다. "모르겠습니까? 라키스의 서민들이 그를 샤이탄으로 부르기 시작한 지 1000년이 넘었습니다!"

그러니까 타라자는 이것을 알고 있었던 것이다. 여기 적힌 글귀들을 보지 않고도 그녀는 알고 있었다.

'당신의 계획이 뭔지 알겠습니다, 타라자. 그리고 당신이 그동안 내내 지고 있던 두려움이라는 짐에 대해서도 알겠습니다. 나도 당신처럼 그것을 속속들이, 철저하게 느낄 수 있습니다.'

그 순간 오드레이드는 자신이 종말을 맞거나, 교단의 존재가 사라지거나, 위험이 해결되기 전에는 내면에서 느껴지는 경고가 사라지지 않을 것임을 깨달았다.

오드레이드는 불빛을 들고 몸을 일으켜 무거운 걸음으로 멜란지를 뚫고 나아가 이곳의 출구인 널찍한 계단으로 향했다. 계단에서 그녀는 움찔했다. 폭군의 말이 계단의 수직판마다 또 새겨져 있었다. 몸을 떨면서 그녀는 아래에서부터 위의 출구까지 이어져 있는 그 글귀들을 읽었다.

내 말은 너희의 과거이다.
내 질문은 단순하다.
너희는 누구와 동맹을 맺는가?
스스로를 우상처럼 숭배하는 틀레이랙스 인들인가?
내 물고기 웅변대의 관료주의자들인가?
우주를 방황하는 조합인가?
피의 희생을 바치는 하코넨인가?
너희가 직접 만들어낸 교조적인 수채통인가?
너희는 자신의 종말을 어떻게 맞을 것인가?
고작 비밀 집단처럼 종말을 맞을 것인가?

오드레이드는 이 질문들을 지나치며 위로 올라가는 길에 다시 한번 읽었다. '고귀한 목적?'

그건 항상 얼마나 깨지기 쉬운 것인지. 그리고 얼마나 쉽게 왜곡되는지. 그러나 그 힘은 항상 존재하는 위험 속에 잠겨 그곳에 있었다. 이 방의 벽과 계단에 그것이 모두 분명하게 적혀 있었다. 타라자는 설명을 듣지 않고도 그것을 알고 있었다. 폭군의 뜻은 분명했다.

'나와 힘을 합치자!'

오드레이드는 작은 방으로 올라와 좁은 선반처럼 튀어나온 바위를 발견했다. 그 바위의 가장자리에서 몸을 날리면 문에 닿을 수 있을 것 같았다. 그녀는 자신이 찾아낸 보물을 내려다보았다. 그리고 타라자의 지혜에 경이를 느끼며 고개를 설레설레 저었다. 그래, 어쩌면 교단이 그렇게 종말을 맞을지도 모른다는 말이지. 타라자의 계획은 분명했다. 퍼즐의 모든 조각이 이제 제자리를 찾았다. 확실한 것은 하나도 없었다. 부와 권력, 이건 결국 모두 똑같은 것이었다. 고귀한 계획이 이미 가동되었고 반드시 완수되어야 했다. 그것이 교단의 죽음을 의미할지라도.

'우리가 고른 도구들이 정말 한심하기 짝이 없군!'

사막 아래 깊숙한 곳에 있는 저 뒤쪽의 방에서 기다리고 있는 소녀, 그리고 라키스에서 준비되고 있는 골라.

'난 이제 당신의 언어를 알고 있다, 늙은 벌레여. 그 언어에는 단어가 하나도 없지만 난 그것의 본질을 알아.'

우리 아버지들은 사막에서 만나를 먹었네
회오리바람이 불어오는, 타는 듯 뜨거운 곳에서.
주여, 그 끔찍한 땅에서 저희를 구해 주소서!
저희를 구해 주소서, 오오오오 저희를 구해 주소서
그 건조하고 목마른 땅에서.

—거니 할렉의 노래, 다르 에스 발라트 박물관

중무장을 한 테그와 던컨이 루실라와 함께 비공간 구에서 밤의 가장 차가운 공기 속으로 나왔다. 머리 위의 별들은 바늘 끝 같았고, 공기는 그들이 방해할 때까지 절대적인 정적을 지키고 있었다.

테그의 코에 가장 강하게 느껴지는 냄새는 금방이라도 사라져버릴 것 같은 눈(雪)의 퀴퀴한 냄새였다. 그들이 숨을 쉴 때마다 그 냄새가 그 속에 배어 있었다. 그리고 그들이 숨을 내쉬면 입김이 두터운 구름처럼 그들의 얼굴 주위를 감쌌다.

추위 때문에 던컨의 눈에 눈물이 고이기 시작했다. 그는 비공간 구를 떠날 준비를 하면서 옛날 거니의 생각을 자주 했다. 하코넨의 잉크덩굴

채찍 때문에 뺨에 흉터가 있던 거니. 지금 믿을 만한 동료가 있었으면 좋겠다고 던컨은 생각했다. 그는 루실라를 그리 믿지 않았다. 그리고 테그는 나이가 너무 많았다. 테그의 눈이 별빛을 받아 반짝이는 것이 보였다.

무거운 골동품 레이저총을 왼쪽 어깨에 메면서 던컨은 온기를 찾기 위해 손을 주머니 속으로 깊숙이 찔러 넣었다. 그는 이 행성의 기온이 얼마나 내려갈 수 있는지 잊고 있었다. 루실라는 추위에 무감각한 것처럼 보였다. 베네 게세리트의 술수를 통해 온기를 끌어내고 있음이 분명했다.

그녀를 바라보다가 던컨은 자신이 마녀들을 항상 별로 신뢰하지 않았음을 깨달았다. 심지어 레이디 제시카조차 마찬가지였다. 그들을 자기들의 교단을 제외하고는 어느 누구에게도 충성을 바치지 않는 반역자들로 생각하는 편이 쉬웠다. 그들은 비밀스러운 술수들을 진저리가 처질 정도로 많이 갖고 있었다! 그러나 루실라는 유혹을 포기했다. 그의 말이 진심이라는 것을 알기 때문이었다. 그녀는 화가 나서 부글부글 끓고 있었다. '열을 낼 테면 내라지!'

테그는 꼼짝도 하지 않고 서서 밖을 향해 신경을 집중시킨 채 귀를 기울이고 있었다. 그와 부르즈말리가 만들어낸 단 하나의 계획을 믿어도 괜찮은 걸까? 그들에게는 예비 계획이 없었다. 그들이 그 계획에 합의한 것이 겨우 여드레 전이란 말인가? 준비를 하느라 바빴는데도 더 오랜 시간이 흐른 것 같았다. 그는 던컨과 루실라를 흘깃 바라보았다. 던컨은 옛날 하코넨의 무거운 레이저총을 들고 있었다. 길이가 긴 야전용 모델이었다. 여분의 충전 카트리지조차 무거웠다. 루실라는 보디스 속에 자그마한 레이저총 한 자루만 넣어가지고 가겠다고 했다. 그 총에는 한 번 약하게 쏠 수 있는 에너지밖에 들어 있지 않았다. 그건 암살자들의 장난감이었다.

"교단에 속한 우리들은 오로지 우리의 재주만을 무기 삼아 싸움에 들어가는 것으로 유명합니다. 그 패턴을 바꾸는 건 우리 명성에 어울리지 않아요." 그녀가 말했다.

그러나 그녀는 다리에 있는 칼집에 칼을 몇 자루 가지고 있었다. 테그가 직접 보고 확인한 사실이었다. 아마 독도 발라져 있을 것 같았다.

테그는 길이가 긴 레이저총을 손으로 들어 올렸다. 그것은 그가 성에서 가져온 현대적인 야전용 레이저총이었다. 그의 어깨에는 던컨의 것과 같은 총이 끈에 매달려 있었다.

'난 부르즈말리를 믿어야 한다. 내가 그를 훈련시켰어. 난 그의 능력을 알고 있다. 그가 이 새로운 동맹들을 믿어야 한다고 말한다면, 우리는 그들을 믿어야 한다.' 테그는 자신을 타일렀다.

부르즈말리는 자신의 옛 상관이 무사히 살아 있음을 알고 눈에 띄게 기뻐했다.

그러나 그들이 마지막으로 만난 이후 눈이 내렸기 때문에 그들의 주위가 온통 눈으로 덮여 있었다. 그건 모든 흔적이 문자처럼 남을 서판과 같았다. 그들은 눈이 올 가능성을 생각하지 못했다. 기후 관리국에 반역자들이 있는 걸까?

테그는 몸을 부르르 떨었다. 공기가 차가웠다. 마치 행성 밖 우주 공간의 추위 같았다. 텅 빈 공간 때문에 그들이 서 있는 숲속의 공터에 별빛이 제멋대로 와 닿았다. 그 희미한 별빛이 땅을 뒤덮은 눈과 먼지처럼 바위 위에 쌓인 하얀 눈에 선명하게 반사되었다. 이파리가 떨어진 활엽수의 나뭇가지들과 침엽수의 검은 윤곽은 하얀색에 덮여 가장자리가 흐릿하게 보일 뿐이었다. 그 밖의 모든 것은 깊디깊은 어둠 속에 잠겨 있었다.

루실라가 손을 호호 불며 테그에게 가까이 몸을 기울이고 속삭였다.

"지금쯤 그가 여기 와 있어야 하는 것 아닙니까?"

그는 그녀가 정말로 묻고 싶어 하는 것은 이게 아니라는 것을 알고 있었다. '부르즈말리를 믿어도 됩니까?' 그녀가 묻고 있는 건 바로 이것이었다. 테그가 여드레 전에 그녀에게 계획을 설명해 주었을 때부터 그녀는 여러 가지 방식으로 계속 이 질문을 던지고 있었다.

그가 할 수 있는 말은 하나뿐이었다. "난 여기에 목숨을 걸었습니다."

"우리 목숨도 걸려 있습니다!"

테그도 불확실한 점들이 점점 쌓여가는 것이 마음에 들지 않았다. 그러나 모든 계획은 궁극적으로 그 계획을 실행하는 사람들의 솜씨에 의존하기 마련이었다.

"우리가 저길 나와서 라키스로 가야 한다고 고집을 부린 건 바로 당신입니다." 그는 그녀에게 일깨워주었다. 그는 그녀가 자신의 미소를 볼 수 있었으면 좋겠다고 생각했다. 그것은 그의 날카로운 어조를 조금 누그러뜨리기 위한 제스처였다.

루실라는 진정하려 하지 않았다. 테그는 대모가 이토록 눈에 띄게 불안해하는 모습을 본 적이 없었다. 만약 새로운 동맹에 대해 알게 된다면 그녀는 훨씬 더 불안해할 것이다! 물론 그녀가 타라자에게서 받은 임무를 모두 수행하지 못했다는 점도 문제였다. 그것이 그녀를 얼마나 자극하고 있을지!

"우리는 골라를 보호하겠다고 맹세했습니다." 그녀가 그에게 일깨워주었다.

"부르즈말리도 같은 맹세를 했습니다."

테그는 자신들 두 사람 사이에 조용히 서 있는 던컨을 살짝 바라보았다. 던컨은 두 사람 사이의 언쟁을 들은 기색도, 루실라처럼 불안해하는 기색도 보이지 않았다. 고대의 침착함 덕분에 그의 표정은 조금도 움직이지 않았다. 그가 밤을 향해 귀를 기울이고 있음을 테그는 깨달았다. 그들 세 사람이 모두 지금 하고 있어야 하는 일을 그가 하고 있었던 것이다. 그의 어린 얼굴에는 나이를 먹지 않았으면서도 원숙해 보이는 이상한 표정이 떠올라 있었다.

'내게 믿을 만한 동료가 필요한 순간이 있다면, 지금이 바로 그런 순간이야!' 던컨은 생각했다. 그의 정신은 골라가 되기 전, 지에디 프라임 시절로 탐색하듯 거슬러 올라가 있었다. 지금 같은 밤을 그들은 '하코넨의 밤'이라고 불렀다. 반중력 부표가 달린 갑옷 속에서 안전하고 따스하게 보호받던 하코넨 사람들은 이런 밤에 백성들을 사냥하며 즐기곤 했다. 상처를 입고 도망친 사람은 추위 때문에 죽어버릴 수도 있었다. '하코넨 놈들은 알고 있었어! 영혼의 저주를 받을 놈들!'

예상했던 대로 루실라는 '우리에게는 아직 끝나지 않은 일이 있어요'라고 말하는 듯한 표정으로 던컨의 주의를 끌었다.

던컨은 별빛을 향해 얼굴을 들어 올렸다. 그녀가 그의 미소를 분명히 볼 수 있도록 하기 위해서였다. 모든 걸 다 알고 있다는 듯한 그 공격적인 표정에 루실라는 속으로 뻣뻣하게 굳어버렸다. 그는 어깨에서 무거운 레이저총을 내려 확인해 보았다. 그녀는 개머리판과 총신을 장식한 소용돌이무늬를 바라보았다. 그 총은 골동품이었지만 뭔가 무시무시한 목적을 위해 만들어진 물건이라는 느낌을 여전히 풍기고 있었다. 던컨은 총을 왼쪽 팔 위에 올려놓았다. 오른손은 총의 손잡이에, 손가락은 방아쇠에 갖다 댄 자세였다. 테그가 현대적인 레이저총을 들고 있는 자세와 똑같았다.

루실라는 동료들에게 등을 돌리고 자신의 감각을 동원해서 그들의 머리 위에서부터 아래까지 뻗어 있는 산허리를 탐색했다. 그녀가 움직이고 있을 때 사방에서 폭발하듯 소리가 터져 나왔다. 소리의 방울들이 밤을 가득 채웠다. 오른쪽에서 우르릉 소리가 폭발하듯 크게 들려오더니 침묵이 뒤를 이었다. 아래쪽 능선에서 또다시 폭발음이 들렸다. 그리고 다시 침묵. 이번엔 위쪽 능선에서! 사방에서!

처음 소리가 들려왔을 때 세 사람은 모두 비공간 구의 입구인 동굴 바깥의 바위 은신처 속으로 웅크리고 들어갔다.

그들의 밤을 가득 채운 소리가 무엇인지 알아내기가 어려웠다. 공간을 비집고 들어오는 그 소음에는 기계 소리, 새된 비명 소리, 울부짖음, 쉿쉿 소리 등이 포함되어 있었다. 간헐적으로 땅속이 웅웅 울리면서 진동했다.

테그는 이 소리들이 무엇인지 알고 있었다. 저 바깥쪽에서 전투가 진행되고 있는 것이다. 연소기의 쉿쉿 소리가 배경음처럼 들려오고, 저 멀리 하늘에서는 장갑 레이저총의 광선이 창처럼 뻗어 나갔다.

뭔가가 파란색과 빨간색 불꽃을 꼬리처럼 늘어뜨린 채 머리 위에서 섬광을 발했다. 섬광이 계속 이어졌다! 땅이 진동했다. 테그는 코로 숨을 들이쉬었다. 불에 탄 산(酸) 냄새와 약간의 마늘 냄새가 났다.

'비우주선이야! 그것도 아주 여러 척!'

그 비우주선들이 고대의 비공간 구 밑에 있는 계곡에 착륙하고 있었다.

"안으로 다시 들어가요!" 테그가 명령했다.

이 말을 하는 순간 그는 때가 너무 늦었음을 알아차렸다. 사람들이 사방에서 몰려오고 있었다. 테그는 기다란 레이저총을 들어 올려 움직임이 감지되는 곳 중에서 가장 가깝고 소음이 가장 큰 능선 아래쪽을 겨냥했다. 그곳에서 많은 사람들의 고함 소리가 들려왔다. 자유롭게 떠다니는 발광구들이 시야를 가린 나무들 사이에서 움직였다. 누군지 모르지만 저쪽에서 온 사람이 풀어놓은 것이었다. 춤추듯 움직이는 불빛들이 차가운 산들바람을 타고 능선 위쪽으로 날아왔다. 밝아졌다 어두워지는 빛 속에서 검게 보이는 물체들이 움직였다.

"얼굴의 춤꾼이야!" 테그는 공격자들을 알아보고 으르렁거리듯이 말했다. 허공을 떠도는 빛들이 몇 초 안에 나무들을 벗어나 1분도 채 안 되는 사이에 그가 있는 곳까지 도착할 터였다!

"우리가 배신을 당한 거예요!" 루실라가 말했다.

머리 위의 산에서 커다란 고함 소리가 울려 퍼졌다. "바샤르 님!" 많은 사람들의 목소리였다!

'부르즈말리?' 테그는 속으로 질문을 던졌다. 그는 그 방향을 향해 흘깃 뒤를 돌아본 다음 꾸준하게 다가오고 있는 얼굴의 춤꾼들을 내려다보았다. 생각할 시간이 없었다. 그는 루실라를 향해 몸을 기울였다. "저 위에 부르즈말리가 있습니다. 던컨을 데리고 뛰어요!"

"하지만 만약…….."

"길은 그것뿐이에요!"

"이 멍청이 같으니!" 그녀는 그의 말에 따르려고 몸을 움직이면서도 그를 비난했다.

테그가 "그래요!"라고 대답하는 소리도 그녀의 두려움을 전혀 누그러뜨려주지 못했다. 다른 사람들의 계획에 의존했기 때문에 일이 이렇게 된 것이다!

던컨은 다른 생각을 갖고 있었다. 그는 테그가 무엇을 하려는지 이해했다. 두 사람이 도망칠 수 있게 자신을 희생하는 것. 던컨은 아래쪽에서 다가오는 공격자들을 바라보며 머뭇거렸다.

그가 망설이는 것을 보고 테그가 고함을 질렀다. "이건 전투 명령입니다! 내가 당신의 지휘관이에요!"

그것은 루실라가 남자에게서 들은 어조 중에 '목소리'에 가장 가까운 어조였다. 그녀는 입을 멍하니 벌리고 테그를 바라보았다.

던컨의 눈에 보이는 것은 명령에 따르라고 얘기하는 옛 공작의 얼굴뿐이었다. 견딜 수가 없었다. 그는 루실라의 팔을 움켜쥐었다. 그러나 그녀를 능선 위로 난폭하게 밀치기 전에 그는 이렇게 말했다. "일단 이곳을 벗어나면 엄호 사격을 하겠습니다!"

테그는 대답하지 않았다. 루실라와 던컨이 서둘러 멀어져가는 동안 그는 눈가루가 쌓인 바위에 기대 몸을 웅크렸다. 그는 이제 자신의 목숨을 아주 비싸게 팔아야 한다는 것을 알고 있었다. 그리고 그 밖에도 무엇인가를 더 해야 했다. 전혀 뜻밖의 일. 그것은 늙은 바샤르 최후의 흔적이었다.

다가오고 있는 공격자들이 흥분된 고함 소리를 주고받으며 속도를 빨리했다.

테그는 레이저총을 최강으로 설정하고 방아쇠를 눌렀다. 불꽃의 호선이 그의 아래쪽 능선을 가로질렀다. 폭발하는 듯한 불꽃에 나무들이 무너져 내렸다. 사람들은 비명을 질렀다. 이렇게 에너지를 써댄다면 이 레이저총은 오래 버티지 못할 것이다. 그러나 레이저총은 테그가 원하는 대로 엄청난 파괴 효과를 발휘해 주었다.

첫 번째 발사 후에 갑자기 찾아온 침묵 속에서 테그는 왼쪽의 바위로 옮겨 가 몸을 숨기고 어두운 능선 아래쪽으로 다시 불꽃의 창을 쏘았다. 처음 총이 발사되었을 때 나무가 쓰러지고 몸이 산산조각 나는 엄청난 파괴 속에서 공중을 떠돌던 발광구들 중 소수만이 살아남아 있었다.

더 많은 비명 소리가 그의 두 번째 공격을 맞이했다. 그는 몸을 돌려 비공간 구의 입구인 동굴 반대편의 바위들을 향해 재빨리 움직였다. 그곳에서 그는 반대편 능선으로 불꽃을 쏘았다. 또다시 비명 소리가 들리고, 더 많은 불꽃이 일고, 나무들이 쓰러졌다.

응사는 없었다.

'저들은 우리를 생포할 생각이야!'

틀레이랙스 인들은 그가 갖고 있는 레이저총의 에너지가 바닥날 때까지 얼굴의 춤꾼들을 몇 명이라도 소모해 버릴 준비가 되어 있었다!

테그는 어깨에 메고 있던 낡은 하코넨 레이저총의 끈을 더 편하게 조정했다. 언제라도 그 총을 잡아당겨 쏠 수 있게 하기 위해서였다. 그는 현대적인 레이저총의 거의 바닥난 카트리지를 버리고 새로 카트리지를 끼운 다음 바위에 총을 대고 자세를 잡았다. 하코넨 레이저총의 에너지가 바닥나는 경우에는 지금처럼 새로운 카트리지를 끼울 틈이 없을 것 같다는 생각이 들었다. 저 아래쪽에 있는 녀석들이 그의 에너지가 바닥났다고 생각할 테면 하라지. 그의 허리띠에는 최후의 수단으로 쓸 수 있는 하코넨의 권총 두 자루가 꽂혀 있었다. 근접 사격에서 그것들은 커다란 효과를 발휘할 것이다. 틀레이랙스 주인들 몇 명, 이처럼 파괴를 자행하라는 명령을 내린 자들, 그들이 가까이 다가올 테면 다가오라고 해!

테그는 기다란 레이저총을 조심스럽게 바위에서 들어 올린 다음 뒤로 움직이면서 오른쪽 왼쪽으로 미끄러지듯 움직이며 더 높은 바위들 속으로 들어갔다. 그동안 그는 두 번 걸음을 멈추고 아래쪽 능선에 짧게 광선을 쏘았다. 마치 총의 에너지를 보존하려는 것처럼. 그의 움직임을 숨기려고 해봤자 소용없었다. 지금쯤이면 그의 몸에 생명 반응 추적기가 부착되어 있을 터였다. 게다가 눈 위에 남은 발자국도 있었다.

'뜻밖의 행동을 해야 해!' 저 녀석들을 가까이 끌어들일 수 있을까?

비공간 구의 입구인 동굴보다 한참 높은 곳에서 그는 바위들 가운데에 좀더 깊숙이 공간이 나 있는 곳을 발견했다. 바닥에는 눈이 가득 쌓여 있었다. 테그는 이곳에서 사격을 위한 시야를 훌륭하게 확보할 수 있다는 점에 감탄하며 그 안으로 뛰어내렸다. 그리고 잠깐 동안 안을 살펴보았다. 그의 뒤쪽은 높고 험한 바위들이 보호해 주고 있었고, 나머지 삼면은 탁 트인 내리막길이었다. 그는 조심스럽게 고개를 들어 올리고 오르막길에서 길을 차단하고 있는 바위들 주위를 살펴보았다.

그곳에는 정적뿐이었다.

그 고함 소리는 부르즈말리의 부하들이 지른 소리였을까? 그렇다 해도 지금과 같은 상황에서 던컨과 루실라가 도망칠 수 있을 거라는 보장은 없었다. 이제는 부르즈말리에게 달린 일이었다.

'그의 수완이 정말로 내가 항상 생각했던 것만큼 좋은 걸까?'

그런 가능성에 대해 곰곰이 생각하거나 지금 상황을 조금이라도 바꿀수 있는 시간이 없었다. 전투는 이미 벌어졌다. 이제 그가 발을 뺄 수는 없었다. 테그는 깊이 숨을 들이쉬고 바위 너머로 내리막길을 응시했다.

그래, 놈들이 전열을 회복하고 다시 다가오고 있었다. 이번에는 놈들의 존재를 드러내주는 발광구도 없고, 소리도 없었다. 사기를 북돋는 고함 소리도 없었다. 테그는 기다란 레이저총을 앞의 바위 위에 놓고 왼쪽에서 오른쪽으로 불타는 광선을 길게 발사했다. 그리고 마지막에는 틀림없이 에너지가 바닥난 것처럼 보이도록 광선을 스르르 줄였다.

그는 하코넨의 레이저총을 어깨에서 내려 사격 준비를 갖추고 침묵속에서 기다렸다. 저들은 그가 산 위로 도망갈 거라고 생각할 것이다. 그는 앞을 막아주는 바위 뒤에 몸을 웅크린 채 저 위에서 생명 반응 추적기를 혼란시킬 수 있을 만큼의 움직임이 있어주면 좋겠다고 생각했다. 불꽃에 파괴된 능선 아래쪽에서 여전히 사람들의 소리가 들려왔다. 테그는 말없이 일정한 간격으로 숫자를 세며 거리를 가늠했다. 오랜 경험으로 그는 공격자들이 치명적인 사정거리 안에 들어오려면 시간이 얼마나 걸릴지 알 수 있었다. 그리고 그는 전에 틀레이랙스 인들과 부딪혔을 때 들었던 또 다른 소리가 들려오지는 않는지 조심스럽게 귀를 기울였다. 톤이 높은 목소리로 날카롭게 명령을 해대는 고함 소리.

그들이 와 있었다!

주인들은 그가 예상했던 것보다 훨씬 더 아래쪽에 산개해 있었다. 무서운 놈들! 테그는 낡은 레이저총을 최강으로 설정하고 요람처럼 자신을 보호해 주던 바위들 사이에서 갑자기 몸을 일으켰다.

불타는 나무와 덤불의 빛 속에서 둥그런 호선 모양으로 늘어서서 다가오는 얼굴의 춤꾼들이 보였다. 톤이 높은 목소리의 명령은 그들의 뒤에서 들려왔다. 춤추듯 너울거리는 오렌지색 불빛에서 한참 떨어진 곳이었다.

테그는 정신없이 타고 있는 불꽃 너머로 가장 가까운 곳에 있는 공격자들 머리 위를 겨냥해 방아쇠를 눌렀다. 광선이 두 번 길게 앞뒤로 뻗어나갔다. 그는 이 골동품 무기의 파괴력에 순간적으로 깜짝 놀랐다. 이 물건을 만든 솜씨가 대단하다는 사실은 보기만 해도 알 수 있었지만, 비공간 구 안에서는 그 성능을 시험해 볼 방법이 없었다.

이번에는 비명 소리가 조금 달라져 있었다. 톤이 높고 공포에 질린 목소리였다!

테그는 겨냥을 낮춰 바로 앞의 능선에서 얼굴의 춤꾼들을 모두 치워버렸다. 이를 통해 그는 그들에게 이 광선의 완전한 위력을 보여주고, 자신이 무기를 하나만 갖고 있는 게 아니라는 것을 알려주었다. 그는 그 무시무시한 불꽃의 호선으로 앞뒤를 휩쓸며 무기의 에너지가 다 떨어져서 마지막에 탁탁 소리를 내며 꺼져버리는 모습을 공격자들이 충분히 볼 수 있게 했다.

지금이었다! 저들은 이미 한 번 가까이 다가왔다가 당했기 때문에 이제 더 신중해질 터였다. 어쩌면 던컨과 루실라에게 갈 수 있을지도 몰랐다. 머릿속이 이 생각으로 가득 찬 채 테그는 몸을 돌려 재빨리 은신처를 벗어나 위쪽 능선의 바위들을 가로질렀다. 다섯 번째 걸음을 내디뎠을 때 그는 뜨거운 벽과 맞부딪힌 것 같다고 생각했다. 잠시 후 그의 머리는 상황을 파악했다. 기절총의 강력한 충격이 그의 얼굴과 가슴을 완전히 강타했던 것이다! 그 충격은 그가 던컨과 루실라를 보냈던 능선 위쪽에서 곧바로 날아왔다. 바닥에 쓰러져 어둠 속으로 잠겨 들면서 테그는 분한 마음이 머리를 가득 채우는 것을 느꼈다.

다른 사람들도 뜻밖의 일을 할 수 있었던 것이다!

조직화된 종교들은 모두 공통적인 문제에 봉착한다. 우리가 파고들어 가서 그들을 우리 계획에 맞게 바꿔놓을 수 있는 약점. 그것은 바로 그들이 자기 과신과 계시를 어떻게 구분하는가 하는 점이다.

—보호선교단, 내밀한 가르침

오드레이드는 시이나가 교사 자매 한 명과 함께 앉아 있는 아래쪽의 차가운 초록색 사각형 공간을 조심스럽게 외면하고 있었다. 저 교사 자매는 최고의 실력을 지닌 사람으로서 시이나의 현 교육 단계에 딱 맞았다. 모두 타라자가 세심하게 고른 사람들이었다.

'우린 당신의 계획을 계속 진행시키고 있습니다. 하지만 최고 대모님, 이곳 라키스에서 누군가가 우리를 우연히 발견해서 주목하게 될지도 모른다는 점을 예상하셨습니까?' 오드레이드는 생각했다.

아니, 그것이 정말 우연일까?

오드레이드는 나지막한 지붕들 너머로 넓게 펼쳐져 있는, 교단의 라키스 핵심 본거지를 바라보았다. 무지개 색 타일들이 이글거리는 정오의 태양빛 속에 달아오르고 있었다.

'이것이 모두 우리 것이다.'

신성도시 킨에서 사제들이 허락해 준 대사관 건물 중 이곳이 가장 컸다. 이 베네 게세리트의 본거지에 그녀가 와 있다는 사실은 그녀가 튜엑과 맺은 협정에 위배되는 일이었다. 그러나 그녀가 협정을 맺은 것은 타브르 시에치가 발견되기 전의 일이었다. 게다가 튜엑은 사실 이제 존재하지도 않았다. 사제들의 건물 경내를 씩씩하게 걸어 다니고 있는 튜엑은 위험한 흉내를 해내고 있는 얼굴의 춤꾼이었다.

오드레이드는 와프에게로 생각을 되돌렸다. 와프는 그녀의 뒤에 있는, 옥탑 성소의 문 근처에서 수호 자매 두 명과 함께 서 있었다. 이곳 옥탑의 장갑(裝甲) 플라즈 유리창을 통해 내려다보이는 풍경은 근사했고, 안에는 위압적인 검은색 가구와 집기들이 놓여 있었다. 로브를 입은 대모가 이 안에 있으면 색이 밝은 얼굴 외에는 온몸이 가구들과 잘 구분되지 않을 것 같았다.

와프에 대한 그녀의 평가가 옳았을까? 지금까지 모든 것이 보호선교단의 가르침에 따라 정확하게 이루어졌다. 그녀가 그의 영혼을 둘러싼 갑주에 만들어놓은 틈이 충분한 걸까? 곧 그를 다그쳐 입을 열게 해야 할 것이다. 그러면 의문의 답을 알 수 있겠지.

와프는 아주 차분하게 뒤쪽에 서 있었다. 그녀는 플라즈에 비친 그의 모습을 볼 수 있었다. 그는 자신의 양옆에 서 있는 검은머리의 키 큰 자매 두 명이 혹시라도 그가 폭력을 휘두를까 봐 와 있다는 사실을 모르는 것처럼 보였다. 그러나 그는 분명히 알고 있었다.

'나를 수호하는 사람들이지. 그를 수호하는 게 아니라.'

그는 그녀에게 표정을 숨기기 위해 고개를 숙이고 서 있었다. 그러나 그녀는 그의 마음이 흔들린다는 걸 알고 있었다. 그건 분명했다. 의혹은 때로 굶주린 동물과 같았고, 그녀는 그 동물들을 그동안 잘 먹여주었다. 그는 사막으로 나갔을 때 자기가 거기서 죽게 될 것이라고 완전히 확신하고 있었다. 그리고 이제 그의 젠수니 신앙과 수피 신앙은 신의 의지가 그를 그곳에서 지켜주었다고 속삭이고 있었다.

와프는 틀림없이 베네 게세리트와의 협정을 다시 되돌아보고 있었다. 자신이 자신의 민족을 더럽혔으며, 소중한 틀레이랙스 문명을 무서운 위험에 빠뜨렸음을 마침내 깨달은 것이다. 그의 침착한 태도가 점점 무너지고 있기는 했지만, 그것을 감지할 수 있는 사람은 베네 게세리트뿐이었다. 이제 곧, 교단의 필요에 더 잘 맞는 패턴으로 그의 의식을 재구축해야 할 때가 될 것이다. 그동안 그는 조금 더 마음을 졸여야 할 것이다.

오드레이드는 이처럼 일을 미루는 것에 짜릿한 긴장감을 느끼며 다시 창밖의 풍경으로 눈을 돌렸다. 베네 게세리트가 이곳을 대사관 자리로 선택한 것은 광범위한 재건축으로 이 오래된 도시의 북동부 전체가 변해 버렸기 때문이었다. 이곳에서는 그들이 자신의 방법으로 자신의 목적을 위해 건물을 짓고 개조할 수 있었다. 사람들이 쉽게 걸어 들어갈 수 있도록 설계된 고대의 건물들, 관청의 지상차를 위한 널찍한 도로들, 오니숍터가 착륙할 수 있도록 간간이 마련되어 있는 광장들, 이 모든 것이 바뀌었다.

'시대와 보조를 맞추는 거지.'

새 건물들은 초록색 나무가 심어진 대로와 훨씬 가까웠다. 키가 크고 이국적인 가로수들은 그들이 엄청난 양의 물을 소비하고 있음을 과시하듯 보여주었다. 오니숍터들은 특별히 선택된 건물들의 지붕에 있는 착륙대로 쫓겨났다. 보행자를 위한 길은 건물에 붙어 있는 좁은 고가 보도뿐이었다. 새 건물에는 동전, 열쇠, 손바닥 인식 등을 통해 작동되는 승강기가 설치되었고, 이들의 빛나는 에너지 장은 어두운 갈색의 반투명한 은폐물에 가려져 있었다. 승강기는 단조로운 회색의 플래스크리트와 플라즈로 만들어진 건물의 등뼈였으며, 더 어두운 색을 띠고 있었다. 승강기 안에서 희미하게 보이는 인간들의 모습은 순결하기 짝이 없는 기계의 소시지 속에서 위아래로 움직이는 불순물 같았다.

'이 모든 것이 현대화의 이름으로 이루어졌지.'

와프가 그녀의 뒤에서 몸을 조금 움직이며 헛기침을 했다.

오드레이드는 고개를 돌리지 않았다. 두 수호 자매는 그녀의 의도를 알기 때문에 아무런 내색도 하지 않았다. 와프가 점점 더 불안해하는 모습은 모든 것이 잘되고 있다는 확인에 불과했다.

오드레이드는 모든 것이 정말로 잘되고 있다고는 생각하지 않았다.

그녀는 창밖으로 보이는 모습을 이 불안한 행성의 불안한 증상 중 하나에 불과한 것으로 해석했다. 그녀는 도시가 이처럼 현대화되는 것을 튜엑이 좋아하지 않았음을 기억했다. 그는 현대화를 멈추고 과거의 상징적 건물들을 보존할 방법을 어떻게든 찾아야 한다고 투덜거렸었다. 그를 대신하고 있는 얼굴의 춤꾼도 계속 같은 주장을 폈다.

이 신품종 얼굴의 춤꾼은 튜엑과 정말 얼마나 똑같은지. 그런 얼굴의 춤꾼들도 스스로 생각하는 능력이 있을까? 아니면 그저 주인의 명령에 따라 맡은 역할을 연기하는 걸까? 이 신품종들도 여전히 번식 능력이 없는 잡종일까? 이 얼굴의 춤꾼들은 완전한 인간과 얼마나 다른 걸까?

오드레이드는 자신들의 속임수가 걱정스러웠다.

가짜 튜엑의 평의회 의원들, 스스로 '틀레이랙스의 음모'라고 생각하는 일에 완전히 말려든 그들은 현대화를 대중들이 지지한다고 떠들어댔으며, 마침내 자기들 뜻대로 일이 진행된다고 노골적으로 흐뭇해했다.

알베르투스는 오드레이드에게 정기적으로 모든 것을 보고했다. 매번 보고를 받을 때마다 그녀의 걱정은 더욱 깊어졌다. 그녀에게 노골적으로 복종하는 알베르투스의 태도조차 마음에 걸렸다.

"물론 평의회 의원들의 말은 '진짜' 대중들이 지지한다는 뜻이 아닙니다." 알베르투스가 말했다.

그녀도 여기에 동의할 수밖에 없었다. 평의회 의원들의 행동은 그들이 중간 계급의 사제들과 주말 파티에서 분열된 신에 대해 감히 우스갯소리를 늘어놓을 수 있는 출세 지향주의자…… 오드레이드가 타브르 시에치에서 발견한 멜란지에서 위안을 느끼는 자들 사이에서 강력한 지지를 얻고 있다는 신호였다.

9만 대(大)톤(약 1,016kg―옮긴이)이라니! 라키스의 사막에서 거둬들이는 멜란지의 반년분에 해당하는 양이었다. 그중 3분의 1만 있어도 새로운 힘의 균형 속에서 의미심장한 협상 카드가 될 수 있었다.

'당신을 아예 만나지 않았더라면 좋았을 텐데요, 알베르투스.'

그녀는 그의 내면에서 '애정을 가진 자'를 다시 회복시키고 싶었다. 그러나 그녀가 실제로 만들어놓은 것은 보호선교단의 방법을 훈련받은 사람이 쉽게 알아볼 수 있는 존재였다.

'비굴한 아첨꾼!'

그녀가 시아나와 신성한 교류를 하고 있다는 절대적인 믿음 때문에 그가 그녀에게 복종한다고 해서 이제 달라질 것은 하나도 없었다. 오드레이드는 보호선교단의 가르침이 인간의 독립성을 얼마나 쉽게 파괴하는지에 주의를 기울인 적이 한 번도 없었다. 인간의 독립성을 파괴하는 것이 항상 당연한 목적이었으니까. '그들을 우리의 요구에 순종하는 추종자로 만들어라.'

그 비밀의 방에 있던 폭군의 말은 교단의 미래에 대한 그녀의 두려움에 불을 붙이기만 한 것이 아니었다.

'네게 나의 두려움과 고독을 유산으로 남긴다.'

수천 년이라는 거리를 사이에 둔 채 그는 그녀가 와프의 머릿속에 의혹을 심었던 것만큼 확실하게 그녀의 머릿속에 의혹을 심어놓았다.

폭군의 질문들이 그녀의 내면의 눈 위에 번쩍이는 빛으로 새겨진 것처럼 떠올랐다.

'너희는 누구와 동맹을 맺는가?'

'우린 그냥 비밀 집단에 지나지 않는 걸까? 우리가 어떻게 종말을 맞이할까? 우리가 스스로 만들어낸 교조적인 악취 속에서?'

폭군의 말이 그녀의 의식 속에 화인처럼 찍혀 있었다. 교단이 하는 일에 '고귀한 목적'이 어디 있는가? 오드레이드는 이런 질문에 대해 타라자가 비웃듯이 대답하는 소리가 들리는 것 같았다.

"생존입니다, 다르! 우리에게 필요한 고귀한 목적은 그것뿐이에요. 생존! 심지어 폭군도 그걸 알고 있었습니다!"

어쩌면 심지어 튜엑도 그걸 알고 있었는지 모른다. 그래서 결국 그가 어떻게 되었는가?

세상을 떠난 최고 사제에 대한 연민이 오드레이드의 머릿속을 떠나지 않았다. 튜엑은 단단하게 결속된 가문이 무엇을 만들어낼 수 있는지를 보여주는 훌륭한 예였다. 그의 이름도 하나의 단서였다. 아트레이데스 가문이 이 행성을 다스리던 시절부터 변하지 않은 그 이름. 그 가문을 세운 조상은 밀수꾼이었으며, 레토 1세의 절친한 친구였다. 튜엑은 '우리 과거에는 보존할 가치가 있는 것이 있다'면서 자신의 뿌리를 굳게 고수하는 가문의 산물이었다. 이 말이 후손들에게 보여준 모범으로부터 대모들도 자유롭지 못했다.

'하지만 당신은 실패했습니다, 튜엑.'

창밖으로 보이는 현대적인 도시의 모습이 그 실패의 상징이었다. 그것은 라키스 사회에서 모습을 드러내고 있는 권력의 요소들, 교단이 그토록 오랫동안 키우고 강화시켰던 그 요소들을 위한 미끼였다. 튜엑은 이것을 하나의 조짐으로 보았다. 자신이 정치적으로 너무나 약해져서 이러한 현대화가 의미하는 것을 막을 수 없게 되는 날에 대한 조짐.

의식(儀式)은 더 짧고 더 즐거워졌다.

현대적인 노래들이 새로 만들어졌다.

춤도 바뀌었다. ('전통적인 춤에는 시간이 너무 많이 걸려!')

무엇보다도 중요한 것은 세도가의 젊은 성직 지망생들이 위험한 사막으로 모험을 떠나는 경우가 줄었다는 점이었다.

오드레이드는 한숨을 쉬며 와프를 흘깃 뒤돌아보았다. 자그마한 몸집의 와프는 아랫입술을 깨물고 있었다. 좋았어!

'저주나 받으세요, 알베르투스! 당신이 반항한다면 난 오히려 환영할 겁니다!'

신전의 닫힌 문 뒤에서는 최고 사제를 바꾸는 문제가 벌써 토의되고 있었다. 새로운 라키스 인들은 '시대와 발을 맞춰야 한다'고 말했다. 그건 '우리에게 더 많은 힘을 달라!'는 뜻이었다.

'항상 이런 식이었지. 베네 게세리트도 마찬가지야.' 오드레이드는 생각했다.

그래도 그녀는 튜엑이 가엾다는 생각에서 벗어날 수 없었다.

알베르투스는 튜엑이 죽어서 얼굴의 춤꾼으로 바뀌기 직전에 자신의 친족들에게 경고를 했다고 보고했다. 자신이 죽으면 가문이 최고 사제

직을 장악하지 못할 수도 있다는 내용의 경고였다. 튜엑은 그의 적들이 생각했던 것보다 더 치밀하고 수완이 있었다. 그의 가문은 벌써 가문의 은혜를 들고 나오면서 권력 기반을 유지하기 위해 힘을 모으고 있었다.

그리고 튜엑의 자리를 차지한 얼굴의 춤꾼은 그를 흉내 내는 솜씨를 통해 많은 것을 드러내고 있었다. 튜엑의 가문은 사람이 바뀌었다는 것을 아직 알아내지 못했다. 원래의 최고 사제가 다른 사람으로 바뀐 게 아니라고 거의 믿어버릴 수도 있을 정도였다. 이 얼굴의 춤꾼은 그 정도로 뛰어났다. 잠시도 방심하지 않는 대모들은 이 얼굴의 춤꾼의 활동을 관찰하면서 많은 것을 알아냈다. 당연히 그것이 와프가 지금 움찔거리는 이유 중 하나였다.

오드레이드가 한 발을 축으로 갑자기 몸을 돌려 틀레이랙스의 주인을 향해 성큼성큼 걸어갔다. '이제 그에게 한 방 먹일 때가 됐어!'

그녀는 와프에게서 두 발짝 떨어진 곳에 걸음을 멈추고 무서운 시선으로 그를 내려다보았다. 와프는 도전적으로 그녀의 시선을 맞받았다.

"당신의 입장을 생각해 볼 시간이 충분히 있었습니다. 왜 계속 침묵을 지키고 있는 겁니까?" 그녀가 비난하듯 말했다.

"내 입장이라고요? 당신들이 우리에게 선택의 여지를 주었다고 생각합니까?"

"사람은 연못에 떨어진 돌멩이에 지나지 않습니다." 그녀는 그가 믿고 있는 종교에서 나온 말을 그에게 인용해 주었다.

와프는 떨리는 숨을 들이쉬었다. 그녀가 한 말은 적절한 것이었다. 하지만 그런 말 뒤에 무엇이 놓여 있는 건가? 포윈다 여자의 입에서 들려오는 그 말은 더 이상 올바른 소리처럼 들리지 않았다.

와프가 대답을 하지 않자 오드레이드는 계속해서 다른 말을 인용했다.

"사람이 돌멩이에 불과하다면, 그가 이루어놓은 모든 일도 그 이상이 될 수 없습니다."

무의식중에 전율이 오드레이드의 몸을 휩쓸고 지나갔다. 그 때문에 경계를 늦추지 않고 있던 수호 자매들이 조심스럽게 억제된 놀라움의 표정을 지었다. 그 전율은 지금 그녀가 해야 하는 행동 중의 일부가 아니었다.

'나는 지금 이 순간에 왜 폭군의 말을 생각하고 있는 거지?' 오드레이드는 속으로 질문을 던졌다.

'네게 분명히 말하건대 베네 게세리트의 몸과 영혼은 다른 모든 몸이나 다른 모든 영혼과 똑같은 운명을 맞을 것이다.'

그의 가시가 그녀의 머릿속 깊숙이 박혀 있었다.

'어떻게 내가 이토록 약해질 수 있는 거지?' 이 의문의 답이 그녀의 의식 속으로 불쑥 뛰어 들어왔다. '아트레이데스 선언서! 타라자의 주의 깊은 지도하에 그 말을 쓰다가 내 안에 있는 결점이 밖으로 드러난 거야.'

혹시 그것이 타라자의 목적이었을까? 오드레이드를 약하게 만드는 것이? 타라자는 이곳 라키스에서 무엇이 발견될지 어떻게 알았을까? 최고 대모는 예지력을 보여준 적이 없을 뿐만 아니라, 다른 사람들의 그런 재능도 피하는 경향이 있었다. 타라자가 오드레이드에게 그런 능력을 발휘해달라고 드물게 요구하는 경우에도 교단의 자매로서 훈련받은 사람이라면 그녀의 꺼리는 태도를 분명히 알 수 있었다.

'하지만 그녀는 날 약하게 만들어놓았어.'

그건 그냥 우연한 일이었을까?

오드레이드는 '공포에 맞서는 기도문'을 재빨리 외웠다. 눈을 겨우 몇 번 깜박거릴 정도의 시간이었지만, 그동안 와프는 결정을 내린 모양이었다.

"당신들은 우리에게 강요를 하려고 합니다. 하지만 우리가 그런 순간을 위해 어떤 힘을 예비해 두었는지 당신들은 모릅니다." 그는 소매를 들어 올려 화살 발사 장치가 들어 있던 곳을 보여주었다. "우리가 가진 진짜 무기에 비하면 이건 하찮은 장난감에 지나지 않습니다."

"교단은 그 점을 의심한 적이 없습니다." 오드레이드가 말했다.

"우리 사이에 폭력적인 분쟁이 일어나야 하는 겁니까?"

"그건 당신의 선택에 달렸습니다."

"당신들은 왜 폭력을 부르려 하는 겁니까?"

"베네 게세리트와 베네 틀레이랙스가 서로에게 덤벼드는 모습을 보면 아주 좋아할 사람들이 있습니다. 우리가 서로 싸우느라 충분히 약해지고 나면 우리 적들이 기꺼이 나서서 어부지리를 취할 겁니다." 오드레이드가 말했다.

"당신은 협정을 맺어야 한다고 하면서 우리 민족에게 협상의 여지를 전혀 주지 않습니다! 당신네 최고 대모가 당신에게 협상의 권한을 전혀 주지 않은 모양이지요!"

모든 것을 그냥 타라자의 손에 넘겨버리고 싶은 생각이 얼마나 간절한지. 바로 타라자가 원하는 그대로. 오드레이드는 수호 자매들을 흘깃 바라보았다. 두 사람의 얼굴은 가면처럼 아무것도 드러내지 않고 있었다. 저들이 정말로 알고 있는 것이 무엇일까? 그녀가 타라자의 명령에 반하는 행동을 한다면 저들이 알아챌까?

"당신에게 그런 권한이 있는 겁니까?" 와프가 고집스럽게 물었다.

'고귀한 목적. 그래, 폭군의 황금의 길은 적어도 그런 목적의 특징 하나를 보여주었어.' 오드레이드는 생각했다.

그녀는 진실을 창작해 내기로 결정했다. "난 그런 권한을 갖고 있습니다." 그녀가 말했다. 그녀 자신의 말이 이것을 진실로 만들었다. 스스로 권한을 취함으로써 그녀는 타라자가 그것을 부인할 수 없게 만들었다. 그러나 오드레이드는 자신이 이 말로 인해 타라자의 계획에서 단계마다 계속 급격하게 벗어나는 길에 몸을 맡기게 되었음을 알고 있었다.

독자적인 행동. 그녀가 알베르투스에게서 원했던 바로 그것.

'하지만 나는 지금 현장에 있으니까 필요한 것이 무엇인지 알고 있어.'

오드레이드는 수호 자매들을 살짝 바라보며 말했다. "이곳에 남아서 아무도 우리를 방해하지 못하게 하세요." 그리고 그녀는 와프에게 말했다. "조금 편안한 자세로 얘길 하는 게 좋겠군요." 그녀는 방 건너편에 서로 직각으로 놓여 있는 의자개 둘을 가리켰다.

오드레이드는 자신과 와프가 자리에 앉을 때까지 기다렸다가 대화를 다시 시작했다. "우리 사이에는 외교에서 거의 허락되지 않는 솔직함이 필요합니다. 피상적인 얘기들로 얼버무리기에는 지금 상황이 너무 불안 정합니다."

와프는 이상한 시선으로 그녀를 바라보았다. "당신들의 최고 평의회에 불화가 있다는 걸 알고 있습니다. 우리에게 은밀한 제안들이 제시되었습니다. 이것도 그것의 일부……."

"난 교단에게 충성합니다. 당신에게 접근했던 사람들도 다른 곳에 충성을 바치지는 않을 겁니다." 그녀가 말했다.

"이것도 또 다른 속임수……."

"속임수가 아닙니다!"

"베네 게세리트를 상대할 때에는 항상 속임수가 있습니다." 그가 비난하듯 말했다.

"당신이 우리에게 두려워하는 것이 무엇입니까? 말씀해 보세요."

"어쩌면 내가 당신에게서 알아낸 것이 너무 많아서 당신들이 내 목숨을 그냥 살려둘 수 없는지도 모르죠."

"나 역시 당신에게 같은 말을 할 수 있는 입장이 아닙니까? 우리의 은밀한 유사성에 대해 아는 사람이 또 누가 있습니까? 지금 여기서 당신과 얘기하고 있는 나는 '포윈다' 여자가 아닙니다!"

그녀는 약간의 두려움을 느끼면서 모험을 하는 기분으로 이 단어를 사용했다. 그러나 그 단어가 가져온 효과는 더 이상 노골적일 수 없을 정도였다. 와프는 눈에 띄게 혼비백산한 모습이었다. 그가 원래의 모습을 회복하는 데 꼬박 1분이 걸렸다. 그러나 의심은 여전히 남아 있었다. 그녀가 그 의심들을 그에게 심어놓았으므로.

"말이 무슨 증거가 됩니까? 지금도 당신은 내게서 알아낸 것들을 가져가면서 우리 민족에게는 아무것도 남겨주지 않을 수도 있습니다. 당신은 지금도 우리에게 채찍을 휘두를 수 있어요." 그가 말했다.

"내 소매에는 무기가 하나도 없습니다."

"하지만 당신의 머릿속에는 우리를 파멸시킬 수도 있는 지식이 들어 있습니다!" 그는 수호 자매들을 흘깃 뒤돌아보았다.

"저 사람들이 내 무력의 일부인 건 사실입니다. 저들을 다른 곳으로 보낼까요?" 오드레이드가 말했다.

"그래도 저 사람들의 머릿속에는 여기서 들은 얘기가 고스란히 들어 있겠지요." 그가 말했다. 그리고 경계를 늦추지 않는 시선으로 다시 오드레이드를 바라보았다. "당신이 당신의 기억들을 모두 다른 곳으로 보내 버리는 편이 더 낫습니다!"

오드레이드는 가장 이성적인 어조로 목소리를 조절했다. "당신이 움직일 준비를 갖추기 전에 당신들의 전도에 대한 열정을 폭로해서 우리가 얻을 것이 뭐겠습니까? 당신이 신품종 얼굴의 춤꾼들을 어디에 배치해 두었는지 폭로해서 당신들의 이름을 더럽히는 것이 우리에게 도움이 될까요? 그래요, 우리는 익스와 물고기 웅변대에 대해 알고 있습니다. 우리는 당신들의 신품종 얼굴의 춤꾼들을 일단 연구한 후에 그들을 수색하러 나섰습니다."

"그것 보십시오!" 그의 목소리가 위험할 정도로 날카로웠다.

"나로서는 우리 자신에 대해 똑같이 불리한 사실을 밝히는 것 외에 우리의 유사성을 증명할 다른 방법을 모르겠습니다." 오드레이드가 말했다.

와프는 말을 잊었다.

"우리는 대이동을 떠난 사람들이 있는 수많은 행성에 '예언자'의 벌레를 이식하고 싶습니다. 당신이 그 사실을 밝힌다면 라키스의 사제들이 어떤 말과 행동을 할까요?" 그녀가 말했다.

수호 자매들이 즐거운 기색을 채 다 감추지 못한 표정으로 그녀를 바라보았다. 그녀가 거짓말을 하고 있다고 생각하는 모양이었다.

"지금 내게는 경호원이 없습니다. 위험한 사실을 아는 사람이 한 명뿐일 때, 그 사람에게서 영원한 침묵을 얻어내는 건 아주 쉬운 일입니다." 와프가 말했다.

그녀는 텅 비어 있는 자신의 소매를 들어 올렸다.

그는 수호 자매들을 바라보았다.

"좋습니다." 오드레이드가 말했다. 그녀는 수호 자매들을 바라보며 그들을 안심시키기 위해 미세한 수신호를 보냈다. "밖에서 기다려주세요, 자매님들."

그들이 나가고 문이 닫힌 후 와프는 다시 의심을 제기했다. "우리 쪽 사람들은 이 방을 수색하지 않았습니다. 우리의 대화를 기록하기 위해 여기 뭐가 숨겨져 있는지 내가 어찌 알겠습니까?"

오드레이드는 이슬라미야트의 언어로 말했다. "그럼 다른 언어로 얘기를 나눠야겠군요. 우리만 알고 있는 언어로 말입니다."

와프의 눈이 반짝였다. 그가 오드레이드와 같은 언어로 말했다. "좋습니다! 그걸 믿고 도박을 한번 해보지요. 베네 게세리트 사이의…… 불화의 진정한 원인에 대해 말해 주십시오."

오드레이드는 스스로에게 미소를 허락했다. 언어가 바뀌면서 와프의 성격 전체, 모든 태도가 바뀌었다. 그는 예상했던 그대로 움직이고 있었다. 이 언어 속에서는 그가 갖고 있는 의심 중 어떤 것도 강화되어 있지 않았다!

그녀는 그에 못지않게 솔직한 태도로 대답했다. "멍청한 자들은 우리가 또다시 퀴사츠 해더락을 만들어낼지도 모른다고 두려워합니다! 우리 자매들 몇 명이 주장하는 것이 바로 그겁니다."

"그런 사람은 더 이상 필요하지 않습니다. 동시에 여러 곳에 있을 수 있는 사람은 나타났다가 사라졌습니다. 그가 나타났던 것은 오로지 '예언자'를 우리에게 데려다주기 위해서였습니다."

"신께서 그런 메시지를 두 번 보내지는 않을 겁니다." 그녀가 말했다.

이것은 와프가 이 언어로 자주 듣던 바로 그런 종류의 말이었다. 그는 여자가 이런 말을 할 수 있다는 사실을 더 이상 이상하게 생각하지 않았다. 이 언어와 친숙한 단어들만으로 충분했다.

"슈왕규의 죽음으로 당신네 자매들이 통일성을 회복했습니까?" 그가 물었다.

"우리에게는 공통의 적이 있습니다."

"명예의 어머니들!"

"당신이 그들을 죽이고 그들에게서 정보를 알아낸 것은 현명한 처사였습니다."

와프는 이 친숙한 언어와 대화의 흐름에 완전히 사로잡혀서 앞으로 몸을 기울였다. "그들은 섹스를 이용해서 지배합니다!" 그가 의기양양하게 말을 이었다. "오르가슴을 증폭시키는 기술이 놀라워요! 우리는……." 그는 자기 앞에 앉아서 이 얘기를 모두 듣고 있는 사람이 누구인지 뒤늦게 깨달았다.

"우리는 그런 기술을 이미 알고 있습니다." 오드레이드가 그를 안심시켰다. "비교를 해보면 재미있을 겁니다. 하지만 우리가 그토록 위험한 수단을 이용해서 권력을 잡으려 하지 않은 데에는 분명한 이유가 있습니다. 그 매춘부들은 그런 실수를 저지를 정도로 어리석은 겁니다!"

"실수라고요?" 그는 완전히 어리둥절한 표정이었다.

"그들은 자기 손에 고삐를 쥐고 있습니다. 권력이 증가하면 고삐를 쥐고 있는 힘도 증가해야 합니다. 그런 체제는 스스로의 힘 때문에 산산조각이 날 겁니다!"

"권력, 언제나 권력이로군요." 와프가 중얼거렸다. 그때 또 다른 생각이 그를 엄습했다. "'예언자'도 그런 식으로 무너졌다는 얘깁니까?"

"그는 자신이 뭘 하고 있는지 알고 있었습니다. 수천 년에 걸친 강요된 평화 뒤에 기근시대와 대이동이 찾아왔습니다. 직접적인 결과가 주는 교훈이죠. 명심하십시오! 그는 베네 틀레이랙스나 베네 게세리트를 파괴하지 않았습니다."

"우리 두 종족의 동맹에서 당신이 바라는 것은 무엇입니까?" 와프가 물었다.

"바라는 건 바라는 것이고, 생존은 생존입니다."

"항상 실용적이군요. 그리고 당신들 중 일부는 당신들이 라키스에서 모든 힘을 고스란히 가진 예언자를 다시 만들어낼까 봐 두려워하고 있다고요?"

"제가 말하지 않았습니까?" 이슬라미야트의 언어는 이런 의문형에서 특히 효과적이었다. 이 언어는 사실을 증명해야 할 의무를 와프에게 지웠다.

"그러니까 그들은 당신네 퀴사츠 해더락의 창조에 신께서 개입하셨다는 걸 의심하는 거로군요. 그들은 '예언자'도 의심하고 있습니까?" 그가 말했다.

"좋습니다. 모두 다 털어놓고 얘기하지요." 오드레이드가 말했다. 그리고 그녀는 자신이 선택한 기만의 술책을 펼치기 시작했다. "슈왕규와 그녀를 지지했던 사람들은 위대한 믿음에서 떨어져 나갔습니다. 우리는 베네 틀레이랙스가 그들을 죽인 것에 대해 아무런 분노도 품고 있지 않습니다. 베네 틀레이랙스가 우리의 수고를 덜어주었으니까요."

와프는 이 말을 완전히 받아들였다. 지금 상황을 감안하면 이 말은 예상 그대로였다. 그는 자신이 여기서 밝히지 않았더라면 좋았을 것들을 많이 밝혔음을 알고 있었다. 그러나 아직 베네 게세리트가 모르는 것들이 있었다. 그리고 그가 알아낸 것들도 있었다!

이 순간 오드레이드가 한 말이 그를 완전히 뒤흔들어 놓았다. "와프, 대이동에서 돌아온 당신들의 후손이 전혀 변하지 않았다고 생각한다면 어리석음 그 자체가 당신들의 생활 방식이 되었다고 볼 수밖에 없습니다."

그는 아무 말도 하지 않았다.

"당신은 퍼즐의 모든 조각을 손에 쥐고 있습니다. 당신들의 후손은 대이동에서 돌아온 매춘부에게 속해 있습니다. 만약 그들 중 하나라도 협정을 지킬 거라고 생각한다면, 당신들은 말로 표현할 수 없을 정도로 어리석은 겁니다!" 그녀가 말했다.

와프의 반응은 그녀가 그를 장악했음을 그녀에게 알려주었다. 퍼즐의 조각들이 찰칵거리며 제자리를 찾아 들어가고 있었다. 그녀는 그에게 필요한 진실을 말했다. 그의 의혹은 그 의혹이 속한 곳, 즉 대이동에서 돌아온 사람들을 향해 다시 방향을 잡았다. 게다가 이것은 그가 사용하는 언어로 이루어진 일이었다.

그는 목구멍이 바짝 죄어든 것 같은 느낌을 뚫고 말을 하려고 애썼다. 그는 손으로 목을 문지른 다음에야 다시 말을 할 수 있었다. "우리가 어떻게 해야 합니까?"

"그건 뻔합니다. 잃어버린 자들은 우리를 또 다른 정복 대상으로 주시하고 있습니다. 그들은 정복을 자기들의 뒤를 깨끗이 치우는 작업으로 생각합니다. 흔히 볼 수 있는 신중함이죠."

"하지만 그들의 숫자가 너무 많습니다!"

"우리가 그들을 물리치기 위해 공통의 계획을 짜서 힘을 합하지 않는다면, 그들은 슬리그가 먹이를 먹듯이 우리를 먹어치울 겁니다."

"포윈다의 쓰레기들에게 굴복할 수는 없습니다! 신께서 그걸 허락하지 않으실 거예요!"

"굴복이라고요? 우리가 굴복한다고 누가 그랬습니까?"

"하지만 베네 게세리트는 항상 그 오래된 평계를 이용하지 않습니까. '그들을 물리칠 수 없다면 그들과 한패가 되어라'라는."

오드레이드는 음울한 미소를 지었다. "신께서는 당신이 굴복하는 걸 허락하지 않으실 겁니다! 신께서 우리에게는 그걸 허락하실 거라는 말씀입니까?"

"그럼 당신들의 계획이 무엇입니까? 그렇게 많은 사람들을 상대로 어떻게 하실 겁니까?"

"당신이 계획하고 있는 그대로 할 겁니다. 그들을 개종시키는 것이죠. 당신이 이 단어를 말하면, 교단은 진정한 믿음을 공개적으로 지지할 겁니다."

와프는 멍한 표정으로 침묵을 지키며 앉아 있었다. 그러니까 저 여자가 틀레이랙스 계획의 핵심을 알고 있단 말이지. 틀레이랙스가 그 계획을 어떻게 실행할 생각인지도 알고 있는 걸까?

오드레이드는 생각에 잠긴 표정을 노골적으로 드러내며 그를 뚫어지게 바라보았다. '꼭 그래야 한다면 짐승의 불알이라도 움켜쥐어야지.' 그녀는 생각했다. 하지만 교단 분석가들의 전망이 틀렸다면? 그렇다면 이 '협상' 전체가 웃음거리가 될 터였다. 게다가 와프의 눈 속 깊은 곳에는 오랜 지혜를 암시하는 표정이 떠올라 있었다……. 그의 육체보다 훨씬 더 오래된 지혜. 그녀는 실제보다 훨씬 더 확신에 찬 목소리로 말했다.

"당신들이 탱크에서 골라를 만들어내며 성취한 것, 지금까지 당신들만의 비밀로 지켜온 그것, 그것을 성취하기 위해 다른 사람들은 커다란 대가를 치를 겁니다."

그녀의 말은 충분히 암호 같았다(누구 다른 사람이 엿듣고 있지는 않을까?). 그러나 와프는 베네 게세리트가 이것조차 알고 있다는 사실을 단 한순간도 의심하지 않았다.

"그것까지도 함께 나눠야 한다고 요구하는 겁니까?" 그가 물었다. 이 단어들이 바짝 마른 그의 목구멍을 긁어댔다.

"모든 것이죠! 우린 모든 것을 함께 나눠야 합니다."

"이 위대한 나눔에 당신들은 무엇을 내놓을 겁니까?"

"요구해 보세요."

"당신들의 모든 교배 기록."

"그건 당신들 거나 마찬가지입니다."

"우리가 선택한 교배모들."

"얼마든지요."

와프는 놀란 숨을 집어삼켰다. 이건 최고 대모의 제안을 훨씬 뛰어넘었다. 마치 그의 의식 속에서 꽃잎이 벌어지고 있는 것 같았다. 명예의 어머니들에 대한 그녀의 생각은 당연히 옳았다. 대이동에서 돌아온 틀레이랙스의 후손들에 대해서도. 그는 결코 그들을 완전히 믿은 적이 없었다. 결코!

"당신들은 물론 멜란지의 무제한적인 공급을 원하겠지요." 그가 말했다.

"물론입니다."

그는 그녀를 뚫어지게 바라보았다. 자신의 행운을 도저히 믿을 수가 없었다. 악솔로틀 탱크는 '위대한 믿음'을 신봉하는 자에게만 불사의 생명을 줄 것이다. 틀레이랙스 인들이 그것을 남들에게 잃어버리느니 차라리 파괴해 버릴 것임을 알면서 감히 그것을 공격해 장악하려 할 사람은 아무도 없을 것이다. 그런데 지금은! 그는 지금까지 알려진 선교 집단 중에서 가장 강력하고 가장 영구적인 세력의 협조를 확보했다. 신의 손이 여기서 움직이고 있음을 분명히 알 수 있었다. 와프는 처음에는 경외를 느끼다가 나중에는 의욕을 느꼈다. 그가 오드레이드에게 부드러운 목소리로 말했다.

"그럼 당신들은, 대모님, 당신들은 우리의 협정에 어떤 이름을 붙일 겁니까?"

"고귀한 목적. 타브르 시에치에서 나온 예언자의 말을 이미 아시지요?

그를 의심하십니까?" 그녀가 말했다.

"그럴 리가요! 하지만…… 하지만 한 가지 문제가 있습니다. 던컨 아이다호 골라와 시이나를 어떻게 하실 생각입니까?"

"물론, 그 둘을 교배시킬 겁니다. 그리고 그들의 후손은 예언자의 모든 후손에게 우리를 대변할 겁니다."

"당신들이 그들을 데리고 갈 모든 행성에서!"

"그 모든 행성에서." 그녀가 동의했다.

와프는 앉은 채 뒤로 등을 기댔다. '내가 당신을 잡았어, 대모! 우리가 이 동맹을 지배할 거다. 당신들이 아니라. 골라는 당신들 것이 아냐. 그는 우리 것이야!' 그는 생각했다.

오드레이드는 와프의 눈에서 비밀의 그림자를 보았지만, 자신이 감히 무릅쓸 수 있는 위험을 이미 모두 무릅썼다는 것을 알고 있었다. 더 이상 시도했다가는 그의 의심을 다시 일깨우게 될 것이다. 무슨 일이 일어나든, 그녀는 교단을 이 길에 이미 맡겼다. 이제 타라자는 이 동맹에서 도망칠 수 없었다.

와프가 뽐내듯이 어깨를 폈다. 그의 눈에서 엿보이는 오랜 지혜와 어긋나는, 이상할 정도로 아이 같은 행동이었다. "아아, 한 가지가 더 있습니다." 그가 말했다. 주인들의 주인으로서 자신의 언어로 자신의 말을 듣고 있는 모든 사람을 지배한다는 느낌이 속속들이 배어 있는 목소리였다. "이…… 이 아트레이데스 선언서를 퍼뜨리는 데도 일조하겠습니까?"

"안 될 이유가 없지요. 내가 그것을 쓴 걸요."

와프가 펄쩍 뛰듯이 앞으로 다가앉았다. "당신이?"

"나보다 능력이 떨어지는 사람이 그걸 해낼 수 있을 거라고 생각하셨습니까?"

그는 더 이상 이견을 내세우지 않고 납득한 듯 고개를 끄덕였다. 이것이 그의 머릿속에 떠오른 한 가지 생각에 더욱 불을 지폈다. 이번 동맹의 마지막 요점. 대모들의 강력한 정신이 고비마다 틀레이랙스 인들에게 조언을 해줄 것이라는 점! 대이동에서 돌아온 매춘부들의 숫자가 대모들보다 많다는 것이 무슨 문제가 되겠는가? 이렇게 서로 합쳐진 지혜와 도저히 이겨 낼 수 없는 무기에 누가 맞먹을 수 있겠는가?

"선언서의 제목 역시 정확한 겁니다. 나는 아트레이데스의 진정한 후손이니까요." 오드레이드가 말했다.

"당신도 우리를 위해 교배모가 되어주시겠습니까?" 그가 용기를 내서 물었다.

"저는 교배연령을 거의 다 지났습니다. 하지만 당신이 명령한다면 따르겠습니다."

나는 우리가 거의 잊어버린 전쟁 때의 친구들을 기억한다.

그들은 모두 우리가 입은 상처 속으로 방울방울 스며들었다.

그 상처들은 우리가 싸웠던 그 모든 고통스러운 전장이다.

전투는 뒤에 남겨두는 편이 좋다. 우리가 결코 원하지 않았던 것으로.

우리가 써버린 것은 무엇이고, 우리가 얻은 것은 무엇인가?

—대이동의 노래

부르즈말리는 바샤르에게서 배운 것들을 최대한 활용해서 계획을 세웠다. 그리고 여러 가지 대안들과 후퇴 지점에 대한 자신의 생각을 남에게 털어놓지 않았다. 그것은 사령관의 특권이었다! 물론, 그는 이 지역에 대해 자신이 알아낼 수 있는 모든 것을 알아냈다.

구제국 시대에, 심지어는 무앗딥의 치하에서도 가무 성을 에워싼 지역은 보안림이었으며, 하코넨의 땅을 뒤덮기 일쑤인 기름진 찌꺼기 위로 한참 높게 솟아오른 땅이었다. 이 땅에서 하코넨 사람들은 최고의 필린지탐을 일부 재배했다. 꾸준히 유통되던 그 나무는 최고의 부자들에게서 항상 귀한 대접을 받았다. 가장 오래된 고대부터 지식인들은 당시 폴

라스틴, 폴라즈 등으로 불리던, 대량생산되는 인공적인 재료들보다 질 좋은 나무로 주위를 장식하는 것을 더 좋아했다. 폴라스틴 혹은 폴라즈는 나중에 포르마밧이라고 불렸다. 희귀한 나무의 가치에 대한 지식을 바탕으로 재산이 그리 많지 않은 부자들과 소가문 사람들에게 경멸이 섞인 꼬리표를 붙이는 관습은 구제국 시대에도 이미 존재했다.

사람들은 '그 사람은 3P-O야'라고 말하곤 했다. 질이 떨어지는 재료로 만든 싸구려 모조품으로 주위를 장식하는 사람이라는 뜻이었다. 최고 부자들은 어쩔 수 없이 저 비참한 3P-O 중 하나를 사용하는 경우에도 가능한 한 O-P(유일한 P)인 필린지탐 뒤에 그것을 숨겨 위장하곤 했다.

부르즈말리는 이 모든 사실들과 그 이상의 지식을 가진 상태에서 부하들을 보내 비공간 구 근처에 전략적으로 배치되어 있는 필린지탐을 수색하게 했다. 필린지탐 목재는 최고의 장인들에게 사랑받는 특징을 많이 가지고 있었다. 금방 베어낸 필린지탐 목재는 연한 목재 같았다. 그런데 이 목재에서 물기가 마르고 시간이 흐르면 단단한 나무와 같은 내구성이 생겼다. 이 목재는 여러 가지 색소들을 흡수했기 때문에 원래 나뭇결이 그런 색깔을 띤 것처럼 자연스럽게 보였다. 이보다 더 중요한 것은 필린지탐이 곰팡이에 대한 저항력을 가지고 있으며, 지금까지 알려진 그 어떤 곤충도 이 나무를 갉아 먹으려 하지 않는다는 점이었다. 마지막으로 필린지탐 목재는 불에 잘 타지 않았으며, 살아 있는 나무가 나이를 먹으면 중심부에 크게 자리 잡은 텅 빈 관(管)으로부터 밖을 향해 자랐다.

"우리는 뜻밖의 행동을 해야 한다." 부르즈말리는 수색에 나선 부하들에게 이렇게 말했다.

그는 오니숍터를 타고 이 지역을 처음 지나갔을 때 필린지탐 이파리

특유의 연녹색을 이미 본 적이 있었다. 이 행성의 숲은 기근시대에 사람들의 습격을 받거나 벌채되었지만, 유서 깊은 O‑P들은 교단의 명령으로 다시 심어진 상록수와 활엽수들 사이에서 여전히 자라고 있었다.

부르즈말리의 부하들은 비공간 구가 있는 지역 위에서 O‑P가 온통 차지하고 있는 능선 하나를 발견했다. 필린지탐의 이파리가 거의 3헥타르에 걸쳐 펼쳐져 있었다. 그 결정적인 날의 오후에 부르즈말리는 이곳에서 멀리 떨어진 곳에 미끼를 놓고 풀이 무성한 얕은 습지에서 공간이 넉넉한 필린지탐의 중심부로 들어가는 터널을 팠다. 그는 그곳에 지휘본부를 차리고 탈출에 필요한 예비 장비들을 설치했다.

"나무는 생명체이다. 그 나무가 생명 반응 추적기로부터 우리를 숨겨 줄 것이다." 그는 부하들에게 이렇게 설명했다.

뜻밖의 행동.

계획을 세우면서 부르즈말리는 자신의 행동이 모두 감시망을 벗어날 거라고는 결코 생각하지 않았다. 그가 할 수 있는 것이라고는 약점을 넓게 흩어놓는 것이었다.

공격이 시작되었을 때, 공격자들이 미리 예상했던 패턴을 따르는 것 같았다. 그는 공격자들이 가무 성을 공격할 때처럼 비우주선과 수적 우위에 의존할 것이라고 예상했다. 교단의 분석가들은 대이동에서 돌아온 세력, 즉 명예의 어머니를 자칭하는 난폭하고 잔인한 여자들이 배치해 놓은 틀레이랙스의 후손들이 가장 커다란 위협이라고 그에게 확인해 주었다. 그는 이들의 행동을 대담성이 아니라 자만으로 보았다. 진정한 대담성은 마일즈 테그 바샤르에게 가르침을 받은 모든 제자들의 무기였다. 그 덕분에 그는 테그가 계획의 한계 속에서 임기응변을 발휘해 줄 거라고 믿을 수 있었다.

무선 중계기를 통해 부르즈말리는 허둥지둥 도망치는 던컨과 루실라를 쫓았다. 통신용 헬멧과 야간 렌즈를 장착한 병사들이 미끼의 위치에서 활발하게 움직이는 시늉을 하는 동안 부르즈말리와 그가 선발한 예비 병력은 자신의 위치를 결코 드러내지 않은 채 공격자들을 계속 감시했다. 테그는 공격자들에게 격렬히 반응하고 있었기 때문에 그의 움직임을 쉽게 추적할 수 있었다.

부르즈말리는 루실라가 전투의 소음이 더 강해지는 것을 듣고도 걸음을 멈추지 않는 것을 보고 고개를 끄덕였다. 그러나 던컨은 걸음을 멈추려고 했다. 그 때문에 하마터면 계획이 완전히 틀어질 뻔했다. 루실라는 던컨의 예민한 신경이 있는 부분을 쥐어박으며 '당신은 그를 도울 수 없어요!'라고 고함을 질러 위험을 막았다.

부르즈말리는 투구의 증폭기를 통해 그녀의 목소리를 분명하게 들으면서 숨죽여 욕설을 퍼부었다. 상대편도 그녀의 목소리를 들을 것이다! 그러나 그들은 틀림없이 이미 그녀를 추적하고 있을 터였다.

부르즈말리는 목에 심어진 마이크를 통해 직접 목소리를 내지 않은 채 명령을 내리고 자리를 떠날 준비를 했다. 그는 이곳으로 다가오는 루실라와 던컨에게 대부분의 신경을 쏟고 있었다. 만약 모든 일이 계획대로 진행된다면 그의 부하들이 두 사람을 데리고 내려올 것이고, 두 사람 대신 투구를 쓰지 않고 적절한 옷을 차려입은 병사들이 미끼가 있는 곳으로 계속 도망치는 시늉을 할 것이다.

그동안에 테그는 경탄할 만한 파괴 행동을 통해 지상차가 도망칠 수도 있을 법한 길을 만들어내고 있었다.

한 보좌관이 부르즈말리의 생각을 방해했다. "공격자 두 명이 바샤르 님의 뒤쪽으로 접근하고 있습니다!"

부르즈말리는 손을 저어 그 부하를 옆으로 밀어냈다. 그는 테그가 도망칠 가능성에 대해 거의 생각을 기울일 수 없었다. 모든 것은 골라를 구하는 데 집중되어야 했다. 부르즈말리는 상황을 지켜보면서 머릿속으로 열심히 생각했다.

'서둘러요! 뛰어요! 뛰라고요, 젠장!'

루실라도 던컨을 재촉해 앞으로 나아가면서 비슷한 생각을 하고 있었다. 그녀는 그의 뒤를 보호하기 위해 뒤에서 그에게 바짝 붙어 있었다. 그녀는 최후의 저항을 위해 자신의 모든 것을 준비시켰다. 그녀가 양육 과정과 훈련을 통해 배운 모든 것이 지금 이 순간 전면으로 나섰다. '절대 포기해서는 안 돼!' 포기한다는 것은 자매의 '기억의 삶' 속이나 망각 속으로 자신의 의식을 넘겨주는 것을 의미했다. 심지어 슈왕규도 마지막 순간에 절대적인 저항으로 돌아서서 스스로를 구원했으며, 마지막까지 저항하면서 베네 게세리트의 전통 속에서 훌륭한 죽음을 맞았다. 부르즈말리가 테그를 통해 그 사실을 보고했었다. 루실라는 헤아릴 수 없이 많은 생명들을 한데 모으며 속으로 생각했다. '나도 질 수 없어!'

그녀는 던컨의 뒤를 따라 거대한 필린지탑의 줄기 옆에 있는 얕은 습지까지 내려갔다. 그곳의 어둠 속에서 사람들이 일어나 두 사람을 아래로 끌어들일 때, 그녀는 하마터면 광전사 같은 반응을 보일 뻔했다. 그러나 누군가의 목소리가 그녀의 귓가에서 차콥사 어로 속삭였다. "아군입니다!" 이것이 심장이 한 번 뛰는 시간만큼 그녀의 반응을 늦춰주었고, 그녀는 미끼들이 습지에서 뛰어나가 계속 도망치는 것을 보았다. 다른 무엇보다도 바로 그 모습이 이파리 냄새가 짙게 풍기는 땅에 대고 두 사람을 붙들고 있는 사람들의 정체와 계획의 실체를 밝혀주었다. 그 사람들이 거대한 나무를 향해 나 있는 터널 속으로 던컨을 먼저 밀어 넣으며

(여전히 차콥사 어로) 서두르라고 주의를 주었을 때, 루실라는 자신이 전형적인 테그 스타일의 대담한 계획에 걸려들었음을 깨달았다.

던컨도 그것을 깨달았다. 지옥으로 통하는 것 같은 터널의 깜깜한 출구에서 그는 냄새로 그녀를 찾아내 그녀의 팔을 톡톡 두드리며 과거 아트레이데스의 소리 없는 전투 암호로 메시지를 전달했다.

"저들이 앞장서게 하십시오."

그녀는 이 메시지 전달 방식에 깜짝 놀랐지만, 골라가 이 통신방법을 알고 있는 것이 당연하다는 사실을 곧 깨달았다.

그들을 둘러싼 사람들은 아무 말없이 던컨에게서 큼직한 골동품 레이저총을 벗겨내고 어떤 탈것의 해치로 도망자들을 밀어 넣었다. 그녀가 알지 못하는 종류의 탈것이었다. 어둠 속에서 빨간 불빛이 잠깐 빛났다.

부르즈말리는 부하들에게 목소리를 내지 않고 말했다. "저기 그들이 간다!"

스물여덟 대의 지상차와 열한 대의 가벼운 오니숍터들이 미끼의 위치로부터 재빨리 움직였다. '교란 작전이 제대로 되고 있군.' 부르즈말리는 생각했다.

루실라는 귀에 느껴지는 압력을 통해 해치가 단단히 닫혔음을 알 수 있었다. 빨간 불빛이 다시 한번 반짝이더니 어두워졌다.

폭발물이 커다란 나무를 박살 냈다. 그리고 그들이 타고 있는 탈것이 위로 불쑥 솟아올라 반중력 장치와 제트 엔진의 힘을 이용해 밖으로 나갔다. 이 탈것이 바로 장갑 지상차라는 것을 이제 알 수 있었다. 루실라는 달걀형의 플라즈 창밖으로 일그러져 보이는 별빛과 번쩍이는 불꽃을 통해 진행 경로를 간신히 알 수 있었다. 주위를 둘러싼 반중력장 때문에 눈을 통해서만 감지되는 장갑차의 움직임이 으스스하게 느껴졌다. 테그가 저항하고 있는 지점을 지상차가 곧바로 가로질러 요리조리 급격하게 방향을 바꾸며 화살처럼 쏘아져 나가는 동안 그들은 플래스틸로 된 좌석에 푹 안겨 있었다. 지상차가 아무리 난폭하게 움직여도 그 안에 탄 사람들의 몸에는 그 움직임이 전달되지 않았다. 나무와 덤불이 눈에 보이지도 않을 만큼 빠르게 춤추듯 지나가는 모습이 보일 뿐이었다. 나무와 덤불 중 일부는 불타고 있었다. 곧 별들이 나타났다.

그들은 테그의 레이저총이 파괴해 버린 숲의 꼭대기와 가까운 곳에서 움직이고 있었다! 그녀는 그때서야 자신들이 자유롭게 이곳을 벗어날지도 모른다는 희망을 감히 품었다. 갑자기 지상차의 몸체가 부르르 떨리더니 비행 속도가 느려졌다. 자그마한 달걀형의 플라즈 창을 통해 보이는 별들이 기울어지더니 검은 물체로 가려져버렸다. 중력이 되돌아오고 희미한 불빛이 켜졌다. 루실라는 부르즈말리가 왼쪽의 해치를 벌컥 여는 것을 보았다.

"내리세요! 1초도 허비할 시간이 없습니다!" 그가 날카롭게 소리쳤다.

던컨을 앞세운 채 루실라는 허둥지둥 해치에서 나와 축축한 땅 위에 섰다. 부르즈말리가 그녀의 등을 세게 밀고 던컨의 팔을 움켜쥐며 두 사람을 지상차에서 떨어진 곳으로 난폭하게 밀었다. "서둘러요! 이쪽입니다!" 그들은 키 큰 덤불들을 뚫고 포장된 좁은 도로로 나아갔다. 두 사람을 각각 한 손으로 잡고 있는 부르즈말리는 그들을 몰아 서둘러 길을 건넌 다음 그들을 밀어 도랑에 납작 엎드리게 했다. 그리고 생명 반응 은폐용 담요를 재빨리 두 사람에게 덮어주고 고개를 들어 자기들이 온 방향을 뒤돌아보았다.

루실라는 그의 몸 너머로 그 방향을 응시했다. 눈 쌓인 능선 위에 별빛이 비치는 것이 보였다. 던컨이 옆에서 몸을 움직이는 것이 느껴졌다.

능선을 한참 올라간 곳에서 제트 포드를 개조한 것이 별빛에 분명히 보이는 지상차 한 대가 고속으로 달리다가 빨간 불꽃을 일으키며 떠올라 위로 올라갔다. 계속, 계속…… 계속. 갑자기 그 지상차가 오른쪽으로 휙 방향을 꺾었다.

"우리 편이오?" 던컨이 속삭이듯 물었다.

"그렇습니다."

"저것이 어떻게 흔적도 없이 저기까지 올라갔……."

"버려진 수로용 터널입니다. 저 지상차는 자동조종으로 프로그램되어 있었습니다." 부르즈말리가 속삭였다. 그는 멀리 보이는 빨간 불꽃을 계속 응시했다. 갑자기 그곳에서 거대한 폭발이 일어나 그 빨간 흔적으로부터 파란 빛이 뭉클뭉클 쏟아져 나왔다. 둔탁한 쿵 소리가 곧바로 그 뒤를 이었다.

"아아아." 부르즈말리가 작게 소리를 냈다.

던컨이 낮은 목소리로 말했다. "당신 차의 구동장치에 과부하가 걸린 것처럼 보일 작정이군."

부르즈말리는 별빛 속에서 유령처럼 회색으로 보이는 던컨의 앳된 얼굴을 향해 깜짝 놀란 시선을 쏘아보냈다.

"던컨 아이다호는 아트레이데스의 가신들 중 최고의 파일럿이었습니다." 루실라가 말했다. 그것은 소수의 사람들만이 알고 있는 지식이었으며, 나름대로 소용이 되었다. 부르즈말리는 자신이 단순히 두 도망자를 지키기만 하는 입장이 아니라는 것을 즉시 깨달았다. 그가 보호하는 사람들은 필요한 경우 유용하게 이용할 수 있는 능력을 갖고 있었다.

개조된 지상차가 폭발한 지점에서 파란색과 빨간색 불꽃들이 하늘을 가로지르며 번쩍였다. 뜨거운 기체가 둥글게 뭉쳐 있는 그곳에서 비우주선들이 냄새를 맡는 것처럼 어른거렸다. 저 비우주선들이 어떤 판단을 내릴 것인가? 파란색과 빨간색 불꽃들이 별빛을 받으며 불룩 솟아 있는 야산들 뒤로 미끄러지듯 사라졌다.

길에서 들려오는 발소리에 부르즈말리가 재빨리 몸을 돌렸다. 던컨은 루실라가 놀라서 숨을 집어삼킬 만큼 빠른 속도로 권총을 꺼내 들고 있었다. 그녀는 참으라는 듯이 그의 팔에 손을 올렸지만 그는 그 손을 떨어냈다. 부르즈말리가 이 발소리를 차분히 받아들이는 걸 그는 보지 못하는 걸까?

그들 머리 위의 도로에서 누군가의 목소리가 부드럽게 그들을 불렀다. "날 따라오십시오. 서둘러요."

움직이는 어두운 얼룩처럼 보이는 그 사람이 그들 옆으로 뛰어내려 길가에 자라는 덤불숲 사이의 틈을 뚫고 굉장한 소리를 내며 움직였다. 앞을 가려주는 덤불 너머의 눈 덮인 능선에서 검은 점들이 뚜렷해지면서 적어도 10여 명의 무장한 사람들의 모습으로 바뀌었다. 그 중 다섯 명이 던컨과 루실라의 주위를 둘러싸고 소리 없이 두 사람을 재촉해 덤불 옆의 눈 덮인 길을 따라 걸어가게 했다. 무장한 사람들 중 나머지는 모습을 훤히 드러낸 채 눈 쌓인 능선을 달려 내려가 검은 선을 그리고 있는 나무들 속으로 들어갔다.

100걸음을 채 걷기도 전에 말없이 던컨과 루실라를 둘러싸고 있던 다섯 명이 한 줄로 늘어섰다. 던컨과 루실라를 보호하기 위해 중간에 두고 두 명은 앞에, 세 명은 뒤에 섰다. 부르즈말리는 던컨과 루실라의 앞에 섰고, 루실라는 던컨의 뒤에 바짝 따라붙었다. 이윽고 거무스름한 바위들이 갈라진 부분이 나타났고, 그들 일행은 선반처럼 튀어나온 바위 밑에 멈춰 서서 개조된 지상차들이 뒤에서 천둥 같은 소리를 내며 공중으로 떠오르는 소리에 귀를 기울였다.

"미끼 위에 또 미끼를 두었습니다. 놈들이 미끼에 질릴 만큼. 저들은 우리가 겁에 질려서 가능한 한 빠른 속도로 도망치고 있다고 확신할 겁니다. 이제 우리는 이 근처에서 숨어 있다가 나중에 천천히 움직일 겁니다…… 도보로." 부르즈말리가 속삭였다.

"적이 예상치 못한 일을 하는 거로군요." 루실라가 속삭였다.

"테그는?" 던컨의 목소리였다. 거의 속삭임에 지나지 않는 소리였다.

부르즈말리가 던컨의 왼쪽 귀에 입을 대고 속삭였다. "저들이 그분을 잡았을 겁니다." 부르즈말리의 속삭임 속에는 깊은 슬픔이 배어 있었다.

검은 물체처럼 보이는 일행 한 명이 말했다. "서두르세요. 이 아래쪽으로."

그들은 좁은 바위틈 사이를 지나갔다. 근처에서 뭔가가 삐걱거리는 소리를 냈다. 사람들의 손이 그들을 사방이 막힌 통로로 밀어 넣었다. 삐걱거리는 소리가 뒤에서 들려왔다.

"저 문을 고치시오." 누군가가 말했다.

그들 주위에서 빛이 섬광처럼 번쩍거렸다.

던컨과 루실라는 충분한 설비가 갖춰진 커다란 방을 둘러보았다. 바위를 잘라서 만든 방임이 분명했다. 부드러운 카펫이 바닥에 덮여 있었다. 암적색과 황금색이 섞여 있는 카펫에는 총안이 있는 흉벽처럼 생긴 무늬가 옅은 녹색으로 되풀이되었다. 부르즈말리 근처의 탁자 위에 제멋대로 뒤엉킨 옷가지 꾸러미가 놓여 있었다. 부르즈말리는 호위대원 한 명과 낮은 목소리로 대화를 나누는 중이었다. 넓은 이마와 상대를 꿰뚫는 듯한 초록색 눈을 가진 금발의 남자였다.

루실라는 신중하게 귀를 기울였다. 그들의 대화를 알아들을 수 있었다. 경비병의 배치 현황에 대한 이야기였다. 그러나 초록색 눈을 가진 남자의 말씨는 그녀가 한번도 들어보지 못한 것이었다. 후두음과 자음이 혼란스럽게 뒤섞이고, 놀라울 정도로 갑작스럽게 혀를 차는 것 같은 소리가 나곤 했다.

"여긴 비공간입니까?" 그녀가 물었다.

"아닙니다." 그녀의 뒤에 있던 남자가 초록색 눈의 남자와 같은 말씨로 대답했다. "조류(藻類)가 우릴 보호해 주고 있습니다."

그녀는 그 남자를 향해 고개를 돌리는 대신 천장과 벽을 두텁게 덮고 있는 밝은 연두색의 조류를 올려다보았다. 바닥과 가까운 곳의 몇 군데에만 거무스름한 바위가 드러나 있었다.

부르즈말리가 남자와의 대화를 끊고 말했다. "이곳은 안전합니다. 저 조류는 특별히 이런 목적을 위해 재배되고 있습니다. 생명 반응 탐지기는 식물의 존재만을 감지할 겁니다. 저 조류가 가려주고 있는 것들을 전혀 알아차리지 못하는 거죠."

루실라는 한쪽 발꿈치를 축으로 몸을 돌리면서 방 안의 세세한 특징들을 머릿속으로 정리했다. 하코넨의 그리핀이 크리스털 탁자에 새겨져 있고, 의자와 침상에는 이국적인 천이 덮여 있었다. 한쪽 벽에 붙여 세워진 무기걸이에는 길이가 긴 야전용 레이저총이 두 줄로 걸려 있었다. 그녀가 한 번도 보지 못한 모양의 총들이었다. 총구는 종 모양이었으며, 방아쇠 위에는 둥글게 구부러진 황금색 보호대가 있었다.

부르즈말리는 초록색 눈의 남자와 다시 대화 중이었다. 두 사람은 어떻게 변장을 할 것인지를 놓고 언쟁을 벌였다. 그녀는 신경의 일부만을 그 대화에 기울인 채, 방 안에 남아 있는 다른 호위대원 두 명을 유심히 살펴보았다. 그들 외의 호위대원 세 명은 무기걸이 근처의 통로를 통해 밖으로 나가버린 다음이었다. 그 통로의 입구는 반짝이는 은실로 짠 두 꺼운 커튼으로 가려져 있었다. 그녀는 던컨이 자신의 반응을 신중하게 관찰하고 있음을 깨달았다. 그의 손은 허리띠에 있는 작은 레이저총에 닿아 있었다.

'대이동에서 돌아온 사람들인가? 저들은 누구한테 충성을 바치고 있 는 거지?' 루실라는 속으로 질문을 던져보았다.

그녀는 무심한 태도로 던컨의 옆으로 가서 그의 팔에 손가락을 대고 수신호로 자신의 의심을 전달했다. 두 사람 모두 부르즈말리를 바라보 았다. '저 사람이 배신한 건가?'

루실라는 다시 방 안을 살펴보기 시작했다. 눈에 보이지 않는 눈들이 우리를 감시하고 있는 걸까?

이 공간을 밝히는 아홉 개의 발광구가 각각 특별히 빛이 강렬한 섬 같 은 구역을 만들어냈다. 그 빛이 뻗어 나와 한 지점에 집중되었다. 그 근 처에서는 부르즈말리가 여전히 초록색 눈의 남자와 얘기를 하고 있었 다. 빛의 일부는 공중을 떠도는 발광구에서 나오고 있었는데, 모두 화려 한 황금색으로 조정된 빛이 조류에 일부 반사되어 더 부드럽게 느껴졌 다. 그 결과 가구 아래에도 어두운 그림자가 전혀 생기지 않았다.

반짝이는 은실로 짠 커튼이 열렸다. 그리고 한 노파가 안으로 들어왔 다. 루실라는 그녀를 뚫어지게 바라보았다. 노파는 오래 된 자단목처럼 검고 주름진 얼굴을 갖고 있었다. 거의 어깨까지 오는 헝클어진 흰머리 가 얇게 얼굴을 감싸고 있는 가운데 그녀의 이목구비가 선명하게 부각 되었다. 그녀는 신화에 등장하는 드래곤의 모습이 황금색 실로 짜여 있 는 긴 검은색 로브를 입고 있었다. 노파는 긴 의자 뒤에 멈춰 서서 혈관 이 크게 튀어나온 손을 등받이에 댔다.

부르즈말리와 초록색 눈의 남자가 대화를 중단했다.

루실라는 노파에게서 자신의 로브로 시선을 옮겼다. 황금색 드래곤만 제외하면, 두 사람의 옷은 비슷한 디자인이었다. 두건이 어깨 위에 늘어져 있는 모습도 같았다. 드래곤이 그려진 로브의 다른 점은 측면에 트임이 있고, 옷의 앞섶을 열 수 있게 되어 있다는 점뿐이었다.

노파가 아무 말도 하지 않자 루실라는 설명을 요구하는 시선으로 부르즈말리를 바라보았다. 부르즈말리는 강렬한 시선으로 그녀의 눈길을 맞받았다. 노파는 계속해서 말없이 루실라를 유심히 살펴보았다.

그 시선이 하도 강렬해서 불안이 루실라의 머릿속을 가득 채웠다. 던컨도 그것을 느낀 모양이었다. 그는 작은 레이저총에서 손을 떼지 않았다. 노파가 눈으로 루실라를 조사하면서 오랫동안 침묵을 지켰기 때문에 루실라의 불안감이 더욱 커졌다. 노파가 그저 그 자리에 서서 바라보기만 하는 모습에는 거의 베네 게세리트와 흡사한 분위기가 있었다.

던컨이 침묵을 깨뜨리고 부르즈말리에게 다그치듯 물었다. "저 사람은 누굽니까?"

"난 당신들을 무사히 도망치게 해줄 사람이야." 노파가 말했다. 가래 끓는 소리가 약간 섞인 가느다란 목소리였다. 그녀의 말씨도 다른 사람들과 똑같았다.

루실라의 '다른 기억들'이 노파의 옷과 비교될 수 있는 것들을 알려주었다. '고대의 노리개 여자들이 입던 옷과 비슷하다.'

루실라는 하마터면 고개를 저을 뻔했다. 이 여자는 분명히 그런 역할을 하기에는 너무 나이가 많았다. 그리고 천에 짜 넣은 신화 속 드래곤도 기억 속의 모습과 달랐다. 루실라는 노파의 얼굴로 다시 시선을 돌렸다. 노환 때문에 물기가 배어난 눈. 코 옆의 눈물샘과 눈꺼풀이 닿는 부분의 주름살에는 건조하고 딱딱한 껍질이 덮여 있는 것 같았다. 노리개 여자가 되기에는 너무 늙은 모습이었다.

노파가 부르즈말리에게 말했다. "저 여자가 이 옷을 입어도 아무 문제 없을 것 같군." 그녀는 드래곤이 그려진 자신의 로브를 벗기 시작했다. 그리고 루실라에게 말했다. "이건 당신 거야. 존경심을 가지고 입어. 당신을 위해 이 옷을 얻으려고 우린 살인을 저질렀어."

"누굴 죽인 건가?" 루실라가 다그치듯 물었다.

"명예의 어머니 지망생이지!" 노파의 갈라진 목소리에는 자부심이 배어 있었다.

"내가 왜 그 로브를 입어야 하지?" 루실라가 다그치듯 물었다.

"당신은 나와 옷을 바꿔 입어야 해." 노파가 말했다.

"설명을 해주지 않으면 그렇게 하지 않겠다." 루실라는 자신을 향해 내밀어진 로브를 받지 않았다.

부르즈말리가 한 발짝 앞으로 나섰다. "저 사람을 믿어도 됩니다."

"난 당신 친구들의 친구야." 노파가 말했다. 그리고 루실라의 앞에서 로브를 흔들었다. "자, 받아."

루실라가 부르즈말리에게 말했다. "난 당신의 계획이 뭔지 꼭 알아야겠습니다."

"우리 두 사람 다 꼭 알아야겠소. 우리더러 이 사람들을 믿으라는 건 누구의 뜻입니까?" 던컨이 말했다.

"테그님의 뜻입니다. 내 뜻이기도 하고요." 부르즈말리는 노파를 바라보며 말을 이었다. "이 사람들에게 말해 주셔도 좋습니다, 시라파. 아직 시간이 있으니까."

"당신은 이 로브를 입고 부르즈말리와 함께 이사이로 갈 거야." 시라파가 말했다.

'시라파.' 루실라는 생각했다. 베네 게세리트 직계 이름의 변형처럼 들리는 이름이었다.

시라파는 던컨을 유심히 살펴보았다. "그래, 아직 몸집이 작군. 저 사람을 변장시켜서 따로 옮겨야겠어."

"안 돼! 난 그를 보호하라는 명령을 받았다!" 루실라가 말했다.

"바보 같은 소릴 하는군. 적들은 이 젊은이 같은 외모의 남자와 동행한 당신 같은 외모의 여자를 찾을 거야. 하지만 밤의 동반자와 함께 있는 명예의 어머니인 노리개 여자를 찾지는 않겠지……. 일행을 거느린 틀레이랙스의 주인을 찾지도 않을 거고."

루실라는 혀로 입술을 축였다. 시라파의 말투에는 교단 감독관과 같은 자신감이 배어 있었다.

시라파가 드래곤이 그려진 로브를 긴 의자의 등받이 위에 걸쳐놓았다. 그녀는 몸에 딱 달라붙는 검은색 레오타드를 입고 몸매를 모두 드러낸 채 서 있었다. 아직도 나긋나긋하고 유연하며, 심지어 부드러운 느낌마저 드는 몸매가 그대로 드러났다. 얼굴보다 훨씬 더 젊어 보이는 몸이었다. 루실라가 시라파를 바라보는 가운데 시라파는 손바닥으로 이마와 뺨을 문지르며 피부를 뒤로 밀었다. 주름살이 점점 엷어지더니 젊은 얼굴이 드러났다.

'얼굴의 춤꾼인가?'

루실라는 여자를 뚫어지게 바라보았다. 얼굴의 춤꾼에게서 볼 수 있는 다른 흔적은 전혀 없었다. 그래도…….

"로브를 벗어!" 시라파가 명령했다. 이제 그녀의 목소리는 더 젊고 당당했다.

"그렇게 하셔야 합니다. 시라파가 미끼로서 당신을 대신할 겁니다. 우리가 도망칠 길은 그것뿐이에요." 부르즈말리가 애원하듯 말했다.

"어디로 도망친단 말입니까?" 던컨이 물었다.

"비우주선으로요." 부르즈말리가 말했다.

"그럼 그 비우주선은 우릴 어디로 데려가는 거죠?" 루실라가 다그치듯 물었다.

"안전한 곳으로요. 우리는 시어를 잔뜩 섭취하겠지만, 이 이상은 말씀 드릴 수 없습니다. 아무리 시어라 해도 시간이 지나면 효과가 약해지니까요." 부즈르말리가 말했다.

"나를 어떻게 틀레이랙스 인으로 변장시킬 겁니까?" 던컨이 물었다.

"우리가 할 수 있는 일이니 걱정 마십시오." 부르즈말리가 말했다. 그는 루실라에게서 시선을 떼지 않았다. "대모님?"

"당신은 선택의 여지를 주지 않는군요." 루실라가 말했다. 그녀는 재빨리 옷을 잠글 수 있는 장치를 풀고 자신의 로브를 바닥에 떨어뜨렸다. 그리고 보디스에서 작은 권총을 꺼내 긴 의자 위로 던졌다. 그녀의 레오타드는 옅은 회색이었다. 그녀는 시라파가 레오타드의 색깔과 다리의 칼집에 들어 있는 칼들을 눈여겨보는 것을 눈치챘다.

"우리는 때로 검은색 속옷을 입기도 하지." 루실라는 드래곤 로브를 입으면서 말했다. 로브의 천은 보기에는 무거운 것 같았지만 실제 느낌은 가벼웠다. 그녀는 그 옷을 입고 빙글 돌면서 옷자락이 나팔꽃처럼 퍼지는 것과 옷이 마치 그녀만을 위해 만들어진 것처럼 저절로 그녀의 몸에 맞춰지는 것을 느꼈다. 목에서 꺼칠꺼칠한 것이 느껴졌다. 그녀는 손을 뻗어 손가락으로 그것을 쓸어보았다.

"그건 그 여자가 다트에 맞은 부분이야. 우리가 재빨리 행동에 나섰지만 산(酸) 때문에 천에 조금 상처가 남았지. 겉으로 보이지는 않아." 시라파가 말했다.

"지금 이 모습이 정확한 겁니까?" 부르즈말리가 시라파에게 물었다.

"아주 좋아. 하지만 내가 조금 가르쳐야겠군. 저 여자가 절대 실수를 해서는 안 되니까. 그랬다가는 적들이 당신들 두 사람을 간단하게 잡아 버릴걸!" 시라파는 자신의 말을 강조하기 위해 양 손바닥을 부딪쳤다.

'내가 저런 몸짓을 어디서 보았더라?' 루실라는 속으로 질문을 던졌다.

던컨이 루실라의 오른팔 뒤편을 건드리며 손가락으로 몰래 재빨리 메시지를 전달했다. '저 손뼉 치는 동작! 저건 지에디 프라임 사람들의 독특한 버릇입니다.'

'다른 기억들'이 루실라에게 이 말을 확인해 주었다. 이 여자는 케케묵은 생활방식을 보존하고 있는 고립된 집단의 일원인 걸까?

"저 젊은이는 지금 떠나야 해." 시라파가 말했다. 그리고 그녀는 남아 있는 호위대원 두 명을 가리키며 말을 이었다. "저 아이를 그곳으로 데리고 가."

"느낌이 좋지 않군요." 루실라가 말했다.

"우리에겐 선택의 여지가 없습니다!" 부르즈말리가 고함을 질렀다.

루실라도 동의할 수밖에 없었다. 그녀는 교단에 대한 부르즈말리의 충성의 맹세에 의존하고 있었다. 그녀는 또한 던컨이 어린애가 아니라는 점을 스스로에게 일깨웠다. 그의 프라나 빈두 반응은 늙은 바샤르와 그녀 자신이 훈련시킨 것이었다. 이 골라는 베네 게세리트가 아닌 사람들 중에는 대적할 자가 거의 없는 능력을 갖고 있었다. 던컨과 호위대원 두 명이 반짝이는 커튼 사이로 사라지는 것을 그녀는 조용히 지켜보았다.

그들이 가고 나자 시라파가 긴 의자를 돌아 나와 손을 엉덩이에 댄 자세로 루실라 앞에 섰다. 두 사람의 시선이 같은 높이에서 맞부딪혔다.

부르즈말리는 헛기침을 하며 자기 옆의 탁자 위에 아무렇게나 쌓여 있는 옷가지를 손가락으로 뒤적였다.

시라파의 얼굴, 특히 눈은 놀라울 정도로 강렬했다. 눈동자는 밝은 초록색이고, 흰자위는 깨끗했다. 눈을 가린 렌즈나 다른 인위적인 물건은 없었다.

"당신 분위기가 딱 좋아. 당신이 아주 특별한 노리개 여자이고 부르즈말리는 당신의 손님이라는 걸 잊지 마. 평범한 사람이라면 끼어들려고 하지 않을 거야." 시라파가 말했다.

루실라는 이 말 속에 감춰진 암시를 눈치챘다. "하지만 끼어들려고 하는 사람이 있을지도 모른다?"

"위대한 종교 단체의 대사관들이 지금 가무에 있어. 그중에는 당신이 한 번도 마주치지 못한 것들도 있지. 당신들이 대이동이라고 부르는 것에서 나온 거야."

"그럼 당신들은 그걸 뭐라고 부르지?"

"탐구." 시라파는 루실라를 달래려는 듯이 한 손을 들어 올리며 말을 이었다. "겁먹지 마! 우리에게는 공통의 적이 있으니까."

"명예의 어머니들?"

시라파는 고개를 왼쪽으로 돌리고 바닥에 침을 뱉었다. "날 봐, 베네 게세리트! 난 오로지 그들을 죽이기 위한 훈련을 받았어! 그것이 나의 유일한 기능이고 목적이야!"

루실라는 조심스럽게 말했다. "우리가 알고 있는 사실들을 생각해 보면, 당신은 실력이 아주 좋은 모양이군."

"어떤 면에서는 내가 당신보다 더 나을지도 몰라. 이제 잘 들어! 당신은 성적으로 숙련된 자야. 내 말 알아들어?"

"왜 사제들이 끼어들려고 할 거라는 거지?"

"당신은 그들을 사제라고 부르나? 뭐…… 그렇군. 당신이 상상하는 이유 때문에 그들이 끼어들지는 않을 거야. 쾌락을 위한 섹스, 종교의 적, 그런 이유 말이야."

"신성한 기쁨을 대체할 수 있는 것은 없다고 하지." 루실라가 말했다.

"탄트루스가 당신을 보호할 거야! 탐구에서 돌아온 다른 '사제들'이 있어. 약속된 내세 대신 즉각적인 황홀경을 제공하는 것쯤 개의치 않는 사람들 말이야."

루실라는 하마터면 미소를 지을 뻔했다. 명예의 어머니들의 살인자를 자임하는 이 여자는 대모에게 종교에 대해 충고를 할 수 있다고 생각하는 걸까?

"이곳에는 '사제'로 위장하고 돌아다니는 자들이 있어. 아주 위험하지. 무엇보다 위험한 것은 탄트루스를 따르면서 섹스가 자기들의 신에게 바치는 유일한 예배라고 주장하는 자들이야."

"그들을 어떻게 알아볼 수 있지?" 루실라는 시라파의 목소리에서 진지함과 불길함을 느꼈다.

"그건 걱정할 필요 없어. 당신은 절대 그런 차이를 알아본 것처럼 행동해서는 안 돼. 당신이 가장 걱정해야 할 것은 반드시 화대를 받아내는 거야. 내 생각엔 당신이 50솔라리를 요구해야 할 것 같군."

"그들이 왜 끼어들려고 할 건지 당신은 내게 말해 주지 않았어." 루실라는 부르즈말리를 흘깃 뒤돌아보았다. 그는 거칠게 보이는 옷가지들을 늘어놓고 전투복을 벗고 있었다. 그녀는 다시 시라파에게로 시선을 돌렸다.

"어떤 사람들은 부르즈말리와 당신의 거래를 방해할 권리를 그들에게 부여해 주는 고대의 관습을 따르지. 실제로는 몇몇 사람들이 당신을 시험하려 들 거야."

"잘 들으세요. 중요한 얘깁니다." 부르즈말리가 말했다.

시라파가 말했다. "부르즈말리는 현장 인부의 옷차림을 할 거야. 다른 방법으로는 무기를 다루느라 굳은살이 박인 그의 손을 위장할 수 없으니까. 당신은 그를 스카르라고 불러야 해. 여기서는 흔한 이름이지."

"하지만 사제들이 끼어들면 내가 어떻게 해야 하지?"

시라파는 레오타드 안에서 작은 주머니를 하나 꺼내 루실라에게 건네주었다. 루실라는 한 손으로 그것의 무게를 가늠해 보았다. "거기에는 283솔라리가 들어 있어. 만약 누군가가 스스로 성직자임을 밝히면서…… 그거 기억해? 성직자 말이야."

"내가 그걸 어떻게 잊을 수 있겠나?" 루실라의 목소리는 거의 조롱에 가까웠지만 시라파는 신경 쓰지 않았다.

"만약 그런 사람이 끼어든다면, 유감의 뜻을 표하면서 50솔라리를 부르즈말리에게 돌려줘. 그 주머니에는 피라라는 이름으로 되어 있는 당신의 노리개 여자 카드도 들어 있어. 이제 당신 이름을 한 번 말해 봐."

"피라."

"아냐! 끝의 '아' 발음을 더 강하게!"

"피라!"

"그 정도면 쓸 만하군. 이제 내 말을 아주 잘 들어. 당신과 부르즈말리는 늦은 시간에 거리로 나갈 거야. 사람들은 당신이 그 전에 이미 손님을 맞았을 거라고 생각하겠지. 그 증거가 있어야 해. 그러니까, 당신은…… 아아, 부르즈말리를 즐겁게 해줘야 해. 이곳을 떠나기 전에. 알겠어?"

"정말 신중하시군!" 루실라가 말했다.

시라파는 이것을 칭찬으로 받아들이고 미소를 지었다. 그러나 그 표정은 팽팽하게 억제된 것이었다. 그녀의 반응은 너무나 이질적이었다!

"한 가지만 묻겠다. 만약 내가 반드시 성직자를 '즐겁게 해줘야' 한다면 나중에 부르즈말리를 어떻게 찾아내지?" 루실라가 말했다.

"스카르야!"

"그래. 내가 스카르를 어떻게 찾아내지?"

"당신이 어디로 가든 그가 근처에서 기다릴 거야. 당신이 밖으로 나오면 스카르가 당신을 찾아낼 거라고."

"좋다. 만약 '성직자'가 끼어들면, 나는 100솔라리를 스카르에게 돌려주고⋯⋯."

"50!"

"내 생각은 달라, 시라파." 루실라는 고개를 천천히 가로저으며 말을 이었다. "내가 '즐거움'을 주고 나면 그 성직자는 50솔라리가 너무 적은 액수라는 걸 알게 될걸."

시라파는 입을 꾹 다물고 루실라 너머의 부르즈말리를 흘깃 바라보았다. "당신이 이런 여자들에 대해 주의를 주었지만 나는 이렇게까지는 생각을⋯⋯."

루실라는 '목소리'를 아주 조금만 섞어서 말했다. "나한테 얘기를 들을 때까지 당신은 아무것도 생각해서는 안 돼!"

시라파가 험악한 표정을 지었다. 그녀가 '목소리' 때문에 깜짝 놀란 것은 분명했다. 그러나 다시 말을 시작한 그녀의 목소리는 조금 전과 똑같이 오만했다. "다양한 성적 행동을 설명해 주지 않아도 되는 건가?"

"잘 아는군." 루실라가 말했다.

"그리고 당신이 입은 로브는 호르무 교단의 제5단계 숙련자임을 나타내는 사실도 말할 필요 없겠군?"

이번에는 루실라가 인상을 구길 차례였다. "만약 내가 그 5단계를 뛰어넘는 능력을 보여준다면?"

"아아, 그럼 이제 내 말을 잘 들을 건가?" 시라파가 말했다.

루실라는 무뚝뚝하게 고개를 끄덕했다.

"좋아. 당신이 질(膣)의 경련을 일으킬 수 있다고 생각해도 될까?"

"그래."

"어떤 자세에서도?"

"난 내 몸의 모든 근육을 통제할 수 있어!"

시라파는 루실라 너머의 부르즈말리를 흘깃 바라보았다. "사실인가?"

부르즈말리가 루실라의 뒤에 바짝 붙어서서 말했다. "사실이 아니라면 대모님이 그런 말을 하지 않았을 겁니다."

시라파는 루실라의 턱에 시선을 집중한 채 생각에 잠긴 듯한 표정이 되었다. "일이 복잡하게 된 것 같군."

"당신이 잘못 생각할까 봐 하는 말인데, 내가 배운 능력은 대개 시장에서 팔리는 것이 아니다. 그 능력이 쓰이는 곳은 따로 있어."

"아, 물론 그러시겠지. 하지만 성적인 민첩성은……."

"민첩성이라니!" 루실라는 자신의 목소리에 대모의 분노를 완전히 실었다. 시라파가 무엇을 할 생각인지는 몰라도 그녀에게 자신의 위치를 알려주어야 했다! "민첩성이라고 했나? 난 성기의 온도를 통제할 수 있다. 난 51개의 자극점을 알고 있으며, 그 지점들을 흥분시킬 수 있다. 난……."

"51개? 하지만 자극점은 겨우……."

"51개야!" 루실라가 날카롭게 소리치며 말을 이었다. "그리고 그것들을 조합해서 배열할 수 있는 숫자는 2,008개다. 또한 205개의 체위와 조합하여……."

"205개?" 시라파에게는 깜짝 놀란 기색이 완연했다. "당신 얘기는 설마……."

"사실은 그보다 더 많아. 사소한 변형까지 포함시킨다면. 난 각인사다. 그건 내가 오르가슴 증폭의 300단계를 모두 터득했다는 뜻이야!"

시라파는 헛기침을 하며 혀로 입술을 축였다. "그럼 당신에게 자신을 억제하라고 경고해야겠군. 당신의 능력을 모두 드러내지 마. 그렇지 않으면……." 그녀는 다시 한번 부르즈말리를 바라보았다. "왜 나한테 미리 얘기해 주지 않았지?"

"난 얘기했습니다."

루실라는 그의 목소리에서 즐거워하는 기색을 분명하게 감지했지만 그 사실을 확인하기 위해 뒤를 돌아보지는 않았다.

시라파는 숨을 들이쉬었다가 두 번에 걸쳐 세게 내뱉었다. "누가 질문을 하면, 당신이 곧 승급 테스트를 받을 거라고 말해. 그럼 아마 의심이 잦아들 거야."

"만약 그 테스트에 대해 누가 물어보면?"

"아, 그건 쉬워. 신비스러운 미소를 지으면서 침묵을 지키면 돼."

"그 호르무 교단에 대해 누가 물어보면?"

"그 질문을 한 사람을 당신 상관들에게 보고하겠다고 협박해. 그러면 질문이 멈출 거야."

"멈추지 않으면?"

시라파는 어깨를 으쓱했다. "당신 마음대로 얘기를 꾸며내야지. 진실을 말하는 자라도 당신이 둘러대는 얘기를 들으며 즐거워할걸."

　루실라는 평온한 표정을 유지한 채 자신이 처한 상황에 대해 생각해 보았다. 부르즈말리(스카르!)가 바로 뒤에서 몸을 움직이는 소리가 들렸다. 이 속임수를 실행하기가 그리 어렵지 않을 것 같았다. 어쩌면 나중에 참사회에서 사람들에게 들려줄 수 있는 재미있는 막간 에피소드가 될 수도 있었다. 그녀는 시라파가 부르즈…… 아니 스카르에게 히죽 미소 짓고 있는 것을 눈치챘다. 루실라는 고개를 돌려 자신의 '손님'을 바라보았다.

　부르즈말리는 알몸으로 서 있었다. 그의 전투복과 투구는 거칠게 보이는 옷가지 뭉치 옆에 깔끔하게 쌓여 있었다.

　"스카르는 이번 모험을 위한 당신의 준비에 반대하지 않는 모양이군." 시라파가 뻣뻣하게 위를 향해 곤두선 그의 음경을 한 손으로 가리키며 말했다. "그럼 난 이만 나가보지."

　루실라는 시라파가 반짝이는 커튼 사이로 나가는 소리를 들었다. 분노의 깨달음이 그녀의 머릿속을 가득 채웠다.

　"지금 여기에 있는 사람이 골라여야 하는데!"

망각, 그것은 당신들의 운명이다. 삶의 모든 오래된 교훈들을 당신들은 잃었다가 얻고, 다시 잃었다가 얻는다.

—레토 2세, 다르 에스 발라트의 목소리

"우리의 신성 교단과 그 교단의 손상되지 않은 베네 게세리트의 이름으로, 이 보고서는 믿을 만한 것으로 판단되었으며, 참사회 연대기에 포함시킬 가치가 있다고 판단되었다."

타라자는 기록 중계기에 나타난 글자들을 혐오의 표정으로 물끄러미 바라보았다. 아침 햇빛이 중계기를 솜털 같은 노란색으로 물들여 글자들이 어렴풋이 신비하게 보였다.

타라자는 성난 몸짓으로 중계기 탁자에서 일어나 남쪽 창가로 갔다. 아직 시간이 일러서 뜰에 긴 그림자들이 드리워져 있었다.

'내가 직접 가야 하나?'

이건 영 내키지 않는 생각이었다. 이곳의 거처는 아주…… 아주 안전하게 느껴졌다. 그러나 그건 바보 같은 생각이었다. 그녀도 잘 알았다.

베네 게세리트가 이곳에 자리를 잡은 지 1400년 이상이 지났지만 지금도 참사회 행성을 임시적인 장소로 생각해야 했다.

그녀는 매끄러운 창틀에 왼손을 올렸다. 그녀의 방에 있는 창문들은 모두 훌륭한 풍경에 시선을 집중할 수 있도록 배치되어 있었다. 이 방 각 부분의 비례, 가구, 색깔, 이 모든 것은 방 안의 사람들에게 안정감을 주기 위해 전심전력을 기울인 설계자와 건축가의 뜻을 반영하고 있었다.

타라자는 이 안정적인 느낌 속에 빠져들려고 노력했지만 실패했다.

그녀가 방금 들은 주장들이 이 방 안에 씁쓸함을 남겨놓았다. 그 말을 한 사람들의 목소리가 지극히 온화했는데도 소용없었다. 평의회 의원들은 완강했으며 그 이유도 이해할 수 있는 것이었다(그녀도 완전히 같은 생각이었다).

'우리가 선교사가 된다고? 그것도 틀레이랙스를 위해서?'

그녀는 창문 옆의 조종판을 눌러 창문을 열었다. 봄에 피는 꽃들의 향내가 배어 있는 따스한 산들바람이 사과 과수원에서 방 안으로 불어왔다. 교단은 자신들이 갖고 있는 모든 본거지의 권력 중심인 이곳에서 자신들이 재배하고 있는 저 열매를 자랑스럽게 생각했다. 구제국에서 인간들이 차지했던 대부분의 행성에 베네 게세리트의 조직망을 펼쳐놓고 있는 모든 성과 종속 참사회 중 이보다 더 좋은 과수원을 가진 곳은 없었다.

"'열매를 보면 그들을 알 수 있다.' 옛날 종교 중에는 아직도 지혜의 말을 만들어내는 곳이 있어.' 그녀는 생각했다.

바깥이 내려다보이는 높은 위치에서 타라자는 참사회 건물들이 뻗어 있는 남쪽의 전경을 볼 수 있었다. 근처 감시탑의 그림자가 지붕들과 뜰 위로 길게 울퉁불퉁한 선을 그렸다.

생각해 보니, 이렇게 놀라울 정도로 작은 단지 안에 엄청난 권력이 들어 있는 셈이었다. 둥글게 고리 모양으로 늘어선 과수원과 밭 너머에는 조심스럽게 바둑판 모양으로 배열된 개인 주택들이 있었으며, 각각의 주택은 숲으로 둘러싸여 있었다. 은퇴한 자매들과 엄선된 충성스러운 가족들이 그 특별한 주택에 살았다. 톱니 모양의 산들은 서쪽 경계선 역할을 했다. 봉우리에 눈이 쌓여 밝게 빛날 때가 많았다. 동쪽으로 20킬로미터 떨어진 곳에는 우주 공항이 있었다. 참사회의 핵심인 이곳 주위는 온통 탁 트인 초원이었으며, 그곳에서는 아주 독특한 종의 소들이 풀을 뜯어 먹었다. 그들은 이질적인 냄새에 아주 민감해서 이 지역의 냄새를 표식처럼 달고 있지 않은 사람이 조금이라도 이곳에 들어오면 귀에 거슬리는 소리로 크게 울어대면서 우루루 달아나곤 했다. 침입자에게 고통을 줄 수 있는 식물들로 울타리를 삼은 가장 안쪽 집들의 위치를 정한 것은 초창기에 활약한 어떤 바샤르였다. 그는 밤이든 낮이든 구불구불하게 비틀린 지상의 통로에서 움직이는 사람이 결코 남의 눈을 피할 수 없게 집들을 배치했다.

모든 것이 아주 우연히 아무렇게나 늘어서 있는 것처럼 보였지만 그 안에는 엄격한 질서가 있었다. 그것이 교단의 상징임을 타라자는 알고 있었다.

뒤쪽에서 헛기침 소리가 들려온 덕분에 타라자는 평의회에서 가장 격렬한 주장을 펼친 사람 중 한 명이 열린 문간에서 계속 참을성 있게 기다리고 있음을 새삼 깨달았다.

'내 결정을 기다리는 거지.'

벨론다 대모는 오드레이드를 '당장 죽여버리기를' 원했다. 그러나 아직 아무런 결정도 내려지지 않았다.

'이번엔 정말 일을 저질렀군요, 다르. 난 당신에게서 다듬어지지 않은

독립적인 행동을 기대했습니다. 심지어 원하기까지 했지요. 하지만 이런 짓을 저지르다니!'

늙고, 뚱뚱하고, 혈색 좋고, 눈빛이 차갑고, 타고난 심술 때문에 가치를 인정받고 있는 벨론다는 오드레이드를 반역자로 낙인찍고 싶어 했다.

"폭군이었다면 즉시 그녀를 납작하게 뭉개버렸을 겁니다!" 벨론다가 주장했다.

'우리가 그에게서 배운 것이 그것뿐인가?' 타라자는 궁금했다.

벨론다는 오드레이드가 아트레이데스의 핏줄일 뿐만 아니라 또한 코리노의 핏줄이기도 하다고 주장했다. 그녀의 조상들 중에는 황제, 부(副)섭정, 강력한 행정가 등이 많았다.

'이 사실은 또한 권력에 대한 커다란 굶주림도 암시하고 있지.'

"그녀의 조상들은 살루사 세쿤더스에서 살아남았습니다!" 벨론다는 이 말을 계속 반복했다. "우리가 지금까지의 교배 경험에서 아무것도 배우지 못한 겁니까?"

'우린 오드레이드 같은 사람들을 만들어내는 법을 배웠다.' 타라자는 생각했다.

스파이스의 고통을 이기고 살아남은 후 오드레이드는 알 다납으로 파견되었다. 살루사 세쿤더스와 같은 그 행성에서 그녀는 의도적인 훈련을 받을 예정이었다. 그 행성에 있는 높은 절벽들과 바짝 마른 협곡들, 뜨거운 바람과 얼음처럼 차가운 바람, 습기가 거의 없는 곳과 습기가 지나치게 많은 곳은 끊임없는 시련을 주었다. 그곳은 운명에 따라 어쩌면 라키스로 가게 될지도 모르는 사람의 자질을 증명하기에 적당한 곳이라고 판단되었다. 이런 훈련을 통해 강인한 생존자들이 만들어졌다. 키가 크고, 몸이 유연하고, 근육질인 오드레이드는 가장 강인한 사람들 중 하나였다.

'이 상황을 어떻게 이용할 수 있을까?'

오드레이드가 가장 최근에 보내온 연락문에는 모든 평화가, 심지어 수천 년에 걸친 폭군의 억압조차도, 그 평화를 지나치게 믿는 사람들에게 치명적이 될 수 있는 거짓된 분위기를 풍긴다고 적혀 있었다. 그것은 벨론다의 주장에서 강점이자 결점이 되었다.

타라자는 시선을 들어 문간에서 기다리는 벨론다를 바라보았다. '벨론다는 너무 뚱뚱해! 그걸 우리 앞에서 의기양양하게 과시하고 있어!'

"우린 골라를 제거할 수 없는 것과 마찬가지로 오드레이드도 제거할 수 없습니다." 타라자가 말했다.

벨론다의 나직하고 단조로운 목소리가 들려왔다. "두 사람 모두 이제 우리에게 너무 위험한 존재가 되었습니다. 오드레이드가 타브르 시에치에서 발견한 글에 대한 보고서로 최고 대모님을 얼마나 약화시키고 있는지 보세요!"

"폭군의 메시지가 나를 약화시켰습니까, 벨?"

"제 말이 무슨 뜻인지 아시지 않습니까. 베네 틀레이랙스에게는 도덕이라는 게 없습니다."

"화제를 돌리는 짓은 그만두세요, 벨. 당신의 생각은 꽃송이 주위를 날아다니는 곤충처럼 정신없이 사방으로 튀고 있습니다. 당신이 여기서 정말로 감지한 게 뭡니까?"

"틀레이랙스입니다! 그들은 자기들의 목적을 위해 그 골라를 만들었습니다. 그런데 지금 오드레이드는 우리더러……."

"같은 말을 반복하고 있군요, 벨."

"틀레이랙스 인들은 지름길을 택하는 자들입니다. 유전학에 대한 그들의 견해는 우리와 같지 않아요. 그들의 견해는 인간의 것이 아닙니다. 그들은 괴물을 만듭니다."

"그들이 그렇게 한다고요?"

벨론다는 방 안으로 들어와 탁자 옆을 돌아 걸어와서 타라자에게 바짝 붙어 섰다. 그 때문에 벽감과 그 안에 들어있는 체노에의 조각상이 최고 대모의 시야에서 가려졌다.

"라키스의 사제들과 동맹을 맺는 것은 좋습니다. 하지만 틀레이랙스는 안 됩니다." 벨론다가 주먹을 꽉 쥐고 흔들자 그녀의 로브에서 옷자락 스치는 소리가 났다.

"벨! 최고 사제는 지금 그를 흉내 내는 얼굴의 춤꾼입니다. 그와 동맹을 맺자는 겁니까?"

벨론다는 성난 표정으로 고개를 흔들었다. "샤이 훌루드를 믿는 자들은 아주 많습니다! 어디에나 있어요. 이번 사기극에서 우리가 일익을 담당했다는 게 혹시라도 폭로된다면 그들이 우리에게 어떤 반응을 보이겠습니까?"

"당신이 틀렸습니다, 벨! 우린 그 부분에서 틀레이랙스 인들만이 쉽게 공격을 받게 되도록 손을 써두었어요. 그 점에서는 오드레이드가 옳습니다."

"그렇지 않습니다! 우리가 그들과 동맹을 맺는다면 우리 둘 다 공격에 취약해질 겁니다. 우린 틀레이랙스의 계획을 위해 움직일 수밖에 없을 거예요. 그건 우리가 오랫동안 폭군에게 굴종했던 것보다 더 나쁜 상황이 될 겁니다."

타라자는 벨론다의 눈이 악의로 번들거리는 것을 보았다. 그녀의 반응은 이해할 수 있는 것이었다. 신황제 치하에서 그들이 감내했던 그 특별한 속박을 생각하면서 적어도 등골이 서늘해지는 기억을 떠올리지 않는 대모는 없었다. 그들은 그때 자신들의 의지에 반해 채찍의 명령에 따르면서 하루하루 베네 게세리트가 살아남을 수 있을지 결코 확신하지 못했다.

"우리가 그렇게 어리석은 동맹을 통해 스파이스 공급원을 확보해야 한다고 생각하십니까?" 벨론다가 다그치듯 물었다.

이것이 옛날부터 내려오는 진부한 주장임을 타라자는 깨달았다. 멜란지와 그것을 변화시키는 고통이 없으면 대모는 생겨 날 수 없었다. 대이동에서 돌아온 매춘부들의 목적 중에 멜란지가, 즉 스파이스와 그것을 다루는 베네 게세리트의 기술이 포함되어 있음은 분명했다.

타라자는 책상으로 돌아가서 의자개에 털썩 주저앉았다. 그리고 개가 그녀의 몸 윤곽에 맞춰 스스로 형태를 바꾸는 동안 뒤로 등을 기댔다. 그것이 문제였다. 베네 게세리트의 독특한 문제. 교단은 끊임없는 수색과 실험에도 스파이스의 대용품을 결코 찾아내지 못했다. 우주 조합도 항법사들의 무아지경을 위해 멜란지를 원했다. 그러나 그들은 익스의 기계를 대신 사용할 수 있었다. 익스와 익스에 종속된 행성들은 조합의 시장에서 서로 경쟁을 벌였다. 그들에게는 대안이 있었다.

'우리에게는 대안이 하나도 없어.'

벨론다가 타라자의 책상 반대편으로 다가와서 양 주먹을 모두 매끄러운 표면에 대고 몸을 앞으로 기울여 최고 대모를 내려다보았다.

"게다가 우리는 틀레이랙스 인들이 우리 골라에게 무슨 짓을 해놓았는지 여전히 모르고 있습니다!"

"오드레이드가 찾아낼 겁니다."

"그녀의 반역 행위를 용서할 이유로는 충분하지 않습니다!"

타라자가 낮은 목소리로 말했다. "우리는 수세대를 거치면서 이 순간을 기다렸습니다. 그런데 당신은 그토록 간단하게 이 계획을 중단시키려 하는군요." 그녀는 책상을 손바닥으로 가볍게 쳤다.

"그 소중한 라키스 프로젝트는 더 이상 우리의 프로젝트가 아닙니다. 어쩌면 처음부터 우리 것이 아니었는지도 모르죠." 벨론다가 말했다.

상당한 정신적 능력을 모두 열심히 한곳에 집중시킨 채 타라자는 이 익숙한 주장의 의미를 다시 검토해 보았다. 이 말은 그들이 아까 끝낸 그 언쟁투성이의 회의에서도 자주 언급되었다.

골라 계획이 폭군에 의해 시작된 것일까? 만약 그렇다면 교단이 지금 무엇을 할 수 있는가? 교단이 무엇을 '해야 하는가'?

긴 논쟁이 벌어지는 동안 그들은 모두 저 '소수 의견 보고서'를 생각했다. 슈왕규는 이미 죽었을지 몰라도 그녀의 파벌은 살아남았다. 그리고 지금은 벨론다도 그들과 합류한 것 같았다. 교단이 치명적인 가능성에 대해 스스로 눈을 가리고 있는 건가? 라키스에 숨겨져 있던 메시지에 대한 오드레이드의 보고서는 불길한 경고로 해석될 수 있었다. 오드레이드는 자신이 내면의 경보를 느끼고 긴장했음을 보고하면서 이 점을 강조했다. 그 어떤 대모도 그런 사건을 가볍게 취급할 수 없었다.

벨론다가 몸을 똑바로 펴고 가슴 앞에서 팔짱을 꼈다. "우린 어린 시절의 스승들이나 우리를 형성한 패턴들로부터 결코 완전히 도망치지 못합니다, 그렇지 않습니까?"

이것은 베네 게세리트의 논쟁에서 독특하게 제기되는 주장이었다. 이 말은 그들이 특정 분야에 취약하다는 것을 일깨워주었다.

'우리는 비밀의 귀족이고, 이 힘을 이어받는 것은 우리의 후손이다. 그래, 우린 그 점에 취약해. 마일즈 테그가 훌륭한 예지.'

벨론다는 등받이가 수직으로 높게 뻗어 있는 의자를 찾아 앉으면서 타라자와 눈높이를 맞췄다. "대이동이 절정에 이르렀을 때, 우리의 실패자들 중 약 20퍼센트가 사라졌습니다." 그녀가 말했다.

"지금 우리에게 돌아오고 있는 것은 실패자들이 아닙니다."

"하지만 폭군은 이런 일이 일어나리라는 것을 틀림없이 알고 있었습니다!"

"대이동은 그의 목표였습니다, 벨. 그것이 그의 황금의 길이었어요. 인류의 생존이란 말입니다!"

"하지만 우리는 그가 틀레이랙스를 어떻게 생각했는지 알고 있습니다. 그런데도 그는 그들을 멸종시키지 않았어요. 그렇게 할 수 있었는데도 하지 않았습니다!"

"그는 다양성을 원했습니다."

벨론다가 주먹으로 책상을 두드렸다. "다양성만 있으면 다입니까!"

"우린 이런 언쟁을 이미 여러 번 되풀이했습니다, 벨. 그런데도 오드레이드가 저지른 일에서 벗어날 길이 아직도 보이지 않습니다."

"굴종입니다!"

"전혀 그렇지 않습니다. 우리가 폭군 이전의 황제들에게 완전히 굴종했습니까? 심지어 무앗딥에게도 굴종하지 않았습니다!"

"우린 지금도 폭군의 함정 속에 있습니다. 말씀해 보세요. 틀레이랙스 인들이 왜 그가 사랑하던 골라를 계속 생산해 온 겁니까? 수천 년이에요. 그런데도 골라는 춤추는 인형처럼 그들의 탱크에서 계속 나오고 있습니다." 벨론다가 비난하듯 말했다.

"틀레이랙스 인들이 아직도 폭군의 비밀 명령을 따르고 있다고 생각합니까? 만약 그렇다면, 그건 오드레이드를 옹호하는 주장이군요. 그녀는 우리가 이 점을 조사해 볼 수 있는 훌륭한 여건을 만들어냈습니다."

"그가 그런 종류의 명령을 내린 적은 없습니다! 그는 그저 그 골라를 베네 틀레이랙스에게 대단히 매력적인 존재로 만들었을 뿐입니다."

"우리에게는 매력적이지 않고요?"

"최고 대모님, 우린 지금 당장 폭군의 함정에서 빠져나와야 합니다! 그것도 가장 직접적인 방법으로."

"결정을 내리는 것은 나입니다, 벨. 난 아직도 조심스러운 동맹 쪽에 기울어져 있습니다."

"그럼 최소한 골라를 죽이는 것만이라도 허락해 주세요. 시이나는 자식들을 낳을 수 있습니다. 우리는……."

"이것은 순수한 교배 프로젝트가 아닙니다. 한 번도 그랬던 적이 없어요!"

"하지만 그렇게 될 수도 있습니다. 아트레이데스의 예지력 뒤에 숨어 있는 힘에 대한 최고 대모님의 생각이 틀렸다면 어쩌시겠습니까?"

"당신의 제안은 모두 라키스와 틀레이랙스로부터 멀어지라는 것이군요, 벨."

"교단은 현재 저장해 놓은 멜란지로 50세대를 버틸 수 있을 겁니다. 배급을 제한하면 더 버틸 수 있겠죠."

"50세대가 긴 시간이라고 생각합니까, 벨? 당신이 지금 내 자리에 앉아 있지 못하는 건 바로 그런 태도 때문이라는 걸 모르겠습니까?"

벨론다는 자신의 몸을 책상에서 뒤로 밀었다. 그녀의 의자가 거칠게 바닥을 긁었다. 타라자는 그녀가 납득하지 않았음을 알 수 있었다. 이젠 벨론다를 믿을 수 없었다. 어쩌면 그녀가 바로 죽어야 하는 사람인지도 몰랐다. 그런데 거기에 무슨 고귀한 목적이 있는 거지?

"계속 얘기해 봤자 결론이 나지 않습니다. 나가보세요." 타라자가 말했다.

혼자 남게 되자 타라자는 오드레이드의 연락문을 다시 한번 생각해 보았다. 불길했다. 벨론다와 다른 사람들이 왜 격렬한 반응을 보이는지 쉽게 이해할 수 있었다. 그러나 그것은 자제력이 위험할 정도로 부족하다는 조짐이었다.

'아직은 교단의 마지막 유언장을 작성할 때가 아니야.'

오드레이드와 벨론다는 묘하게도 똑같은 두려움을 갖고 있었지만, 바로 그 두려움 때문에 서로 다른 결론에 이르렀다. 라키스의 바위에서 발견된 그 메시지에 대한 오드레이드의 해석에는 오래된 경고가 담겨 있었다.

'이것 역시 지나갈 것이다. 우리가 대이동에서 돌아온 게걸스러운 무리에게 분쇄되어서 지금 종말을 맞을 것인가?'

그러나 악솔로틀 탱크의 비밀이 거의 교단의 손에 들어와 있는 상태였다.

'만약 우리가 그걸 얻게 되면, 아무도 우릴 막지 못할 것이다!'

타라자는 재빨리 시선을 돌려 방 안을 자세히 둘러보았다. 베네 게세리트의 힘은 여전히 이곳에 있었다. 참사회는 비우주선으로 이루어진 해자 뒤에 여전히 숨겨져 있고, 참사회의 위치는 그녀의 사람들의 머릿속을 제외하고는 어디에도 기록되어 있지 않았다. 참사회는 눈에 보이지 않는 존재였다.

그러나 그건 일시적인 현상에 불과했다! 우연한 사고가 일어나게 마련이니까.

타라자는 어깨를 똑바로 폈다. '신중을 기하되 그 신중한 조치들의 그림자 속에서 항상 은밀한 존재로 살아서는 안 돼.' '공포에 맞서는 기도문'은 그림자들을 피할 때 유용하게 쓰였다.

오드레이드가 아닌 다른 사람이 보내온 것이라면 폭군이 여전히 황금의 길을 이끌고 있다는, 마음에 걸리는 의미를 담은 경고의 연락문이 훨씬 덜 두려웠을 것이다.

아트레이데스의 그 저주받을 재능 같으니!

'그냥 비밀 집단에 지나지 않는 건가?'

타라자는 좌절감에 이를 갈았다.

'기억들이 고귀한 목적을 향해 너를 불러주지 않는다면 기억만으로는 충분하지 않다!'

교단이 더 이상 생명의 음악을 듣지 못한다는 것이 사실이라면?

'젠장!' 폭군은 여전히 그들에게 손을 댈 수 있었다.

'그가 우리에게 무엇을 말하려 하는 건가?' 그의 황금의 길이 위험에 처했을 리는 없었다. 대이동이 그 점을 확실히 해두었다. 인간들은 고슴도치의 가시처럼 헤아릴 수 없이 많은 경로를 통해 자신의 종족을 밖으로 퍼뜨렸다.

그는 대이동을 떠났던 자들이 돌아오는 환영을 본 것일까? 그가 황금의 길의 발치에 이 가시밭길이 나타날 것을 혹시 예상했던 걸까?

'그는 우리가 그의 힘을 의심하리라는 것을 알고 있었어. 그는 알고 있었어!'

타라자는 뿌리를 향해 되돌아오고 있는 잃어버린 자들의, 점점 쌓여가는 보고서에 대해 생각해 보았다. 놀라울 정도로 다양한 사람들과 인공적인 물건들에 놀라울 정도의 비밀주의와 음모에 대한 폭넓은 증거들이 수반되어 있었다. 독특한 설계의 비우주선들, 놀라서 숨이 막힐 정도로 정교한 무기와 공예품. 다양한 사람들과 다양한 방식들.

'어떤 자들은 놀라울 정도로 원시적이지. 적어도 표면적으로는.'

그리고 그들은 멜란지보다 훨씬 더 많은 것을 원했다. 타라자는 대이동을 떠났던 자들을 다시 돌아오게 만든 독특한 형태의 신비주의적인 사고를 인식했다. '우린 당신들 윗대의 비밀을 원한다!'는 사고.

명예의 어머니들의 메시지 또한 대단히 분명했다. '우린 우리가 원하는 것을 취하겠다'는 것.

'오드레이드는 모든 것을 다 손에 쥐고 있지.' 타라자는 생각했다. 그녀는 시이나를 장악하고 있었다. 만약 부르즈말리가 성공한다면 골라도 그녀의 손에 들어갈 것이다. 그녀는 또한 틀레이랙스의 주인들의 주인을 장악하고 있었다. 그녀는 라키스 자체를 손에 넣을 수도 있었다!

'그녀가 아트레이데스만 아니라면.'

타라자는 책상 표면에서 아직도 춤추고 있는 기록 중계기의 글자들을 살짝 바라보았다. 가장 최근에 만들어진 지금의 던컨 아이다호와 지금까지 살해당한 다른 모든 던컨들을 비교한 내용이었다. 골라들은 새로 만들어질 때마다 전의 골라와 조금씩 달랐다. 그건 분명했다. 틀레이랙스 인들은 뭔가를 완벽하게 다듬고 있었다. 그게 뭐지? 이 신품종 얼굴의 춤꾼들 속에 그 단서가 숨겨져 있는 걸까? 틀레이랙스 인들이 감지될 수 없는 얼굴의 춤꾼을 만들고자 한다는 건 분명했다. 흉내 내기가 완벽의 경지에 이른 모방자들, 상대방의 표면적인 기억뿐만 아니라 가장 깊숙한 곳의 생각들과 정체감까지도 그대로 모사하는 형태 모방자들. 그것은 틀레이랙스의 주인들이 지금 사용하고 있는 것보다 훨씬 더 유혹적인 불사의 방법이었다. 그들이 지금과 같은 길을 걷고 있는 것은 틀림없이 그 때문이었다.

그녀 자신의 분석 결과도 그녀의 자문들 대다수의 생각과 일치했다. 그런 모방자는 자신이 모방한 그 사람 자체가 된다는 것. 튜엑을 흉내 내고 있는 얼굴의 춤꾼에 대한 오드레이드의 보고는 대단히 암시적이었다. 어쩌면 틀레이랙스의 주인들조차 그런 얼굴의 춤꾼을 뒤흔들어 그가 흉내 내고 있는 형태와 태도로부터 떨어져 나오게 만들지 못할 수도 있었다.

그리고 그의 신념으로부터도.

'저주받을 오드레이드!' 그녀는 자매들을 궁지로 몰아넣었다. 그들에게는 오드레이드의 선도를 따라가는 것 외에 다른 선택의 여지가 없었고 오드레이드는 그것을 알고 있었다!

그녀가 그걸 어떻게 알게 된 거지? 그것도 그 엉뚱한 재능 때문인가?

'오리무중의 상태로 행동에 나설 수는 없다. 난 반드시 상황을 알아야만 해.'

타라자는 차분함을 되찾기 위해 기억 속에 잘 간직되어 있는 수양법을 실시했다. 좌절감을 느끼는 상태에서 감히 중대한 결정을 내릴 수는 없었다. 체노에의 조각상을 오래 바라보는 것이 도움이 되었다. 타라자는 의자개에서 몸을 일으켜 자신이 가장 좋아하는 창가로 갔다.

바깥의 풍경을 내다보며 햇빛의 일상적인 움직임과 잘 관리되고 있는 행성 기후의 변화에 따라 저 먼 곳의 풍경이 바뀌는 것을 바라보면 대개 마음이 가라앉곤 했다.

배고픔이 그녀를 자극했다.

'오늘은 복사들과 일반 자매들이랑 식사를 함께 해야겠다.'

젊은이들을 주위에 모아놓고 식사라는 의식의 지속성, 아침, 정오, 저녁에 있는 식사 시간의 배치를 되새기는 것이 때로는 도움이 되었다. 그것은 믿을 만한 접합제의 역할을 했다. 그녀는 자기 휘하의 사람들을 지켜보는 것을 좋아했다. 그들은 마치 좀더 심오한 주제들과 눈에 보이지 않는 세력, 그리고 베네 게세리트가 함께 지속적으로 흐르는 방법을 발견했기 때문에 지속적으로 이어지고 있는 더 위대한 힘들에 대해 얘기하는 물결 같았다.

이런 생각들이 타라자의 균형을 새롭게 해주었다. 성가신 의문들을 잠시 멀리 떼어놓을 수도 있었다. 그녀는 그 의문들을 냉정하게 바라볼 수 있었다.

오드레이드와 폭군이 옳았다. '고귀한 목적이 없으면 우린 아무것도 아냐.'

그러나 반복적으로 나타나는 아트레이데스의 그 결점들 때문에 고통받는 사람이 라키스에서 중대한 결정들을 내리고 있다는 사실에서 도망칠 수는 없었다. 오드레이드는 항상 아트레이데스의 전형적인 약점을 보여주었다. 잘못을 저지른 복사들에게 큰 자비를 보이는 것. 그런 행동으로부터 애정이 생겨났다!

정신을 흐트러뜨리는 위험한 애정.

이것이 다른 사람들을 약하게 만들었고, 그들은 나중에 그런 부주의한 행동을 보상해야 했다. 잘못을 저지른 복사들을 맡아 그 약점을 바로잡기 위해 더 유능한 자매들이 소환되었다. 물론 복사들의 이러한 약점을 폭로시킨 것은 오드레이드의 행동이었다. 이건 반드시 인정해야 했다. 어쩌면 오드레이드도 그런 판단을 내리고 있는 것 같았다.

타라자가 생각을 이런 식으로 바꾸자 그녀의 인식 속에서 뭔가 미세하고 강력한 것이 변화했다. 그녀는 깊은 고독감을 억누를 수밖에 없었다. 고통스러웠다. 우울함은 애정만큼…… 아니 심지어 사랑만큼 정신을 흐트러뜨릴 수 있었다. 타라자와 경계를 늦추지 않는 그녀의 '기억의 자매들'은 그런 감정적 반응을 죽음에 대한 인식 탓으로 돌렸다. 그녀는 언젠가 자신이 누군가의 살아 있는 몸속에 들어 있는 기억에 불과한 존재가 되리라는 사실을 정면으로 바라보아야 했다.

기억과 우연한 발견이 자신을 약하게 만들었음을 그녀는 깨달았다. 그것도 그녀가 이용할 수 있는 모든 능력이 필요한 때에!

'하지만 난 아직 죽지 않았어.'

타라자는 자신을 회복시키는 법을 알고 있었다. 그리고 그 결과도 알고 있었다. 이렇게 우울함의 발작이 있은 후에 항상 그녀는 자신의 삶과 그 삶의 목적을 훨씬 더 단단하게 움켜쥘 수 있었다. 오드레이드의 결함 있는 행동은 최고 대모로서 그녀가 가진 힘의 원천이었다.

오드레이드는 그것을 알고 있었다. 타라자는 이러한 인식을 향해 음울한 미소를 지었다. 최고 대모가 우울함에서 돌아오면 자매들에 대한 최고 대모의 권위가 항상 더 강력해졌다. 다른 사람들은 관찰을 통해 이것을 파악했지만, 그녀의 분노에 대해 아는 사람은 오드레이드뿐이었다.

'그거야!'

타라자는 자신이 좌절감의 괴로운 씨앗과 맞닥뜨렸음을 깨달았다.

오드레이드는 최고 대모의 행동 핵심에 무엇이 있는지 여러 번 분명하게 인식했다. 다른 사람들이 자신의 삶을 이용하고 있는 데 대한 거대한 분노의 울부짖음. 그 억눌린 분노의 힘은 결코 밖으로 분출될 수 없는데도 위압적이었다. 그 분노는 결코 치유를 허락받지 못할 것이다. 그것이 얼마나 고통스러운지! 오드레이드가 그것을 인식했다는 사실은 그 고통을 훨씬 더 강렬하게 만들었다.

그런 것들은 물론 정해진 역할을 했다. 베네 게세리트의 규칙들은 특정한 정신적 근육을 발달시켰다. 그들은 결코 외부인들에게 밝혀질 수 없는 냉담함을 층층이 쌓았다. 사랑은 우주에서 가장 위험한 힘 중 하나였다. 그들은 사랑으로부터 스스로를 보호해야 했다. 대모는 결코 친밀하게 속을 내보일 수 없었다. 베네 게세리트를 위해 일을 할 때조차도.

'시뮬레이션이지. 우리는 꼭 필요한 역할을 수행하고 그것이 우리를 구해 준다. 베네 게세리트는 영원히 존재할 거야!'

이번에는 그들이 얼마나 오랫동안 굴종하게 될 것인가? 이번에도 3500년 동안 그래야 하는가? 젠장, 빌어먹을! 그래도 그것은 일시적인 일에 불과할 것이다.

타라자는 창문과 기운을 북돋워주는 창밖의 풍경에 등을 돌렸다. 정말로 다시 기운이 나는 느낌이었다. 새로운 힘이 그녀의 내면으로 흘러들어 왔다. 반드시 필요한 결정을 방해하던 그 괴로운 거리낌을 극복하기에 충분한 힘이 있었다.

'내가 라키스로 가야겠다.'

그녀는 자신이 이처럼 거리끼는 마음을 갖게 된 원인을 더 이상 회피할 수 없었다.

'어쩌면 벨론다가 원하는 대로 해야 할지도 몰라.'

자신의 생존, 종의 생존, 환경의 생존, 이것들이 인간의 추진력이다. 한 사람의 일생 동안 중요한 것들의 순서가 어떻게 변화하는지 관찰할 수 있지. 어떤 특정한 연령대에 어떤 것들이 가장 직접적인 관심사가 되는가? 날씨? 소화기관의 상태? 그녀(혹은 그)가 정말로 관심을 갖고 있는가? 육체가 감지할 수 있고, 만족시키고 싶어 할 이 모든 다양한 굶주림들. 도대체 그 밖의 다른 무엇이 중요할 수 있겠나?

—레토 2세가 흐위 노리에게, 그의 목소리: 다르 에스 발라트

마일즈 테그는 어둠 속에서 깨어나 자신이 반중력 장치로 지탱되는 작은 해먹 모양 들것에 실려 운반되고 있음을 깨달았다. 에너지의 희미한 빛을 통해서 그는 자그마한 반중력 전구들이 자신의 주위에 일렬로 매달려 있는 것을 볼 수 있었다.

그의 입에는 재갈이 물려 있고, 양손은 등 뒤에서 단단히 결박되어 있었다. 그의 눈에는 아무것도 덮여 있지 않았다.

'그러니까 내가 눈으로 뭘 보든 저들이 상관하지 않는다는 뜻이군.'

'저들'이 누구인지는 알 수 없었다. 그의 주위에서 검은 형체들이 위아래로 움직이는 것으로 보아 그들은 고르지 못한 땅에서 아래로 내려가

고 있는 것 같았다. 산길인가? 들것은 반중력 장치에 실려 부드럽게 움직였다. 일행이 험난한 통로의 모퉁이를 돌기 위해 걸음을 멈췄을 때 그는 반중력 장치가 희미하게 윙윙거리는 소리를 감지할 수 있었다.

시야를 방해하는 장애물이 계속 끼어드는 가운데 그는 앞에서 빛이 반짝이는 것을 간간이 볼 수 있었다. 그들은 이윽고 그 빛이 비치는 지역에 들어가 걸음을 멈췄다. 땅에서 약 3미터 떨어진 곳에 발광구 하나가 보였다. 그 발광구는 기둥에 묶여 차가운 산들바람 속에서 부드럽게 움직이고 있었다. 발광구의 노란 불빛 덕분에 그는 진흙탕 공터 중앙에 오두막집이 있음을 알 수 있었다. 사람들의 발에 짓밟힌 눈 위에는 수많은 발자국이 나 있었다. 공터 주위로 덤불들과 드문드문 서 있는 나무 몇 그루가 보였다. 누군가가 더 밝은 손전등으로 그의 얼굴을 훑었다. 아무도 말을 하지 않았지만 테그는 오두막집을 가리키는 손짓을 보았다. 그렇게 다 쓰러져가는 건물을 본 것은 처음이었다. 조금만 건드려도 폭삭 무너져버릴 것 같았다. 틀림없이 지붕에서 물이 샐 것이라는 생각이 들었다.

그의 일행이 다시 갑작스레 움직이며 오두막집 쪽으로 흔들흔들 그의 들것을 운반했다. 그는 희미한 불빛 속에서 자신의 호송을 맡은 사람들을 유심히 살펴보았다. 그들의 얼굴은 눈까지 가려져서 입과 턱이 보이지 않았다. 머리카락은 두건에 가려져 있었다. 옷은 펑퍼짐해서 팔과 다리의 일반적인 관절을 제외하고는 몸매가 자세히 드러나지 않았다.

기둥에 묶인 발광구의 빛이 꺼졌다.

오두막집의 문이 하나 열리자 눈부신 빛이 공터에 번져나갔다. 호송대원들이 그를 거칠게 밀어 안에 들여놓고는 그 자리를 떠났다. 뒤에서 문이 닫히는 소리가 들렸다.

지금까지 어둠 속에 있었기 때문에 집 안의 밝은 빛에 거의 눈이 멀 정도였다. 테그는 눈이 변화에 적응할 때까지 눈을 깜박거렸다. 자신이 있어서는 안 되는 곳에 있는 것 같다는 기묘한 느낌과 함께 그는 주위를 둘러보았다. 그는 오두막집의 내부도 외부와 마찬가지일 줄 알았지만 내부는 거의 가구가 없는 깔끔한 방이었다. 의자 세 개, 작은 탁자 하나, 그리고…… 그는 날카롭게 숨을 들이쉬었다. 익스 탐침! 저들은 그가 숨을 쉴 때 시어 냄새가 나는 걸 모른단 말인가?

만약 그들이 그토록 눈치가 없는 사람들이라면, 탐침을 한번 사용해 보라지. 그는 고통을 느끼겠지만 저들은 그의 머릿속에서 아무것도 얻어내지 못할 것이다.

뒤에서 뭔가가 찰칵거리더니 움직이는 소리가 들렸다. 세 사람이 그의 시야 안으로 들어와 들것의 발치에 늘어섰다. 그들은 말없이 그를 뚫어지게 바라보았다. 테그는 세 사람을 차례로 훑어보았다. 왼쪽에 있는 사람은 위아래가 붙은 검은 옷을 입고 옷깃을 열어두고 있었다. 남자였다. 그는 테그가 가무의 원주민들 일부에게서 보았던 각진 얼굴을 갖고 있었다. 작고 말똥말똥한 눈이 테그를 꿰뚫듯이 똑바로 응시했다. 그것은 신문관의 얼굴이었다. 상대의 고통에도 꿈쩍하지 않는 사람. 하코넨 사람들이 과거 이런 자들을 많이 수입해 왔다. 표정 하나 바뀌지 않고 상대에게 고통을 줄 수 있는, 단 하나의 목적을 위해 매진하는 타입의 사람들을.

테그의 발 바로 밑에 있는 사람은 호송대원들과 비슷하게 검은색과 회색으로 된 펑퍼짐한 옷을 입고 있었다. 그러나 두건이 뒤로 젖혀져서 짧게 깎은 회색 머리 밑으로 차분한 얼굴이 드러나 있었다. 그 얼굴에서는 속내가 전혀 드러나지 않았으며, 옷 역시 거의 아무것도 드러내지 않았다. 이 사람이 남자인지 여자인지도 알 수 없었다. 테그는 그 얼굴을 기억해 두었다. 널찍한 이마, 각진 턱, 칼날처럼 날카로운 코 위의 커다란 초록색 눈. 혐오감 때문에 찡그려진 얼굴에 꾹 다문 작은 입술.

세 번째 사람은 테그의 시선을 가장 오랫동안 붙들어두었다. 그 사람은 키가 컸고, 위아래가 붙은 검은색 맞춤복 위에 수수한 검은색 재킷을 입고 있었다. 옷은 그의 몸에 완벽하게 잘 맞았다. 비싸 보이는 옷이었다. 장식물이나 상징 같은 것은 없었다. 그리고 그는 틀림없는 남성이었다. 그 남자는 일부러 지루한 표정을 짓고 있어서 테그는 그 사람을 특별히 눈여겨보았다. 폭이 좁고 거만한 얼굴에 갈색 눈, 입술이 얇은 입. 지루하고, 지루하고, 지루하기 짝이 없는 표정! 이 안에서 벌어지는 모든 일에 중요하기 짝이 없는 자신의 시간을 쓰는 것이 정말 마음에 들지 않는다는 표정이었다. 그는 다른 곳에 지극히 중요한 할 일이 있었으며, 다른 두 명, 그 아랫것들이 그 사실을 반드시 깨닫게 만들어야 했다.

'저 사람이 공식적인 관찰자로군.' 테그는 생각했다.

그 지루한 표정의 남자는 이곳에서 일어나는 일을 관찰하고 보고하도록 이곳의 주인들이 파견한 사람이었다. 그의 자료 상자는 어디에 있는 걸까? 아아, 그래. 바로 저기, 그의 뒤쪽 벽에 기대어져 있군. 그 상자들은 그와 같은 관리들에게 상징과도 같았다. 순회 사찰을 할 때 테그는 이사이를 비롯한 가무의 여러 도시에서 거리를 걸어 다니는 이런 사람들을 본 적이 있었다. 작고 얄팍한 상자들. 그 사람의 임무가 중요할수록 상자의 크기가 작았다. 지금 이 남자의 상자는 자료 테이프 몇 개와 아주 작은 기계 눈 하나가 간신히 들어갈 정도였다. 그는 상급자들과 자신을 연결하는 눈을 항상 갖고 있을 것이다. 얄팍한 상자. 이 남자는 중요한 일을 맡은 관리였다.

테그는 만약 '내 침착한 태도에 대해 상관들에게 뭐라고 말할 작정이오?'라고 묻는다면 저 남자가 무슨 말을 할지 궁금하다는 생각이 문득 들었다.

남자의 대답은 이미 지루해하고 있는 그 얼굴에 드러나 있었다. 그는 아예 대답을 하지 않을 것이다. 그는 대답을 하려고 여기 온 것이 아니었다. 이 남자는 이곳을 떠날 때 커다란 보폭으로 성큼성큼 걸어 나갈 것이라고 테그는 생각했다. 그의 시선은 먼 곳을 바라보고 있을 것이다. 권력이 기다리고 있음을 오로지 그만이 알고 있는 그곳을. 그는 자신이 중요한 인물임을 스스로에게 상기시키고 자신의 권위를 나타내는 상징에 다른 사람들의 시선을 끌기 위해 저 상자로 자신의 다리를 찰싹 칠 것이다.

테그의 발치에 있는 평퍼짐한 인물이 입을 열었다. 거역할 수 없는 목소리였다. 그리고 음색의 떨림으로 봐서 틀림없는 여자의 목소리였다.

"저 사람이 평정을 유지하면서 우리를 관찰하는 게 보입니까? 침묵으로는 그를 무너뜨리지 못할 겁니다. 여기 들어오기 전에 제가 말씀드리지 않았습니까. 당신 때문에 우리 시간이 낭비되고 있습니다. 우리에게는 이런 허튼 수작에 쓸 시간이 없습니다."

테그는 그녀를 뚫어지게 바라보았다. 그 목소리가 어딘지 친숙했다. 그 목소리에는 대모들에게서 볼 수 있는, 거역하기 어려운 느낌이 조금 들어 있었다. 이게 가능한 일일까?

가무의 원주민 타입인 심각한 얼굴의 남자가 고개를 끄덕였다. "당신이 옳습니다, 마테를리. 하지만 여기서 명령을 내리는 사람은 내가 아닙니다."

'마테를리? 이름인가, 직함인가?' 테그는 속으로 질문을 던졌다.

두 사람 모두 관리를 바라보았다. 그는 몸을 돌려 자료 상자를 향해 몸을 기울였다. 그는 그 안에서 작은 기계 눈 하나를 꺼내고는 그 눈의 스크린을 가지고 몸을 일으켰다. 그러나 그 스크린은 그의 동료들과 테그가 볼 수 없게 가려져 있었다. 기계 눈에 초록색 불이 켜지더니 남자의 얼굴에 기분 나쁜 빛을 던졌다. 그의 거만한 미소가 사라졌다. 그가 입술을 소리 없이 움직였다. 그 눈 속에 있는 사람만이 볼 수 있는 말이었다.

테그는 입술의 움직임을 읽을 수 있는 자신의 능력을 숨겼다. 베네 게세리트에게서 훈련을 받은 사람이라면 누구나 시야에 들어오는 입술의 움직임을 거의 모든 각도에서 읽을 수 있었다. 남자는 옛날 갈락 어의 한 형태를 사용하고 있었다.

"이 사람은 틀림없이 테그 바샤르입니다. 제가 신원을 확인했습니다." 그가 말했다.

기계 눈을 뚫어지게 들여다보는 관리의 얼굴 위에서 초록색 불빛이 춤을 추었다. 만약 그 불빛의 움직임에 어떤 의미가 있는 거라면, 남자와 통신하는 사람이 누구든 대단히 흥분해서 움직이고 있는 모양이었다.

관리의 입술이 또다시 소리 없이 움직였다. "그가 고통에 저항하는 훈련을 받았다는 건 우리 모두 확신하고 있습니다. 그리고 그에게서 시어의 냄새가 납니다. 그는……."

그가 침묵에 잠겼고, 초록색 불빛이 다시 그의 얼굴에서 춤을 추었다.

"변명을 하는 게 아닙니다." 그의 입술이 조심스럽게 옛날 갈락 어의 단어들을 만들어냈다. "저희가 최선을 다하리라는 것을 아시지 않습니까. 골라를 가로채기 위해 다른 모든 수단을 적극적으로 동원할 것을 제안합니다."

초록색 빛이 꺼졌다.

관리는 기계 눈을 허리에 끼우고 동료들을 향해 돌아서서 고개를 한 번 끄덕했다.

"T 탐침." 여자가 말했다.

그들은 탐침을 테그의 머리 위로 움직였다.

'저 여자가 이걸 T 탐침이라고 했지.' 테그는 생각했다. 그들이 탐침을 그의 머리 위로 가져오는 동안 그는 시선을 들어 탐침의 덮개를 올려다보았다. 그 물건에는 익스의 표식이 전혀 없었다.

테그는 묘한 기시감을 경험했다. 자신이 여기 이렇게 사로잡혀 있는 것이 전에도 여러 번 일어났던 일처럼 느껴졌다. 단 하나의 사건에 국한된 기시감이 아니라 매우 친숙한 느낌이었다. 포로로 잡힌 것, 신문관들, 이 세 사람…… 탐침. 속이 텅 비어버린 것 같은 느낌이 들었다. 그가 어떻게 이 순간을 알고 있을 수 있단 말인가? 그가 직접 탐침을 사용한 적은 한 번도 없지만, 탐침의 사용법에 대해서는 철저하게 연구해 두었다. 베네 게세리트는 상대에게 고통을 주는 방법을 자주 사용했지만 대개는 진실을 말하는 자들에게 의존했다. 교단은 또한 일부 장치들을 사용하다 보면 익스의 영향력에 지나치게 종속될 수도 있다고 믿었다. 그 점이 훨씬 더 중요했다. 그것은 약점을 시인하는 짓이었으며, 그 비루한 장치들 없이는 어쩔 수 없음을 드러내는 행동이었다. 테그는 인간의 생각과 기억의 본질을 복제해 낼 수 있는 기계들에 맞섰던 반란, 즉 버틀레리안 지하드의 유물인 그런 태도 속에 뭔가가 있다고 의심하기까지 했다.

'기시감이라니!'

멘타트의 논리가 그에게 다그치듯 질문을 던졌다. '내가 어떻게 이 순간을 알고 있는 건가?' 그는 자신이 포로로 잡힌 적이 한 번도 없다는 것을 분명히 알고 있었다. 이건 터무니없는 역할의 역전이었다. 위대한 테그 바샤르가 포로라니? 거의 미소가 지어질 정도였다. 그러나 지금 이 상황이 익숙하다는 그 강한 느낌은 끈질기게 남아 있었다.

그를 포로로 잡고 있는 자들이 탐침 덮개를 그의 머리 바로 위에 고정시키고 메두사의 머리 같은 촉수들을 한 번에 하나씩 풀어 그의 머리에 부착하기 시작했다. 관리는 동료들이 일하는 것을 지켜보며 조바심을 치는 표정을 살짝살짝 지었다. 그걸 제외하면 얼굴에 감정이 전혀 드러나지 않았다.

테그는 세 사람의 얼굴을 훑어보았다. 이들 중 누가 '친구'의 역할을 할 것인가? 아아, 그래. 마테를리라고 불린 사람이군. 아주 재미있어. 저것도 명예의 어머니의 일종인가? 그러나 나머지 두 사람은 테그가 대이동에서 돌아온 잃어버린 자들에게 들었던 것처럼 그녀에게 경의를 표하지 않았다.

어쨌든 이 사람들은 분명히 대이동에서 돌아온 자들이었다. 위아래가 붙은 갈색 옷을 입은 각진 얼굴의 남자는 혹시 아닐지도 모르지만. 테그는 여자를 세심하게 살펴보았다. 광택이 없는 회색 머리, 넓은 미간을 사이에 둔 초록색 눈의 고요하고 침착한 표정, 단단하고 믿음직해 보이는 약간 튀어나온 턱. 그녀를 '친구'로 선택한 것은 훌륭한 판단이었다. 마테를리의 얼굴은 존경할 만한 사람의 얼굴이었다. 믿을 수 있는 사람. 테그는 그러나 그녀에게서 안으로 움츠러든 기색을 읽어냈다. 그녀는 자신이 반드시 관여해야 하는 일이 있을 때, 상황을 조심스럽게 관찰하다가 중요한 순간을 포착하는 사람이었다. 그녀는 틀림없는 베네 게세리트였다. 아니, 적어도 그런 훈련을 받은 사람이었다.

'아니면 명예의 어머니들에게 훈련을 받았는지도 모르지.'

촉수를 그의 머리에 붙이는 작업이 끝났다. 가무 원주민 타입인 남자가 탐침의 조종대를 움직여 세 사람이 모두 화면을 볼 수 있게 했다. 테그는 탐침의 화면을 볼 수 없었다.

여자가 테그에게서 재갈을 제거했다. 이것이 그의 판단을 확인해 주었다. 그녀는 그가 위안을 얻을 수 있는 상대가 될 것이다. 그는 혀로 입안을 훑으면서 감각을 회복시켰다. 그의 얼굴과 가슴은 그를 쓰러뜨린 기절총 때문에 지금도 조금 감각이 없었다. 그때부터 시간이 얼마나 지난 걸까? 그러나 관리가 소리 없이 했던 말을 믿는다면, 던컨이 여기서 벗어났음이 확실했다.

가무 원주민 타입인 남자가 관찰자를 바라보았다.

"이제 시작하게, 야르." 관리가 말했다.

'야르? 이상한 이름이군.' 테그는 생각했다. 거의 틀레이랙스의 느낌이 나는 이름이었다. 그러나 야르는 얼굴의 춤꾼이 아니었다……. 틀레이랙스의 주인도 아니었다. 후자라고 하기에는 몸이 너무 컸고, 전자라고 하기에는 그런 특징이 없었다. 교단의 훈련을 받은 사람으로서 테그는 확신할 수 있었다.

야르가 탐침의 조종대에 있는 조종판을 건드렸다.

테그는 고통 때문에 신음하는 자신의 목소리를 들었다. 그 어떤 훈련도 이렇게 심한 고통에는 소용이 없었다. 저들이 이 첫 번의 공격에서 저 악마 같은 기계를 최대 출력으로 설정한 모양이었다. 의심의 여지가 없었다! 그들은 그가 멘타트라는 것을 알고 있었다. 멘타트는 육체의 어떤 요구들로부터 자아를 떼어놓을 수 있었다. 그러나 이 고통은 견딜 수 없었다! 그는 이 고통에서 도망칠 수 없었다. 고통 때문에 그의 온몸이 부들부들 떨렸고, 금방이라도 의식을 잃을 것 같았다. 시어가 이런 고통으로부터 그를 지켜줄 수 있을까?

고통이 점점 잦아들다가 완전히 사라졌다. 몸이 부들부들 떨리던 기억만이 남았다.

또!

대모가 경험하는 스파이스의 고통이 바로 이럴 것이라는 생각이 문득 들었다. 이보다 더 큰 고통이 있을 리가 없었다. 그는 소리를 내지 않으려고 안간힘을 썼지만 자신의 신음 소리를 들을 수 있었다. 그가 지금까지 배웠던 모든 능력들, 멘타트와 베네 게세리트의 능력들이 동원되어 그가 말하는 것을 막았다. 이 고통을 중단시켜 달라고 애원하는 것을, 이걸 멈춰주기만 한다면 무슨 말이든 다 털어놓겠다고 약속하는 것을 막았다.

고통이 물러났다가 갑자기 파도처럼 다시 밀려왔다.

"그만!" 여자의 목소리였다. 테그는 그녀의 이름을 찾으려고 기억을 더듬었다. '마테를리?'

야르가 부루퉁한 목소리로 말했다. "그는 시어를 잔뜩 먹었습니다. 적어도 1년은 버틸 수 있는 양이에요." 그가 조종대를 가리키며 말을 이었다. "아무것도 없습니다."

테그는 가쁘게 숨을 들이쉬었다. 이렇게 고통스러울 수가! 마테를리의 명령이 있었는데도 고통은 계속 더 커졌다.

"그만하라고 했잖아요!" 마테를리가 날카롭게 소리쳤다.

너무나 진심 어린 목소리라고 테그는 생각했다. 고통이 물러가는 것이 느껴졌다. 모든 신경이 기억 속에 남아 있는 고통의 가닥들처럼 뽑혀 나가서 제거되는 것처럼 고통이 물러났다.

"이건 잘못된 방법입니다." 마테를리가 말했다. "이 남자는……."

"그는 다른 사람들과 똑같습니다. 그의 음경에 특수 촉수를 붙일까요?" 야르가 말했다.

"내가 여기 있는 동안에는 안 됩니다!" 마테를리가 말했다.

테그는 그녀의 진심에 거의 굴복할 것 같았다. 고통의 마지막 가닥이 그의 몸을 떠났고, 그는 자신을 지탱해 주던 바닥으로부터 떨어져 허공에 매달려 있는 것 같은 느낌과 함께 누워 있었다. 기시감은 여전했다. 그는 이곳에 있으면서 동시에 이곳에 있지 않았다. 그는 이곳에 있었던 적이 있으면서 동시에 그런 적이 없었다.

"우리가 실패하면 그분들이 좋아하지 않을 겁니다. 또다시 실패를 하고 나서 그분들을 대면할 각오가 돼 있습니까?" 야르가 말했다.

마테를리는 격렬하게 고개를 저었다. 그녀는 메두사처럼 얽혀 있는 탐침의 촉수들 사이로 테그가 자신의 얼굴을 볼 수 있도록 몸을 구부렸다. "바샤르, 우리가 이런 짓을 하게 돼서 미안합니다. 진심이에요. 이건 내가 꾸민 일이 아닙니다. 부탁입니다. 난 이 모든 게 너무 혐오스러워요. 우리가 알고 싶어 하는 걸 말해 주십시오. 그러면 내가 당신을 편안하게 해드리겠습니다."

테그는 그녀를 향해 미소를 지었다. 그녀의 실력은 뛰어났다! 그는 계속 주의 깊게 관찰하고 있는 관리에게 시선을 옮겼다. "당신의 주인들에게 내 말을 전해 주시오. 이 여자의 실력이 아주 뛰어나다고."

관리의 얼굴이 시뻘겋게 변했다. 그가 험악한 표정을 지었다. "최대 출력으로 하십시오, 야르." 음색이 높고 똑똑 끊어지는 목소리였다. 마테를리의 목소리에서 분명히 나타나는 심오한 훈련의 흔적은 전혀 없었다.

"제발!" 마테를리가 말했다. 그녀는 몸을 똑바로 세웠지만 테그의 눈에서 시선을 떼지 않았다.

테그의 베네 게세리트 스승들은 그에게 이렇게 가르쳤다. "눈을 관찰해라! 눈의 초점이 어떻게 변하는지 지켜보는 거야. 초점이 밖으로 움직이면, 의식은 안으로 움직인다."

그는 일부러 그녀의 코에 시선의 초점을 맞췄다. 못생긴 얼굴은 아니었다. 조금은 특이한 얼굴이었다. 저 펑퍼짐한 옷 밑의 몸이 어떤 모양인지 궁금하다는 생각이 들었다.

"야르!" 관리의 목소리였다.

야르는 조종대에서 뭔가를 조정하더니 스위치를 눌렀다.

지금 테그의 몸을 파도처럼 훑고 지나가는 고통은 전의 고통이 정말로 더 낮은 단계의 것이었음을 그에게 알려주었다. 이 새로운 고통과 함께 정신이 묘하게 맑아졌다. 테그는 자신을 침범하는 이 고통으로부터 자신의 의식을 떼어놓는 일이 거의 가능하다는 것을 깨달았다. 이 모든 고통은 누군가 다른 사람의 일이었다. 그는 자신을 건드리는 것이 거의 없는 피난처를 이미 찾아냈다. 그곳에는 고통이 있었다. 아주 심한 고통도 있었다. 그는 이런 감각에 대한 보고를 받아들였다. 물론 여기에는 시어가 일조하고 있었다. 그것을 알기 때문에 다행스러웠다.

마테를리의 목소리가 끼어들었다. "저 사람이 죽어가고 있는 것 같습니다. 고통의 단계를 낮추는 게 좋겠어요."

또 다른 목소리가 여기에 대답했지만 그 소리는 테그가 단어를 인식하기 전에 정적 속으로 사라져버렸다. 그는 자신의 의식이 매달릴 수 있는 닻이 하나도 없다는 것을 갑작스레 깨달았다. 정적이라니! 공포 때문에 빠르게 뛰는 심장 박동이 들린 것 같았지만 확신할 수 없었다. 모든 것이 정적이었다. 그 뒤에는 아무것도 없는 깊은 고요.

'내가 아직 살아 있는 건가?'

그 순간 그는 심장 박동을 인식했다. 그러나 그 소리가 자신에게서 나는 것인지 확신할 수 없었다. 쿵쿵! 쿵쿵! 그건 뭔가가 움직인다는 느낌이지 소리가 아니었다. 그는 그 느낌이 어디에서 오는 건지 파악할 수 없었다.

'내게 무슨 일이 일어나고 있는 거지?'

그의 시각 중추에 펼쳐진 검은색 배경 위에서 글자들이 눈부신 흰색으로 빛났다.

"3분의 1로 낮췄습니다."

"그대로 유지하십시오. 그의 신체 반응을 통해 그의 생각을 읽을 수 있는지 봅시다."

"그가 아직도 우리 목소리를 들을 수 있을까요?"

"의식적으로 듣는 건 아닙니다."

테그가 받은 지시 중 어떤 것도 시어가 있는 상황에서 탐침이 그 사악한 임무를 수행할 수 있다고 그에게 알려주지 않았다. 그러나 저들은 이것을 T 탐침이라고 불렀다. 신체적 반응이 억압된 생각에 대한 단서를 제공할 수 있을까? 신체적 수단을 통해 정보를 탐색할 수 있는 걸까?

또다시 테그의 시각 중추에 글자들이 펼쳐졌다. "그가 아직도 고립되어 있습니까?"

"완전히 고립되어 있습니다."

"확인하세요. 그를 더 깊이 집어넣어요."

테그는 자신의 두려움 위로 의식을 들어 올리려고 애썼다.

'난 반드시 나 자신을 계속 통제해야 해!'

만약 그가 자신의 몸과 접촉할 수 없다면, 그 몸이 무엇을 드러낼지 누가 알겠는가? 그는 그들이 무엇을 하고 있는지 상상할 수 있었다. 그의 정신은 공포를 인지했지만 그의 몸은 그것을 느끼지 못했다.

'상대를 고립시켜라. 그에게 자신의 정체감을 앉힐 수 있는 자리를 주지 마.'

이 말을 한 게 누구지? 그냥 어떤 사람. 기시감이 전력으로 다시 돌아왔다.

'난 멘타트이다. 내 정신과 정신의 작용이 나의 중심이야.' 그는 자신을 일깨웠다. 그는 중심이 의지할 수 있는 경험과 기억을 갖고 있었다.

고통이 다시 찾아왔다. 소리도. 시끄러웠다! 너무 시끄러웠다!

"그가 다시 소리를 듣고 있습니다." 야르의 목소리였다.

"어떻게 그럴 수 있지?" 음색이 높은 관리의 목소리.

"당신이 단계를 너무 낮게 설정한 것 아닌가요?" 마테를리.

테그는 눈을 뜨려고 애썼다. 그런데 눈꺼풀이 그의 말을 들으려 하지 않았다. 그 순간 기억이 났다. 그들은 이것을 T 탐침이라고 불렀다. 이것은 익스의 장치가 아니었다. 이것은 대이동에서 생겨 난 것이었다. 그는 그것이 어디서 자신의 근육과 감각을 점령했는지 파악할 수 있었다. 마치 누군가 다른 사람이 그의 몸을 공유하며 그의 반응을 먼저 가져가 버리는 것 같았다. 그는 자신을 침범한 이 기계의 작용을 스스로 따라갔다. 이건 지독한 장치였다! 이 기계는 그에게 눈을 깜박이라고, 방귀를 뀌라고, 숨을 헐떡이라고, 똥을 싸라고, 오줌을 싸라고 명령할 수 있었다. 무엇이든 명령할 수 있었다. 이 기계는 그의 행동에 생각이 전혀 들어 있지 않은 것처럼 그의 몸을 마음대로 휘두를 수 있었다. 그는 관찰자의 역할로 쫓겨나 있었다.

냄새들이 그를 강타했다. 역겨운 냄새였다. 그는 자신에게 인상을 찌푸리라는 명령을 내리고 싶지 않았지만, 인상을 찌푸리는 것에 대해 생각했다. 그것으로 충분했다. 이 냄새는 탐침에서 나온 것이었다. 탐침이 그의 감각 기관을 가지고 놀면서 그것들을 익히고 있었다.

"그의 생각을 읽을 수 있겠나?" 음색이 높은 관리의 목소리였다.

"그는 지금도 우리 목소리를 듣고 있습니다!" 야르였다.

"저주받을 멘타트들 같으니!" 마테를리였다.

"딧, 댓, 닷." 테그가 말했다. 오래전 어렸을 때 레르나에우스에서 보았던 겨울 쇼의 인형들 이름이었다.

"그가 말을 하고 있어!" 관리의 목소리였다.

테그는 자신의 의식이 저 기계에 의해 차단되는 것을 느꼈다. 야르가 조종대에서 뭔가를 하고 있었다. 그러나 테그는 자신의 멘타트 논리가 뭔가 대단히 중요한 것을 가르쳐주었음을 깨달았다. 이 세 사람은 인형이었다. 중요한 것은 이 인형들을 조종하는 주인뿐이었다. 인형들의 움직임, 바로 그것이 그 주인들의 움직임을 알려주었다.

탐침이 계속 그를 침범했다. 그 엄청난 힘에 맞서 그의 의식이 힘을 겨루는 것이 느껴졌다. 기계는 그에 대해 여러 가지를 배워가고 있었지만, 그 역시 기계에 대해 배우고 있었다.

그는 이제 이해할 수 있었다. 자신이 지닌 감각의 범위 전체가 이 T 탐침에 복제되어 확인되었다. 그리고 나중에 야르가 필요할 때 불러낼 수 있도록 여기에 분류표가 붙었다. 테그의 내면에 유기적인 연쇄 반응들이 존재했다. 기계는 마치 그의 복제품을 만들 듯이 그 반응들을 추적해 찾아낼 수 있었다. 시어와 그가 멘타트로서 지닌 저항력이 수색자를 따돌리며 기억을 지켰지만 그 밖의 모든 것은 복제될 수 있었다.

'저것이 나처럼 생각하지는 않을 거야.' 그는 스스로를 안심시켰다.

기계가 그의 신경이나 육체와 똑같아지지는 않을 것이다. 테그의 기억이나 테그의 경험도 갖지 못할 것이다. 기계는 여자의 몸에서 태어나지 않았다. 기계는 산도(産道)를 따라 여행하다가 이 놀라운 우주 속으로 나온 경험이 없었다.

테그의 의식 일부가 기억의 표식을 적용하며 이 생각이 골라에 대한 어떤 사실을 드러냈음을 알려주었다.

'던컨은 악솔로틀 탱크에서 나왔지.'

이 생각이 떠오르는 것과 동시에 그의 혀에 갑자기 날카롭고 지독한 신맛이 느껴졌다.

'T 탐침이 다시 왔어!'

테그는 자신이 동시에 흘러가는 여러 개의 의식 속을 흐르게 했다. 그는 T 탐침의 작용을 뒤따르며 골라에 대한 생각을 계속했다. 그리고 그 동안 내내 딧, 댓, 닷에게 귀를 기울였다. 그 세 인형들이 묘하게 조용했다. 그래, T 탐침이 임무를 완수할 때까지 기다리고 있는 거로군.

골라, 던컨은 남자에 의해 잉태되어 여자의 몸에서 태어난 세포들의 연장이었다.

'기계와 골라!'

여기서 나온 결론. '기계는 아주 막연한 대리 경험 외에는 출산의 경험을 할 수 없다. 그래서 개인적으로 미묘한 의미를 갖는 중요한 것들을 반드시 놓치게 되지.'

저 기계가 지금 그의 내면에서 다른 것들을 놓치고 있는 것처럼.

T 탐침이 다시 냄새를 방출하고 있었다. 각각의 냄새가 풍겨올 때마다 테그의 머릿속에서 기억들이 존재를 드러냈다. 그는 T 탐침의 엄청난 속도를 느꼈지만 그 자신의 의식은 쏜살같이 쇄도해 오는 그 수색의 범위 밖에 머물면서 그곳으로 불려온 기억들 속에 그가 원하는 만큼 오랫동안 그를 묶어둘 수 있었다.

'그래, 저거야!'

그건 그가 겨우 열네 살 때, 베네 게세리트 학교에 학생으로 있던 시절에 자기 왼손에 뜨거운 밀랍을 흘린 기억이었다. 그는 지금 이 순간 자신이 오로지 그곳에만 존재하는 것처럼 학교와 실험실을 떠올렸다. '학교는 참사회에 부속되어 있어.' 그곳에 입학을 허가받음으로써 테그는 자신의 핏줄 속에 시오나의 피가 들어 있음을 알게 되었다. 그 어떤 예지력도 이곳에 있는 그를 찾아내지 못했다.

실험실의 모습이 생생하게 떠오르고 밀랍의 냄새도 느껴졌다. 그것은 실패한 자매들과 그들의 조력자들이 키우는 벌의 천연 생산품과 인공적인 에스테르를 섞은 화합물이었다. 그는 자신이 사과 과수원에서 일하는 사람들과 벌들을 지켜보던 순간으로 기억을 돌렸다.

베네 게세리트 사회 구조의 움직임은 아주 복잡하게 보였다. 그 구조를 꿰뚫고 꼭 필요한 것들, 즉 음식, 옷, 따스함, 의사소통, 학습, 적들로부터의 보호(생존 욕구의 부분 집합)를 보게 될 때까지는 그랬다. 베네 게세리트의 생존을 이해하려면 약간의 조정이 필요했다. 그들은 인류 전반을 위해 아이를 낳지 않았다. 감시가 이루어지지 않는 상태에서 종족들이 서로 관계를 맺는 경우는 없었다! 그들은 자신의 힘을 확장하고, 베네 게세리트를 지속시키기 위해 아이를 낳았다. 그리고 그것이 인류에 대한 충분한 봉사라고 생각했다. 어쩌면 그 생각이 맞는 건지도 몰랐다. 번식의 동기는 아주 깊이 뻗어 있으며, 교단은 몹시 철저했다.

새로운 냄새가 그를 강타했다.

그는 폰시아르드의 전투 이후 우주선의 지휘실로 들어가면서 맡았던, 자기 옷의 젖은 모직 냄새를 인식했다. 그 냄새가 그의 코를 가득 채우며 지휘실의 장비에서 나는 오존 냄새, 다른 사람들의 땀내를 이끌어냈다. '모직!' 교단은 그가 포로들이 일하는 공장에서 생산된 합성 섬유를 멀리하고 천연 섬유를 더 좋아하는 것을 항상 조금 이상하게 생각했다.

그는 의자개도 좋아하지 않았다.

'난 어떤 형태로든 압제의 냄새가 나는 걸 좋아하지 않아.'

이 인형들, 딧, 댓, 닷은 자기들이 얼마나 압제적인지 알고 있을까?

멘타트의 논리가 그를 조롱했다. 모직 또한 포로들이 일하는 공장의 생산품이 아니던가?

그건 달랐다.

그의 의식 일부가 그렇지 않다는 주장을 폈다. 합성 섬유는 거의 영원히 저장해 둘 수 있었다. 하코넨 비공간 구의 무엔트로피 통에서 합성 섬유가 얼마나 오랜 세월을 견뎌냈는지만 봐도 알 수 있는 일이었다.

"난 지금도 모직과 면이 더 좋아!"

'그럴 테면 그러라지!'

"하지만 내가 어떻게 해서 그걸 더 좋아하게 된 거지?"

'그건 아트레이데스의 편견이야. 유전적으로 물려받은 거라고.'

테그는 냄새들을 한쪽으로 따돌리고 자신을 침범하고 있는 탐침의 전체적인 움직임에 정신을 집중했다. 이윽고 그는 자신이 그 물체의 움직임을 미리 예상할 수 있음을 깨달았다. 그것은 하나의 새로운 근육이었다. 그는 가치 있는 통찰력을 찾기 위해 유도된 기억들을 계속 조사하면서 그 새로운 근육을 움직여보았다.

'난 레르나에우스에서 어머니의 방 문 앞에 앉아 있어.'

테그는 의식의 일부를 떼어내서 그 장면을 관찰했다. 열한 살 때였다. 그는 누군가 중요한 사람의 수행원으로 온 자그마한 베네 게세리트 복사와 이야기하고 있었다. 그 복사는 몸집이 아주 작았으며, 머리는 불그스름한 금발이고 얼굴은 인형 같았다. 코끝이 살짝 들려 있고, 눈은 회녹색이었다. 그 '누군가 중요한 사람'은 정말로 폭삭 늙은 모습의 검은 로브를 입은 대모였다. 그녀는 테그의 어머니와 함께 옆에 있는 그 문 뒤로 사라졌다. 카를라나라는 이름의 복사는 이 집의 어린 아들에게 자신의 풋내 나는 기술을 시험해 보고 있었다.

카를라나가 스무 마디도 채 하기 전에 마일즈 테그는 패턴을 알아차렸다. 그녀는 그에게서 억지로 정보를 캐내려 하고 있었다! 이것은 어머니가 교묘하게 시침 떼는 법을 가르칠 때 가장 먼저 가르쳐준 것이었다. 남에게 팔아넘길 만한 정보를 얻을 수 있을지도 모른다는 희망을 안고 어린 소년에게 대모의 가정에 대해 질문을 던질 만한 사람들이 있는 법이었다. 대모들에 대한 정보를 사고 싶어 하는 사람은 항상 존재했다.

그의 어머니는 이렇게 설명해 주었다. "질문을 던지는 사람을 네가 판단해서 그 사람이 얼마나 속아 넘어가기 쉬운지에 따라 네 대답을 맞춰야 한다." 이런 방법은 완전한 대모를 상대할 때에는 전혀 소용이 없을 터였다. 하지만 복사가 상대라면, 특히 이런 복사라면!

카를라나를 향해 그는 수줍음 때문에 말하기가 내키지 않는다는 표정을 지어 보인다. 카를라나는 자신의 매력을 과장되게 인식하고 있다. 그는 그녀가 적절하게 기술을 사용하고 난 후, 그녀에 의해 거리끼는 마음이 압도당한 척한다. 그녀가 얻어낸 것은 한 움큼의 거짓말이다. 만약 그녀가 그 얘기를 저 닫힌 문 뒤에 있는 '누군가 중요한 사람'에게 들려준다면, 아주 고통스러운 처벌까지는 아니더라도 최소한 호된 꾸중을 받게 될 것이다.

'딧, 댓, 닷이 말을 하고 있군.' "이제 우리가 그를 장악한 것 같습니다."

테그는 자신을 과거의 기억으로부터 휙 끌어당기는 야르의 목소리를 인식했다. '그 사람이 얼마나 속아 넘어가기 쉬운지에 따라 네 대답을 맞춰야 한다.' 테그는 이 말을 하는 어머니의 목소리를 듣고 있었다.

'인형들.'

'인형 주인들.'

관리가 말한다. "시뮬레이션 프로그램에게 그들이 골라를 어디로 데려갔는지 물어보십시오."

침묵이 이어지다가 희미하게 윙윙거리는 소리가 났다.

"아무것도 나오지 않습니다." 야르였다.

테그는 그들의 목소리를 고통스러울 정도로 민감하게 듣고 있다. 그는 탐침의 반대되는 명령을 무릅쓰고 억지로 눈을 뜬다.

"보세요!" 야르가 말한다.

세 쌍의 눈이 테그를 뚫어지게 노려본다. 저들의 움직임이 얼마나 느린지. 딧, 댓, 닷. 눈이 깜박…… 깜박…… 깜박거리는 간격이 최소한 1분은 되겠군. 야르가 조종대의 뭔가를 향해 손을 뻗고 있다. 그의 손가락이 목적지에 도달하는 데는 일주일이 걸릴 것이다.

테그는 자신의 손과 팔을 묶은 끈을 조사해 본다. 평범한 밧줄이다! 그는 서두르지 않고 손가락을 꿈틀거려서 매듭을 찾아낸다. 매듭이 헐거워진다. 처음에는 천천히, 그러다가 홀쩍 떨어져 나간다. 그는 들것에 자신을 묶은 끈을 풀기 시작한다. 이건 더 쉽다. 그냥 끈을 끼워 넣게 되어 있는 간단한 잠금 장치. 야르의 손은 아직 조종대까지 4분의 1도 나아가지 못했다.

깜박…… 깜박…… 깜박…….

세 쌍의 눈에 희미한 놀라움이 나타난다.

테그는 메두사의 머리칼처럼 엉킨 탐침의 촉수를 떼어낸다. 펑펑펑! 그의 머리에 붙어 있던 부분들이 날듯이 그에게서 멀어진다. 그는 탐침의 촉수를 밀어내면서 촉수와 스친 오른손 손등에서 천천히 피가 배어나오는 것을 보고 깜짝 놀란다.

멘타트의 추측: '난 지금 위험할 정도로 빠르게 움직이고 있다.'

그러나 이제 그는 들것에서 벗어나 있다. 관리가 옆구리 주머니 안에 불룩 튀어나온 것을 향해 느리게, 느리게 손을 뻗는다. 테그의 손이 관리의 목을 납작하게 눌러버린다. 관리는 항상 가지고 다니는 그 작은 레이저총에 다시는 손을 대지 못할 것이다. 야르가 쭉 뻗은 손은 아직 탐침 조종대까지 3분의 1도 나아가지 못했다. 그러나 그의 눈에는 틀림없이 놀란 표정이 있다. 테그는 그 남자가 자기 목을 부러뜨리는 손을 눈으로 볼 수나 있는지 모르겠다고 생각한다. 마테를리는 조금 빠르게 움직이고 있다. 테그가 바로 조금 전에 획 지나갔던 곳을 향해 그녀의 왼발이 다가온다. 그래도 너무 느려! 마테를리의 머리가 뒤로 젖혀지고, 허공을 내리치는 테그의 손 아래에 목이 노출된다.

저들이 바닥에 쓰러지는 속도가 얼마나 느린지!

테그는 땀이 비 오듯 솟는 것을 깨달았지만 그런 것을 생각할 시간이 없었다.

'난 저들이 움직이기 전에 어떻게 움직일 건지 미리 알고 있었다. 내가 도대체 어떻게 된 거지?'

멘타트의 추측: '탐침의 고통이 나를 끌어올려 새로운 수준의 능력을 갖게 했다.'

강렬하고 고통스럽게 느껴지는 허기 때문에 그는 자신의 에너지가 고갈되었음을 깨달았다. 그는 이 느낌을 옆으로 밀어버렸다. 자신이 정상적인 시간의 흐름 속으로 돌아가는 것이 느껴졌다. 둔탁한 소리가 세 번. 시체들이 바닥에 쓰러지는 소리였다.

테그는 탐침 조종대를 조사해 보았다. 틀림없이 익스의 것이 아니었다. 그러나 조종판은 비슷했다. 그는 데이터 저장 시스템을 파괴하고 자료를 지웠다.

'이 방의 조명은?'

밖에서 들어오는 문 옆에 조종판이 있었다. 그는 불을 끄고 세 번 심호흡을 했다. 그리고 눈에 보이지도 않을 만큼 빠른 속도로 휙 몸을 움직여 어둠 속으로 폭발하듯 튀어 나갔다.

그를 이곳으로 데려왔던 사람들, 겨울 추위를 막기 위해 두툼한 옷을 입고 있던 그 사람들이 이상한 소리를 듣고 미처 고개를 돌리기도 전에, 눈에 보이지도 않을 만큼 빠르게 움직이는 뭔가가 그들을 쓰러뜨렸다.

테그는 정상적인 시간의 흐름으로 더 빨리 돌아왔다. 별빛이 그에게 무성한 덤불숲을 뚫고 내리막길로 이어지는 산길을 보여주었다. 그는 한동안 눈이 뒤섞인 진흙 위를 미끄러지다가 땅의 변화를 미리 예측하며 몸의 균형을 유지하는 법을 터득했다. 발을 내밀 때마다 그는 그 발을 반드시 놓아야 하는 곳에 놓았다. 이윽고 계곡이 바라보이는 탁 트인 공간이 나왔다.

도시의 불빛들이 보이고, 중심부 근처에 커다란 검은색 직사각형 건물이 있었다. 그가 아는 곳이었다. 이사이. 인형들의 주인이 그곳에 있었다.

'난 자유다!'

높은 나무 울타리에서 판자가 하나 사라진 좁고 긴 틈새를 통해 매일 밖을 내다보며 앉아 있는 남자가 있었다. 매일 사막의 야생 나귀 한 마리가 울타리 밖에서 그 좁은 틈새를 지나갔다. 처음에는 코가, 그다음에는 머리, 앞다리, 긴 갈색 등, 뒷다리, 그리고 마지막으로 꼬리가 지나갔다. 어느 날 남자는 뭔가를 발견한 듯 눈을 빛내며 벌떡 일어나 들을 수 있는 사람은 모두 들으라는 듯이 소리쳤다. "분명해! 코가 꼬리의 원인인 거야!"

—숨겨진 지혜의 이야기, 라키스의 구전역사에서

오드레이드는 라키스에 온 이후 타라자의 참사회 거처 벽에서 그토록 눈에 띄는 자리를 차지하고 있던 고대의 그림에 대한 기억 속에 붙들린 자신을 몇 번이나 발견했다. 그 기억이 찾아올 때면 손이 붓질의 감각 때문에 찌릿거리는 것이 느껴졌다. 콧구멍은 기억을 통해 유도된 기름과 물감 냄새를 향해 벌름거렸다. 그녀의 감정이 캔버스를 급습했다. 매번 오드레이드는 시이나가 정말로 자신의 캔버스인지 새삼 의문을 느끼며 기억 속에서 빠져나왔다.

'우리 둘 중 누가 상대를 그리고 있는 걸까?'

오늘 아침에도 또 그런 일이 일어났다. 그녀가 시이나와 함께 숙소로 쓰고 있는 라키스 성의 옥탑 바깥은 아직 어두웠다. 복사 하나가 살그머니 들어와서 오드레이드를 깨우더니 타라자가 곧 도착할 것이라고 알려주었다. 오드레이드는 검은 머리카락에 둘러싸여 부드러운 빛을 받고 있는 복사의 얼굴을 올려다보았다. 그 순간 그 기억 속의 그림 그리기가 그녀의 의식 속으로 섬광처럼 들어왔다.

'우리들 중 누가 정말로 상대를 창조해 내고 있는 거지?'

"시이나는 좀더 자게 내버려두어라." 오드레이드는 이렇게 말하고 나서 복사에게 나가보라고 말했다.

"최고 대모님이 도착하시기 전에 아침 식사를 하시겠습니까?" 복사가 물었다.

"먼저 타라자 님을 모실 것이다."

자리에서 일어난 오드레이드는 재빨리 몸단장을 하고, 가장 좋은 검은색 로브를 입었다. 그러고 나서 그녀는 옥탑 휴게실의 동쪽 창문으로 성큼성큼 걸어가 우주 공항이 있는 쪽을 바라보았다. 많은 불빛들이 움직이면서 그쪽의 먼지 자욱한 하늘에 빛을 던지고 있었다. 그녀는 바깥의 풍경을 좀더 부드럽게 만들기 위해 방 안의 발광구를 모두 켰다. 발광구의 빛이 창문의 두꺼운 장갑 플라즈 위에 황금색 별들을 흩뿌려놓은 것처럼 반사되었다. 어둑어둑한 창문 표면에는 또한 그녀 자신의 모습도 흐릿하게 비치고 있었다. 피곤해서 생긴 주름살이 선명하게 보였다.

'타라자가 올 줄 알았어.' 오드레이드는 생각했다.

그녀가 이 생각을 하는 동안, 흙먼지 때문에 흐릿하게 보이는 지평선 위로 라키스의 태양이 떠올랐다. 아이들이 가지고 노는 오렌지색 공이 갑자기 시야 속으로 불쑥 들이밀어진 것 같았다. 라키스를 관찰한 수많은 사람들이 언급했던 아지랑이가 즉시 나타났다. 오드레이드는 풍경에서 눈을 돌렸다. 복도로 통하는 문이 열리고 있었다.

타라자가 로브 자락 스치는 소리와 함께 안으로 들어왔다. 뒤에서 누군가가 문을 닫자 방 안에는 두 사람만 남았다. 최고 대모가 오드레이드를 향해 다가왔다. 머리 위로 올려 쓴 검은 두건이 그녀의 얼굴을 감싸고 있었다. 마음을 편안하게 해주는 모습은 아니었다.

타라자는 오드레이드가 불편해하고 있음을 감지하고 그것을 이용했다. "이런, 다르, 우리가 마침내 낯선 사람으로 만나게 된 것 같군요."

타라자의 말에 오드레이드는 깜짝 놀랐다. 그녀는 그 말에 담긴 위협을 올바르게 이해했지만, 두려움은 이제 그녀를 떠나 마치 주전자에서 물을 따르듯이 밖을 향해 흘러 나가고 있었다. 난생 처음으로 오드레이드는 편을 가르는 선을 건너가야 할 정확한 순간을 감지했다. 이 선의 존재를 짐작하는 자매들이 거의 없을 것 같았다. 그 선을 건너면서 그녀는 그 선의 존재를 자신이 항상 알고 있었음을 깨달았다. 그곳은 그녀가 허공으로 들어가서 자유롭게 떠다닐 수 있는 곳이었다. 그녀는 이제 약하지 않았다. 누군가에게 죽임을 당할 수는 있겠지만 패배하는 일은 결코 없을 것이다.

"그러니까 이젠 다르와 타르가 아니군요." 오드레이드가 말했다.

타라자는 오드레이드의 분명하고 억제되지 않은 목소리를 듣고 이것을 자신감으로 해석했다. "어쩌면 다르와 타르였던 적은 한 번도 없었던 건지도 모르지요. 당신은 자신이 지극히 영리하게 굴고 있다고 생각했군요." 그녀가 말했다. 얼음처럼 차가운 목소리였다.

'싸움은 시작되었다. 하지만 난 그녀가 공격해 오는 길에 서 있지 않아.' 오드레이드는 생각했다.

오드레이드가 말했다. "틀레이랙스와 동맹을 맺지 않았을 경우 그 대안은 받아들일 수 없는 것이었습니다. 최고 대모님이 우리를 대신해서 정말로 추구하는 것이 뭔지 제가 깨달은 후에는 특히."

타라자는 갑자기 피곤해졌다. 비우주선이 우주의 주름을 통해 도약했음에도 불구하고 여기까지 오는 것은 긴 여행이었다. 육체는 익숙한 리듬에서 억지로 벗어났을 때 항상 그 사실을 감지했다. 그녀는 부드럽고 긴 소파에 앉으며 그 사치스러움과 편안함 속에서 한숨을 쉬었다.

오드레이드는 최고 대모가 지쳐 있음을 깨닫고 즉시 연민을 느꼈다. 순식간에 그들은 공통의 문제를 지닌 대모들이 되어 있었다.

타라자도 이것을 느꼈음이 분명했다. 그녀는 자기 옆의 쿠션을 툭툭 치며 오드레이드가 자리에 앉기를 기다렸다.

"우린 교단을 보존해야 합니다. 중요한 건 그것뿐이에요." 타라자가 말했다.

"물론입니다."

타라자는 오드레이드의 친숙한 얼굴을 탐색하듯이 응시했다. '그래, 오드레이드도 지쳐 있군.' "당신은 이곳에 있으면서 이곳 사람들 및 그 문제와 밀접하게 접촉해 왔습니다. 난 당신의 견해를 듣고 싶습니다……. 아니, 다르, 내겐 당신의 견해가 필요합니다." 타라자가 말했다.

"틀레이랙스 인들은 전폭적으로 협조하는 모습을 보이고 있습니다. 하지만 뭔가를 숨기는 기색도 있습니다. 저는 얼마 전부터 지극히 걱정스러운 의문들을 품게 되었습니다."

"어떤 의문들 말입니까?"

"만약 악솔로틀 탱크가…… 탱크가 아니라면요?"

"무슨 뜻입니까?"

"와프는 어떤 가족들이 기형아나 미친 친척을 숨기려 할 때 보여주는 것과 같은 태도를 보입니다. 맹세컨대 우리가 탱크에 대한 얘기를 꺼내면 그는 당혹스러워합니다."

"하지만 그들이 도대체 무엇을……."

"대리모입니다."

"하지만 그렇다면 그들은……." 타라자는 이 의문이 제기하는 가능성들에 충격을 받아 입을 다물었다.

"틀레이랙스 인 여자를 본 사람이 누가 있습니까?" 오드레이드가 물었다.

타라자의 머릿속에 반대 의견이 한가득 떠올랐다. "하지만 정확한 화학적 통제와 변수들을 제한해야 한다는 점이……." 그녀는 두건을 뒤로 젖히고 고개를 흔들어 머리카락을 자유롭게 풀어주었다. "당신이 옳습니다. 우린 모든 것에 의문을 품어야 해요. 하지만 이건…… 이건 엄청나군요."

"와프는 우리의 골라에 대해 아직도 완전한 진실을 밝히지 않고 있습니다."

"그가 뭐라고 하던가요?"

"제가 이미 보고드린 것이 다입니다. 그가 원래의 던컨 아이다호를 기반으로 한 변종이며 우리가 지정한 프라나 빈두 요건들을 모두 충족시키고 있다는 거죠."

"우리가 전에 구입했던 골라들을 그들이 죽인 이유, 혹은 죽이려 했던 이유를 그걸로는 설명할 수 없습니다."

"그는 이전의 골라 11명이 기대에 미치지 못했기 때문에 자기들이 수치심을 느껴서 그런 행동을 한 거라면서 위대한 믿음을 걸고 신성한 맹세를 하고 있습니다."

"그들이 그걸 어떻게 알 수 있었단 말입니까? 그건 자기들이 우리들 사이에 첩자를 심어놓았다는 뜻……."

"그는 절대 그렇지 않다고 주장합니다. 제가 그 점과 관련해서 그를 비난했더니 그는 성공적으로 만들어진 골라라면 틀림없이 우리들 사이에서 눈에 띄는 소란을 일으킬 거라고 말했습니다."

"눈에 띄는 소란이라니요? 그게 무슨……."

"그것을 말하지 않습니다. 그는 자기들이 계약에 따른 의무를 이행했다는 주장만 되풀이하죠. 골라는 어디 있습니까, 타르?"

"뭐…… 아, 가무에 있습니다."

"소문에 듣자하니……."

"부르즈말리가 잘 처리하고 있습니다." 타라자는 이 말이 진실이기를 바라며 입을 굳게 다물었다. 가장 최근에 들어온 보고는 그녀에게 확신을 안겨주지 못했다.

"골라를 죽여야 하는지 고민하고 계시는군요." 오드레이드가 말했다.

"그냥 골라만이 아닙니다!"

오드레이드는 미소를 지었다. "그럼 벨론다가 저를 영구히 제거해 버리고 싶어 한다는 게 사실이군요."

"그걸 어떻게……."

"때로는 우정이 아주 가치 있는 자산이 될 수 있습니다, 타르."

"당신은 지금 위험한 길을 걷고 있습니다, 오드레이드 대모."

"하지만 저는 휘청거리지 않습니다, 타라자 최고 대모님. 저는 와프가 저 명예의 어머니들에 대해 밝힌 사실들을 오랫동안 집중적으로 생각하고 있습니다."

"무슨 생각을 하는지 좀 말씀해 주시지요." 타라자의 목소리에는 타협을 거부하는 단호함이 있었다.

"그들에 대해 똑바로 알아야 할 것이 있습니다. 그들은 우리 각인사들의 성적인 기술을 뛰어넘었습니다."

"매춘부들 같으니!"

"맞습니다. 그들은 궁극적으로 자기들과 다른 사람들에게 치명적인 방식으로 그 기술을 사용합니다. 그들은 자기들의 힘 때문에 눈이 멀었습니다."

"당신이 오랫동안 집중적으로 생각했다는 게 그것뿐입니까?"

"말씀해 보세요, 타르. 그들이 왜 가무에 있는 우리 성을 공격해서 말살해 버렸을까요?"

"뻔하지요. 그들은 우리의 아이다호 골라를 쫓고 있었습니다. 그를 사로잡거나 죽이려고요."

"그럼 그게 그들에게 왜 그토록 중요했을까요?"

"무슨 말을 하고 싶은 겁니까?" 타라자가 다그치듯 물었다.

"그 매춘부들은 혹시 틀레이랙스 인에게서 들은 정보를 바탕으로 행동한 게 아닐까요? 타르, 만약 와프 일당이 우리 골라 안에 넣어 놓은 그 비밀이 골라를 명예의 어머니의 남성형에 해당하는 존재로 만들어준다면 어떻게 하시겠습니까?"

타라자는 한 손을 입에 댔다가 그 행동이 얼마나 많은 사실을 드러내주는지 깨닫고 재빨리 손을 내렸다. 그건 이미 뒤늦은 행동이었다. 그래도 상관없었다. 그들은 둘 다 대모들이었다.

오드레이드가 말했다. "그런데 우린 루실라에게 그를 대부분의 여자들이 거부할 수 없는 존재로 만들라는 명령을 내렸습니다."

"틀레이랙스 인들이 언제부터 그 매춘부들과 거래해 온 겁니까?" 타라자가 다그치듯 물었다.

오드레이드는 어깨를 으쓱했다. "그들이 대이동에서 돌아온 자기들의 잃어버린 자들과 언제부터 거래해 왔는지 묻는 편이 더 낫겠지요. 틀레이랙스 인과 틀레이랙스 인이 이야기를 나누다 보면 많은 비밀이 밝혀질 수도 있을 겁니다."

"아주 뛰어난 추측이군요. 그 추측에 확률적 가치를 얼마나 부여하고 있습니까?"

"최고 대모님도 저 못지않게 잘 알고 계시지 않습니까. 그 추측을 이용하면 많은 것을 설명할 수 있을 겁니다."

타라자가 신랄하게 말했다. "당신이 지금 틀레이랙스 인들과 동맹을 맺은 것에 대해서는 어떻게 생각합니까?"

"그건 그 어느 때보다 필요한 일입니다. 우린 반드시 내부에 들어가 있어야 합니다. 우리가 싸움의 상대에게 영향을 미칠 수 있는 곳에 있어야 합니다."

"저주스러운 존재!" 타라자가 날카롭게 소리쳤다.

"뭐라고요?"

"이 골라는 인간의 형태를 한 기록 장치와 같습니다. 그들은 그를 우리들 가운데에 심어둔 거예요. 만약 틀레이랙스 인들이 그를 붙잡게 되면 우리에 대해 많은 것을 알게 될 겁니다."

"그건 서투른 방법이군요."

"그들의 전형적인 행동이기도 하죠!"

"지금 우리의 상황에 다른 숨겨진 의미들이 있다는 데에는 저도 동의합니다. 하지만 그런 주장들은 우리가 골라를 직접 조사하기 전에는 죽이지 말아야 한다는 생각을 굳혀줄 뿐입니다." 오드레이드가 말했다.

"그럼 때가 너무 늦을지도 모릅니다! 당신의 동맹 따위 잊어버리세요, 다르! 당신은 그들에게 틈을 주었습니다…… 우리도 그들의 틈을 잡을 수 있었고. 그런데 우리 둘 다 그 틈을 감히 놓아버리지 못하고 있습니다."

"그런 것이 완벽한 동맹 아닙니까?"

타라자는 한숨을 쉬었다. "그들에게 우리 교배 기록을 언제 공개해야 합니까?"

"곧 그렇게 해야 합니다. 와프가 그 문제를 재촉하고 있습니다."

"그럼 우리가 그들의 악솔로틀…… 탱크를 보게 되는 겁니까?"

"그것은 물론 제가 압력을 가하고 있는 부분이죠. 그는 마지못해 동의해 주었습니다."

"서로의 주머니 속으로 점점 더 깊숙이 들어가고 있는 꼴이로군." 타라자가 투덜거렸다.

오드레이드가 완전히 시치미를 떼며 말했다. "완벽한 동맹이죠. 제가 말했던 것처럼."

"젠장, 젠장, 젠장. 테그가 골라의 원래 기억을 각성시켰단 말입니다!" 타라자가 투덜거리듯이 말했다.

"하지만 루실라가……."

"그건 나도 모릅니다!" 타라자가 음울한 표정으로 오드레이드를 바라보며 가무에서 날아온 가장 최근의 보고를 들려주었다. 테그와 그 일행의 위치가 파악되었다는 것, 그들에 대해 지극히 짤막한 보고가 있었지만 루실라에게서는 아무 연락이 없었다는 것, 그들을 빼내기 위한 계획이 마련되었다는 것.

타라자는 얘기를 하면서 점점 불안한 생각이 들었다. 이 골라의 정체가 무엇인가? 그들은 던컨 아이다호들이 평범한 골라가 아니라는 사실을 전부터 항상 알고 있었다. 그러나 신경과 근육의 능력이 강화된 데다가 틀레이랙스 인들이 미지의 것을 심어놓기까지 한 이 골라는…… 그건 마치 불타는 곤봉을 쥐고 있는 것 같았다. 자신의 생존을 위해 어쩌면 그 곤봉을 사용해야 할지도 모른다는 것을 알고 있지만 불꽃이 다가오는 속도가 무서웠다.

오드레이드가 생각에 잠긴 목소리로 말했다. "골라가 새로운 육체 속에서 갑자기 각성하는 것이 어떤 경험일지 상상해 보신 적이 있습니까?"

"뭐라고요? 그게 무슨……."

"자신의 육체가 시체의 세포에서 자라났음을 깨닫는 겁니다. 그는 자기 자신의 죽음을 기억합니다."

"아이다호들은 결코 평범한 인간들이 아니었습니다."

"이 틀레이랙스 주인들에 대해서도 어쩌면 같은 말을 할 수 있을지 모릅니다."

"무슨 말을 하고 싶은 겁니까?"

오드레이드는 이마를 문지르며 잠시 자신의 생각을 다시 검토해 보았다. 애정을 거부하는 사람, 중심에 있는 분노로부터 밖을 향해 돌진해 나오는 사람을 상대로 이런 얘기를 하기가 너무 어려웠다. 타라자는 결코…… 공감능력이 없었다. 그녀가 다른 사람의 육체와 감각을 자기 것처럼 느낄 수 있는 것은 논리를 다듬기 위해 연습할 때뿐이었다.

"골라의 각성은 틀림없이 아주 충격적인 경험일 겁니다." 오드레이드는 손을 아래로 내리며 말을 이었다. "정신적으로 엄청난 유연성을 지닌 사람만이 살아남을 수 있을 겁니다."

"우린 틀레이랙스의 주인들이 단순히 겉으로 보이는 그대로가 아니라고 생각하고 있습니다."

"그럼 던컨 아이다호들은요?"

"그들도 물론입니다. 그렇지 않다면 폭군이 왜 틀레이랙스 인들에게서 그들을 계속 사들였겠습니까?"

오드레이드는 자신의 얘기가 아무런 소용이 없다는 것을 알 수 있었다. 그녀가 말했다. "아이다호들은 아트레이데스에 대한 충성심으로 유명했습니다. 우리는 제가 아트레이데스라는 걸 명심해야 합니다."

"충성심이 이 골라를 당신에게 묶어줄 거라고 생각하는 겁니까?"

"특히 루실라가……."

"그러다가 너무 위험해질 수도 있습니다!"

오드레이드는 긴 소파의 구석으로 물러나 앉았다. 타라자는 확실한 것을 원했다. 그런데 연속적으로 만들어진 골라들의 삶은 주위 환경이 달라지면 맛이 달라지는 멜란지와 같았다. 그들이 골라에 대해 어떻게 확신을 가질 수 있겠는가?

"틀레이랙스 인들은 우리의 퀴사츠 해더락을 만들어낸 힘들을 만지작거리고 있습니다." 타라자가 투덜거리듯이 말했다.

"그들이 우리의 교배 기록을 원하는 게 그 때문이라고 생각하십니까?"

"나도 모릅니다! 젠장, 다르! 당신이 무슨 짓을 저질렀는지 모르겠습니까?"

"제게는 선택의 여지가 없었다고 생각합니다." 오드레이드가 말했다.

타라자는 차가운 미소를 지었다. 오드레이드의 임무 수행 능력은 여전히 최고지만 그녀를 원래의 자리로 돌려보낼 필요가 있었다.

"나라도 그 상황에서 똑같은 행동을 했을 거라고 생각합니까?" 타라자가 물었다.

'그녀는 내게 무슨 일이 일어났는지 아직도 모르고 있어.' 오드레이드는 생각했다. 타라자는 말 잘 듣는 다르가 독립적으로 행동해 주기를 기대했지만, 그 독립성이 지나쳐 고위 평의회를 뒤흔들어 놓았다. 타라자는 이번 일에서 자신도 한몫했음을 인정하지 않으려 했다.

"관례적인 방법이군요." 오드레이드가 말했다.

타라자는 마치 뺨을 맞은 것 같은 충격을 느꼈다. 그녀가 오드레이드에게 폭력을 휘두르지 않은 것은 오로지 평생에 걸친 베네 게세리트의 엄격한 훈련 덕분이었다.

'관례적인 방법이라니!'

타라자가 이 관례 때문에 짜증을 느낀다는 사실을, 이 관례가 조심스럽게 덮어놓은 분노를 끊임없이 자극한다는 사실을 스스로 밝힌 적이 얼마나 많았던가? 오드레이드에게도 털어놓은 적이 많았다.

오드레이드가 최고 대모의 말을 인용했다. "고정된 관습은 위험합니다. 적들이 그 관습의 패턴을 찾아내서 우리를 공격할 수도 있습니다."

타라자의 입에서 억지로 대답이 흘러나왔다. "그건 약점이지요, 맞습니다."

"우리 적들은 자기들이 우리의 방식을 알고 있다고 생각했습니다. 심지어 최고 대모님도 제가 어떤 한계 내에서 움직일지 알고 있다고 생각하셨습니다. 저는 벨론다와 같았습니다. 벨론다가 말을 하기도 전에 최고 대모님은 그녀가 무슨 말을 할지 알고 계셨습니다." 오드레이드가 말했다.

"당신을 나보다 높은 자리로 승진시키지 않은 것이 우리의 실수였던 겁니까?" 타라자가 물었다. 그녀의 깊은 충성심에서 우러나온 말이었다.

"아닙니다, 최고 대모님. 우린 지금 아주 까다로운 길을 걷고 있지만 어디로 가야 하는지 우리 둘 다 알고 있습니다."

"지금 와프는 어디 있습니까?" 타라자가 물었다.

"자고 있습니다. 훌륭한 감시를 받으면서."

"시이나를 부르세요. 그 프로젝트에서 그 부분을 중단할지 결정해야 합니다."

"그리고 그 대가로 우리가 벌을 받는 것이고요?"

"당신 말대로입니다, 다르."

시이나는 여전히 졸린 얼굴로 눈을 비비며 휴게실에 나타났다. 그러나 얼굴에 물을 바르고 깨끗한 하얀색 로브를 꺼내 입을 정도의 여유는 있었던 모양이었다. 그녀의 머리카락은 아직 젖어 있었다.

타라자와 오드레이드는 동쪽 창 근처에서 빛을 등진 채 서 있었다.

"이 아이가 시이나입니다, 최고 대모님." 오드레이드가 말했다.

시이나는 갑자기 등을 뻣뻣하게 세우며 바짝 긴장했다. 그녀는 참사회 라고 불리는 먼 곳의 요새에서 교단을 다스린다는 이 강력한 여자, 타라 자에 대해 들어본 적이 있었다. 두 여자의 뒤에 있는 창문에서 밝게 빛나 는 햇빛이 시이나의 얼굴에 정면으로 비치는 바람에 그녀는 눈이 부셨 다. 그 때문에 두 대모의 얼굴 일부가 흐릿하게 보였고, 그들 몸의 검은 윤곽이 눈부신 빛 속에서 흐트러진 것처럼 보였다.

복사 교관들이 이런 만남에 대비해서 이미 그녀에게 교육을 시킨 적 이 있었다. "최고 대모님 앞에서는 차려 자세로 서서 공손하게 대답해야 한다. 너는 최고 대모님이 네게 말을 거실 때에만 입을 열어야 해."

시이나는 그들에게서 배운 대로 뻣뻣한 차려 자세로 서 있었다.

"네가 우리와 같은 대모가 될지도 모른다는 얘기를 들었다." 타라자가 말했다.

이 말이 아이에게 어떤 영향을 미쳤는지 두 사람 모두 볼 수 있었다. 이제 시이나는 대모들의 능력에 대해 더 많은 것을 알고 있었다. 강력한 진실의 빛이 그녀에게 집중되었다. 그녀는 교단이 수천 년에 걸쳐 축적해 온 엄청난 지식을 배우려고 나선 참이었다. 그녀는 선택적인 기억 전송에 대해, '다른 기억들'의 작용에 대해, 스파이스의 고통에 대해 들었다. 그런데 지금 그녀 앞에 모든 대모들 중에서도 가장 강력한 사람이 서 있었다. 그녀에게는 아무것도 숨길 수 없었다.

시이나가 대답을 하지 않자 타라자가 말했다. "할 말이 아무것도 없는 거냐, 아이야?"

"제가 할 말이 뭐가 있겠어요, 최고 대모님? 대모님이 모든 걸 말씀하셨는데."

타라자는 오드레이드를 탐색하듯이 바라보았다. "날 놀랠 일이 또 있습니까, 다르?"

"저 아이가 아주 우수하다고 말씀드리지 않았습니까." 오드레이드가 말했다.

타라자는 다시 시이나에게 시선을 돌렸다. "저 의견에 자랑스러움을 느끼느냐, 아이야?"

"겁이 납니다, 최고 대모님."

얼굴 표정을 가능한 한 움직이지 않으려고 여전히 애를 쓰면서 시이나는 좀더 편안하게 숨을 들이쉬었다. '내가 가장 진심으로 느낄 수 있는 진실만을 말하는 거야.' 그녀는 자신을 일깨웠다. 선생님이 주의하라고 말해 준 것들이 이제 더 의미 있게 보였다. 그녀는 눈의 초점을 약간 흐릿하게 유지한 채 두 사람 바로 앞의 바닥을 바라보며 눈부신 햇살을 피했다. 심장이 여전히 지나치게 빠르게 뛰는 것이 느껴졌다. 두 대모도 그것을 알아챌 것이다. 오드레이드가 그런 재주를 이미 여러 번 보여준 적이 있었다.

"그래, 겁을 먹는 게 마땅하지." 타라자가 말했다.

"지금 네가 들은 말을 이해하고 있니, 시이나?" 오드레이드가 물었다.

"최고 대모님께서는 제가 교단에 완전히 마음을 바쳤는지 알고 싶어 하시는 겁니다." 시이나가 말했다.

오드레이드는 타라자를 바라보며 어깨를 으쓱했다. 두 사람이 이 일에 대해 더 이상 얘기할 필요는 없었다. 베네 게세리트와 같은 한 가족의 일원인 사람들 사이에서는 원래 그랬다.

타라자는 계속해서 말없이 시이나를 유심히 살펴보았다. 시이나의 진을 빼놓는 무거운 시선이었다. 시이나는 자신이 반드시 침묵을 지키며 그 호된 조사를 받아들여야 한다는 것을 알고 있었다.

오드레이드는 연민의 감정을 억눌렀다. 시이나는 아주 여러 가지 면에서 어릴 적의 그녀와 비슷했다. 그녀는 풍선에 공기가 가득 찼을 때 풍선이 팽창하는 것처럼 표면이 계속 늘어나는 공 모양 지성을 갖고 있었다. 오드레이드는 자신의 스승들이 그 점에 경탄하면서도 지금 타라자처럼 경계심을 품었던 것을 기억했다. 오드레이드는 시이나보다 훨씬 더 어릴 때 그 경계심을 깨달았다. 지금 시이나도 틀림없이 그 경계심을 감지했을 것이다. 지성에는 나름의 쓰임새가 있는 법이었다.

"으음." 타라자가 말했다.

오드레이드는 최고 대모의 내적인 숙고에서 나온 그 소리를 동시 흐름의 일부로 받아들였다. 오드레이드 자신의 기억이 갑자기 뒤로 쑥 물러나 있었다. 오드레이드가 늦게까지 공부할 때 음식을 가져다준 자매들은 항상 주위를 어슬렁거리며 자신들의 특별한 방법으로 그녀를 관찰했다. 지금 시이나가 항상 관찰과 감시의 대상인 것처럼. 오드레이드는 그 특별한 관찰 방법에 대해 어렸을 때부터 알고 있었다. 사실 그것이야말로 베네 게세리트의 커다란 매력 중 하나였다. 사람이란 모름지기 그런 비밀스러운 능력을 자신도 갖게 되기를 바라는 법이었다. 시이나도 분명히 그런 욕망을 갖고 있었다. 그것은 베네 게세리트를 지망하는 모든 사람들의 꿈이었다.

'나도 그런 일을 할 수 있게 될지도 모른다는 거지!'

마침내 타라자가 입을 열었다. "넌 네가 우리에게서 무엇을 원한다고 생각하느냐, 아이야?"

"최고 대모님께서 제 나이였을 때 원한다고 생각하셨던 것과 똑같은 것입니다."

오드레이드는 미소를 억눌렀다. 엉뚱할 정도로 독립적인 시이나는 지금 아슬아슬할 정도로 건방진 태도였다. 타라자도 분명히 그 점을 눈치챘을 터였다.

"그것이 생명이라는 선물을 적절하게 사용하는 방법이라고 생각하느냐?" 타라자가 물었다.

"저는 그 사용법밖에 알지 못합니다, 최고 대모님."

"네 솔직함은 인정한다만, 그 솔직함을 사용할 때 조금 조심을 해야 할 것 같구나." 타라자가 말했다.

"예, 최고 대모님."

"넌 이미 우리에게 많은 은혜를 입었고, 앞으로도 더 많은 은혜를 입게 될 것이다. 그걸 명심해라. 우리가 주는 선물의 값은 싸지 않아." 타라자가 말했다.

'시이나는 우리가 준 선물에 자신이 어떤 대가를 치르게 될지 전혀 몰라.' 오드레이드는 생각했다.

교단은 새로운 입회자들이 교단에게서 어떤 은혜를 입었으며 그 은혜를 어떻게 되갚아야 하는지 결코 잊어버리지 않게 했다. 은혜를 사랑으로 되갚는 것은 아니었다. 사랑은 위험한 것이었고, 시이나는 이미 그 점을 배우고 있었다. '생명이라는 선물?' 전율이 오드레이드의 몸을 훑어내리기 시작했다. 그녀는 그것을 억누르기 위해 헛기침을 했다.

'내가 살아 있는가? 어쩌면 저들이 나를 시비아 엄마에게서 떼어놓았을 때 내가 죽은 건지도 모르지. 난 그곳의 그 집에서 살아 있었다. 하지만 자매들이 나를 데려온 후에도 그랬던가?'

타라자가 말했다. "이제 그만 가봐라, 시이나."

시이나는 한쪽 발꿈치를 축으로 돌아서서 방을 나갔다. 그러나 그 전에 오드레이드는 그 어린 얼굴에 떠오른 긴장된 미소를 보았다. 시이나는 자신이 최고 대모의 시험을 통과했음을 알고 있었다.

시이나의 등 뒤로 문이 닫히자 타라자가 말했다. "저 아이가 선천적으로 '목소리'의 능력을 갖고 있다고 당신이 말한 적이 있지요. 물론 나도 그걸 느꼈습니다. 놀랍군요."

"저 아이는 그 능력을 잘 제어하고 있습니다. 그 능력을 우리에게 시도하지 말아야 한다는 걸 배웠지요." 오드레이드가 말했다.

"저 아이를 어떻게 보십니까, 다르?"

"어쩌면 언젠가 비범한 능력을 지닌 최고 대모가 될지도 모르지요."

"지나치게 비범한 게 아니고?"

"그건 두고 보아야겠지요."

"저 아이가 우리를 위해 살생을 할 수 있다고 생각하십니까?"

오드레이드는 깜짝 놀라서 놀라움을 드러냈다. "지금 말입니까?"

"물론, 그렇습니다."

"골라를요?"

"테그는 그 일을 하지 않으려 할 겁니다. 난 심지어 루실라에 대해서도 확신할 수 없어요. 두 사람의 보고서를 보면 그가 강력한…… 애착의 유대 관계를 만들어낼 수 있다는 사실이 분명하게 드러나 있습니다."

"저만큼이나요?"

"슈왕규도 그 능력으로부터 완전히 자유롭지 못했습니다."

"그런 행동에 고귀한 목적이 어디 있습니까? 이건 폭군이 경고했던……."

"폭군 말입니까? 그는 수많은 살인을 했습니다!"

"그리고 그 대가를 치렀지요."

"우린 우리가 취하는 모든 것에 대해 대가를 치릅니다, 다르."

"생명에 대해서도요?"

"최고 대모는 교단의 생존을 위해 필요하다면 어떤 결정이든 내릴 수 있다는 점을 잠시도 잊지 마세요, 다르!"

"그래야지요. 원하는 것을 취하고 대가를 치르는 거죠."

이것은 적절한 대답이었지만 오드레이드가 느끼고 있던 새로운 힘을 오히려 강화시켜 주었다. 새로운 우주 안에서 그녀 나름의 방법으로 반응할 수 있는 자유. 이런 강인함이 어디서 온 걸까? 그녀가 받은 베네 게세리트의 잔인한 정신 훈련에서 나온 걸까? 그녀의 아트레이데스 혈통에서 나온 걸까? 다시는 자기 자신의 것이 아닌 다른 사람의 도덕적 지침을 따르지 않겠다는 결심 때문에 이런 강인함이 생겨났다는 생각으로 자신을 속이고 싶지는 않았다. 그녀가 지금 발판으로 삼고 서 있는 이 내적인 안정감은 순수하게 도덕적이지 않았다. 허세를 부리지도 않았다.

그런 걸로는 결코 충분하지 않았다.

"당신은 아버지를 아주 많이 닮았습니다. 대개는 대부분의 용기를 공급해 주는 것이 어미이지만, 이번에는 아버지인 것 같군요." 타라자가 말했다.

"마일즈 테그는 경탄스러울 정도로 용기 있는 사람이지만, 제 생각에는 최고 대모님이 상황을 지나치게 단순화하신 것 같습니다." 오드레이드가 말했다.

"그런지도 모르지요. 하지만 나는 고비마다 당신에 대해 옳은 판단을 내렸습니다, 다르. 심지어 우리가 베네 게세리트를 지망하는 학생이었을 때도요."

'타라자는 알고 있어!' 오드레이드는 생각했다.

"그걸 말로 설명할 필요는 없지요." 오드레이드가 말했다. 그리고 그녀는 속으로 생각했다. '내가 이런 사람으로 태어나서 그런 훈련을 받고 그런 모습으로 단련되었기 때문에…… 그런 강인함이 생겨난 거야……. 우리 둘 다 그런 훈련을 받았지. 다르와 타르.'

"그건 아트레이데스 혈통의 특징인데 우리는 아직 그 점을 완전히 분석하지 못했습니다." 타라자가 말했다.

"유전적인 우연이 아니고요?"

"난 폭군의 시대 이후 우리가 정말로 우연을 겪은 적이 있는지 때로 궁금해집니다."

"그가 그 옛날 그 요새에서 몸을 쭉 펴고 지금 이 순간에 이르기까지 수천 년을 바라보았다고요?"

"당신이라면 뿌리를 찾기 위해 얼마나 멀리 거슬러 올라가겠습니까?" 타라자가 물었다.

"최고 대모가 교배 감독관에게 '저 사람에게 가서 저 사람과 교배하라고 하세요'라고 명령하면 어떤 일이 벌어집니까?" 오드레이드가 말했다.

타라자는 차가운 미소를 지었다.

오드레이드는 갑자기 파도의 꼭대기에 올라앉은 것 같은 느낌이 들었다. 의식이 그녀의 모든 것을 이 새로운 영역 속으로 밀어 넣고 있었다. '타라자는 내가 반란을 일으키기를 원해! 내가 자신의 적이 되기를 바라고 있어!'

"지금 와프를 만나시겠습니까?" 오드레이드가 물었다.

"먼저 그자에 대한 당신의 평가를 듣고 싶습니다."

"그는 우리를 '틀레이랙스의 패권'을 만들어내기 위한 궁극적인 도구로 보고 있습니다. 우리는 신께서 그의 민족에게 주신 선물이지요."

"그들은 오랫동안 이걸 기다렸습니다. 그렇게 세심하게 본 모습을 감추다니. 그들 모두가 그 억겁의 세월 동안!"

"그들은 시간에 대해 우리와 같은 시각을 갖고 있습니다. 우리가 자기들처럼 위대한 믿음을 갖고 있다는 생각을 그들이 최종적으로 받아들인 건 그 점 때문입니다."

"하지만 왜 그렇게 서투른 척하는 걸까요? 그들은 멍청하지 않은데 말입니다."

"그들이 골라 공정을 실제로 어떻게 이용하는지 우리가 관심을 갖지 않게 했지요. 멍청한 종족이 그런 일을 할 거라고 누가 믿을 수 있었겠습니까?"

"그래서 그들이 만들어낸 게 뭡니까? 사악한 멍청이라는 이미지?" 타라자가 물었다.

"아주 오랫동안 멍청한 척 연기를 하다 보면 정말로 멍청해집니다. 얼굴의 춤꾼들의 흉내 내기를 완벽하게 다듬으면…….”

"무슨 일이 일어나든 우린 그들을 반드시 벌해야 합니다. 그걸 분명히 알겠어요. 그를 이리로 데려오라고 하세요." 타라자가 말했다.

오드레이드가 명령을 내린 후 와프를 기다리면서 타라자가 말했다. "골라의 교육 과정은 그들이 가무 성을 탈출하기 전에 벌써 엉망이었습니다. 그는 자기 스승들을 훌쩍 제치고 앞서 나가서 넌지시 암시되었을 뿐인 사실들을 파악했지요. 게다가 그 속도가 점점 무서울 정도로 빨라졌어요. 지금쯤 그가 어떻게 되어 있을지 누가 알겠습니까?"

역사가들은 커다란 힘을 행사하고 있으며, 그들 중 일부는 그 사실을 알고 있다. 그들은 과거를 다시 만들어내서 자기들의 해석에 맞게 변화시킨다. 이렇게 해서 그들은 미래까지도 변화시킨다.

—레토 2세, 그의 목소리, 다르 에스 발라트에서

던컨은 새벽빛 속에서 벌을 받는 것 같은 속도로 안내인의 뒤를 따랐다. 안내인 남자의 겉모습은 늙어 보였지만 그는 가젤 영양처럼 민첩했으며, 지칠 줄을 모르는 것 같았다.

그들이 야간용 고글을 벗은 것이 겨우 몇 분 전이었다. 던컨은 고글을 벗게 된 것이 반가웠다. 고글을 쓰고 있을 때에는 렌즈를 통해 볼 수 있는 영역 밖의 모든 것이 무성한 가지를 뚫고 들어오는 희미한 별빛 속에서 검게만 보였다. 렌즈를 통해 보이는 영역 너머에는 세상이 존재하지 않는 것 같았다. 양쪽 옆으로 보이는 광경들이 불쑥불쑥 급하게 움직이며 흐르듯 지나갔다. 노란색 관목숲이 나타나는가 하면 금방 은색 껍데기의 나무 두 그루가 나타났고, 또 금방 돌벽이 나타났다. 돌벽에는 플래스틸로 만든 문이 달려 있었으며, 파란색으로 깜박이는 불의 방어막이 그 벽을 지켰다. 벽이 지나간 후에는 천연 암석으로 만들어진 아치형 다리가 나타났는데, 발밑의 다리 색깔은 온통 초록색과 검은색이었다. 그다음에 나타난 것은 광택이 나는 하얀 돌로 만들어진 아치형 입구였다. 모든 구조물이 아주 오래되고 사치스럽게 보였으며, 비용이 많이 드는 수작업으로 관리되는 듯했다.

던컨은 이곳이 어디인지 전혀 알 수 없었다. 이 땅에는 오래전에 사라진 지에디 프라임 시절의 기억을 떠올리게 하는 것이 하나도 없었다.

새벽빛 속에서 두 사람이 따라가고 있는 길의 모습이 드러났다. 나무에 가려진 짐승들의 길로, 산허리를 올라가는 오르막길이었다. 길이 가팔라졌다. 왼쪽의 나무들 사이로 간혹 계곡의 모습이 언뜻언뜻 보였다. 머리 위 하늘에는 안개가 파수병처럼 버티고 서서 먼 곳의 풍경을 감춰주었다. 두 사람이 점점 위로 올라감에 따라 안개가 더욱 다가들었다. 두 사람의 세상은 더 커다란 우주와의 접점을 잃고 점점 더 작은 곳이 되었다.

휴식을 위해서가 아니라 주변 숲에서 나는 소리를 듣기 위해 잠시 걸음을 멈췄을 때 던컨은 안개에 덮인 주위를 유심히 살펴보았다. 자신이 있을 곳을 벗어난 것 같은 기분이 들었다. 한 우주를 다른 행성들과 이어주는 하늘과 탁 트인 풍경을 소유한 우주로부터 떨어져 나온 것 같았다.

그의 변장은 간단했다. 틀레이랙스 인들이 추울 때 입는 옷을 입고 뺨에 패드를 넣어 얼굴을 더 둥글게 만든 것이 다였다. 그의 검은 곱슬머리는 화학 약품을 바르고 열기를 쬐니 곧게 펴졌다. 그다음에는 머리카락을 모래 빛깔 금발로 탈색시키고 검은색 모자 속에 감췄다. 국부에 난 털은 모두 깎아버렸다. 그는 사람들이 보여준 거울 속의 자기 모습을 거의 알아볼 수 없었다.

'더러운 틀레이랙스 인이 됐어!'

이런 변신을 일구어낸 기술자는 반짝이는 회녹색 눈동자를 가진 노파였다. "넌 이제 틀레이랙스의 주인이 되었다. 네 이름은 워제야. 안내인이 널 다음 장소로 데려다줄 거다. 낯선 사람을 만나면 안내인을 얼굴의 춤꾼처럼 취급해라. 그 밖에는 그의 명령에 따라야 해." 그녀가 말했다.

그들은 구불구불한 통로를 따라 그를 동굴 단지 밖으로 데리고 나갔다. 통로의 벽과 천장에는 사향냄새를 풍기는 녹조류가 무성하게 자라고 있었다. 별빛이 비치는 어둠 속에서 그들은 그를 냉랭한 밤공기 속으로 불쑥 밀어내더니 한 번도 본 적이 없는 남자에게 넘겨주었다. 누비옷을 입은 몸집이 큰 남자였다.

던컨의 뒤에서 누군가가 속삭였다. "이 아이야, 암비토름. 그를 데려다줘."

안내인은 후두음이 많이 섞인 억양으로 말했다. "날 따라오시오." 그는 던컨의 허리띠에 안내용 밧줄을 찰칵 하고 매더니 야간용 고글을 조정하고는 돌아섰다. 던컨이 밧줄이 한 번 당겨지는 것을 느낀 다음 두 사람은 출발했다.

던컨은 밧줄의 쓰임새를 깨달았다. 그건 그를 뒤에 바짝 붙여두기 위한 것이 아니었다. 그는 야간용 고글을 통해 이 암비토름이라는 사람을 똑똑히 볼 수 있었다. 밧줄은 위험이 나타나는 경우 던컨을 재빨리 바닥에 내동댕이치기 위한 것이었다. 명령을 내릴 필요가 없었다.

두 사람은 오랫동안 가장자리에 얼음이 얼어 있는 평지 위의 작은 수로들을 이리저리 지나갔다. 일찍 떠오르는 가무의 달들의 빛은 머리 위를 덮고 있는 나무들 사이를 간간이 뚫고 들어올 뿐이었다. 두 사람은 마침내 나지막한 산 위로 나왔다. 덤불이 자라는 황무지가 바라보이는 곳이었다. 땅을 덮은 눈 때문에 달빛 속에서 황무지가 온통 은색으로 보였다. 두 사람은 이 황무지로 내려갔다. 안내인 키의 두 배는 되어 보이는 관목들이 그들이 처음 길을 출발했을 때 지나온 터널보다 그리 크지 않은 짐승들의 진흙길 위로 아치형을 이루고 있었다. 그 안은 더 따뜻했다. 썩어가는 낙엽에서 나오는 온기였다. 썩은 식물들이 폭신폭신하게 쌓여 있는 땅까지 뚫고 들어오는 빛은 거의 없었다. 던컨은 썩어가는 식물들의 퀴퀴한 냄새를 들이마셨다. 야간용 고글을 통해 그는 양편으로 끝없이 이어지는 무성한 식물들을 볼 수 있었다. 그와 암비토름을 이어주는 밧줄은 이 낯선 세상과 그들을 이어주는 빈약한 끈이었다.

암비토름은 대화를 반기지 않았다. 던컨이 그의 이름을 확인하려고 물어보자 그는 "그렇소"라고 대답했다. 그리고 이어 "말하지 마시오"라고 말했다.

밤새도록 이어진 그 여행이 던컨에게는 불안하게 느껴졌다. 그는 자신의 생각들 속으로 다시 내동댕이쳐지는 것을 좋아하지 않았다. 지에디 프라임의 기억들은 끈질겼다. 이곳은 그가 골라가 되기 전 어렸을 때 기억하던 것과 전혀 달랐다. 암비토름이 이곳의 길을 어떻게 배우고, 어떻게 기억하는지 궁금하다는 생각이 들었다. 짐승들이 다니는 이 길은 모두 똑같아 보였다.

꾸준히 규칙적인 속도로 달리고 있었기 때문에 던컨은 이런저런 생각을 할 여유가 있었다.

'교단이 나를 이용하게 내버려둬야 할까? 내가 그들에게 신세를 진 게 있나?'

그리고 그는 테그를 생각했다. 던컨과 루실라를 탈출시키기 위한 그 마지막의 용감한 저항을.

'나도 폴 님과 제시카 님을 위해 똑같은 행동을 했지.'

이 생각 때문에 테그와 유대감이 생겨나 던컨은 슬픔을 느꼈다. 테그는 교단에 충성을 다했다. '그가 그 마지막의 용감한 행동으로 나의 충성심을 산 걸까? 빌어먹을 아트레이데스 인간들 같으니!'

밤을 도와 달리면서 던컨은 자신의 새로운 육체에 점점 더 익숙해졌다. 이 몸이 얼마나 젊은지! 기억을 조금 움직이자 골라가 되기 전의 마지막 기억이 눈앞에 떠올랐다. 사다우카의 칼이 머리를 내려치는 것이 느껴졌다. 고통과 번쩍이는 빛이 눈이 부실 정도로 폭발했다. 자신이 분명히 죽었다는 기억, 그리고 그다음에는…… 하코넨의 비공간 구에서 테그와 함께 있던 그 순간까지 아무것도 없었다.

또 한 번의 삶이라는 선물. 이것은 선물 이상인가, 이하인가? 아트레이데스 가문이 그에게 또 한 번 은혜를 갚으라고 요구하고 있었다.

여명이 밝아오기 직전에 한동안 암비토름은 그를 이끌고 좁은 개울을 따라 물을 튀기며 뛰었다. 얼음처럼 차가운 물의 감촉이 던컨이 입은 틀레이랙스 복장의 방수 단열 부츠 속으로 뚫고 들어왔다. 두 사람의 앞쪽에서, 여명이 밝아오기 전에 지고 있는 이 행성의 달빛을 받아 물이 은색으로 빛났다. 관목들의 그림자가 물 위에 비치고 있었다.

해가 떠올랐을 때 그들은 나무로 둘러싸인 널찍한 짐승들의 길로 나와 가파른 산길을 올라갔다. 이 길은 톱니 모양의 바위들로 이루어진 산봉우리 아래의 좁은 선반 모양 바위로 이어져 있었다. 암비토름은 죽은 갈색 관목들의 막 뒤로 그를 이끌었다. 관목들의 꼭대기는 바람에 날려온 눈 때문에 지저분하게 보였다. 암비토름이 던컨의 허리띠에서 밧줄을 풀었다. 두 사람 바로 앞의 바위들 사이에 나지막한 공간이 있었다. 딱히 동굴이라고 할 수는 없지만, 등 뒤의 관목들 위로 강한 바람이 불어오지만 않는다면 두 사람을 어느 정도 보호해 줄 수 있을 것 같았다. 그곳의 바닥에는 눈이 조금도 쌓여 있지 않았다.

암비토름은 그 공간의 뒤쪽으로 가서 얼음처럼 차가운 흙과 납작한 돌 여러 개를 조심스럽게 걷어냈다. 그 아래에 자그마한 구덩이가 숨겨져 있었다. 그는 구덩이에서 검은색의 둥근 물체를 꺼내더니 부지런히 손을 놀렸다.

던컨은 돌출되어 있는 바위 밑에 쪼그리고 앉아 안내인을 유심히 살펴보았다. 암비토름의 얼굴은 사발처럼 움푹했으며 피부는 암갈색 가죽 같았다. 그래, 저런 것이 얼굴의 춤꾼의 모습일 수도 있었다. 암비토름의 갈색 눈언저리 피부에는 깊은 주름이 파여 있었다. 얇은 입술 양옆에도 주름살이 거미줄처럼 뻗어 있고, 널찍한 이마에도 주름이 있었다. 주름살은 납작한 코 옆으로 번져나가 좁은 턱의 오목한 부분을 더 깊게 만들었다. 세월의 주름이 그의 얼굴을 온통 뒤덮고 있었다.

암비토름 앞에 놓인 검은 물체에서 식욕을 돋우는 냄새가 풍겨오기 시작했다.

"이곳에서 식사를 하고 조금 있다가 여행을 계속할 것이오." 암비토름이 말했다.

그는 옛날 갈락 어를 말하고 있었지만 후두음이 많은 그 발음은 던컨이 한 번도 들어보지 못한 것이었다. 암비토름은 또한 후두음과 인접한 모음에 묘하게 강세를 두었다. 암비토름은 대이동에서 돌아온 자일까, 아니면 가무의 원주민일까? 무앗딥의 듄 시절 이후 언어가 많이 변했음은 분명했다. 그러고 보니 테그와 루실라를 포함해서 가무 성의 모든 사람들은 던컨이 골라가 되기 전에 어렸을 때 배운 갈락 어에서 변형된 갈락 어를 사용하고 있었다.

"암비토름, 그건 가무의 이름이오?" 던컨이 말했다.

"날 토름사라고 부르시오." 안내인이 말했다.

"그건 별명이오?"

"당신이 나를 부를 이름이오."

"아까 그 사람들은 왜 당신을 암비토름이라고 부른 거요?"

"내가 그들에게 그 이름을 알려주었으니까."

"하지만 왜……."

"당신은 하코넨 치하에서 살았으면서 자신의 신분을 바꾸는 법을 배우지 못했단 말이오?"

던컨은 입을 다물었다. 그런 건가? 또 하나의 변장. 암비…… 토름사는 자신의 외모를 바꾸지 않았다. 토름사. 이건 틀레이랙스의 이름인가?

안내인이 던컨을 향해 김이 피어오르는 컵을 내밀었다. "이걸 마시면 기운이 날 거요, '워제'. 빨리 마셔요. 몸이 따뜻해질 거요."

던컨은 양손으로 컵을 감쌌다. '워제라. 워제와 토름사. 틀레이랙스의 주인과 얼굴의 춤꾼인 길동무.'

던컨은 고대의 아트레이데스 사람들이 전우들에게 했던 것처럼 토름사를 향해 잔을 들어 보인 다음 입술에 갖다 댔다. 뜨거웠다! 그러나 음료가 들어가자 몸이 따뜻해졌다. 음료에서는 종류를 알 수 없는 야채의 톡 쏘는 냄새와 함께 달콤한 냄새가 희미하게 느껴졌다. 그는 토름사의 행동을 바라보며 음료를 후후 불어 마셨다.

'독이나 무슨 약이 들어 있을 거라는 의심이 들지 않는 게 이상하군.' 던컨은 생각했다. 그러나 이 토름사와 어젯밤에 본 다른 사람들은 왠지 바샤르와 같은 분위기를 갖고 있었다. 고대에 전우들에게 취했던 그 행동은 자연스럽게 우러난 것이었다.

"왜 이런 식으로 목숨을 내거는 거요?" 던컨이 물었다.

"바샤르를 알면서 그런 질문을 하는 거요?"

던컨은 무안해져서 입을 다물었다.

토름사가 앞으로 몸을 기울여 던컨의 잔을 가져갔다. 두 사람이 아침 식사를 했던 모든 흔적이 곧 돌과 흙 속에 감춰져버렸다.

저렇게 음식이 준비되어 있다는 건 미리 세심한 계획이 있었음을 의미했다. 던컨은 몸을 돌려 차가운 땅 위에 쪼그리고 앉았다. 앞을 가려주는 관목들 저 너머에는 여전히 안개가 끼어 있었다. 이파리 하나 없는 가지들이 눈앞의 풍경을 기묘한 조각들로 잘라놓았다. 그가 지켜보는 동안 안개가 걷히기 시작하면서 계곡 저편 가장자리에 있는 도시의 희미한 윤곽이 드러났다.

토름사가 그의 옆에 웅크리고 앉았다. "아주 오래된 도시지. 하코넨의 도시였소. 보시오." 그가 자그마한 망원경을 던컨에게 건네주었다. "우리가 오늘 밤에 갈 곳이 바로 저기요."

던컨은 망원경을 왼쪽 눈에 대고 오일렌즈의 초점을 맞추려고 했다. 망원경의 조종 장치가 낯설게 느껴졌다. 그가 골라가 되기 전 어렸을 때에 배웠던 것이나 성에서 배웠던 것과는 전혀 달랐다. 그는 눈에서 망원경을 떼고 자세히 살펴보았다.

"익스 산이오?" 그가 물었다.

"아니요. 우리가 만든 거요." 토름사가 손을 뻗어 검은색 관 위로 솟아 있는 작은 버튼 두 개를 가리켰다. "천천히, 빠르게. 거리를 멀게 하려면 왼쪽, 가깝게 잡아당기려면 오른쪽."

던컨은 다시 망원경을 들어 눈에 갖다 댔다.

이 물건을 만들었다는 '우리'가 누구일까?

빠르게 버튼을 누르자 눈앞의 풍경이 펄쩍 뛰듯이 그의 시야 속으로 들어왔다. 도시 안에서 자그마한 점들이 움직이고 있었다. 사람들이었다! 그는 배율을 높였다. 사람들이 자그마한 인형이 되었다. 그와 함께 전체적인 크기가 가늠되면서 던컨은 계곡 가장자리에 있는 그 도시가 거대하다는 것을 깨달았다……. 그리고 도시까지의 거리도 그가 생각했던 것보다 더 멀었다. 도시 중앙에 장방형의 건물 하나가 서 있었다. 건물의 꼭대기는 구름에 가려 보이지 않았다. 거대한 건물이었다.

던컨은 이제 여기가 어딘지 알 수 있었다. 주위 풍경은 변했지만 도시 중앙의 그 건물은 그의 기억 속에 박혀 있었다.

'우리 편 사람들 중에 저 검은 지옥 안으로 사라져서 다시는 돌아오지 못한 사람이 얼마나 되지?'

"950층이오." 던컨의 시선이 어디를 향하고 있는지 알아챈 토름사가 말했다. "길이는 45킬로미터, 너비는 30킬로미터. 플래스틸과 장갑 플라즈로 만들어졌소. 전체가 다."

"나도 알고 있소." 던컨은 망원경을 눈에서 떼어내 토름사에게 돌려주었다. "저곳의 이름은 바로니였소."

"이사이요." 토름사가 말했다.

"그건 지금 이름이지. 난 저곳의 다른 이름들을 몇 가지 알고 있소."

던컨은 오랜 증오를 가라앉히기 위해 깊이 숨을 들이쉬었다. 그때의 사람들은 모두 죽었다. 건물만이 남아 있을 뿐이었다. 그리고 기억도. 그는 그 거대한 건물 주위의 도시를 자세히 살펴보았다. 빽빽하게 들어선 건물들이 넓게 퍼져 있었다. 여기저기에 초록색 공간들이 흩어져 있었는데, 그 공간들은 모두 높은 담 뒤에 있었다. 개인용 정원이 있는 저택들이라고 테그가 전에 말해 주었다. 망원경으로 본 풍경 속에는 담 꼭대기를 걸어 다니는 경비병들이 있었다.

토름사가 자기 앞의 땅바닥에 침을 뱉었다. "하코넨의 도시요."

"그들은 사람을 왜소하게 만들려고 건물을 지었지." 던컨이 말했다.

토름사가 고개를 끄덕였다. "왜소하고, 아무런 힘도 없다는 느낌."

토름사가 이제는 거의 수다스럽게 변했다는 생각이 들었다.

지난밤에 던컨은 입을 다물라는 명령을 종종 위반하고 그와 대화를 하려고 시도했었다.

"어떤 동물들이 이 통로를 만들었소?"

짐승들의 길임이 분명한 곳을 따라 달리고 있는 사람이 이런 질문을 하는 것은 논리적인 일처럼 보였다. 길에서는 심지어 짐승들의 퀴퀴한 냄새도 났다.

"말하지 마시오!" 토름사가 날카롭게 소리쳤다.

나중에 던컨은 차량을 구해서 그걸 타고 도망칠 수는 없는 거냐고 물었다. 지상차 한 대만 있어도 이 길이나 저 길이나 다 똑같아 보이는 산길을 힘겹게 달리는 것보다 더 나을 터였다.

토름사는 달빛이 비치는 곳에서 걸음을 멈추고 던컨을 바라보았다. 자신이 맡은 이 인물이 갑자기 분별력을 잃어버린 게 아닌지 의심하는 표정이었다.

"차량들이 추적해 올 수 있소!"

"우리가 도보로 움직인다면 아무도 추적할 수 없다는 거요?"

"추적자들 또한 도보로 움직여야 할 거요. 그들은 이곳에서 죽임을 당할 거요. 그들도 그걸 알고 있소."

어찌 이토록 이상한 곳이 있을 수 있을까! 얼마나 원시적인 곳인지.

안전한 베네 게세리트 성에 있을 때 던컨은 자신의 주위를 둘러싼 이 행성의 본질을 깨닫지 못했다. 나중에 비공간 구 안에 있을 때에는 바깥과의 접촉이 차단되었다. 그는 골라가 되기 전의 기억과 골라로서의 기억을 갖고 있었지만, 그 기억들이 얼마나 빈약한지! 지금 생각해 보니 그동안 단서들이 있었다. 가무의 기후 조절 시스템은 분명히 초보적이었다. 그리고 테그는 공격으로부터 행성을 지켜주는 궤도상의 모니터들이 최고의 물건이라고 말했다.

모든 것이 보호를 위한 것이었고, 편안함을 주는 데에는 지독히도 소용이 없었다! 그런 점에서 이곳은 아라키스와 같았다.

'라키스지.' 그는 스스로 말을 바로잡았다.

테그. 그 노인이 살아남았을까? 포로가 되었을까? 이 시대에 이곳에서 포로가 된다는 건 무슨 의미일까? 과거 하코넨 시절에는 포로가 되는 것이 혹독한 노예 생활을 의미했다. 부르즈말리와 루실라는…… 그는 토름사를 살짝 바라보았다.

"저 도시에서 부르즈말리와 루실라를 만나게 되는 거요?"

"그들이 잘 빠져나온다면."

던컨은 자신의 옷을 흘깃 내려다보았다. 변장은 이걸로 충분한 걸까? 틀레이랙스의 주인과 길동무? 사람들은 길동무가 당연히 얼굴의 춤꾼이라고 생각할 것이다. 얼굴의 춤꾼들은 위험했다.

헐렁한 바지는 던컨이 전에 한 번도 본 적이 없는 소재로 만들어져 있었다. 촉감으로는 모직 같았지만 그는 그것이 인공 섬유임을 느낄 수 있었다. 그가 천 위에 침을 뱉었을 때 침이 천에 달라붙지도 않았고, 모직 냄새가 나지도 않았다. 손가락으로 천을 만져보니 천연 섬유로는 도저히 불가능한, 균일한 질감이 느껴졌다. 길고 부드러운 부츠와 모자도 같은 천으로 만들어져 있었다. 옷은 발목 부위만 제외하고는 모두 헐렁하고 두툼했다. 그러나 솜을 두어 누빈 것은 아니었다. 천의 층 사이에 움직이지 않는 공기를 가둬두는 공업적인 기술 덕분에 단열이 이루어지고 있었다. 색깔은 얼룩덜룩한 초록색과 회색이었다. 이곳에서는 훌륭한 위장복인 셈이었다.

토름사도 비슷한 옷을 입고 있었다.

"여기서 얼마나 오래 기다려야 하는 거요?" 던컨이 물었다.

토름사는 조용히 하라는 듯이 고개를 흔들었다. 그는 이제 바닥에 주저앉아 무릎을 세우고 팔로 다리를 감싼 채 무릎 위에 고개를 얹고 있었다. 그의 눈은 계곡 너머 저편을 바라보았다.

밤새 이동하면서 던컨은 이 옷이 놀라울 정도로 편안하다는 사실을 깨달았다. 물속에 들어갔을 때를 제외하면, 발도 따뜻했다. 하지만 지나치게 따뜻하지는 않았다. 바지, 셔츠, 재킷에는 공간이 아주 넉넉해서 몸을 편하게 움직일 수 있었다. 짜증스럽게 피부에 닿는 것은 하나도 없었다.

"이런 옷을 누가 만든 거요?" 던컨이 물었다.

"우리가 만들었소. 조용히 하시오." 토름사가 으르렁거리듯이 말했다.

이건 각성을 하기 전에 교단의 성에서 보내던 시절과 조금도 다를 바가 없다는 생각이 들었다. 토름사의 말은 '당신은 알 필요가 없다'는 뜻이었다.

이윽고 토름사가 다리를 곧게 쭉 폈다. 그는 긴장을 풀고 쉬고 있는 것처럼 보였다. 그가 던컨을 흘깃 바라보았다. "도시 안의 친구들이 공중에 수색대가 있다는 신호를 보내왔소."

"오니숍터?"

"그렇소."

"그럼 우린 어떻게 해야 하는 거요?"

"내가 하는 대로 따라 하시오. 다른 짓은 하지 말고."

"당신은 지금 그냥 앉아 있기만 하잖소."

"지금은. 곧 계곡으로 내려갈 거요."

"하지만 어떻게……."

"이런 산길을 이동하다 보면 이곳에 사는 동물들과 똑같아지게 마련이오. 동물들이 길에 남긴 흔적을 보고 그들이 어떻게 걷는지, 그리고 어떻게 누워서 쉬는지 알아차리는 거지."

"하지만 수색대가 짐승의 흔적과 우리 흔적 사이의 차이를 알아……."

"동물들이 이리저리 돌아다니며 이파리를 뜯어 먹는다면 사람도 그런 시늉을 해야 하오. 만약 수색대가 오더라도 우리는 그 전에 하던 일을 계속하는 거요. 그런 상황에서 동물들이 했을 법한 행동을 하는 거지. 수색대는 공중에 높이 떠 있을 거요. 그건 우리에게 행운이지. 그들은 아래로 내려오기 전에는 동물과 인간을 구별할 수 없소."

"하지만 그들이……."

"그들은 자기들의 기계와 자기 눈에 보이는 움직임을 믿소. 게으르거든. 그들은 높은 하늘을 날고 있소. 그래야 수색 속도가 빨라지니까. 그들은 자기들의 머리로 계기판을 읽어내서 동물과 인간을 구별할 수 있다고 믿고 있소."

"그러니까 우리가 그냥 야생 동물이라는 판단이 들면 그들이 그냥 지나갈 거라는 얘기군."

"만약 의심이 들면 그들은 우리를 다시 한번 조사해 볼 거요. 우리는 그들의 조사가 끝난 다음에도 행동 패턴을 바꿔서는 안 되오."

대개 과묵한 편인 토름사로서는 꽤나 길게 말을 한 셈이었다. 그가 던컨을 유심히 보았다. "이해하겠소?"

"우리가 조사를 받고 있다는 걸 어떻게 알 수 있소?"

"당신의 배 속이 따끔거릴 거요. 사람이라면 도저히 먹을 수 없는 음료수의 거품이 배 속에 들어 있는 것 같은 느낌이지."

던컨은 고개를 끄덕였다. "익스 스캐너로군."

"그걸 경계하지는 마시오. 여기 동물들은 그것에 익숙해져 있소. 때로는 동물들도 행동을 멈출 수 있겠지만 그건 한순간뿐이고 그들은 곧 아무 일도 없었다는 듯이 하던 일을 계속할 거요. 그들에게는 아무 일도 일어나지 않은 게 사실이니까. 뭔가 고약한 일을 당할 수 있는 건 우리뿐이오."

이윽고 토름사가 일어섰다. "이제 계곡으로 내려갈 거요. 바짝 뒤따라오시오. 내가 하는 대로만 따라 하고 다른 행동은 하지 마시오."

던컨은 안내인의 뒤를 따라 걸었다. 곧 나무들이 하늘을 뒤덮은 곳으로 들어섰다. 지난밤에 이동하는 도중 언제인지는 몰라도, 자신이 다른 사람들의 계획 속에 들어 있는 자신의 위치를 받아들이기 시작했음을 던컨은 깨달았다. 새로운 인내심이 그의 의식을 점점 지배하고 있었다. 호기심의 자극을 받은 흥분도 느껴졌다.

아트레이데스의 시대에서 어떤 우주가 생겨 나온 것일까? 가무라니. 지에디 프라임이 이렇게 이상한 곳이 되다니.

천천히, 그러나 뚜렷하게 상황들이 드러나고 있었고, 새로 한 가지가 밝혀질 때마다 더 많이 배워야 할 것들을 향한 시야가 열렸다. 그는 패턴이 모양을 잡아가는 것을 느낄 수 있었다. 언젠가 하나의 패턴이 완성되면 그들이 왜 자신을 망자의 세계에서 다시 데려왔는지 알게 될 것 같았다.

그래, 그것은 문을 여는 것과 같았다. 문 하나를 열고 그 안으로 들어가면 문이 또 여러 개 있었다. 거기서 문 하나를 골라 알아낼 수 있는 것들을 조사한다. 모든 문을 다 한 번씩 열어볼 수밖에 없는 경우도 있겠지만 문을 많이 열어볼수록 다음에 어떤 문을 열어야 하는지 더 확실하게 알 수 있었다. 그러다 보면 마침내 그가 아는 장소로 통하는 문이 나타날 것이다. 그러면 그는 '아아, 이제 모든 걸 다 알겠어'라고 말할 수 있을 것이다.

"수색대가 오고 있소. 이제 우리는 풀을 뜯어 먹는 동물이오." 토름사가 말했다. 그는 앞을 막은 관목을 향해 손을 뻗어 작은 가지 하나를 찢어냈다.

던컨도 똑같이 했다.

"나는 눈과 발톱으로 다스려야 한다. 약한 새들 사이에 있는 매처럼."

—아트레이데스의 주장(참고: BG 기록 보관소)

날이 밝아올 무렵, 테그는 모습을 감춰주는 대로 옆의 방풍림에서 나왔다. 길은 널찍하고 평평한 한길이었다. 광선을 쏘아 땅을 단단하게 굳힌 후 식물이 자랄 수 없게 만든 곳이다. 차량들과 도보로 오가는 사람들이 모두 열 줄로 늘어서도 충분할 것 같다는 짐작이 들었다. 지금 이 시간에는 도보 여행자가 대부분이었다.

그는 옷에 묻은 먼지를 대부분 떨어내고 계급을 나타내는 표식이 혹시 남아 있는지 확인했다. 그의 흰머리는 평소 때만큼 깔끔하지 않았지만 그가 빗으로 사용할 수 있는 것이라고는 손가락뿐이었다.

도로 위에서 움직이는 사람들은 계곡을 지나 몇 킬로미터 거리에 있는 도시 이사이를 향하고 있었다. 아침 하늘에는 구름 한 점 없었고, 얼굴에 부딪히는 가벼운 산들바람은 그의 뒤쪽 멀리 어딘가에 있는 바다를 향해 움직였다.

간밤에 그는 자신의 새로운 의식과 섬세한 균형을 이룩했다. 그의 두 번째 시야 속으로 여러 가지 것들이 깜박이며 들어왔다. 주위에서 어떤 일이 일어나기도 전에 그 일을 알아채는 것, 다음에 걸음을 내디딜 때 발을 어디다 놓아야 하는지 인식하는 것 등. 그 새로운 의식 뒤에는 매우 민감한 방아쇠가 놓여 있었다. 그 방아쇠는 순식간에 그를 움직여 육체가 감당할 수 없을 만큼 빠른 반응을 하게 만들 수 있었다. 이성으로는 그것을 설명할 수 없었다. 날카로운 칼날 위를 위태롭게 걷는 것 같은 기분이었다.

아무리 애를 써보아도 그는 T 탐침 때문에 자신에게 무슨 변화가 일어난 건지 알 수 없었다. 그건 스파이스의 고통 속에서 대모들이 하는 경험과 비슷한 것이었을까? 그러나 그는 자신의 과거로부터 '다른 기억들'이 쌓이는 것을 느낄 수 없었다. 그는 자신이 지금 하고 있는 일을 자매들이 할 수 있을 거라고는 생각하지 않았다. 그의 감각의 범위 안에서 매번 움직임이 있을 때마다 무엇을 예상해야 하는지 알려주는 그 이중 시야는 새로운 종류의 진실 같았다.

테그의 멘타트 스승들은 평범한 사실들의 정리를 거친 증거에 영향을 받지 않는 일종의 살아 있는 진실이 있다고 항상 그에게 단언했다. 그러한 진실은 때로 우화나 시에 담겨 있으며, 대개는 욕망과 반대였다. 그가 들은 얘기로는 그랬다.

스승들은 그것이 '멘타트가 받아들이기에 가장 어려운 경험'이라고 했다.

테그는 이 말에 대해 항상 판단을 유보하고 있었지만 이제는 이 말을 받아들일 수밖에 없었다. T 탐침은 그를 새로운 현실로 이어진 문턱 너머로 불쑥 밀어버렸다.

그는 자신이 왜 하필 지금 숨어 있던 곳에서 나오기로 결심했는지 알지 못했다. 사람들의 그럴듯한 흐름 속으로 끼어드는 것이 그에게 잘 맞는다는 이유 외에는.

길 위에서 움직이는 사람들은 대부분 시장에서 장사하는 사람들로 채소와 과일이 담긴 광주리들을 끌고 있었다. 그들의 등 뒤에서 싸구려 반중력 장치가 광주리를 지탱했다. 그가 음식을 인식하자 굶주림의 고통이 날카롭게 그를 훑고 지나갔지만 그는 억지로 그것을 무시했다. 베네 게세리트를 위해 오랫동안 복무하면서 이보다 더 원시적인 행성들도 경험한 적이 있는 그는 이곳 인간들의 움직임이 짐을 실은 짐승을 끌고 가는 농부들의 그것과 거의 다르지 않다고 생각했다. 도보로 움직이는 사람들의 모습은 고대와 현대의 기묘한 혼합으로 그에게 다가왔다. 땅 위를 걷는 농부들. 지극히 평범한 기술적 장치에 의해 그들의 등 뒤에 둥둥 떠 있는 농산물. 반중력 장치만 제외하면 지금의 모습은 가장 오래된 고대 역사 속의 어느 날과 아주 흡사했다. 짐을 끄는 짐승은 짐을 끄는 짐승이었다. 그 짐승이 익스의 공장에 있는 조립 라인에서 만들어져 나온 것이라 해도.

새로 생긴 두 번째 시야를 이용해서 테그는 농부 한 사람을 골랐다. 땅딸막하고 피부가 검은 남자로 우울한 표정과 굳은살이 두껍게 박인 손을 가진 사람이었다. 그 남자는 독립적이고 도전적인 자세로 걷고 있었다. 그가 끌고 있는 커다란 광주리 여덟 개에는 껍데기가 거칠거칠한 멜론이 쌓여 있었다. 테그가 그 농부와 보조를 맞춰 걷는 동안 그 멜론의 냄새는 그에게 입안에 군침이 고이게 하는 고통이었다. 테그는 몇 분 동안 말없이 걷다가 용기를 내어 말을 걸었다. "이 길이 이사이로 가는 가장 좋은 길이오?"

"갈 길이 한참 남았소." 남자가 말했다. 그의 발음에는 후두음이 섞여 있었고, 목소리는 조심스러웠다.

테그는 짐이 실려 있는 광주리들을 살짝 뒤돌아보았다.

농부가 곁눈질로 테그를 바라보았다. "우리는 시장 중앙으로 갈 거요. 다른 사람들이 우리 물건을 거기서 이사이로 옮겨주지."

이야기를 하는 동안 테그는 그 농부가 자신을 길 가장자리 근처로 이끌었다는(거의 몰다시피 했다는) 것을 깨달았다. 남자는 뒤를 흘긋 바라보더니 고개를 재빨리 살짝 움직여 앞을 향해 고개를 끄덕였다. 세 명의 농부가 옆으로 다가와 테그와 그 농부를 둘러쌌다. 결국 커다란 광주리들에 가려 두 사람의 모습이 보이지 않게 되었다.

테그는 긴장했다. 이들이 무엇을 할 생각인가? 그러나 위협은 느껴지지 않았다. 그의 이중 시야는 그의 주위에서 폭력적인 것을 하나도 감지해 내지 못했다.

무거운 차량 하나가 빠른 속도로 그들의 옆을 지나 앞으로 계속 나아갔다. 테그는 연료가 타는 냄새, 광주리들을 뒤흔드는 바람, 강력한 엔진 소리, 옆에 있는 사람들이 갑자기 긴장하는 모습 등을 통해 겨우 그 차량이 지나갔음을 알 수 있었다. 높다란 광주리들이 옆을 지나간 차량의 모습을 완전히 가린 탓이었다.

"당신을 보호하기 위해 찾고 있었습니다, 바샤르 님." 그의 옆에 있는 농부가 말했다. "바샤르 님을 사냥하러 나선 사람들이 많지만 이곳에는 한 명도 없습니다."

테그는 깜짝 놀란 시선으로 남자를 쏘아보았다.

"우린 렌디타이에서 바샤르 님과 함께 복무했습니다." 농부가 말했다.

테그는 침을 꿀꺽 삼켰다. '렌디타이?' 그곳을 기억해 내는 데 잠깐 시간이 걸렸다. 분쟁과 협상으로 점철된 그의 오랜 인생에서 렌디타이의 일은 사소한 충돌에 불과했다.

"미안하지만 자네의 이름을 모르겠군." 테그가 말했다.

"바샤르 님이 저희 이름을 모르신다니 다행입니다. 그편이 더 낫거든요."

"하지만 정말 고맙네."

"그냥 은혜를 조금 갚는 것뿐입니다. 이렇게 은혜를 갚게 되어 기쁩니다, 바샤르 님."

"난 꼭 이사이로 가야 하네." 테그가 말했다.

"그곳은 위험합니다."

"모든 곳이 다 위험하지."

"바샤르 님이 이사이로 가실 거라고 저희도 짐작했습니다. 곧 사람이 와서 바샤르 님을 몰래 태워 갈 겁니다. 아아, 저기 오는군요. 우린 여기서 당신을 만나지 못한 겁니다, 바샤르 님. 바샤르 님도 여기 계셨던 적이 없고요."

다른 농부들 중 한 명이 동료의 짐을 받아 광주리 두 줄을 끌었다. 테그가 처음 선택했던 농부는 그동안 테그를 광주리 줄 밑으로 밀쳐 어두운 차량에 태웠다. 차량이 그를 태우기 위해 잠깐 속도를 늦췄을 때 테그는 빛나는 플래스틸과 플라즈를 언뜻 볼 수 있었다. 차량의 문이 그의 등 뒤에서 세게 닫힌 후 그는 자신이 부드러운 천으로 싸인 지상차 뒷좌석에 혼자 앉아 있음을 깨달았다. 차가 속도를 올리더니 곧 길을 걷고 있는 농부들을 훨씬 앞질렀다. 테그 주위의 창문들은 어둡게 처리되어 있어서 옆을 스쳐 가는 풍경이 어스레하게 보였다. 지상차 운전사의 모습은 어두운 그림자로만 보일 뿐이었다.

포로로 사로잡힌 후 처음으로 따스한 곳에서 편안히 쉴 수 있게 되자 테그는 잠들고 싶다는 유혹에 거의 빠질 뻔했다. 위험은 전혀 느껴지지 않았다. 그의 몸은 그동안 그가 겪은 힘든 일들과 T 탐침의 고통 때문에 지금도 욱신거렸다.

그러나 그는 반드시 정신을 바짝 차리고 깨어 있어야 한다고 자신을 타일렀다.

운전사가 옆으로 몸을 기울이더니 고개를 돌리지 않은 채 어깨 너머로 말했다. "그들은 이틀 동안 당신을 찾고 있었습니다, 바샤르 님. 당신이 이미 이 행성을 떠났다고 생각하는 사람도 있지요."

'이틀?'

기절총과 그 밖에 그들이 그에게 했던 여러 가지 행동 때문에 그는 오랫동안 의식을 잃고 있었다. 이 사실은 그의 허기를 가중시킬 뿐이었다. 그는 몸속에 박혀 있는 시계를 시야 중심에 띄워보려고 했지만, 그 시계는 깜박이기만 했다. T 탐침을 겪은 뒤 그가 시간을 알아보려고 할 때마다 계속 같은 상태였다. 그의 시간 감각과 시간을 알아보는 데 필요한 주위의 조건들이 바뀌어 있었다.

'그래, 내가 가무를 이미 떠났다고 생각하는 사람도 있단 말이지.'

테그는 누가 자신을 추적하는지 묻지 않았다. 틀레이랙스 인들과 대이동에서 돌아온 사람들이 그때의 공격과 그 이후의 고문에 참가했었다.

테그는 차 안을 살짝 둘러보았다. 대이동 이전에 나온 멋지고 오래된 지상차였다. 익스에서 만든 가장 훌륭한 제조품의 표식이 보였다. 그는 이런 차를 타본 적이 한 번도 없었지만, 이런 종류의 지상차에 대해 알고 있었다. 복원가들이 이런 차들을 가져다가 수리해서 새로 만들었다. 그들이 무슨 수를 쓰는지는 몰라도 그 덕분에 고급스러운 고대의 감각이 되살아났다. 테그는 이런 차량이 흔히 이상한 곳에서 버려진 채 발견된다는 얘기를 들은 적이 있었다. 부서진 낡은 건물들, 지하수로, 문이 잠긴 기계 창고, 밭 같은 곳에서 발견된다는 것이다.

운전사가 또다시 옆으로 살짝 몸을 기울이더니 어깨 너머로 말했다. "이사이에서 가고 싶은 곳의 주소를 갖고 계십니까, 바샤르 님?"

테그는 처음 가무를 순회했을 때 파악해 둔 접선 지점에 대한 기억을 불러내 그중 한 곳의 주소를 알려주었다. "그곳을 알고 있나?"

"그곳은 주로 사람들이 만나서 술을 마시는 곳입니다, 바샤르 님. 그곳의 음식도 괜찮다고 들었습니다. 하지만 돈만 있으면 누구나 들어갈 수 있는 곳입니다."

테그는 자신이 왜 하필 그곳을 골랐는지 알지 못한 채 운전사에게 말했다. "그건 운에 맡겨야겠지." 그는 그 주소지에 은밀하게 식사를 할 수 있는 방들이 있다는 사실을 운전사에게 굳이 알려줄 필요가 없다고 생각했다.

음식 얘기를 들으니 허기 때문에 다시 배에서 날카로운 통증이 느껴지기 시작했다. 팔이 떨리기 시작해서 테그는 차분함을 회복하는 데 몇 분을 쏟았다. 지난밤에 움직인 것 때문에 기운이 거의 다 고갈되어 버렸음을 그는 깨달았다. 그는 차 안에 혹시 음식이나 마실 것이 숨겨져 있을지도 모른다고 생각하면서 차 안을 탐색하듯 훑어보았다. 이 자동차는 애정 어린 손길로 세심하게 복원되어 있었지만, 숨겨진 공간 같은 것은 발견할 수 없었다.

어떤 지역에서는 이런 자동차들이 그리 드물지 않다는 것을 그는 알고 있었다. 그러나 이런 자동차들은 모두 부의 상징이었다. 이 자동차의 소유주가 누구일까? 운전사가 아님은 분명했다. 그는 어느 모로 보나 돈을 받고 고용된 전문가였다. 그러나 만약 이 자동차를 가져오라는 메시지가 전달되었다면 테그의 위치를 아는 다른 사람이 있다는 뜻이었다.

"이 자동차를 정지시키고 수색하는 사람이 있을까?" 테그가 물었다.

"이 자동차는 아닙니다, 바샤르 님. 가무 행성 은행이 이 차의 주인이거든요."

테그는 말없이 이 말을 받아들였다. 그 은행은 그의 접선 지점 중 하나였다. 그는 시찰 여행을 할 때 이 은행의 핵심 지점들을 세심하게 조사했다. 그때의 기억을 떠올리자 골라를 지키는 자로서 자신의 책임이 다시 느껴졌다.

"내 동료들은, 그들은……." 테그가 용기를 내어 말했다.

"다른 사람들이 그 문제를 처리하고 있습니다, 바샤르 님. 저는 말씀드릴 수 없습니다."

"연락을 보낼 수는……."

"안전해진 다음에요, 바샤르 님."

"물론, 그렇겠지."

테그는 쿠션에 푹 파묻혀 주위를 유심히 살펴보았다. 이런 지상차들을 만드는 데에는 많은 양의 플라즈와 파괴가 거의 불가능한 플래스틸이 쓰였다. 세월이 흐르면서 망가지는 것은 다른 것들, 즉 의자의 겉을 싼 천, 앞쪽의 덮쇠, 전자 장비, 반중력 장치, 터보팬 송풍구의 탈착 가능한 덮쇠 등이었다. 접착제 역시 사람이 아무리 애를 써도 그 힘이 약해졌다. 복원가들은 이 자동차를 공장에서 막 빠져나온 물건처럼 만들어놓았다. 금속은 모두 은은하게 빛났고, 의자의 커버는 희미하게 바스락 소리를 내면서 저절로 그의 몸에 맞춰 변형되었다. 그리고 차 안에서 나는 냄새라니. 새것의 감각을 전해 주는 막연한 향기, 광택제와 고급 천에서 나온 냄새가 섞인 것. 그리고 그 밑에 아주 살짝 희미하게 깔려 있는, 부드럽게 돌아가고 있는 전자 장비에서 나온 자극적인 오존 냄새. 그러나 어디에서도 음식 냄새는 나지 않았다.

"이사이까지 얼마나 걸리지?" 테그가 물었다.

"30분 정도 더 가야 합니다, 바샤르 님. 속도를 더 높여야 할 무슨 문제라도 있습니까? 전 주의를 끌고 싶지⋯⋯."

"배가 몹시 고프다네."

운전사는 좌우를 흘깃 살펴보았다. 주위에는 이제 농부들의 모습이 보이지 않았다. 도로의 오른쪽 가장자리에 견인 장비가 매달려 있는 두 대의 무거운 수송 차량과 탑처럼 우뚝 솟은 자동 과일 수확기를 끌고 있는 커다란 화물 자동차를 제외하면 도로는 거의 텅 비어 있었다.

"오랫동안 지체하는 건 위험합니다. 하지만 제가 아는 곳이 하나 있는데, 그곳에서 최소한 수프라도 한 그릇 재빨리 드실 수 있을 겁니다."

"뭐든 좋네. 이틀 동안 아무것도 먹지 못하고 많이 움직이기만 했어."

차가 교차로에 이르자 운전사는 왼쪽으로 방향을 틀어 키가 큰 전나무들이 고른 간격으로 서 있는 좁은 길로 들어섰다. 잠시 후 그는 나무들이 서 있는 1차선 도로로 접어들었다. 이 길의 끝에 있는 나지막한 건물은 검은 돌로 지어져 있었으며 지붕은 검은 플라즈였다. 좁은 창문에서는 방어용 연소기 노즐들이 반짝였다.

운전사가 말했다. "잠시만 기다려주십시오, 바샤르 님." 그리고 그는 밖으로 나갔다. 그 순간 테그는 그 남자의 얼굴을 처음으로 볼 수 있었다. 그의 얼굴은 지극히 가늘었으며 코는 길고 입은 아주 작았다. 수술을 통해 얼굴을 재건한 흔적이 뺨에 얼기설기 나 있는 것이 보였다. 은색으로 빛나는 눈은 인공 눈임이 분명했다. 그는 몸을 돌려 집 안으로 들어갔다. 이윽고 그가 다시 돌아와 테그가 있는 쪽의 문을 열었다. "서둘러 주십시오, 바샤르 님. 안에 있는 사람이 바샤르 님을 위해 수프를 데우고 있습니다. 그 사람에게는 바샤르 님이 은행가라고 말해 두었습니다. 돈을 내실 필요는 없습니다."

발밑에 느껴지는 땅은 얼음처럼 차고 파삭파삭했다. 테그는 집 안으로 들어갈 때 문간에서 살짝 허리를 굽혀야 했다. 그는 어두운 복도로 들어갔다. 나무 패널로 장식된 복도 끝에 밝게 불이 켜진 방이 하나 있었다. 그곳에서 풍겨오는 음식 냄새가 자석처럼 그를 끌어당겼다. 그의 팔이 또다시 떨리고 있었다. 사방이 막히고 지붕도 있는 정원이 보이는 창가에 작은 식탁이 이미 차려져 있었다. 빨간 꽃이 무겁게 달려 있는 관목들 때문에 정원의 경계인 돌벽이 거의 보이지 않았다. 정원 위에서는 노란색 열 플라즈가 빛나면서 여름날 같은 인공 햇빛으로 정원을 감쌌다. 테그는 식탁에 하나밖에 없는 의자에 반갑게 털썩 주저앉았다. 하얀 아마로 된 식탁보의 가장자리는 올록볼록하게 가공되어 있었다. 수프를 떠먹는 숟가락이 하나 있었다.

오른쪽에서 문이 삐걱이는 소리가 나더니 땅딸막한 사람 하나가 김이 모락모락 나는 그릇을 들고 들어왔다. 그 남자는 테그를 보고 잠시 머뭇거리다가 그릇을 식탁으로 가져와 테그 앞에 놓았다. 그가 머뭇거리는 것을 보고 경계심을 느낀 테그는 콧속으로 올라오는 유혹적인 향기를 억지로 무시하고 대신 남자에게 주의를 집중했다.

"좋은 수프입니다, 선생님. 제가 직접 만들었어요."

인공적인 목소리였다. 테그는 남자의 턱 양옆에 흉터가 있는 것을 보았다. 이 남자에게는 고대의 기계 같은 분위기가 있었다. 머리와 두툼한 어깨 사이에는 목이 거의 없었고, 양팔의 어깨 관절과 팔꿈치는 기묘한 모양이었으며, 다리 관절은 엉덩이에만 있는 것 같았다. 지금은 그가 꼼짝도 하지 않고 서 있지만, 아까 방으로 들어올 때에는 약간 움찔거리듯이 몸을 흔들고 있었다. 그것은 그의 몸이 대부분 인공적인 교체 부품으로 만들어져 있다는 뜻이었다. 그의 눈에 나타나 있는 고통의 표정을 도저히 피할 수가 없었다.

"제 모습이 보기 좋지 않다는 건 저도 압니다, 선생님. 전 알라조리 폭발 사고 때 완전히 망가져버렸습니다." 남자가 귀에 거슬리는 목소리로 말했다.

테그는 알라조리 폭발 사고가 도대체 무엇인지 전혀 몰랐지만 남자는 그가 알고 있다고 생각하는 것이 분명했다. 그러나 '망가졌다'는 말에는 운명의 여신에 대한 흥미로운 비난이 들어 있었다.

"혹시 자네가 내가 아는 사람인지 생각하고 있었네." 테그가 말했다.

"이곳 사람들은 자기 이외의 다른 사람을 하나도 모릅니다. 수프를 드십시오." 남자가 손가락을 위로 들어 정지해 있는 독약 탐지기의 똬리 모양 끝을 가리켰다. 독약 탐지기의 불빛은 녀석이 주변을 탐색해 보았지만 독을 찾아내지 못했음을 알려주었다. "이곳의 음식은 안전합니다."

테그는 그릇에 들어 있는 암갈색 액체를 바라보았다. 단단한 고깃덩어리들이 보였다. 그는 숟가락을 향해 손을 뻗었다. 손이 떨리고 있었기 때문에 두 번 시도를 한 후에야 숟가락을 잡을 수 있었다. 그러나 숟가락을 잡은 후에도 숟가락으로 뜬 액체를 대부분 흘린 다음에야 숟가락을 1밀리미터쯤 들어 올릴 수 있었다.

단단한 손이 테그의 팔목을 움켜쥐더니 남자의 인공적인 목소리가 테그의 귓가에서 부드럽게 말했다. "그들이 당신에게 무슨 짓을 했는지 저는 모릅니다, 바샤르 님. 하지만 이곳에서 바샤르 님을 해치려는 사람은 먼저 저를 죽여야 할 겁니다.”

“나를 알고 있나?”

“당신을 위해서라면 목숨을 바칠 사람들이 많습니다, 바샤르 님. 제 아들은 바샤르 님 덕분에 살고 있습니다.”

테그는 남자의 도움을 받아들였다. 그가 할 수 있는 것이라고는 처음 숟가락으로 뜬 수프를 삼키는 것뿐이었다. 수프는 진하고 뜨거웠으며 속을 달래주었다. 이윽고 그의 손에서 떨림이 멈추자 그는 남자에게 손목을 놓으라는 뜻으로 고개를 끄덕였다.

“더 드릴까요, 바샤르 님?”

테그는 그때서야 자신이 그릇을 완전히 비웠음을 깨달았다. 더 달라고 하고 싶은 생각이 굴뚝같았지만 운전사는 서둘러야 한다고 했었다.

“고맙지만 난 이제 가봐야 하네.”

“바샤르 님은 여기 오신 적이 없는 겁니다.” 남자가 말했다.

차가 다시 대로로 나왔을 때 테그는 쿠션에 등을 기대고 앉아 그 ‘망가진’ 남자가 한 말이 묘하게도 어디선가 들어본 말과 같다는 점을 곰곰이 생각해 보았다. 그 남자의 말은 농부의 말과 똑같았다. ‘바샤르 님은 여기 오신 적이 없는 겁니다.’ 마치 사람들이 공통적으로 사용하는 말 같았다. 테그가 전에 조사한 이후 가무에서 모종의 변화가 일어난 모양이었다.

이윽고 차가 이사이의 외곽에 들어서자 테그는 혹시 변장을 해야 하는 것은 아닌지 생각해 보았다. 아까 그 ‘망가진’ 남자가 그를 금방 알아보지 않았던가.

“명예의 어머니들은 지금 어디서 날 찾고 있나?” 테그가 물었다.

“사방에서 찾고 있습니다, 바샤르 님. 저희가 바샤르 님의 안전을 보장할 수는 없지만, 여러 조치를 취하는 중입니다. 제가 바샤르 님을 어디로 데려다 드렸는지 사람들에게 알릴 겁니다."

"그들이 왜 나를 찾는지 이유를 말하던가?"

"그들은 설명을 하는 법이 없습니다, 바샤르 님."

"그들이 언제부터 가무에 있었지?"

"아주 오래전부터입니다, 바샤르 님. 제가 아이였을 때, 그리고 렌디타이에서 발테른으로 있을 때부터니까요."

'적어도 100년은 됐다는 얘기군. 많은 세력을 장악할 수 있는 시간이야……. 만약 타라자 님의 걱정이 믿을 만한 것이라면 말이지.' 테그는 생각했다.

그는 타라자의 걱정을 믿었다.

"그 매춘부들이 영향을 미칠 수 있는 사람을 절대로 믿지 마세요." 타라자는 이렇게 말했다.

그러나 테그는 현재 자신이 있는 곳에서 아무런 위험도 느낄 수 없었다. 지금 자신이 비밀스럽게 움직이고 있음을 그저 받아들일 뿐이었다. 그는 더 이상 자세한 얘기를 추궁하지 않았다.

차가 이사이 안으로 한참 들어왔을 때, 그는 커다란 개인 주택들을 둘러싼 담에 간혹 나 있는 틈새를 통해 고대 하코넨의 바로니가 자리 잡고 있던 커다란 검은색 건물을 언뜻언뜻 볼 수 있었다. 차는 작은 상점들이 있는 거리로 접어들었다. 이곳의 건물들은 대부분 폐품을 이용해서 지은 싸구려였다. 아귀가 잘 들어맞지 않는 건물의 여러 부분과 서로 어울리지 않는 색깔들은 이 건물들의 건축 재료가 원래 폐품이었음을 광고하듯 보여주고 있었다. 천박한 간판들은 가게 안의 물건이 최고급품이며 수리 서비스도 그 어느 곳보다 낫다고 선전했다.

테그가 보기에 이사이가 쇠퇴했다거나 초라해진 것은 아니었다. 이곳에서 이룩된 성장의 과실은 추악하다는 말로도 부족한 것에 유용되었다. 누군가가 이곳을 혐오스러운 곳으로 만들기로 결정한 것이다. 그것이 이 도시의 광경 대부분을 이해하는 열쇠였다.

이곳에서 시간은 정지한 것이 아니라 뒤로 후퇴했다. 이곳은 밝은색의 수송선과 단열 처리가 된 유지폼 건물로 가득 찬 현대적인 도시가 결코 아니었다. 이곳에서는 모든 것이 아무렇게나 헝클어져 있었다. 고대의 건물들이 서로 연결되어 있고, 개인의 취향에 맞춰 지어진 건물이 있는가 하면, 이미 오래전에 사라져버린 용도를 염두에 두고 설계한 것 같은 건물도 있었다. 이사이의 모든 것들이 다닥다닥 붙어 있었다. 그 혼란스러운 모습은 간신히 혼돈 상태를 피한 수준이었다. 이 잡동사니들 사이로 난 과거의 대로가 이 도시를 구해 주었음을 테그는 깨달았다. 거리의 모습을 결정하는 마스터플랜이 전혀 없었지만, 혼돈이 거리로 뚫고 들어오지는 못했다. 거리들은 이상한 각도로 서로 교차되었으며, 거리와 거리가 직각을 이루는 경우는 거의 없었다. 공중에서 보면 이 도시는 정신없이 만들어진 조각보 같았다. 원래의 도시 계획을 말해 주는 것은 거대한 검은색 장방형 건물인 고대의 바로니밖에 없었다. 그 밖의 것들은 건축학에 대한 반란이었다.

테그는 이 도시가 이전의 거짓을 바탕으로 그 위에 거짓을 다시 덧칠해 놓은 곳임을 갑자기 깨달았다. 거짓들이 너무 정신없이 뒤엉켜 있어서 아무리 그 속을 파헤쳐도 쓸만한 진실을 찾을 수 없을 것 같았다. 가무의 모든 것이 그런 식이었다. 이런 광기가 어디서 시작된 걸까? 하코넨이 이렇게 만든 걸까?

"다 왔습니다, 바샤르 님."

운전사가 창문 하나 없는 건물 전면의 길가로 차를 몰았다. 건물은 온통 평평한 검은색 플래스틸로 만들어져 있었고, 1층에 문이 단 하나 나 있었다. 이 건물에서는 폐품이 보이지 않았다. 테그는 이곳이 어디인지 깨달았다. 그가 선택한 은신처였다. 테그의 두 번째 시야에서 정체를 알 수 없는 것들이 깜박거렸지만 즉각적인 위험은 느껴지지 않았다. 운전 사가 테그 쪽의 문을 열고 한쪽으로 비켜섰다.

"지금 시간에는 이곳에 별로 움직임이 없습니다, 바샤르 님. 저라면 재빨리 안으로 들어가겠습니다."

테그는 뒤도 한 번 돌아보지 않고 좁은 보도를 가로질러 건물 안으로 뛰어 들어갔다. 광택이 나는 하얀 플라즈로 만든 작은 로비에는 밝은 조명이 켜져 있었는데, 그곳에서 그를 맞은 것은 줄지어 늘어선 기계 눈뿐이었다. 그는 몸을 구부리고 튜브 모양의 승강기로 들어가 기억 속에 남아 있는 좌표를 눌렀다. 이 승강기가 비스듬한 각도로 건물을 뚫고 올라가 57층 뒤쪽까지 이어진다는 것을 그는 알고 있었다. 57층에는 창문이 몇 개 있었다. 그는 암적색과 짙은 갈색의 가구들이 있는 개인용 식당과 냉혹한 눈동자의 여자를 기억했다. 그 여자는 베네 게세리트의 훈련을 받았음이 분명했지만 대모는 아니었다.

승강기는 그가 기억하고 있던 방으로 그를 토해 냈지만 그를 맞이하는 사람은 하나도 없었다. 테그는 갈색 일색의 가구들을 둘러보았다. 반대편 벽에 줄지어 나 있는 네 개의 창문은 두꺼운 밤색 커튼 뒤에 가려져 있었다.

테그는 이곳 사람들이 자신의 모습을 보았다는 걸 알고 있었다. 그는 새로 터득한 이중 시야를 이용해서 문제가 생길 가능성을 가늠하며 참을성 있게 기다렸다. 그를 공격하려는 기미는 없었다. 그는 승강기 출구 한쪽에 자리를 잡고 다시 주위를 둘러보았다.

테그는 방과 창문 사이의 관계에 대해 나름의 이론을 갖고 있었다. 창문의 숫자, 위치, 크기, 바닥으로부터의 높이, 방 크기와 창문 크기의 비율, 방의 높이, 커튼이 드리워진 창, 이 모든 것이 방의 용도에 대한 지식을 바탕으로 멘타트의 능력에 의해 해석되었다. 지극히 정교하게 규정된 일종의 서열에 따라 방을 분류하는 것이 가능했다. 긴급 사태가 발생했을 때에는 그런 구분을 창밖으로 내팽개칠 수도 있지만, 그런 경우를 제외하고는 서열에 따른 방의 분류가 상당히 믿을 만했다.

지상에 있는 방에 창문이 없다면, 거기에는 특정한 의미가 있었다. 만약 그런 방에 사람들이 있다면 창문이 없다고 해서 반드시 비밀을 지키는 것이 그 방의 가장 큰 목적이라고 볼 수는 없었다. 그는 학교의 환경 속에서 분명한 표식들을 본 적이 있었다. 그런 곳에서 창문이 없는 교실은 외부 세계로부터의 피난처인 동시에 아이들을 싫어한다는 강력한 표현이었다.

그러나 이 방은 뭔가 다른 분위기를 갖고 있었다. 조건부 비밀주의와 함께 간혹 외부 세계를 감시해야 할 필요가 있음을 나타내는 분위기. '필요한 경우에는 방어를 위해 비밀을 지킨다는 거지.' 그는 방을 가로질러 커튼 하나를 홱 젖힌 후 자신의 이러한 판단을 다시 확인했다. 창문에는 장갑 플라즈가 3중으로 끼워져 있었다. 그렇지! 외부 세계에 대한 감시가 공격을 끌어들일 수도 있으니까. 누군지는 몰라도 이 방에 이러한 방어 장치를 만들라고 명령을 내린 사람이 이런 생각을 한 모양이었다.

테그는 또다시 커튼을 홱 젖혔다. 그는 광택이 나는 창문 구석을 홀깃 바라보았다. 그곳에 있는 프리즘 반사경이 인접한 벽을 따라 펼쳐진 풍경을 양편으로, 그리고 지붕에서 땅까지 확대해서 보여주었다.

'이런!'

그가 전에 이곳을 방문했을 때에는 이렇게 자세히 조사해 볼 시간이 없었지만, 이제 그는 더 확실한 판단을 내릴 수 있었다. 이 방은 아주 흥미로운 곳이었다. 테그는 커튼을 놓고 돌아섰다. 마침 그때 키가 큰 남자 하나가 승강기 출구에서 방으로 들어오는 모습이 보였다.

테그의 이중 시야는 이 낯선 사람에 대해 확고한 예언을 해주었다. 이 남자에게는 위험이 숨겨져 있었다. 이 남자는 군인 같은 태도를 노골적으로 드러냈다. 그의 자세, 제대로 된 훈련을 받은 노련한 장교들만이 알아볼 수 있는 자세한 부분들을 보기 위해 재빨리 눈을 움직이는 모습. 그 밖에도 다른 것이 느껴져서 테그는 바짝 긴장했다. 이 남자는 배신자였다! 가장 높은 액수를 부르는 사람을 위해 일하는 용병.

"그들이 당신에게 무지하게 고약한 대접을 했군요." 남자가 테그에게 인사했다. 묵직한 저음인 그 목소리에는 자신의 힘에 대한 무의식적인 자신감이 들어 있었다. 그의 말씨는 테그가 한 번도 들어보지 못한 것이었다. 이 사람은 대이동에서 돌아온 자였다! 바샤르이거나 아니면 그에 상당하는 자일 것이라고 테그는 짐작했다.

그런데도 즉각적인 공격이 이루어질 기미는 전혀 없었다.

테그가 대답을 하지 않자 남자가 말했다. "아, 죄송합니다. 저는 무자파르입니다. 자파 무자파르. 두르 군대의 지역 사령관이지요."

테그는 두르 군대라는 말을 한 번도 들어본 적이 없었다.

온갖 의문들이 테그의 머릿속에 우글거렸지만 그는 그것들을 속에 담아두었다. 여기서는 무슨 말을 하든 그 때문에 약점이 드러날 수 있었다.

전에 이곳에서 그와 만났던 사람들은 어디 있는 걸까? '내가 왜 이곳을 고른 거지?' 이곳을 선택했을 때에는 그의 내면에서 느껴지는 자신감이 상당했었다.

"편히 앉으세요." 무자파르가 나지막한 테이블 뒤의 자그마한 긴 소파를 가리키며 말했다. "분명히 말씀드리지만, 당신이 겪은 일 중 어느 것도 제가 저지른 것이 아닙니다. 소식을 들었을 때 저는 그걸 중단시키려고 했지만 당신이 이미…… 현장을 떠났더군요."

테그는 이제 무자파르의 목소리에서 다른 것을 느낄 수 있었다. 두려움과 흡사한 신중함. 그러니까 이 남자는 그 오두막집과 공터에 대해 이야기를 들었거나 그곳을 직접 본 모양이었다.

"당신은 정말 영리했습니다. 당신을 사로잡은 사람들이 당신에게서 정보를 빼내는 데 힘을 집중할 때까지 당신의 공격 부대를 대기하게 만들다니. 그들이 당신에게서 뭔가를 알아냈습니까?" 무자파르가 말했다.

테그는 말없이 고개를 좌우로 저었다. 그는 눈에 보이지 않을 만큼 빠른 속도의 반응에 금방이라도 불이 붙어 공격에 나서게 될 것 같은 기분이었지만, 이곳에서는 폭력이 임박했다는 느낌이 전혀 느껴지지 않았다. 이 잃어버린 자들이 지금 뭘 하고 있는 걸까? 그러나 무자파르와 그의 패거리들은 T 탐침이 있던 방에서 일어난 일을 잘못 판단하고 있었다. 그건 분명했다.

"앉으십시오." 무자파르가 말했다.

테그는 그가 가리킨 긴 소파에 앉았다.

무자파르는 탁자 반대편에서 약간 비스듬한 각도로 테그를 마주 보는 깊숙한 의자에 앉았다. 잔뜩 긴장해서 몸을 웅크리고 있는 것 같은 분위기였다. 그는 폭력에 대비하고 있었다.

테그는 흥미를 갖고 남자를 유심히 살펴보았다. 무자파르는 자신의 계급을 밝히지 않았다. 그냥 사령관이라고만 했을 뿐이었다. 그는 키가 컸으며 널찍하고 혈색 좋은 얼굴과 커다란 코를 가지고 있었다. 눈은 회녹색이었고, 둘 중 하나가 말을 하고 있을 때에는 테그의 오른쪽 어깨 바로 뒤에 초점을 맞추는 술수를 부렸다. 테그는 언젠가 어떤 스파이가 이런 행동을 하는 것을 본 적이 있었다.

"자, 자, 저는 이곳에 온 후로 당신에 대해 아주 많은 것을 읽고 아주 많은 얘기를 들었습니다." 무자파르가 말했다.

테그는 계속해서 말없이 그를 살펴보았다. 머리카락을 아주 짧게 깎은 무자파르의 왼쪽 눈 위 두피 선을 가로질러 약 3밀리미터 길이의 자주색 흉터가 있었다. 앞이 열린 밝은 초록색의 부시 재킷(사파리 재킷 비슷한 것—옮긴이)과 같은 색의 바지. 군복 같지는 않았지만, 그의 깔끔한 모습은 청결과 정돈에 신경을 쓰는 것이 그의 습관임을 알려주었다. 신발도 이 점을 증명했다. 테그는 구두에 가까이 몸을 굽힌다면 밝은 갈색의 구두 표면에 자신의 얼굴이 비칠 거라고 생각했다.

"물론 당신을 직접 만나게 될 줄은 정말 몰랐습니다." 무자파르가 말했다. "커다란 영광으로 생각하고 있습니다."

"난 당신이 대이동에서 돌아온 부대를 지휘하고 있다는 것 외에는 당신에 대해 아는 것이 거의 없소." 테그가 말했다.

"흐흠! 사실 나에 대해 알아낼 것이 그리 많지도 않습니다."

또다시 허기 때문에 테그의 배가 아파왔다. 그의 시선이 승강기 옆에 있는 단추로 향했다. 기억하기로, 그 단추를 누르면 웨이터를 부를 수 있었다. 보통 자동인형들이 하는 일을 이곳에서는 인간들이 하고 있었다. 대규모의 군대를 한데 모아 대기시키기 위한 구실이었다.

테그의 시선이 승강기로 향한 것을 잘못 해석한 무자파르가 말했다. "나갈 생각은 하지 마십시오. 저희 의사에게 이리 와서 당신을 진찰해 보라고 일러두었습니다. 금방 올 겁니다. 그가 올 때까지 당신이 조용히 기다려주신다면 고맙겠습니다."

"난 그저 음식을 주문할까 생각했을 뿐이오." 테그가 말했다.

"의사가 진찰을 끝낼 때까지 기다리시는 게 좋을 것 같군요. 기절총에 맞으면 몇 가지 고약한 후유증이 남으니까요."

"그러니까 당신도 그 일에 대해 알고 있다는 얘기군."

"그 빌어먹을 대실패에 대해 전부 알고 있지요. 당신과 당신의 부하 부르즈말리의 실력은 상당했습니다."

테그가 뭐라고 대답을 하기도 전에 승강기가 키 큰 남자 하나를 토해 냈다. 위아래가 붙은 재킷 형태의 빨간 옷을 입은 그 남자는 뼈가 앙상할 정도로 너무 말라서 활짝 벌어진 옷의 앞섶이 커튼처럼 펄럭였다. 수크 의사임을 나타내는 다이아몬드형 문신이 넓은 이마에 낙인처럼 찍혀 있었지만, 그 색깔은 보통 볼 수 있는 검은색이 아니라 오렌지색이었다. 그의 눈동자는 번쩍이는 오렌지색 덮개에 가려져 있어서 색깔을 알 수 없었다.

'뭔가에 중독된 건가?' 테그는 속으로 생각했다. 그의 몸에서는 익숙한 마약의 냄새가 전혀 나지 않았다. 심지어 멜란지 냄새도 없었다. 대신 시큼한 냄새가 났다. 거의 과일 같은 냄새였다.

"이제 왔군, 솔리츠!" 무자파르가 말했다. 그는 테그를 손짓으로 가리키며 말을 이었다. "저분을 잘 진찰해 보게. 그저께 기절총에 맞은 분이야."

솔리츠는 쉽게 알아볼 수 있는 수크 스캐너를 꺼냈다. 한 손에 딱 맞게 들어가는 아담한 크기였다. 그 물건의 탐색장(場)이 낮게 웅웅 소리를 냈다.

"당신은 수크 의사로군." 테그가 이마에 있는 오렌지색 낙인을 날카로운 시선으로 바라보며 말했다.

"그렇습니다, 바샤르 님. 저는 고대의 전통에 따라 최고의 교육과 정신 훈련을 받았습니다."

"수크 의사의 신분을 나타내는 표식이 저런 색인 건 본 적이 없소." 테그가 말했다.

의사는 스캐너로 테그의 머리 주위를 한 바퀴 훑었다. "문신의 색깔이 다르다고 해서 달라지는 것은 없습니다, 바샤르 님. 그 머릿속에 든 것이 중요하죠." 그는 스캐너를 테그의 어깨로 내리더니 아래를 향해 몸을 훑어 내려갔다.

테그는 웅웅 소리가 그치기를 기다렸다.

의사가 뒤로 물러서서 무자파르에게 말했다. "저분은 상당히 건강합니다, 원수님. 저분의 나이를 생각하면 놀라울 정도로 건강해요. 하지만 저분에게는 영양분이 절대적으로 필요합니다."

"그렇군……. 음, 그럼 좋네, 솔리츠. 그 문제를 해결해야지. 바샤르 님은 우리의 손님이시니까."

"제가 저분에게 적합한 식사를 주문하겠습니다. 천천히 드십시오, 바샤르 님." 솔리츠는 이렇게 말하고 나서 산뜻한 동작으로 돌아섰다. 그 때문에 그의 재킷과 바지가 펄럭거렸다. 승강기가 그를 집어삼켰다.

"원수님이라고?" 테그가 물었다.

"두르에 있던 고대의 호칭을 되살린 겁니다."

"두르라니?" 테그가 용기를 내어 물었다.

"이런, 내가 멍청한 짓을 했군!" 무자파르는 재킷의 옆주머니에서 자그마한 상자를 꺼내 거기서 얄팍한 서류 집게 하나를 꺼냈다. 테그는 그것이 자신이 오랜 군복무 기간 동안 가지고 다니던 것과 비슷한 홀로그램 장치임을 알아보았다. 그는 그 장치에 집과 가족들의 사진을 넣어 들고 다녔다. 무자파르가 그 장치를 두 사람 사이의 탁자 위에 놓고 조종 단추를 가볍게 두드렸다.

관목들이 무성하게 자라는 광활한 초록색 정글의 총천연색 모습이 탁자 위에 축소판으로 생생하게 나타났다.

"집입니다. 저기 중심에 있는 게 프레임 관목이죠." 무자파르가 말했다. 그의 손가락이 영상 중의 어느 한 부분을 가리켰다. "내게 처음으로 복종한 놈입니다. 사람들은 내가 첫 번째 놈을 그런 식으로 선택해서 계속 물고 늘어진다고 나를 비웃었죠."

테그는 무자파르의 목소리에서 깊은 슬픔을 느끼면서 영상을 뚫어지게 바라보았다. 그가 가리킨 관목은 가느다란 가지들이 모여 있는 호리호리한 모양이었으며, 가지 끝에는 밝은 파란색 구근들이 대롱대롱 매달려 있었다.

'프레임 관목?'

"조금 가느다란 놈이라는 건 나도 압니다." 무자파르가 영상에서 손가락을 거두며 말했다. "전혀 안정적이지 않지요. 저놈을 선택하고 처음 몇 달 동안은 몇 번 사람들에게 맞서 제 주장을 펼쳐야 했습니다. 하지만 점점 저 녀석을 좋아하게 됐지요. 저 녀석은 그런 감정에 반응을 보인답니다. 저 깊은 계곡 속의 저곳은 이제 최고의 집이 되었습니다. '두르의 영원한 바위' 옆이란 말입니다!"

무자파르는 어리둥절한 표정을 짓고 있는 테그의 얼굴을 빤히 바라보았다. "젠장! 당신들에게는 프레임 관목이 없지요, 그래요. 저의 지독한 무지를 용서해 주십시오. 우리가 서로에게 가르칠 것이 아주 많은 것 같습니다."

"당신은 저걸 집이라고 불렀소." 테그가 말했다.

"아, 그렇지요. 적절한 지시에 따라, 물론 녀석들이 복종하는 법을 배운 다음의 얘기입니다만, 프레임 관목은 웅장한 주택으로 자라납니다. 표준력으로 4, 5년밖에 걸리지 않아요."

'표준력이라.' 테그는 생각했다. 그렇다면 잃어버린 자들이 아직도 표준력을 사용하고 있다는 얘기였다.

승강기에서 쉿쉿 소리가 나더니 파란색 하녀복을 입은 젊은 여자가 반중력 부표가 달린 보온 용기를 끌고 뒷걸음질로 방으로 들어왔다. 그녀는 보온 용기를 테그 앞의 탁자 근처에 고정했다. 그녀의 옷은 테그가 처음 시찰할 때 보았던 것이지만, 그를 향해 돌아선 그녀의 유쾌하고 둥근 얼굴은 낯설었다. 그녀의 두피에서는 머리카락이 모두 제거되어 불룩 튀어나온 혈관들만 넓게 퍼져 있었다. 그녀의 눈은 촉촉한 파란색이었으며, 그녀의 자세는 어딘지 겁에 질린 것 같았다. 그녀가 보온 용기를 열자 향긋한 음식 냄새가 테그의 코를 스쳤다.

테그는 긴장하고 있었지만, 즉각적인 위협은 전혀 느껴지지 않았다. 음식을 먹어도 좋지 않은 일이 생기지는 않을 것이라는 확신이 들었다.

여자가 테그 앞의 탁자에 음식들을 줄지어 늘어놓고는 한쪽에 식기를 깔끔하게 놓았다.

"내게는 독약 탐지기가 없습니다. 하지만 원한다면 내가 음식을 시식하겠습니다." 무자파르가 말했다.

"그럴 필요 없소." 테그가 말했다. 그들이 의문을 품겠지만, 그를 진실을 말하는 자로 의심할 것 같았다. 테그의 시선이 음식에 고정되었다. 의식적으로 그렇게 해야겠다고 생각하지 않았는데도 그는 몸을 앞으로 기울여 음식을 먹기 시작했다. 멘타트의 굶주림에 익숙한 그는 자신의 반응에 깜짝 놀랐다. 멘타트 모드에서 두뇌를 사용하다 보면 칼로리가 놀라운 속도로 소비되었다. 그러나 지금 그를 몰아붙이고 있는 것은 새로운 절박함이었다. 그는 생존이 자신의 행동을 통제하고 있음을 느꼈다. 지금의 굶주림은 예전에 경험했던 모든 것을 뛰어넘었다. 그가 '망가진' 남자의 집에서 조금은 조심스럽게 먹었던 수프는 이처럼 격렬한 반응을 불러일으키지 않았다.

'수크 의사가 음식을 제대로 골랐군.' 테그는 생각했다. 이 음식은 바로 스캐너의 진찰 결과를 바탕으로 선택된 것이었다.

여자가 승강기를 통해 주문된 보온 용기에서 계속 음식을 가져왔다.

테그는 식사 중간에 일어서서 옆의 화장실로 가 숨겨진 기계 눈들이 그곳에서도 그를 계속 감시하고 있음을 의식하며 볼일을 봐야 했다. 신체 반응을 보아하니, 소화 기관들이 몸의 새로운 요구에 맞춰 속도를 높였음이 분명했다. 탁자로 돌아왔을 때, 그는 마치 아무것도 먹지 않은 사람처럼 허기를 느꼈다.

식사 시중을 드는 여자가 차츰 놀란 표정을 짓다가 곧 경계심을 보이기 시작했다. 그런데도 그녀는 그의 요구에 따라 계속 음식을 가져왔다.

무자파르는 그를 지켜보며 점점 더 크게 놀랐지만 아무 말도 하지 않았다.

테그는 음식의 보충을 통해 신체의 생리적 균형이 유지되는 것을 느꼈다. 수크 의사가 칼로리를 정확하게 조정해서 음식을 주문했다는 것도 알 수 있었다. 그러나 저들은 음식의 양에 대해서는 미처 생각하지 못한 모양이었다. 여자는 충격 때문에 마치 넋이 나간 것 같은 모습으로 걸어 다니며 테그의 요구에 복종했다.

마침내 무자파르가 말했다. "앉은자리에서 이렇게 많은 음식을 먹는 사람을 한 번도 본 적이 없다는 말을 하지 않을 수 없군요. 어떻게 그리

많은 음식을 먹을 수 있는지 모르겠습니다. 이유도 모르겠고요."

테그는 마침내 포만감을 느끼며 뒤로 등을 기대고 앉았다. 상대가 의문을 품게 되었지만, 그는 그 의문에 진실한 답을 해줄 수 없었다.

"내가 멘타트이기 때문이오. 아주 힘든 시간을 보냈으니까." 테그는 거짓말을 했다.

"놀랍군요." 무자파르가 이렇게 말하고 나서 일어섰다.

테그가 같이 일어서려고 하자 무자파르는 그에게 그냥 앉아 있으라는 손짓을 했다. "그럴 필요 없습니다. 바로 옆방에 당신의 숙소를 준비해 두었습니다. 아직은 당신을 이동시키지 않는 편이 더 안전합니다."

여자는 텅 빈 보온 용기들을 가지고 자리를 떠났다.

테그는 무자파르를 유심히 살펴보았다. 식사를 하는 동안 뭔가가 변해 있었다. 무자파르가 상대를 평가하는 듯한 차가운 시선으로 그를 바라보았다.

"통신기가 당신 몸속에 이식돼 있군. 새로운 명령을 받은 거야." 테그가 말했다.

"당신 친구들이 이곳을 공격하는 것은 현명한 일이라고 할 수 없습니다."

"그게 내 계획이라고 생각하오?"

"당신의 계획이 무엇입니까, 바샤르?"

테그는 미소를 지었다.

"좋습니다." 무자파르가 통신기에 귀를 기울이는 동안 그의 눈에서 초점이 흐릿해졌다. 그가 다시 테그에게 시선을 집중했을 때 그의 눈이 육식 동물처럼 바뀌었다. 테그는 그 시선이 자신을 괴롭히는 것을 느끼면서 누군가 다른 사람이 이 방으로 오고 있음을 깨달았다. 이 육군 원수는 이 새로운 변화가 자신의 저녁 식사 손님에게 지극히 위험하다고 생각하는 모양이지만, 테그가 보기에 자신의 새로운 능력을 물리칠 수 있는 것은 하나도 없었다.

"당신은 나를 당신의 포로로 생각하는군." 테그가 말했다.

"영원한 바위에 걸고 말하건대, 바샤르! 당신이 이런 사람인 줄은 몰랐습니다!"

"지금 오고 있는 명예의 어머니 말인데, 그 여자가 원하는 게 뭐요?" 테그가 물었다.

"바샤르, 조심하십시오. 그녀에게 그런 말투를 써서는 안 됩니다. 당신은 이제부터 무슨 일을 겪게 될지 조금도 모르고 있어요."

"명예의 어머니가 이제 날 만나러 오고 있는 중일 뿐이지."

"그래요, 당신이 무사했으면 좋겠군요!"

무자파르는 휙 몸을 돌려 승강기를 타고 방을 떠났다.

테그는 그의 뒷모습을 노려보았다. 두 번째 시야가 승강기 주위에서 불빛처럼 깜박이는 것이 보였다. 명예의 어머니는 근처에 와 있었지만 아직 이 방에 들어올 준비가 되어 있지 않았다. 그녀는 먼저 무자파르의 의견을 물을 생각이었다. 그 육군 원수는 이 위험한 여자에게 중요한 정보를 하나도 알려줄 수 없을 터였다.

기억은 결코 현실을 되돌리지 못한다. 기억은 재현할 뿐이다. 모든 재현은 원래의 것을 변화시켜 외적인 준거가 되며, 그 준거는 필연적으로 불충분하다.

—멘타트 안내서

루실라와 부르즈말리는 남쪽에서 이사이로 들어왔다. 그들이 들어온 곳은 가로등이 널찍한 거리를 두고 서 있는 하류층 구역이었다. 자정까지 한 시간밖에 남지 않았는데도 이곳 거리에는 사람들이 우글거렸다. 어떤 사람은 조용히 걷기만 했고, 어떤 사람은 약물 때문에 잔뜩 흥분해서 잡담을 나눴으며, 어떤 사람은 뭔가를 기대하듯 지켜보기만 했다. 그들은 구석진 곳에 뭉쳐 있었는데, 루실라는 그 옆을 지나치면서 그들을 홀린 듯이 바라보았다.

부르즈말리는 걸음을 빨리하라고 그녀를 재촉했다. 빨리 그녀와 단둘이만 있고 싶어 안달이 난 손님의 모습이었다. 루실라는 암암리에 계속 사람들을 살펴보았다.

저들은 이곳에서 뭘 하고 있는 걸까? 저쪽 문간에서 기다리고 있는 남자들은 뭘 기다리는 거지? 루실라와 부르즈말리가 널찍한 통로를 지나갈 때 무거운 앞치마를 입은 노동자들이 그곳에서 모습을 드러냈다. 그들에게서는 고약한 하수도 냄새와 땀내가 짙게 풍겼다. 남녀의 수가 거의 같은 그 노동자들은 키가 크고, 몸집이 육중했으며, 팔뚝이 두꺼웠다. 루실라는 그들의 직업이 무엇인지 상상조차 할 수 없었지만, 그들은 모두 같은 부류의 사람들이었다. 그들을 보며 그녀는 자신이 가무에 대해 얼마나 아는 것이 없는지 깨달았다.

그 노동자들은 밤거리 속으로 모습을 드러내면서 차도와 인도 사이의 도랑에 가래침을 뱉었다. '무슨 오염 물질을 스스로 제거하는 건가?'

부르즈말리가 루실라의 귀에 입을 바짝 갖다 대고 속삭였다. "저 노동자들은 보르다노입니다."

그녀는 위험을 무릅쓰고 살짝 시선을 돌려 골목을 향해 걸어가는 그들을 뒤돌아보았다. '보르다노?' 아아, 그렇지. 하수도의 가스를 동력으로 이용할 수 있게 해주는 압축 기계를 다루기 위해 교배되어 훈련받은 사람들. 그들은 교배 과정에서 후각을 제거당했으며, 어깨와 팔의 근육 조직은 증대되었다. 부르즈말리는 그녀를 데리고 모퉁이를 돌아 보르다노들의 시야에서 벗어났다.

아이들 다섯 명이 두 사람 옆의 어두운 문간에서 나타나 방향을 바꿔 줄을 서더니 루실라와 부르즈말리의 뒤를 따라왔다. 루실라는 그들이 손에 작은 물건을 움켜쥔 것을 보았다. 아이들은 이상할 정도로 열심히 뒤를 따라왔다. 갑자기 부르즈말리가 걸음을 멈추고 몸을 돌렸다. 아이들도 걸음을 멈추고 그를 빤히 바라보았다. 루실라가 보기에 아이들은 어느 정도의 폭력을 각오하고 있음이 분명했다.

부르즈말리가 양손을 몸 앞에서 모아 쥐고 아이들에게 허리를 굽히며 말했다. "굴두르!"

부르즈말리가 그녀를 이끌고 다시 거리를 따라 내려가기 시작했을 때, 아이들은 뒤따라오지 않았다.

"어쩌면 저 아이들이 우리에게 돌을 던졌을지도 모릅니다." 부르즈말리가 말했다.

"왜요?"

"저 애들은 굴두르를 따르는 종파의 아이들입니다. 굴두르는 여기 사람들이 폭군을 부르는 이름이지요."

루실라는 뒤를 돌아보았지만 아이들의 모습은 이미 보이지 않았다. 또 다른 희생자를 찾아 떠난 것이다.

부르즈말리는 그녀를 이끌고 또 다른 모퉁이를 돌았다. 바퀴 달린 판매대에 음식, 옷, 작은 도구, 칼 등 물건을 놓고 파는 영세 상인들이 우글거리는 거리가 나왔다. 상인들이 손님을 끌려고 질러대는 단조로운 고함 소리가 허공을 가득 채웠다. 그들의 목소리에서는 하루의 일을 위해 끌어올린 활기의 끝이 느껴졌다. 오랜 꿈이 실현될 것이라는 희망으로 구성되어 있지만 자신들의 삶이 변하지 않으리라는 지식으로 채색된 거짓 광채. 루실라는 이 거리의 사람들이 스쳐 지나가는 꿈을 좇고 있으며, 그들이 추구하는 꿈의 실현은 현실이 아니라 허구라는 생각이 들었다. 그들은 경주용 짐승들이 끝없이 이어지는 달걀형 경주로에서 정신없이 움직이는 미끼를 좇는 훈련을 받는 것처럼 그 허구를 좇도록 세뇌되어 있었다.

그들 바로 앞의 길에서 두꺼운 누비 외투를 입은 억센 몸집의 사람이 한 상인과 커다란 목소리로 언쟁을 벌이고 있었다. 상인은 새콤달콤한 맛이 나는 검붉은 색의 둥근 과일들이 가득 찬 망태기를 내밀고 있었는데, 두 사람 주위에 과일 냄새가 자욱했다. 상인이 투덜거렸다. "당신은 내 자식들의 입에서 음식을 훔쳐 갈 인간이야!"

억센 몸집의 사람이 새된 목소리로 말했다. 그의 말씨가 너무 익숙해서 루실라는 소름이 끼쳤다. "나한테도 자식들이 있어!"

루실라는 힘겹게 자신을 억제했다.

시장이 선 거리를 벗어났을 때 루실라는 부르즈말리에게 속삭였다. "아까 거기서 두꺼운 외투를 입은 남자, 그 사람은 틀레이랙스의 주인입니다!"

"그럴 리가 없습니다. 키가 너무 커요." 부르즈말리가 반박했다.

"두 사람입니다. 한 사람이 다른 사람의 어깨 위에 올라가 있어요."

"확실합니까?"

"확실해요."

"이곳에 도착한 이후로 그런 사람들을 많이 봤는데, 난 짐작도 못 했습니다."

"이 일대에 수색자들이 많다는 얘기군요." 그녀가 말했다.

루실라는 자신이 이 빈민 행성에 살고 있는 빈민굴 사람들의 일상적인 삶에는 별로 신경을 쓰지 않고 있음을 깨달았다. 그녀는 골라를 이곳으로 데려온 이유에 대한 설명을 이제 믿지 않았다. 그 소중한 골라를 키울 수 있는 모든 행성들 중에서 교단은 왜 하필 이곳을 택한 걸까? 아니, 골라가 정말로 소중하기는 한 건가? 혹시 그는 그냥 미끼에 지나지 않는 것이 아닐까?

한 남자가 두 사람 옆의 좁은 골목길 입구를 거의 완전히 막다시피 하고 서서 불빛들이 소용돌이처럼 깜박거리는 기다란 장치를 부지런히 움직이고 있었다.

"라이브입니다! 라이브예요!" 그가 고함을 질렀다.

루실라는 발걸음을 늦추고 한 행인이 그 골목으로 들어가 주인에게 동전을 건넨 다음 불빛이 눈부시게 밝혀진 오목한 대야 안으로 몸을 기울이는 것을 지켜보았다. 주인은 루실라의 시선을 맞받아 그녀를 뚫어지게 바라보았다. 남자의 얼굴은 폭이 좁았으며 거무스름했다. 틀레이락스의 주인보다 아주 조금 키가 클 뿐인 몸 위의 그 얼굴은 칼라단 출신 원시인의 얼굴이었다. 손님의 돈을 받을 때, 남자의 어두운 얼굴은 경멸의 표정을 짓고 있었다.

손님이 몸을 부르르 떨며 대야에서 얼굴을 들더니 눈이 흐릿해진 채 약간 비틀거리면서 골목길을 떠났다.

루실라는 그 장치가 무엇인지 깨달았다. 그 장치를 사용하는 사람들은 그것을 최면종이라고 불렀는데, 문명화된 모든 행성에서는 이 장치의 사용이 불법이었다.

부르즈말리는 그녀를 재촉해 표정이 어두운 최면종 주인의 시야에서 벗어났다.

그들은 더 넓은 길로 나왔다. 맞은편 건물 모퉁이에는 문이 하나 나 있었다. 주위에는 온통 걸어 다니는 사람들뿐이었고, 차량은 하나도 눈에 띄지 않았다. 키 큰 남자 하나가 모퉁이의 문간 첫 번째 계단에 무릎을 턱까지 끌어 올린 자세로 앉아 있었다. 그는 긴 팔로 무릎을 감싸고, 가느다란 손가락으로 단단히 깍지를 끼고 있었다. 챙이 넓은 검은 모자를 쓰고 있어서 거리의 불빛이 그의 얼굴에 그림자를 드리웠다. 그러나 챙 밑의 그림자 속에서 나오는 두 개의 광선은 이 사람이 지금까지 한 번도 만나보지 못한 종류의 사람임을 루실라에게 알려주었다. 이 사람은 베네 게세리트가 그저 추측만 하던 존재였다.

부르즈말리는 계단에 앉아 있는 그 사람에게서 한참 멀어질 때까지 기다렸다가 그녀의 호기심을 충족시켜 주었다.

"퓨타르입니다. 저들이 스스로를 부르는 이름이죠. 저들은 최근에야 가무에서 눈에 띄기 시작했습니다." 그가 속삭였다.

"틀레이랙스의 실험작일 겁니다." 루실라는 자신의 추측을 말했다. 그리고 속으로 생각했다.

'대이동에서 돌아온 실패작이지.' "저들은 여기서 무슨 일을 하고 있습니까?" 그녀가 말했다.

"상인 집단입니다. 여기 원주민들이 그렇게 말하더군요."

"그 말을 믿지 마세요. 저들은 인간과 교배된 육식 동물입니다."

"아아, 다 왔군요." 부르즈말리가 말했다.

그는 루실라를 이끌고 좁은 문간을 통과해 희미하게 조명이 밝혀진 식당으로 들어갔다. 이것도 그들의 정체를 위장하기 위한 전술의 일부임을 루실라는 알고 있었다. 이 지역 사람들이 하는 행동을 그대로 흉내 내는 것. 그러나 그녀는 이곳에서 식사를 하고 싶은 생각이 없었다. 이곳의 냄새를 통해 느껴지는 바로는 그랬다.

식당은 사람들로 붐비고 있었지만 두 사람이 들어갔을 무렵에는 점점 한산해지는 중이었다.

"이 집이 상당히 좋은 곳이라는 얘기를 들었습니다." 두 사람이 자동판매기 옆에 자리를 잡고 앉아 메뉴가 뜨기를 기다리는 동안 부르즈말리가 말했다.

루실라는 가게를 떠나는 사람들을 지켜보았다. 근처 공장과 사무실의 야간 근무자들인 것 같았다. 그들은 빨리 이곳을 떠나고 싶어 안달을 하고 있는 것 같았다. 일터에 지각한다면 무슨 일을 겪게 될지 두려워하고 있는 것 같기도 했다.

자신이 성에서 정말로 고립된 생활을 했다고 그녀는 생각했다. 이렇게 가무에 대해 차츰 배워가고 있는 사실들이 마음에 들지 않았다. 이 식당은 얼마나 더러운 곳인지! 그녀 오른쪽의 바에 놓인 의자들은 군데군데가 파이고 깨져 있었다. 그녀 앞의 식탁은 모래 같은 세척제 때문에 홈이 파여서 그녀의 왼쪽 팔꿈치 근처에 노즐이 놓여 있는 진공 걸레로는 더이상 깨끗하게 닦을 수가 없을 것 같았다. 청소 기구 중 가장 싼 음파 청소기조차 보이지 않았다. 식탁에 파인 홈에는 음식 찌꺼기 등 쇠퇴의 증거가 쌓여 있었다. 루실라는 몸을 부르르 떨었다. 골라와 헤어진 것이 실수였다는 느낌을 피할 수가 없었다.

메뉴가 뜬 것이 보였다. 부르즈말리는 이미 메뉴를 살펴보고 있었다.

"제가 당신 대신 주문하겠습니다." 그가 말했다.

이건 호르무 여자가 피할 만한 음식을 그녀가 주문하는 실수를 저질러서는 안 된다는 뜻의 부르즈말리 식 표현이었다.

자신이 누군가에게 의존하고 있다는 느낌이 그녀를 안달하게 만들었다. 그녀는 대모였다! 그녀는 어떤 상황에서도 지휘권을 잡도록 훈련을 받은 자기 운명의 주인이었다. 지금의 이 모든 일이 얼마나 피곤한지. 그녀는 좁은 거리를 오가는 사람들의 모습이 보이는, 왼쪽의 더러운 창문을 가리켰다.

"우리가 이렇게 노닥거리는 사이에 나는 장사를 못 하고 있어요, 스카르."

'그래! 지금 내게 딱 맞는 말이야.'

부르즈말리는 거의 한숨을 내쉬다시피 했다. '드디어!' 그는 생각했다. 그녀가 다시 대모로서 기능을 발휘하기 시작한 것이다. 그는 그녀의 명한 태도, 이 도시와 사람들을 바라보는 그녀의 시선을 이해할 수 없었다.

우유 같은 음료수 두 잔이 자동판매기 구멍에서 식탁 위로 미끄러져 나왔다. 부르즈말리는 자신의 잔을 한 번에 다 비워버렸다. 루실라는 혀 끝으로 시험하듯 음료수를 맛보며 내용물을 분류했다. 인공 카페에이트를 견과류 향내가 나는 주스로 희석시킨 음료였다.

부르즈말리는 턱을 위로 치켜올리며 그녀에게 음료수를 빨리 마시라고 재촉했다. 그녀는 화학 약품 냄새에 얼굴이 찌푸려지는 것을 감추고 그의 지시를 따랐다. 부르즈말리는 그녀의 오른쪽 어깨 너머에 있는 뭔가에 시선을 집중하고 있었지만 그녀는 감히 뒤를 돌아볼 수 없었다. 그런 행동은 지금의 그녀에게 어울리지 않는 것이었다.

"갑시다." 부르즈말리가 식탁 위에 동전을 하나 놓고 그녀를 재촉해 거리로 나섰다. 그는 안달이 난 손님 같은 미소를 지었지만 그의 눈은 조심스러웠다.

거리의 템포가 바뀌어 있었다. 사람들의 숫자가 더 적었다. 그림자 속에 잠긴 문들은 더 짙은 위협의 느낌을 풍겼다. 루실라는 자신이 이 빈민굴에서 흔히 발생하는 폭력의 영향을 받지 않는 강력한 길드를 대표하는 존재가 되어야 한다는 사실을 자신에게 일깨웠다. 거리에 있는 소수의 사람들은 그녀의 로브에 있는 드래곤을 온통 경외의 시선으로 바라보면서 정말로 그녀에게 길을 비켜주었다.

부르즈말리가 어떤 문간에서 걸음을 멈췄다.

그 문은 거리를 따라 나 있는 다른 문들과 마찬가지로 보도에서 약간 뒤로 물러나 있었으며, 높이가 하도 높아서 폭이 실제보다 더 좁아 보였다. 구식 경비 광선이 입구를 지키고 있었다. 새로운 시스템은 전혀 빈민가까지 뚫고 들어오지 못한 모양이었다. 거리 자체가 그 점을 증명했다. 지상차들을 위해 설계된 거리. 이 지역 전체에 지붕 착륙대가 하나라도 있을지 의심스러웠다. 비행선이나 오니숍터의 흔적은 전혀 없었다. 그러나 어디선가 음악 소리가 들려왔다. 세무타를 연상시키는 희미하게 속삭이는 듯한 소리였다. 새로운 형태의 세무타 중독인가? 이곳이라면 틀림없이 중독자들이 숨어들 만한 곳이었다.

부르즈말리가 그녀의 앞으로 나아가 문간의 광선을 부숴버림으로써 자신들의 존재를 알리는 동안 루실라는 건물 전면을 올려다보았다.

건물 전면에는 창문이 하나도 없었다. 오래된 플래스틸의 무딘 광택 속 여기저기에서 표면용 기계 눈들이 희미하게 반짝일 뿐이었다. 구식 기계 눈이라서 현대적인 제품들보다 훨씬 더 컸다.

그림자 속에 깊숙이 자리 잡은 문이 아무 소리 없이 안쪽으로 열렸다.

"이쪽입니다." 부르즈말리는 뒤로 손을 뻗어 그녀의 팔꿈치에 갖다 대고 앞으로 나오라고 그녀를 재촉했다.

두 사람은 이국적인 음식과 쌉쌀한 향냄새가 나는, 희미하게 불이 밝혀진 복도로 들어갔다. 그녀는 자신의 코를 강타한 냄새들 중 일부를 잠시 시간이 흐른 후에야 파악할 수 있었다. 멜란지였다. 그녀는 틀림없는 멜란지의 원숙한 계피 냄새를 포착했다. 그리고 세무타 냄새도 있었다. 밥이 타는 냄새, 히게트 소금의 냄새도 났다. 누군가가 다른 종류의 '요리' 냄새를 감추려고 애쓰고 있었다. 이곳에서는 폭발물이 만들어지고 있었다. 그녀는 부르즈말리에게 주의를 줄까 하다가 생각을 바꿨다. 그가 반드시 알아야 할 필요도 없었을뿐더러 이 밀폐된 공간에 귀가 있어서 무엇이든 그녀가 하는 말을 죄다 엿들을 수도 있었다.

부르즈말리가 앞장서서 어둠 속에 잠긴 계단을 올랐다. 비스듬한 경사를 이루고 있는 걸레받이에 막대형 발광구 하나가 희미하게 켜져 있었다. 계단 꼭대기에서 그는 여러 번 누덕누덕 기운 벽의 판자 조각 뒤에 숨겨진 스위치를 찾아냈다. 그가 그 스위치를 눌렀을 때, 아무 소리도 나지 않았지만 루실라는 사방에서 움직이던 것들이 변하는 것을 느꼈다. 침묵이 이어졌다. 이것은 그녀가 경험해 보지 못한 새로운 종류의 침묵이었다. 도망을 치거나 폭력을 휘두르기 위해 몸을 웅크리고 준비를 하는 것 같았다.

계단통은 추웠다. 그녀는 몸을 부르르 떨었지만, 추위 때문은 아니었다. 판자 조각으로 가려진 스위치 옆의 문 뒤에서 발소리가 들려왔다.

노란색 작업복을 입은 흰머리 노파가 문을 열고 멋대로 헝클어진 눈썹 너머로 두 사람을 올려다보았다.

"당신이군." 그녀가 떨리는 목소리로 말했다. 그리고 두 사람이 안으로 들어갈 수 있도록 옆으로 비켜섰다.

루실라는 뒤에서 문이 닫히는 소리를 들으며 재빨리 방을 둘러보았다. 별로 주의를 기울이지 않는 사람에게는 이 방이 초라하게 보일 수도 있겠지만, 그것은 겉모습일 뿐이었다. 표면 아래에는 고급스러움이 있었다. 초라한 모습은 또 하나의 가면이었다. 이 방이 특별히 요구가 많은 사람에게 맞춰 만들어진 것이 그 이유 중 하나였다. 이것은 여기 놓여야 해. 다른 곳은 안 돼! 저건 저쪽으로 가야 해. 거기 계속 있어야 한다고! 가구와 골동품들은 약간 낡아 보였지만, 이곳의 누군가는 그 점을 문제 삼지 않았다. 이 방은 그편이 더 나아 보였다. 이 방은 그런 방이었다.

이 방의 주인이 누구일까? 저 노파일까? 그녀는 왼쪽에 있는 문을 향해 힘겹게 나아가고 있었다.

"날이 밝을 때까지 우릴 방해하지 마시오." 부르즈말리가 말했다.

노파는 걸음을 멈추고 뒤를 돌아보았다.

루실라는 그녀를 유심히 살펴보았다. 이 사람도 늙은 척 속임수를 쓰고 있는 건가? 아니었다. 그녀는 진짜 노인이었다. 그녀의 행동 하나하나가 불안정하게 흐트러져 있었다. 목은 벌벌 떨렸고, 제대로 움직이지 않는 몸이 그녀의 의지를 배반하는 것을 그녀도 어쩔 수 없었다.

"중요한 사람이 찾아와도 말이오?" 노파가 떨리는 목소리로 물었다.

그녀가 말하는 동안 눈이 실룩거렸다. 그녀의 입은 필요한 소리를 내뱉기 위한 최소한의 움직임만을 보여주었다. 그녀는 마치 몸속 깊은 곳에서 말을 끌어내는 것처럼 단어들 사이에 일정한 간격을 두었다. 뭔지는 몰라도 항상 변하지 않는 일을 하느라 오랫동안 구부리고 있어서 휘어진 그녀의 어깨는 똑바로 펴지려 하질 않았다. 그래서 그녀는 부르즈말리의 눈을 똑바로 들여다볼 수가 없었다. 그녀는 대신 눈썹 너머로 눈을 치떴다. 묘하게 수상쩍어 보이는 자세였다.

"당신이 기다리는 중요한 사람이 누구요?" 부르즈말리가 물었다.

노파는 몸을 부르르 떨면서 오랫동안 이 질문을 이해하려고 애쓰는 것 같았다.

"주웅요한 사람들이 이곳에 온다오." 그녀가 말했다.

루실라는 그녀의 몸짓 신호를 알아보고 불쑥 말했다. 부르즈말리가 반드시 알아야 하는 일이었기 때문이다.

"저 여자는 라키스 출신이에요!"

위를 향해 치켜 뜬 노파의 이상한 시선이 루실라에게 고정되었다. 그녀가 늙은 목소리로 말했다. "난 사제였소, 호르무 아가씨."

"저 사람이 라키스 출신인 건 당연한 일입니다." 부르즈말리가 말했다. 그의 어조는 그녀에게 의문을 제기하지 말라고 경고하고 있었다.

"난 당신을 해치지 않을 거요." 노파가 애처로운 소리로 말했다.

"당신은 지금도 분열된 신을 섬기고 있나요?"

노파는 또다시 한참 지체한 후에 대답했다.

"많은 사람들이 위대한 굴두르를 섬긴다오." 그녀가 말했다.

루실라는 입을 꾹 다물고 다시 방을 훑어보았다. 노파의 중요성은 크게 줄어들어 있었다. "당신을 죽이지 않아도 되니 기쁘군요." 루실라가 말했다.

노파가 놀란 시늉을 하며 입을 쩍 벌렸다. 그녀의 입술에서 침이 뚝뚝 떨어졌다.

이것이 프레멘의 후손이라고? 루실라는 길게 몸을 부르르 떨면서 자신의 혐오감을 드러냈다. 당당하고 자부심이 강했던 종족, 용감하게 죽음을 맞았던 종족에게서 이런 부랑자들 중에서도 동냥아치 같은 무리가 생겨난 것이다. 이 노파는 죽을 때에도 칭얼거리며 푸념을 늘어놓을 사람이었다.

"날 믿으시오." 노파가 애처로운 소리로 말하고 나서 도망치듯 방을 나갔다.

"왜 그런 짓을 했습니까? 이 사람들이 우리를 라키스로 데려다줄 거란 말입니다!" 부르즈말리가 다그치듯 말했다.

그녀는 그의 질문에 깃든 두려움을 인식하며 그냥 그를 바라보기만 했다. 그는 그녀를 걱정하고 있었다.

'하지만 난 그때 그를 각인시키지 않았는데.' 그녀는 생각했다.

그녀는 부르즈말리가 자신에게서 증오를 인식했음을 충격과 함께 깨달았다. '난 저들을 증오하고 있어! 이 행성의 사람들을 증오하고 있어!' 그녀는 생각했다.

대모에게 그것은 위험한 감정이었다. 그런데도 그 감정이 그녀의 내면에서 타올랐다. 이 행성이 그녀를 원하지 않는 모습으로 바꿔버렸다. 그녀는 그런 일이 일어날 수도 있다는 깨달음을 원하지 않았다. 그것을 지적으로 이해하는 것과 실제로 경험하는 것은 달랐다.

'저주받을 놈들!'

그러나 그들은 이미 저주받은 몸이었다.

루실라의 가슴이 아파왔다. 좌절감 때문이었다! 이 새로운 의식으로부터 도망칠 길은 없었다. 이 사람들에게 도대체 무슨 일이 일어난 것인가?

'사람들?'

껍데기는 여기 있었지만 그들은 더 이상 완전히 살아 있다고 할 수 없었다. 그러나 위험했다. 극도로 위험했다.

"쉴 수 있을 때 쉬어야 합니다." 부르즈말리가 말했다.

"내가 돈벌이를 할 필요가 없다는 건가요?" 그녀가 다그치듯 물었다.

부르즈말리의 안색이 하얗게 질렸다. "우리가 그렇게 했던 건 꼭 필요했기 때문입니다! 우리가 운이 좋아서 아무런 제지도 받지 않았지만 그런 일이 일어날 수도 있었어요!"

"그럼 이곳은 안전한가요?"

"내가 마련할 수 있는 가장 안전한 곳입니다. 이곳의 모든 사람이 나나 내 부하들의 심사를 거쳤습니다."

루실라는 오래된 향수 냄새가 나는 긴 침상을 하나 발견하고 자신의 위험한 증오심을 완전히 씻어내기 위해 그곳에 앉아 마음을 가라앉혔다. 증오심이 생겨난 곳에서 증오의 뒤를 이어 사랑이 생겨날 수도 있었다! 부르즈말리가 근처의 벽에 기대어져 있는 쿠션 위에서 휴식을 취하기 위해 몸을 쭉 펴는 소리가 들렸다. 곧 그의 숨소리가 깊어졌다. 그러나 루실라는 잠들 수 없었다. 그녀는 수많은 기억들을 계속 느끼고 있었다. 그녀의 내면에 있는 생각의 저장소를 공유하는 '다른 자들'이 그 기억들을 앞으로 불쑥불쑥 내밀었다. 갑자기 내면의 시야가 그녀에게 어떤 거리와 사람들의 얼굴을 언뜻 보여주었다. 사람들이 밝은 햇빛 속에서 움직이고 있었다. 그녀가 이 모든 것을 기묘한 각도에서 보고 있음을 깨닫는 데에는 약간 시간이 걸렸다. 누군가가 그녀를 품에 안고 어르고 있었다. 순간 그녀는 이것이 자신의 개인적 기억임을 깨달았다. 그녀는 자신을 안고 있는 사람을 기억해 낼 수 있었으며, 따스한 뺨 옆에서 느껴지는 따스한 심장 소리를 느낄 수 있었다.

자신이 흘린 눈물의 짠맛이 느껴졌다.

그 순간 그녀는 자신이 베네 게세리트 학교에 처음 발을 들여놓은 날 이후 경험했던 그 어떤 일보다 가무가 자신에게 더 깊은 영향을 미쳤음을 깨달았다.

❧

강력한 장벽 뒤에 숨겨진 심장은 얼음이 됩니다.

—다르위 오드레이드, 평의회에서 펼친 주장

그들은 지독한 긴장으로 가득 차 있었다. (로브 밑에 몰래 갑옷을 입고 자신이 취한 다른 경계 조치들에 대해서도 잊지 않은) 타라자, (폭력이 발생할 수 있음을 확신하고 그 때문에 경계심을 품고 있는) 오드레이드, (이곳에 일어날 수도 있는 일들에 대해 철저한 브리핑을 받고, 피와 살로 이루어진 갑옷처럼 그녀와 함께 움직이는 세 명의 경비모들 뒤에서 보호를 받고 있는) 시이나, (베네 게세리트의 불가사의한 술책 때문에 혹시 자신의 이성이 흐려진 것은 아닌지 걱정하는) 와프, (금방이라도 분노를 폭발시킬 것 같은 모습을 여실히 드러내고 있는) 가짜 튜엑, 그리고 (각자 화를 내면서 자기 자신이나 가문을 위해서 패권을 잡는 데 참가하고 있는) 튜엑의 라키스 출신 고문 아홉 명.

이 밖에, 교단이 신체적 폭력에 대비해서 교배시키고 훈련시킨 다섯 명의 수호 복사들이 타라자 옆에 바짝 붙어 있었다. 와프도 같은 숫자의 신품종 얼굴의 춤꾼들과 함께 움직였다.

그들은 다르 에스 발라트 박물관 꼭대기에 있는 옥탑에 모여 있었다.

그곳은 길이가 긴 방이었으며, 플라즈로 된 벽은 레이스 같은 식물들이 자라는 지붕 정원 너머로 서쪽을 향하고 있었다. 내부에는 부드러운 긴 소파가 있고, 폭군의 비공간에서 나온 예술적인 물건들이 장식품처럼 놓여 있었다.

오드레이드는 시이나를 포함시키는 것에 반대했지만, 타라자의 태도는 강경했다. 그 아이가 와프와 사제들 중 일부에게 미치는 영향이 베네 게세리트에게 엄청난 이점이 된다는 것이었다.

창문들이 있는 기다란 벽 위에는 돌반 스크린이 내려져 있었다. 서쪽으로 기우는 태양의 지독하게 눈부신 빛을 막기 위해서였다. 이 방이 서쪽을 향하고 있다는 데에서 오드레이드는 의미를 찾아냈다. 창문들은 샤이 훌루드가 휴식에 들어간 황혼의 땅을 향하고 있었다. 이곳은 과거와 죽음에 초점이 맞춰진 방이었다.

그녀는 자기 앞에 있는 돌반에 경탄했다. 그들은 분자 열 개 정도 너비의 검은 널조각들로 투명한 액체 속에서 회전하고 있었다. 익스 인들이 만든 돌반을 자동으로 맞춰놓으면, 풍경을 그리 많이 가리지 않고도 미리 정해진 수준의 빛만을 받아들였다. 예술가들과 골동품 상인들이 분극 시스템보다 돌반을 더 선호한다는 사실을 오드레이드는 알고 있었다. 돌반이 주위에 존재하는 빛을 완전한 스펙트럼으로 받아들이기 때문이었다. 돌반이 설치되어 있다는 사실이 이 방의 용도를 말해 주었다. 이 방은 신황제가 모아둔 물건들 중 최고의 물건을 위한 전시장이었다. 그래, 이곳에는 그의 예비 신부가 입었던 드레스가 있었다.

사제 고문들은 가짜 튜엑을 무시한 채 방의 한쪽 끝에서 자기들끼리 격렬하게 언쟁을 벌이고 있었다. 타라자는 근처에 서서 귀를 기울였다. 그녀의 표정은 그녀가 사제들을 바보로 생각하고 있음을 보여주었다.

와프는 널찍한 입구 근처에 얼굴의 춤꾼 수행원들과 함께 서 있었다. 그의 시선이 시이나에게서 오드레이드에게로, 다시 타라자에게로 옮겨 갔다. 그는 언쟁을 벌이는 사제들에게는 가끔씩 눈길을 줄 뿐이었다. 와 프의 모든 움직임에 그의 불안한 마음이 드러났다. 베네 게세리트가 정 말로 그를 지지해 줄 것인가? 자기들이 힘을 합쳐 평화로운 수단으로 라 키스 인들의 반대를 제압할 수 있을까?

시이나와 그녀를 보호하는 호위대가 오드레이드의 옆으로 와서 섰다. 아이의 근육은 아직 단단했다. 그러나 아이의 몸에는 점점 살이 붙었고, 근육은 확연히 베네 게세리트의 특징을 띠었다. 올리브색 피부 밑에 높 이 솟아 있던 광대뼈는 더 부드러워지고, 갈색 눈은 더 투명해졌지만 갈 색 머리에는 아직도 붉은 햇살 모양의 무늬가 있었다. 그녀가 언쟁을 벌 이는 사제들에게 시선을 주고 있다는 것은, 브리핑에서 자신이 알게 된 사실들을 평가하고 있다는 뜻이었다.

"저들이 정말로 싸울까요?" 그녀가 속삭이듯 말했다.

"저들에게 귀를 기울여봐." 오드레이드가 말했다.

"최고 대모님은 어떻게 하실까요?"

"그분을 신중하게 관찰해 봐."

두 사람 모두 근육질 복사들 속에 서 있는 타라자를 바라보았다. 타라 자는 사제들을 계속 관찰하면서 이제 재미있어하는 것 같았다.

라키스 인들은 지붕 정원에서 처음 언쟁을 시작했다. 그러다 그림자가 점점 길어지자 언쟁을 안으로 끌고 들어왔다. 그들은 분노에 찬 숨을 내 쉬며 가끔 투덜거리다가 목소리를 높이곤 했다. 가짜 튜엑이 자기들을 어떻게 지켜보고 있는지 모르는 걸까?

오드레이드는 지붕 정원 너머로 보이는 지평선으로 다시 시선을 돌렸다. 저 바깥의 사막에 생명체의 흔적은 하나도 없었다. 다르 에스 발라트에서 밖을 향해 어느 방향을 바라보아도 아무것도 없는 모래밭뿐이었다. 이곳에서 태어나 자란 사람들은 삶과 이 행성에 대해 저 사제 고문들 대부분과는 다른 시각을 갖고 있었다. 이곳은 초록색 식물대와 오아시스가 있는 라키스가 아니었다. 초록색 식물이 자라는 땅과 오아시스는 위도가 높은 곳에 많이 있었으며, 긴 사막의 길을 가리키는, 꽃송이가 달린 손가락 같은 모양이었다. 다르 에스 발라트에서 밖으로 나가면 행성 전체를 장식용 허리띠처럼 둘러싼 절정의 사막이 있었다.

"그런 헛소리에는 이제 질렸습니다!" 가짜 튜엑이 폭발했다. 그는 고문 한 명을 거칠게 옆으로 밀치고는 언쟁을 벌이는 사람들 가운데로 성큼성큼 들어가 몸을 한 바퀴 돌리며 각자의 얼굴을 노려보았다. "다들 정신이 나간 겁니까?"

사제들 중 한 명(그자는 늙은 알베르투스였다. 세상에!)이 방 건너편의 와프를 바라보며 소리쳤다. "와프 님! 당신의 얼굴의 춤꾼을 통제해 주시겠습니까?"

와프는 머뭇거리다가 언쟁을 벌이는 사람들 쪽으로 움직였다. 그의 수행원들이 바짝 뒤를 따랐다.

가짜 튜엑이 홱 몸을 돌려 와프에게 손가락질을 했다. "당신! 그 자리에 멈추십시오! 틀레이랙스가 개입한다면 가만히 있지 않겠습니다! 내 눈에는 당신의 음모가 아주 분명히 보입니다!"

가짜 튜엑이 말을 하는 동안 오드레이드는 와프를 지켜보고 있었다. 깜짝 놀란 표정! 이 베네 틀레이랙스의 주인은 자신의 부하에게서 이런 말을 들어본 적이 한 번도 없었다. 얼마나 충격적인지! 분노 때문에 그의 얼굴이 경련했다. 성난 곤충들이 붕붕거리는 것 같은 소리가 그의 입에서 흘러나왔다. 음색이 조절된 그 소리는 틀림없이 일종의 언어였다. 그를 수행하는 얼굴의 춤꾼들은 얼어붙었지만 가짜 튜엑은 그저 자기 고문들에게 시선을 돌릴 뿐이었다.

와프가 붕붕거리는 소리를 멈췄다. 대경실색한 표정! 그의 얼굴의 춤꾼인 튜엑이 복종하지 않다니! 그는 사제들을 향해 불쑥 움직였다. 가짜 튜엑이 그것을 보고 또다시 한 손으로 그를 겨눴다. 손가락이 부들부들 떨리고 있었다.

"이 일에 개입하지 말라고 했습니다! 당신이 날 제거할 수 있을지는 몰라도, 틀레이랙스의 더러운 쓰레기로 나를 구속하지는 못할 겁니다!"

이 말이 효과를 거뒀다. 와프는 멈춰 섰다. 깨달음이 그를 엄습했다. 그는 타라자를 살짝 바라보았다. 자신이 곤경에 처한 것을 그녀가 인식하고 재미있어하는 것이 보였다. 그의 분노를 퍼부을 새로운 과녁이었다.

"당신은 알고 있었군!"

"짐작이었습니다."

"이…… 이…….."

"당신들이 너무 잘 만든 겁니다. 당신들이 저지른 일이에요." 타라자가 말했다.

사제들은 두 사람에게 신경도 쓰지 않았다. 그들은 가짜 튜엑에게 소리를 지르고 그를 '저주받을 얼굴의 춤꾼!'이라고 부르며 입 닥치고 꺼지라고 명령했다.

오드레이드는 이런 공격을 받고 있는 대상을 세심하게 살펴보았다. 기억 인화의 효과가 어디까지 이어질 것인가? 그는 자기가 튜엑이라고 정말로 확신하고 있는 것인가?

가짜는 갑자기 잠잠해지더니 위엄 있게 몸을 똑바로 세우며 자신을 공격하는 자들에게 경멸에 찬 시선을 보냈다. "당신들은 모두 나를 알고 있습니다. 당신들은 모두 내가 오랫동안 유일한 신이신 분열된 신을 섬겼다는 걸 알고 있습니다. 당신들의 음모가 거기까지 확장된다면 난 그분 앞으로 가겠지요. 하지만 이걸 기억하세요. 그분께서는 당신들의 마음속에 무엇이 들어 있는지 아십니다!"

사제들은 하나같이 와프를 바라보았다. 그들 중 어느 누구도 얼굴의 춤꾼이 최고 사제의 자리를 대신 차지하는 모습을 보지 못했다. 눈으로 볼 수 있는 시체도 없었다. 모든 증거는 인간의 목소리로 전달되었고, 그 말이 거짓일 수도 있었다. 사제들 여러 명이 뒤늦게 오드레이드를 바라보았다. 그녀의 목소리도 그들을 납득시킨 목소리 중의 하나였다.

와프도 오드레이드를 바라보았다.

그녀는 미소를 지으며 틀레이랙스의 주인에게 말했다. "이런 시기에 최고 사제의 직위가 다른 사람의 손에 넘어가지 않는 것이 우리 목적에 부합합니다." 그녀가 말했다.

와프는 자신이 유리한 상황임을 즉시 깨달았다. 지금 이 상황은 사제들과 베네 게세리트 사이의 분열의 발단이었다. 이것이 틀레이랙스에 대해 교단이 가지고 있는 지배력 중 가장 위험한 힘을 제거해 준 것이다.

"내 목적에도 부합하는군요." 그가 말했다.

사제들이 다시 한번 분노의 목소리를 높이자 타라자가 딱 맞게 끼어들었다. "당신들 중 누가 우리의 협정을 깨뜨릴 겁니까?" 그녀가 다그치듯 물었다.

튜엑은 고문 두 명을 옆으로 밀치고 성큼성큼 방을 가로질러 최고 대모에게 갔다. 그는 그녀에게서 겨우 한 발짝 떨어진 곳에 멈춰 섰다.

"이건 무슨 장난입니까?" 그가 물었다.

"당신을 밀어내려고 하는 사람들에 맞서 우리가 당신을 지지하고 있는 겁니다. 베네 틀레이랙스도 우리와 같은 편이 되었습니다. 이것은 우리 역시 최고 사제를 선택하는 데 한 표를 가지고 있음을 보여주는 우리의 방법입니다." 그녀가 말했다.

여러 사제들이 일제히 목소리를 높였다. "저자가 얼굴의 춤꾼입니까, 아닙니까?"

타라자는 자기 앞에 있는 남자를 온화한 표정으로 바라보았다. "당신은 얼굴의 춤꾼입니까?"

"당연히 아니지요!"

타라자는 오드레이드를 바라보았다. 오드레이드가 말했다. "실수가 있었던 것 같습니다."

오드레이드는 사제들 중 알베르투스를 따로 선택해서 그의 시선을 붙들었다. "시이나, 분열된 신의 교회가 이제 뭘 해야 하지?" 오드레이드가 말했다.

시이나는 브리핑에서 들은 대로, 자신을 둘러싸고 있는 수호자들 밖으로 나와 지금까지 배운 오만함을 모두 드러내며 말했다. "그들은 계속 신을 섬겨야 합니다!"

"이번 모임의 의제에 이미 결론이 내려진 것 같군요. 경호가 필요하시다면, 튜엑 최고 사제님, 저희 수호 부대가 복도에서 기다리고 있습니다. 당신이 마음대로 지휘하십시오." 타라자가 말했다.

그들은 그에게서 수용과 이해를 볼 수 있었다. 그는 베네 게세리트의 창조물이 된 것이다. 그는 자기가 원래 얼굴의 춤꾼이었다는 사실을 전혀 기억하지 못했다.

사제들과 튜엑이 사라진 후 와프가 이슬라미야트의 언어로 타라자에게 단 한마디를 말했다. "설명하십시오!"

타라자는 자신의 경비대에게서 떨어져 나왔다. 스스로를 공격받기 쉽게 만드는 것 같았다. 그것은 그들이 시이나 앞에서 논의했던 계산된 행동이었다. 타라자가 같은 언어로 말했다. "우리는 베네 틀레이랙스를 쥐고 있던 손을 놓겠습니다."

그가 이 말의 의미를 가늠하는 동안 그들은 기다렸다. 타라자는 틀레이랙스 인들이 스스로를 부르는 이름이 '이름 지을 수 없는 자'라는 뜻으로 번역될 수 있음을 스스로에게 일깨웠다. 그것은 흔히 신들에게 붙여지는 호칭이었다.

이 '신'은 이곳에서 발견한 사실을 확대시켜 익스 인들과 물고기 웅변대 사이에 있는 자신의 가짜들에게까지 연결시키지 못한 모양이었다. 와프는 앞으로 더 많은 충격을 받게 될 터였다. 지금도 그는 상당히 당황하고 있는 것 같았다.

와프는 대답이 없는 많은 의문들과 맞닥뜨렸다. 가무에서 온 보고서들은 만족스럽지 않았다. 지금 그는 위험한 이중 게임을 하고 있었다. 교단도 비슷한 게임을 하고 있는 건가? 그러나 틀레이랙스의 잃어버린 자들을 따돌린다면 명예의 어머니들의 공격을 자초하게 될 것이다. 타라자도 이 점을 경고했었다. 가무에 있는 늙은 바샤르의 힘은 아직도 고려할 가치가 있는가?

그는 이 의문을 입 밖으로 꺼냈다.

타라자는 또 다른 질문으로 맞받았다. "당신들은 우리 골라를 어떻게 바꿔놓았습니까? 뭘 얻고자 하는 겁니까?" 그녀는 자신이 이미 답을 알고 있다고 확신했다. 그러나 모르는 척할 필요가 있었다.

와프는 '모든 베네 게세리트의 죽음!'이라고 말하고 싶었다. 그들은 너무 위험했다. 그러나 그들의 가치는 이루 헤아릴 수 없을 정도였다. 그는 샐쭉한 침묵 속으로 가라앉아 시무룩한 표정으로 대모들을 바라보았다. 그 때문에 꼬마 요정 같은 그의 얼굴이 훨씬 더 아이처럼 변했다.

'삐친 아이로군.' 타라자는 생각했다. 그녀는 그 순간 와프를 과소평가하는 것은 위험한 짓이라고 스스로에게 주의를 주었다. 틀레이랙스의 알을 깨뜨려도 그 안에는 또 다른 알이 있을 뿐이었다. 영원히! 모든 것이 분쟁에 대한 오드레이드의 의심으로 회귀했다. 그 분쟁이 이 방에서 그들을 유혈의 폭력으로 이끌 가능성은 아직 남아 있었다. 틀레이랙스인들이 매춘부들과 다른 잃어버린 자들에게서 알아낸 것을 정말로 알려준 건가? 골라는 틀레이랙스의 잠재적인 무기에 불과한 건가?

타라자는 평의회의 '9번 분석'이라는 접근 방법을 이용해서 그를 한 번 더 자극하기로 결정했다. 그녀는 계속해서 이슬라미야트의 언어로 말했다. "예언자의 땅에서 당신 자신의 명예를 더럽히겠습니까? 당신은 약속한 것만큼 정보를 공개하지 않았습니다."

"우리는 당신들에게 성적인……."

"당신은 모든 걸 공개하지 않았어요! 그건 골라 때문이죠. 우리도 압니다." 그녀가 그의 말을 자르며 말했다.

그녀는 그의 반응을 볼 수 있었다. 그는 궁지에 몰린 짐승이었다. 그런 짐승들은 극단적으로 위험했다. 그녀는 언젠가 잡종 사냥개 한 마리가, 단의 고대 애완동물들 중에서 살아남아 야생으로 돌아가서 꼬리를 만 그 짐승이 일단의 젊은이들에 의해 궁지로 몰린 것을 본 적이 있었다. 그 짐승은 자신을 추적하는 자들에게 달려들어 전혀 예상 밖의 잔인성으로 상대를 후려치며 길을 뚫고 나아가 자유를 찾았다. 젊은이 두 명은 평생 불구가 되었고, 다치지 않은 사람은 한 명뿐이었다! 와프는 지금 바로 그 짐승과 같았다. 그의 손은 무기를 갈망하고 있었다. 그러나 틀레이랙스와 베네 게세리트는 이곳에 오기 전에 대단히 철저하게 서로를 수색했으므로, 그녀는 그에게 무기가 없다고 확신했다. 그래도…….

와프가 입을 열었다. 그의 태도에는 미끼에 걸린 자의 긴장이 배어 있었다. "당신들이 우리를 다스리고 싶어 한다는 걸 내가 모르는 줄 아십니까!"

"그리고 대이동을 떠난 사람들이 가져간 부패가 있지요. 핵심의 부패 말입니다." 그녀가 말했다.

와프의 태도가 변했다. 베네 게세리트가 생각하고 있는 것의 더 깊숙한 의미를 무시해 봤자 소용없었다. 그녀는 지금 불화의 씨앗을 심으려는 건가?

"예언자께서는 모든 인간들의 머릿속에 위치 탐지기를 작동시켰습니다. 대이동을 떠난 자든 아니든 모든 인간에게. 예언자께서는 그 모든 부패를 고스란히 간직한 그들을 다시 데려왔습니다." 타라자가 말했다.

와프는 이를 갈았다. 저 여자가 뭘 하고 있는 건가? 그는 교단이 뭔가 비밀의 약을 공기 중에 풀어 자신의 생각을 방해했다는 터무니없는 생각을 해보았다. 그들은 다른 사람들이 알 수 없는 것을 '알고 있었다'. 그는 타라자에게서 오드레이드에게로 시선을 돌렸다가 다시 타라자를 쏘아보았다. 그는 자신이 계속해서 골라의 부활을 거친 노인이지만 베네 게세리트 식으로 따지면 노인이 아니라는 것을 알고 있었다. 이 사람들은 정말 나이가 많았다! 그들은 좀처럼 늙어 보이지 않았지만 정말 나이가 많았다. 그가 감히 상상조차 할 수 없을 만큼 나이가 많았다.

타라자도 비슷한 생각을 하고 있었다. 그녀는 와프의 눈에 더 깊은 의식이 번개처럼 번득이는 것을 보았다. 어쩔 수 없는 상황 때문에 이성의 새로운 문이 열린 것이다. 틀레이랙스 인들은 얼마나 깊은 곳까지 이른 것인가? 그의 눈은 아주 나이 많은 사람의 것이었다! 그녀는 이 틀레이랙스 주인들의 머릿속에 들어 있던 두뇌라는 것이 무엇인지는 몰라도 지금은 뭔가 다른 것이 되어버렸다는 느낌을 받았다. 사람을 약하게 만드는 모든 감정들이 지워져버린 홀로그램 기록 같은 것. 그는 감정을 불신하는 것 같았다. 그녀 역시 감정을 불신했다. 그것이 그들을 결합시켜 주는 끈인가?

'공통적인 생각의 굴성(屈性, 생물체가 빛이나 열 같은 외부 자극에 의해 일정한 방향으로 기울어지는 성질 — 옮긴이).'

"당신은 우리를 쥐고 있던 손을 놓겠다고 했습니다. 하지만 난 당신의 손이 내 목을 감아쥐고 있는 것 같은 기분입니다." 와프가 으르렁거리듯이 말했다.

"그럼 우리 목을 쥐고 있는 손에 대해서도 얘기해 볼까요? 당신들의 잃어버린 자들 중 일부가 당신들에게 돌아왔습니다. 대이동을 떠났다가 우리에게 돌아온 대모는 한 명도 없습니다." 그녀가 말했다.

"하지만 당신은 모든 걸 알고 있다고……."

"우리에게는 지식을 얻는 다른 방법들이 있습니다. 우리가 대이동에 내보냈던 대모들에게 무슨 일이 생겼을 거라고 생각하십니까?"

"평범한 자연 재해?" 그는 고개를 가로저었다. 이건 완전히 새로운 정보였다. 돌아온 틀레이랙스 인들 중 어느 누구도 이 점에 대해 전혀 얘기하지 않았다. 이 모순이 그의 의심을 부추겼다. 누구를 믿어야 하는가?

"그들은 타파되었습니다." 타라자가 말했다.

오드레이드는 최고 대모가 처음으로 입 밖에 낸 전반적인 의혹을 들으면서 타라자의 간단한 말 속에 은연중에 들어 있는 엄청난 힘을 느꼈다. 오드레이드는 그 때문에 겁을 집어먹었다. 그녀는 대모들이 장애물을 극복하기 위해 사용할 수 있는 수단들과 긴급 대책, 임시방편 등을 알고 있었다. '저 바깥'의 무엇인가가 그것을 저지할 수 있었다고?

와프가 대답을 하지 않자 타라자가 말했다. "당신은 더러운 손으로 우리에게 왔습니다."

"당신이 감히 그런 말을 하다니. 바샤르의 어머니가 가르쳐준 방법으로 우리의 자원을 계속 고갈시키고 있는 당신이 말입니다."

"당신이 대이동에서 돌아온 자들을 자원으로 갖고 있다면 그런 손실을 감당할 수 있으리라는 걸 우리는 알고 있었습니다."

와프는 떨리는 숨을 들이쉬었다. 그래, 베네 게세리트가 심지어 이것까지 알고 있단 말이지. 그는 그들이 이것을 어떻게 알아냈는지 조금 알 것 같았다. 어쨌든 저 가짜 튜엑을 다시 통제할 수 있는 방법을 찾아내야 할 것이다. 라키스는 대이동을 떠났던 자들이 정말로 갖고 싶어 하는 물건이었으며, 언젠가 틀레이랙스 인들에게 그것을 요구할 가능성도 있었다.

타라자는 공격에 노출된 채 혼자서 와프에게 더 가까이 다가갔다. 그녀의 경호원들이 점점 긴장하는 것이 보였다. 시이나는 최고 대모를 향해 작게 한 걸음을 내디뎠다가 오드레이드에게 이끌려 다시 뒤로 물러났다.

오드레이드는 최고 대모에게 계속 주의를 기울였지만, 잠재적인 공격자들에게는 신경을 쓰지 않았다. 틀레이랙스 인들은 베네 게세리트가 자기들을 섬길 거라고 정말로 확신하고 있는 걸까? 타라자는 이미 그 한계를 시험해 보았다. 의심의 여지가 없었다. 그것도 이슬라미야트의 언어로. 그러나 경호원들에게서 떨어져 와프와 그의 일행에 저토록 가까이 서 있는 그녀의 모습은 몹시 외로워 보였다. 와프가 노골적으로 드러내고 있는 의혹이 그를 어디로 이끌 것인가?

타라자가 몸을 부르르 떨었다.

오드레이드는 그것을 보았다. 타라자는 어렸을 때부터 비정상적으로 비쩍 마른 편이었으며, 몸에 군살이 조금이라도 붙은 적은 한 번도 없었다. 이 때문에 그녀는 온도 변화에 대단히 민감해서 추위를 참지 못했다. 그러나 오드레이드는 방 안에서 그런 변화를 전혀 감지하지 못했다. 타라자는 그 순간 위험한 결정을 내린 것이다. 그녀의 몸이 자기도 모르게 반응을 보일 정도로 위험한 결정을. 물론 그녀 자신에게 위험한 것이 아니라 교단에게 위험한 것이었다. 그것은 베네 게세리트의 가장 끔찍한 범죄였다. 교단에 대한 불충.

"한 가지만 제외하고 모든 면에서 우리는 당신들을 섬기겠습니다. 우린 결코 골라를 받아들이는 그릇이 되지 않을 겁니다!" 타라자가 말했다.

와프의 안색이 하얗게 질렸다.

타라자가 계속 말을 이었다. "우리들 중 어느 누구도 지금에나 미래에나……." 그녀는 잠시 말을 멈췄다. "……악솔로틀 탱크가 되지 않을 겁니다."

와프는 모든 대모들이 알고 있는 몸짓을 하기 위해 오른손을 들어 올렸다. 얼굴의 춤꾼들에게 보내는 공격 신호.

타라자가 그의 들어 올린 손을 가리켰다. "당신이 그 동작을 끝까지 마친다면, 틀레이랙스는 모든 것을 잃게 될 겁니다. 신의 전령이……." 타라자는 어깨 너머로 고갯짓을 하며 시이나를 가리켰다. "……당신들에게 등을 돌릴 것이고, 예언자의 말씀은 당신들의 입속에서 먼지가 될 것입니다."

이슬라미야트의 언어로 들려오는 이 말을 와프는 감당할 수 없었다. 그는 손을 내렸지만 타라자를 계속 노려보았다.

"우리 대사가 말하기를 우리가 아는 모든 것을 공유할 거라고 했습니다. 당신도 공유할 거라고 말했습니다. 신의 전령이 예언자의 귀로 듣고 있습니다! 틀레이랙스의 압들에서 쏟아져 나오는 것은 무엇입니까?"

와프의 어깨가 축 처졌다.

타라자는 그에게 등을 돌렸다. 그것은 교묘한 움직임이었지만 그녀와 이 자리에 있는 대모들은 이제 그녀가 완벽하게 안전한 상황에서 그런 행동을 했음을 알고 있었다. 방 건너편의 오드레이드를 바라보며 타라자는 스스로에게 미소를 허락했다. 그녀는 오드레이드가 그 미소의 의미를 올바로 이해할 것임을 확신했다. 약간의 베네 게세리트 처벌을 받을 때가 된 것이다!

"틀레이랙스는 교배를 위해 아트레이데스를 원하고 있지요. 난 당신들에게 다르위 오드레이드를 주겠습니다. 나중에 더 많은 사람들이 공급될 겁니다." 타라자가 말했다.

와프는 결정을 내렸다. "당신들이 명예의 어머니들에 대해 많은 것을 알고 있을지도 모르지만 당신들은……."

"매춘부입니다!" 타라자가 그를 향해 휙 몸을 돌렸다.

"그렇게 부르고 싶다면. 하지만 당신의 말을 들어보니, 당신들이 그들에 대해 모르는 것이 하나 있습니다. 우리의 거래를 완전히 받아들인다는 뜻으로 그것을 알려주겠습니다. 그들은 오르가슴이 절정에 이르러 계속 유지되는 동안의 감각을 증폭해서 남성의 온몸에 전송할 수 있습니다. 그들은 남성이 관능적으로 완전히 몰두하게 만듭니다. 오르가슴의 물결이 여러 번 만들어지고…… 여성에 의해 오랜 기간 동안 지속될 수도 있습니다."

"완전한 몰두라고요?" 타라자는 놀라움을 감추려 하지 않았다.

오드레이드 역시 이 이야기를 들으며 충격을 느꼈다. 이 자리에 있는 그녀의 자매들도 똑같이 충격을 받는 것이 보였다. 심지어 복사들도 마찬가지였다. 오직 시이나만이 이 말을 이해하지 못한 것 같았다.

"분명히 말씀드리겠습니다, 타라자 최고 대모님." 와프가 말했다. 그의 얼굴에 자못 흡족한 미소가 떠올라 있었다. "우리는 우리 사람들을 가지고 그 효과를 그대로 복제해 냈습니다. 심지어 나까지도요! 나는 너무 화가 나서…… 여자 역할을 하던 얼굴의 춤꾼을 자멸하게 만들었습니다. 아무도…… 분명히 말하지만 아무도! 나를 그런 식으로 장악할 수 없습니다!"

"뭘 장악한단 말입니까?"

"만약 그것이…… 당신들이 매춘부라고 부르는 그 사람들이었다면 나는 아무런 의문도 제기하지 않고 그녀의 명령에 복종했을 겁니다." 그는 몸을 부르르 떨면서 말을 이었다. "나는 간신히 의지력을 발휘해서 자멸을…… 시킬 수……." 그는 그때의 기억을 떠올리며 당혹스러운 듯 고개를 저었다. "분노가 나를 구했습니다."

타라자는 바짝 마른 목구멍으로 침을 삼키려고 애썼다. "어떻게……."

"어떻게 그런 일이 이루어지느냐고요? 좋습니다! 하지만 이 사실을 밝히기 전에, 당신들에게 경고할 것이 있습니다. 만약 당신들 중 한 사람이라도 이 힘을 우리에게 사용하려 한다면 잔인한 학살이 그 뒤를 따를 겁니다! 우리는 당신들이 이 힘으로 우리를 지배하려는 기미가 조금만 보이더라도 대모들을 눈에 띄는 대로 죽여버리도록 우리 도멜들과 모든 틀레이랙스 인들을 준비시켜 두었습니다!"

"우리들 중 어느 누구도 그런 짓을 하지 않을 겁니다. 하지만 그건 당신의 협박 때문이 아닙니다. 이것이 우리를 파괴해 버릴 것이라는 사실을 알고 있기 때문에 자제하는 겁니다. 당신들이 잔인한 학살을 할 필요는 없을 겁니다."

"그래요? 그럼 그것이 왜 저…… 저 매춘부들을 파괴해 버리지 않는 겁니까?"

"그 힘은 파괴하고 있습니다! 그리고 그들이 손을 대는 모든 사람들까지도 파괴하고 있어요!"

"그 힘은 나를 파괴하지 않았습니다!"

"신께서 당신을 보호해 주십니다, 나의 압들. 신께서는 모든 믿는 자들을 보호해 주시니까." 타라자가 말했다.

이 말을 받아들인 와프는 방 안을 둘러본 다음 타라자에게 다시 시선을 돌렸다. "내가 예언자의 땅에서 나의 맹약을 이행했음을 모두에게 알리십시오. 그것을 실행하는 방법은 이런 겁니다……." 그는 얼굴의 춤꾼인 경호원 두 명에게 손짓을 했다. "우리가 직접 보여드리겠습니다."

시간이 한참 흐른 후 옥탑에 혼자 남은 오드레이드는 시이나에게 그 광경을 모두 보여준 것이 현명한 일이었는지 생각해 보았다. 하긴, 안 될 게 뭐가 있겠는가? 시이나는 이미 교단에 몸을 바친 사람이었다. 그리고 시이나를 내보냈다면 와프의 의심을 샀을 터였다.

시이나는 얼굴의 춤꾼들의 행동을 지켜보면서 분명히 성적인 흥분을 느꼈다. 훈련 교관들이 시이나를 위해 남성 조수들을 평소 때보다 더 일찍 불러들어야 할 것 같았다. 그때 시이나는 어떻게 할 것인가? 이 새로운 지식을 그 남자들에게 시험해 볼까? 그것을 막기 위해 시이나의 머릿속에 금제를 가해야 했다! 그것이 그녀 자신에게 위험하다는 사실을 반드시 가르쳐야 했다.

그 자리에 있던 자매들과 복사들은 스스로를 훌륭하게 통제하면서 배운 것을 기억 속에 확실히 저장해 두었다. 시이나의 교육은 그 관찰 결과를 토대로 구축되어야 할 것이다. 다른 사람들은 그런 내적인 힘을 완전히 습득했다.

그 광경을 지켜보던 다른 얼굴의 춤꾼들의 반응은 읽어 낼 수 없었다. 그러나 와프에게서는 뭔가를 읽을 수 있었다. 그는 시범을 보인 두 얼굴의 춤꾼들을 죽여버리겠다고 말했지만, 그 전에 그가 먼저 무슨 행동을 할 것인가? 그가 유혹에 굴복할 것인가? 남자의 역할을 맡은 얼굴의 춤꾼이 머리를 텅 비게 만드는 황홀경 속에서 몸부림치는 모습을 지켜보면서 그의 머릿속에 무슨 생각들이 떠올랐을까?

어떤 의미에서 얼굴의 춤꾼들의 실연은 오드레이드가 킨의 대광장에서 보았던 라키스의 춤을 연상시켰다. 짧게 보면 그 춤은 일부러 리듬을 무시하고 있었지만, 춤이 진행되면서 약 200…… 스텝으로 되풀이되는 장기적인 리듬이 만들어졌다. 무용수들이 리듬을 놀라울 정도로 길게 늘인 것이다.

얼굴의 춤꾼들의 시범과 마찬가지로.

'시아이녹이 대이동 속에서 헤아릴 수 없이 많은 사람들을 성적으로 장악한 거야!'

오드레이드는 그 춤에 대해 생각해 보았다. 긴 리듬과 그 뒤를 이은 혼란스러운 폭력. 종교적 에너지를 찬란하게 집중시키던 시아이녹이 다른 종류의 교환으로 퇴화한 것이다. 그녀는 시이나가 대광장에서 그 춤을 언뜻 보고 흥분된 반응을 보였던 것을 생각했다. 오드레이드 자신이 시이나에게 이런 질문을 던진 기억이 났다. "저 아래쪽의 사람들이 무엇을 함께 나누고 있는 거지?"

"무용수들이죠, 그것도 몰라요?"

그런 반응은 허락될 수 없는 것이었다. "그런 말투에 대해 네게 이미 주의를 주었다, 시이나. 대모가 네게 어떤 처벌을 내릴 수 있는지 이 자리에서 배우고 싶은 거냐?"

다르 에스 발라트의 옥탑 밖으로 어둠이 점점 몰려드는 것을 바라보는 오드레이드의 머릿속에서 이 말이 유령의 메시지처럼 저절로 떠올랐다. 커다란 고독감이 그녀의 내면에서 솟아올랐다. 다른 사람들은 모두 이 방을 나간 다음이었다.

'벌을 받은 사람만 뒤에 남았어!'

대광장 위의 그 방에서 시이나의 눈이 얼마나 반짝였는지. 그녀의 머릿속에는 질문이 가득했다. "왜 항상 고통을 준다거나 벌을 내린다는 얘기를 하는 거예요?"

"넌 기율을 배워야 한다. 네가 스스로를 통제할 수 없는데 어떻게 다른 사람들을 통제할 수 있겠니?"

"그 가르침은 마음에 들지 않아요."

"우리도 그걸 그리 좋아하지는 않아……. 나중에 경험을 통해 그 가르침의 가치를 깨달을 때까지는 말이야."

의도했던 대로 이 대답은 시이나의 의식 속에서 오랫동안 그녀를 괴롭혔다. 결국 그녀는 그 춤에 대해 자신이 아는 것을 모두 털어놓았다.

"무용수들 중 일부가 탈출해요. 다른 사람들은 곧장 샤이탄에게 가죠. 사제들 말로는 그들이 샤이 훌루드에게 간대요."

"살아남은 사람들은 어떻게 되지?"

"몸이 회복되면 그들은 사막에서 커다란 춤에 합류해야 해요. 샤이탄이 그곳으로 오면 그들은 죽어요. 샤이탄이 오지 않으면 보상을 받고요."

오드레이드는 그런 패턴을 본 적이 있었다. 그 사실을 인식한 후에는 시이나의 설명이 필요하지 않았다. 그러나 그녀는 시이나가 얘기를 계속하도록 내버려두었다. 시이나의 목소리가 얼마나 신랄했는지!

"그들은 돈이나 시장에서 장사할 수 있는 자리 같은 보상을 받아요. 사제들 말로는 그들이 스스로 인간임을 증명했대요."

"실패한 사람들은 인간이 아닌 거고?"

시이나는 오랫동안 침묵을 지키며 깊은 생각에 빠졌다. 그러나 오드레이드는 분명히 알 수 있었다. 교단의 인간성 시험! 그녀가 교단에서 인간으로 받아들여지기 위해 거쳤던 길을 시이나도 이미 그대로 걸었다. 다른 고통들에 비하면 그 길이 얼마나 편안해 보이는지!

박물관 옥탑의 희미한 조명 속에서 오드레이드는 오른손을 들어 바라보면서 고통의 상자와 그녀가 조금이라도 움찔거리거나 소리를 지르면 언제라도 그녀를 죽일 수 있도록 목에 대어져 있던 곰 자바를 기억했다.

시이나도 소리를 지르지 않았다. 그러나 그녀는 고통의 상자와 대면하기 전에도 오드레이드의 질문에 대한 답을 이미 알고 있었다.

"그들도 인간이지만 달라요."

오드레이드는 폭군이 비공간에 감춰놓았던 물건이 전시된 텅 빈 방에서 큰 소리로 말했다.

"우리에게 무슨 짓을 한 겁니까, 레토? 당신은 우리에게 말을 거는 샤이탄에 불과한 겁니까? 이제 우리에게 무엇을 함께 나누라고 강요할 겁니까?"

'화석이 된 춤이 화석이 된 섹스가 되는 걸까?'

"누구와 얘기하고 계시는 거예요, 대모님?"

방 건너편의 열린 문간에서 시이나의 목소리가 들려왔다. 베네 게세리트 지망생들이 입는 회색 로브가 그곳에서는 희미한 형태로만 보이다가 그녀가 다가옴에 따라 점점 커졌다.

"최고 대모님이 대모님을 불러오라고 저를 보내셨어요." 시이나가 오드레이드 가까이에서 걸음을 멈추며 말했다.

"난 혼잣말을 하고 있었다." 오드레이드가 말했다. 그녀는 이상하게 조용한 아이를 바라보며 시이나에게 '근본적인 질문'이 던져지던 순간의 속이 비틀리는 흥분을 기억했다.

'너는 대모가 되기를 원하느냐?'

"왜 혼잣말을 하고 계세요, 대모님?" 시이나의 목소리에는 염려가 가득 들어 있었다. 학습 교관들이 이 아이에게서 감정을 제거하려면 몹시 바빠질 것 같았다.

"내가 네게 대모가 되고 싶으냐고 물었던 때를 생각하고 있었다. 그러다 보니 다른 생각도 하게 됐고." 오드레이드가 말했다.

"대모님은 제가 모든 일에서 대모님의 지시에 저를 맡기고, 아무것도 감추지 말며, 절대 대모님의 지시를 거슬러서는 안 된다고 하셨어요."

"그때 너는 '그게 전부인가요?'라고 말했지."

"전 아는 게 별로 없었죠, 그렇죠? 지금도 아는 게 별로 없어요."

"누구나 마찬가지다, 아이야. 우리가 모두 함께 춤을 추고 있다는 것만 알지. 그리고 우리들 중에 가장 떨어지는 자가 실수를 저지르면 샤이탄이 틀림없이 올 것이라는 것도."

서로 모르는 사람들이 만났을 때에는 관습과 교육의 차이를 크게 감안해야 한다.

—레이디 제시카, '아라키스의 지혜'에서

초록빛이 감도는 마지막 빛이 지평선 너머로 사라지고 난 후 부르즈말리는 움직이자는 신호를 보냈다. 그들이 이사이 반대편의 주변 도로에 이르렀을 때에는 이미 날이 어두웠다. 그 도로가 그들을 던컨에게로 데려다줄 터였다. 구름이 하늘을 뒤덮은 채, 그들이 안내인들의 지시에 따라 걷고 있는 길가의 허름한 도시 주택들 위로 도시의 불빛을 반사했다.

루실라는 안내인들에게 신경이 쓰였다. 그들은 골목이나 갑자기 활짝 열린 문 뒤에서 나타나 새로운 방향을 속삭이는 소리로 일러주었다.

도망자 신세인 두 사람과 그들의 집결 장소에 대해 아는 사람이 너무 많았다!

그녀는 자신의 증오심을 갈무리했지만, 눈에 보이는 모든 사람들에 대한 깊은 불신이 찌꺼기처럼 남아 있었다. 고객과 함께 있는 노리개 여자의 기계적인 태도 뒤로 이런 감정을 감추는 것이 점점 어려워졌다.

도로 가의 보도에는 진창이 흩어져 있었다. 대부분 지상차가 지나가는 바람에 그곳으로 튄 것이었다. 반 킬로미터도 가기 전에 발이 시려서 루실라는 손끝과 발끝으로 피가 몰린 것을 벌충하기 위해 에너지를 소비해야 했다.

부르즈말리는 고개를 숙이고 말없이 걸었다. 자신의 근심 속에 빠져 있는 모습이었다. 그러나 루실라는 속지 않았다. 그는 주위에서 나는 모든 소리를 듣고, 다가오는 모든 차량을 보고 있었다. 그는 지상차가 다가올 때마다 루실라를 재촉해 길에서 벗어났다. 차량들이 반중력 장치를 가동한 채 그들의 옆을 휙 스쳐 지나가면, 환풍기 모양의 차량 덮개 밑에서 날아온 더러운 진창이 길가의 덤불들에 흩뿌려졌다. 부르즈말리는 차량들이 두 사람의 모습과 소리를 감지할 수 없는 곳으로 가버렸다는 확신이 들 때까지 눈 속에서 루실라에게 자기 옆에서 억지로 몸을 낮추고 있도록 했다. 물론 차량에 타고 있는 사람이 씽씽 달리는 자기네 지상차 소리 외에 다른 소리를 그리 많이 들을 수 있는 것은 아니었다.

걷기 시작한 지 두 시간이 지났을 때 부르즈말리가 걸음을 멈추고 앞쪽의 길을 자세히 살펴보았다. 그들의 목적지는 도시 변두리의 마을이었는데, 사람들은 그곳이 '완벽하게 안전하다'고 했다. 루실라는 그 말을 믿지 않았다. 가무에서는 그 어떤 곳도 완벽하게 안전하지 않았다.

노란 불빛들이 두 사람 앞쪽에서 구름까지는 미치지 못하는 빛을 내면서 마을의 위치를 표시해 주었다. 그들은 진창길을 따라 도로 밑의 터널을 지난 다음 일종의 과수원처럼 나무가 심어진 나지막한 언덕을 올라갔다. 나뭇가지들이 희미한 불빛 속에서 황량하게 보였다.

루실라는 위를 살짝 올려다보았다. 구름이 흩어지고 있었다. 가무에는 작은 달들이 많았다. 요새의 역할을 하는 비우주선들이었다. 그 우주선들 중 일부는 테그가 배치해 놓은 것이었는데, 그녀는 새로운 비우주선 들이 늘어서서 수호자의 역할을 함께 수행하고 있음을 얼핏 볼 수 있었 다. 그들은 가장 밝은 별보다 네 배는 커 보였으며, 대개 함께 움직였다. 그 덕분에 거기서 반사된 빛이 사람에게 유용했지만, 그들의 움직임이 빨랐기 때문에 변덕스럽기도 했다. 우주선들은 겨우 몇 시간 만에 하늘 을 가로질러 지평선 밑으로 사라지곤 했다. 그녀는 구름 사이의 틈을 통 해 그런 달들 여섯 개가 한 줄로 늘어선 것을 언뜻 보고는 그들이 테그가 설치한 방어 체계의 일부인지 궁금해졌다.

순간적으로 그녀는 그런 방어 체계가 상징하는 피포위(被包圍) 의식의 내재적인 약점에 대해 곰곰이 생각해 보았다. 그 방어 체계에 대한 테그 의 말이 옳았다. 군사 작전 성공의 열쇠는 바로 기동성이었다. 그러나 그 때 그가 도보로 움직이는 것을 기동성이라고 말한 것 같지는 않았다.

눈이 하얗게 덮인 능선에는 쉽게 몸을 숨길 수 있는 곳이 없었다. 부르 즈말리가 불안해하는 것이 느껴졌다. 누군가가 이곳에 나타난다면 어떻 게 해야 할까? 눈에 덮인 움푹한 땅이 그들이 있는 곳에서 왼쪽으로 이 어지다가 마을을 향해 휘어졌다. 도로는 아니고, 아마 작은 오솔길인 것 같았다.

"이쪽입니다." 부르즈말리가 움푹 꺼진 부분으로 앞장서 들어가며 말 했다.

눈이 종아리 높이까지 쌓여 있었다.

"이 사람들을 믿을 수 있었으면 좋겠군요." 그녀가 말했다.

"그들은 명예의 어머니들을 증오합니다. 나한테는 그것으로 충분합 니다."

"골라가 반드시 저곳에 있어야 해요!" 그녀는 훨씬 더 분노에 찬 반응을 보이고 싶은 것을 억제했지만, 한마디 덧붙이고 말았다. "내게는 그들의 증오가 충분하지 않습니다."

최악의 상황을 예상하는 편이 낫다고 그녀는 생각했다.

그러나 그녀는 부르즈말리에 대해 안심하고 있었다. 그는 테그와 같았다. 두 사람 모두 막다른 길로 이어지는 경로를 택하지 않았다. 그들에게 선택의 여지가 있는 경우에는. 그녀는 지금도 주위의 덤불 속에 지원 부대가 숨겨져 있을지 모른다고 의심했다.

눈에 덮인 길은 포장된 좁은 길에서 끝났다. 그 길은 가장자리에서부터 부드럽게 안쪽으로 휘어져 있었으며, 눈을 녹이는 시스템 덕분에 눈이 쌓여 있지 않았다. 길 한가운데에 아주 조금 축축한 부분이 있었다. 루실라는 이 길을 따라 여러 걸음을 걷고 난 후에야 그것이 무엇인지 깨달았다. 자석길이었다. 대이동이 있기 전에 상품과 원료를 공장으로 운반하던 고대 자석 운송 시스템의 기반이었다.

"여기서부터 길이 더 가팔라집니다. 사람들이 계단을 깎아놓았지만 조심하십시오. 계단이 그리 깊지 않으니까요." 부르즈말리가 그녀에게 주의를 주었다.

두 사람은 이윽고 자석길의 끝에 이르렀다. 낡아빠진 벽이 있었다. 플래스틸로 된 기초 위에 이 지역에서 만든 벽돌을 쌓은 벽이었다. 맑게 개어가는 하늘의 희미한 별빛에 조잡한 솜씨로 만들어진 벽돌들이 드러났다. 전형적인 기근시대의 건축물이었다. 벽에는 덩굴과 잡다한 균류가 잔뜩 자라고 있었다. 그래도 벽돌들 사이의 균열과 모르타르로 틈을 메운 조잡한 솜씨는 거의 가려지지 않았다. 한 줄로 늘어선 좁은 창문들이 덤불과 잡초 덩어리 속으로 자석길이 자취를 감춰버리는 지점을 내려다보고 있었다. 그 창문들 중 세 개는 안에서 누가 움직이고 있는지 파란 전기 불빛으로 빛나고 있었다. 우지직거리는 소리도 희미하게 들려왔다.

"이곳은 옛날에 공장이었습니다." 부르즈말리가 말했다.

"나도 눈이 있고, 기억이 있습니다." 루실라가 쏘아붙였다. 이 툴툴거리는 남자는 그녀에게 지능이 전혀 없다고 생각하는 걸까?

그녀의 왼쪽에서 뭔가가 음산하게 삐걱거렸다. 잔디와 잡초 더미 하나가 지하실 문 위로 들어 올려지고 눈부신 노란색 빛이 위를 향해 빛났다.

"서두르세요!" 부르즈말리가 그녀를 이끌고 무성한 식물들을 빠르게 가로질러 문이 열리면서 드러난 계단을 달려 내려갔다. 그들의 등 뒤에서 투덜거리듯이 삐걱거리며 닫혔다.

루실라는 자신이 천장이 낮은 커다란 공간에 들어와 있음을 깨달았다. 머리 위의 육중한 플래스틸 대들보에 길게 줄지어 매달린 현대식 발광구들이 방을 밝히고 있었다. 바닥은 깨끗하게 청소되어 있었지만, 뭔가가 움직이면서 생긴 긁힌 자국들과 파인 자국들이 보였다. 과거에 기계가 있던 자리임이 틀림없었다. 널찍한 공간 건너편 먼 곳에서 뭔가가 움직이는 것이 언뜻 보였다. 루실라의 드래곤 로브와 비슷한 옷을 입은 젊은 여자가 종종걸음으로 그들을 향해 다가왔다.

루실라는 코를 킁킁거렸다. 방 안에서는 산(酸)의 악취가 났고, 뭔가 고약한 냄새가 저변에 깔려 있었다.

"여긴 하코넨의 공장이었습니다. 그들이 여기서 뭘 만들었는지 모르겠습니다." 부르즈말리가 말했다.

젊은 여자는 루실라 앞에서 걸음을 멈췄다. 하늘하늘한 몸에 착 달라붙는 로브를 입고 우아하게 움직이는 여자였다. 얼굴에서는 빛이 났다. 그녀가 운동을 하고 있으며 건강이 좋다는 뜻이었다. 그러나 초록색 눈은 눈에 보이는 모든 것을 평가하듯이 냉혹하고 차가웠다.

"이곳을 감시하기 위해 그들이 우리와 같은 사람들을 보냈군요." 그녀가 말했다.

부르즈말리가 뭐라고 대답을 하려 하자 루실라가 손을 내밀어 그를 제지했다. 이 여자는 겉으로 보이는 모습 그대로의 사람이 아니었다. '나와 마찬가지야!' 루실라는 신중하게 단어를 골랐다. "우린 항상 서로를 알고 있는 것 같군요."

젊은 여자가 미소를 지었다. "당신들이 다가오는 걸 지켜보았습니다. 내 눈을 믿을 수 없었죠." 그녀는 이죽거리는 듯한 시선으로 부르즈말리를 훑어보았다. "이 사람이 고객 역할이라고요?"

"안내인이기도 합니다." 루실라가 말했다. 그녀는 부르즈말리가 당황한 표정을 짓는 것을 보고 그가 엉뚱한 질문을 던지지 않기를 간절히 기도했다. 이 젊은 여자는 위험했다!

"우리를 기다리고 있었던 게 아니오?" 부르즈말리가 물었다.

"아아, 저것이 말을 하네." 젊은 여자가 소리 내어 웃으며 말했다. 눈동자만큼이나 차가운 웃음이었다.

"나를 '저것'이라고 부르지 않았으면 좋겠소." 부르즈말리가 말했다.

"난 가무의 쓰레기들을 무엇이든 내가 원하는 이름으로 부르지. 당신이 뭘 좋아한다느니 하는 얘기를 나한테 하지 마!" 젊은 여자가 말했다.

"내가 뭐라고?" 부르즈말리는 피곤했기 때문에 이 예상 밖의 공격에 분노가 끓어올랐다.

"뭐든 내가 택한 이름으로 널 부를 거다, 이 쓰레기!"

부르즈말리는 더 이상 참을 수가 없었다. 루실라가 미처 제지하기 전에 그는 낮게 으르렁거리는 듯한 소리를 내면서 젊은 여자를 세게 후려치려고 했다.

그의 손은 목표물에 닿지 못했다.

루실라는 여자가 공격해 오는 손 밑으로 몸을 낮추면서 바람에 휘날리는 천 조각을 잡듯이 부르즈말리의 소매를 잡고 눈이 부실 만큼 빠른 속도로 몸을 돌리면서 부르즈말리를 바다 저편으로 날려버리는 것을 홀린 듯 지켜보았다. 그녀의 속도가 하도 빨라서 그 동작의 우아함이 거의 보이지 않을 정도였다. 여자는 한쪽 발로 반쯤 웅크린 자세로 바닥에 착지했다. 다른 한 발은 발차기 자세를 취하고 있었다.

"저자를 지금 죽여버리겠어." 그녀가 말했다.

루실라는 이다음에 무슨 일이 일어날지 몰랐으므로, 자신의 몸을 옆으로 접어 여자가 갑자기 내지른 발을 간신히 피했다. 그리고 베네 게세리트의 일반적인 사바르드로 반격해 젊은 여자를 바닥에 쓰러뜨렸다. 여자는 루실라에게 맞은 복부를 움켜쥐고 몸을 반으로 접은 채 등부터 바닥에 떨어졌다.

"당신한테 내 안내인을 죽이라고 한 적 없어. 당신 이름이 뭔진 모르지만." 루실라가 말했다.

젊은 여자는 숨을 쉬기 위해 헉헉거렸다. 그러다가 단어와 단어 사이로 가쁘게 숨을 몰아쉬면서 말했다. "제 이름은 무르벨라입니다, 위대한 명예의 어머니시여. 당신은 그토록 느린 공격으로 저를 패배시킴으로써 제게 수치를 안겨주셨습니다. 왜 그러신 겁니까?"

"네게는 가르침이 필요했다." 루실라가 말했다.

"저는 최근에야 로브를 입었습니다, 위대한 명예의 어머니시여. 절 용서해 주십시오. 그 놀라운 가르침에 감사드립니다. 그리고 당신이 지금 보여주신 반응을 사용할 때마다 계속 감사할 겁니다. 그 반응을 지금 기억 속에 새기겠습니다." 그녀는 고개 숙여 인사한 다음 가볍게 펄쩍 뛰듯이 일어섰다. 얼굴에 장난꾸러기 같은 미소를 짓고 있었다.

루실라는 자신이 낼 수 있는 가장 차가운 목소리로 물었다. "내가 누군지 알고 있느냐?" 부르즈말리가 안타까울 정도로 느리게 다시 일어서는 모습이 그녀의 시야 가장자리에 들어왔다. 그는 한쪽에 비켜선 채 두 여자를 지켜보았다. 그러나 분노 때문에 그의 얼굴이 불타고 있었다.

"제게 그런 가르침을 주시는 능력을 보고, 당신이 바로 위대한 명예의 어머니라는 걸 알 수 있습니다. 저를 용서해 주시는 겁니까?" 무르벨라의 얼굴에 이제는 장난꾸러기 같은 미소가 없었다. 그녀는 고개를 숙인 채 서 있었다.

"용서하겠다. 비우주선이 오고 있느냐?"

"이곳 사람들이 그렇다고 합니다. 저희는 그것을 맞을 준비가 되어 있습니다." 무르벨라는 부르즈말리를 살짝 바라보았다.

"그는 아직 나에게 쓸모가 있어서 나와 동행해야 한다." 루실라가 말했다.

"알겠습니다, 위대한 명예의 어머니시여. 당신의 용서에는 당신의 이름도 포함된 겁니까?"

"천만에!"

무르벨라는 한숨을 쉬었다. "저희가 골라를 잡았습니다. 그는 남쪽에서 틀레이랙스 인으로 변장하고 왔습니다. 당신이 도착했을 때, 저는 막 그와 침대에 들려는 참이었습니다."

부르즈말리가 절름거리며 두 사람을 향해 다가왔다. 이제 그도 위험을 깨달은 모양이었다. 이 '완벽하게 안전한' 곳에 적들이 우글거리고 있었다! 그러나 적들은 아직 상황을 거의 모르고 있었다.

"골라가 부상을 입지는 않았소?" 부르즈말리가 물었다.

"저것이 아직도 말을 하는군. 정말 이상한 일이야." 무르벨라가 말했다.

"넌 골라와 침대에 들어서는 안 된다. 그놈은 내가 특별히 맡을 것이다!"

"그는 쉬운 사냥감입니다, 위대한 명예의 어머니시여. 그리고 제가 먼저 그놈을 찍었습니다. 그는 이미 부분적으로 제압된 상태입니다."

그녀는 또다시 소리 내어 웃었다. 어찌 되든 상관없다는 듯한 그 냉담한 태도에 루실라는 충격을 받았다. "이쪽으로 오십시오. 당신이 지켜보실 수 있는 곳이 있습니다."

칼라단에서 눈을 감게 되기를!

—고대에 사용되던 건배의 말

던컨은 여기가 어딘지 기억하려고 애썼다. 그는 토름사가 죽었다는 것을 알고 있었다. 토름사의 눈에서 피가 튀었다. 그래, 그는 그것을 선명하게 기억했다. 두 사람이 어두운 건물에 들어갔을 때 사방에서 갑자기 불이 번쩍 켜졌다. 던컨은 뒤통수에 통증을 느꼈다. 누가 때린 건가? 그는 움직이려고 했지만 근육이 말을 듣지 않았다.

넓은 잔디밭 가장자리에 앉아 있던 기억이 났다. 무슨 볼링 게임 같은 것이 진행 중이었다. 괴상하게 생긴 공들이 특별히 눈에 띄는 목적 없이 이리저리 튀면서 화살처럼 움직였다. 게임을 하는 사람들은 젊은 남자들이었는데, 그들은…… 지에디 프라임의 평상복을 입고 있었다!

"저들은 노인이 되는 연습을 하고 있군." 그가 말했다. 자기가 그 말을 했던 기억이 났다.

그의 일행인 어떤 젊은 여자가 멍하니 그를 바라보았다.

"이런 야외 게임은 노인들만 하는 것이오." 그가 말했다.

"아?"

그것은 대답할 수 없는 질문이었다. 그녀가 간단하기 그지없는 말 한 마디로 그를 제압해 버린 것이다.

'그리고 그다음 순간 나를 하코넨에게 밀고했지!'

그렇다면 이것은 골라가 되기 전의 기억이었다.

'골라!'

그는 가무에 있는 베네 게세리트의 성을 기억했다. 도서관도. 아트레이데스 공작 레토 1세의 홀로그램 사진과 삼중 사진이 있던 곳. 테그가 그를 닮은 것은 우연이 아니었다. 테그의 키가 약간 더 컸지만, 그 외에는 모든 점이 똑같았다. 길고 갸름한 얼굴, 콧날이 높은 코, 저 유명한 아트레이데스의 카리스마⋯⋯.

'테그!'

그는 늙은 바샤르가 가무의 밤에 용감하게 적에게 저항하던 마지막 모습을 기억했다.

'여기가 어디지?'

토름사가 그를 이곳으로 데려왔다. 그들은 이사이 외곽의 잡초들이 웃자란 길을 따라 움직였다. 바로니. 두 사람이 길을 따라 200미터도 채 움직이지 못했을 때 눈이 내리기 시작했다. 젖은 눈이 두 사람에게 달라붙었다. 차갑고 고약한 눈 때문에 1분도 되지 않아 이가 딱딱 부딪혔다. 두 사람은 잠깐 멈춰 서서 두건을 올려 쓰고 단열 웃옷을 잠갔다. 그렇게 하고 나니 조금 나았다. 그러나 곧 밤이 될 터였다. 훨씬 더 추운 밤이.

"저 앞쪽에 일종의 피난처 같은 곳이 있소. 그곳에서 밤을 기다릴 것이오." 토름사가 말했다.

던컨이 아무 말도 하지 않자 토름사가 다시 말했다. "그곳이 따뜻하지는 않겠지만, 습기는 없을 거요."

던컨은 약 300걸음을 걸은 후 그 피난처의 회색 윤곽을 볼 수 있었다. 그곳은 더러운 눈을 배경으로 약 2층 높이로 솟아 있었다. 그는 그 건물을 즉시 알아보았다. 하코넨의 집계 전초 기지였다. 이곳의 감시자들은 이곳을 지나가는 사람들의 숫자를 셌다(때로는 죽이기도 했다). 이 건물은 이곳 토종의 흙으로 만든 거대한 벽돌로 지어져 있었다. 흙을 개서 벽돌 모양으로 만든 다음 대구경(大口徑) 연소기로 초고온에서 가열하면 간단히 벽돌이 만들어졌다. 연소기는 하코넨 사람들이 군중을 제압할 때 사용하던 것과 같은 종류였다.

그 건물에 다가가면서 던컨은 다가오는 자들을 겨냥한 화염창 발사 구멍들이 나 있는 전방위 방어 스크린의 잔해를 볼 수 있었다. 누군가가 오래전에 그 방어 체계를 박살낸 모양이었다. 야전용 그물의 뒤틀린 구멍들 중에는 덤불이 웃자라 있는 것도 있었다. 그러나 화염창 발사 구멍은 여전히 열려 있었다. 그렇지. 안에 있는 사람들이 다가오는 자들을 보기 위해서였다.

토름사가 걸음을 멈추고 귀를 기울이며 주위를 신중하게 살폈다.

던컨은 집계 기지를 바라보았다. 그는 이런 기지를 잘 기억하고 있었다. 지금 그의 앞에 있는 것은 튜브 모양이었던 원래의 씨앗에서 기형적인 종양처럼 자라 나온 것이었다. 표면은 불에 구워져 얇고 반투명한 종이 같은 모양으로 마무리되어 있었다. 옹이와 돌출부는 과거 초고온으로 가열된 적이 있는 지점이었다. 오랜 세월에 걸친 부식 작용 때문에 표면에 섬세한 긁힌 자국들이 나 있었지만, 원래의 모습은 그대로였다. 위를 바라보자 옛날 반중력 승강기 시스템의 일부가 보였다. 바깥쪽 빗장에 블록 하나와 도르래 장치가 임시방편으로 설치되어 있었다.

그렇다면 전방위 스크린을 통과하는 틈새가 최근에 만들어졌다는 얘기였다.

토름사가 그 구멍 안으로 사라졌다.

누군가가 스위치를 누른 것처럼 던컨의 기억 속 시야가 변했다. 그는 비공간 구의 도서실에 테그와 함께 있었다. 투사기는 현대 이사이의 모습들을 계속해서 비춰주었다. '현대'라는 개념이 그에게는 기묘한 뉘앙스로 인식되었다. 과거 바로니는 현대적인 도시였다. 기술적으로 당대의 표준에 일치하는 것이 바로 '현대'적이라면. 바로니는 전적으로 반중력 장치의 안내 광선에 의존해서 사람과 물건을 운반했다. 모든 것이 공중 높은 곳에서 운반된 것이다. 지상에는 입구가 없었다. 그가 이 사실을 테그에게 설명하고 있었다.

도시의 도면은 물건과 사람을 운반하는 용도가 아닌 도시 전역의 모든 공간을 수직과 수평으로 나눠 단 한 치도 빠뜨리지 않고 실체처럼 만들어냈다. 안내 광선의 입구에는 보편적으로 사용되는 수송선이 움직일 수 있는 공간만 있으면 되었다.

테그가 말했다. "오니숍터 착륙을 위해 지붕을 평평하게 만든 튜브 형태가 이상적인 모습이겠군요."

"하코넨 사람들은 정사각형과 장방형을 선호했습니다."

그건 사실이었다.

던컨은 전율을 느낄 정도로 선명하게 바로니를 기억하고 있었다. 반중력 도로들이 웜홀처럼 도시를 관통했다. 곧게 뻗은 길, 휘어진 길, 비스듬한 각도로 급하게 꺾어진 길…… 위, 아래, 좌우 모든 방향으로. 하코넨의 변덕이 강요한 절대적 규칙인 장방형의 모습을 제외하면, 바로니는 특정한 인구 설계의 기준에 맞게 지어진 곳이었다. 물질적인 것들을 최소한 지출해서 사람들을 최대한 채워 넣는 것.

"이 저주받은 물건에서 인간 지향적인 공간은 평평한 지붕밖에 없습니다!" 그는 테그와 루실라에게 이 말을 한 것을 기억했다.

그 지붕 위에는 펜트하우스들이 있었다. 그리고 지붕의 모든 가장자리와 오니숍터 착륙대, 아래에서 올라오는 모든 입구, 오니숍터를 세워 두는 모든 장소 주위에는 경비 초소들이 있었다. 꼭대기에 사는 사람들은 바로 밑의 가까운 곳에서 수많은 사람들이 꿈틀거리며 살고 있다는 사실을 잊을 수 있었다. 그 난장판의 냄새와 소음이 지붕으로 올라오는 것은 허락되지 않았다. 하인들은 이곳으로 올라오기 전에 목욕을 하고 위생복으로 갈아입어야 했다.

테그가 질문했다. "저 많은 인간들이 그렇게 북적거리는 곳에서 살아가는 걸 받아들인 이유가 뭡니까?"

이 질문의 답은 뻔한 것이었으므로, 그는 그 이유를 설명해 주었다. 바깥은 위험했다. 도시의 관리자들은 바깥이 실제보다 훨씬 더 위험한 곳처럼 보이게 만들었다. 게다가 도시 안의 사람들 중 바깥의 더 나은 생활에 대해 조금이라도 아는 사람은 거의 없었다. 그들이 아는 더 나은 삶은 지붕 위의 삶뿐이었다. 그리고 그곳으로 올라가는 길은 철저하게 굴욕적으로 굴종하는 것뿐이었다.

"그 일은 일어날 것이고, 그렇게 되면 아무도 손을 쓰지 못할 걸세!"

던컨의 두개골 속에서 또 다른 목소리가 메아리치고 있었다. 그는 이 목소리를 똑똑하게 들었다.

'폴 님!'

정말로 이상하다는 생각이 들었다. 예지력에는 지극히 약한 논리 속에 자리 잡은 멘타트의 오만함과 같은 오만함이 있었다.

'전에는 폴 님을 오만하다고 생각한 적이 한 번도 없었는데.'

던컨은 거울에 비친 자신의 얼굴을 노려보았다. 머릿속 한구석에서 그는 이것이 골라가 되기 전의 기억임을 깨달았다. 갑자기 거울이 다른 거울로 변했다. 그의 얼굴이 비치고 있었지만 모습이 달랐다. 거무스름하고 둥근 얼굴이 좀더 냉혹한 선을 지닌 얼굴로 변하고 있었다. 지금의 얼굴이 나이를 먹으면 그렇게 변할 것 같았다. 그는 자신의 눈을 들여다보았다. 그래, 그것은 그의 눈이었다. 누군가가 그의 눈을 '동굴 같다'고 표현하는 것을 들은 적이 있었다. 그의 눈은 눈썹 밑, 높게 솟은 뺨 위에 있었다. 그는 외부의 빛이 딱 맞아떨어지지 않으면 그의 눈이 검푸른 색인지 암녹색인지 알기가 어렵다는 말을 들은 적이 있었다.

어떤 여자가 한 말이었다. 그 여자가 누구인지는 기억나지 않았다.

그는 손을 뻗어 머리카락을 만져보려고 했지만 손이 말을 듣지 않았다. 그 순간 머리를 탈색했다는 기억이 났다. 누가 그렇게 한 거지? 어떤 늙은 여자였다. 그의 머리는 이제 검은 고수머리가 아니었다.

칼라단의 식당 문간에서 레토 공작이 그를 뚫어지게 바라보고 있었다.

"지금 식사를 하세." 공작이 말했다. 그것은 희미한 미소 덕분에 오만하게 느껴지는 것을 면한 당당한 명령이었다. 그 미소는 '누구든 이 말을 해야 밥을 먹을 것이 아닌가'라고 말하고 있었다.

'내 정신이 어떻게 된 거지?'

그는 토름사가 비우주선과 만나기로 한 장소라고 말한 곳으로 토름사를 따라 들어간 것을 기억했다.

그것은 밤의 풍경 속에서 커다란 덩어리를 이룬 큰 건물이었다. 커다란 건물 밑에는 좀더 작은 별채가 여러 개 있었다. 그 안에 사람이 있는 것 같았다. 사람들의 목소리와 기계 소리가 안에서 들려왔다. 좁은 창문에는 사람의 얼굴이 하나도 보이지 않았다. 문이 열리지도 않았다. 별채들 중 큰 편에 속하는 건물 옆을 지나가면서 던컨은 음식 냄새를 맡았다. 그 냄새 때문에 그날 먹은 음식이라고는 토름사가 '여행용 식량'이라고 부른, 가죽같이 질긴 건량밖에 없다는 생각이 났다.

두 사람은 어두운 건물 안으로 들어갔다.

불빛이 번쩍였다.

토름사의 눈이 피를 뿜으며 폭발했다.

그리고 어둠이었다.

던컨은 어떤 여자의 얼굴을 보았다. 이것과 같은 얼굴을 전에도 본 적이 있었다. 긴 홀로그램 장면에서 따온 하나의 '트라이드.' 그게 어디였지? 어디서 그걸 본 거지? 그 얼굴은 거의 달걀형이었는데, 이마가 약간 넓어서 완벽한 곡선이 되지는 못했다.

그 여자가 말했다. "내 이름은 무르벨라다. 너는 그걸 기억하지 못하겠지만 내가 너를 찍었으므로 네게 밝히는 것이다. 내가 너를 선택했다."

'난 당신을 기억해, 무르벨라.'

아치형 눈썹 밑에 널찍하게 자리 잡은 초록색 눈이 시선을 잡아끄는 역할을 했기 때문에 턱과 자그마한 입은 나중에 조사할 대상으로 남겨졌다. 그녀의 입술은 도톰했다. 그녀가 쉬고 있을 때는 그 입이 뾰로통한 표정을 지을 것이라는 확신이 들었다.

초록색 눈이 그의 눈을 뚫어지게 들여다보았다. 얼마나 차가운 눈빛인지. 그 안에는 힘이 있었다.

뭔가가 그의 뺨에 닿았다.

그는 눈을 떴다. 이것은 기억이 아니었다! 이것은 그가 겪고 있는 일이었다. 지금 벌어지는 일이었다!

'무르벨라!' 그녀가 이곳에 있다가 그를 두고 갔다. 그리고 이제 그녀가 돌아와 있었다. 그는 부드러운 물건 위에서 알몸으로 깨어난 것을 기억했다……. 침상이었다. 그의 손이 침상을 알아보았다. 무르벨라가 그의 몸 바로 위에서 옷을 벗었다. 초록색 눈이 무서울 정도로 강렬하게 그를 쏘아보고 있었다. 그녀가 그의 몸 여러 곳을 동시에 만졌다. 그녀의 입술에서 부드러운 콧노래 소리가 흘러나왔다.

그는 자신의 몸이 빠르게 발기하는 것을 느꼈다. 너무 딱딱해서 고통스러울 정도였다.

그에게는 저항할 힘이 하나도 남아 있지 않았다. 그녀의 손이 그의 몸 위에서 움직였다. 그녀의 혀도. 저 콧노래 소리! 사방에서 그녀의 입이 그를 어루만지고 있었다. 그녀의 젖꼭지가 그의 뺨과 가슴을 스쳤다. 그녀의 눈을 보았을 때, 그는 의식적인 의도가 있음을 알 수 있었다.

무르벨라가 돌아와서 그것을 또다시 하고 있는 것이다!

그녀의 오른쪽 어깨 너머로 널찍한 플라즈 창문이 언뜻 보였다. 루실라와 부르즈말리가 그 장벽 뒤에 있었다. '꿈인가?' 부르즈말리가 플라즈에 손바닥을 눌렀다. 루실라는 분노와 호기심이 뒤섞인 표정으로 팔짱을 끼고 서 있었다.

무르벨라가 그의 오른쪽 귀에 입을 대고 중얼거렸다. "내 손은 불이야."

그녀의 몸이 플라즈 뒤의 얼굴들을 가렸다. 그는 그녀의 손이 닿는 모든 곳에서 불을 느꼈다.

갑자기 불꽃이 그의 정신을 집어삼켰다. 그의 내부에 숨겨져 있던 장소들이 살아났다. 그는 빨간 캡슐들이 줄에 꿰인 번쩍이는 소시지들처럼 자신의 눈앞을 지나가는 것을 보았다. 열에 들뜬 것 같은 느낌이 들었다. 그는 충혈된 캡슐이었다. 흥분이 그의 의식 구석구석에서 이글이글 타올랐다. 저 캡슐들! 그는 그것이 뭔지 알고 있었다! 그것은 그 자신이었다…… 그것은…….

모든 던컨 아이다호들, 원래의 던컨 아이다호와 연속해서 만들어진 골라들이 그의 머릿속으로 흘러들어 왔다. 그들은 그들 자신 이외의 모든 존재를 부정하며, 다 익어서 쩍 벌어지는 꼬투리 같았다. 그는 인간의 얼굴을 가진 거대한 벌레에게 눌린 자신의 모습을 보았다.

'젠장, 레토!'

눌리고, 눌리고, 눌리고…… 또 눌리고.

"젠장! 젠장! 젠장……!"

그는 사다우카의 칼에 죽었다. 고통이 밝은 섬광으로 폭발했고, 섬광은 어둠에 잡아먹혔다.

그는 오니숍터 추락 사고로 죽었다. 그는 물고기 웅변대 암살자의 칼에 죽었다. 그는 죽고, 죽고, 또 죽었다.

그리고 그는 살았다.

기억들이 홍수처럼 그를 덮쳤다. 그 기억들을 어떻게 다 담을 수 있을지 궁금해질 정도로. 갓 태어난 딸을 품에 안았을 때의 사랑스러움. 정열적인 짝에게서 나는 사향 냄새. 훌륭한 단 와인에서 작은 폭포처럼 쏟아져 나오는 향기. 훈련장에서 가쁘게 숨을 몰아쉬며 하던 운동.

'악솔로틀 탱크!'

그는 계속 반복해서 밖으로 나오던 것을 기억했다. 밝은 불빛들과 두툼한 패드가 대어진 기계손들. 그 손들이 그를 빙글빙글 돌렸다. 초점이 맞지 않아 흐릿한 갓난아기의 눈으로 그는 거대한 언덕 같은 여자의 몸을 보았다. 거의 몸을 움직일 수 없을 정도로 뚱뚱한 괴물 같은 모습……. 미로처럼 얽힌 검은 튜브들이 그녀의 몸을 거대한 금속 용기들과 연결하고 있었다.

'악솔로틀 탱크?'

그는 폭포처럼 연달아 쏟아져 들어오는 기억들의 손아귀 속에서 놀란 숨을 집어삼켰다. '이 모든 삶! 이 모든 삶!'

이제 그는 틀레이랙스 인들이 자신에게 무엇을 심어놓았는지 기억했다. 그것은 베네 게세리트의 각인사에게 유혹당하는 이 순간만을 기다리며 잠복하고 있던 의식이었다.

그러나 이 여자는 무르벨라였고, 베네 게세리트가 아니었다.

그러나 그녀가 이곳에, 바로 가까이에 있었다. 틀레이랙스가 심어놓은 패턴이 그의 반응을 점령했다.

던컨은 부드럽게 콧노래를 부르면서 그녀를 어루만졌다. 그의 민첩한 움직임에 무르벨라는 충격을 받았다. '이렇게 반응이 빠를 리가 없어! 이런 반응을 보일 리가 없어!' 그의 오른손이 그녀의 질 입구를 방황하는 동안 왼손은 그녀의 척추 아래쪽을 애무했다. 이와 동시에 그의 입이 그녀의 코 위를 부드럽게 움직이며 입술로, 왼쪽 겨드랑이의 주름진 부분으로 내려갔다.

그리고 그동안 내내 그는 그녀의 몸 전체를 맥박처럼 훑고 지나가는 리듬으로 콧노래를 부르고 있었다. 그녀를 어르듯이……. 그녀를 약하게 만들면서…….

그가 그녀의 반응 속도를 빨라지게 만들자 그녀는 그를 밀쳐내려고 했다.

'바로 그 순간에 내 몸의 그 부분을 만져야 한다는 걸 이자가 어떻게 아는 거지? 지금 이 부분도! 이 부분도! 오, 신성한 두르의 바위여, 이자

가 이걸 어떻게 아는 거야?'

던컨은 그녀의 가슴이 부풀어 오르는 것을 보고, 그녀의 콧속이 충혈된 것을 보았다. 그는 그녀의 젖꼭지가 꼿꼿하게 일어서고, 그 주위의 젖꽃판이 검어지는 것을 보았다. 그녀가 신음하며 다리를 활짝 벌렸다.

'위대한 어머니시여, 도와주세요!'

그러나 그녀가 지금 생각할 수 있는 유일한 위대한 어머니는 빗장을 지른 문과 플라즈 장벽에 단단히 갇혀 있었다.

필사적인 에너지가 무르벨라에게 흘러들었다. 그녀는 자신이 아는 유일한 반응을 보였다. 어루만지고, 애무하고, 그녀가 오랜 도제 생활을 하면서 그토록 정성들여 배웠던 모든 기법을 사용했다.

그녀가 하는 행동 하나하나에 대해 던컨은 제정신을 잃을 정도로 자극적인 대응을 보였다.

무르벨라는 자신이 이제 자신의 반응을 모두 다 통제할 수 없음을 깨달았다. 그녀는 지금까지 받은 훈련보다 더 깊숙한 곳에 자리 잡은 어떤 지식의 샘으로부터 솟아 나오는 자동적인 반응을 보이고 있었다. 질 근육이 조여들었다. 애액이 빠르게 분비되는 것도 느껴졌다. 던컨이 그녀의 몸 안으로 들어왔을 때, 그녀는 자신의 신음 소리를 들었다. 그녀의 팔, 그녀의 손, 그녀의 다리, 그녀의 몸 전체가 두 개의 반응 시스템과 함께 움직였다. 잘 훈련된 자동적인 반응과 다른 요구들을 해 대며 더 깊은 곳, 더 깊숙한 곳으로 뛰어드는 의식.

'이자가 어떻게 날 이렇게 만든 거지?'

골반의 부드러운 근육들이 황홀경에 빠져 파도처럼 연달아 수축하기 시작했다. 그가 동시에 반응하는 것이 감지되었고, 세게 후려치는 것처럼 분출되는 그의 정액이 느껴졌다. 이것이 그녀의 반응을 한층 고조시 컸다. 수축하는 질에서부터 황홀경의 파동이 밖으로 뻗어 나갔다……
밖으로…… 밖으로. 황홀경이 그녀의 감각 중추 전체를 집어삼켰다. 그
녀는 눈꺼풀 안쪽으로 눈부신 하얀 빛이 점점 번져가는 것을 보았다. 모
든 근육이 그녀가 상상하지도 못했던 황홀경에 빠져 부들부들 떨렸다.

또다시 파도가 밖으로 번져나갔다.

계속, 계속…….

그녀는 이것이 몇 번이나 반복되었는지 더 이상 셀 수 없었다.

던컨이 신음했을 때 그녀도 신음했다. 파도가 또다시 밖으로 휩쓸려
나갔다.

그리고 또 한 번…….

시간도 주위도 느껴지지 않았다. 계속적인 황홀경 속에 빠져 있는 이
감각뿐이었다.

그녀는 이 감각이 영원히 계속되기를 바라면서도, 또한 이것이 끝나기
를 원했다. 여자가 이런 경험을 하는 것은 있어서는 안 되는 일이었다!
명예의 어머니는 절대로 이런 경험을 하면 안 되었다. 이 감각은 남자들
을 다스리는 수단으로 사용되는 것이었다.

던컨은 자신에게 심어진 반응 패턴으로부터 벗어났다. 그가 해야 할
일이 또 있었다. 그것이 무엇인지 기억나지 않았다.

'루실라?'

그는 그녀가 자기 앞에서 죽어 있는 모습을 상상했다. 그러나 이 여자
는 루실라가 아니었다. 이 여자는…… 이 여자는 무르벨라였다.

그에게는 힘이 거의 남아 있지 않았다. 그는 무르벨라에게서 몸을 들
어 올려 무릎을 꿇으며 간신히 뒤로 물러나 앉았다. 그녀의 손이 그로서
는 이해할 수 없는 흥분 속에서 퍼덕거렸다.

무르벨라는 던컨을 자신에게서 밀어내려 했지만 그는 거기에 없었다. 그녀의 눈이 번쩍 떠졌다.

던컨이 그녀의 몸 좌우에 무릎을 대고 앉아 있었다. 시간이 얼마나 흘렀는지 알 수 없었다. 그녀는 일어나 앉으려고 했지만 힘이 없었다. 서서히 이성이 되돌아왔다.

그녀는 던컨의 눈을 뚫어지게 들여다보았다. 그녀는 이 남자가 누구인지 이제 알고 있었다. 남자? 그는 소년에 불과했다. 그러나 그가 한 일은…… 그가 한 일은…… 모든 명예의 어머니들이 이미 경고받았던 일이었다. 틀레이랙스 인들에 의해 금지된 지식을 갖추게 된 골라가 있다고 했다. 그 골라를 반드시 죽여버려야 했다!

아주 조금의 에너지가 그녀의 근육 속으로 밀려들어 왔다. 그녀는 팔꿈치로 몸을 지탱하며 들어 올렸다. 공기를 호흡하기 위해 가쁘게 숨을 몰아쉬며 그녀는 몸을 굴려 그에게서 멀어지려 하다가 부드러운 침상 위로 다시 쓰러졌다.

오, 신성한 두르의 바위여! 이 남자를 살려두어서는 안 되었다! 그는 골라였고, 명예의 어머니에게만 허락된 일들을 할 수 있었다. 그녀는 그를 공격하고 싶었지만, 또한 그를 다시 자기 몸 위로 끌어당기고 싶기도 했다. '그 황홀경!' 그녀는 지금 그가 무슨 요구를 하더라도 자신이 그 요구를 들어줄 것임을 알고 있었다. 그녀는 그를 위해 그 요구를 들어줄 것이다.

'아냐! 난 저자를 죽여야 해!'

다시 한번 그녀는 팔꿈치로 몸을 지탱하며 들어 올렸다. 그리고 그 자세에서 일어나 앉는 데 성공했다. 그녀의 약해진 시선이 위대한 명예의 어머니와 안내인을 가둬둔 창문을 지나갔다. 그들은 여전히 그곳에 서서 그녀를 바라보고 있었다. 남자의 얼굴은 붉게 상기되어 있었다. 위대한 명예의 어머니의 얼굴은 두르의 바위처럼 꿈쩍도 하지 않았다.

'여기서 그런 모습을 보았으면서 어떻게 그냥 저기에 그냥 서 계실 수 있는 거지? 위대한 명예의 어머니가 이 골라를 반드시 죽여야 해!'

무르벨라는 플라즈 뒤의 여자에게 손짓을 하며 침상 옆의 잠긴 문을 향해 몸을 굴렸다. 그녀는 간신히 빗장을 풀고 문을 열어준 다음 다시 쓰러져 버렸다. 그녀의 눈이 무릎을 꿇고 있는 소년을 올려다보았다. 그의 몸에서 땀이 번들거렸다. 사랑스러운 몸…….

'안 돼!'

절박한 심정이 그녀를 바닥에서 들어 올렸다. 그녀는 그곳에서 무릎으로 일어선 다음 완전히 일어섰다. 의지력이 가장 큰 역할을 했다. 기운이 돌아오고 있었지만 다리가 후들거렸다. 그녀는 휘청거리는 걸음으로 침상의 발치를 돌았다.

'생각 같은 걸 하지 않고 내가 직접 하겠어. 반드시 해야 해.'

그녀의 몸이 좌우로 휘청거렸다. 그녀는 몸을 똑바로 세우려고 애쓰면서 그의 목을 가격할 준비를 했다. 오래 연습해서 잘 아는 공격 방법이었다. 이 공격은 후두를 바스러뜨릴 것이다. 그리고 공격을 당한 사람은 질식해 죽을 것이다.

던컨은 그 공격을 쉽게 피했다. 그러나 그는 느렸다……. 느렸다.

무르벨라는 하마터면 그의 옆으로 쓰러질 뻔했지만 위대한 명예의 어머니의 손이 그녀를 구했다.

"저자를 죽이세요. 저자는 경고에 나오는 바로 그자예요. 그자라고요!" 무르벨라가 숨을 몰아쉬며 말했다.

무르벨라는 자신의 목에 손이 닿는 것을 느꼈다. 손가락들이 귀 밑의 신경 다발을 맹렬하게 눌렀다.

　무르벨라가 의식을 잃기 전에 마지막으로 들은 것은 위대한 명예의 어머니의 말이었다. "우린 아무도 죽이지 않을 거다. 이 골라는 라키스로 갈 거야."

모든 유기체가 만날 수 있는 최악의 경쟁자는 자신과 같은 종족일 수 있다. 종(種)은 생존에 반드시 필요한 것들을 소비한다. 성장은 반드시 필요한 것들 중 가장 적게 존재하는 것에 의해 제한된다. 가장 덜 호의적인 조건이 성장의 속도를 통제한다. (최소량의 법칙)

—'아라키스의 교훈'에서

건물은 막처럼 늘어선 나무들과 세심하게 다듬어진 꽃 울타리 뒤로 널찍한 대로에서 조금 들어간 곳에 서 있었다. 울타리는 미로처럼 이리저리 휘어져 있었으며, 사람 키만 한 기둥들이 꽃이 심어진 지역의 경계를 표시했다. 이곳을 드나드는 차량들은 모두 천천히 서행하는 속도를 유지해야 했다. 장갑을 씌운 지상차가 테그를 문까지 데려다주는 동안 테그의 군인으로서의 의식이 이 모든 것을 포착했다. 테그를 제외하면 차의 뒷좌석에 타고 있는 유일한 승객인 무자파르 육군 원수는 테그가 주위 상황을 평가하고 있음을 깨닫고 이렇게 말했다.

"광선 종사(縱射) 시스템이 위에서 우리를 보호하고 있습니다."

위장복을 입고 기다란 레이저총의 끈을 어깨에 둘러멘 병사 하나가

문을 열고는 무자파르가 차에서 모습을 드러내자 재빨리 차려 자세를
취했다.

무자파르의 뒤를 이어 테그가 차에서 내렸다. 그는 이곳이 어디인지
알 수 있었다. 이곳은 베네 게세리트 경비대가 그에게 알려준 '안전한'
주소지 중 하나였다. 교단의 정보가 시대에 뒤떨어진 것임이 분명했다.
그러나 그런 변화는 최근의 일이었다. 테그가 이곳을 알지도 모른다고
의심하는 기색을 무자파르가 전혀 내비치지 않는 것을 보면.

문으로 가면서 테그는 자신이 이사이를 처음 순회했을 때 보았던 또
다른 방어 시스템이 고스란히 남아 있음을 눈치챘다. 나무와 울타리로
이루어진 장벽을 따라 서 있는 기둥들에서 간신히 알아볼 수 있는 차이
점이 바로 그것이었다. 그 기둥들은 건물 안 어딘가의 방에서 조종하는
스캔 분석기였다. 기둥에 있는 다이아몬드 모양의 연결기들이 기둥과
건물 사이의 지역을 '읽었다'. 감시자가 방에서 어떤 단추를 부드럽게 누
르면, 스캔 분석기는 자신의 영역을 지나가는 모든 살아 있는 육체를 자
그마한 고깃덩어리로 만들어버렸다.

문에서 무자파르가 걸음을 멈추고 테그를 바라보았다. "당신이 지금
부터 만날 명예의 어머니는 이곳에 온 적이 있는 모든 명예의 어머니 중
에서 가장 강력한 분입니다. 그분은 완벽한 복종 이외의 어떤 것도 그냥
넘기지 않습니다."

"당신이 내게 미리 주의를 주는 거라고 받아들이겠소."

"당신이 이해하실 줄 알았습니다. 그분을 명예의 어머니라고 부르세
요. 다른 호칭은 안 됩니다. 들어가시죠. 제가 멋대로 당신의 새 제복을
만들라고 지시해 두었습니다."

무자파르가 그를 안내한 방은 테그가 전에 방문했을 때 보지 못한 곳

이었다. 째깍거리는 검은 상자들이 작은 방에 빽빽이 들어차 있어서 두 사람이 있을 공간이 별로 없었다. 방을 밝히는 것은 천장에 있는 노란색 발광구 하나였다. 테그가 비공간 구를 나올 때부터 입고 있던 때 묻고 주름진 옷을 벗는 동안 무자파르는 구석으로 물러났다.

"목욕하실 기회를 만들어드리지 못해 죄송합니다. 하지만 우린 지체할 수 없습니다. 그분이 기다리다 화를 내시거든요." 무자파르가 말했다.

새로운 제복과 함께 테그의 모습이 달라졌다. 제복은 친숙한 검은색 옷이었다. 칼라에 달린, 별이 폭발하는 듯한 문양까지도 똑같았다. 그러니까 그는 이 명예의 어머니 앞에 교단의 바샤르로서 나가게 되어 있는 모양이었다. 흥미로웠다. 그는 다시 완전히 예전의 바샤르가 되었다. 그동안에도 그가 바샤르라는 강렬한 정체감을 놓은 적은 없었지만, 제복이 그 감각을 완성시키고 그것을 선언했다. 이 옷을 입고 있으면 정확하게 그가 어떤 사람인지 달리 강조할 필요가 없었다.

"훨씬 낫군요." 무자파르가 테그를 이끌고 입구의 복도로 나가 테그가 기억하는 문을 통과하면서 말했다. 그래, 이곳은 그가 '안전한' 접선자들을 만난 곳이었다. 그는 그때 이미 그 방의 기능이 무엇인지 눈치챘다. 지금도 변한 것은 없는 것 같았다. 공중을 떠도는 발광구들을 이끄는 은빛 안내선으로 위장된 초소형 기계 눈들이 천장과 벽이 만나는 부분에 줄지어 늘어서 있었다.

'감시를 당하는 사람은 상황을 알지 못하고, 감시자는 수많은 눈을 갖고 있는 거지.' 테그는 생각했다.

그의 이중 시야는 이곳에 위험이 도사리고 있지만, 금방 폭력으로 번질 일은 없다고 알려주었다.

길이가 약 5미터, 너비가 약 4미터인 이 방은 매우 수준 높은 거래를 처리하는 공간이었다. 매매에서는 결코 돈이 실제로 등장하지 않을 것이다. 이곳에는 무엇이든 화폐로 통용될 수 있는 물건, 쉽게 가지고 다닐 수 있는 물건만이 등장할 것이다. 어쩌면 멜란지일 수도 있고, 또는 눈동자만 한 크기의 완벽한 구형인 우윳빛 수스톤일 수도 있었다. 수스톤은 광택이 나는 부드러운 물건처럼 보이다가, 빛이 직접 그 위에 떨어지거나 누군가의 몸이 거기에 닿으면 무지개 같은 변화를 보이며 밝게 빛났다. 이곳은 멜란지 1다니킨이나 접을 수 있는 작은 주머니에 든 수스톤이 자연스럽게 받아들여지는 곳이었다. 이곳에서는 고갯짓 한 번이나 눈을 한 번 깜박이는 것, 또는 낮은 목소리의 중얼거림 하나로 행성 하나를 살 수 있는 금액이 오갔다. 이곳에서 화폐가 든 지갑을 꺼내는 사람은 결코 없을 것이다. 그나마 지갑과 가장 가까운 것은 아마 트랜스룩스로 된 얇은 상자 정도일 것이다. 독에 대비한 장치가 되어 있는 이 상자 안에는 그보다 더 얇은 리둘리안 크리스털 종이가 들어 있었는데, 그 종이에는 위조가 불가능한 데이터프린트로 매우 커다란 숫자가 새겨져 있곤했다.

"여긴 은행이군." 테그가 말했다.

"뭐라고요?" 무자파르는 그때까지 반대편 벽의 닫힌 문을 노려보고 있었다. "아, 예. 그분이 곧 오실 겁니다."

"그녀는 지금 우리를 감시하고 있겠지, 당연히."

무자파르는 대답을 하지 않았지만, 어두운 표정이었다.

테그는 주위를 살짝 둘러보았다. 그가 전에 이곳을 방문한 이후 변한 것이 있는가? 그는 크게 바뀐 것을 발견하지 못했다. 이곳과 같은 신전들이 억겁의 세월 동안 많은 변화를 겪기나 한 건지 궁금해졌다. 바닥에는 흑기러기의 털처럼 부드럽고 모피 고래의 배처럼 하얀 이슬 카펫이 깔려 있었다. 카펫은 마치 촉촉하게 젖은 것처럼 희미하게 빛나고 있었다. 그 촉촉함은 오로지 눈으로만 감지할 수 있었다. 맨발(이곳에서 누군가가 맨발로 돌아다닌 적은 한 번도 없었지만)을 대어보면 건조한 카펫이 발을 어루만지는 듯한 느낌을 받을 것이다.

방의 거의 중앙에는 길이가 약 2미터인 좁은 탁자가 하나 있었다. 탁자 상판의 두께는 적어도 20밀리미터는 되는 것 같았다. 테그는 그것이 단의 자카란다 나무일 것이라고 짐작했다. 짙은 갈색 표면은 윤기 나게 닦여서, 사람들의 시선을 흡수해 버렸다. 표면의 훨씬 아래쪽에는 나뭇결이 강물의 흐름처럼 드러나 있었다. 탁자 주위에는 제독들이 앉는 의자 네 개만이 놓여 있었다. 탁자와 똑같은 나무를 재료로 최고 장인의 솜씨로 만들어진 의자의 좌석과 등받이에는 광택을 낸 나무와 똑같은 색조의 리르 가죽이 푹신하게 대어져 있었다.

의자는 네 개뿐이었다. 의자가 더 있었다면 허세가 됐을 것이다. 그는 전에도 저 의자에 앉아본 적이 없었고, 지금도 앉지 않았다. 그러나 그는 의자에 앉았을 때의 느낌이 어떨지 알고 있었다. 경멸의 대상인 의자 개의 수준에 육박하는 편안함이 느껴질 것이다. 물론 몸의 형태에 따라 모양을 바꾸는 순응성이나 부드러움을 갖추지는 못했을 것이다. 의자가 너무 편안하면 의자에 앉은 사람이 의자의 유혹에 빠져 긴장을 풀어버릴 수도 있었다. 이 방과 그 안의 가구들은 '이곳에서 편히 있되 긴장을 유지하라'고 말하고 있었다.

이곳에서는 정신을 차리고 있어야 할 뿐만 아니라 등 뒤에 커다란 무력 또한 갖추고 있어야 한다는 생각이 들었다. 그는 전에도 이런 결론을 내렸는데, 그 의견이 지금도 변하지 않았다.

창문은 하나도 없었지만 그가 밖에서 보았던 창문들은 빛의 선을 그리며 춤을 추듯 움직였었다. 침입자를 퇴치하고 도망자를 막기 위한 에너지 장벽이었다. 그런 장벽에도 나름의 위험이 있었지만, 거기에 내포된 의미가 중요했다. 그 안에 에너지가 계속 흐르게 하는 비용이면 커다란 도시 하나를, 그 도시의 주민 중 가장 오래 사는 사람이 죽을 때까지 먹여 살릴 수 있었다.

이런 식으로 부가 과시되고 있는 것은 결코 우연이 아니었다.

무자파르가 지켜보고 있던 문이 부드럽게 찰칵 소리를 내며 열렸다.

'위험해!'

반짝이는 황금색 로브를 입은 여자가 바람처럼 방으로 들어왔다. 불그스름한 오렌지색 선들이 천에서 춤을 추었다.

'늙었잖아!'

테그는 그녀가 이토록 늙었으리라고는 예상하지 못했다. 그녀의 얼굴은 주름투성이의 가면 같았다. 눈은 깊숙이 자리 잡은 초록색 얼음이었다. 그녀의 코는 길게 늘어난 부리 같았으며, 그 그림자가 얇은 입술에 닿아 턱과 똑같은 날카로운 각도를 만들어내고 있었다. 테두리가 없는 검은 모자가 그녀의 흰머리를 거의 다 덮었다.

무자파르가 허리를 굽혔다.

"나가보아라." 그녀가 말했다.

그는 아무 말 없이 그녀가 들어온 문을 통과해 방을 나갔다. 문이 그의 등 뒤로 닫힌 후 테그가 말했다. "명예의 어머니."

"그래, 이곳이 은행인 걸 알아챘군." 그녀의 목소리는 아주 조금밖에 떨리지 않았다.

"당연하지요."

"많은 돈을 이전하거나 힘을 판매하는 수단은 항상 있지. 공장을 돌리는 힘이 아니라 사람을 돌리는 힘을 말하는 거다." 그녀가 말했다.

"그런 힘은 대개 정부라거나 사회라거나 문명 같은 이상한 이름으로 통용되지요." 테그가 말했다.

"네가 아주 똑똑한 사람일 거라고 짐작했었다." 그녀가 말했다. 그녀는 의자를 하나 끌어내 앉았지만 테그에게는 앉으라는 신호를 보내지 않았다. "난 내가 은행가라고 생각하지. 그 덕분에 말을 에둘러 표현하는, 불순하고 괴로운 방법을 쓰지 않아도 되는 경우가 많아."

테그는 대답하지 않았다. 그럴 필요가 없는 것 같았다. 그는 계속해서 그녀를 유심히 살펴보았다.

"왜 나를 그런 식으로 보는 거지?" 그녀가 다그치듯 물었다.

"당신이 이렇게 늙은 분일 거라고는 생각 못 했습니다." 그가 말했다.

"헤, 헤, 헤. 네가 놀랄 일이 아직 많다, 바샤르. 나중에 젊은 명예의 어머니가 널 찍기 위해 자기 이름을 중얼거릴 거야. 그때가 되면 두르를 찬양해라."

그는 그녀의 말을 대부분 이해하지 못한 채 고개를 끄덕였다.

"이곳도 아주 오래된 건물이지. 난 네가 들어오는 것을 지켜보고 있었다. 이것도 놀라운가?" 그녀가 말했다.

"아닙니다."

"이 건물은 수천 년 동안 기본적으로 변한 것이 없다. 아직도 한참 더 버틸 수 있는 재료들로 지어졌지."

그는 탁자를 살짝 바라보았다.

"아, 그 나무는 아냐. 하지만 그 아래는 폴라스틴, 폴라즈, 포르마밧으로 만들어져 있지. 이 세 가지 P-O가 꼭 필요할 때 이들을 비웃는 사람은 결코 없다."

테그는 침묵을 지켰다.

"꼭 필요한 것. 우리가 너에게 한, 꼭 필요한 일들에 대해 반발하고 있나?"

"제 반발은 중요하지 않습니다." 그가 말했다. 저 여자가 무슨 말을 하려는 걸까? 그녀가 그를 유심히 관찰하고 있음은 말할 필요도 없었다. 그가 그녀를 관찰하듯이.

"네가 다른 사람들에게 했던 일에 대해 그들이 반발한 적이 있었다고 생각하는가?"

"당연하지요."

"넌 타고난 지휘관이다, 바샤르. 네가 우리에게 아주 소중한 존재가 될 것 같군."

"저는 제가 저 자신에게 가장 소중한 존재라고 항상 생각했습니다."

"바샤르! 내 눈을 봐!"

그는 그녀의 말에 따랐다. 흰자위 전체에서 작은 오렌지색 반점들이 떠다니는 것이 보였다. 위험이 날카롭게 느껴졌다.

"혹시라도 내 눈이 완전히 오렌지색으로 변한 걸 보게 되거든 조심해라! 그건 네가 내 심기를 참을 수 없을 정도로 거슬렀다는 뜻이니까." 그녀가 말했다.

그는 고개를 끄덕였다.

"네가 지휘관이라는 점은 마음에 들지만, 네가 나를 지휘할 수는 없다! 넌 허섭스레기들을 지휘하는 거다. 너 같은 사람들을 위해 우리가 마련한 기능은 그것뿐이야."

"허섭스레기라니요?"

그녀가 아무래도 좋다는 듯 한 손으로 손사래를 쳤다. "저 밖에 있는 자들. 넌 그들을 알고 있다. 그들의 호기심은 범위가 매우 협소하지. 위대한 이슈가 그들의 의식 속에 떠오르는 경우는 결코 없어."

"저도 당신의 말씀이 그런 뜻일 거라고 생각했습니다."

"우리는 세상을 그런 식으로 계속 유지하려고 애쓰고 있다. 그들에게 닿는 것은 모두 촘촘한 필터를 통과하지. 생존을 위해 당장 필요한 가치를 지닌 것 외에는 모두 걸러내는 필터야."

"위대한 이슈는 통과하지 못하는 거로군요."

"넌 기분이 나쁜 모양이지만, 그건 중요하지 않다. 저 밖에 있는 자들에게 위대한 이슈란 '오늘 배를 채울 수 있을까?', '오늘 밤 공격이나 해충의 침입을 받지 않을 잠자리를 찾을 수 있을까?' 하는 것이지. 사치를 부릴 수는 없냐고? 그들에게 사치란 어떤 약을 소지하거나, 한동안 짐승을 제자리에 묶어둘 이성(異性)을 소유하는 것이다."

'짐승은 바로 당신이야.' 그는 생각했다.

"난 지금 네게 시간을 들이고 있다, 바샤르. 네가 무자파르보다 훨씬 더 우리에게 소중한 존재가 될 수 있다고 생각하기 때문이지. 무자파르는 정말이지 지극히 소중한 존재인데 말이야. 지금도 우리는 우리를 잘 받아들일 수 있는 상태로 널 데려온 것에 대해 그에게 보답을 해주고 있다."

테그가 여전히 침묵을 지키자 그녀가 쿡쿡 웃음을 터뜨렸다. "넌 네가 우리 얘기를 받아들일 수 있는 상태가 아니라고 생각하는 건가?"

테그는 계속 침묵을 지켰다. 저들이 그의 음식에 약을 탔던 걸까? 그는 이중 시야가 깜박이는 것을 보았지만, 오렌지색 반점들이 명예의 어머니의 눈에서 사라짐에 따라 폭력적인 움직임도 뒤로 물러났다. 그러나 그녀의 발을 조심해야 했다. 그 발은 무시무시한 무기였다.

"네가 허섭스레기들을 잘못 생각하고 있기 때문이다. 다행히도 그들은 스스로 한계를 짓고 살아가지. 낙담해서 가장 깊은 곳에 틀어박힌 의식은 이 문제를 알고 있어. 그러나 그 문제에, 아니 생존을 위해 당장 허둥거리는 것을 제외한 다른 문제에는 시간을 할애하지 못한다." 그녀가 말했다.

"그들을 개선시킬 수는 없습니까?" 그가 물었다.

"그들을 개선시켜서는 안 된다! 오, 자신을 개선하려는 노력이 그들 사이에서 일시적인 유행처럼 지나가 버리게 우리가 신경을 쓰고 있지. 당연히 결코 현실이 되지 못한다."

"그들에게 결코 허락해 줄 수 없는 또 하나의 사치로군요."

"사치가 아냐! 존재하지 않으니까! 장벽으로 항상 그것을 막아두어야 한다. 우린 그 장벽을 보호를 위한 무지라고 즐겨 부르지."

"자기가 모르는 사실 때문에 상처를 입을 일은 없다는 겁니까?"

"네 말투가 마음에 들지 않는군, 바샤르."

또다시 오렌지색 반점들이 그녀의 눈 속에서 춤을 추었다. 그러나 그녀가 다시 쿡쿡 웃음을 터뜨리자 폭력적인 느낌이 줄어들었다. "사람이 조심해야 하는 것은 '그들이 모르고 있는 것'의 반대이다. 우리는 새로운 지식이 위험할 수 있다고 가르치지. 사람들은 그 논리가 뻔한 방향으로 확장되는 것을 깨닫게 마련이야. 모든 새로운 지식은 비(非)생존이라는 것!"

명예의 어머니 뒤의 문이 열리고 무자파르가 돌아왔다. 그의 모습은 바뀌어 있었다. 그의 얼굴은 상기되었고, 눈은 밝게 빛났다. 그는 명예의 어머니의 의자 뒤에 멈춰 섰다.

"언젠가는 내가 네게도 이렇게 내 뒤에 서는 것을 허락할 수 있을 거다. 이건 내 힘으로 할 수 있는 일이야." 그녀가 말했다.

저들이 무자파르에게 무슨 짓을 한 걸까? 테그는 궁금해졌다. 남자는 거의 약에 취한 사람 같았다.

"내게 힘이 있다는 걸 알겠나?" 그녀가 물었다.

그는 헛기침을 했다. "그건 분명한 일 아닙니까."

"난 은행가다, 기억하겠지? 우린 우리의 충성스러운 무자파르에게 방금 예금을 했어. 우리에게 감사하는가, 무자파르?"

"그렇습니다, 명예의 어머니." 갈라진 목소리였다.

"네가 이런 식의 힘을 전반적으로 이해하고 있으리라 믿는다, 바샤르. 베네 게세리트가 널 잘 훈련시켰으니까. 그들은 상당한 재능을 갖고 있지만, 아무래도 우리에게는 미치지 못하는 것 같아." 그녀가 말했다.

"당신들의 숫자가 아주 많다고 들었습니다."

"숫자는 중요한 게 아니다, 바샤르. 우리의 힘과 같은 힘은 수로를 따라 흐르는 물처럼 모이게 되지. 소수의 사람들이 그 힘을 통제할 수 있도록 말이야."

그녀는 많은 사실들을 드러내지 않고도 마치 대답을 하는 것처럼 보일 수 있다는 의미에서 대모들과 같다는 생각이 들었다.

"기본적으로 우리의 힘과 같은 힘은 많은 사람에게 생존의 실체가 될수 있다. 그렇게 되면, 그 힘을 거둬들이겠다는 협박만으로도 우리는 그들을 통치할 수 있게 되지." 그녀는 어깨 너머를 흘깃 돌아보며 말을 이었다. "우리가 네게서 호의를 거둬 가기를 바라는가, 무자파르?"

"아닙니다, 명예의 어머니." 그는 정말로 몸을 떨고 있었다!

"새로운 약을 찾아냈군요." 테그가 말했다.

그녀는 거의 무의식적으로 커다란 웃음을 터뜨렸다. 거의 목이 쉰 것 같은 소리였다. "아니다, 바샤르! 우리 방식은 옛날과 같아."

"나를 중독자로 만들겠다는 겁니까?"

"우리가 지배하는 다른 모든 자들과 마찬가지로, 바샤르, 너도 선택할 수 있다. 죽음과 복종 중에서."

"그건 많이 듣던 얘기군요." 그는 그녀의 말에 동의했다. 그녀가 왜 즉각적인 위협인 걸까? 그는 폭력을 감지할 수 없었다. 오히려 그 반대였다. 그의 이중 시야는 지극히 관능적인 의미를 지닌 장면들을 언뜻언뜻 보여주었다. 저들은 그를 각인시킬 수 있다고 생각하는 걸까?

그녀가 그에게 미소를 지었다. 뭔가 냉랭함을 밑에 감춘, 다 안다는 듯한 표정이었다.

"저자가 우리를 잘 섬기겠나, 무자파르?"

"그럴 겁니다, 명예의 어머니."

테그는 미간을 좁힌 채 생각에 잠겼다. 이 두 사람에게는 뭔가 철저하게 사악한 분위기가 있었다. 그들은 그가 모범으로 삼고 있는 모든 도덕에 어긋났다. 그의 반응속도를 높여준 그 이상한 일에 대해 두 사람 모두 모른다는 점을 기억해 두어야 할 것 같았다.

그들은 그가 당황해서 쩔쩔매는 모습을 즐기는 듯했다.

테그는 두 사람 모두 정말로 삶을 즐기는 게 아니라는 깨달음에서 약간의 안도감을 느꼈다. 그는 교단이 가르쳐준 눈으로 그들에게서 그 점을 분명히 볼 수 있었다. 명예의 어머니와 무자파르는 사람들이 즐거이 살아갈 수 있게 해주는 모든 것을 잊었다. 아니, 그것을 스스로 버렸을 가능성이 더 컸다. 둘 다 자신의 육체에서 더 이상 진정한 기쁨의 샘을 찾을 수 없을 가능성이 커 보였다. 그들은 주로 남을 훔쳐보는 자의 삶을 살고 있을 것이다. 지금 그들이 어떤 존재인지는 몰라도, 이렇게 되는 전환점으로 접어들기 전의 삶을 항상 기억하는 영원한 관찰자. 한때 만족을 의미했던 행동에 탐닉할 때조차 그들은 자기 기억의 가장자리에라도 닿기 위해 매번 더욱더 극단적으로 나아가야 할 것이다.

명예의 어머니의 미소가 더 커지면서 하얗게 빛나는 가지런한 이가 드러났다. "저자를 봐라, 무자파르. 저자는 우리가 무엇을 할 수 있는지 조금도 모르고 있어."

테그는 이 말을 들었지만, 또한 베네 게세리트에 의해 훈련받은 눈으로도 그것을 볼 수 있었다. 저 두 사람에게는 순수함이 조금도 남아 있지 않았다. 그 어느 것도 저들을 놀라게 할 수 없었다. 저들에게 진정으로 새로운 것은 하나도 없었다. 그런데도 그들은 이번에 더 극단적으로 나아가면 기억 속의 그 짜릿함을 다시 느낄 수 있으리라는 희망을 안고, 이런저런 음모를 꾸몄다. 그러나 그래서는 당연히 그 짜릿함을 다시 느낄 수 없음을 알기 때문에, 그들은 그저 새로이 타오르는 분노를 기대할 뿐이었다. 닿을 수 없는 것을 향해 또 시도하게 해줄 분노. 그들의 사고방식은 이러했다.

테그는 베네 게세리트의 손에서 배운 모든 기술을 동원해서 그들을 위한 미소를 만들어냈다. 그것은 연민과 이해, 그리고 자신의 삶에 대한 진정한 기쁨으로 가득 찬 미소였다. 그는 그것이 그들에게 던질 수 있는 가장 치명적인 모욕이라는 것을 알고 있었고, 그것이 제대로 효과를 발휘하는 것을 보았다. 무자파르가 그를 노려보았다. 명예의 어머니는 눈을 오렌지색으로 물들인 채 분노하다가 갑자기 놀란 기색을 띠더니, 아주 천천히 기쁨에 눈을 뜨기 시작했다. 이건 그녀가 예상하지 못한 일이었다! 이건 새로운 경험이었다!

"무자파르, 우리의 바샤르를 찍도록 선택된 명예의 어머니를 데려와라." 그녀가 말했다. 그녀의 눈에서 오렌지색이 물러나고 있었다.

테그는 이중 시야가 즉각적인 위험을 알리는 것을 보며, 마침내 상황을 이해했다. 그의 안에서 힘이 점점 자라남에 따라 그의 미래가 파도처럼 밖을 향해 번져나가는 것을 인식할 수 있었다. 그의 내면에서 격렬한 변화가 계속되고 있었다! 그는 에너지가 확장되는 것을 느꼈다. 그 느낌과 함께 이해와 선택의 기회가 찾아왔다. 그는 자신이 회오리바람처럼 날뛰면서 이 건물 안을 돌아다니는 모습을 보았다. 그의 뒤에 시체들이 흩어져 있고 (무자파르와 명예의 어머니도 그중에 있었다), 그가 이곳을 떠날 때에는 이곳의 단지 전체가 도살장처럼 보였다.

'내가 꼭 저렇게 해야 하는 건가?' 그는 속으로 질문을 던졌다.

그가 한 사람을 죽일 때마다, 그 사람을 죽이기 위해 더 많은 사람을 죽여야 할 터였다. 그러나 그는 마침내 폭군의 계획을 깨달으면서, 자신이 그렇게 해야 한다는 것을 알았다. 자신이 느낄 고통을 볼 수 있었기 때문에 하마터면 소리를 지를 뻔했지만 참았다.

"그래, 그 명예의 어머니를 내게 데려오십시오." 그가 말했다. 그러면 그가 이 건물의 다른 곳을 뒤지고 파괴하면서 죽여야 할 사람이 하나 줄어들 것이다. 스캔 분석기 조종 장치가 있는 방을 반드시 가장 먼저 파괴해야 할 것이다.

오, 우리가 이곳에서 받은 고통을 아는 그대여, 그대의 기도에서 우리를 잊지 마오.

—아라킨 착륙장 위의 간판(역사기록: 다르 에스 발라트)

타라자는 라키스의 은빛 아침 하늘을 배경으로 눈송이처럼 팔랑팔랑 떨어져 내리는 꽃들을 지켜보았다. 하늘은 유백색으로 빛나고 있었다. 이곳에 오기 위해 준비를 하는 과정에서 많은 브리핑을 받았지만, 이 유백색 하늘은 예상하지 못했다. 라키스에는 놀라운 일들이 많았다. 다르 에스 발라트의 지붕 정원 가장자리인 이곳에서는 모조 오렌지의 냄새가 아주 강해서 다른 모든 냄새들을 압도했다.

'그 어떤 장소에 대해서도 그 깊이를 다 헤아렸다고는 생각하지 말아야 해…… 사람도 마찬가지지.' 그녀는 스스로를 일깨웠다.

이곳에서의 대화는 끝났지만 겨우 몇 분 전에 그들이 나눈, 말로 표현된 생각들의 메아리는 끝나지 않았다. 그러나 지금이 행동에 나설 때라는 데에는 모두들 동의했다. 곧 시이나가 그들을 위해 '벌레의 춤'을 추어서 자신의 능력을 다시 한번 실증해 보일 것이다.

사제들의 새로운 대표와 와프가 이 '신성한 행사'에 함께할 것이지만, 타라자는 그들이 곧 목격하게 될 일의 진정한 본질을 모르고 있을 거라고 확신했다. 물론 와프는 그것을 지켜볼 것을 주장했다. 그는 지금도 눈으로 보거나 귀로 듣는 모든 것에 대해 짜증과 불신을 느끼는 분위기를 풍기고 있었다. 라키스에 있다는 사실 자체에 감탄하는 그의 전체적인 마음가짐과 그러한 분위기는 기묘한 결합이었다. 이 결합의 촉매 역할을 하는 것은 멍청이들이 이곳을 다스리고 있다는 사실에 대한 그의 분노임이 분명했다.

오드레이드가 회의실에서 돌아와 타라자 옆에 멈춰 섰다.

"가무에서 온 보고서 때문에 마음이 지극히 어지럽습니다. 뭔가 새로운 소식이 있습니까?" 타라자가 말했다.

"아뇨. 그곳 상황은 아직도 혼란스러운 것 같습니다."

"말해 보세요, 다르. 우리가 어떻게 해야 한다고 생각합니까?"

"저는 체노에 님에게 했던 폭군의 말을 계속 생각하고 있습니다. '베네 게세리트는 그들이 반드시 되어야 하는 모습에 아주 가까우면서도, 또한 그 모습과 너무 멀다.'"

타라자는 박물관 도시의 카나트 너머 광활한 사막을 가리켰다. "그는 아직도 저기 있습니다, 다르. 틀림없어요." 타라자는 얼굴을 돌려 오드레이드를 마주 보며 말을 이었다. "그리고 시이나는 그에게 말을 겁니다."

"그는 거짓말을 아주 많이 했습니다." 오드레이드가 말했다.

"하지만 그는 자신의 환생에 대해서는 거짓말을 하지 않았어요. 그가 말한 것을 생각해 보십시오. '나의 일부인 내 모든 후예들 안에는 내 의식 일부가 갇혀 있을 것이다. 길을 잃고 무기력한 모습으로. 나의 진주알들은 끝없는 꿈속에 붙들려 모래 속에서 앞을 보지 못한 채 움직일 것이다.'"

"그 꿈의 힘에 대한 믿음에 크게 의존하고 계시는군요."

"우리는 폭군의 계획을 되찾아야 합니다! 모든 계획을!"

오드레이드는 한숨을 쉬었지만 아무 말도 하지 않았다.

"결코 생각의 힘을 과소평가하지 마십시오. 아트레이데스 사람들은 통치를 하는 데 있어서 항상 철학자들이었습니다. 철학은 새로운 생각의 창조를 부추기기 때문에 항상 위험합니다."

여전히 오드레이드는 반응을 보이지 않았다.

"벌레는 그 안에 그것을 모두 가지고 있습니다, 다르! 그가 작동시킨 모든 힘들이 아직도 그의 안에 있어요."

"지금 대모님이 납득시키려 하는 건 저입니까, 아니면 대모님입니까, 타르?"

"난 당신을 벌하고 있는 겁니다, 다르. 폭군이 지금도 우리를 벌하고 있는 것처럼."

"우리가 반드시 되어야 하는 모습이 되지 못한 것에 대한 벌 말입니까? 아아, 시이나와 다른 사람들이 오는군요."

"벌레의 언어입니다, 다르. 그것이 중요해요."

"그렇게 말씀하신다면 그렇겠지요, 최고 대모님."

타라자는 성난 눈길로 오드레이드를 쏘아보았다. 그러나 오드레이드는 새로 온 사람들을 맞이하기 위해 앞으로 나아갔다. 오드레이드에게는 신경에 거슬리는 우울한 분위기가 있었다.

그러나 시이나의 존재가 타라자의 목적의식을 되살려주었다. 시이나는 기민한 어린애였다. 자질이 훌륭했다. 시이나는 전날 밤에 박물관의 커다란 방에서 태피스트리를 배경으로 자신의 춤을 추어 보였다. 사막과 벌레의 모습이 묘사된 이국적인 스파이스 섬유 벽걸이를 배경으로 한 이국적인 춤이었다. 그녀는 거의 그 벽걸이의 일부인 것처럼, 일정한 양식으로 표현된 모래 언덕들과 그곳을 달리는, 정교하고 자세하게 표현된 벌레들 속에서 튀어나온 인물처럼 보였다. 타라자는 정신없이 빙글빙글 도는 춤의 동작 때문에 시이나의 갈색 머리카락이 바깥쪽을 향해 나부끼며 흐릿한 호선을 그리던 모습을 떠올렸다. 측면의 조명이 그녀의 머리카락에서 반짝이는 불그스름한 부분들을 강조해 주었다. 그녀의 눈은 감겨 있었지만, 얼굴은 편안한 표정이 아니었다. 정열적인 표정을 한 그녀의 널찍한 입과 벌렁거리는 코, 앞으로 불쑥 내밀어진 턱에서 흥분이 스스로 모습을 드러냈다. 그녀의 동작들은 어린 나이와 걸맞지 않는 내면의 정교함을 전달해 주었다.

'그 춤은 저 아이의 언어야. 오드레이드가 옳다. 그걸 보면서 우리도 그걸 배우게 될 거야.' 타라자는 생각했다.

오늘 아침에 와프는 왠지 안으로 움츠러든 표정이었다. 그의 눈이 밖을 보고 있는지 내면을 보고 있는지 판단하기가 어려웠다.

와프와 함께 있는 것은 툴루샨이었다. 거무스름한 피부의 잘생긴 라키스 인인 그는 오늘의 '신성한 행사'를 위해 사제들이 선택한 대표였다. 시이나가 시범을 보이기 위해 춤을 추던 자리에서 그를 만난 타라자는 툴루샨이 결코 '그러나'라는 말을 하지 않는데도 그가 하는 모든 말에 그 단어가 항상 들어 있는 것처럼 들리는 것이 굉장하다고 생각했다. 그는 완벽한 관료였다. 자신이 출세할 것이라는 그의 기대는 옳은 것이었지만, 그 기대는 곧 궁극적으로 예상치 못했던 일과 부딪힐 것이다. 그녀는 이 사실로 인해 그에게 어떤 연민도 느끼지 않았다. 툴루샨은 부드러운 얼굴을 가진 젊은이였으며 그처럼 신임받는 자리를 차지하기에는 스스로의 원칙이 너무 없었다. 물론 그는 겉으로 보이는 것 이상의 능력을 갖고 있었다. 그리고 또한 그보다 적은 능력을 갖고 있기도 했다.

와프가 오드레이드와 시이나에게 툴루샨을 맡긴 채 정원의 한쪽 옆으로 움직였다.

이 젊은 사제는 당연히 소모품이었다. 그 사실이 그가 이번 모험을 위해 선택된 이유를 충분히 설명해 주었다. 그 사실은 그녀가 폭력의 발생 가능성을 적절한 수준으로 끌어올렸음을 알려주었다. 그러나 타라자는 사제들의 그 어떤 파벌도 감히 시이나를 해치려 할 것이라고는 생각하지 않았다.

'우리가 시이나 곁에 가까이 붙어 있어야겠다.'

그들은 매춘부들의 성적인 능력에 대한 시범이 있은 후 바쁜 일주일을 보냈다. 사실 매우 불안한 일주일이기도 했다. 오드레이드는 시이나 때문에 바삐 움직였다. 타라자는 시이나의 교육이라는 이 귀찮은 일을 루실라가 맡아주었다면 더 좋아했겠지만, 그녀가 없었으므로 어떻게든 임시변통을 해야 했다. 그리고 라키스에서 구할 수 있는 인물 중에 그런 교육을 맡아 줄 사람으로는 오드레이드가 최선이었다.

타라자는 사막 쪽을 뒤돌아보았다. 그들은 '매우 중요한 관찰자들(VIO)'을 태우고 킨에서 오는 오니숍터를 기다리고 있었다. VIO들이 아직 시간에 늦은 것은 아니었지만, 그런 인물들이 으레 그러듯이 시간을 끝까지 미루고 있었다.

시이나는 성교육을 잘 받아들이고 있는 것 같았다. 그러나 라키스에서 구할 수 있는 교단의 교육용 남성들을 타라자는 그리 높게 평가하지 않았다. 이곳에서 처음 밤을 보낼 때 타라자는 남자 하인 하나를 불러들였었다. 나중에 그녀는 그렇게 얼마 안 되는 즐거움을 얻자고 그런 일을 하는 것이 너무 거추장스럽다는 결론을 내렸다. 그 일은 또한 망각도 가져왔다. 그러나 잊어도 되는 것이 없지 않은가? 잊는다는 것은 약점을 인정하는 것이었다.

'결코 잊어서는 안 돼!'

그러나 매춘부들은 그렇게 하고 있었다. 그들은 거래의 대가로 망각을 얻었다. 그리고 그들은 인류의 운명을 계속해서 단단히 쥐고 있는 폭군의 손길도, 그 손을 떨쳐 내야 한다는 사실도 전혀 인식하지 못했다.

타라자는 전날 시이나와 오드레이드의 수업을 몰래 엿들었다.

'내가 무엇 때문에 엿듣고 있는 거지?'

어린 소녀와 스승은 이 지붕 정원에서 두 개의 벤치에 서로를 마주 보는 자세로 앉아 있었다. 익스 산의 휴대용 차단기가 암호화된 번역기를 갖고 있지 않은 모든 사람들로부터 그들의 이야기를 숨겨주었다. 반중력 부표가 달린 차단기는 두 사람의 머리 위에 이상한 우산처럼 떠 있었다. 검은 원반 모양의 차단기는 주위를 일그러뜨려 입술의 정확한 움직임과 목소리를 숨겨주었다.

작은 번역기를 왼쪽 귀에 꽂고 길쭉한 회의실 안에 서 있던 타라자에게는 수업 내용 역시 일그러진 기억처럼 느껴졌다.

'내가 이런 것들을 배울 때, 우리는 대이동에서 돌아온 매춘부들이 어떤 일을 할 수 있는지 알지 못했다.'

"왜 그걸 섹스의 복잡성이라고 부르는 거죠? 대모님이 어젯밤에 보내주신 남자가 계속 그런 말을 했어요." 시이나가 말했다.

"자기가 그걸 이해하고 있다고 믿는 사람이 많다, 시이나. 어쩌면 아무도 그걸 이해한 적이 없는지도 모르는데. 그런 말을 하는 데에는 육체보다 정신이 더 필요하니까."

"제가 얼굴의 춤꾼들이 했던 행동을 절대 이용하면 안 되는 이유가 뭐예요?”

“시이나, 복잡성이 복잡성 속에 숨어 있다. 성적인 힘의 자극을 받아 위대한 일이 이루어지기도 했고, 고약한 짓이 저질러지기도 했지. 우리는 ‘성적인 힘’이나 ‘성적인 에너지’, 그리고 ‘위에서 짓누르는 욕망의 충동’ 같은 것들에 대해 얘기한다. 그런 것들을 실제로 관찰할 수 있다는 점을 부인하진 않겠다. 하지만 지금 우리가 여기서 보고 있는 것은 너와 네가 소중하게 생각하는 모든 것을 파괴할 수 있을 만큼 강력한 힘이야.”

“제가 지금 이해하려고 애쓰는 게 바로 그거예요. 매춘부들이 뭘 잘못하고 있는 거죠?”

“그들은 종(種)의 작용을 무시하고 있다, 시이나. 너도 이걸 이미 느낄 수 있을 거야. 폭군은 틀림없이 그걸 알고 있었다. 성적인 힘의 작용으로 인류가 끊임없이 재창조되는 환영을 제외한다면 그의 황금의 길이 도대체 뭐겠니?”

“그럼 매춘부들은 창조를 하지 않아요?”

“그들은 그 힘으로 주로 자기들의 세계를 지배하려고 한다.”

“그런 것 같아요.”

“아아, 하지만 그들이 불러오고 있는 저항력이 어떤 것인지.”

“무슨 뜻인지 모르겠어요.”

“‘목소리’가 일부 사람들을 어떻게 지배하는지 알지?”

“하지만 모든 사람을 다 지배하지는 못하죠.”

“바로 그거야. 오랜 기간 동안 ‘목소리’에 종속되어 있던 문명은 그 힘에 적응하는 방법을 개발해서 ‘목소리’를 사용하는 사람들에게 조종당하는 것을 예방한다.”

“그러니까 매춘부들에게 저항하는 법을 아는 사람들이 있다는 말씀이에요?"

"우린 그런 사람들이 있다는 틀림없는 징조를 보고 있다. 그것이 우리가 이곳 라키스에 와 있는 이유 중의 하나야."

"매춘부들이 이곳으로 올까요?"

"그럴 것 같다. 그들은 구제국의 핵심부를 지배하고 싶어 해. 우리를 손쉬운 정복 대상으로 보니까."

"그들이 승리할까 봐 걱정되지 않으세요?"

"그들은 승리하지 못한다, 시이나. 틀림없어. 하지만 그들은 우리에게 좋은 영향을 미치고 있다."

"어떻게요?"

시이나의 어조는 오드레이드의 입에서 그런 말을 듣고 충격을 받은 타라자 자신의 심정과 똑같았다. 오드레이드가 얼마나 짐작하고 있는 거지? 그다음 순간 타라자는 상황을 이해했다. 그리고 저 아이도 이 수업을 자기만큼 이해하고 있는지 궁금해졌다.

"핵심부는 정적이다, 시이나. 우리는 수천 년 동안 거의 꼼짝하지 않고 있었어. 생명과 움직임은 매춘부들에게 저항하는 '저 바깥의' 대이동의 사람들에게 있어. 우리가 무슨 짓을 하더라도, 그 저항 세력을 더 강하게 만들어야 한다."

오니숍터들이 다가오는 소리가 기억에 잠겨 있던 타라자를 깨웠다. VIO들이 킨에서 도착하고 있었다. 아직 어느 정도 거리가 있었지만, 맑은 공기 속에서 소리가 멀리까지 전달되었다.

타라자는 오니숍터의 모습을 찾으려고 하늘을 훑어보면서 오드레이드의 교수법이 훌륭하다는 것을 인정하지 않을 수 없었다. 오니숍터들은 건물의 반대편에서 낮게 떠서 다가오고 있는 것 같았다. 그것은 틀린 방향이었지만, 어쩌면 오니숍터들이 VIO들을 태우고 폭군의 장벽 잔해 위로 잠깐 소풍을 다녀왔는지도 모를 일이었다. 오드레이드가 숨겨진 스파이스를 찾아냈던 그곳에 대해 많은 사람들이 호기심을 품고 있었다.

시이나, 오드레이드, 와프, 툴루샨이 길쭉한 회의실로 돌아갔다. 그들도 오니숍터의 소리를 들은 것이다. 시이나는 벌레들에 대한 자신의 힘을 보여주고 싶어 안달이 나 있었다. 타라자는 머뭇거렸다. 다가오는 오니숍터들에서 기계가 힘들어하는 소리가 났다. 사람이 너무 많이 탄 건가? 관찰자들을 몇 명이나 데려온 거지?

첫 번째 오니숍터가 옥탑 지붕 위로 떠올랐다. 타라자는 장갑을 입힌 조종실을 보았다. 기계에서 첫 번째 광선이 호선을 그리며 튀어나와 그녀의 다리를 무릎 아래에서 베어버리기도 전에 그녀는 이미 반역을 눈치챘다. 그녀는 화분에 심어진 나무를 향해 둔탁하게 쓰러졌다. 그녀의 다리는 완전히 잘려 있었다. 또 다른 광선이 그녀를 향해 허공을 가르며 다가와 그녀의 엉덩이를 비스듬한 각도로 베었다. 오니숍터는 갑자기 우르릉거리는 부스터 제트 소리를 내며 그녀의 몸 위를 재빨리 스치고 지나가 왼쪽으로 선회하며 날아가 버렸다.

타라자는 통증을 묵살하며 나무에 매달렸다. 상처에서 흘러나오는 피를 대부분 멈추게 하는 데 간신히 성공했지만 통증이 아주 심했다. 그러나 스파이스의 고통만큼 심하지는 않다고 그녀는 스스로를 일깨웠다. 그것이 도움이 되었다. 그러나 그녀는 자신의 운이 이미 다했음을 알고 있었다. 이제 박물관 사방에서 고함 소리와 폭력이 저질러지는 여러 가지 소리들이 들려왔다.

'내가 이겼어!' 타라자는 생각했다.

오드레이드가 옥탑에서 튀어나와 타라자를 향해 몸을 기울였다. 두 사람은 아무 말도 주고받지 않았지만 오드레이드는 타라자의 관자놀이에 자신의 이마를 갖다 댐으로써 타라자의 뜻을 이해했음을 보여주었다. 그것은 오랜 세월 동안 이어져 내려온 베네 게세리트의 신호였다. 타라자는 자신의 삶을 오드레이드에게 쏟아 넣기 시작했다. '다른 기억들', 희망, 두려움…… 모든 것을.

둘 중 한 사람이 어쩌면 도망칠 수 있을지도 몰랐다.

시이나는 명령대로 자리를 지키면서 옥탑 안에서 이 광경을 지켜보았다. 그녀는 저 밖의 지붕 정원에서 지금 벌어지고 있는 일이 무엇인지 알고 있었다. 이것은 베네 게세리트의 궁극적인 신비였으며, 대모를 지망하는 사람들은 모두 그것을 알고 있었다.

공격이 시작됐을 때 이미 밖으로 나간 와프와 툴루샨은 다시 돌아오지 않았다.

시이나는 불안으로 몸을 떨었다.

갑자기 오드레이드가 일어서서 옥탑 안으로 달려들어 왔다. 그녀의 눈은 제정신이 아닌 듯한 표정을 짓고 있었지만 움직임은 단호했다. 그녀는 위로 뛰어올라 발광구들을 모으더니 발광구를 매어둘 때에 쓰는 밧줄을 잡아 발광구들을 한데 움켜쥐었다. 그녀가 발광구 다발 여러 개를 시이나의 손에 불쑥 쥐여주었다. 시이나는 발광구에 달린 반중력장의 부양 효과로 몸이 점점 가벼워지는 것을 느꼈다. 오드레이드는 반중력장의 범위 너머로 더 많은 발광구 다발들을 늘어뜨린 채 폭이 좁은 방의 끝 부분으로 서둘러 움직였다. 그곳의 벽에 있는 창살이 그녀가 찾고 있는 것의 존재를 알려주었다. 그녀는 시이나의 도움으로 창살을 구멍에서 떼어냈다. 깊은 공기 통로가 드러났다. 한데 뭉쳐진 발광구들의 불빛이 안쪽의 거친 벽을 보여주었다.

"발광구를 꼭 끌어안아서 반중력장의 효과를 최대로 이용하도록 해. 몸을 내리고 싶으면 발광구를 밀어내라. 들어가." 오드레이드가 말했다.

시이나는 땀에 젖은 손으로 발광구의 밧줄을 꼭 쥐고 통로로 펄쩍 뛰어들었다. 그녀는 낙하하다가 두려운 마음에 발광구들을 가까이 끌어안았다. 위에서 빛이 비치는 것으로 보아 오드레이드가 뒤따라오는 모양이었다.

바닥에 이르자 펌프실이 나왔다. 바깥에서 들려오는 폭력의 소리를 배경으로 수많은 환풍기들의 속삭임이 들렸다.

"비공간으로 가서 사막으로 나가야 해. 이 기계 시스템들은 모두 서로 연결되어 있다. 통로가 있을 거야." 오드레이드가 말했다.

"그분은 돌아가신 건가요?" 시이나가 속삭였다.

"그래."

"가엾은 최고 대모님."

"이젠 내가 최고 대모다, 시이나. 적어도 지금은." 그녀는 위를 가리키며 말을 이었다. "저기서 우리를 공격하고 있는 건 매춘부들이야. 서둘러야 해."

⬥⬥⬥

세상은 살아 있는 자들의 것이다. 그들은 누구인가?

우리는 하얗고 따뜻한 것에 닿기 위해 어둠을 무릅썼다.

바람이 내 앞에 있었을 때, 그녀는 그 바람이었다.

한낮에 살아 있던 나는 그녀의 모습 속에서 스러졌다.

육체에서 몸을 일으켜 영혼으로 올라가는 사람은 떨어지는 것을 안다.

말(言)이 세상을 뛰어넘고 빛이 모든 것이다.

—테오도르 로트케(역사 기록에서 인용: 다르 에스 발라트)

테그가 회오리바람이 되는 데에는 의식적인 의지가 거의 필요하지 않았다. 그는 마침내 명예의 어머니들의 위협이 갖고 있는 본질을 인식했다. 그의 증폭된 속도와 함께 찾아온 새로운 멘타트 의식이 거기에 맞춰 눈에 보이지도 않을 만큼 빠른 속도로 요구들을 내놓았다.

엄청난 위협에는 엄청난 대응책이 필요했다. 그가 본부 건물을 휩쓸고 지나가며 만나는 사람들을 모두 죽이는 동안 그의 몸에는 피가 튀었다.

베네 게세리트 스승들에게서 배웠듯이, 인간이 살고 있는 우주의 커다란 문제는 번식을 관리하는 방법에 있었다. 그가 건물 전체에서 파괴를 자행하는 동안 첫 번째 스승의 목소리가 들리는 듯했다.

"너는 이것을 그저 성(性)으로만 생각하겠지만 우리는 좀더 기본적인 용어, 즉 번식을 선호한다. 그것에는 많은 측면과 파생물이 있고, 무한한 에너지가 있는 듯하다. '사랑'이라고 불리는 감정은 하나의 작은 측면일 뿐이다."

테그는 자신의 길을 막고 뻣뻣하게 서 있는 남자의 목을 바스러뜨렸다. 그리고 마침내 건물의 방어 시설을 통제하는 조종실을 찾아냈다. 방 안에는 남자 한 사람이 앉아 있을 뿐이었다. 그의 오른손이 자기 앞의 조종대에 있는 빨간 단추에 닿기 직전이었다.

테그는 왼손을 칼처럼 휘둘러 남자의 목을 거의 베어버리다시피 했다. 남자의 몸이 느린 동작으로 뒤로 기울어졌다. 크게 입을 벌린 목에서 피가 솟아 나왔다.

'교단이 그들은 매춘부라고 부른 건 옳은 일이었어!'

번식의 엄청난 에너지를 조종하면 인류를 거의 어디든 마음대로 끌고 갈 수 있었다. 사람들을 자극해서 그들이 결코 가능할 것이라고 믿지 못하던 행동으로 몰아갈 수 있었다. 그의 스승들 중 한 사람은 그것을 이렇게 직설적으로 말했다.

"이 에너지에는 반드시 분출구가 있어야 한다. 그걸 꼭 닫아놓으면 무서울 정도로 위험해지지. 그것의 방향을 바꿔주면 그것은 자신의 길 위에 있는 모든 것을 쓸어버릴 거야. 이것이 모든 종교의 궁극적인 비밀이다."

건물을 떠날 때 테그는 자신이 50구 이상의 시체를 뒤에 남겨놓았음을 의식하고 있었다. 마지막으로 죽은 사람은 열린 문간에서 위장복을 입고 서 있던 병사였다. 아마도 막 안으로 들어오는 길인 것 같았다.

테그가 꼼짝도 하지 않는 것처럼 보이는 사람들과 차량들을 지나쳐

달려갈 때, 속도가 빨라진 그의 정신은 뒤에 남기고 온 것에 대해 곰곰이 생각해 볼 여유가 있었다. 그 늙은 명예의 어머니가 살아 있을 때 마지막으로 지은 표정이 진정한 놀라움이라는 사실에서 위안을 찾을 수 있을까? 무자파르가 이제 다시는 자신의 프레임 관목 집을 볼 수 없으리라는 것을 기뻐해도 될까?

그러나 베네 게세리트에 의해 훈련받은 사람으로서 그는 자신이 심장이 겨우 몇 번 뛰는 동안 해치운 일이 꼭 필요한 것이었음을 분명히 알고 있었다. 테그는 역사를 알고 있었다. 구제국에는 낙원 같은 행성들이 많이 있었다. 대이동을 떠난 사람들 가운데에는 아마 그런 행성이 더 많이 있을 터였다. 사람들은 항상 그 바보 같은 실험을 시도할 수 있는 것 같았다. 그런 곳에서 사람들은 대개 빈둥빈둥 게으름을 피웠다. 재빠르고 날카로운 분석 결과 이는 그런 행성의 안락한 기후 때문임을 알 수 있었다. 그가 생각하기에는 어리석은 짓이었다. 그런 곳에서는 성적인 에너지가 쉽사리 해방되기 때문이었다. 분열된 신의 선교사들이나 종교적 구조물이 이런 낙원에 들어가면 잔인무도한 폭력이 발생했다.

"우리 교단 사람들은 알고 있다. 우리가 보호 선교단을 이용해서 그런 퓨즈에 불을 붙인 적이 한두 번이 아냐." 테그의 스승 중 한 명은 이렇게 말했다.

테그는 그 늙은 명예의 어머니의 본부였지만 지금은 도살장이 된 그 건물로부터 적어도 5킬로미터는 떨어진 골목길에 이를 때까지 멈추지 않고 달렸다. 그는 시간이 아주 조금밖에 지나지 않았다는 것을 알고 있었지만, 그가 초점을 맞춰야 할 훨씬 더 중요한 것이 있었다. 그가 그 건물 안에 있던 사람들을 모두 죽인 것은 아니었다. 그곳에는 그가 어떤 능력을 갖고 있는지 아는 사람들의 눈이 있었다. 그들은 그가 명예의 어머니들을 죽이는 것을 보았다. 그들은 무자파르가 그의 손에 죽어 넘어지는 것을 보았다. 뒤에 남은 시체들과 기록 화면의 느린 재생이 증거가 되어 모든 사실을 알려줄 것이다.

테그는 벽에 몸을 기댔다. 왼손 손바닥의 피부가 찢어져 있었다. 그는 상처에서 피가 스며 나오는 것을 지켜보면서 몸을 정상 속도로 되돌렸다. 피는 거의 검은색이었다.

'핏속에 산소가 더 많이 있는 건가?'

그는 숨을 가쁘게 몰아쉬고 있었지만, 이 정도로 몸을 움직인 것에 비하면 그리 가쁜 편이 아니었다.

'나한테 무슨 일이 일어난 거지?'

그의 아트레이데스 혈통 때문임이 분명했다. 위기가 그를 살짝 건드려 인간적인 가능성의 새로운 차원 속으로 던져버린 것이다. 이 변신이 무엇인지는 모르지만, 하여튼 심대했다. 그는 이제 시선을 밖으로 돌려 반드시 필요한 수많은 일들을 들여다볼 수 있었다. 그리고 그가 이 골목으로 달려오면서 지나친 사람들은 조각상 같았다.

'혹시 나도 그들을 허섭스레기로 생각하게 될까?'

그런 일이 일어나는 것은 그가 그런 생각을 스스로 허락할 때뿐이다. 그러나 유혹이 분명히 존재했다. 그는 명예의 어머니들을 위한 잠깐의 애도를 스스로에게 허락했다. 그들은 '커다란 유혹'에 넘어가 스스로 허섭스레기가 되었다.

이제 어떻게 해야 하나?

행동의 중심 경로가 그의 앞에 열려 있었다. 이곳 이사이에 남자가 하나 있었다. 테그가 원하는 사람들을 그는 확실히 모두 알고 있을 것이다. 테그는 골목을 둘러보았다. 그래, 그 남자는 가까이에 있었다.

꽃과 풀의 향기가 골목 저쪽 어딘가에서 테그에게로 풍겨왔다. 그는 그 향기를 향해 움직였다. 그 향기는 그를 가야 하는 곳으로 이끌고 있으며, 이곳에서 그를 기다리는 폭력적인 공격 같은 것은 없었다. 이곳은 일시적으로 조용하고 침체된 곳이 되어 있었다.

그는 금방 향기의 원천에 도착했다. 그것은 파란색 차일로 눈에 띄게 표시가 되어 있는, 안으로 움푹 들어간 문이었다. 차일 위에는 현대 갈락어로 두 단어가 적혀 있었다. '개인 서비스.'

테그는 안으로 들어가자마자 이 집이 어떤 곳인지 알아차렸다. 구제국에서는 이런 곳을 많이 볼 수 있었다. 고대까지 거슬러 올라가는 식당으로, 주방과 식탁을 오가는 자동인형들을 쓰지 않았다. 대개 '아는 사람만 아는' 곳. 사람들은 친구들에게 최근 이런 식당을 '발견'한 이야기를 하면서 소문을 퍼뜨리지 말라고 다짐을 하곤 했다.

"사람들이 북적거리면 그곳의 분위기가 망가질 거야."

언제 봐도 재미있는 광경이었다. 자기가 그런 집에 대해 소문을 퍼뜨리면서도 마치 비밀을 지키는 것처럼 위장을 하다니.

입에 군침이 돌게 만드는 음식 냄새가 뒤쪽의 주방에서 풍겨 나왔다. 웨이터 한 사람이 김이 모락모락 나는 쟁반을 들고 지나갔다. 아주 맛있을 것 같았다.

짧은 검은색 원피스에 하얀 앞치마를 두른 젊은 여자가 그에게 다가왔다. "이쪽입니다, 손님. 구석에 빈 자리가 하나 있습니다."

그녀는 그가 벽을 등지고 자리에 앉을 수 있도록 의자를 빼주었다. "곧 사람이 올 겁니다, 손님." 그녀는 두께가 보통 종이의 두 배만 한, 뻣뻣한 싸구려 종이 한 장을 그에게 건네주었다. "저희 메뉴가 인쇄되어 있습니다. 이런 것도 괜찮다고 생각하셨으면 좋겠습니다만."

그는 그녀가 떠나는 것을 지켜보았다. 아까 보았던 웨이터가 아까와는 반대 방향으로 주방을 향해 지나쳐 갔다. 쟁반은 비어 있었다.

마치 테그가 고정된 트랙을 달리고 있었던 것처럼 그의 발이 그를 이곳으로 이끌어 왔다. 그리고 그에게 필요한 사람이 가까운 자리에서 식사를 하고 있었다.

웨이터는 걸음을 멈추고 그 남자와 이야기를 하고 있었다. 테그가 이곳에서 해야 하는 다음 행동에 대한 해답을 그 남자가 쥐고 있었다. 웨이터와 남자가 함께 소리 내어 웃었다. 테그는 식당의 다른 부분을 훑어보았다. 그들의 자리를 제외하고 손님이 있는 식탁은 세 개뿐이었다. 한 나이 지긋한 여자가 반대편 구석자리에 앉아서 서리처럼 생긴 사탕 과자를 조금씩 뜯어 먹고 있었다. 그녀는 목선이 깊이 파이고 몸에 딱 달라붙는 짧은 빨간색 원피스를 입고 있었는데, 아마 지금 가장 유행하는 옷인 듯했다. 그녀의 신발도 옷과 같은 색이었다. 테그의 오른쪽 식탁에는 젊은 남녀가 앉아 있었다. 그들은 서로를 바라볼 뿐 다른 사람들에게는 눈길도 주지 않았다. 문 근처의 식탁에서는 몸에 딱 맞는 갈색의 구식 튜닉을 입은 나이 지긋한 남자가 초록색 야채로 만든 요리를 아껴가며 먹고 있었다. 그의 시선은 오로지 음식에만 있었다.

웨이터와 얘기하던 남자가 커다란 소리로 웃었다.

테그는 웨이터의 뒤통수를 빤히 바라보았다. 금색 머리카락 다발이 죽어서 짓밟힌 풀 다발처럼 웨이터의 목덜미에서 솟아 나와 있었다. 머리카락 밑의 옷깃은 닳아서 너덜너덜했다. 테그는 시선을 낮췄다. 웨이터의 신발 뒤축이 찌그러져 있고, 검은색 웃옷의 끝단에는 꿰맨 자리가 있었다. 이곳에서는 절약을 강조하는 건가? 절약이거나, 아니면 뭔가 다른 형태의 경제적 압박? 주방에서 풍겨 나오는 냄새는 전혀 인색하지 않았다. 식기도 깨끗하게 번쩍거렸다. 금이 간 접시는 하나도 없었다. 그러나 빨간색과 하얀색 줄무늬가 있는 식탁보에는 원래 천과 어울리도록 신경 써서 기운 자국이 여러 군데 있었다.

테그는 다른 손님들을 다시 유심히 살펴보았다. 유복해 보이는 사람들이었다. 이곳에 굶주리는 빈민은 하나도 없었다. 그 순간 테그는 상황을 깨달았다. 이곳은 '아는 사람들만 아는' 집일 뿐만 아니라, 누군가가 바로 그런 효과를 내기 위해 설계한 곳이었다. 이런 가게의 뒤에는 영리한 머리를 지닌 사람이 있었다. 이곳은 새로 부상하는 젊은 중역들이 장래의 고객에게 점수를 따거나 상관을 기쁘게 하기 위해 알려주는 그런 식당이었다. 음식은 최고이고 양도 푸짐할 것이다. 테그는 자신의 본능이 자신을 이곳으로 이끈 것이 옳은 일이었음을 깨달았다. 그는 이제 메뉴에 정신을 집중시키며 마침내 허기가 의식 속으로 들어오는 것을 허락했다. 적어도 고인이 된 무자파르 육군 원수를 놀라게 했을 때만큼 허기가 강렬했다.

웨이터가 쟁반을 하나 들고 그의 옆에 나타났다. 쟁반 위에는 뚜껑이 열려 있는 작은 상자와 단지가 놓여 있었는데 단지에서는 피부 재생 연고의 자극적인 냄새가 풍겨 나왔다.

"손에 부상을 입으셨습니다, 바샤르 님." 남자는 식탁 위에 쟁반을 내려놓았다. "주문을 하시기 전에 상처에 붕대를 감아드리겠습니다."

테그는 부상당한 손을 들어 올린 채 재빠르고 유능한 치료 솜씨를 지켜보았다.

"나를 아나?" 테그가 물었다.

"예, 장군님. 그런데 제가 들은 이야기를 생각하면 장군님께서 제복을 완전히 갖춰 입은 모습이 이상하게 보입니다. 됐습니다." 그가 치료를 마쳤다.

"무슨 얘기를 들었지?" 테그가 낮은 목소리로 말했다.

"명예의 어머니들이 장군님을 뒤쫓고 있다는 얘기였습니다."

"난 방금 그들 몇 명을 죽였네. 그리고 그들의…… 그 사람들을 뭐라고 불러야 하지?"

남자는 안색이 창백해졌지만 단호하게 말했다. "노예라는 말이 좋을 겁니다, 장군님."

"자넨 렌디타이에 있었지, 그렇지 않은가?"

"예, 장군님. 저희들 중 이곳에 정착한 사람이 많습니다."

"내겐 음식이 필요하네만 돈을 낼 수는 없네."

"렌디타이에서 온 사람들 중에 장군님의 돈을 원하는 사람은 없습니다, 바샤르 님. 장군님이 이쪽으로 오신 걸 그들이 알고 있습니까?"

"모를 걸세."

"이곳에 있는 사람들은 단골들입니다. 이들 중에 장군님을 배신할 사람은 하나도 없습니다. 만약 위험한 사람이 오면 제가 장군님께 경고를 해드리도록 애써보겠습니다. 무슨 음식을 드시고 싶으십니까?"

"아주 많은 양의 음식. 선택은 자네에게 맡기겠네. 단백질보다 탄수화물의 양이 두 배 정도 많아야 하네. 흥분 작용을 하는 음식은 없어야 하고."

"아주 많은 양이라는 게 무슨 뜻입니까, 장군님?"

"계속 음식을 가져오게. 내가 그만 하라고 할 때까지……. 아니면 자네가 내게 보여줄 수 있는 친절의 한도를 넘어섰다는 생각이 들 때까지거나."

"이곳이 모습은 이렇지만 가난하지는 않습니다. 이곳의 특별 손님들이 저를 부자로 만들어주었습니다."

자신의 평가가 맞았다고 테그는 생각했다. 이곳에서 절약을 강조하는 모습은 계산된 가장(假裝)이었다.

웨이터가 자리를 떠나 다시 중앙 테이블에 있는 남자에게 말을 걸었다. 웨이터가 주방으로 들어간 후 테그는 드러내놓고 그 남자를 유심히 살펴보았다. 그래, 바로 저 남자였다. 남자는 야채가 곁들여진 파스타 같은 것이 잔뜩 쌓여 있는 접시에 신경을 집중하고 있었다.

이 남자에게서는 여자의 손길이 거의 느껴지지 않는다고 테그는 생각했다. 그의 옷깃은 비뚤게 여며져 있고, 멜빵은 헝클어져 있었다. 그리고 왼쪽 소매 끝동은 초록색이 도는 소스가 묻어 더러웠다. 그는 원래 오른손잡이였지만 음식을 흘릴 만한 곳에 왼손을 놓아둔 채 음식을 먹었다. 바지 끝동은 해어져 있었다. 실밥이 드러난 천에서 부분적으로 떨어져 나온 한쪽 바지 자락은 발꿈치에 끌릴 정도였다. 양말도 한쪽은 파란색, 다른 한쪽은 옅은 노란색으로 짝짝이였다. 그는 이런 것에 전혀 개의치 않는 것 같았다. 어머니가 됐든, 다른 여자가 됐든, 이 남자를 문간에서부터 질질 끌고 들어가 남들 앞에 보기 흉하지 않은 모습으로 옷차림을 갖추라고 명령하는 사람이 없는 것 같았다. 그의 기본적인 태도는 그의 겉모습 전체에 뚜렷하게 드러나 있었다. '지금 당신이 보고 있는 모습이 최대한 보기 흉하지 않은 모습'이라는 식의 태도.

남자가 갑자기 시선을 들었다. 마치 누군가가 엉덩이를 쿡 찌르는 바람에 깜짝 놀란 것 같은 동작이었다. 그는 갈색 눈으로 식당 안을 둘러보며 사람들의 얼굴에 차례로 시선을 잠깐씩 멈췄다. 마치 어떤 특정한 얼굴을 찾고 있는 것 같았다. 이 작업이 끝나자 그는 다시 자기 접시로 시선을 돌렸다.

웨이터가 맑은 수프를 가지고 돌아왔다. 수프 안에 달걀 부스러기와 초록색 채소가 보였다.

"식사가 준비되는 동안 이걸 드시고 계십시오, 장군님." 그가 말했다.

"자네는 렌디타이에서 곧장 이곳으로 온 건가?" 테그가 물었다.

"예, 장군님. 하지만 저는 아클리네에서도 장군님 부대에 있었습니다."

"가무의 67번째 행성 말이군."

"예, 장군님!"

"우리가 그때 아주 많은 생명을 구했지. 그들의 생명도, 우리의 생명도."

테그가 여전히 수저를 들지 않자 웨이터가 다소 차가운 목소리로 말했다. "독약 탐지기가 필요하십니까, 장군님?"

"자네가 내 식사 시중을 드는 동안에는 필요 없네." 테그가 말했다. 그의 말은 진심이었지만 그는 조금은 사기를 치고 있는 것 같은 기분이었다. 그의 이중 시야가 음식이 안전하다는 것을 그에게 알려주었기 때문이다.

웨이터가 기분이 좋아져서 몸을 돌려 자리를 떠나려고 했다.

"잠깐." 테그가 말했다.

"예?"

"중앙 테이블에 있는 남자 말일세. 저 사람도 여기 단골인가?"

"델나이 교수님 말씀입니까? 그럼요, 장군님."

"델나이라. 그래, 그럴 줄 알았어."

"무술 교수님입니다, 장군님. 무술 역사도 가르치시고요."

"알고 있네. 내가 디저트를 먹을 때가 되면 델나이 교수에게 내 자리로 와줄 수 있겠느냐고 물어봐 주게."

"장군님이 누구신지 밝힐까요, 장군님?"

"그가 이미 알고 있지 않겠나?"

"아마 그럴 겁니다, 장군님. 하지만……."

"조심할 때에는 조심하는 게 좋지. 음식을 가져오게."

델나이는 웨이터가 테그의 초청을 전달하기 훨씬 전에 이미 커다란 흥미를 느끼고 있었다. 교수가 테그의 맞은편 자리에 앉으면서 가장 먼저 한 말은 이런 것이었다. "저는 이렇게 놀라운 식사를 본 적이 없습니다. 정말 디저트를 더 드실 수 있는 겁니까?"

"디저트를 적어도 두세 개는 먹을 수 있소." 테그가 말했다.

"정말 놀랍군요!"

테그는 꿀을 넣어 달게 만든 절임을 한 숟갈 시식했다. 그는 그것을 꿀꺽 삼키고 나서 이렇게 말했다. "이 집은 정말 보석 같은 곳이오."

"저는 이 집을 아주 조심스럽게 비밀로 해두고 있습니다. 물론 아주 가까운 친구 몇 명은 예외지만. 제가 어찌해서 당신의 초대를 받는 영광을 누리게 됐는지요?"

"당신은…… 아, 명예의 어머니에게 찍힌 적이 있소?"

"오, 지옥의 신들이여, 천만에요! 저는 그 정도로 중요한 인물이 아닙니다."

"난 당신에게 목숨을 걸어달라고 요청할 생각이었소, 델나이."

"어떤 식으로요?" 망설임이 전혀 없었다. 그건 고무적인 조짐이었다.

"이사이에 내 옛날 부하들이 만나는 장소가 있소. 난 그곳에 가서 그들을 가능한 한 많이 만나고 싶소."

"지금처럼 화려한 제복을 완전히 갖춰 입고 거리를 걷겠다고요?"

"무엇이든 당신이 마련해 주는 차림을 하겠소."

델나이는 아랫입술에 손가락 하나를 갖다 대고 뒤로 몸을 기대며 테그를 뚫어지게 바라보았다. "아시겠지만 당신은 변장시키기에 쉬운 인물이 아닙니다. 하지만 어쩌면 방법이 있을 것도 같군요." 그는 생각에 잠겨 혼자 고개를 끄덕였다. "그래요." 그가 미소를 지었다. "아마 당신은 그 차림을 싫어할 겁니다."

"어떤 차림을 생각하고 있는 거요?"

"누비옷을 입히고 다른 부분들도 바꿀 겁니다. 보르다노 감독관으로 변장할 거니까요. 당신 몸에서는 물론 하수도 냄새가 나겠지요. 그리고 당신은 그 냄새를 알아차리지 못하는 것처럼 행동해야 할 겁니다."

"그 방법이 성공할 것이라고 생각하는 이유가 뭐요?"

"아, 오늘 밤에 폭풍이 몰려올 겁니다. 이런 계절에는 으레 있는 일이지요. 내년에 들판에서 자라게 될 곡식을 위해 수분을 내려주는 겁니다. 그리고, 아시겠지만 열에 달궈진 들판을 위해 저수지에 물을 채워주기도 하고요."

"난 당신의 얘기들이 어떻게 연결되는지 이해하지 못하겠군. 하지만 내가 이 절임을 하나 더 먹고 난 후에 출발합시다."

"우리가 폭풍을 피해 들어가는 곳이 당신 마음에 들 겁니다. 아시겠지만, 내가 지금 이 일을 하는 건 미친 짓입니다. 하지만 여기 주인 말이 당신을 도와주지 않을 거라면 다시는 이곳에 오지 말라고 하더군요."

델나이가 그를 회합 장소로 데리고 간 것은 해가 지고 나서 한 시간 뒤였다. 테그는 가죽옷을 입고 절름발이 흉내를 내며, 자기 몸에서 나는 냄새를 무시해 버리기 위해 정신력을 대부분 쏟아야 했다. 델나이의 친구들은 테그에게 하수도의 오물을 처덕처덕 바른 다음 호스로 물을 뿌렸다. 그리고 강제로 바람을 일으켜 몸을 말리자 하수도의 향기가 대부분 그대로 되돌아왔다.

회합 장소의 문간에 있는 원격 판독 기상 계기판은 지난 1시간 동안 바깥 기온이 15도 떨어졌음을 테그에게 알려주었다. 델나이가 앞장서서 사람들이 붐비는 방 안으로 서둘러 사라졌다. 방 안에서는 커다란 소음과 유리 그릇들이 서로 부딪히는 소리가 들려왔다. 테그는 걸음을 멈추고 문 옆에 있는 기상 계기판을 유심히 살펴보았다. 바람이 30킬로미터의 속도로 거세게 불고 있다는 표시가 보였다. 기압계의 눈금은 아래로 내려가 있었다. 그는 계기판 위의 간판을 바라보았다.

"손님들을 위한 서비스."

이 설비는 아마 이 술집에도 서비스를 해주고 있을 터였다. 술집을 나가려던 손님들이 이 기상 계기판의 눈금을 한 번 살펴보고 따스한 온기와 동료들이 있는 술집 안으로 다시 들어가기도 할 테니까.

바의 반대편 끝에 있는 벽난로에서는 진짜로 불이 타고 있었다. 향내가 나는 나무였다.

델나이가 돌아왔다. 그는 테그에게서 나는 냄새 때문에 콧잔등에 주름을 잡으며 와자지껄하게 사람들이 모여 있는 곳의 가장자리를 돌아 뒷방으로 그를 데리고 갔다. 이 방을 통과하자 개인용 욕실이 나왔다. 깨끗하게 빨아서 다림질까지 해놓은 테그의 제복이 그곳의 의자에 걸쳐져 있었다.

"저는 벽난로 가의 자리에 있겠습니다." 델나이가 말했다.

"제복을 완전히 갖춰 입으라는 건가?" 테그가 물었다.

"그 옷이 위험한 건 저 밖의 거리에서뿐입니다." 델나이가 말했다. 그리고 그는 자신이 온 길을 되짚어 가버렸다.

테그는 곧 밖으로 나와 여기저기 모여 있는 사람들 사이를 지나 벽난로 가의 자리로 갔다. 모여 있던 사람들이 그를 알아보고는 갑자기 조용해졌다. 웅성거림이 방 안을 휩쓸고 지나갔다.

"정말로 옛날 바샤르 님이야."

"아, 그래, 테그 님이군. 저분 부대에 있었어. 그래. 어디서든 저 얼굴과 저 모습을 알아볼 수 있다고."

손님들은 시대를 초월한 벽난로의 온기가 미치는 곳에 몰려 있었다. 젖은 옷의 냄새와 사람들의 입에서 나는 술 냄새가 진동했다.

그러니까 이렇게 많은 사람들이 폭풍 때문에 이 술집으로 왔다는 건가? 테그는 전투로 단련된 군인의 얼굴을 한 주위 사람들을 바라보며 이건 결코 평범한 모임이 아니라는 생각이 들었다. 델나이가 뭐라고 하든 중요하지 않았다. 이곳의 사람들은 서로를 알고 있었으며, 지금 이 시간에 이곳에서 서로를 만나게 될 거라고 예상하고 있었다.

델나이는 호박색 술이 든 잔을 손에 들고 벽난로 가에 있는 벤치들 중 하나에 앉아 있었다.

"당신이 이곳에서 우리와 만나자고 얘기를 퍼뜨렸군." 테그가 말했다.

"당신이 원한 것이 바로 그것 아닙니까, 바샤르 님?"

"당신은 누구요, 델나이?"

"저는 여기서 남쪽으로 몇 킬로미터 떨어진 곳에 겨울 농장을 하나 갖고 있고, 제게 가끔 지상차를 빌려주는 은행가 친구들도 몇 명 있습니다. 좀더 구체적인 얘기를 원하신다면 저는 이 방에 있는 다른 사람들과 같다고 말씀드리겠습니다. 명예의 어머니들을 목에서 떼어내 버리고 싶어 하는 사람이지요."

테그의 뒤에서 한 남자가 물었다. "바샤르 님이 오늘 그들을 100명이나 죽였다는 게 사실입니까?"

테그는 고개를 돌리지 않은 채 냉담하게 말했다. "숫자가 크게 과장되었군. 나도 술 한잔할 수 있겠나?"

누군가가 그에게 잔을 가져다주는 동안 테그는 커다란 키를 이용해서 방 안을 훑어보았다. 그의 손에 불쑥 쥐어진 잔에는, 그가 예상했던 대로 단 행성에서 빚은 짙은 파란색의 마리네트가 담겨 있었다. 이 옛날 병사들은 그의 취향을 알고 있었다.

방 안의 사람들은 계속 술을 마시며 놀았지만 한결 가라앉은 분위기였다. 그들은 그가 자신의 목적을 발표하기를 기다리고 있었다.

이렇게 폭풍이 부는 밤에는 무리 짓기를 좋아하는 인간의 본성이 자연스럽게 부추겨지는 법이었다. 동굴 입구 안쪽의 불 뒤에 함께 모여 앉은 같은 부족의 사람들! 그 어떤 위험한 것도 우리를 지나가지 못할 것이다. 특히 우리가 피워놓은 불을 보고 온 짐승들. 이런 밤에 가무 일대에서 이런 비슷한 모임이 몇 개나 열리고 있는 걸까? 테그는 술을 한 모금 마시면서 생각했다. 한자리에 모인 동료들이 남의 눈에 들키고 싶어 하지 않는 행동을 할 때, 나쁜 날씨가 그런 움직임을 가려줄 수 있었다. 날씨 때문에 원래는 실내에 있지 말아야 할 사람이 계속 안에 머물러 있게 될 수도 있었다.

그는 과거에 알던 몇몇 사람의 얼굴을 알아보았다. 장교들과 평범한 병사들, 여러 계급의 사람들이 뒤섞인 집단이었다. 그들 중 일부에 대해 그는 좋은 기억을 갖고 있었다. 그들은 믿을 만한 사람들이었다. 그들 중 일부가 오늘 밤 죽을 것이다.

사람들이 그의 앞에서 차츰 긴장을 풀면서 소음이 점점 커졌다. 아무도 그에게 설명을 재촉하지 않았다. 그들은 그의 그런 특징 역시 알고 있었다. 테그는 자신의 시간표를 스스로 정한다는 것.

사람들이 대화를 나누는 소리와 웃음소리가 들려왔다. 역사의 여명기에 인간들이 한데 모여 서로에게서 안전을 구하던 때부터 이런 모임에서는 틀림없이 이런 소리가 들려왔을 것이다. 유리 그릇이 땡그랑거리는 소리, 갑작스레 터지는 웃음소리, 몇몇 사람이 조용히 쿡쿡 웃는 소리. 그들은 자신의 힘을 더 많이 의식하는 사람들일 터였다. 조용하게 쿡쿡거리는 소리는 그 사람이 즐거움을 느낄 수는 있지만 그렇다고 해서 실없이 커다란 소리로 웃어대며 바보처럼 굴 생각은 없다는 뜻이었다. 델나이는 조용히 쿡쿡 웃어대는 편에 속했다.

테그는 살짝 위를 올려다보았다. 들보들이 있는 천장은 으레 그렇듯이 낮게 지어져 있었다. 그 때문에 이 폐쇄된 공간이 더 넓어 보이면서도 더 친밀하게 느껴졌다. 인간의 심리에 세심하게 신경을 쓴 흔적이었다. 그는 이 행성의 여러 곳에서 그런 흔적들을 보았다. 그것은 사람들이 인식하고 싶어 하지 않는 것을 억제해 두기 위한 조치였다. 사람들이 편안하고 안전하다는 느낌을 갖게 만들어라. 물론 그들은 편안하지도 안전하지도 않았지만, 그 사실이 그들의 마음속으로 뚫고 들어가지 못하게 하라.

좀더 오랫동안 테그는 숙련된 종업원들이 술잔을 이리저리 나르는 모습을 지켜보았다. 이 지방에서 나는 검은 맥주도 있었고, 값비싼 수입품도 있었다. 바와 부드러운 조명이 켜진 식탁들 위에는 바삭바삭하게 튀겨서 소금을 듬뿍 친 이 지역 채소가 그릇에 담겨 여기저기 놓여 있었다. 이것이 갈증을 한층 강화시키려는 조치임이 분명한데도 아무도 기분 나빠 하지 않는 것 같았다. 이런 장사에서 그런 일은 당연한 것에 불과했다. 물론 맥주에도 소금이 듬뿍 들어가 있을 터였다. 항상 그랬으니까. 양조 업자들은 갈증을 부추기는 방법을 잘 알고 있었다.

일부 사람들의 목소리가 점점 커졌다. 술의 오랜 마법이었다. 바커스가 여기 있었다! 만약 이 모임이 자연스럽게 진행되도록 내버려둔다면 늦은 밤에 방 안의 소음이 최고조에 도달할 것이며, 그다음에 천천히, 아주 천천히 소음이 잦아들 것이다. 그러다 누군가가 문 옆의 기상 계기판을 보러 가고, 그 결과에 따라 이곳의 분위기는 즉시 파장이 될 수도 있었고, 좀더 가라앉은 상태로 한동안 계속될 수도 있었다. 그 순간 테그는 바 뒤의 어딘가에 기상 계기판의 눈금들을 왜곡시킬 수 있는 장치가 있으리라는 것을 깨달았다. 이 술집이 장사를 더 많이 할 수 있는 그런 방법을 그냥 간과하지 않을 터였다.

'사람들이 못마땅하게 생각하지 않는 모든 수단을 동원해서 그들을 계속 안에 붙들어두겠지.'

이런 시설을 조종하는 사람들은 명예의 어머니들과 합류하고서도 눈 하나 깜짝하지 않을 것이다.

테그는 자신의 잔을 한쪽으로 치워놓고 크게 소리쳤다. "잠시 내게 주목해 주겠나?"

방 안이 조용해졌다.

이 집의 종업원들조차 하던 일을 멈췄다.

"누가 가서 문을 지키게. 내가 명령을 내릴 때까지 아무도 드나들지 못하게. 저 뒷문도 지켜주면 좋겠군."

이 문제가 해결되자 그는 신중하게 방 안을 둘러보며 자신의 이중 시야와 오랜 군사 경험에 의해 가장 믿어도 될 거라고 생각되는 사람들을 골라냈다. 이제 무엇을 해야 하는지 상당히 분명히 알 수 있었다. 부르즈말리, 루실라, 던컨이 저 밖에 있는 것이 그의 새로운 시야 가장자리에 보였다. 그들에게 지금 필요한 것이 무엇인지 쉽게 알 수 있었다.

"자네들이 꽤나 빠르게 무기를 손에 넣을 수 있을 거라고 생각하네." 그가 말했다.

"저희는 준비를 하고 왔습니다, 바샤르 님!" 방 안의 누군가가 소리쳤다. 테그는 그 목소리에서 술기운을 읽었지만, 옛날처럼 아드레날린이

펑펑 쏟아져 나오고 있다는 사실 또한 알 수 있었다. 아드레날린은 이 사람들에게 아주 소중한 역할을 할 것이다.

"지금부터 비우주선을 한 대 탈취한다." 테그가 말했다.

이 말이 사람들을 사로잡았다. 문명이 만들어낸 물건들 중 비우주선만큼 삼엄한 경비를 받는 물건은 하나도 없었다. 이 우주선들은 착륙장이나 아니면 다른 곳에 도착했다가 다시 떠나곤 했다. 장갑을 입힌 우주선의 표면에는 무기들이 빽빽하게 설치되어 있었고, 승무원들은 공격받기 쉬운 곳에서 항상 경계 태세를 유지했다. 어쩌면 속임수를 써서 성공할 수 있을지 몰라도, 공공연한 공격으로는 거의 가망이 없었다. 그러나 이 방에서 테그는 필연성과 아트레이데스 혈통에 들어 있는 무모한 유전자에 떠밀려 새로운 의식에 도달했다. 가무의 지상과 궤도에 있는 비우주선들의 위치가 그의 눈에 보였다. 밝은 점들이 그의 내면의 시야를 점령했고, 어릿광대들의 지팡이에서 지팡이로 이어진 실 가닥들처럼 그의 이중 시야는 이 미로를 뚫고 나가는 길을 보았다.

'아, 하지만 난 가고 싶지 않아.' 그는 생각했다.

그를 몰아붙이고 있는 것의 존재를 부정할 수는 없었다.

"구체적으로 말해서, 대이동에서 돌아온 비우주선 한 대를 탈취할 것이다. 그들은 최고의 우주선을 몇 대 갖고 있지. 자네, 자네, 자네, 그리고 자네." 그는 손가락으로 사람들을 골라냈다. "자네들은 이곳에 남아 아무도 이곳을 나가거나 바깥과 통신을 주고받지 못하게 하게. 아마 공격이 있을 텐데 가능한 한 오래 버티면 돼. 나머지 사람들은 무기를 들고 출발한다."

정의? 누가 정의를 요구하는가. 우리가 우리 자신의 정의를 만든다. 우리가 이곳 아라키스에서 정의를 만든다. 이기느냐, 죽느냐. 우리에게 무기가 있고 그것을 사용할 자유가 있는 한 정의에 대해 이러쿵저러쿵 불평하지 말기로 하자.

—레토 1세: 베네 게세리트 기록 보관소

비우주선은 라키스의 모래 위로 낮게 날아왔다. 우주선이 지나가는 길에서 흙먼지의 소용돌이가 생겨나 우주선 주위를 떠돌다가 후두둑후두둑 아래로 가라앉으며 모래 언덕들을 어지럽혔다. 은빛이 도는 노란색 태양은 길고 뜨거운 낮의 악마 같은 열기 때문에 어지러워진 지평선 속으로 가라앉고 있었다. 비우주선은 거기에 삐걱거리는 소리를 내며 내려앉았다. 그 번쩍이는 강철 공 모양의 존재를 눈과 귀로는 탐지할 수 있었지만, 예지력이나 장거리 탐지 장비로는 탐지할 수 없었다. 테그는 보아서는 안 되는 눈들이 자신을 보지 못했음을 이중 시야 덕분에 확신할 수 있었다.

"10분 이내에 저 밖에 장갑 오니숍터와 자동차들을 준비해라." 그가 말했다.

사람들이 그의 뒤에서 부시럭거리며 움직이기 시작했다.

"그들이 여기 있는 게 확실합니까, 바샤르 님?" 이 목소리의 주인은 가무의 바에서 술을 마시던 사람 중 하나였다. 그는 렌디타이에서 믿음직한 장교였지만, 젊은 시절의 짜릿함을 다시 맛보는 듯한 기분은 이미 사라진 뒤였다. 그는 가무의 전투에서 오랜 친구들이 죽는 것을 보았다. 거기서 살아남아 이곳까지 온 대부분의 다른 사람들과 마찬가지로, 그 역시 가족을 남겨놓고 떠나왔다. 가족들이 어떤 운명을 맞게 될지 그로서는 알 수 없는 일이었다. 그의 목소리에는 신랄함이 약간 배어 있었다. 마치 자신이 속임수에 넘어가서 이번 일에 끼어들게 되었다고 스스로를 납득시키려 하는 것 같았다.

"그들이 곧 올 거다. 벌레의 등에 타고 도착할 거야." 테그가 말했다.

"그걸 어떻게 아십니까?"

"모든 것이 미리 다 계획된 것이니까."

테그는 눈을 감았다. 그는 눈으로 보지 않아도 주위 사방의 움직임을 감지할 수 있었다. 이곳은 그가 전에 수없이 경험했던 전투 사령부와 비슷했다. 장비들이 있는 달걀형의 방과 장비들을 조작하는 사람들, 명령을 기다리는 장교들.

"여긴 뭡니까?" 누군가가 물었다.

"우리 북쪽에 있는 저 바위들이 보이나? 저 바위들은 한때 높은 절벽이었다. '바람의 덫'이라고 불리는 곳이었지. 저곳에는 프레멘 시에치도 하나 있었는데, 지금은 그저 동굴에 지나지 않아. 라키스의 선구적인 개척자 몇 명이 그곳에 살고 있지."

"프레멘이라. 젠장! 그 벌레가 오는 걸 한 번 보고 싶군. 내가 그런 걸 보게 될 줄은 정말 몰랐어." 누군가가 속삭이듯 중얼거렸다.

"이것도 장군님이 미리 마련한 뜻밖의 계획인 겁니까, 예?" 점점 더 신랄해지고 있는 아까의 장교가 물었다.

'만약 내가 나의 새로운 능력들을 밝힌다면 저 친구가 뭐라고 할까? 아마 내가 자세히 조사하면 들통날 저의를 숨기고 있다고 생각할지도 모르지. 사실 그게 맞는 말이야. 저 친구는 뜻밖의 사실을 깨닫기 직전에 와 있다. 그의 눈이 뜨였을 때에도 그가 계속 충성할까?' 테그는 속으로 생각하며 고개를 가로저었다. 저 장교에게는 선택의 여지가 거의 없을 것이다. 그들 중 어느 누구에게도 싸우다 죽는 것 외에는 선택의 여지가 그리 많지 않았다.

그 순간 테그는, 분쟁을 만들어내는 과정에 많은 사람들을 속이는 작업이 실제로 포함되어 있다는 생각이 들었다. 명예의 어머니들과 같은 태도 속으로 빠져드는 건 얼마나 쉬운가.

'허섭스레기!'

속임수는 일부 사람들이 생각하는 것만큼 어렵지 않았다. 대부분의 사람들은 누군가가 자신을 이끌어주기를 원했다. 저 뒤에 있는 장교도 그것을 원했다. 머릿속 깊숙이 박혀 있는 부족적 본능(무의식적으로 동기를 유발하는 강력한 힘)이 이것을 설명해 주었다. 자신이 남의 손에 얼마나 쉽사리 이끌리는지 깨닫기 시작하는 순간 사람들이 보이는 자연스러운 반응은 희생양을 찾는 것이다. 저 뒤의 장교는 지금 희생양을 원하고 있었다.

"부르즈말리 님께서 장군님을 만나고 싶어 하십니다." 테그의 왼쪽에서 누군가가 말했다.

"지금은 안 돼." 테그가 말했다.

부르즈말리를 만나는 건 급하지 않았다. 그는 곧 지휘관 자리에 앉게 될 것이다. 그때까지는 그저 정신을 산만하게 만드는 존재였다. 언젠가 그도 희생양의 역할 근처를 위험스럽게 피해 가야 하는 때가 올 것이다.

희생양을 만들어내기가 얼마나 쉬운지! 그리고 희생양이 얼마나 선뜻 받아들여지는지! 희생양을 받아들이지 않는 경우 자신이 죄인이 되거나, 바보가 되거나, 둘 다가 되는 경우에는 특히 더 그러했다. 테그는 자신의 주위를 둘러싸고 있는 모든 사람에게 이런 말을 하고 싶었다.

"속임수에 주의해라! 그러면 우리의 진정한 의도를 알게 될 것이다!"

테그의 왼쪽에 있는 통신 장교가 말했다. "그 대모가 지금 부르즈말리 님과 함께 있습니다. 대모는 장군님을 만나야 하니 자기들을 들여보내 달라고 고집을 부리고 있습니다."

"부르즈말리에게 돌아가서 던컨과 함께 있으라고 해. 그리고 무르벨라도 한 번 들여다보라고 하고. 그 여자의 신병이 확실하게 확보되어 있는지. 루실라는 안으로 들여보내도 좋다."

'그럴 수밖에 없어.' 테그는 생각했다.

루실라는 그의 변화에 점점 의심을 품고 있었다. 대모라면 그 차이를 보지 못할 리가 없었다.

루실라가 빠른 걸음으로 들어왔다. 로브 자락이 휘날리면서 그녀의 격렬한 감정을 강조해 주었다. 그녀는 화가 나 있었지만 분노를 잘 감추고 있었다.

"설명을 요구합니다, 마일즈!"

훌륭한 첫 마디라는 생각이 들었다. "무엇에 대해서요?" 테그가 말했다.

"왜 곧장 안으로 쳐들어가지 않는……."

"명예의 어머니들과 대이동에서 돌아온 그들의 틀레이랙스 인 동료들이 라키스의 중심부를 대부분 장악하고 있기 때문입니다."

"어떻게…… 어떻게 당신이……."

"그들은 타라자 님을 죽였습니다."

이 말이 그녀를 멈칫하게 만들었다. 그러나 오랫동안 그녀를 붙들어두지는 못했다. "마일즈, 당신에게 강력히 요구합니다. 내게 사정을 얘기⋯⋯."

"우리에겐 시간이 많지 않습니다. 다음번에 위성이 지나갈 때 이곳 지표에 있는 우리 위치가 드러날 겁니다."

"하지만 라키스의 방어 체계가⋯⋯."

"모든 방어 체계가 정적인 것이 되면 항상 그렇듯이, 공격에 취약합니다. 방어를 담당한 자들의 가족이 이곳 지상에 있습니다. 그 가족들을 잡으면 방위군을 효과적으로 통제할 수 있죠."

"하지만 우리가 왜 이곳에서⋯⋯."

"오드레이드와 그 여자아이를 태우기 위해서입니다. 아, 그들의 벌레도 태워야지요."

"벌레를 가지고 무엇을⋯⋯."

"벌레를 어떻게 해야 할지 오드레이드가 알고 있을 겁니다. 이젠 오드레이드가 당신의 최고 대모입니다."

"그러니까 당신은 우리를 데리고⋯⋯."

"당신들이 스스로 재빨리 움직여야 합니다! 내 부하들과 나는 저들의 교란작전을 위해 이곳에 남을 겁니다."

이 말에 전투 사령부 전체가 충격을 받아 침묵에 잠겼다.

'교란작전이라⋯⋯ 이 얼마나 어울리지 않는 말인가.' 테그는 생각했다.

그가 지금 생각하고 있는 대로 그들이 저항을 한다면 명예의 어머니들이 히스테리를 일으킬 것이다. 특히 골라가 이곳에 있는 것처럼 위장한다면 더욱더 그러할 것이다. 그들은 단순히 반격을 하는 데서 그치지 않고 결국은 초토화 작전에 의존하게 될 것이다. 라키스의 대부분이 까

많게 타버린 폐허가 될 것이라는 뜻이었다. 인간이든, 벌레든, 혹은 모래 송어든 이곳에서 살아남을 가능성은 거의 없었다.

"명예의 어머니들은 벌레를 찾아내 잡으려고 했지만 성공하지 못했습니다. 벌레를 이식하는 방법에 대해 그들이 어떻게 그토록 무지할 수 있는지 나는 정말로 이해할 수가 없습니다." 그가 말했다.

"이식?" 루실라는 말을 더듬었다. 테그는 대모가 이처럼 당황한 모습을 거의 본 적이 없었다. 그녀는 그가 한 말들을 조합해 보려고 애쓰고 있었다. 교단이 멘타트의 능력을 일부 갖고 있다는 사실을 그는 관찰을 통해 이미 알고 있었다. 멘타트는 충분한 데이터가 없어도 조건부 확신에 도달할 수 있었다. 그녀가 이 자료를 조합하기 훨씬 전에 그는 이미 그녀의 손이 닿는 범위를(아니, 모든 대모들의 손이 닿는 범위를) 한참 벗어나 있을 거라는 생각이 들었다. 그러면 저들은 그의 후손을 찾아 허둥지둥 움직일 것이다! 당연히 디멜라를 교배 감독관들에게 데려가겠지. 오드레이드도. 그녀는 도망치려 하지 않을 것이다.

그들은 틀레이랙스의 악솔로틀 탱크에 대한 열쇠도 갖고 있었다. 이제 베네 게세리트가 망설임을 극복하고 그 스파이스의 원천을 손에 넣는 것은 시간 문제였다. 인간의 몸이 그것을 생산하고 있었다!

"그렇다면 이곳에 있는 것이 우리에게 위험하군요." 루실라가 말했다.

"어느 정도는 위험합니다, 맞아요. 명예의 어머니들의 문제는 그들이 지나치게 부유하다는 겁니다. 그들은 부자들의 실수를 저지르고 있어요."

"타락한 매춘부들 같으니!"

"이제 당신이 입구 쪽으로 가보는 게 좋겠습니다. 오드레이드가 곧 도착할 겁니다."

그녀는 한마디도 없이 그 자리를 떠났다.

"방호구가 모두 배치되었습니다." 통신장교가 말했다.

"부르즈말리에게 이곳의 지휘를 맡을 준비를 하라고 일러라. 나머지 사람들은 곧 밖으로 나갈 것이다." 테그가 말했다.

"우리가 전부 당신과 함께 할 거라고 생각하는 겁니까?" 희생양을 찾고 있는 그 남자의 목소리였다.

"난 밖으로 나간다. 필요하다면 혼자서라도 나갈 거야. 원하는 사람만 내게 합류해라." 테그가 말했다.

이런 말을 했으니 저들이 모두 자신을 따라올 것이라고 테그는 생각했다. 베네 게세리트에 의해 훈련받은 사람들을 제외하면, 동료 집단의 압력을 제대로 이해하는 사람은 하나도 없었다.

전투 사령부 안이 점점 조용해졌다. 기계들에서 나는 윙윙 소리와 찰칵 소리가 희미하게 들려올 뿐이었다. 테그는 '타락한 매춘부들'에 대해 생각하기 시작했다.

그들을 가리켜 타락했다고 하는 것은 옳지 않다고 그는 생각했다. 최고의 부자들이 때로 정말로 타락하는 것은 사실이었다. 그것은 돈(권력)만 있으면 모든 것을 살 수 있다는 믿음 때문이었다. 사실 그들이 이런 믿음을 갖지 말아야 할 이유도 없지 않은가? 그들은 자신의 믿음이 실현되는 것을 매일 보았다. 절대적인 것을 믿기는 아주 쉬웠다.

'희망에서 영원한 것들이 튀어나오지. 그 모든 고르나우도!'

그것은 또 다른 신앙과도 같았다. 돈이 있으면 불가능한 것을 살 수 있을 것이다.

그러고 나면 타락이 찾아왔다.

명예의 어머니들의 경우는 달랐다. 그들은 무슨 이유에서인지 타락을 넘어선 상태였다. 그들은 그 단계를 지났다는 것을 그는 알 수 있었다.

그러나 그들이 타락을 초월해 너무나 멀리 가 있었기 때문에, 테그는 차라리 모르는 편이 낫지 않을까 하는 생각이 들 정도였다.

그러나 답이 거기 있었다. 그의 새로운 의식 속에 있는 그 답을 피할 길이 없었다. 그들은 한 행성 전체를 서슴없이 고문자의 손에 맡겨버릴 사람들이었다. 그렇게 해서 개인적인 이득을 얻을 수 있다면. 그 대가로 상상 속에 존재하는 어떤 쾌락을 얻을 수 있다면. 혹은 그러한 고문을 통해 며칠, 또는 몇 시간 동안의 생명을 더 얻을 수 있다면.

그들에게 즐거움을 안겨주는 것이 무엇일까? 만족을 안겨주는 것은? 그들은 세무타 중독자들과 같았다. 무엇이든 거짓으로라도 쾌락을 안겨줄 수 있는 것이 있다면, 그들은 그 행동을 반복하며 매번 더 많은 것을 원했다.

'게다가 그들은 이 사실을 알고 있어!'

그들의 내면이 얼마나 날뛰고 있을지! 그런 함정에 갇혀서! 그들은 모든 것을 보았지만 어느 것도 충분치 않았다. 충분히 선하지도, 충분히 사악하지도 않았다. 그들은 절제의 요령을 완전히 잃어버린 사람들이었다.

그러나 그들은 위험했다. 그리고 어쩌면 한 가지 면에서 그의 생각이 틀렸을 수도 있었다. 어쩌면 그들은 그들의 눈을 오렌지색으로 물들인, 그 시큼한 냄새가 나는 이상한 흥분제를 통해 그토록 끔찍한 변신을 겪기 이전에 자신들의 세상이 어떤 것이었는지 더 이상 기억하지 못하는지도 몰랐다. 기억에 대한 기억은 왜곡될 수 있었다. 모든 멘타트는 자신 안에 있는 이러한 결점을 분명하게 인식하고 있었다.

"벌레가 보입니다!"

통신장교의 목소리였다.

테그는 재빨리 의자의 방향을 돌려 홀로그램 영상을 바라보았다. 우주선 바깥의 남서쪽 방향을 보여주는 작은 영상이었다. 작은 점처럼 보이는 인간 두 명을 태운 벌레가 멀리서 꿈틀거렸다.

"저들이 도착하면 오드레이드만 안으로 들여보내라. 시이나는, 그러니까 저 어린 여자아이에게는 뒤에 남아서 벌레를 우리 안으로 몰아넣는 걸 도우라고 하고. 벌레는 그 아이의 말을 들을 거다. 부르즈말리를 가까이에 대기시킨다. 지휘권을 넘기는 데 시간을 많이 할애할 수 없을 테니." 그가 말했다.

오드레이드는 숨을 채 고르지도 못한 채 사령부 안으로 들어왔다. 그녀는 사막의 냄새를 풍기고 있었다. 멜란지 냄새, 불에 탄 돌과 인간의 땀 냄새. 테그는 마치 휴식을 취하는 것처럼 의자에 앉아 있었다. 그녀가 들어왔는데도 그는 눈을 뜨지 않았다.

오드레이드는 바샤르가 그답지 않게 휴식을 취하는 모습을 보게 되었다고 생각했다. 그의 모습은 거의 시름에 잠긴 것처럼 보일 정도였다. 그 순간 그가 눈을 뜨자, 그녀는 루실라가 시간이 없어서 짧은 경고의 말밖에 해주지 못한 그의 변화를 알아차렸다. 루실라는 이 경고의 말과 함께 골라의 변화에 대해서도 서둘러 얘기해 주었다. 테그에게 무슨 일이 일어난 것일까? 볼 테면 보라는 듯이 그가 그녀를 위해 포즈를 취하기라도 한 것 같았다. 그는 평소 뭔가를 관찰할 때처럼 단단한 턱을 살짝 위로 치켜들고 있었다. 세월의 주름살이 거미줄처럼 엉켜 있는 갸름한 얼굴에는 기민함이 고스란히 남아 있었다. 코리노와 아트레이데스 혈통 특유의 길고 가는 코는 나이를 먹은 탓에 조금 더 길어진 듯했다. 그러나 희끗해진 머리카락은 여전히 풍성했으며, 이마의 약간 솟아오른 부분 때문에 그를 관찰하는 사람들의 시선이 쏠리는 곳은…….

'눈이야!'

"우리를 여기서 만나게 될 거라는 걸 어떻게 아셨습니까? 우린 벌레가 우리를 어디로 데려가는지 전혀 몰랐습니다." 오드레이드가 다그치듯 물었다.

"이 사막에는 사람이 사는 곳이 거의 없습니다. 도박사의 선택을 한 거죠. 아무래도 이곳일 것 같았습니다."

'도박사의 선택을 했다고?' 그녀는 멘타트들이 이런 구절을 사용한다는 것을 알고 있었지만, 그 의미가 무엇인지는 결코 이해하지 못했다.

테그가 의자에서 몸을 일으켰다. "이 우주선을 가지고 당신이 가장 잘 아는 곳으로 가십시오." 그가 말했다.

'참사회를 말하는 건가?' 그녀는 하마터면 이 말을 입 밖에 낼 뻔했지만, 주위의 다른 사람들, 테그가 모은 낯선 군인들에게 생각이 미쳤다. 이 사람들은 누구일까? 루실라의 짧은 설명으로는 충분하지 않았다.

"타라자 님의 계획을 조금 바꿔야 하겠습니다. 골라는 여기 머무르지 않을 겁니다. 그는 당신과 함께 가야 합니다." 테그가 말했다.

그녀는 이해했다. 매춘부들에게 대항하려면 던컨 아이다호의 새로운 재능이 필요해질 것이다. 그는 이제 라키스의 파괴를 불러오기 위한 단순한 미끼가 아니었다.

"물론 그는 비우주선의 은신처를 떠날 수 없을 겁니다." 테그가 말했다.

그녀는 고개를 끄덕였다. 던컨에게는 예지력을 지닌 수색자들로부터 그의 존재를 가려주는 능력이 없었다……. 조합의 항법사들 같은 수색자들로부터.

"바샤르 님!" 통신 장교의 목소리였다. "위성이 우리를 발견했습니다!"

"좋다, 제군들! 모두 밖으로! 부르즈말리를 이리 데려와라." 테그가 소리쳤다.

사령부 뒤쪽의 해치가 활짝 열리고 부르즈말리가 튀어 들어왔다. "바샤르 님, 무슨……."

"시간이 없어! 내 자리를 맡게!" 테그는 지휘관의 의자에서 몸을 일으키며 부르즈말리에게 그 자리에 앉으라고 손짓했다. "여기 있는 오드레이드가 갈 곳을 알려줄 걸세." 테그는, 조금은 복수심 때문인 것을 알면서도 순간적인 충동을 이기지 못하고 오드레이드의 왼팔을 움켜쥐며 몸을 가까이 기울여 그녀의 뺨에 입을 맞췄다. "꼭 해야 하는 일을 해라, 딸아." 그가 속삭였다. "우리에 있는 저 벌레가 어쩌면 곧 이 우주의 유일한 벌레가 될지도 몰라."

오드레이드는 그 순간 모든 것을 깨달았다. 테그는 타라자의 계획을 완전히 알고 있었으며, 자신이 섬기던 최고 대모의 명령을 마지막까지 수행할 작정이었다.

'꼭 해야 하는 일을 해라.' 이 말이 모든 것을 말해 주었다.

우리가 보고 있는 것은 새로운 물질의 상태가 아니라 의식과 물질 사이의, 새로 인식된 관계입니다. 이 관계는 예지력의 작용을 더 많이 꿰뚫어 볼 수 있는 통찰력을 제공해 줍니다. 예언은 내면의 우주를 새로이 형성함으로써 우리가 이해하지 못하는 힘들로부터 새로운 외적인 개연성들을 만들어냅니다. 이러한 힘들을 이용해서 물리적인 우주를 형성하기 전에 그 힘들을 이해할 필요는 없습니다. 고대의 대장장이들은 자기들이 다루는 강철, 청동, 구리, 금, 주석 등의 복잡한 분자 구조와 아(亞)분자구조를 이해할 필요가 없었습니다. 그들은 계속해서 풀무를 움직이고 망치를 휘두르면서 미지의 것들을 설명하기 위해 신비로운 힘들이 존재한다는 얘기를 만들어냈습니다.

—타라자 최고 대모, 평의회에서 펼친 주장

교단이 참사회와 기록 보관소, 그리고 지극히 신성불가침한 지도부 사무실들을 몰래 숨겨둔 고대의 건물에서 밤에 나는 소리는 그냥 소리가 아니었다. 그 소리들은 신호에 더 가까웠다. 오드레이드는 이곳에서 오랜 세월을 지내며 그 신호를 읽는 법을 배웠다. 저기서 나는 독특한 소리, 팽팽하게 긴장된 그 삐걱거리는 소리는 약 800년 동안 교체되지 않은 바닥의 나무 들보에서 나는 소리였다. 밤이 되면 나무가 수축해서 그런 소리가 나는 것이다.

그녀는 타라자의 기억을 갖고 있었으므로 그런 신호들을 자세히 알고 있었다. 타라자의 기억은 아직 완전히 통합되지 않았다. 시간이 거의 없었기 때문이다. 타라자가 과거에 작업실로 사용하던 이 방에서 오드레이드는 밤마다 조금씩 짬을 내어 통합을 계속했다.

'다르와 타르가 이제야 하나가 되었군.'

이것은 타라자의 것임을 금방 알아볼 수 있는 말이었다.

'다른 기억들'을 괴롭히는 것은 그 기억들이 동시에 여러 평면 위에 존재한다는 점이었다. 그 평면들 중에는 아주 깊은 것도 있었다. 그러나 타라자는 표면 가까운 곳에 남아 있었다. 오드레이드는 그 다중의 존재들 속으로 스스로 더 깊이 빠져들어 갔다. 이윽고 그녀는 지금 숨을 쉬고 있지만 멀리 떨어져 있는 자아를 하나 인식했다. 다른 자아들은 그녀에게 모든 것을 감싸 안는 환영들 속으로 뛰어들라고 다그치고 있었다. 그 환영들에는 냄새, 촉감, 감정까지 완벽하게 갖춰져 있었다. 그녀가 의식 속에 고스란히 간직하고 있던 원래의 모든 감각들이.

'다른 사람의 꿈을 꾸다 보면 동요하게 되지.'

이번에도 타라자였다.

교단 전체의 미래가 위태로운 상태에서 그토록 위험한 게임을 벌였던 타라자! 틀레이랙스인들이 골라에게 위험한 능력을 심어놓았다는 얘기를 매춘부들에게 흘리는 시기를 그녀가 얼마나 신중하게 조절했던가. 가무 성에 대한 공격은 그 정보가 원천에 도달했음을 확인해 주었다. 그러나 그 공격의 혹독함은 타라자에게 시간이 거의 없음을 경고해 주었다. 매춘부들은 가무를 완전히 파괴하기 위해 틀림없이 세력을 모을 터였다. 오로지 그 골라 한 명을 죽이기 위해서.

너무나 많은 것이 테그에게 달려 있었다.

그녀는 자신의 내면에 모여 있는 '다른 기억들' 속에서 바샤르를 보았다. 그녀가 결코 제대로 알지 못했던 아버지.

'마지막에도 나는 그를 잘 몰랐어.'

그런 기억 속을 파고드는 것이 그녀를 약하게 만들 수도 있었다. 그러나 그녀는 그 유혹적인 기억 저장고의 요구들로부터 도망칠 수 없었다.

오드레이드는 폭군의 말을 생각했다. "내 과거의 그 끔찍한 들판! 나의 도망칠 수 없는 기억들로부터 마치 하늘을 까맣게 물들이는, 겁에 질린 짐승 무리처럼 대답들이 튀어 오른다."

오드레이드는 수면 바로 아래에서 균형을 잡고 있는 사람처럼 자신의 자세를 유지했다.

'다른 사람이 내 자리에 앉게 될 가능성이 크겠지. 어쩌면 내가 매도를 당하게 될지도 몰라.' 오드레이드는 생각했다. 벨론다는 확실히 그녀를 지도자로 삼는 것에 쉽사리 동의하지 않았다. 상관없었다. 그들 모두가 걱정해야 하는 것은 교단의 생존뿐이었다.

오드레이드는 '다른 기억들' 위로 떠올라 거기서 빠져나온 다음 시선을 들어 방 건너편의 어두운 벽감을 바라보았다. 조도를 낮춰 놓은 발광구들의 불빛 속에서 한 여자의 흉상을 알아볼 수 있었다. 벽감의 그림자 속에 있는 흉상의 모습은 확실하지 않았지만 오드레이드는 그 얼굴을 잘 알고 있었다. 체노에, 참사회를 수호하는 상징.

"신의 은총이 없었다면……."

스파이스의 고통을 통과하는(체노에는 이 고통을 통과하지 못했다) 모든 자매들은 바로 이 말을 소리 내어 말하거나 속으로 생각했다. 하지만 이 말의 진정한 의미가 무엇일까? 신중한 교배와 신중한 훈련은 성공적인 존재들을 충분히 만들어냈다. 거기 어디에 신의 손길이 있는가? 그들이 라키스에서 데려온 벌레가 신이 아님은 분명했다. 신의 존재는 교단의 성공 속에서만 느껴지는 것인가?

'내가 우리 보호 선교단이 내세우는 주장에 먹이가 되고 있어!'

그녀는 이러한 생각들이 이 방에서 수없이 되풀이된 생각들, 질문들과 비슷하다는 것을 알고 있었다. 쓸데없는 짓! 그런데도 그녀는 그 흉상이 그토록 오랫동안 휴식을 취하고 있던 벽감에서 차마 그 수호의 상징을 치워버릴 수 없었다.

'난 미신을 믿는 게 아냐. 난 강박관념도 갖고 있지 않아. 이건 전통의 문제다. 저런 물건들은 가치를 갖고 있고 우린 그 가치를 잘 알고 있어.' 그녀는 속으로 혼잣말을 했다.

'내 흉상이 저렇게 정중한 대접을 받을 일은 절대 없겠지.'

그녀는 끔찍하게 파괴된 라키스에서 마일즈 테그와 함께 죽은 와프와 그의 얼굴의 춤꾼들을 생각했다. 구제국의 잔인한 일들을 곰곰이 생각하는 건 아무 소용없는 일이었다. 명예의 어머니들의 서투른 폭력 때문에 생겨나고 있는 복수심에 대해 생각하는 편이 나았다.

'테그는 알고 있었어!'

얼마 전에 끝난 평의회는 확실한 결론을 내리지 못한 채 피로 속으로 가라앉았다. 오드레이드는 그들 모두에게 커다란 가치를 지닌 당장의 몇 가지 근심거리들로 사람들의 주의를 돌릴 수 있었던 것을 행운이라고 생각했다.

처벌. 그것이 한동안 그들의 주의를 사로잡았다. 역사적 선례들이 기록 보관소의 분석에 살을 붙여 만족스러운 양식을 만들어냈다. 명예의 어머니들과 동맹을 맺었던 인간 집단들은 어느 정도의 충격을 겪어야 했다.

익스는 틀림없이 감당할 수 없을 만큼 채무를 지게 될 것이다. 그들은 대이동에서 돌아온 사람들과의 경쟁이 자신들을 박살 낼 것이라는 사실을 조금도 인식하지 못했다.

조합은 따돌림을 받아 멜란지와 기계류를 사기 위해 비싼 대가를 치르게 될 것이다. 조합과 익스는 한꺼번에 내동댕이쳐져서 함께 몰락할 것이다.

물고기 웅변대는 대부분 무시해도 되는 대상이었다. 익스의 위성들은 이미 인간들에게 버림받게 될 과거가 되어 사라지고 있었다.

그리고 베네 틀레이랙스. 아, 그래, 틀레이랙스 인들. 와프는 명예의 어머니들에게 무릎을 꿇었다. 그는 그 사실을 결코 인정하지 않았지만 진실은 분명히 드러나 있었다. "딱 한 번이었습니다. 그것도 나의 얼굴의 춤꾼을 상대로."

오드레이드는 아버지의 쓸쓸한 입맞춤을 기억하며 음울한 미소를 지었다.

'벽감을 하나 더 만들라고 해야겠다. 흉상도 하나 더 만들게 해야겠어. 마일즈 테그, 위대한 이단자의 흉상을!'

그러나 테그에 대한 루실라의 의혹이 불안했다. 그가 결국 예지력을 갖게 돼서 비우주선들을 '볼 수' 있었던 걸까? 뭐, 교배 감독관들이 그런 의혹들을 조사해 볼 수 있을 테지.

"우린 방어진을 구축한 겁니다!" 벨론다가 비난했다.

그들은 모두 그 말의 의미를 알고 있었다. 매춘부들이 가져올 오랜 밤을 대비해서 견고한 요새 안으로 후퇴했다는 뜻이었다.

오드레이드는 자신이 벨론다에게 그리 신경을 쓰지 않는다는 사실을 깨달았다. 그녀가 때로 넓적하고 뭉툭한 이를 드러내며 웃어대는 것에 대해서도.

그들은 시이나의 세포 표본에 대해 오랫동안 토론했다. '시오나의 증거'가 거기 있었다. 그녀는 예지력으로부터 그녀를 보호해 주는 혈통을 갖고 있었으므로 비우주선을 떠날 수 있었다.

던컨은 미지수였다.

오드레이드는 지상에 붙들린 비우주선 안의 골라에게 생각을 돌렸다. 그녀는 의자에서 몸을 일으켜 어두운 창문으로 다가가서 멀리 착륙장이 있는 방향을 바라보았다.

던컨의 존재를 은폐해 주는 비우주선에서 감히 그를 풀어주어도 될까? 세포 조사 결과는 그가 많은 아이다호 골라들, 즉 시오나의 일부 후손들의 혼합체임을 알려주었다. 하지만 원본의 흔적은?

'안 돼. 그를 반드시 그곳에 가둬두어야 해.'

그럼 무르벨라는 어떻게 하지? '임신한' 무르벨라는? 그녀는 치욕을 당한 명예의 어머니였다.

"틀레이랙스 인들은 나를 이용해서 각인사를 죽일 생각이었습니다." 던컨이 말했다.

"저 매춘부를 죽일 수 있겠습니까?" 이것은 루실라의 질문이었다.

"그녀는 각인사가 아닙니다." 던컨이 말했다.

평의회는 던컨과 무르벨라 사이의 유대감이 어떤 본질을 갖게 될 것인지 장시간 동안 토의했다. 루실라는 아무런 유대감도 없으며, 두 사람이 지금도 서로에게 경계를 늦추지 않는 적이라고 주장했다.

"그들을 함께 두는 위험을 무릅쓰지 않는 것이 제일 좋습니다."

그러나 매춘부들의 성적인 재주를 자세히 연구해 볼 필요가 있을 터였다. 어쩌면 위험하더라도 비우주선 안에서 던컨과 무르벨라를 만나게 할 수도 있을 것이다. 물론 조심스러운 방어 조치를 취해야 하겠지만.

마지막으로 그녀는 비우주선의 우리 안에 들어 있는 벌레에 대해 생각했다. 그 벌레는 변신의 순간에 근접해 있었다. 흙으로 둑을 쌓고 멜란지를 채워 넣은 웅덩이가 그 벌레를 기다리고 있었다. 때가 되면 시이나가 녀석을 유인해 멜란지와 물이 들어 있는 그곳으로 집어넣을 것이다. 그리고 그 결과로 생겨난 모래송어들이 오랜 변신을 시작할 수 있을 것이다.

'당신이 옳았습니다, 아버지. 똑똑하게 바라보기만 한다면 정말 간단한 일이에요.'

벌레들을 위한 사막 행성을 찾을 필요가 없었다. 모래송어들이 샤이 훌루드를 위한 자신들의 서식지를 창조할 테니까. 참사회 행성이 거대한 불모지로 변한다는 생각은 즐거운 것이 아니었지만, 그 일은 반드시 이루어져야 했다.

테그가 비우주선의 아(亞)분자 저장 시스템에 심어놓은 '마일즈 테그의 마지막 유언'은 의심할 수 있는 것이 아니었다. 심지어 벨론다도 같은 의견이었다.

참사회는 자신이 보유한 모든 역사 기록을 완전히 개정해야 했다. 잃어버린 자들, 대이동에서 돌아온 매춘부들에게서 테그가 발견한 것 때문에 그들은 이제 새로운 시각을 가질 필요가 있었다.

"사람들이 진짜 부자들과 유력자들의 이름을 알게 되는 경우는 거의 없다. 사람들이 볼 수 있는 것은 그들의 대변인뿐이다. 정치판이 몇몇 예외를 만들어내기는 하지만, 권력 구조를 완전히 드러내지는 않는다."

이 멘타트 철학자는 그들이 인정하고 있는 모든 것에 대해 깊이 사색했으며, 그가 토해 놓은 것은 '우리의 신성한 요약문'에 의존하는 기록 보관소의 태도와 일치하지 않았다.

'우리도 그것을 알고 있었습니다, 마일즈. 그저 그것에 정면으로 맞선 적이 없었을 뿐이지요. 앞으로 몇 세대 동안 우리 모두 우리의 '다른 기억들'을 열심히 파헤치게 될 겁니다.'

고정된 데이터 저장 시스템은 신뢰할 수 없었다.

"당신들이 대부분의 문서를 파기한다면, 나머지는 시간이 처리해 줄 것이다."

바샤르의 이 분명한 선언에 기록 보관소가 얼마나 날뛰었는지!

"역사의 서술은 주로 시선을 어지럽히는 과정이다. 대부분의 역사 기록은 기록된 사건들을 둘러싼 비밀스러운 영향력으로부터 시선을 흐트러뜨린다."

벨론다를 쓰러뜨린 것이 바로 이것이었다. 그녀는 스스로 결단을 내려 이렇게 시인했다. "이 제한적인 과정을 피한 소수의 역사들은 뻔히 짐작할 수 있는 과정을 통해 어둠 속으로 사라집니다."

테그는 이러한 과정들 중 일부를 열거해 놓았다. "가능한 한 많은 문서를 파기하는 것, 지나치게 노골적인 기록을 조롱 속에 묻어버리는 것, 교육의 중심부에서 그들을 무시하는 것, 그들이 다른 곳에서 절대 인용되지 않게 하는 것, 그리고 어떤 경우에는 그 기록의 저자를 제거하는 것."

'반갑지 않은 소식을 가져온 많은 전령들에게 죽음을 내린, 희생양을 만들어내는 과정은 말할 필요도 없지.' 오드레이드는 나쁜 소식을 가져온 전령을 죽이기 위해 창자루를 항상 옆에 두었던 고대의 한 통치자를 떠올렸다.

"우리는 훌륭한 정보의 기반을 갖고 있어서, 과거에 대한 더 훌륭한 이해를 그 위에 구축할 수 있습니다. 분쟁에서 가장 중요한 것은 부, 혹은 그에 상응하는 것을 누가 장악할 것인지 결정하는 것이었음을 우리는 항상 알고 있었습니다." 오드레이드는 이렇게 주장했다.

어쩌면 이것이 진짜 '고귀한 목적'은 아닐지 몰라도, 한동안은 임시변 통으로 역할을 해줄 것이다.

'내가 지금 핵심적인 이슈를 회피하고 있군.' 그녀는 생각했다.

던컨 아이다호에 대해 뭔가 조치를 취해야 한다는 사실을 그들 모두 알고 있었다.

한숨을 쉬며 오드레이드는 오니숍터 한 대를 불러 비우주선으로 갈 준비를 했다.

오드레이드는 던컨의 감옥으로 들어가며 이곳이 그래도 최소한 편안 하기는 하다고 생각했다. 이곳은 이 우주선 사령관의 숙소였으며, 최근 에는 마일즈 테그가 이곳을 사용했다. 그의 존재를 보여주는 흔적들이 지금도 이곳에 남아 있었다. 레르나에우스에 있는 그의 집 풍경을 보여 주는 작은 홀로그램 영사기. 그 풍경 속에는 위풍당당하고 오래된 집과 길게 펼쳐진 잔디밭, 그리고 강이 있었다. 테그는 침대 옆 테이블에 바느 질 세트도 남겨두었다.

골라는 골격 위에 천을 입힌 의자에 앉아 그 풍경을 뚫어지게 바라보 고 있었다. 오드레이드가 들어가자 그가 생기 없는 모습으로 시선을 들 었다.

"당신은 그가 그곳에서 죽을 걸 알면서 그냥 두고 왔습니다, 그렇죠?" 던컨이 물었다.

"우린 반드시 해야 하는 일을 합니다. 그리고 그건 그의 명령에 따른 행동이었습니다." 그녀가 말했다.

"당신이 왜 왔는지 압니다. 하지만 당신은 내 생각을 바꾸지 못할 겁니다. 난 마녀들을 위한 빌어먹을 종마가 아닙니다. 무슨 뜻인지 알겠습니까?" 던컨이 말했다.

오드레이드는 로브를 매끈하게 펴며 던컨을 마주 보는 자세로 침대에 걸터앉았다. "내 아버지가 우리에게 남겨놓은 기록을 조사해 보았습니까?" 그녀가 말했다.

"당신 아버지?"

"마일즈 테그는 내 아버지였습니다. 그의 마지막 말을 읽어보는 게 좋을 겁니다. 그는 마지막 순간에 그곳에서 우리의 눈이었습니다. 그는 라키스에서 죽음을 '보아야' 했습니다. '움트는 정신'이 의존성과 열쇠가 되는 통나무를 이해한 겁니다."

던컨이 어리둥절한 표정을 짓자 그녀는 다시 설명했다. "우린 폭군의 예언이라는 미로 속에 너무 오래 갇혀 있었습니다."

그녀는 그가 더 긴장한 자세로 몸을 똑바로 세워 앉는 것을 보았다. 그 고양이 같은 움직임은 그의 근육이 공격을 위해 훌륭하게 조절되어 있음을 알려주었다.

"당신은 살아서는 절대로 이 우주선에서 도망칠 수 없습니다. 그 이유는 당신도 알고 있지요." 그녀가 말했다.

"시오나."

"당신은 우리에게 위험한 존재이지만, 우리는 당신이 쓸모 있는 삶을 살기를 바랍니다."

"그래도 난 당신들을 위해 교배하지 않을 겁니다. 특히 라키스에서 온 그 어린 멍청이하고는."

오드레이드는 시이나가 이 말에 어떤 반응을 보일지 모르겠다고 생각하면서 미소를 지었다.

"이게 재미있습니까?" 던컨이 다그치듯 물었다.

"꼭 그런 건 아닙니다. 하지만 그렇더라도 우리에겐 무르벨라의 아이가 있습니다. 아무래도 그 아이로 만족해야 할 것 같군요."

"통신기를 통해 무르벨라와 이야기를 나눴습니다. 그녀는 대모가 될 생각을 하고 있더군요. 당신들이 자기를 베네 게세리트로 받아들여 줄 거라고요." 던컨이 말했다.

"안 될 것도 없지요. 그녀의 세포들은 시오나의 증거 시험을 통과했습니다. 난 그녀가 아주 뛰어난 자매가 될 거라고 생각합니다."

"그녀가 정말로 당신들을 속여 넘긴 겁니까?"

"그녀가 우리와 좋은 관계를 유지하면서 우리의 비밀을 알아낸 다음 도망치겠다고 생각한다는 사실을 우리가 알아채지 못했느냐고요? 아, 그걸 모를 리가 없지요, 던컨."

"그녀가 도망칠 수 없다고 생각하는 겁니까?"

"우리가 일단 어떤 상대를 잡으면, 던컨, 그들을 정말로 잃어버리는 경우는 절대 없습니다."

"당신들이 레이디 제시카를 잃어버렸다고는 생각하지 않습니까?"

"그녀도 결국은 우리에게 돌아왔습니다."

"당신이 나를 만나러 여기로 나온 진짜 이유가 뭡니까?"

"당신에게 최고 대모님의 계획에 대해 설명을 해줘야 마땅하다고 생각했습니다. 그 계획의 목표는 라키스의 파괴였습니다. 대모님이 정말로 원했던 것은 벌레들을 거의 전부 없애는 것이었지요."

"이런 세상에! 왜요?"

"그들은 우리를 굴레에 가둬놓고 있는 예언의 힘이었습니다. 폭군의 의식이라는 진주알들이 그들의 힘을 증폭시켰죠. 그는 사건들을 예언한 게 아닙니다. 그 사건들을 만들어낸 겁니다."

던컨은 우주선의 뒤쪽을 가리켰다. "하지만……."

"그 녀석은 뭐냐고요? 이제는 그 녀석 한 마리뿐입니다. 녀석들이 다시 한번 영향력을 발휘할 수 있을 만큼 숫자가 늘어났을 때쯤이면, 인류는 그를 뛰어넘어 나름의 길을 가고 있을 겁니다. 그때쯤이면 우리들의 숫자가 너무 많아져서 우리들 스스로의 힘으로 너무나 많은 일들을 하고 있을 겁니다. 그 어떤 힘도 우리의 모든 미래를 완전히 지배할 수 없습니다. 다시는 안 됩니다."

그녀는 자리에서 일어섰다.

그가 아무런 반응을 보이지 않자 그녀가 말했다. "당신에게 부과된 한계 안에서, 당신도 분명히 알고 있는 그 한계 안에서 어떤 삶을 살고 싶은지 생각해 보기 바랍니다. 내가 힘이 닿는 한 당신을 돕겠다고 약속합니다."

"당신이 왜 돕겠다는 겁니까?"

"내 조상들이 당신을 사랑하셨으니까. 내 아버지가 당신을 사랑했으니까."

"사랑? 당신들 마녀들은 사랑을 느낄 줄 몰라!"

그녀는 거의 1분 동안 그를 뚫어지게 내려다보았다. 탈색한 머리가 뿌리 부분에서 검게 자라나고, 머리카락이 다시 곱슬곱슬해져 있었다. 특히 그의 목 부분이 그랬다.

"내가 느낀다면 느끼는 겁니다. 그리고 당신의 물은 우리 것입니다, 던컨 아이다호." 그녀가 말했다.

프레멘들이 사용하던 이 경고의 말이 그에게 효과가 있는 것 같았다.

그녀는 이것을 확인하고 몸을 돌려 경비병들을 지나쳐 방을 나섰다.

우주선을 떠나기 전에 그녀는 우리로 가서 라키스의 모래 위에서 꼼짝하지 않는 벌레를 내려다보았다. 그녀 앞의 전망창은 벌레가 있는 곳에서 약 200미터 높이에 있었다. 그녀는 벌레를 바라보면서 점점 자신과 통합되고 있는 타라자와 함께 소리 없는 웃음을 웃었다.

'우리가 옳고, 슈왕규 패거리가 틀렸어. 우리는 그가 사라지고 싶어 한다는 걸 알고 있었지. 그가 그런 짓을 했으니 그러고 싶어 하는 게 당연해.'

그녀는 부드럽게 속삭이듯이 말했다. 그녀 자신은 물론, 벌레의 변신이 시작되는 순간을 감지하기 위해 근처에 배치되어 있는 감시자들도 겨냥한 말이었다.

"이제 우린 당신의 언어를 알고 있어." 그녀가 말했다.

그 언어에 단어는 하나도 없었다. 움직임, 춤추며 움직이는 우주에 적응한 춤이 있을 뿐이었다. 사람들은 그 언어를 '말할' 수 있을 뿐, 번역할 수는 없었다. 그 언어의 의미를 알기 위해서는 직접 경험을 해야 했고, 경험을 한 후에도 바로 사람들의 눈앞에서 의미가 바뀌곤 했다. '고귀한 목적'이란 결국 번역할 수 없는 경험이었다. 그러나 라키스의 사막에서 온 벌레의, 열기의 영향을 받지 않는 거친 가죽을 내려다보면서 오드레이드는 지금 자신이 보고 있는 것이 무엇인지 깨달았다. 그것은 눈으로 볼 수 있는 고귀한 목적의 증거였다.

그녀가 부드러운 목소리로 그에게 소리쳤다. "이봐! 늙은 벌레! 이것이 당신의 계획이었나?"

대답은 없었다. 하지만 사실 그녀도 꼭 대답을 기대했던 건 아니었다.

옮긴이 | **김승욱**

성균관대학교 영어영문학과를 졸업하고, 뉴욕 시립대학교 대학원에서 여성학을 공부했다.
《동아일보》 문화부 기자로 일했고, 현재는 전문 번역가로 활동 중이다.
옮긴 책으로는 『리스본 쟁탈전』, 『우아한 연인』, 『19호실로 가다』, 『대담한 작전』,
『나보코프 문학강의』, 『소크라테스의 재판』, 『노년에 대하여』, 『신은 위대하지 않다』,
『행복의 지도』, 『제1구역』, 『분노의 포도』 등이 있다.

듄의 이단자들 HERETICS OF DUNE

1판 1쇄 펴냄 2002년 2월 20일
개정판 1판 1쇄 펴냄 2021년 1월 21일
개정판 1판 17쇄 펴냄 2024년 9월 26일

지은이 | 프랭크 허버트
발행인 | 박근섭
옮긴이 | 김승욱
편집인 | 김준혁
펴낸곳 | 황금가지

출판등록 | 2009. 10. 8 (제2009-000273호)
주소 | 06027 서울 강남구 도산대로 1길 62 강남출판문화센터 5층
전화 | 영업부 515-2000 편집부 3446-8774 팩시밀리 515-2007
홈페이지 | www.goldenbough.co.kr

도서 파본 등의 이유로 반송이 필요할 경우에는 구매처에서 교환하시고
출판사 교환이 필요할 경우에는 아래 주소로 반송 사유를 적어 도서와 함께 보내주세요.
06027 서울 강남구 도산대로 1길 62 강남출판문화센터 6층 민음인 마케팅부

한국어판 ⓒ ㈜민음인, 2020. Printed in Seoul, Korea
ISBN 979-11-5888-758-2   04840 (5권)
     979-11-5888-760-5   04840 (세트)

㈜민음인은 민음사 출판 그룹의 자회사입니다.
황금가지는 ㈜민음인의 픽션 전문 출간 브랜드입니다.